La Maladie de Sachs

TITRES DÉJA PARUS
DANS LA COLLECTION *MOLÉCULE*

Nicci French, *Feu de glace*
R.J. Ellory, *Seul le silence*
Anna Gavalda, *Je voudrais que quelqu'un m'attende quelque part*
Tatiana de Rosnay, *Le Voisin*
Franck Thilliez, *La chambre des morts*
Charlotte Link, *Illusions mortelles*
Didier van Cauwelaert, *Hors de moi*
Haruki Murakami, *La ballade de l'impossible*
Sébastien Japrisot, *L'été meurtrier*
Harlan Coben, *Ne le dis à personne*
Khaled Hosseini, *Les cerfs-volants de Kaboul*
Cyril Massarotto, *Dieu est un pote à moi*

Martin Winckler

La Maladie de Sachs

ÉDITIONS FRANCE LOISIRS

Édition du Club France-Loisirs
avec l'autorisation des Éditions Calmann-Lévy

Éditions France-Loisirs
123, boulevard de Grenelle
www.franceloisirs.com

ISBN : 978-2-298-06891-7

À Pierre Bernachon,
Christian Koenig
Olivier Monceaux
et Ange Zaffran,

qui savaient raconter aussi bien qu'ils soignaient.

AVERTISSEMENT

Comme leurs noms l'indiquent, tous les personnages de ce roman sont fictifs.

Si les événements décrits dans ces pages semblent plus vrais que nature, c'est parce qu'ils le sont : dans la réalité, tout est moins simple.

Cela dit, même lorsqu'elles ne sont pas délibérées, les ressemblances avec des personnes ou des événements réels sont, probablement, inévitables.

M. W.

PROLOGUE

C'est un vieux bâtiment à étage, planté au milieu d'une cour goudronnée.

Sur le mur extérieur, près du portail rouillé, une plaque en acier brossé annonce :

DOCTEUR BRUNO SACHS
Médecine Générale

La porte de rue, dont la peinture vert sombre s'écaille, est entrouverte. Au fond de l'entrée, les mots « Salle d'attente » sont peints au pochoir sur une porte en bois blanc, au-dessus d'un carton sur lequel figurent – calligraphiés en rouge, bleu, vert et noir par une main appliquée – les horaires de consultation. À gauche s'élève un escalier vétuste.

Comme me le recommande un petit panonceau métallisé, je sonne et j'entre.

*

La salle d'attente, est une grande pièce au sol carrelé, fraîche, claire et haute de plafond. Les murs sont tapissés d'un papier bleu pâle à rayures bleu foncé. Face à l'entrée, côté jardin, quelques chaises encerclent une table basse couverte de magazines. Je salue d'un murmure les personnes présentes et je m'assieds.

Côté cour, un grand bureau en bois, mastoc et impersonnel, porte une plante en pot. À ma droite, un homme en chemisette, short et chaussures de sport lit un quotidien. À ma gauche, une femme entre deux âges parle à voix basse à une adolescente dont les yeux restent rivés au sol. Plus loin, près de la porte de communication équipée d'un groom automatique, une femme jeune, très enceinte, avachie sur une chaise, surveille d'un regard fatigué deux enfants de trois ou quatre ans. La petite fille – l'aînée, apparemment – fait l'école à une rangée de peluches installées sur un petit banc de bois peint en rouge. Son petit frère, assis sur le grand carré de moquette qui recouvre ce coin de la pièce, empile des cubes d'un air renfrogné.

L'homme soupire et retourne son journal. L'adolescente me regarde du coin de l'œil. La femme m'ignore et continue à lui parler. Les enfants jouent. Leur mère fouille dans son sac. Je regarde ma montre. Je me retourne. Derrière moi, sur le mur, entre les deux grandes fenêtres, une pendule-assiette indique dix heures passées.

Il a plu. Les fenêtres sont embuées, mais le soleil perce les nuages et réchauffe le coin des enfants. La sonnette retentit. Une femme âgée, petite et obèse, entre en ahanant suivie par un vieil homme très maigre et très voûté. La femme s'affale sur un siège, lève les yeux au ciel en gémissant, serre son porte-monnaie sur sa poitrine, soupire bruyamment. Le vieil homme fait le tour de la table basse et s'assied à son tour. Je croise les jambes et j'ouvre le livre.

PRÉSENTATION

(mercredi 12 septembre)

LE SERMENT

En présence des Maîtres de cette Faculté, de mes chers condisciples et selon la tradition d'Hippocrate, je promets et je jure d'être fidèle aux lois de l'honneur et de la probité dans l'exercice de la Médecine. Je donnerai mes soins gratuits à l'indigent, et n'exigerai jamais un salaire au-dessus de mon travail. Admis dans l'intérieur des maisons, mes yeux ne verront pas ce qui s'y passe, ma langue taira les secrets qui me seront confiés et mon état ne servira pas à corrompre les mœurs ni à favoriser le crime.

Respectueux et reconnaissant envers mes Maîtres, je rendrai à leurs enfants l'instruction que j'ai reçue de leurs pères.

Que les hommes m'accordent leur estime si je suis fidèle à mes promesses.

Que je sois couvert d'opprobre et méprisé de mes confrères, si j'y manque.

1

DANS LA SALLE D'ATTENTE

Des pneus crissent sur l'asphalte humide de la cour. Je lève la tête. Un éclair de lumière passe sur le plafond. Un moteur se tait. Une portière claque. La porte de rue vibre, des clés tintent. Je glisse un doigt entre deux pages et je referme le livre sur mes jambes croisées.

La porte de la salle d'attente s'ouvre et, ta sacoche à la main, tu entres en secouant ton trousseau de clés.

— Messieurs-dames, bonjour...

Des murmures te saluent. Tu passes devant nous, tu ouvres la porte de communication et tu la retiens d'un coude. De l'autre main, tu isoles une clé du trousseau, tu déverrouilles la seconde porte, tu l'ouvres. Tu ôtes la clé de la serrure, tu glisses le trousseau dans ta poche, tu entres. Silencieusement, la porte de communication se referme derrière toi sous l'action du groom automatique.

Quelques instants plus tard, tu réapparais. Tu as retiré ta parka, ton pull ou ton gilet, et enfilé une blouse blanche dont tu retrousses les manches. Tu nous lances un regard interrogateur. À ma gauche, l'homme replie son journal et se lève. Tu lui tends la main, tu t'effaces et tu le fais entrer. La porte de communication se rabat sur vous.

Je reprends ma lecture.

2

ÇA COMMENCE COMME ÇA

J'entre, mon journal ou mon magazine sous le bras. Tandis que la porte de communication se rabat silencieusement, tu refermes des deux mains, en poussant fort, la porte intérieure.

La pièce est claire, les murs sont tapissés de papier bleu pâle à rayures d'un bleu un peu plus soutenu. À ma gauche, il y a des voilages à la fenêtre. Dans le coin, de grandes étagères en pin portent des boîtes grises bourrées de dossiers. À ma droite, d'autres étagères, hautes et perpendiculaires à la cloison, partagent la pièce en deux. Placé contre le mur du fond, ton bureau est un simple plateau de bois peint en blanc, posé sur deux tréteaux tubulaires bleu sombre. Devant le bureau se trouve un fauteuil à roulettes recouvert d'un tissu beige ; à sa droite, deux sièges recouverts de drap noir vers lesquels tu tends la main.

— Asseyez-vous.

Tu te diriges vers le bureau, tu t'assieds sur le fauteuil à roulettes. Tu refermes le grand livre rouge ouvert devant toi, tu déplaces un bloc d'ordonnances. Tu pivotes vers moi, tu poses le coude gauche sur le plateau de bois peint, tu lèves les yeux. Tu souris.

— Asseyez-vous, je vous en prie.

Pendant que je m'exécute, tu demandes sur un ton bienveillant :

— Que puis-je faire pour vous ?

Je cherche mes mots.

3

UNE CONSULTATION

— Eh bien, je ne sais pas par où commencer...

Tu hoches la tête, Mmmhh. Tu pivotes vers les étagères, tu fouilles dans une des boîtes grises. Tu en sors une enveloppe brune. Tandis que je t'explique le motif de ma venue, tu sors de l'enveloppe un bristol quadrillé au format carte postale et tu le poses sur le plateau de bois peint ; tu tires un stylo plume noir de la poche de poitrine de ta blouse, tu dévisses le capuchon, tu l'ajustes sur le corps du stylo, tu tires un trait sur le bristol, tu marques la date près du bord gauche.

— Eh bien, voilà...

Penché sur le bristol quadrillé, tu écris.

*

Quand tu écris, tu te tiens voûté au-dessus du plateau de bois peint. Derrière toi, à travers les rideaux de voile jaunissants et les feuilles de plastique opaque mais translucide qui recouvrent les vitres, la grande fenêtre déverse une vive clarté. Sans lâcher ton stylo, tu tournes la tête vers moi. Les verres de tes lunettes sont légèrement teintés, je ne sais si tu regardes ma bouche ou mes yeux. De temps à autre, tu baisses les yeux vers le bristol quadrillé et tu traces quelques mots. Tu interromps parfois mon récit pour poser des questions.

— Quand est-ce que ça a commencé ? C'était la première fois ? Tous les jours ? Pendant ou entre les repas ? Y a-t-il des jours où vous ne sentez plus rien ? Et la nuit ? Et aujourd'hui, par exemple ? Est-ce que vous avez pris quelque chose contre la douleur ?

Tu commentes mes réponses d'un Mmmhh, ou d'un Je vois. Tu écris sur le bristol quadrillé, tu hoches la tête, Oui, ce doit être très pénible... Finalement, tu reposes le stylo.

Tu tournes le dos au plateau de bois peint et tu désignes le lit bas placé à deux mètres de nous, contre la cloison qui sépare le cabinet médical de la salle d'attente.

— Eh bien nous allons voir ça. Je vais vous demander de vous déshabiller et de vous allonger, si vous le voulez bien.

*

Pendant que j'enlève mes chaussures, tu traverses la pièce.

De l'autre côté de la pièce, au-delà du grand rayonnage bardé de livres qui sert de paravent, j'aperçois un petit évier surmonté d'un chauffe-eau électrique, une table roulante portant des instruments divers et l'extrémité d'une table d'examen à tubulures chromées. Contre le mur, face à la porte, un pèse-bébé trône au sommet d'un meuble en pin verni.

Tu fais couler l'eau, tu verses du savon liquide dans le creux de tes mains, tu les savonnes.

— Avez-vous bon appétit ?

— Euh... c'est moyen.

Je pose mes vêtements (ma chemisette ou mon chemisier, mon short ou ma jupe) sur la chaise placée sous la fenêtre, entre le lit bas et les étagères. Tu te rinces les mains et tu les essuies avec des serviettes en papier que tu jettes dans une petite poubelle métallique à pédale. Je reste debout, en sous-vêtements. Tu reviens vers moi. Tu me désignes le lit bas.

— Installez-vous, je vous en prie.

Je fais deux pas, je m'allonge sur le drap blanc, un peu froid, un peu rêche. Ma tête s'enfonce dans un traversin un peu trop mou. Allongé le long de la cloison, j'entends des voix bruire dans la salle d'attente. Tu retires mes vêtements du dossier de la chaise, tu les reposes sur le siège que j'occupais il y a quelques instants et tu rapproches la chaise du lit bas.

Tu t'assieds près de moi.

*

Sur un petit meuble à tiroirs placé à la tête du lit bas, tu prends l'appareil à tension, je te tends le bras droit, tu l'entoures du brassard gris. Tu prends le stéthoscope, tu ajustes les écouteurs à tes oreilles, tu poses le pavillon à la saignée de mon coude, tu saisis la poire en caoutchouc de l'appareil à tension, tu visses la molette et tu te mets à gonfler. Ça serre. Du bout des doigts, tu dévisses doucement la molette. Ça siffle.

— Treize-huit, c'est bien.

Tu défais le brassard et tu le reposes sur le petit meuble à tiroirs. Brandissant le pavillon du stéthoscope, tu te penches vers moi et tu l'appliques sous mon mamelon gauche. C'est froid. De l'autre main, délicatement, tu me prends le pouls.

Tu écoutes.

— Vous avez un cœur bien régulier. Respirez profondément.

Entre deux inspirations, tu déplaces l'instrument de part et d'autre de ma poitrine, de haut en bas, puis plus à gauche.

— Bien. Asseyez-vous.

Je me redresse.

— Penchez-vous en avant.

Je m'incline. Tu fais passer le pavillon du stéthoscope dans ta main gauche, tu poses délicatement ta main droite sur mon épaule.

— Respirez fort. La bouche ouverte.

Tu déplaces méthodiquement le pavillon du stéthoscope le long de ma colonne vertébrale, à gauche puis à droite, de haut en bas.

Tu retires les écouteurs de tes oreilles et les deux branches métalliques se heurtent avec un bruit sec. Tu reposes l'instrument sur le petit meuble à tiroirs. Tu te soulèves à peine de la chaise pour t'asseoir derrière moi sur le lit bas. Tu poses ta main gauche à plat sur mon dos et, de l'index droit replié, tu tapes dessus. Cela produit un son grave et creux. Tu glisses ta main gauche un peu plus bas et tu frappes à nouveau, régulièrement, de haut en bas, d'un côté puis de l'autre. Tu poses ensuite les deux mains bien à plat sur mes côtes.

— Dites trente-trois !

— Trente-trois...

— Plus fort.

— TRENTE-TROIS !

— Bien, rallongez-vous.

Tu te rassieds sur ta chaise et je m'étends à nouveau sur le drap un peu plus tiède. Tu te penches vers moi, tu poses la main droite sur mon ventre. Du bout des doigts, tu palpes, en commençant par le côté gauche. Ta main fait le tour de mon ventre, dans le sens inverse des aiguilles d'une montre.

— Je vous fais mal ?

— Euh, c'est désagréable, sans plus...

— Vous digérez bien ?

— Euh, ça va...

Puis tu glisses ta main gauche entre mon dos et le drap (Non, ne bougez pas), à droite puis à gauche, et tu palpes mes flancs entre tes deux mains, d'un côté puis de l'autre. Ce faisant, tu demandes négligemment, selon le cas : Avez-vous des difficultés pour uriner ? ou : Quand vous a-t-on fait un examen gynécologique pour la dernière fois ?

De l'autre côté de la cloison, j'entends tinter le carillon de l'entrée. La porte de la salle d'attente s'ouvre et se referme. Des talons claquent sur le carrelage. Une chaise grince.

Tu te rassieds. Tu poses la main gauche à plat sur le ventre et, de l'index droit replié, tu frappes dessus. Tu déplaces la main et tu frappes à nouveau, de gauche à droite, de haut en bas. Ça sonne creux.

Puis tu palpes mes aines, mes cuisses (Pliez les genoux), mes mollets (Rallongez les jambes) et tu poses le bout de tes doigts sur le dessus de mes pieds, ou derrière mes chevilles.

— Asseyez-vous au bord du lit.

Je me redresse, je pose mes pieds nus sur la natte. Tu cherches quelque chose dans les poches de ta blouse, tu ne trouves pas, tu te lèves, tu tends la main vers le bureau et tu y prends une petite lampe torche en métal noir, tu l'allumes, tu te rassieds, tu règles le faisceau, tu me soulèves délicatement le menton.

— Tirez la langue, faites AAA !

— Èèè...

Dans une boîte en carton posée sur le petit meuble, tu prends un abaisse-langue en bois, tu le lèves d'un geste un peu menaçant mais en souriant d'un air désolé.

— Pourriez-vous ouvrir la bouche un peu plus ? AAAAA ?

— Èèèèèè...

— Encore... AAAAA, insistes-tu en braquant la petite torche.

Je tire désespérément la langue.

— Èèaaaaaaa... ???

— Très bien.

Tu glisses doucement le bâtonnet de bois entre ma joue et mes dents, d'un côté puis de l'autre, puis enfin sur ma langue. Je me mets à tousser, je m'étrangle, tu retires l'abaisse-langue.

— Pardon, dis-je les larmes aux yeux et le cœur au bord des lèvres.

— Je vous en prie... Quand avez-vous fait soigner vos dents pour la dernière fois ?

J'avale ma salive avec difficulté.

— Euh... Il y a longtemps...

Tu jettes l'abaisse-langue derrière toi, dans le sac en plastique bleu de la grande corbeille en osier.

— Regardez mon nez (Tu diriges la petite lampe torche obliquement vers un œil, puis vers l'autre. Du bout du pouce tu attires ma paupière vers le bas), regardez le plafond...

Le plafond n'est plus tout à fait blanc. On a dû passer dessus une ou deux couches de peinture, il y a bien longtemps. Il s'affaisse au centre. Des fissures apparaissent près des murs, et de discrets reflets vert d'eau évoquent la progression des moisissures.

— Bien...

Tu te lèves, tu ranges la lampe dans la poche de ta blouse. Tu désignes le pèse-personne posé sous la fenêtre.

— Venez vous peser.

Tu penches la tête.

— C'est votre poids habituel ?

— Euh... oui.

Tu retournes t'asseoir.

Tu décapuchonnes le stylo noir, tu te penches vers le bristol quadrillé. Tu relèves la tête et, comme je suis toujours debout, immobile sur le pèse-personne, tu dis :

— Rhabillez-vous, je vous en prie.

*

Tu ne me regardes pas me rhabiller.

Je me rassieds sur le siège recouvert de drap noir. Tu te tournes vers la gauche, tu te penches vers l'étagère du bas, tu y prends un bloc d'ordonnances, des feuilles de sécurité sociale, tu les poses devant toi sur le plateau.

Tu ouvres le grand livre rouge posé un peu plus loin, tu consultes les pages saumon du début, puis les pages blanches du milieu.

— Alors, nous disions donc, mmmhhnante-sept kilos, n'est-ce pas...

— Euh... oui.

Le téléphone sonne.

*

Il y a deux téléphones sur le plateau de bois peint qui te sert de bureau. L'un est gris, placé sur un support mobile ; l'autre est noir, enfoui dans le coin proche des étagères sous des revues et le grand livre rouge.

Le téléphone gris sonne.

— Excusez-moi...

Tu décroches.

— J'écoute.

De ma place, j'entends parfois une voix aiguë crier « Allô, Edmond ? C'est toi, Edmond ? » et tu réponds Non madame vous avez dû faire un faux numéro et tu raccroches. Mais le plus souvent, je n'entends rien et tu réponds C'est lui-même... Oui, bonjour Monsieur Kelley... Tu tends le bras vers ton cahier de rendez-vous, tu l'ouvres. Tu feuillettes les pages. Mmmhh... Quand voulez-vous venir ? Ce matin, je suis en consultation jusqu'à midi, midi et demi... Oui, dans l'après-midi c'est plus simple... Je consulte à nouveau à partir de dix-sept heures. Mettons seize heures quarante-cinq ? Tu reprends le stylo noir, C'est noté. Je vous en prie. Au revoir, monsieur. Tu raccroches.

— Excusez-moi...

Tu refermes le cahier de rendez-vous, tu consultes à nouveau le grand livre rouge et enfin tu le repousses loin de toi. Tu ouvres le bloc d'ordonnances, tu écris. En haut, la date : 12 septembre. Puis mon nom, à la hauteur du tien, et tu le soulignes de deux traits. Plus bas sur la feuille, ta main trace, en lettres capitales, les instructions que tu me donnes à haute voix : Bon alors, vous prendrez Tel médicament deux comprimés trois fois par jour pendant six jours, Tel sirop deux cuillères à soupe le soir au coucher pendant trois semaines... Tu relèves la tête.

— Mmmhh... Qu'est-ce que vous prenez quand vous avez de la fièvre ou mal à la tête ?... Il vous en reste ?... Voulez-vous que je vous en marque ? Deux boîtes, ça suffira ?... Aviez-vous besoin d'autre chose ?

Tu rajoutes, ou non, selon la réponse, le nom d'un troisième produit.

D'un bref mouvement de poignet, sans lever la main, tu signes, en bas à droite sur la feuille d'ordonnance.

Le téléphone sonne. Tu décroches.

— Allô... Ah, non Madame, vous n'êtes pas au Crédit Provincial...

Tu raccroches.

Tu sépares mon ordonnance des suivantes, tu attires vers toi un bloc de feuilles de sécurité sociale et, d'un mouvement fluide, ta main remplit la case des NOM ET PRÉNOM DU MALADE (À REMPLIR PAR LE MÉDECIN SELON LES INDICATIONS DE L'INTÉRESSÉ), puis les rubriques surmontées des mots PRESTATION DES ACTES : 1 – DATE DES ACTES MÉDICAUX ; 2 – DÉSIGNATION DES ACTES SUIVANT NOMENCLATURE ; 3 – DÉLIVRANCE D'UNE ORDONNANCE ; 4 – PRESCRIPTION : 1 (CHAMBRE) ou 2 (SORTIE AUTORISÉE) avant de parapher la 5 – SIGNATURE DU MÉDECIN ATTESTANT LA PRESTATION DE L'ACTE. Sous PAIEMENT DES ACTES tu inscris, colonne 6 – le MONTANT (EN FRANCS) DES HONORAIRES PERÇUS, puis, d'un trait continu, tu rayes les colonnes 7 – DÉPASSEMENT EXIGENCE PARTICULIÈRE ; 8, 9 et 10 – FRAIS DE DÉPLACEMENT, avant de t'arrêter brièvement sur la case 11 – TOTAL DÛ, et de reformer à nouveau ton paraphe dans la colonne 12 – SIGNATURE ATTESTANT LE PAIEMENT.

— Merci, Docteur, combien vous dois-je ?

Tu plies en deux la feuille de maladie et tu y glisses l'ordonnance. Tu me tends le tout en m'annonçant le montant de tes honoraires.

J'ouvre mon porte-monnaie ou je t'emprunte un stylo. Tu plies le billet ou le chèque et tu le glisses dans la poche de poitrine de ta chemise ou de ta blouse.

— Je vous remercie.

Sur le grand cahier de rendez-vous, tu inscris un C juste en face de mon nom. Tu te lèves, je me lève, tu passes devant moi, tu ouvres la porte intérieure du cabinet médical, je glisse l'ordonnance dans mon sac ou dans ma poche, tu pousses la porte de communication et tu passes dans la salle d'attente, je ramasse mon magazine ou mon journal sur le plateau de bois peint, je sors. Le dos à la porte, tu me serres la main, Au revoir.

Quelqu'un s'est déjà levé. Je t'entends lui dire Entrez.

Je sors de la salle d'attente.

4

LA LICENCE

Je pose mon carnet de santé sur le bureau.

— Je viens pour la licence.

J'ouvre le carnet de santé, J'en sors une carte portant ma photo. Je te la tends.

— Ah ! Eh bien mettez-vous en slip, que je vous examine...

*

Sur le petit meuble à la tête du lit bas, tu prends le stéthoscope, l'appareil à tension. Tu prends mon bras, tu l'enserres dans le brassard gris, tu poses le pavillon du stéthoscope à la saignée du coude, tu glisses les écouteurs dans tes oreilles, tu pompes. Ça serre. Tu dégonfles. Ça siffle.

— Treize-huit, c'est bien.

Tu défais le brassard et tu le reposes sur le petit meuble. Tu poses le pavillon du stéthoscope sur ma poitrine et tu écoutes.

— Respirez profondément... Vous avez un cœur bien régulier. Ça fait longtemps que vous faites du foot ?

*

Parfois, je viens de reprendre. Ça faisait longtemps. J'ai beaucoup joué, dans le temps. Mais quand on travaille, c'est pas facile. Et puis, je me suis dit qu'il fallait que je me remette un peu en forme. Avec tout ce qu'on voit.

Parfois, c'est la cinq ou sixième année, j'ai déjà fait du basket et du hand mais ça ne me plaisait plus, l'atmosphère n'était pas très bonne. Alors j'ai changé de club, maintenant je fais du foot dans la commune voisine et je ne regrette pas.

Parfois, je commence, et je ne suis pas venu seul, mais avec un copain, ou bien c'est l'entraîneur, qui est le père d'un copain, qui nous a amenés là, tous les poussins du club, en deux fois, deux mercredis de suite après l'entraînement, la salle d'attente est à peine assez grande pour qu'on s'asseye tous et, lorsque tu arrives, à trois heures, trois heures et demie, nous te regardons mi-inquiets, mi-rigolards, t'escrimer avec tes clés et tes deux sacs, parler à la secrétaire qui t'attendait impatiemment et t'annonce que c'est déjà plein, tous les rendez-vous sont pris. Tu fronces les sourcils, tu entres dans ton bureau, tu claques la porte derrière toi, et longtemps après, tu ressors, et tu dis : Bon, allons-y deux par deux, Madame Leblanc si on me demande vous dites que je rappellerai plus tard... Par qui je commence ? Allez, venez, jeunes gens, je ne vais pas vous bouffer !

Et moi, je me dégonfle pas, je serre ma licence (et mon carnet de santé, quand ma mère a pensé à me le donner) et j'entre avec mon frère ou mon cousin ou un copain, tu refermes les portes derrière nous, tu nous prends les carnets des mains, tu vas t'asseoir à ton bureau et tu dis : Mettez-vous en slip.

Pendant que j'ôte mon short et mon maillot, tu regardes nos licences (et nos carnets de santé quand nos mères ont pensé à nous les donner). Puis, quand nous sommes tous les deux en slip, tu te tournes vers nous et tu nous fais signe d'approcher. Tu demandes Quel âge as-tu ? Tu poses ton machin froid sur ma poitrine, tu regardes ma gorge, mes dents, mes oreilles, tu me colles la petite lampe torche sur les yeux, tu palpes mon cou et sous mes bras. Après, tu me fais mettre sur un pied, sur l'autre, sur les pointes, sur les talons, puis tu me fais allonger sur le lit bas, tu palpes mon ventre, tu me fais asseoir et croiser mes genoux l'un sur l'autre et, avec un petit marteau à tête ronde entourée d'un caoutchouc sombre, tu frappes mes genoux et mes pieds sursautent. Après, tu me fais monter sur la balance, et puis finalement tu me dis de me rhabiller et tu fais passer l'autre ou alors c'est le contraire. Quand c'est fini, pendant que le dernier passé des deux se rhabille, tu rouvres les carnets de santé, tu lèves les yeux vers l'un de nous et tu dis : Il va falloir te faire un rappel de détépolio un de ces jours, ou : Si tu n'as pas eu les oreillons, il vaudrait mieux te vacciner, je vais mettre un mot à ta maman. Et c'est seulement après, au moment où tu vas nous faire sortir pour en appeler deux autres, que tu prends les licences sur la table et que pan ! tu leur colles un coup de tampon, tu signes et tu demandes Ça fait longtemps que tu fais du foot ?

*

— Dites trente-trois.

— Trente-trois.

— Plus fort !

— TRENTE-TROIS !

— Bien. Rallongez-vous.

Tu poses la main sur mon ventre. Tu palpes un peu partout, même derrière.

Tu recules un peu ta chaise.

— Tournez-vous vers moi.

Je m'assieds au bord du lit bas. Du bout du pouce tu tires sur ma paupière.

— Regardez le plafond.

Tu soulèves ma mèche. Tu regardes mon front.

— Vous avez beaucoup d'acné...

— Oui, justement, je voulais savoir si vous pouviez...

— Bien sûr. Je vais vous marquer quelque chose.

Tu recules encore un peu la chaise.

— Bien. Levez-vous.

Sur le petit meuble à la tête du lit bas, tu sors d'un

distributeur en carton deux gants informes en caoutchouc translucide.

— Baissez votre slip.

Penché en avant sur ta chaise, tu m'examines. De tes mains gantées, tu tâtes, tu palpes, tu soupèses à droite et à gauche. Et puis, tu jettes les gants dans le sac en plastique bleu de la grande corbeille en osier et je remonte mon slip.

— Tournez-vous.

Tu te lèves, je sens tes doigts courir le long de ma colonne vertébrale.

— Penchez-vous en avant. Avez-vous mal au dos de temps à autre ?

— Euh, non...

— Tournez la tête à droite, c'est ça. À gauche. Penchez-la sur le côté. De l'autre. Ça ne fait pas mal ? Bon.

Tu tends le bras vers le mur sous la fenêtre.

— Venez là, qu'on vous pèse.

Je monte sur le pèse-personne.

— C'est bien, vous pouvez vous rhabiller.

Tu retournes t'asseoir.

Pendant que je me rhabillais, tu as pris la licence sur le bureau, tu lui as collé un coup de tampon, tu l'as signée, puis retournée pour regarder à nouveau la photo agrafée dessus. À présent, tu ouvres le carnet de santé.

— Vous avez... Seize ans... Mmmhh... Oui, c'est bien ce qui me semblait. Il y a un rappel de vaccin à faire cette année. Ce n'est pas urgent, mais pensez-y. Je vais vous le prescrire. Aviez-vous autre chose à me demander ?

— Euh, pour l'acné...

— C'est vrai, j'oubliais.

Tu pivotes, tu te penches vers l'étagère du bas pour y prendre un bloc d'ordonnances, des feuilles de maladie, tu les poses devant toi sur le plateau. Tu lèves les yeux vers moi. Je suis toujours debout. Asseyez-vous, je vous en prie !

5

LE RENOUVELLEMENT

— Je viens pour ma pilule.

Tu pivotes vers les étagères pour y prendre mon dossier, une enveloppe marron de laquelle tu sors des bristols quadrillés et des feuilles pliées, attachées par un trombone.

— Comment allez-vous depuis... Tiens, ça fait six mois ! Je ne vous l'avais pas prescrite pour un an ?

— Euh, non...

— C'est curieux. Ah, oui. Je devais vous faire un frottis vaginal.

— Oui, peut-être...

Tu me poses quelques questions, toujours les mêmes, si je la supporte bien, si je n'ai pas grossi, si je n'ai pas mal aux seins, si je ne l'oublie pas, si je fume, si j'ai des migraines... Tu notes mes réponses sur ton bristol. Tu dis enfin :

— Eh bien, nous allons vous examiner.

— Euh... eh bien, c'est-à-dire... mes règles ont commencé hier.

Tu relèves la tête, tu me regardes brièvement, tu souris.

— Ça n'est pas grave, je ne vais pas vous embêter cette fois-ci et nous ferons ça la prochaine fois...

Sur ton bristol quadrillé, en rouge et en lettres d'imprimerie, tu écris, si gros que je parviens à le lire de ma place : EX. GYN. + FROTTIS PROCH. FOIS.

Tu recules ton fauteuil à roulettes, tu me désignes le lit bas.

— Allongez-vous, je vais vous prendre la tension.

6

AMÉLIE

La porte s'ouvre, tu sors et tu t'effaces devant une jeune femme. Tu lui serres la main.

— Merci, Docteur, au revoir.

— Au revoir, Madame.

Tu te penches vers l'enfant qui te regarde, les yeux grands ouverts, sans lâcher l'ours en peluche qu'elle a trouvé posé sur le petit banc rouge en arrivant.

— Alors, mon lapin, ça ne va pas aujourd'hui ?

— Ah ! dis-je, ne m'en parlez pas, depuis six mois

ça n'arrête pas, je commence à en avoir assez, tu viens Amélie ? Viens, ma chérie, on va voir le docteur.

Amélie fronce les sourcils et se précipite vers moi. Je la prends dans mes bras. Tu souris. Tu nous fais entrer. Je pose la mallette sur l'un des sièges recouverts de drap noir. Amélie ne veut pas me lâcher, alors j'ouvre la mallette d'une main, j'en sors le carnet de santé, je le pose sur le plateau de bois peint.

— J'ai déjà vu le médecin, enfin votre confrère de Deuxmonts, il y a quinze jours, c'était un jeudi, vous n'étiez pas là ou bien c'était un autre soir et vous ne consultez pas, je crois ?

— Si...

— Bon, enfin je ne voulais pas attendre, je venais de la récupérer chez la nourrice qui m'avait dit qu'elle était grognon et j'ai tout de suite vu que ça n'allait pas, elle voulait tout le temps être à bras et elle pleurnichait sans arrêt. Comme j'ai repris le travail il y a trois mois, je me suis dit qu'elle me faisait la comédie. Il faut dire qu'elle m'en a déjà fait voir, forcément, quand elle est née, j'ai pris un congé d'un an, alors je me méfie parce que des caprices elle m'en a fait. Mon mari est inquiet dès qu'elle fait un pet de travers, il en est fou de sa fille, mais moi je ne veux pas me laisser bouffer alors j'ai dit on va voir. Seulement, quand je l'ai déshabillée pour la mettre dans le bain, elle s'est mise à pleurer et c'est pas son habitude, le bain elle adore ça, alors je me suis dit : Ça ne va pas, je lui ai pris la température elle avait trente-neuf cinq et ça continuait à monter. Le médecin lui a trouvé une rhinopharyngite compliquée...

— Compliquée ?

— Oui, avec un début d'otite... Enfin, il me l'a

mise sous antibiotiques, mais le lendemain matin elle s'est mise à vomir alors je l'ai rappelé et il m'en a prescrit d'autres mais elle les a finis avant-hier et ça recommence.

— Ça recommence ?

— Oui, elle est grognon depuis tout à l'heure elle était chez mes beaux-parents, nous étions partis huit jours mon mari et moi ça faisait longtemps qu'on n'avait pas pris de vacances, et quand on est rentrés ma belle-mère m'a dit qu'elle n'allait pas bien depuis hier elle a le nez qui coule, elle tousse, elle ronfle la nuit et elle se réveille sans arrêt alors je me suis dit ça va pas recommencer c'est la cinquième fois depuis novembre on en sort pas il faudrait trouver une solution...

— Mmmhh. On va voir ça. Déshabillez-la...

Tu ouvres le carnet de santé.

Je cherche la table à langer, mais c'est chez le médecin de Deuxmonts qu'il y en avait une, l'autre jour. Toi, tu examines les enfants sur le lit bas contre la cloison. J'allonge Amélie sur le drap pour la déshabiller et tu demandes : Le médecin n'a rien marqué, la dernière fois ? Mais Amélie se met à hurler, et je ne parviens pas à lui enlever sa combinaison.

*

Parfois, c'est infernal, elle n'arrête pas de brailler et de gigoter, elle ne veut pas se laisser faire et je t'entends repousser ton fauteuil à roulettes.

— Vous permettez ?

Tu me désignes le lit bas.

— Asseyez-vous près d'elle.

Tu tires près du lit bas la chaise posée près de la fenêtre, tu t'assieds et tu regardes Amélie toujours allongée.

Amélie te regarde. Tu dis :

— Tu as toujours tes grands yeux bleus, poussin... Allez, je vais te déshabiller et regarder pourquoi tu as de la fièvre.

Amélie garde une moue méfiante. Tu lui tends les mains. Elle te tend les siennes, tu la fais asseoir sur le lit.

Tu dis : Je suis le Docteur Sachs, tu m'as déjà vu, mais ça fait longtemps, tu ne te souviens peut-être pas. Aujourd'hui, ta maman ne t'a pas amenée pour te vacciner, mais pour que je te soigne. Je sais bien que tu n'aimes pas qu'on t'allonge, les petits enfants et les bébés n'aiment pas ça et à ton âge on se méfie des étrangers... (Tu tires la fermeture à glissière de la combinaison jusqu'en bas.) Zoum ! (Tu prends une manche.) Allez, un bras ! (Amélie retire le bras de la manche.) L'autre bras... Un pied... L'autre pied... (Et elle se laisse enlever sa combinaison sans rien dire, sans cesser de te regarder, et tous ses vêtements y passent. Lorsque c'est fini, tu prends ses petites mains, tu tires doucement.) Hop ! (Et elle se retrouve debout sur le lit bas.)

— Viens sur les genoux de ta maman.

Tu la soulèves, tu l'assieds sur mes genoux et elle enfourne son pouce dans sa bouche.

*

Mais parfois, elle se laisse faire, et pendant que je lui ôte sa combinaison, son gilet, son pull, sa jupe de laine, son collant, son chemisier, son sous-pull et son body, tu fais le tour du siège sur lequel j'ai posé la petite mallette, tu prends quelque chose sur le pèse-bébé installé au sommet du meuble en pin verni et au moment où je lui enlève son maillot de corps – *Est-ce que je peux lui laisser sa couche ?* – tu lui tends un grand hochet transparent, où tournent des boules de couleur. Amélie sort le pouce de la bouche, prend le hochet, le secoue.

— Daaaada ?

— Asseyez-vous et prenez-la sur vos genoux.

Je m'assieds sur le lit bas. Tu tires la chaise posée près de la fenêtre, tu t'installes. Tu prends le stéthoscope sur le petit meuble. Tu glisses les écouteurs dans tes oreilles, tu regardes Amélie, tu dis C'est froid, tu poses le pavillon du stéthoscope sur sa poitrine.

Amélie fait la moue, mais elle ne pleure pas. Elle fourre son pouce libre dans sa bouche. Au bout de quelques secondes, tandis que tu déplaces le stéthoscope sur sa poitrine, elle sort le pouce de sa bouche, fait passer le hochet d'une main dans l'autre et tend la main libérée vers le tuyau de caoutchouc noir.

— Ne touche pas !

Tu hoches la tête doucement.

— Ça ne me gêne pas...

Pendant qu'elle prend le tuyau à pleine main et tire dessus, tu promènes le pavillon sur sa poitrine, puis sur son dos. Elle se met à tousser, de cette toux rauque qui la prend souvent pendant la sieste ou la nuit, qui lui donne des haut-le-cœur et fait si peur, surtout à ma belle-mère parce que moi, je sais qu'elle a beau tousser, ça ne l'empêche pas de faire toutes les bêtises possibles mais bon, ça fait vraiment longtemps que ça dure et ma belle-mère n'arrête pas de me répéter que je devrais la montrer à un pédiatre.

— Elle tousse souvent comme ça ?

— Sans arrêt, parfois elle tousse toute la nuit, et dès que j'entre dans la chambre elle pleure, impossible de la rendormir. Mon mari me dit de la prendre avec nous dans le lit, pour lui c'est facile, il se rendort, mais moi pas question. Alors forcément, le matin j'ai du mal à me lever...

Tu poses le stéthoscope sur le dos d'Amélie, qui tire plus fort sur le tuyau de caoutchouc noir. Ta tête suit le mouvement et bientôt vous êtes nez à nez.

— Da-hhhdaddaaaa... soupire Amélie.

Tu retires le stéthoscope de tes oreilles et les écouteurs claquent avec un bruit sec. Amélie n'a pas lâché le tuyau. Le hochet tombe par terre. Je le ramasse. Sur le petit meuble, dans la boîte en carton, tu prends un petit cône en plastique, et tu le fixes sur une sorte de lampe de poche.

— On va regarder tes oreilles, mon lapin.

— Elle n'aime pas ça...

Tu te penches vers Amélie, tu te glisses le long de sa joue, tu introduis le cône dans son oreille droite. Amélie s'immobilise, mais ne dit rien.

— Uuuune oreille... Bon.

Tu te redresses, tu changes de côté.

— L'autre ooooreille... Booooon.

— Dadaddaaa ?

— Voilà, c'est fini mon lapin.

— Qu'est-ce qu'elle a ?

— Une rhinopharyngite pas compliquée.

— Ses oreilles n'ont rien ?

— Non. Elle avait beaucoup de fièvre, ce soir ?

— Je ne sais pas, je ne l'ai pas prise, je suis venue tout de suite mais – je pose la main sur le front d'Amélie – je ne crois pas, non enfin j'avais peur que ça recommence, vous ne croyez pas qu'il faudrait faire quelque chose ? L'opérer des végétations ou lui faire des injections de globulines... Ma sœur a fait ça à son fils... une piqûre trois fois par semaine pendant huit semaines, il paraît que ça leur fait du bien...

Tu fais une moue dubitative, tu secoues la tête, tu tends le petit doigt à Amélie et sa petite main se referme autour de lui.

— Mmmhh, ce n'est pas nécessaire. On est en automne et, jusqu'à l'âge de deux ans, les rhumes c'est fréquent. Après, ça se tasse...

Tu te retournes, tu prends le carnet de santé sur le plateau de ton bureau, tu le feuillettes.

— Mon confrère n'a rien noté, la dernière fois ?

— Oh ! Lui il ne marque jamais rien alors je ne lui emmène même plus le carnet de santé, vous savez les médecins ne notent pas souvent...

— C'est dommage... Bon, vous allez pouvoir la rhabiller...

Tu te relèves. Tu repousses la chaise sous la fenêtre. Tu t'assieds sur la chaise tournante. Tu poses le carnet de santé, tu prends ton stylo, tu écris.

Amélie se met à éternuer, une fois, deux fois, trois fois.

— Atchoum, atchoum, atchoum ! dis-tu sans te retourner.

Maintenant, évidemment, elle en a plein le nez et la

bouche, elle s'essuie avec sa manche et m'en flanque partout, et je n'ai pas de mouchoir.

Sans lâcher ton stylo, tu te lèves. Tu traverses la pièce. Tu prends des essuie-mains en papier dans le distributeur accroché au mur, tu me les tends.

Quand Amélie est rhabillée, je reviens m'asseoir sur un des fauteuils recouverts de drap noir. Amélie trottine derrière moi. Elle s'approche de la table où tu es en train de rédiger l'ordonnance, elle tient toujours le hochet vert et rouge, elle lève la tête et te le tend.

— Tah !

— Merci, ma puce. Bon, dis-tu en repliant l'ordonnance et la feuille de maladie, pas d'antibiotiques cette fois-ci, ça va guérir tout seul, vous allez simplement lui donner de quoi faire baisser la température pendant un jour ou deux, je vais vous marquer un peu de sirop pour la toux, sauf si vous avez déjà ce qu'il faut chez vous...

— Vous ne lui prescrivez même pas des gouttes dans le nez ?

Avant que tu puisses me répondre, le téléphone sonne.

7

ANGÈLE PUJADE

Ça sonne une fois, et tu décroches.

— Docteur Sachs, j'écoute...

— Bonjour, Bruno ! C'est Angèle.

— Bonjour, Madame Pujade. Comment allez-vous ?

— Très bien. Je ne te dérange pas ?

— Jamais.

Je ris. Tu réponds toujours ça.

— Dis-moi, est-ce que je peux te rajouter une dame, demain ?

— Mmmhh... Le programme est chargé ?

— Oui, un peu. Tu as déjà trois interventions et trois... non, quatre consultations. Mais c'est une dame qui préfère passer avec toi, c'est Jean-Louis qui te l'envoie.

— Jean-Louis Renaud ?

— Oui, c'est une de ses patientes... Mais je peux la faire venir la semaine prochaine.

— Non, on ne va pas la faire poireauter huit jours, c'est suffisamment dur comme ça. Mmmhh... Je viendrai un peu plus tôt. À midi et demi. Ça ira ?

— Très bien, merci, Bruno. Alors, à demain !

— À demain, Madame Pujade.

Je raccroche et je lève les yeux vers la jeune femme brune aux yeux sombres.

— C'est d'accord pour demain !

Ses yeux errent dans le vague. Elle sourit en se forçant un peu et hoche la tête.

— Merci...

— Vous verrez, dis-je, ça se passera très bien. Bruno – le Docteur Sachs – est très... très doux.

Je ne sais pas pourquoi j'ai dit cela. Peut-être pour atténuer le chagrin et la colère qui se bousculent en elle.

8

MARIE-LOUISE RENARD

— Bonjour mon petit docteur !

— Bonjour, Madame Renard. Asseyez-vous.

Le téléphone sonne. Tu soupires.

— Ah, excusez-moi...

— Allez-y, je suis pas pressée !

Pendant que tu réponds au téléphone, je pose mon porte-monnaie sur le coin du bureau, je retire mon châle, je le pose sur le dossier de la chaise, j'ôte mon gilet, je le pose par-dessus, j'ouvre la fermeture Éclair de ma blouse, j'ôte ma blouse, je la pose sur le gilet, je déboutonne mon cardigan, j'ôte mon cardigan, je le pose sur la blouse, je déboutonne ma robe, je la retire, je la dépose sur le cardigan, j'ôte ma combinaison, je la mets sur la chaise parce que autrement tout va tomber et, comme tu viens de raccrocher, je lève les yeux vers toi.

— Faut-y que je retire ma gaine ?

Tu souris.

— Ça ira comme ça... Qu'est-ce qui vous amène, aujourd'hui ?

— Eh ben, comme d'habitude, je viens pour les médicaments. Et puis aussi pour la tension, ça va pas en ce moment, ça tourne le matin quand je me lève et le midi quand j'ai fini de souper, et le soir quand j'enlève mes bas, je me redresse et ça tourne, ça vire, ça me jetterait... Et j'ai mal, Euhlamondieu c'est-y possible de souffrir comme ça, j'ai mal j'ai mal j'ai mal...

Je ferme les yeux, je secoue la tête, je soupire, je hoche la tête, je soupire à nouveau et enfin en posant la main sur mon sein :

— J'ai toujours mal là... au cœur.

Je te regarde. Tu es très grand. Tu fais moins jeunot, plus docteur que quand tu es arrivé, mais tu es toujours aussi grand. Il est vrai que je ne le suis pas, moi.

Tu désignes le lit bas.

Je m'assois, Euhlamondieu que c'est bas. Je m'allonge, Euhlamondieu que c'est froid. Tu tires vers toi la chaise placée sous la fenêtre et tu t'assois.

Tu mets les écouteurs dans tes oreilles. Tu me prends la tension. Ça me serre, mais je sais que c'est pour mon bien. Ça siffle.

— J'ai combien, cette fois-ci ?

Le téléphone sonne.

— Et zut !

— Ah, ben vous avez pas de chance aujourd'hui ! On vous laisse point travailler tranquille.

— Excusez-moi...

L'appareil se dégonfle. Tu fais trois pas vers le bureau, tu décroches.

— Docteur Sachs, j'écoute... Bonjour, Monsieur... Oui... Non, je ne l'ai pas encore reçue... Je pense qu'elle arrivera avec le courrier de demain... Oui, je vous rappelle... Je vous en prie, au revoir, Monsieur.

Tu raccroches.

— On est toujours dérangé, quand on est docteur !

— Mmmhh...

Tu regonfles, ça serre. Tu regardes l'aiguille. Tu

fronces les sourcils. Tu regonfles. Ça serre plus qu'avant, faut-y souffrir pour se soigner ! Tu regardes l'aiguille. Ça siffle très doucement. Je sens que ça toque dans mon bras. Tu hoches la tête.

— C'est bien.

— J'ai combien, cette fois-ci ?

— Quinze-huit.

— Ah ? Mais la dernière fois j'avais quatorze. C'est-y normal ?

— Oui, vous savez, ça peut varier un peu d'une fois sur l'autre...

— Mais je comprends pas, j'ai pas deux fois la même tension quand je viens vous voir. Pourtant, je prends bien mes médicaments. Et quand par hasard j'oublie – notez bien, c'est pas souvent – je me relève la nuit pour les prendre, alors comment ça se fait que ça soye pas toujours pareil d'une fois sur l'autre ?

— C'est parce que ça varie. Entrc quinze et quatorze, il n'y a pas une grosse différence...

— Vous n'allez pas me changer mes médicaments ?

— Non, c'est très bien comme ça...

— Ah bon, j'aime mieux ça, j'ai eu tellement de mal à m'y habituer ! Tout de même, quinze, c'est beaucoup, non ? Faudrait pas que ça augmente encore comme l'an dernier, vous n'étiez pas là, l'avait fallu que j'appelle un autre docteur...

À travers la cloison, j'entends sonner à la porte.

— Ah bon ? J'étais en vacances ?

— Non, mais c'était un dimanche et votre machine disait que vous n'étiez pas là jusqu'au lundi matin...

— Oui, le dimanche, il m'arrive de ne pas travailler...

— Enfin c'est toujours comme ça ! Quand on a besoin du docteur, il est jamais là au moment qu'y faudrait. Enfin, c'est pas pour vous que je dis ça. Je suis contente que vous soyez là. Avant, il fallait que j'aille jusqu'à Lavinié, mon fils pouvait pas toujours m'emmener alors je demandais au voisin et j'y payais l'essence, mais c'était toute une affaire. Et puis, il fallait attendre une heure si c'est pas deux, il faut dire que le docteur de Lavinié il a toujours eu une belle clientèle ! Tandis que vous, ici, au début vous aviez pas grand monde, forcément, alors quand on m'a dit que vous alliez ausculter dans l'ancienne école, j'étais contente, c'est pas loin, et puis je vous vois passer quand vous arrivez le matin, et quand je vais à l'épicerie je regarde si vous êtes encore là, et je peux venir avant qu'il y ait du monde...

On frappe à la porte.

— C'est pas vrai !

Tu te lèves énervé, tu ouvres les deux portes. J'entends une voix traînante, un peu geignarde.

— Bon-jour Mô-ssieur. Il-veut-pas-un-pa-nier, le-Docteur ?

— Non merci, je n'ai besoin de rien.

— Votre-femme-elle-est-pas-là ?

— Non, je n'habite pas ici. Excusez-moi, je suis en consultation...

— Bon. Ça-fait-rien, au-re-voir...

Tu refermes les portes et tu reviens près du lit. Tu es encore plus grand quand je suis allongée.

— Elle est pas d'ici... Elle sait pas que vous avez pas de dame...

— Mmmhh...

Je te taquine.

— Un beau gars comme vous, vous finirez bien par en trouver une, ça serait dommage autrement...

— Venez, Madame Renard, vous allez pouvoir vous redresser...

— Oui... Mais faut m'aider – han ! Euhlamon-dieu, ce qu'il est bas votre petit lit mon petit docteur !

Tu m'aides à m'asseoir.

— Ils sont ennuyants, ces romanichels, je comprends pas que le maire les laisse camper sur le terrain près du stade, j'y ai déjà dit : Lucien, tu devrais pas les laisser s'installer là, après y a des vols et ils laissent plein d'ordures, leurs queniots n'ont même pas de chaussures, ils sont sales c'est incroyable...

— Respirez fort...

Je respire.

— Euhlamondieu que ça siffle. Enfin, la bronchite, ça s'est bien passé avec le sirop que vous m'avez donné la dernière fois...

— Mmmhh. C'est ce que je vois...

— Oui heureusement mais c'est mon cœur qui me fait souffrir... Et puis mes jambes, Euhlamondieu ! Les gélules que vous m'avez données l'autre fois, ça m'a calmée un jour, à peine deux et après ça a recommencé. Remarquez, ça fait cinquante ans que ça dure, alors ça peut pas s'arranger du jour au lendemain...

Tu te penches vers mes jambes.

— Où avez-vous mal ?

— Un peu plus bas... (Tu m'appuies sur les tibias.) Aïïïïe ! Oui, Euhlamondieu que ça fait mal, oui c'est là...

— C'est musculaire... Quand on est un peu forte,

comme vous, les muscles des jambes travaillent beaucoup plus...

— Euhlamondieu ! C'est vrai que j'ai travaillé dans ma vie ! J'y dis, à mon mari : Marcel, c'est pas Dieu possible que je sois fatiguée comme ça.... C'est pas la circulation ?

Tu hoches la tête.

— T-tt.

— Ah, tant mieux. Mais aussi, c'est mon cœur Euhlamondieu que j'ai mal ! Rien que l'autre nuit, c'est affreux ce que j'ai souffert ! Mon mari m'a grondée parce que je l'empêchais de dormir, il avait beau m'avoir touchée avant que je me couche, j'avais quand même mal...

— Touchée ?

— Ben oui, vous savez bien, mon mari il a le *don*. Il était toucheux dans le temps, il *arrêtait le feu*. Maintenant bien sûr, il ne le fait plus beaucoup, qu'à moi, et j'ai l'impression que ça ne me fait plus rien...

— C'est toujours la même douleur sous le sein ?

— Oui, là au cœur... Faut-y que je retire ma gaine ?

— T-tt, penchez-vous en avant...

Je me penche. Tu quittes la chaise, tu poses un genou sur le lit près de moi et tu appuies tes deux pouces juste entre mes omoplates.

— Ouuuuille !

— Mmoui, je vois ce que c'est, toujours la même chose. Ça commence entre vos deux vertèbres, ici, vous sentez ?

— Ouillouille – oui, ça fait mal...

— Et ça fait le tour par-devant...

— Ouillouille !...

— Ce n'est pas le cœur, c'est une douleur intercostale... Un nerf qui se coince.

— Ah... C'est pas la peine de passer un cardiographe, alors ?

— T-tt... Venez, Madame Renard, montez sur la balance...

Tu me tends les mains, tu m'aides à me mettre debout.

— Euhlamondieu, j'ai sûrement pas perdu !

Je m'approche de la fenêtre. Tu t'accroupis et tu fais glisser la balance devant moi.

Je monte précautionneusement. Tu me tiens la main. Tu la lâches. Tu regardes les chiffres que je ne peux pas voir.

— Combien ça fait, aujourd'hui ?

Tu retournes à ton bureau. Tu regardes ma fiche.

— Pareil que l'autre fois.

Je redescends de la balance.

— Je peux me rhabiller ?

— Mmmhh... Oui, bien sûr, je vous en prie !

Je ramasse la combinaison qui a glissé sur le sol, je l'enfile, puis la robe, je la reboutonne, je repasse la blouse et je remonte la fermeture Éclair, j'enfile le gilet, je jette le châle sur mes épaules, j'approche le siège recouvert de drap noir tout près du bureau, je m'assieds, je pose une main sur mon sein, Euhlamondieu que je souffre, et l'autre sur le bureau, sur mon porte-monnaie.

Tu es occupé à écrire en tout petit sur la fiche que tu as sortie de mon gros dossier. Tu arrives au bout et tu la retournes. L'autre côté est déjà rempli. Tu hoches la tête. Tu ouvres un petit classeur placé sous la fenêtre, tu en sors une fiche neuve. Dans le coin, en haut à gauche, tu inscris mon nom, RENARD Marie-Louise, et tu le soulignes de trois traits. À droite tu inscris un chiffre, 18 je crois, et tu l'entoures d'un cercle. Puis tu te remets à écrire mais c'est trop petit pour que je puisse voir, j'ai plus mes yeux d'avant.

— Qu'est-ce que vous allez me donner comme médicaments ? Parce que l'autre fois ça m'avait fait bien, mais pas très longtemps...

Tu lèves les yeux, tu me regardes par-dessus tes lunettes.

— Qu'est-ce qui vous a le mieux soulagée ?

— Ah ! Je ne sais plus... Y a plus grand-chose qui me soulage, sauf les grosses gélules vertes que vous m'avez ordonnées l'autre fois, il a fallu que je les fasse préparer par la pharmacienne. Elles sont vraiment grosses mais de temps à autre elles me font bien sauf quand j'arrive pas à les avaler. Alors je les ouvre et je mélange la poudre à ma soupe, mais ça fait moins bien...

— Il vaut effectivement mieux les prendre sans les ouvrir... Est-ce qu'il vous en reste ?

— Euhlamondieu oui ! Vous m'en aviez marqué pour trois mois mais comme je souffrais plus, j'ai arrêté et quand j'ai recommencé à souffrir l'autre soir, je me suis dit il ne faut pas que je prenne n'importe quoi, je vais retourner voir mon petit docteur, pour une fois qu'à quatre-vingts ans passés j'ai un docteur au bout de la rue, je peux bien en profiter ! D'abord, on a cotisé, et puis vous êtes si gentil...

— Mmmhh... Alors, je vous remets seulement vos médicaments pour la tension...

— Et aussi des cachets pour dormir...

— Mmmhh...

— Et de la pommade, pour que le père me frictionne quand j'ai mal. Pourrez-vous passer le voir demain matin ? Cet après-midi, il n'a pas pu venir parce qu'il allait trouver le maire mais il aurait voulu vous voir et, impatient comme il est, il n'aime pas attendre...

Tu ouvres le grand cahier de rendez-vous.

— Pas demain, c'est jeudi, le cabinet est fermé... C'est urgent ?

— Euhlamondieu non ! Vous savez comment il est, le père, il vous aime bien parce que vous vous êtes bien occupé de lui, alors même qu'il est difficile à soigner, moi quand j'y dis Mange donc pas ça, ça va te faire du mal, ou Prends donc tes comprimés, c'est pour ton bien, il faut l'entendre, il me dispute, il est méchant, tandis qu'avec vous il est tout doux...

— Est-ce que ça pourra attendre vendredi, alors ?

— Vendredi, d'accord, mais le voisin nous emmène à la pharmacie l'après-midi, alors si vous pouviez passer le matin pas trop tard ?

— Va pour vendredi matin.

Tu repousses le cahier de rendez-vous, tu rajoutes quelques mots sur la fiche, puis tu la ranges avec tous les papiers dans la grande enveloppe brune entourée de collant, et tu la déposes au sommet d'une pile d'enveloppes toutes pareilles, sur une étagère, entre deux boîtes grises. Tu fais ton ordonnance, tu remplis la feuille de sécurité, et tu me les donnes.

J'ai déjà ouvert mon porte-monnaie et posé sur le bureau le billet plié en quatre que j'ai préparé avant de venir. Je me lève, tu te lèves, je sors de ma blouse l'étui en plastique dans lequel je range mes prises de sang et ma carte d'assurée, et je mets l'ordonnance dedans.

— Euhlamondieu ça m'en fait des papiers, et puis je n'y comprends goutte. Heureusement je donne tout ça à Mme Grivel la pharmacienne ou à Mme Lacourbe la préparatrice et elles s'en débrouillent, elles sont si gentilles, ça leur arrive même de nous apporter les médicaments à la maison, autrement on est obligés de demander au voisin et c'est toute une affaire, remarquez bien on y paie l'essence... Enfin ! J'espère que ça va aller.

— J'en suis sûr. Et prenez bien une gélule verte avant chaque repas, vous souffrirez beaucoup moins.

— Ah, je voudrais bien, mon petit docteur ! Parce que quand je souffre comme ça, Euhlamondieu, c'est affreux...

Tu passes devant moi, tu ouvres les portes, tu me reconduis, tu me serres la main.

Dans la salle d'attente, je trouve Marcel. Je me retourne, mais tu as déjà refermé derrière moi. Marcel se lève.

— Alors ?

— Alors, il m'a dit qu'il fallait que je me soigne parce que c'est sérieux et faut pas prendre ça pardessus la jambe.

— Ah, bon. Lui as-tu dit que je voulais le voir aussi ?

— Oui, mais il ne peut pas aujourd'hui ni demain, il est occupé alors il passera te voir vendredi, on peut pas le déranger tout le temps.

— Ah, bon. Parce que je n'ai presque plus de remèdes et je recommence à souffrir de l'estomac...

— Ça ne fait rien. Il m'a dit que si tu n'en prends pas demain, ça ne sera pas pire. Allez, viens !

— Ah, bon.

Marcel se lève. J'ouvre la porte de la salle d'attente, il passe devant moi, il sort dans la cour et j'entends qu'on m'appelle.

— Madame Renard !

Je me retourne. Tu sors de ton bureau.

— Votre cardigan. Il avait glissé par terre.

— Oh ! Qu'il est gentil ! Merci, mon petit docteur...

9

MME LEBLANC

Le téléphone sonne. Une fois, deux fois. Je décroche.

— Allô !

— Allô, Edmond ? C'est toi, Edmond ?

— Ah, non, Madame, vous êtes au cabinet médical de Play. Vous avez dû faire un faux...

Elle raccroche. C'est toujours comme ça. Je repose le téléphone, et il se remet à sonner.

— Allô ?

— Bonjour, Madame Leblanc.

— Ah, bonjour Docteur !

— Je vous passe la ligne, je rentre chez moi.

— Attendez, je prends mon cahier... Voyons,

j'avais déjà noté une personne à dix-sept heures et une autre à dix-sept heures vingt...

— J'ai donné un rendez-vous à dix-sept heures quarante. M. Roché.

— M. Roché. C'est noté.

— Je vais déjeuner. Si jamais on me demande pour des visites, je les ferai après quinze heures trente... Sauf urgence, bien sûr...

— Entendu, Docteur. Vous serez chez vous ?

— Oui, bien sûr... Bon appétit !

— Merci, Docteur, à vous aussi. À tout à... Docteur, Docteur !

— Oui ?

— J'ai oublié de vous dire, une de vos amies, Mme... Markson, a cherché à vous joindre ce matin mais vous étiez déjà parti en visite. Elle demande que vous la rappeliez.

— Ah. D'accord... Mmhhh. À tout à l'heure.

— Au revoir.

Je raccroche et je referme le cahier de rendez-vous.

10

CATHERINE MARKSON

Le téléphone me fait sursauter.

— Ça doit être Bruno, dit Ray.

Je décroche.

— Allô ?

— Kate ? C'est Bruno...

— Oui, nous attendions ton appel...

— Comment va-t-il ?

— Pas mal, mais... je ne sais pas quoi penser. Il vaut mieux que je te le passe.

— Et toi, dit-il de cette voix qui me fait frissonner, comment vas-tu ?

Je soupire, je retiens mes larmes.

— C'est difficile...

— Oui.

— Je te passe Ray.

Je me tourne vers Ray. Il prend le téléphone d'une main, me retient de l'autre, me fait asseoir sur le bord du fauteuil, près de lui.

— *Hi, Buddy !*... Ouais, non pas terrible. Non, mes blancs se sont mis à grimper... Tu connais les blancs, toujours envahissants !

Il rit et se met à tousser.

— Oui, j'ai de la fièvre et je me suis remis à avoir cette gêne dans le... Comment dis-tu *chest* en « médecin », la poitrine ? Le thorax... Non, non, je souffre pas, *honest*. Oui, j'en ai et j'en prends quand j'ai besoin mais *not at this time*. Oui. C'est gentil de me rappeler, *feller*, mais je voulais te demander seulement, ton confrère d'ici, tu sais, Thérame, il veut m'envoyer à l'hôpital universitaire, dans le service du *Professor* Zimmermann... Oui, c'est ça... Tu connais ?

Je serre la main de Ray.

— Qu'est-ce que tu en penses ? C'est une lumière ou un tocard ?... *Hey*, ça te fait rire que je parle comme toi, hein ?... Ah, tu le connais ?

Il se tourne vers moi et hoche la tête d'un air rassurant.

— Bon, mais dis-moi, ils me feront pas trop chier ? Et Kate pourra venir quand elle voudra ?... Bon. Alors si ça ne s'arrange pas d'ici quelques jours, j'irai peut-être. *It's a real pain in the ass, but when you gotta go...* Ouais... Ouais, il a dit qu'il ne fallait pas tarder mais tu sais que je n'aime pas les hôpitaux... *Yeah, son...* T'en fais pas... Tu viens quand tu veux. *Seeyalater, Alligator! Bye...* Attends, je crois que Kate veut te parler. Attention à ce que tu lui dis, elle me répète tout. *Bye, Buddy!*

Ray me rend le téléphone et lève le pouce pour me rassurer.

— Bruno ?

— Kate, je connais Zimmermann, c'est un type bien, il fera ce qu'il faut pour le maintenir en état sans l'emmerder... Mais il ne faut pas qu'il tarde à y aller. Et ce sera difficile...

— Oui. Je sais. Thérame nous l'a expliqué.

— Quand il sera décidé à se faire hospitaliser, préviens-moi, d'accord ?

— D'accord...

— Tu l'embrasses pour moi.

— Oui, merci Bruno...

— Je... je t'embrasse.

— Oui...

Je raccroche. Ray se remet à tousser. Il est pâle, quand il tousse son visage se contracte et devient livide de douleur. Il se redresse sur son fauteuil. Il prend ma main entre les siennes.

— *See*, tu aurais dû te marier avec lui, au lieu de

prendre un vieux comme moi, qui peut te claquer dans les doigts d'une minute à l'autre...

Je le regarde à travers mes larmes. Il me prend dans ses bras.

— *I'm sorry Honey*, je dis des conneries...

— T'es pas assez riche pour faire de moi une veuve joyeuse... Et je n'aurais sûrement pas épousé Bruno.

— Pourquoi ça ?

— Il est bien trop indépendant. Ou coincé. Ou impuissant.

— *Wow !* Tu as la dent dure, comme vous dites ici. *Explain...*

— Tu connais beaucoup de mecs qui vivent seuls, à trente-six ou trente-sept ans ?

11

LE BOUCHER

La porte s'ouvre, j'entends la sonnette. Je m'essuie les mains et je pousse la porte de la boutique. Tu es là, debout, penché sur les saucissons.

— Ah ! C'est le Docteur ! Ça va-t-y ?

— Ça va, je vous remercie...

— Qu'est-ce qu'on lui sert ?

— Eh bien, je ne sais pas... Des côtelettes d'agneau...

— Je lui en mets combien ?

— Euh... trois ?

— Trois côtelettes, c'est parti !

Tu ne dis rien pendant que j'entaille la viande et que je brise les os à grands coups de tranchoir.

— Beaucoup de malades, en ce moment ?

— Ça va...

— Moi, j'arrête pas ! Vivement les vacances !

— C'est bientôt ?

— Ben, pas avant le mois prochain, c'est la saison creuse. Cela dit, avec les petits, c'est pas très facile d'aller quelque part...

Je pose la viande sur la balance.

— Ils vont bien ?

— Impeccable. Mais quel boulot ! Heureusement que ma femme a pris son congé d'un an, autrement, je ne sais pas comment elle aurait fait !

— Forcément, des triplés...

— Ça fait dix-neuf cinquante !

Au moment où je replie le papier d'emballage, la porte de l'arrière-boutique s'ouvre et ma femme entre.

— Bonjour, Docteur !

— Bonjour, Madame Didier...

— Justement je voulais vous appeler, les bébés ont un rappel de vaccin... Il fallait le faire au mois d'août, il n'est pas trop tard ?

— Non, on n'est pas à quinze jours près. Je vais vous les prescrire, quand vous les aurez, appelez-moi, je passerai un soir en rentrant.

— Ça vous fait rien de leur faire ça samedi midi ? S'ils me font de la fièvre, le dimanche c'est plus calme, et lundi on est fermés...

— Comme vous voudrez. Je vais chercher des ordonnances dans ma voiture.

Tu déposes la somme exacte sur le comptoir, tu prends la viande et tu sors.

— Va ranger, dit ma femme. Moi, j'attends le docteur.

12

LA VOISINE D'À CÔTÉ

Je mets le couvert. Une portière claque. Je jette un coup d'œil par la fenêtre de la salle. Ta voiture est arrêtée devant la grille de la fermette. Sans arrêter le moteur, tu sors de la voiture, je retourne dans la cuisine, tu ouvres la boîte à lettres plantée sur un piquet entouré de ronces, tu en tires une pile de papiers et de prospectus, je rince la salade que j'ai mise à tremper. Tu remontes en voiture. Tu claques la portière. Tu ressors aussitôt. Je fais tourner l'essoreuse. Tu ressors. Tu ouvres la grille, tu remontes en voiture, tu te gares sous le tilleul. Mon autocuiseur se met à siffler. Je baisse le feu, il s'éteint, je le rallume. Ta portière claque. Ton cartable à la main, le courrier sous le bras, tu traverses la cour. De l'autre main, tu secoues ton trousseau. Tu déverrouilles, tu entres, je mets la salade dans le saladier, tu refermes derrière toi. J'entends un bruit de papier, le chat est en train de farfouiller dans la poubelle. Je lui colle une taloche.

Plus tard, je vois de la fumée s'échapper par la fenêtre de ta cuisine. Une odeur de viande grillée traverse la route. Tu fais souvent griller de la viande. Je ne t'ai jamais adressé la parole depuis ton arrivée ici. Je te croise de temps à autre à la boucherie, à la supérette, et tu me salues toujours, mais je n'ai jamais eu affaire à toi. Tu vis seul. Tu reçois des gens de temps à autre, le soir, mais vous n'êtes pas bruyants. Une femme du bourg – la belle-sœur d'un des beaux-frères par alliance d'un cousin de mon mari – vient le mardi et le vendredi te faire le ménage et le repassage. Lorsque je lui ai dit que tu avais l'air gentil, elle a répondu que tu étais très gentil et pas fier, mais elle n'a rien voulu me dire de plus.

13

MME DESTOUCHES

Le téléphone sonne. Une fois. Deux fois. On décroche.

— Docteur Sachs, j'écoute.

— Docteur ? C'est Mme Destouches... Pourriez-vous venir chez moi, cet après-midi ?

— Bien sûr. Que vous arrive-t-il ?

— Oh, eh bien j'ai encore des médicaments mais il y aurait mes ulcères à voir, et puis j'aurais voulu que vous auscultiez Georges, son moignon lui fait mal, en ce moment. Je le vois bien, je lui donne un de mes comprimés pour la douleur, mais il ne veut pas toujours en prendre et ça l'énerve. Et vous savez comment il est quand il est énervé, il n'y a plus moyen de le tenir...

— Je comprends. Je viendrai entre quatre et cinq, avant mes consultations.

— Merci Docteur, je vous attends...

Je raccroche. Debout derrière moi, mégot fiché au coin des lèvres, Georges ne dit rien. Il sort de la cuisine en traînant la jambe.

14

MME LEBLANC

Il est quinze heures quarante-cinq. Je débranche la prise, j'enroule le fil et je range l'aspirateur dans le placard. Sur le bureau, je range les ordonnances et les feuilles de sécurité sociale à gauche, et je dépose au milieu le courrier que j'ai trouvé sur mon bureau en arrivant. Tu étais déjà parti quand le facteur est passé. Le téléphone sonne.

— Madame Leblanc ?

Je sais presque toujours si tu es irrité, fatigué, ou de bonne humeur. Aujourd'hui, à midi, lorsque tu as transféré la ligne chez moi, ta voix était calme et posée.

Elle l'est encore, peut-être un peu embrumée, comme lorsque je te réveille au matin d'une garde.

— Oui, Docteur ?

— Quel est le programme ?

— Eh bien, il y a le petit Romain Bologne, sa maman ne l'a pas mis au centre aéré ce matin parce que ça n'allait pas. Pour l'instant, il est chez sa nourrice, Mme Duhamel, à La Marinière...

— La Marinière... C'est où, ça, encore ?

— Vous y êtes déjà allé, c'est sur la route de Tourmens, à deux kilomètres de la sortie de Play, il y a un bois et un chemin qui part sur la gauche...

— Mmmhh...

— Vous voyez ?

— Non. Enfin, je trouverai.

Je me retourne vers la grande carte d'état-major épinglée sur la cloison derrière mon bureau.

— Je le vois sur la carte, c'est juste après Les Bordes, la maison de la vieille Mme Rosten, vous voyez ?

— Mouais. C'était urgent ?

— Non... Enfin, la nourrice n'a rien dit. Je crois qu'il a de la fièvre et surtout un gros rhume.

— Bon. Il faut d'abord que j'aille voir Mme Destouches et son fils.

— Voulez-vous que je vous prépare les dossiers ?

— Non, je les remplirai à mon retour. Quelle heure est-il ?

— Presque quinze heures cinquante.

— Je pars de chez moi dans dix minutes, un quart d'heure. Je serai de retour au cabinet vers cinq heures moins le quart. À tout à l'heure.

— À tout à l'heure, Docteur.

Je repose le téléphone.

Je ne me fie pas trop à tes estimations. Tu es souvent en retard. Parfois, j'ai le sentiment que tu n'apprécies pas bien l'écoulement du temps. Mais j'ai l'habitude. Et je sais toujours où te joindre en cas de besoin.

15

LA CONSULTATION EMPÊCHÉE

Premier épisode

Je traverse la cour. Une bicyclette noire, équipée à l'avant d'un grand panier d'osier, est rangée à l'ombre, tout près de l'entrée. Je m'essuie les pieds, je sonne, je pousse la porte de la salle d'attente, je passe la tête. Stylo et agenda à la main, Mme Leblanc sort du cabinet médical.

— Bonjour Madame Leblanc... Le docteur ausculte, en ce moment ?

— Ah, non, à cette heure-ci, il est en visite.

— Je ne savais pas, je suis jamais venue pour moi...

— Je vais vous donner les horaires.

Elle me tend une demi-feuille de papier tapée à la machine.

— Le mercredi, le docteur reçoit sur rendez-vous à

partir de dix-sept heures... Ce soir, malheureusement, il a déjà beaucoup de travail. C'est urgent ?

— Euh... Non... C'est-à-dire... je dois venir le voir depuis longtemps et je remets toujours...

Mme Leblanc consulte le cahier ouvert sur son bureau. Son doigt glisse le long d'une dizaine de noms. Elle soupire.

— Oui... Ce soir, il a beaucoup, beaucoup de travail... À moins que... Si c'est urgent, il pourra peut-être vous prendre entre deux... Je peux lui demander...

— Euh... non, ça ne fait rien, je ne veux pas l'embêter. Je reviendrai une autre fois. Je peux garder le papier ?

— Bien sûr, il est fait pour ça ! Voulez-vous un rendez-vous pour vendredi ?

— Non, non, merci, je reviendrai, dis-je, et je sors de la salle d'attente.

Pour une fois que je me décide à aller voir le médecin, c'est bien ma veine.

16

LE MARCHAND DE JOURNAUX

La porte s'ouvre, la sonnette tinte. J'abandonne mon bon de commande, je soulève le rideau qui nous isole du magasin. Tu es debout devant le présentoir de presse.

— Ah, c'est le docteur ! Comment va ?

Je te tends la main.

— Bonjour, Monsieur Roubaud. Ça va...

— Beaucoup de malades, en ce moment ?

— Mmmhh... Ça dépend des jours... Vous n'auriez pas *Le Journal des Lettres*, par hasard ?

— Ah, non ! J'ai pas ça. C'est un hebdo ?

— Un mensuel...

— Je peux vous le commander, si vous voulez...

— Non, ce n'est pas la peine, je vous remercie.

Je n'insiste pas. Cela fait plusieurs fois que tu me demandes des revues que je ne connais pas ou un quotidien que je ne reçois jamais ; j'ai essayé de te les commander mais je ne parviens jamais à les obtenir. Quand les points de vente sont trop petits, les messageries font comme s'ils n'existaient pas.

La porte s'ouvre à nouveau. C'est M. Amila qui vient prendre son *Tourmentais libéré*. Au moment d'entrer, il laisse passer devant lui une petite dame que je ne connais pas, mais qui doit habiter dans un des lotissements neufs. Je retourne derrière mon comptoir. Pendant que je discute avec M. Amila, tu restes longtemps devant l'étalage de revues, tu feuillettes les magazines de cinéma et d'informatique, parfois les bandes dessinées. Lorsque rien ne te plaît, tu prends un hebdomadaire ou un magazine de télévision. Il t'arrive aussi de partir sans rien prendre, et en sortant tu dis toujours Bonne journée Monsieur Roubaud, même lorsqu'il est six heures du soir.

Au bout de quelques minutes, tu te retournes et tu découvres le rayon vidéo. Toutes les étagères ne sont pas encore montées et beaucoup de cassettes sont empilées par terre. Tu les examines toutes, avant d'en choisir une. Tu t'approches du comptoir. Pendant que je rends la monnaie à M. Amila, tu te penches sur le présentoir de papeterie. Tu regardes les stylos plume, les billes, les feutres, les rollers à pointe métal ou à pointe plastique, les surligneurs fluo, les marqueurs indélébiles, les crayons fantaisie, les gommes, les taille-crayons. Tu ôtes le capuchon d'un feutre et je te vois chercher quelque chose du regard. Je te tends un petit bloc de papier.

— Merci...

À plusieurs reprises, tu signes sur le bloc. Tu fais toujours ça pour essayer un stylo.

— Celui-ci n'est pas très fin, vous aimez les pointes fines, je crois ?

— Non, plutôt les moyennes... Les fines, c'est fragile.

— Je comprends ça ! Un docteur ça écrit beaucoup. Des ordonnances, des certificats...

Tu hoches la tête, moins pour acquiescer que pour marquer l'absence d'enthousiasme que suscite chez toi l'écriture du feutre. Tu le ranges dans le présentoir et tu poses devant moi le périodique et la cassette vidéo.

— Ah ! Vous avez un magnétoscope, Docteur ? Je viens d'acheter trois cents cassettes, rien que des bons films intéressants, qui devraient vous plaire...

— Oui...

Je regardée la jaquette de celui que tu as choisi. Le titre ne me dit rien.

— Ah, je ne l'ai pas encore regardé. J'ai pas eu le temps de tout voir, forcément, mais le représentant m'a dit que c'était un bon film.

— Si je peux me permettre de vous faire une petite suggestion...

— Je vous en prie, Docteur !

Tu désignes les douze cassettes X trônant au milieu du présentoir.

— Il serait peut-être préférable de les placer plus loin du regard des enfants, vous ne croyez pas ?

— Ah ?... Oui, bien sûr, vous avez raison. J'ai fait ça tellement vite hier soir, je n'y ai pas pensé, et puis je manque de place. Mais je vais arranger ça, merci du conseil !

Pendant que je te confectionne une de mes toutes premières cartes d'adhérent, je te vois lorgner le carton de stylos plume jetables que j'ai ouvert tout à l'heure. Tu en décapuchonnes un, tu l'essaies sur le bloc de papier quadrillé, tu hoches la tête d'un air approbateur et tu en prends six. Trois bleus et trois noirs.

— Ils ont l'air bien. J'espère qu'ils ne tombent pas en panne trop vite.

— Ah, quand on écrit beaucoup comme vous, forcément faut qu'ça tienne le coup... Ceux-là, jusqu'ici, on ne m'en dit que du bien. Je crois que je vais en redemander, ils font une promotion dessus...

— Je les conseillerai à mes patients. Ils m'empruntent souvent mon stylo pour remplir leurs chèques...

— Ah, ce sera gentil de nous faire de la publicité !

Derrière toi, la vieille Mme Malet vient d'entrer, elle trottine vers les magazines de télévision. Je te tends ta carte toute neuve de membre du vidéo-club, je glisse tes sept stylos plume jetables (trois bleus, trois noirs et, au dernier moment, tu en as pris aussi un rouge) dans un sachet en papier et je prends le billet que tu as sorti de ton portefeuille. Au moment de te rendre la monnaie, je demande :

— Je vous fais une *fracture ?*

Tu souris, Merci, ce n'est pas la peine.

— Vous êtes sûr ? Ce serait normal, pourtant...

— Non, merci, vous êtes gentil. Bonne journée, Monsieur Roubaud...

— Oui, vous aussi... Docteur !

Tu te retournes, et je secoue ton trousseau de clés oublié sur le comptoir.

Lorsque ta voiture s'éloigne, Mme Malet me demande si c'est toi qui remplaces notre docteur en ce moment puisqu'il est en vacances, et je lui explique que non, toi, tu es le docteur de Play. C'est dommage me dit-elle, c'est un peu loin pour le faire venir, et puis on est habitués à notre docteur. Je réponds : Remarquez bien, il se déplacerait sûrement, il vient bien jusqu'ici acheter ses journaux et sa papeterie, il en consomme pas mal, surtout des stylos et des ramettes de papier, forcément, un docteur, ça écrit beaucoup.

17

MME DESTOUCHES

Une portière claque. Je vois une silhouette passer brièvement devant la fenêtre de la cuisine. On frappe à la porte.

— Entrez !

Tu entres. Tu te baisses pour ne pas te cogner. Tu refermes la porte derrière toi.

— Oh, laissez donc ouvert, Docteur, il fait beau. Ça nous fera de l'air...

— Bonjour, Madame Destouches. Bonjour Georges...

— Dis bonjour au docteur, Georges.

— Jourdocteur.

Georges retire son mégot de la bouche et te tend la main sans te regarder.

Tu poses, comme de coutume, ta sacoche sur la table de la cuisine. Tu tires le tabouret et tu t'assieds.

Tu me regardes par-dessus tes lunettes rondes. Comme tu es toujours voûté, tu me regardes souvent par-dessus. Tu as les cheveux un peu trop longs. Ton visage est gris de barbe même lorsque tu viens de te raser. Tu as souvent un sourire en coin, mais pas aujourd'hui. Tu portes une veste de cuir usagée, tes poches ont toujours l'air pleines à craquer. Tu es toujours gentil avec moi, comme si on se connaissait depuis très longtemps. Il est vrai que je te dois la vie.

— Ah ! Je ne sais pas où je serais si vous ne m'aviez pas sauvée...

— Oui, enfin, c'est plutôt le chirurgien qui vous a sauvée...

— Oui, le Docteur Lance aussi, je lui dois beaucoup mais enfin, c'est vous qui m'avez envoyée dans son service.

— Mmmhh... C'était la seule chose à faire et n'importe quel médecin l'aurait fait. Vous étiez en occlusion, je ne pouvais pas vous laisser comme ça.

— Et pourtant, je ne voulais pas y aller, à l'hôpital, vous vous souvenez ? J'avais tellement peur d'y mourir, à mon âge... Et vous m'y avez envoyée quand même !

— Oui. Mais vous êtes encore là, et j'en suis bien content.

— Et moi, donc ! s'exclame Georges, derrière moi.

— Et comment vont vos jambes ?

— Oh, c'est toujours pareil. L'ulcère de gauche ne bouge pas, il est propre m'a dit l'infirmière, mais celui de droite se creuse de plus en plus. Il aurait fallu remettre du produit que vous aviez ordonné il y a quelques mois, ça l'avait bien refermé, mais ça n'est pas remboursé et c'est trop cher pour moi. Et puis il y a si longtemps que ça dure, ces ulcères, pensez ! Même la greffe qu'on m'a faite dessus n'a pas tenu, j'ai de trop mauvaises artères, je savais bien que ça ne tiendrait pas. Enfin, j'aurai été tranquille quelque temps...

— Six mois ?

— Oh, grandement, grandement... Georges, veux-tu aller me chercher ma boîte, dans l'armoire, que le docteur voie ce qui me reste comme pansements.

Georges jette son mégot dans l'évier et fait le tour de la table. Tu te lèves pour le laisser entrer dans la chambre. Lorsqu'il a franchi la porte, je me penche vers toi et je dis tout bas :

— Il boit beaucoup, en ce moment. Mme Barbey n'arrête pas de retrouver des bouteilles vides dans l'appentis quand elle va vider la poubelle, le matin. Quand il a mal à son moignon, ça le travaille (je pose l'index sur mon front) ça lui porte sur le système, et il boit encore plus.

Tu m'écoutes, tu tournes la tête vers l'intérieur de la chambre. Tu dis, sans baisser la voix :

— Et que prend-il pour la douleur ?

— Je lui donne un de mes Dolévit quand il est trop énervé, mais parfois j'ai peur que ça se contrarie avec... (Je fais le geste de boire.)

Georges entre, une corbeille en plastique à la main. Il la dépose sans un mot sur la table. Je compte les boîtes de compresses, les rouleaux de sparadrap, les étuis de tulle gras et les tubes de vaseline. Tu sors de ta sacoche un bloc d'ordonnances. Georges n'est pas retourné se poster à la fenêtre, il s'est adossé à la porte d'entrée, juste à ta gauche. Tu lèves les yeux vers lui. J'ai honte de le regarder, il est sale, il n'est pas rasé, quand il a mal comme ça il dort tout habillé parce qu'il n'a pas la force de se changer, et aujourd'hui, ça fait plus d'une semaine.

— Et vous, Georges, comment allez-vous ?

— Moi, Docteur ? Ça va, ça va.

— Votre maman me dit que votre bras vous fait mal, en ce moment ?

Georges me regarde, de ce regard hébété d'enfant qu'il a toujours eu.

— Euh, oui, c'est sûr, il me fait plus mal. Ça doit être le temps.

— Venez par ici, je vais vous examiner...

Tu pousses la porte. Georges bougonne un peu mais s'incline et, de sa démarche traînante, il entre devant toi dans la chambre. Sans me regarder, tu le suis et tu refermes derrière toi.

18

ROMAIN CHEZ SA NOURRICE

On sonne. Tata Colette sort de sa cuisine et ouvre. Tu es là, ton sac de docteur à la main, tu glisses ton trousseau de clés dans la poche de ton blouson, tu m'aperçois, tu souris, tu regardes Tata, Je suis le Docteur Sachs, elle te fait entrer. Pelotonné dans le canapé de la salle, je te regarde t'approcher, poser ton sac par terre et t'asseoir sur un des deux sièges, juste en face de moi.

— Bonjour, Romain... Alors, qu'est-ce qui t'arrive, mon petit bonhomme ?

— Eh bien, en début d'après-midi, au centre aéré il s'est plaint d'avoir mal au ventre, alors sa maman est passée le prendre et elle me l'a laissé, parce qu'il fallait qu'elle retourne à son travail.

— Il avait de la fièvre ?

— Je ne sais pas, je ne la lui ai pas prise...

Tata Colette me prend dans ses bras, pose sa main sur mon front.

— Je ne crois pas.

— Eh bien on va voir ça...

Tata Colette veut me reposer sur le canapé mais je ne veux pas la lâcher. Elle m'embrasse, me dit que tu ne vas pas me faire de mal mais je ne te connais pas très bien, je t'ai vu il y a longtemps et je me souviens que Maman était très agitée ce jour-là.

— Voulez-vous que je le déshabille ?

— Enlevez-lui juste la robe de chambre...

Tu restes assis. Tu conseilles à Tata Colette de s'asseoir et de me prendre sur ses genoux. Tu ouvres ton sac de docteur, tu en sors le long machin noir que tu fixes à tes oreilles et tu poses l'autre extrémité sur mon ventre. Je me serre contre Tata Colette. Tu baisses la tête. Je ne vois plus tes yeux. Tu déplaces la partie ronde qui termine le tuyau noir sur mon ventre, puis sur mon dos. Bien ! dis-tu, et ça claque quand tu ôtes l'instrument de tes oreilles. Tu lèves les mains vers mon menton, tu touches mon cou, ma tête, ça ne fait pas mal mais je ne suis pas très rassuré.

— Voyons tes tympans...

Tu sors de ton sac une boîte noire, tu y prends la lampe à oreilles et avant que j'aie pu dire ouf !, Tata Colette me tourne la tête contre elle.

— On regarde tes oreilles, petit lapin.

Je te sens mettre quelque chose dans mon oreille, comme quand Maman me nettoie, mais là ça ne fait pas mal.

— On regarde de l'autre côté ?

Je tourne la tête. Tu ne me fais toujours pas mal. Je lâche la blouse de Tata Colette.

— On regarde ta bouche, à présent ?

Je fais non de la tête.

— Voulez-vous une cuillère ?

— Non, merci. Je n'utilise jamais de cuillère.

Tu te penches vers moi.

— Tu vas ouvrir ta bouche pour que je la regarde, mais je ne mettrai rien dedans. Veux-tu ?

Je te tire la langue. Tu souris.

— Ah, là je vois ta langue, mais je ne vois pas tes dents...

J'ouvre la bouche pour te montrer mes dents. Tu baisses la tête, tu penches la lampe vers la droite, vers la gauche, puis tu te redresses et tu éteins ta lampe. Tu la glisses dans ta poche, et tu palpes mon cou tout doucement.

— On va regarder ton ventre. Tu t'allonges sur le canapé ?

Tata Colette se lève, je me couche, je soulève mon pyjama.

— Montre-moi où tu avais mal, tout à l'heure.

Je montre mon nombril. Tes doigts sont chauds, tu me chatouilles un peu.

— Est-ce que tu as mal, en ce moment ?

Je fais non de la tête.

— Est-ce que tu as faim ?

Je fais oui de la tête.

— Il n'a pas goûté ?

— Non, et il n'a pas mangé ce midi non plus, dit Tata.

— Bon, je crois que vous allez pouvoir lui donner un petit quelque chose. Un choco ?

Je dis : Une banane.

— Une banane ! s'écrie Tata Colette, c'est un peu lourd !

— Il n'a pas vomi et je pense que tout s'est déjà arrangé. Alors, on peut lui donner ce dont il a envie.

— Mais, d'après vous, qu'est-ce qu'il a eu ?

— Mmmhh... Je ne sais pas. (Tu me tapotes le ventre à nouveau.) En tout cas, ce n'est pas l'appendicite...

— Ah, c'est justement de ça que sa mère avait peur... Faut dire qu'elle s'inquiète facilement, mais moi je trouve qu'il se porte plutôt bien cet enfant. Mon deuxième, à son âge, il me faisait otite sur otite alors que Romain, c'est bien rare s'il a quelque chose. Mais dites, Docteur...

— Mmoui ?

— S'il recommençait à se plaindre du ventre ?

— Je vais vous marquer un sirop calmant. Mais ça m'étonnerait qu'il en ait besoin.

Je me lève, je tire sur la blouse de Tata Colette, elle se penche, je lui parle à l'oreille, elle dit : Oui, va la chercher mon chéri. Quand je reviens, ma banane à la main, tu as rangé tes instruments dans ton sac et tu feuillettes mon carnet de santé. Je pèle ma banane. Je m'approche de la table. Tu es en train d'écrire dans mon carnet. Je mange ma banane debout près de toi pendant que tu écris. De temps à autre, tu me jettes un coup d'œil de côté par-dessus tes lunettes rondes, et tu souris.

19

MME LEBLANC

Le téléphone sonne. Je m'essuie les mains et je me dirige vers le bureau. Je décroche.

— Cabinet médical de Play, j'écoute !

— Allô, le Crédit Provincial ?

— Ah, non Monsieur, vous avez dû vous tromper, vous êtes au cabinet du Docteur Sachs.

— Ah bon !

Il raccroche.

*

La porte s'ouvre. Tu entres, ton trousseau de clés dans une main, ton cartable de cuir dans l'autre. Tu passes rapidement devant les trois personnes déjà présentes, en murmurant Messieurs-dames bonjour, et tu t'engouffres par la porte restée ouverte du bureau. Je recopie le résultat d'un examen dans un dossier, je range le bristol dans l'enveloppe, l'enveloppe dans la boîte des dossiers Per-Tes, je ramasse les boîtes des dossiers Per-Tes et Tet-Wim que je viens de reclasser et j'entre à mon tour dans le bureau. Tu as posé ton cartable contre l'un des tréteaux tubulaires bleu foncé, les clés sur le grand livre rouge. Tu ôtes ton blouson et ton pull et tu remontes les manches de ta chemise. Je replace les boîtes Per-Tes et Tet-Wim sur l'étagère. Debout devant l'évier, tu te savonnes les mains. Je prends la boîte de dossiers Win-Zaf et je l'emporte dans la salle d'attente pour recopier les examens.

Tu sors du bureau en enfilant ta blouse, tu te penches sur le cahier de rendez-vous ouvert devant moi. Tu examines les noms que j'y ai inscrits. Tu fais la grimace. Tu murmures :

— Mmmmm... Faut pas m'en mettre deux à la même heure...

— Je sais, Docteur, mais pour cette dame-ci (du bout de mon stylo, je désigne son nom en marge) c'était urgent... Je vous ai mis son téléphone si vous voulez la rappeler...

— D'accord. Vous avez bien fait...

— Et puis ce monsieur, dis-je en désignant un autre nom, a déjà appelé deux fois pour les résultats de ses examens. Le facteur est passé tard, j'ai mis le courrier sur votre bureau.

— Mmmhh... Il est inquiet...

— Et puis, pourriez-vous refaire une ordonnance à Mme Renard, elle a pris des gélules vertes et elle trouve que ça lui fait du bien, finalement, mais il ne lui en reste plus beaucoup.

Tu me regardes d'un air étonné.

— Elle a dit que ça lui faisait du bien ? Vous êtes sûre ?

Je hoche la tête, oui, oui.

— Ah, mais alors, avec un peu de chance, on va peut-être passer au-dessous des deux consultations hebdomadaires !

Je me dis que tu es optimiste. Mme Renard appelle, consulte ou passe « au cas où » entre trois et quatre fois par semaine depuis le premier mois de ton installation... Tu te redresses, tu regardes la pendule-assiette accrochée entre les deux fenêtres puis, t'adressant aux trois personnes assises dans la salle d'attente, tu dis :

— Je vous demande un tout petit instant, j'ai un coup de téléphone à donner...

Je regarde ma montre. Si tu as des coups de téléphone à donner, ça va prendre un moment... Je souris aux trois personnes assises autour de la table basse. L'une d'elles, que je ne connais pas, me sourit en retour et se replonge dans son livre. Tu retournes dans le bureau, tu repousses la porte intérieure d'un geste et elle claque derrière toi tandis que, sous l'action du groom automatique, la porte de communication se rabat sans bruit et se ferme avec un cliquetis.

20

DANS LA SALLE D'ATTENTE

La porte de communication se referme avec un cliquetis. Je pose le livre sur mes genoux, je m'étire, je tourne le cou de gauche à droite et de droite à gauche, le téléphone sonne.

La secrétaire décroche : « Cabinet médical de Play... Ah, bonsoir Madame... » La jeune maman a pris les deux petits sur ses genoux, elle leur lit un *Babar* trouvé sur l'étagère croulant de livres pour enfants.

Je vois la secrétaire faire la moue, elle regrette, « Tous les rendez-vous sont pris, ce soir... Non, je ne peux pas vous le passer, en ce moment il est en communication sur l'autre ligne », elle s'excuse, elle est désolée, « Oui demain ça serait mieux, au revoir Madame Renard... »

Un homme entre, il a soixante ans, un peu plus peut-être, les gens de la campagne ont toujours l'air un peu plus vieux que leur âge. Il ôte sa casquette et découvre un crâne dégarni. Il salue la secrétaire, échange quelques mots avec elle, s'assied sur le bord d'une chaise. De la poche de son veston il sort un petit carnet, une feuille de sécurité sociale et une ordonnance soigneusement pliées, pose le tout devant lui sur la table basse.

Près de moi, l'adolescente est de plus en plus taciturne, sa mère a cessé de lui parler. Le vieux monsieur tire son portefeuille de sa poche, et du portefeuille un billet qu'il plie en quatre et glisse dans le petit carnet posé sur sa casquette.

Je décroise les jambes, je les allonge pour les détendre, je les replie, je les recroise, je rouvre le livre.

COLLOQUES SINGULIERS, 1

LES PLAINTES

Que puis-je faire pour vous ?

C'est pour ma fille. Elle voulait pas venir mais je l'ai obligée.

C'est pour mon petit garçon. Il ne mange rien. Il fait encore pipi au lit. Il veut pas dormir. Il me fait des colères. Il hurle dès que j'éteins la télé. Il se réveille la nuit et il vient dans notre lit, je suis obligée de le prendre avec moi pour qu'il dorme et, comme mon mari embauche à cinq heures, il va dormir dans le lit du petit. (Ou bien) Il est pas propre. Il parle mal. Y a pas moyen de lui faire manger de la viande. Il est infernal à l'école, les maîtresses s'en plaignent. (Ou bien) Il a été enrhumé pendant trois semaines et il a eu des antibiotiques deux fois et il arrive pas à s'en remettre, faut m'arranger ça. (Ou bien) Il n'aime que les yaourts et le pain beurré, le goûter c'est son meilleur repas. Je le trouve pas gros, il faudrait lui donner des fortifiants.

C'est pour ma visite du deuxième mois, je sais que c'est pas obligatoire et je suis pas malade mais puisque on est remboursé...

C'est seulement pour lui faire enlever ses points de suture, mais il a peur.

C'est pour renouveler ma pilule, mon traitement pour les veines, mon calmant, mon médicament pour le cœur, ma pommade pour les hémorroïdes.

C'est pour renouveler ma prise en charge à cent pour cent, mon ordonnance d'insuline, mes pansements d'ulcères de jambe par l'infirmière tous les jours matin et soir y compris les dimanches et fériés pendant un mois.

C'est pour ma prise de sang qu'on fait tous les mois rapport au taux de prothrombine ce mois-ci y avait trente-cinq au lieu de vingt-cinq le mois dernier mais j'ai mangé des poireaux et surtout vous n'oubliez pas de me marquer à domicile sur l'ordonnance, l'autre fois j'ai pas pu me faire rembourser, merci.

C'est pour un papier que j'ai reçu de la sécurité sociale de l'hôpital de l'assurance de la mairie et j'y comprends rien on m'a dit qu'il fallait que je vous le fasse remplir.

Qu'est-ce qui vous amène ?

Rien de neuf, que du vieux.

En tout cas, j'amène pas le soleil.

Ah, je me serais bien passé de venir.

Je vous amène ma mère, elle consultait un docteur à Tourmens mais elle ne veut plus le voir, elle s'est fâchée avec lui parce qu'il a voulu la faire opérer alors qu'elle ne voulait pas...

C'est pas pour moi mais pour mon mari. Il ne veut pas venir vous voir, alors je me suis dit que j'allais vous en parler, parce qu'il faut vous dire que depuis six mois il n'arrête pas de tousser et de boire et de se mettre en colère après moi les enfants tout le monde, et son patron a dit que si ça continue il ne pourra pas le garder.

Je venais juste vous dire que ma grand-mère est décédée avant-hier et que les obsèques ont lieu demain.

Je venais pour vous montrer mon résultat d'examen.

Je venais vous demander si par hasard vous pourriez pas me dépanner. Voilà : je suis toxico et en ce moment je décroche et j'ai besoin de morphine en comprimés parce que le protocole c'est ça, on décroche en prenant de la morphine à doses dégressives, c'est un médecin de Tourmens qui m'a prescrit ça... vous le connaissez sûrement, le Docteur Bober, à l'hôpital... C'est que je dérouille en ce moment alors si vous vouliez bien me prescrire de la morphine en comprimés, quelques-uns seulement, le temps de rentrer chez moi, non je suis pas d'ici, non j'ai pas de famille dans le coin juste des copains et je suis de passage mais j'ai besoin que de quelques comprimés...

Je viens parce qu'on m'a parlé de vous, il paraît que vous savez bien soigner l'asthme/la sinusite/les verrues/les migraines/la dépression/les rhumatismes/les furoncles/les personnes âgées et que vous êtes très doux avec les enfants. C'est ma voisine dont vous soignez la tante qui l'a dit à sa sœur qui habite près de chez ma belle-mère. Alors je me suis dit que j'allais venir vous voir, ça ne coûte rien d'essayer, hein ? On cotise assez pour ça. Mais je vous préviens, moi je suis un cas !

Comment allez-vous, depuis la dernière fois ?

Pas bien, sinon je serais pas venu !

Il faut bien que ça aille, sinon ça n'irait plus.

Moi, ça va, c'est ma femme qui ne va pas.

Mieux. C'est pas encore ça, mais c'est mieux.

C'est pareil. Vos remèdes ne m'ont rien fait.

C'est pas pire, mais j'ai toujours du mal à dormir.

Eh bien, j'ai plus mal, mais maintenant ça me démange.

On fait aller.

Vous allez me disputer, je n'ai pas pris mes médicaments comme vous me l'aviez dit, quand vous m'avez trouvé une tension plus forte, vous aviez dit qu'il fallait que j'en prenne un le matin et un le soir mais au bout de trois jours, comme je me sentais bien, j'en ai pris seulement le matin. Du coup, évidemment, la boîte a duré plus longtemps, alors je ne suis pas revenue au bout de trois mois comme vous me l'aviez dit, vous allez sûrement me disputer...

Très bien, mais je suis à court de médicaments alors je venais pour mon renouvellement.

Pas mal, mais vous m'aviez demandé de repasser pour voir si tout était rentré dans l'ordre.

Que vous arrive-t-il ?

Je suis pas allée au boulot ce matin, ça n'allait vraiment pas je tenais pas debout, je tremblais j'avais froid j'avais chaud ça tournait j'avais envie de vomir mais ça ne venait pas, je me suis dit c'est une chute de tension – déjà qu'en temps normal elle est pas bien haute – et quand mon mari m'a vue dans cet état il s'est mis en colère, il m'a dit que je ferais bien d'appeler le médecin, mais j'ai pas voulu vous déranger comme je sais que vous avez beaucoup de travail, j'ai prévenu ma patronne que j'irais pas travailler ce matin et puis j'ai appelé ici, et votre secrétaire m'a dit que vous consultiez alors j'ai demandé à ma voisine de m'emmener, vu que je suis incapable de conduire, comme ça on passera à la pharmacie en repartant, ça fait longtemps que ça dure et ma patronne m'a dit Vous avez besoin de repos.

J'ai un rhume. Je tousse, je crache, j'ai mal à la gorge, j'en ai plein le nez, les yeux, la tête, j'ai mal aux oreilles, je peux plus avaler, j'entends plus rien je vois plus rien j'ai vomi toute la nuit, j'avais quarante hier soir c'est tout juste si j'ai pu venir jusqu'ici mais on m'avait dit que vous faisiez pas de visites à domicile, si j'avais su je serais resté au lit, j'ai les yeux tout collés je tiens pas debout ça tourne ça m'a jamais fait ça auparavant je crois bien que j'ai jamais été malade comme ça de ma vie, faut m'arranger ça je retourne au boulot ce soir et pas question que je m'arrête.

Je suis enceinte. Ça fait des années que mon mari attend ça, et moi aussi, et puis ça ne venait pas. Alors, on n'y croyait plus. On s'était mis dans l'idée d'adopter. Et puis voilà qu'il y a deux mois, je n'ai pas vu mes règles, je me suis dis ça y est, c'est foutu, j'ai beau n'avoir que trente-sept ans ça doit être la ménopause précoce. Et puis, il y a quinze jours je me suis mise à vomir comme une malade, ma poitrine a gonflé, je n'arrêtais pas d'aller aux toilettes, alors j'ai fini par me dire c'est pas naturel, la semaine dernière je suis allée à la pharmacie faire un test et il était positif. Mon mari était fou de joie, vous comprenez c'est un remariage, lui il n'a jamais pu avoir d'enfant avec sa première femme, moi mon premier mari me battait alors chaque fois que j'ai été enceinte je me suis arrangée pour le faire passer sans lui dire, et puis finalement mon médecin m'a posé un stérilet en coupant le fil très court pour que mon premier mari ne le sente pas et comme j'ai fait des infections des trompes à répétition vu que mon premier mari se lavait pas tous les jours et que, dans la journée, il allait voir ailleurs mais le soir ça l'empêchait pas – vous savez comment c'est, les hommes –, je pensais que j'étais stérile. D'ailleurs, le gynécologue me l'avait dit. Alors quand mon deuxième mari a su que j'étais enceinte, forcément il était fou de joie, moi un peu moins parce que j'ai quand même trente-sept ans c'est plus très jeune pour avoir des enfants, les biberons les couches et tout ça mais lui vous pensez il était heureux comme un roi – un homme, qu'il ait trente ou quarante ans, ça lui est égal c'est pas lui qui les porte. Seulement, hier, je suis allée voir le gynécologue il m'a fait une échographie et là j'ai vu que c'est pas possible, c'est pour ça que je viens vous voir aujourd'hui, je sais que vous le direz pas à mon mari. Je lui dirai que j'ai fait une fausse couche, ça lui fera de la peine, mais ça sera pas la première fois et il sait ce que j'ai enduré avant mon divorce. Vous comprenez, j'ai déjà trente-sept ans et c'est vrai qu'il a attendu ça longtemps et qu'il commençait à désespérer et que l'adoption j'ai dit oui parce que j'ai bien vu qu'il y tenait tandis que moi, après tout ce que j'ai enduré avec mon mari, le premier je veux dire, ça me disait trop rien, d'ailleurs côté rapports non plus je suis pas folle de ça mais il faut reconnaître que mon mari, le deuxième, il est très gentil et il travaille bien, il bricole beaucoup pour la maison alors forcément je me disais ça va lui faire plaisir même si ça vient un peu tard, on pouvait adopter un enfant déjà grand, ça serait moins difficile, mais une grossesse comme ça sans prévenir ça m'a tout de même fait un choc. Alors, quand le gynécologue m'a dit ce qu'il en était, j'ai cru que j'allais mourir, je n'ai pas cessé d'y penser toute la nuit et j'ai beau avoir tourné ça dans tous les sens, je vois pas d'autre solution. Vous comprenez, j'ai déjà trente-sept ans, mon mari quarante et vraiment des jumeaux, je ne crois pas que je pourrai.

Ça ne va pas très fort, on dirait.

Je ne sais pas ce que j'ai, mais j'ai mal au dos depuis dix jours, je pensais que ça allait passer mais ça continue, ça commence ici derrière l'épaule et ça descend devant, sous le sein, ça me serre quand je respire et au travail c'est pas marrant, à force de travailler assise devant un écran on prend de mauvaises positions, forcément déjà que ça me fait mal à la tête toutes ces couleurs, en plus on est deux à travailler dessus, ma collègue n'arrête pas d'en changer, elle préfère un écran bleu moi ça me fatigue y a que le noir

(ou bien) L'autre jour je suis allée aux toilettes, je me suis assise je n'en pouvais plus, je travaille debout vous comprenez, et mon chef d'équipe est venu me chercher il m'a trouvée là il m'a dit que si ça me travaillait trop, je n'avais qu'à changer de travail

(ou bien) Ça m'a pris l'autre jour en voulant pousser mon frigidaire pour passer la serpillière, j'ai senti cette douleur qui me descendait dans la fesse jusqu'au talon j'ai plus pu bouger mon mari m'a dit qu'est-ce qui t'arrive et j'ai dû aller m'allonger et depuis ça ne me quitte plus même la nuit, je ne dors pas j'ai même été obligée de prendre les somnifères de mon mari, vous savez qu'il travaille de nuit et les jours où il est de repos il en prend sinon il ne s'endort pas, et là, moi, j'en prends depuis trois nuits mais je voudrais pas m'habituer

(ou bien) Vous comprenez, c'est épuisant de lever les bras sans arrêt pour visser des boulons sous les moteurs, la chaîne ne s'arrête pas pour vous laisser le temps de souffler, et en plus on est en plein courant d'air et j'ai toujours été fragile aux coups de froid mais non j'ai pas pris d'aspirine je me suis dit ça va passer et je serais pas venu si ma femme n'avait pas pris le rendez-vous pour moi, d'ailleurs j'ai failli annuler mais elle m'aurait fait une crise

(ou bien) Vous savez je suis pas douillet mais dès que j'essaie de faire une manœuvre mon cou me rappelle à l'ordre je dois dire que j'en ai assez ça fait des mois que ça dure, votre confrère le rhumatologue a voulu me faire une – comment vous appelez ça ? – une manipulation et juste après ça allait plutôt mieux, mais les séances de kiné ça n'a servi à rien. D'ailleurs, je me demande si j'ai bien fait d'aller le voir celui-là tout ce qu'il faisait c'est me coller sous sa lampe chauffante et puis il sortait de la salle je l'entendais parler à côté et au bout d'un quart d'heure il revenait me faire trois mouvements et hop ! à la caisse. Je me suis demandé s'il n'avait pas plusieurs clients en même temps quoi qu'il en soit j'ai toujours mal et il faudrait trouver une solution.

Qu'est-ce qui ne va pas ?
J'ai mal au ventre.
Je perds mes cheveux.

J'ai une verrue.
Je vois plus d'un œil.
J'ai la tête qui tourne, ça serait pas la tension ?
J'ai mal au dos.
J'ai toujours soif.
J'ai mal au pied.
Ça me gêne de vous le dire mais j'ai une douleur mal placée.
Je peux plus bouger.
Je saigne.
Je n'en peux plus.
J'ai un truc là, dans la bouche. Ça me fait peur.

Pourquoi venez-vous me voir ce soir ?
Parce que je ne sais plus quoi faire.
Parce que ça fait trop longtemps que ça dure.
Parce que ça ne peut plus durer.
Parce que je n'ai pas trop le choix, si ça ne dépendait que de moi, vous savez, les médecins, moins j'en vois, mieux je me porte.
Parce que ma mère/mon père/mon patron/ma patronne/mon mari/ma femme/mon fils/ma fille/mes petits-enfants/mes voisins/tout le monde m'a dit de venir, mais franchement, moi je sais que je n'ai pas besoin de médecin, c'est pas parce que je suis fatiguée que je vais mal et puis il faut bien mourir de quelque chose.
Parce que j'ai un rappel de vaccin à faire. Ça va faire mal ?
Parce que j'ai encore besoin de quelques séances de massages, ça m'a fait du bien et le kiné m'a dit que je

pouvais vous en redemander, c'est vrai que j'ai moins mal, même mon mari me trouve plus détendue.

Parce que je suis pas retourné à la caserne hier, j'ai appelé pour dire que j'étais malade mais en fait je vais bien et j'ai besoin d'un papier.

Parce que j'ai peur que mon mari ait quelque chose de grave et qu'il n'ait pas voulu me le dire, alors j'ai décidé de vous le demander à vous mais bien sûr je lui dirai pas que je suis venue vous voir, vous pouvez me faire confiance !

Parce que j'ai grossi.

Parce que j'ai maigri.

Parce que je ne dors plus.

Parce que je dors sans arrêt.

Parce que je supporte plus mes gosses.

Parce que mon père m'a frappée.

Parce que je pleure tout le temps.

Parce que j'ai des mauvaises idées.

Parce que je n'ai plus d'éther à la maison.

Parce que avec ma femme/mon mari/ma fille/mon fils/ma mère/mon père/mes frères et sœurs ça ne va plus du tout, surtout depuis la succession de ma grand-mère.

Parce que j'en ai marre de me crever le cul pour rien.

Parce que je n'ai que trente ans mais j'ai déjà mal partout.

Parce que j'ai déjà quarante ans et je commence à m'inquiéter.

Parce que j'ai passé la cinquantaine et il serait temps.

Parce que j'ai presque soixante ans et je voudrais que ça continue.

Parce que j'ai soixante-dix ans passés et mon fils se fait du souci.

Parce que j'ai bientôt quatre-vingts ans et je veux mourir chez moi.

Parce que j'ai quatre-vingt-dix ans et vous savez, j'en ai marre de vivre.

Qu'avez-vous ?

Eh bien, je ne sais pas, c'est à vous de me le dire ! Moi, je ne suis pas médecin.

ANTÉCÉDENTS
(mardi 7 octobre)

— Tiens ! Vous allez à la pêche ?

— Non, je vais à la pêche.

— Ah, bon ! Je croyais que vous alliez à la pêche.

(Vieille histoire de fous.)

21

MME BORGÈS

La porte s'ouvre en grinçant.

Cheveux hirsutes et traits tirés, tu parais sur le seuil de la chambre, vêtu d'un pantalon de survêtement un peu trop court, d'un tee-shirt et d'une veste d'intérieur informe que tu reboutonnes maladroitement en me voyant. Tu bâilles comme un malheureux. Tu n'as pas mis tes lunettes. Tu traînes les pieds dans des mocassins usés jusqu'à la corde.

— Bonjour, Monsieur Sachs, dis-je en continuant mon repassage.

— Bonjour, Madame Borgès... Excusez ma tenue, à cette heure-ci je devrais déjà être debout depuis longtemps.

— Vous étiez de garde, encore ?

— Non, mais j'avais oublié de brancher mon répondeur cette nuit, et j'ai eu un appel à trois heures du matin...

— Ouh ! Ça doit être dur de se lever !

— Mmmhh, mais c'était pas aussi dur que pour le patient : il faisait une crise d'asthme carabinée.

Tu ne me dis pas de qui il s'agit. Si c'est quelqu'un du bourg, je l'apprendrai sûrement à l'épicerie ce midi.

— Y a beaucoup de gens qui sont asthmatiques, je trouve...

— Mmmhh...

Tu te diriges vers le coin-cuisine.

Tu te plantes devant la cuisinière, tu prends la casserole, tu te grattes la nuque. Tu jettes un œil au réveil posé sur le sommet du réfrigérateur, tu allumes le poste de radio installé sur la table de la cuisine, tu l'éteins presque aussitôt.

Tu remplis la casserole. Tu allumes le gaz. Dans le placard, au-dessus de l'évier, tu prends une chope en grès, tu ramasses le porte-filtre en plastique sur l'égouttoir, tu le poses sur le sommet de la chope, tu y déposes un filtre en papier. Tu sors du réfrigérateur un paquet de café à moitié plein, tu verses trois cuillères de café moulu dans le filtre, tu refermes le paquet, tu te ravises, tu le rouvres, tu jettes un coup d'œil dedans, tu rajoutes une cuillerée de café dans le filtre, tu soulèves le porte-filtre de la chope et tu le reposes sur un pot en porcelaine blanche à peine plus grand.

Tu traverses la salle en traînant les pieds. Dans la chambre, tu ouvres la fenêtre et tu repousses les volets. Tu retapes vaguement les draps sur ton lit défait. Je plie la chemise et je la pose sur la pile. Tu ramasses une revue, un livre et un cahier au chevet du lit. Je prends un pantalon de velours marron un peu élimé sur les fesses, je le pose sur la table à repasser, je reprends le fer.

Tu fais le tour de la salle, tu te grattes la nuque, tu grommelles.

— Dites, Madame Borgès, vous n'auriez pas vu mes lunettes ?

— Ah, non... Tout à l'heure, en vous levant, vous ne les aviez pas...

Tu poses les livres sur la table de la cuisine, tu soulèves les journaux, les magazines entassés dans un coin. Tu refais le tour de la salle, en soulevant les objets sur la table basse, les coussins sur les matelas et sommier recouverts d'une grande couverture bariolée qui te servent de canapé. Tu glisses les mains dans les interstices du vieux fauteuil défoncé. Finalement, tu te frottes les yeux, tu te grattes la joue, tu te frictionnes le crâne, tu poses tes poings sur tes hanches et tu soupires.

— Mmmhh...

Je plie le pantalon sur le dossier d'une chaise et je m'attaque à des blue-jeans.

Tu retournes dans la chambre.

L'eau bout dans la casserole. Je pose mon fer et je vais verser l'eau sur le café. Tu réapparais, tu essaies vaguement de détordre tes lunettes mais, quand tu les chausses, elles sont encore de guingois. Tu me regardes verser le café, tu souris, tu tends la main.

— Merci, Madame Borgès, laissez, je vais m'en occuper...

— Ça ne me dérange pas, vous savez.

— Je sais, vous êtes gentille, mais quand même. C'est comme l'autre jour, il ne fallait pas faire la vaisselle, vous avez bien assez comme ça avec le ménage et le repassage. Je fais la vaisselle en rentrant le soir, le matin je n'ai pas toujours le temps.

— Je sais, c'est bien pour ça. Vous savez, chez moi j'aime pas voir la cuisine en désordre, alors ici c'est pareil, c'est plus fort que moi, je range. Et puis, trois couteaux deux assiettes, c'est pas grand-chose.

— Oui, mais je...

— Oui, Monsieur Sachs ?

— Non, ça ne fait rien, c'est très gentil. Vous permettez ?

Tu prends le relais au-dessus du pot à café. Je retourne à tes jeans. Je jette un coup d'œil à l'heure affichée sur le magnétoscope, sous le minuscule téléviseur installé entre la fenêtre et la cheminée désaffectée du séjour. Dix heures moins dix. Le téléphone sonne.

— Et merde !

Tu poses bruyamment la casserole et tu décroches.

— OUI !... Oui, bonjour, Madame Leblanc... Excusez-moi, je ne suis pas bien réveillé. Oui, deux visites cette nuit. Non, ça va, je vous remercie... Qui ? Madame Renard ? (Tu lèves les yeux au ciel.) Qu'est-ce qu'elle a ? Ça peut attendre un peu, que je déjeune ? Et vous avez d'autres visites ? Quelle heure est-il ?... Oui, je serai là dans – Mmmhh, mettons trois quarts d'heure. D'accord. Merci. À tout à l'heure...

*

— Un petit café, Madame Borgès ?

— C'est pas de refus !

— Tenez, j'ai mis deux sucres, mais je n'ai pas remué.

— Merci, Monsieur Sachs.

Je pose le fer, je tourne la cuillère.

— Il est bien chaud, je vais attendre qu'il ait

refroidi. Dites, Monsieur – euh, Docteur... je peux vous poser une question ?

— Je vous écoute.

— Une de mes belles-sœurs – enfin c'est pas vraiment une belle-sœur, c'est la sœur du beau-frère de mon mari, vous savez, celle qui est mariée avec un employé du Crédit Provincial – ils viennent d'avoir une petite fille, et ils ont été obligés de la garder en couveuse parce qu'elle est prématurée, pas de beaucoup, de trois semaines. Bon, elle va bien, mais ce qui les inquiète c'est que sa maman ne peut pas lui donner le sein. On lui a dit que ce serait mieux, mais elle a beau essayer de tirer son lait, ça ne vient pas et ça la met dans tous ses états, forcément ils l'attendaient depuis longtemps, sa grossesse l'a fatiguée, à quarante-deux ans c'est un peu normal. Alors on lui donne du lait du lactarium mais ma belle-sœur dit que c'est pas aussi bien que son lait à elle, elle se fait des idées, forcément, avec tout ce qu'on voit, est-ce que le lait est bon et d'où est-ce qu'il vient... Moi, je lui ai dit que de toute manière il est stérilisé et qu'il n'y a rien à craindre, n'est-ce pas ?

— Mmmhh ? Oui, bien sûr, vous avez tout à fait raison... Eh bien ?

— Eh bien, elle a demandé s'il ne fallait pas prendre des médicaments pour faire monter le lait mais on lui a dit qu'il n'y en a pas. Alors elle s'angoisse, elle se demande si sa petite n'aura pas des allergies ou de l'eczéma, elle est dans tous ses états. Moi je crois qu'elle s'en fait un peu trop. Vous ne croyez pas ?

— Oui... un premier enfant à quarante-deux ans, c'est très angoissant.

— C'est ce que je lui ai dit. Je lui ai dit : « Tu verras, avec le biberon ça pousse aussi bien. » C'est vrai, ma deuxième, elle ne voulait pas du sein. Le biberon, par contre, à dix mois elle le buvait toute seule, ça lui arrivait d'en prendre deux de suite. Et maintenant, vous avez vu le gabarit !

Tu souris en levant ta tasse.

— C'est comme mes voisins avec leur fils, ils s'en font parce que à quatorze mois il ne marche pas encore. Ils disent qu'il est paresseux, moi je leur dis que ça va venir, il galope à quatre pattes, ou alors il se met debout et il pousse les chaises devant lui sur le carrelage, mais il veut pas se lâcher, alors ça les inquiète, mais ça finira par venir !

— Mmmhh... J'ai marché à seize mois.

Je cesse de repasser et je te regarde.

— Ah, bon ?... C'est vrai que, dans le temps, on amenait pas les enfants au pédiatre à tout bout de champ... Enfin, tout de même, seize mois, c'est pas banal.

— N'est-ce pas ? Voyez où ça m'a mené.

*

J'ai presque fini de repasser. Tu as avalé en vitesse deux grandes chopes de café et trois tartines recouvertes de fromage frais.

— Je laisse la vaisselle dans l'évier, mais vous n'y touchez pas, d'accord ?

— Comme vous voudrez.

Pendant que je range le linge repassé dans l'armoire de la salle, j'entends les conduites vrombir. Au moment où je replie la table à repasser, tu sors de ta chambre. Tu portes un pull jaune, une chemise bleue, des jeans, des chaussettes beiges et des chaussures noires. Comme d'habitude, tu t'es coupé en te rasant, et tu t'es collé un petit bout de sparadrap, aujourd'hui c'est sous le menton.

— Madame Borgès, vous n'auriez pas vu ma montre, par hasard ?

— Euh, elle ne serait pas sur la table de la cuisine ?

— Ah ? Oui, merci.

— Pendant que j'y pense, quand vous passerez à la supérette, pourrez-vous reprendre de l'eau distillée pour le fer ?

— Euh... Bien sûr, vous me le marquerez, pour que je n'oublie pas ?

Tu mets ta montre, tu ramasses ton écharpe sur une chaise, tu enfiles ta parka, tu prends le livre et le cahier sur la table de la salle, tu les glisses dans ton cartable, tu fais le tour de la pièce en soulevant les coussins et les journaux.

— Madame Borgès, vous n'auriez pas vu mes clés, par hasard ?

Tu finis par te rappeler qu'elles sont restées dans l'imperméable que tu portais hier, tu sors, tu tires la porte derrière toi, tu te ravises, tu passes la tête dans l'entrebâillement :

— Bonne journée, Madame Borgès, à vendredi !

— Au revoir, Monsieur Sachs, à vendredi.

Dehors, je t'entends claquer la portière, démarrer, faire ronfler le moteur et partir. J'entre dans la cuisine, j'ouvre le cagibi, j'y prends le balai et le chiffon à poussière. Dans la salle, je soulève le couvercle du coffre-banquette installé sous la fenêtre et je sors l'aspirateur.

Tout à l'heure, après avoir lavé tes deux cuillères et ton assiette, j'irai m'occuper de la salle de bains. Je ne fais pas le ménage dans la chambre chaque fois, tu dis que ça n'est pas la peine. De temps à autre, tout de même, tu me demandes si ça ne m'ennuierait pas de passer l'aspirateur ou bien, mais c'est rare, de refaire le lit. De le faire, plutôt: ces jours-là, il n'y a plus qu'une alèse en caoutchouc sur le matelas et tu as lavé et étendu les draps pour qu'ils sèchent. Je ne touche jamais aux feuilles, cahiers, livres et revues, stylos, boîtes de médicaments, paquets de mouchoirs en papier, enveloppes et objets divers qui s'entassent sur les bords du bureau, encombré par une énorme machine à écrire électrique. C'est une petite, toute petite chambre, et il est très difficile d'y passer l'aspirateur sans se cogner aux meubles, mais je devrais le faire plus souvent. Quand je trouve que ça commence à bien faire, même si tu n'as rien demandé, je passe un coup de chiffon sur les piles de livres entassés sur ta table de chevet. Parce que les livres, je m'excuse, mais ça prend tout le temps la poussière et, la nuit, c'est pas sain.

22

YVES ZIMMERMANN

Je me rappelle la première fois que je t'ai vu. Je veux dire, vraiment vu. Et écouté, pas seulement entendu. Tu étais debout près du lit d'une malade et je demandais qui s'occupait d'elle. Tu as dit : Moi, Monsieur. Tu avais vingt ou vingt-deux ans, tu étais l'un des externes du service cette année-là, tu n'avais rien de particulier, tu étais grand, brun, taciturne, un peu voûté. Tu retroussais toujours les manches de ta blouse et tes avant-bras étaient nus. Je t'ai regardé par-dessus mes lunettes et j'ai dit : « Je t'écoute. » Tu t'es rapproché de la malade et tu as dit : Mme Malinconi est entrée ici il y a trois jours pour je ne sais plus quels symptômes, tu as résumé la situation très vite, très sèchement, et puis tu t'es arrêté. Je n'ai rien eu à demander. Tu avais résumé le problème en six phrases, et voilà. Ça m'a exaspéré. L'externe savait mieux que le patron ce qu'avait la malade, ça la foutait mal. J'ai dit : « C'est tout ? » Tu as répondu : C'est tout. « C'est bien tout ? Tu es, sûr ? » Et la patiente s'est mise à pleurer. J'ai dit : « Pourquoi pleurez-vous Madame ? » Je t'ai regardé, j'ai demandé : « Pourquoi pleure-t-elle ? » Tu m'as lancé un regard mauvais et tu as croisé les bras en tendant le menton vers les autres. Je me suis retourné vers la surveillante, les deux internes, le chef de clinique, les six étudiants, les élèves infirmières et l'aide-soignante qui entrait, portant un plateau-repas (si je me souviens bien, il y avait une autre patiente dans le lit voisin). J'ai redemandé : « Pourquoi pleure-t-elle ? » Personne n'a répondu. Je me suis levé, je t'ai lancé : « Bon, eh bien tu me répondras quand tu connaîtras le dossier », et je suis sorti de la chambre avec l'intention de claquer la porte derrière moi, mais tu as doublé tout le monde, tu m'as suivi dans le couloir et c'est toi qui as refermé la porte au nez des autres. Je me suis retourné, je t'ai regardé par-dessus mes lunettes, malgré mon mètre quatre-vingt-dix tu paraissais presque aussi grand que moi.

— Bon, alors, qu'est-ce qu'elle a ?

Et tu m'as raconté sèchement, en quelques phrases, l'histoire de cette femme qui voulait rentrer chez elle deux jours après son admission alors que son médecin l'avait adressée pour un œdème aigu du poumon dont elle avait failli claquer, qu'elle avait vingt-deux de tension à l'entrée, qu'elle pesait quatre-vingt-cinq kilos pour un mètre soixante – je ne voyais pas comment on allait régler ça sans un bilan standard minimum, les dosages à l'époque ça demandait au moins une semaine, sans parler de la diététicienne et de la mise en route du traitement – mais que ses problèmes de boulot de mari de belle-mère de déménagement et je ne sais quoi encore, enfin sa foutue vie quotidienne, semblaient avoir plus d'importance pour elle que ses foutus symptômes.

— D'accord, d'accord. Mais pourquoi n'as-tu rien dit dans la chambre ?

— Nous étions quinze, Monsieur.

Alors, je t'ai regardé à travers mes lunettes et je t'ai vu pour la première fois. Tu avais vingt ou vingt-deux ans et tu étais déjà en colère.

23

MME LEBLANC

Le téléphone sonne. Je décroche.

— Cabinet médical...

— Allô, Edmond ? C'est toi, Edmond ?

— Ah, non Madame, vous avez dû faire un faux numéro...

Elle raccroche. Je raccroche, et ça se remet à sonner.

— Cabinet médical de Play, j'écoute.

— Allô, quand est-ce que le docteur il consulte à domicile ?

— Eh bien, aujourd'hui il fait ses visites le matin. Vous auriez voulu qu'il passe vous voir ?

— Oui, c'est pour le père qui ne va pas bien...

— Vous êtes Madame... ?

— C'est pas pour moi, c'est pour le père, M. Mirbeau, aux Genêts, le docteur est déjà venu...

— Très bien, je note...

— Mais y faudrait que j'y parle avant qu'y vienne parce que le père ne veut pas se soigner et il ne prend pas ses médicaments alors il faudrait qu'il le secoue un peu...

— Oui... Voulez-vous que le Docteur Sachs vous rappelle ?

— Ben...

J'entends des pneus crisser sur l'asphalte. Je lève la tête. La voiture blanche se gare juste devant la fenêtre de la salle d'attente.

— Attendez, Madame, voici justement le docteur

qui arrive, je vous fais patienter quelques instants et je vous le passe...

Tu sors de la voiture, tu me regardes à travers les vitres, je te fais signe en désignant le téléphone. Tu prends ton cartable sur le siège arrière, tu verrouilles les portes. Je conserve patiemment le combiné sur mon épaule. La porte de la salle d'attente s'ouvre et, cartable à la main, ton trousseau dans l'autre, tu entres.

— C'est la fille de M. Mirbeau qui veut vous parler...

— M. Mirbeau ?

Tu fronces le sourcil d'un air perplexe.

— Oui, aux Genêts, il paraît que vous y êtes déjà allé...

— Mmmhh...

Tu entres dans le cabinet. Je te vois poser le cartable contre les étagères, tu décroches, tu t'assieds sur le fauteuil à roulettes, je raccroche et je referme la porte intérieure en tirant fort.

De la salle d'attente me parvient un murmure tandis que tu parles. Au bout de quelques minutes, le téléphone posé sur mon bureau tinte légèrement, m'indiquant que tu as raccroché. J'attends quelques minutes, mais tu ne ressors pas. Je prends le carnet de rendez-vous, je frappe à la porte.

— Oui...

J'entre. Tu es assis à ton bureau, tu écris. Tu relèves la tête.

— Irez-vous voir M. Mirbeau ce matin ?

— Mmmhh ?... Oui, vers onze heures trente...

— Vous avez déjà trois autres visites à faire...

— Ah... Bon...

— Et Mme Reverzy a demandé que vous passiez avant onze heures, parce qu'elle doit partir au travail...

Tu soupires. Tu poses tes mains à plat sur le plateau de bois peint qui te sert de bureau, tu fermes les yeux et tu hoches la tête.

— J'attends le facteur et j'y vais...

*

Je me souviens bien de notre première rencontre. Ça faisait déjà un an que j'avais été licenciée de l'usine. L'épicier disait que tu t'installais dans l'ancienne école. Que tu aurais sûrement besoin de quelqu'un pour répondre au téléphone, pour faire le ménage ou le repassage, peut-être même chez toi, puisque tu vivais seul. Je me suis dit : Qu'est-ce que je risque ? Je t'ai appelé, tu as répondu tout de suite parce que tu passais tes journées là-bas, à coller les papiers, à repeindre les fenêtres, à monter les étagères. J'ai dit : « Bonjour Docteur je suis Mme Leblanc, je voulais savoir si vous n'auriez pas besoin de quelqu'un pour répondre au téléphone et faire le ménage au cabinet médical, mais peut-être que la place est déjà prise ? » Il y a eu un grand silence et tu as répondu : C'est drôle, on m'a parlé de vous ce matin et j'allais vous appeler.

Tu es venu jusque chez moi. Tu étais souriant, amical. Tu avais l'air très jeune, mais on m'avait dit que tu avais remplacé plusieurs docteurs, à Deux-monts, à Lavinié et plus loin encore de l'autre côté du canton, à Forçay. Tu avais besoin de quelqu'un à mi-temps, pour répondre au téléphone, pour accueillir les gens en ton absence, et entretenir le local. Mais pas pour faire le ménage chez toi. (« Il vaut mieux ne pas mélanger les choses, vous savez. ») Je t'ai proposé de te trouver quelqu'un si tu voulais, tu as dit oui, bien sûr, ça te rendrait service. Et puis nous sommes allés ensemble à pied au cabinet médical, c'était exactement ça que je cherchais, un travail à deux pas, même à mi-temps, pour ne pas rester à la maison à tourner en rond.

Le papier à rayures bleu pâle, j'ai trouvé ça beau, et original pour un cabinet médical. Il faisait clair, le petit lit bas j'ai trouvé ça bien, c'est vrai qu'on n'est pas à l'aise sur une table trop haute, les enfants et les personnes âgées ont du mal à s'y allonger. Tu as dit: En principe j'ouvre début mai, quand pourrez-vous commencer? et j'ai dit: Tout de suite, j'en ai assez d'être enfermée entre mes quatre murs, mon mari trouve que ça ne me va pas du tout et les enfants n'aiment pas ça non plus.

Je t'ai dit qu'il faudrait me donner quelques instructions au cas où on m'appellerait en urgence, qu'est-ce qu'il fallait que je dise s'il y avait un blessé, ou un empoisonnement? Et il faudrait que je fasse un stage de secourisme, il y en a deux fois par an à la mairie, ce sont les pompiers de Lavallée qui nous donnent les cours. Tu as dit: Je suis heureux de vous avoir rencontrée si vite. J'ai beaucoup de chance de n'avoir pas eu à chercher, et: Nous allons sûrement nous entendre très bien, et j'ai répondu: « Bien sûr, y a pas de raison! »

C'était il y a sept ans. On devait commencer le

2 mai, mais tu as été absent toute la première semaine, parce que ton père est décédé. Le lundi 2 au matin, pour la première fois, j'ai ouvert le cabinet médical à 8h30. À 9h30, j'avais déjà reçu trois appels. J'ai rangé, j'ai briqué, j'ai reçu beaucoup de coups de téléphone et vu beaucoup de gens qui venaient demander des renseignements. Tu m'as appelée à trois ou quatre reprises, pour me demander si tout allait bien. Ma foi, je ne m'en tirais pas mal, et si les gens venaient ou appelaient autant la semaine suivante, tu ne tarderais pas à être surchargé de travail et peut-être qu'il me faudrait travailler à temps plein. Tu as ri, J'espère bien ! Cela dit, les premiers temps, nous n'avons pas vraiment vu grand monde. Avec la petite machine à écrire électrique que tu m'avais apportée, j'ai dactylographié les horaires des consultations, des recommandations pour les femmes qui prennent la pilule ou portent un stérilet, des conseils pour les jeunes mamans qui allaitent ou donnent le biberon, des informations sur les enfants qui ne dorment pas et les médicaments qu'il ne faut pas mélanger avec l'alcool, sur ce qu'il faut faire en cas de piqûre de guêpe ou de morsure de serpent (je ne crois pas qu'il y en ait par ici, mais on ne sait jamais, quand les gens s'en vont en vacances), en cas d'accident de la route ou de noyade, ou lorsque quelqu'un a avalé des comprimés. Tu avais tout écrit à la main, sur les pages lignées d'un bloc-notes et, une fois tapée, chaque page occupait exactement le recto d'une demi-feuille. Ensuite, je mettais les fiches sur mon bureau, dans la salle d'attente, pour que les gens se servent. J'ai aussi fait un panneau indiquant les heures de consultation (en

noir), de rendez-vous (en bleu), ton jour de repos (le jeudi, en vert) et le numéro de téléphone où te joindre (en gros et en rouge). Et, comme tu me l'avais demandé j'ai ajouté : POUR LES VISITES DANS LA JOURNÉE MERCI D'APPELER, SI POSSIBLE, AVANT 10 HEURES.

Au bout de trois mois, je me suis dit que j'aimais vraiment ça : m'occuper du cabinet médical, accueillir les gens, prendre les appels. Voilà comment je suis devenue ta secrétaire.

*

La porte de la salle d'attente s'ouvre.

— Bonjour, Madame Leblanc ! J'ai un colis recommandé pour le docteur...

Je me retourne vers le bureau. Tu es penché sur quelque chose, l'une des trois roulettes de ton fauteuil a quitté le sol, les deux autres font leur possible pour tenir en place.

— Docteur, c'est le facteur !

La roulette atterrit, tu pivotes, tu te lèves et tu franchis les deux portes.

— Bonjour, Monsieur Merle... Je vous signe ça...

Tu traces un paraphe net et rond sur un formulaire.

— Tenez... Alors, comment ça circule ? Pas trop d'eau ?

— Non, ça va, dit le facteur en touchant sa casquette. il n'y a que sur les petites routes que les fossés débordent, mais on fait attention. Faudrait pas que la pluie continue comme ça longtemps... Allez ! Bonne journée, messieurs-dames !

Tu regagnes le bureau.

En plus du colis, le facteur nous a laissé le courrier, serré entre deux élastiques. Je fais le tri.

Il y a des revues, beaucoup de revues, chaque jour des revues. De grandes enveloppes portant des sigles officiels, Agence régionale du médicament, ministère de la Santé, Conseil régional, Médiathèque de Tourmens. Des catalogues de mobilier, de matériel médical, de papeterie, de lingerie pour dames, de jouets, de cadeaux d'entreprises et autres gadgets. Il y a aussi, bien sûr, les prospectus que tout le monde trouve dans sa boîte aux lettres : SuperMeubles, MégaSurgelés, HiFiGéant, HyperAchats. Il y a aussi des propositions d'investissements immobiliers, des invitations de concessionnaires automobiles, des promotions pour des vins exceptionnels ou du foie gras truffé livraison garantie pour Noël si la commande est passée avant le 10 décembre. Enfin, il y a le vrai courrier, enveloppes blanches ou kraft, à en-tête d'un médecin ou d'un service hospitalier, et parfois une ou deux lettres dont l'adresse est rédigée d'une main malhabile et qui, au toucher, doivent contenir une enveloppe-réponse timbrée. Avant de déposer le courrier sur ton bureau, je vérifie toujours qu'il n'y a pas de lettre adressée à l'un de tes confrères du secteur. D'un docteur à l'autre, il arrive que les postiers se trompent, le matin, en faisant le tri.

Je mets à part les revues gratuites, multicolores sur papier glacé, vantant les mérites de médicaments aux effets spectaculaires destinés aux varices, à la circulation du cerveau, aux rhumatismes, à la tension, au cholestérol, à l'excès de poids, mais dont tu m'as dit un jour, une fois pour toutes, qu'ils étaient inefficaces, sauf à enrichir leurs fabricants. Avec les prospectus et les publicités, j'en fais des paquets qui s'entassent sous le hangar, derrière le cabinet médical. Une fois par an, le cantonnier vient les chercher pour le recyclage. Quand il repart, sa camionnette est aux trois quarts pleine.

Parmi les revues auxquelles tu es abonné, deux sont des hebdomadaires médicaux, et l'un d'eux est en anglais. Les autres sont des mensuels : *Le Journal des Lettres, Cinéma/Cinémas* et *Entertainment for Men*, un épais magazine qui t'arrive soigneusement enveloppé et que, contrairement aux deux précédents, tu ne mets jamais en lecture dans la salle d'attente, sans doute parce qu'il est en anglais.

Il y a aussi les médicaments que les laboratoires consentent à nous envoyer, et dont l'emballage parfois déchiré puis rescotché indique qu'ils ont été ouverts avant d'arriver jusqu'ici et, de fait, il manque deux des quatre boîtes de pilules ou trois des six tubes de cortisone mentionnés sur le bordereau. Quand je te le dis, tu lèves la tête en souriant et tu murmures, Quelqu'un devait en avoir besoin. Moi, je ne trouve quand même pas très normal que les postiers se servent au passage.

*

Tu ouvres ton courrier sans hâte, sans précipitation, en commençant par les revues (celles que tu lisais parfois longuement, assis à ton bureau, la porte ouverte, à l'époque où j'attendais désespérément que le téléphone sonne, parce que bon, la première semaine, ça n'a pas arrêté, les gens appelaient par curiosité, pour voir, mais après quand il fallait venir, c'était une autre paire de manches. « Il a l'air gentil mais on est habitués à notre docteur », ou « Ces jeunes ça n'en sait pas toujours autant que les vieux », ou « C'est curieux qu'il ne soit pas marié, non ? », et je me faisais du souci, je savais que je te coûtais cher, si tu n'avais pas plus de patients que ça, tu ne pourrais pas garder une secrétaire, même à mi-temps) et en finissant par les lettres venues de l'hôpital ou à l'en-tête d'un laboratoire d'analyses. Souvent, il s'en trouve une que tu attendais plus particulièrement. Le patient m'a déjà appelée à plusieurs reprises les jours précédents pour me demander si elle est arrivée et lorsque enfin la voici, je sors le dossier du patient et je le pose sur le bureau près du courrier. Ou le téléphone sonne et, dès que je reconnais la voix de celui ou celle qui appelle, je réponds :

— Ah, bonjour, Madame Sand. Oui, le docteur l'a reçue ce matin, je vous le passe.

Je frappe à la porte du bureau.

— Docteur, c'est Madame Sand ! C'est au sujet de la prise de sang de sa mère.

Pendant que tu décroches, j'entre et je dépose près de toi le dossier et la lettre attendue.

24

JÉRÔME BOULLE

Le téléphone sonne. Enfin !

— Docteur Boulle, j'écoute.

— Salut, Jérôme, c'est Bruno.

— Ah, c'est toi... Comment vas-tu ?

— Très bien. Je ne te dérange pas longtemps, je voulais seulement savoir si je peux te laisser mes urgences entre douze heures trente et quinze heures, je vais à l'hôpital.

Je regarde ma montre, il est dix heures et demie.

— Pas de problème, j'ai pas vu un chat ce matin. Toi, c'est pareil ?

— Mmmhh...

— C'est vraiment calme, hein ? Il y a cinq ans, le mardi c'était une grosse journée, mais avec l'augmentation de la population médicale et ces spécialistes qui posent tous leur plaque boulevard Gustave-Flaubert...

— Ouais. C'est pas facile...

— Et toi, ça va ? Tu bosses ?

— Mmmhh...

— Ouais, c'est comme moi. Quel boulot de con, les gens nous prennent pour leur boy, un jour ils t'appellent en pleurant et t'es le seul à pouvoir les sauver, le lendemain ils changent de trottoir en te voyant sortir de la boulangerie. Et si seulement il y avait moyen de faire un beau diagnostic de temps en temps, mais penses-tu ! Ça, c'est pour messieurs les spécialistes... Enfin, si, faut que je te raconte ça, la semaine dernière j'ai vu un beau syndrome de...

— Attends, une seconde... Oui ? (murmures au bout du fil, tu as dû poser ta main sur le micro)... Excuse-moi, Jérôme, il faut que je te quitte. On se rappelle. Merci pour ce midi ! Salut !

— Salut.

Tu as déjà raccroché. Y a plus moyen de discuter avec toi. Tu es trop fuyant. Tu as toujours été un drôle de type. Il y a quelques années, avant de t'installer, tu m'as amené un bébé, un petit neveu ou un filleul, je crois. Tu terminais ton internat à Tourmens. Je voulais prendre quinze jours de vacances, j'avais beaucoup de travail, à l'époque, je t'ai proposé de me remplacer. Tu as hésité, puis tu as tenu à me prévenir que tu t'installerais dans le coin. Je me suis demandé si c'était du lard ou du cochon, je n'avais jamais entendu un jeune confrère annoncer la couleur. Mais tu parlais sérieusement, tu avais vraiment des scrupules à venir marcher sur mes plates-bandes. Je t'ai dit que ça ne faisait rien et c'était vrai, j'avais tellement de boulot que je ne savais plus où donner de la tête. Alors tu m'as remplacé un peu, quinze jours par-ci, trois semaines par-là. Mes patients t'aimaient bien. Ils disaient que tu étais bavard, mais gentil. Et tu ne faisais pas trop de conneries, c'est un fait. Je t'ai invité à prendre le café une ou deux fois, et tu m'as rendu la pareille une fois ou deux. Mais tu n'es jamais venu dîner, même pendant ton remplacement ; tu préférais rentrer chez toi. Je croyais que tu avais une amie, je t'ai proposé de venir avec elle, mais tu m'as regardé de travers et répondu que tu vivais seul. Je n'ai pas insisté, de toute manière, ma femme ne t'aime pas trop. Elle n'aime pas trop les médecins.

Quelques mois plus tard, tu es venu me voir en me disant que tu hésitais entre deux communes, Play et Marquay, que tu t'installerais là où ça me gênerait le moins. Je n'avais pratiquement pas de patients à Play, mais beaucoup à Marquay. C'est comme ça, les villages, ils ont beau être à égale distance du médecin, ils n'ont pas les mêmes habitudes. Les gens de Marquay consultent ici depuis cinquante ans, ils ne viennent pas voir le Docteur Boulle, pas plus qu'ils ne venaient voir le Docteur Sturgeon, dont j'ai repris la clientèle, ils viennent voir le docteur-de-Deux-monts. Beaucoup de mes patients de Marquay attendaient déjà que tu t'installes là-bas ; le maire te faisait des propositions, ça risquait de me faire perdre des clients. Alors, j'ai dit Play, bien sûr et tu as dit d'accord. Mais j'imaginais qu'au dernier moment tu trouverais une excuse quelconque pour te dédire. Et puis, non. Tu t'es effectivement installé à Play. Le conseil municipal t'a loué l'ancienne école. Pendant longtemps je me suis dit que tu étais un peu cinglé. Dans ce patelin, ils consultent à droite et à gauche, ils me font venir, ils appellent les médecins de Lavinié, de Lavallée, parfois même ceux de Saint-Jacques ou de Saint-Bernard-de-l'Orée et pourtant ça fait plus de quinze kilomètres, mais ça a toujours été comme ça, aucun d'entre nous ni aucun de nos prédécesseurs n'a pu vraiment s'y implanter, ni parmi les anciens habitants ni dans les zones pavillonnaires récentes, peut-être parce que beaucoup de gens jeunes travaillent à Tourmens et vont consulter sur les boulevards avant de rentrer du boulot, ou emmènent leurs enfants chez le pédiatre. Mon pédiatre, ça fait plus sérieux que Mon généraliste, même s'il n'a qu'à le peser, leur foutu marmot, le vacciner et lui prescrire des gouttes dans le nez pour sa goutte au nez. Je me suis dit : À Play, il va se planter ; au bout de quelques mois, un an ou deux il fermera, ça n'est pas possible, il a choisi le plus mauvais endroit, c'est un peu suicidaire, j'ai vu des types comme toi emprunter pour s'installer, tirer la langue et au bout de dix-huit mois décrocher leur plaque et changer de région ou devenir fonctionnaires, médecins contrôleurs d'une caisse de sécu ou d'une mutuelle, et passer leur temps à compter les prescriptions de leurs anciens confrères (les deux tubes de calmazépam sur l'ordonnance de la mère, ce serait pas pour la belle-sœur, qui en fait une consommation stupéfiante ?) ou à vérifier que l'arrêt de travail du mari c'est bien un lumbago ou une entorse de la cheville et pas une flémingite aiguë, et s'amuser à débarquer sans prévenir au beau milieu de la matinée en se disant : « Celui-là, si je le chope à biner son jardin, je lui règle son compte. » Des frustrés, des aigris, mais plus des médecins.

Pendant tes remplacements, mes patients t'avaient adopté. Ils disaient que tu étais très attentif, que tu repassais les voir même s'ils n'avaient rien demandé, et que tu refusais de te faire payer, genre C'est juste une visite amicale. Agaçant. Mais ce qui m'agaçait encore plus c'est que tu me laissais des tartines sur mes fiches et en plus, à mon retour, tu me faisais des comptes rendus détaillés, tout y passait, les résultats d'examens, les conversations téléphoniques avec les spécialistes, les histoires que racontait la famille, les antécédents que je n'avais jamais pu leur tirer du nez, la liste des médicaments qu'ils prenaient en cachette, ton opinion sur l'intervention chirurgicale, tes états d'âme, tout ! Tu me rappelais certains types comme on n'en voit plus, j'en ai connu deux ou trois et ils ont mal fini, genre médecin des mines au Niger ou généraliste dans un bled paumé du Massif central, des visites à vingt-cinq kilomètres à la ronde, pas d'hôpital à moins de cinquante, la neige en hiver et les chemins impraticables qu'il faut se taper à pied pour faire les accouchements à domicile. Tout à fait ton genre : borné, hypermoral, un peu con. Très con. Très apprécié. Enfin, pas par tout le monde, quand même. J'ai parlé de toi une fois avec Genevoix, le pharmacien du canton voisin, ou plutôt c'est lui, au repas offert par Arbogast & Gruesome aux participants de l'étude sur *Le Traitement des dépressions de l'adolescente pubère en milieu ouvert*. Au milieu du repas, il me demande si je te connais, par curiosité je dis Un peu, alors il me confie que tu le fais chier : quand un patient entre dans son officine, il sait toujours qu'il vient de chez toi, il y a moins de trois produits sur l'ordonnance et il arrive à la déchiffrer depuis le comptoir. Mais en plus, quand il se met à leur dire qu'il faut prendre le médoc comme ci et comme ça, les patients l'arrêtent, ils ont déjà une ordonnance recto verso couverte d'explications détaillées, et tu vas même jusqu'à leur filer des échantillons gratuits, aspirine ou antibiotiques ou sirop pour la toux, que tu balades dans le coffre de ta bagnole la nuit et le dimanche, ou que tu sors d'un tiroir le soir après 20 heures pour leur éviter d'avoir à galoper jusqu'à la pharmacie. Si ça continue, disait Genevoix, il pourrait aussi bien faire notre boulot à notre place, on ne lui dirait rien ! Bref, il était en pétard, et je ne lui ai pas dit qu'il m'arrive aussi d'en donner, des échantillons, c'est de bonne guerre, quand une petite vieille est seule au milieu de la cambrousse, on peut quand même lui donner la boîte de pénicilline qu'on a dans le coffre, faut pas déconner.

Après ton installation, beaucoup de mes patients ont changé de médecin ! Venant de certains, ça m'a fait mal. Bon, les givrés (les maux de ventre fantômes, les plaintes à géométrie variable, les constipées chiantes, les nymphomanes manipulatrices, les obsessionnels du bistouri, les alcooliques invétérés, les couples qui se tapent dessus exclusivement devant témoin), ceux-là j'étais plutôt content de m'en débarrasser. Tu as dû te les taper, comme je l'ai fait à mon installation, c'est inévitable. Et en tout cas, une qui ne t'a pas raté, c'est la mère Renard, la plus grosse consommatrice de médicaments de tout le département, à ce que dit Genevoix.

Finalement, ça s'est tassé. Certains sont revenus et ça m'arrive de voir tes clients te quitter pour moi. Des gens que je n'avais jamais vus, et que tu as déçus. Pas assez ferme. Pas assez Docteur. Un peu trop grog-aspirine. Surtout les vieux. Ils ont cotisé pendant quarante ans, ils voient les opérations à cœur ouvert à la télévision, on leur balance tous les jours un nouveau traitement du Parkinson ou de la maladie d'Alzheimer, alors ils veulent du médicament, de la chirurgie, des radios pour leur mal de pied, des échographies pour leurs crises de foie, des scanners en couleur pour leurs maux de tête. Et il n'y a pas que les vieux. Il y a aussi les enseignants. Ah, les enseignants ! Anxieux, exigeants, pinailleurs, je-sais-tout. On en a parlé une fois, au tout début, tu m'appelais, embêté, une de mes patientes voulait changer de médecin mais n'avait pas le courage de me demander son dossier, elle t'avait chargé de le faire et il était trop volumineux pour que tu puisses t'en passer. J'ai accusé le coup (ça m'a fait mal au cœur, une patiente que je suivais depuis sept ou huit ans, les premières années je la voyais trois ou quatre fois par mois, deux fois par semaine quand un des mômes avait une angine et qu'elle voulait en profiter pour me raconter sa vie, et je la faisais revenir en consultation sans rendez-vous le lendemain, en espérant que devant la salle d'attente pleine elle renoncerait, mais des clous !) mais j'ai fait mon sourire de balle de match et je suis venu te déposer son dossier en main propre. Tu m'as reçu dans ton cabinet flambant neuf, ça sentait encore la peinture fraîche et la colle à papier, c'était pas très grand, tu avais installé un divan (ça collait très bien avec l'image mi-psy mi-confesseur que les gens avaient de toi, et qui commençait à leur courir) et je t'ai dit que cette Dominique Dumas, elle s'était fait tous les médecins du secteur, l'un après l'autre, trop hystérique pour être satisfaite, trop angoissée pour être jamais rassurée, trop enseignante pour te croire, et que tu aurais beau faire, elle trouverait toujours le moyen de te mettre en défaut et que, somme toute, ça me soulageait que tu t'y colles. Après, je me suis quand même demandé ce qu'elle devenait. Quand je la croisais dans la rue, elle était bien plus souriante qu'avant, je brûlais d'envie de te demander ce qui lui était arrivé, mais bien sûr je ne l'ai pas fait (parce que, mon salaud, tu ne réponds jamais à mes questions, je me souviens d'une fois, je t'appelle, et :

— Tiens, j'ai vu une de tes patientes, la semaine dernière !

— Ah ?

— Oui, Mme Mouillaud, tu ne devineras jamais ce qu'elle a !

— Non, et je préfère que tu ne m'en parles pas.

— Comment ça ?

— Si elle est allée te voir, ce n'est pas pour que tu me le répètes...

— Euh, évidemment, mais entre confrères, on peut bien parler d'un cas !

Tu as dit Non, sèchement et sans appel, et j'ai bien compris que tu étais vexé mais aussi que tu ne voulais pas avoir à me parler quand tu verrais des patients à moi. Ça joue les vertueux mais en réalité ça protège son petit territoire !). Plus tard, j'ai appris la nouvelle par la voisine, une grand-mère qui n'en revenait pas tant ça l'avait choquée : « Ah, ben j'aurai tout vu ! », voilà que du jour au lendemain, Mme Dumas avait plaqué son mari et ses deux mômes pour se mettre en ménage avec une de ses élèves ! J'en suis resté baba, après tout le cinéma qu'elle m'avait fait : « Vous croyez que je suis encore une femme, Docteur ? Depuis mes grossesses, j'ai grossi, mes seins tombent, mon mari n'a plus envie de moi, je crois qu'il a des maîtresses, d'ailleurs je n'ai plus de désir pour lui, mes amies me disent que je devrais le quitter mais je ne peux tout de même pas priver mes enfants de leur père, et puis qu'est-ce que je ferais toute seule ? » et j'en passe. Bref, elle me tenait le crachoir parfois pendant une heure, jusqu'au jour où, sur le pas de la porte – il était tard, il n'y avait personne après elle –, je l'entends me dire, les yeux brillants : « Il y a des soirs où je serais prête à me donner au premier venu ! » Il ne manquait plus que ça ! J'ai pas déjà une vie assez compliquée pour m'envoyer en plus des patientes à la fin des consultations ! Bref, quand j'ai appris qu'elle avait viré sa cuti, je t'ai appelé sous un prétexte quelconque.

— À propos, tu connais la nouvelle ? Mme Dumas a viré son mari et elle s'est mise à la colle avec une lycéenne. Tu aurais deviné, toi, qu'elle était gouine ?

Tu m'as répondu : Non. Puis, après un silence : Mais c'est la première chose qu'elle m'a dite.

*

Malgré ça, tu m'appelles toujours les lendemains de garde pour me parler de ceux de mes patients que tu as vus. Ça me paraît relever de la manie, mais je ne vais pas te le reprocher. Et puis, on se rend service. Tu sors rarement, alors le soir, je donne ton numéro au secrétariat téléphonique et je m'éclipse, pour aller... aux réunions de formation et aux repas de labos, ou pour emmener Dolorès au cinéma, ça m'évite de broyer du noir et de la voir me faire la gueule. En échange, je prends tes appels le mardi midi quand tu vas à l'hôpital, et un soir par-ci, par-là. Mais tu ne t'absentes pas souvent.

De temps en temps, quand je te croise sur la route, tu me fais des appels de phares, on se gare chacun de son côté, on échange les courriers reçus par erreur (un des laboratoires confond régulièrement nos adresses mais chaque fois que j'ai appelé pour le leur expliquer, on m'a pris pour toi, alors j'ai laissé tomber), tu me demandes des nouvelles des patients que tu as vus en garde, ça me rappelle mes débuts, moi aussi je me faisais un sang d'encre pour les gens que je ne voyais qu'une fois. Aujourd'hui, j'ai d'autres soucis.

Je ne crois pas que tu aies une grosse clientèle. Ça fait six ou sept ans que tu t'es installé mais, si j'en crois la rumeur, tu vivotes. D'ailleurs, il y a un signe qui ne trompe pas : tu n'as pas changé de voiture depuis ton installation, alors qu'au bout de quatre ans on ne peut plus amortir un véhicule professionnel. La seule explication, c'est que tu n'as pas les moyens d'en acheter une autre. Régulièrement, j'entends dire que tu vas quitter Play. Bon, ça aussi, ça n'est qu'une rumeur, mais il y a toujours un fond de vérité.

25

MME LEBLANC

Le téléphone tinte sur mon bureau. Tu étais en ligne et tu viens de raccrocher.

Les matins, comme celui-ci, où tu n'as pas beaucoup de visites, tu arrives un peu plus tard. Tu te penches au passage sur les pages désertes du carnet de rendez-vous, tu entres dans le bureau, tu poses ton cartable et ta sacoche de médecin sous l'un des tréteaux et, sans t'asseoir, tu ouvres le courrier. Parfois, tu décroches et tu composes un numéro, et je ferme la porte de communication. Ou tu es à peine arrivé que le téléphone sonne et un monsieur demande à te parler, ou bien une dame entre dans la salle d'attente, me tend une enveloppe : « J'ai des examens à montrer au docteur. » Tu prends toujours la communication, tu reçois presque toujours les personnes qui se présentent (et il arrive que tu les gardes vingt bonnes minutes alors qu'elles venaient « pour un simple renseignement » puis, après leur départ, que tu te plonges dans la lecture d'une revue ou que tu écrives longuement dans un de tes cahiers. Lorsque je te dis timidement que je voudrais passer la toile, tu regardes ta montre et tu t'écries Nom de Dieu onze heures déjà ! et, ramassant tes clés, ton cartable, ta sacoche, ton blouson ou ton imperméable, tu sors en coup de vent pour aller faire quelques visites pas très urgentes, mais les gens ont tout de même appelé entre huit heures et demie et neuf heures moins le quart, quand ce n'est pas la veille. Un jour, juste après ton départ, en rangeant la fiche d'une de ces consultations imprévues, je n'ai pas pu m'empêcher de lire la dernière phrase. En lettres majuscules, tu avais écrit : ELLE M'EMMERDE !) mais quelquefois, tu es pressé de partir, et tu te confonds en excuses, et tu leur demandes de rappeler ou de repasser l'après-midi.

Au début de ton installation, tu arrivais au cabinet médical une demi-heure après moi et, comme les appels n'étaient pas nombreux, tu passais de longs moments au téléphone. Un jour, je t'ai dit que tu pouvais – si ça ne t'ennuyait pas – rester chez toi le matin, puisque j'étais là. Je pouvais t'appeler s'il y avait des visites. Étonné, tu as répondu que tu préférais être présent au cas où quelqu'un viendrait consulter. J'ai alors dit que, peut-être, si ça n'était pas trop coûteux, nous pourrions avoir deux lignes. Pour que les patients puissent nous joindre quand tu téléphones. Tu as rougi puis, sans un mot, tu as appelé l'agence des télécommunications.

La seconde ligne, dont le numéro est confidentiel (tu m'as recommandé de ne le communiquer à personne) sonne rarement pendant mes heures de travail. Maintenant que j'y repense, cela fait bien longtemps que je n'entends plus la voix féminine un peu lente, un peu triste, qui te demandait régulièrement à des heures où tu n'étais pas là et soupirait profondément avant de raccrocher.

*

Je ressors du bureau. Je pose le carnet de rendez-vous près du téléphone. Tu n'es pas souvent de bonne humeur le matin, encore moins les lendemains de garde. On dirait que tu n'as pas envie de travailler. Lorsque tu as eu des journées chargées, je comprends ça. Voir des gens malades toute la journée, ça doit être fatigant, mais parfois, lorsque les appels se font plus rares, je me fais du souci, je me dis que les patients ne veulent peut-être plus venir, les gens sont si changeants. Les deux premières années, tu passais des heures au cabinet médical sans voir plus d'une ou deux personnes dans la journée, et les gens du bourg me demandaient d'un air préoccupé si tu gagnais assez ta vie, si tu n'allais pas partir. Moi, je me disais que, si tu n'avais pas assez de clients, tu ne pourrais pas te permettre de continuer à payer une employée, même à mi-temps. Mais tu me disais souvent que tu étais content de m'avoir et je te répondais que j'étais contente d'être ici, parce que moi j'aime tenir le cabinet médical, ranger les instruments, recopier les examens, répondre au téléphone, accueillir les gens qui viennent te voir, noter les rendez-vous. Je ne pouvais pas trouver meilleur travail que ça, à trois minutes de l'école et cinq de la maison avec tout le chômage qu'il y a. Depuis que tu es arrivé, tu t'es fait des patients fidèles, des familles entières, des jeunes, des vieux. Tu t'es fait ta clientèle. Elle n'est pas encore aussi importante que celle des autres médecins du canton, mais les gens t'apprécient beaucoup, ils disent que tu les écoutes bien. Tout le monde n'est pas de cet avis, c'est bien normal, il en faut pour tous les goûts. Il y a des gens qui sont beaucoup venus au début, et qui ne sont plus revenus ensuite, ça, je m'en rends compte en rangeant les dossiers, je reconnais des noms que je n'ai pas inscrits depuis longtemps sur le carnet de rendez-vous, alors je regarde la fiche quadrillée et la dernière date que tu as inscrite remonte à deux ou trois ans et je me demande pourquoi d'un seul coup cette dame ou ce monsieur que tu voyais deux, trois fois par semaine, que tu gardais parfois une heure en consultation ont cessé de venir, comme s'ils s'étaient fâchés... Même quand les problèmes s'arrangent, on a toujours besoin d'un médecin de temps en temps, pour les enfants ou pour un certificat ou pour une bricole ; mais là, on dirait que du jour au lendemain ils ne veulent plus te voir et ce n'est pas parce qu'ils ont déménagé, puisque je les croise encore à la boulangerie ou à la supérette ou sur la route entre Play et Lavallée. Ils emmènent leur petit à l'école ou ils rentrent du travail, donc ils vivent encore par ici. Enfin, tu as quand même de plus en plus de clients, même s'il y a encore des périodes où c'est calme, comme l'été par exemple. Presque tout le monde ici prend ses vacances en août, mais toi, tu restes.

Depuis quelque temps, j'ai le sentiment que tu n'as plus la même patience, tu es souvent silencieux, irritable, et parfois tu me parles sèchement au téléphone. Certaines fins d'après-midi, tu me passes la ligne après tes consultations, tu pars à Tourmens et, quand tu reviens, tu as l'air mécontent d'avoir plusieurs rendez-vous alors que, si tu as du travail, c'est parce que les gens sont contents de toi, d'ailleurs ils le disent, et c'est pour ça qu'ils viennent. Je les entends, à la boulangerie ou à l'épicerie, ils disent : « Le Docteur Sachs, au moins on peut lui parler et puis il nous explique. » Bien sûr tu as beaucoup pris au Docteur Cronin, à Langes, parce que le bourg vieillit et son médecin aussi. Les jeunes viennent faire construire à Play parce que c'est plus près de Tourmens, et puis il y a une salle de sport, la commune est plus dynamique grâce au maire, d'ailleurs il t'a aidé à t'installer et puis le Docteur Cronin, c'est la vieille école, très bon docteur cela dit, mais il ne dit jamais rien, et il prescrit beaucoup de médicaments. Quand je vois que tu as beaucoup de rendez-vous je suis plutôt contente, ta clientèle augmente, j'ai même vu des gens venir de Tourmens ou de plus loin encore pour te consulter. Beaucoup de gens viennent te voir parce qu'on leur a parlé de toi, on sait que tu rassures, que tu es du genre docteur tant-mieux. Depuis quelques mois, je viens ouvrir la salle d'attente le samedi matin, parce que tu n'es pas encore rentré de tes visites, et je trouve régulièrement huit ou dix personnes qui t'attendent dans la cour. Et, je ne comprends pas, alors que ta clientèle augmente, pourquoi tu n'es pas content, pourquoi tu es si souvent triste et nerveux.

La porte du cabinet s'ouvre. Tu te penches sur le cahier de rendez-vous, tu inscris l'ordre dans lequel tu feras tes visites, pour que je puisse te joindre en cas d'urgence. Tu lèves les yeux vers la pendule-assiette que le club de football t'a offerte l'an dernier pour te remercier de la visite médicale gratuite des juniors, et tu sors de la salle d'attente.

— À tout à l'heure, Madame Leblanc...

— À tout à l'heure, Docteur... Est-ce que je vous revois avant midi ?

— Non, je pense que je n'aurai pas fini. J'irai directement à l'hôpital. Si vous avez un appel urgent entre douze et quinze heures, prévenez le Docteur Boulle, comme d'habitude. Il ne bouge pas de chez lui. Bon appétit, Madame Leblanc.

— Vous aussi, Docteur...

Je retourne classer le courrier. Je glisse les examens à l'initiale du patient dans le dossier à onglets. Sur le coin du bureau est posé un formulaire d'aide médicale gratuite. Je le range dans une grande enveloppe contenant toutes sortes de papiers destinés à facturer à l'administration tout ce que les patients ne paient pas de leur poche : consultations d'accidents de travail, aide médicale, certificats de bonne santé des nourrices, réquisitions nocturnes par les gendarmes pour prise de sang sur une personne en état d'ébriété, constatation de coups et blessures, permis d'inhumer. L'enveloppe est pleine à craquer, car tu ne renvoies jamais les papiers. Parfois, j'entends claquer la portière de ta voiture, s'ouvrir la porte de la salle d'attente, et tu entres dans le bureau. Sans dire un mot, l'air préoccupé, tu ramasses ton stylo, ou ton trousseau de clés, ou ton portefeuille caché sous un bloc d'ordonnances, et tu ressors. Tu oublies presque toujours quelque chose en partant.

Une fois les ordonnances mises au carré sur les feuilles de maladie, le gros livre rouge refermé, les stylos rangés dans le pot qui leur sert d'abri, je ramasse les trois revues encore sous plastique posées près de la corbeille à papier et je les empile dans le cagibi, puis je retourne nettoyer les instruments qui trempent dans l'évier, au fond d'une bassine en matière plastique rose emplie de liquide antiseptique.

Enfin, j'entends le moteur tourner, la voiture sortir de la cour. À ce moment-là, le téléphone sonne. Je referme le robinet, je me dirige vers le bureau, je décroche du bout des doigts de mes gants en caoutchouc.

— Cabinet médical de Play, j'écoute...

— Bonjour, Madame Leblanc, c'est Madame Sachs... Vous allez bien ?

— Bonjour Madame ! Oui, très bien... et vous ?

— Mon Dieu, comme ça. Vous savez, je vieillis. Est-ce que Bruno est là ?

— Je suis désolée, il vient juste de partir... Mais je sais où le joindre, si vous voulez.

— Non, non, il n'y a rien d'urgent, dites-lui simplement de me rappeler quand il aura cinq minutes... Il consulte, cet après-midi ?

— Oui, à partir de quinze heures ou quinze heures

trente, à son retour de l'hôpital... et il a des rendez-vous à partir de dix-huit heures...

— Alors, je le rappellerai. Bonne journée, Madame Leblanc...

— Au revoir, Madame !

Après avoir raccroché, j'ôte le gant droit et, dans la marge du cahier de rendez-vous, juste à côté de la ligne des quinze heures, j'écris : « Rappeler votre Maman. »

*

Un camion freine dans la rue. Un homme en uniforme gris en descend, tenant à bout de bras une housse. Il entre et me salue, me tend la housse et une enveloppe contenant la facture mensuelle. Je lui rends un sac plein de blouses à laver. Il me salue et sort.

Je sors les blouses propres de la housse, je les suspends dans l'armoire métallique de la salle d'attente, au milieu des serviettes essuie-mains et des rouleaux de draps d'examen, des boîtes d'abaisse-langue, des produits de ménage, du papier hygiénique, des ordonnances, des feuilles de maladie et des certificats d'arrêt de travail dans leur carton encore clos, des paquets de coton, des flacons de prélèvement et des étuis préaffranchis destinés à les expédier au laboratoire.

Tu n'as pas toujours mis une blouse. Pendant les deux ou trois premières années, tu recevais en pull, ou même en chemise et tu retroussais tes manches. Et puis un jour, après avoir recousu un blessé (il était assis à l'arrière pas attaché, le conducteur avait freiné, il avait été projeté à l'avant, sa tête avait heurté le plafonnier – c'était une vieille voiture – et il avait été presque entièrement scalpé), tu m'as appelée en te confondant en excuses, il était midi et demi ou une heure. Il fallait que tu repartes te changer et faire une visite, est-ce que ça ne m'ennuyait pas de venir un peu plus tôt pour nettoyer ?

Il y avait du sang partout. Sur le skaï crème et sur les chromes, sur le drap tendu au dos des grandes étagères qui font paravent, sur la table roulante, sur le petit frigo dans lequel je range les vaccins, sur le lino et même sur le papier peint, car le coin des soins n'est pas très grand. Il y avait du sang dans l'évier, des monceaux de compresses sanglantes dans la poubelle et, dans les haricots métalliques, du sang et des aiguilles, du sang sur les fils et les instruments que tu avais utilisés.

Le lendemain, tu as rapporté de Tourmens des blouses en papier lavables. Comme ça, à première vue, on aurait dit des vraies. Tu en enfilais une de temps en temps, pour les sutures ou les soins un peu délicats. Au bout de deux ou trois passages à la machine, elles avaient une mine de papier mâché. Ça ne faisait pas très net. Un de tes patients, M. Bester, qui travaille à la société de location de linge, n'osait pas te le dire, il ne savait pas comment tu le prendrais, alors je t'en ai parlé. Et je lui ai conseillé de te laisser un dépliant.

Depuis, tu mets de vraies blouses, presque tout le temps. Quand tu entres dans le cabinet, tu poses tes affaires et tu en enfiles une propre, même si ça n'est pas l'heure des consultations. Au début, je me suis demandé ce que les patients diraient : depuis ton installation, tu consultais en bras de chemise comme tous tes confrères. Les enfants, bien sûr, n'aiment pas trop les hommes en blouse blanche, surtout quand ils ont de mauvais souvenirs d'un passage à l'hôpital ; quand ils ne te connaissent pas, ils tordent un peu du nez en te voyant. Mais les adultes, eux, n'ont rien dit. Enfin, si, une de tes plus anciennes patientes, et une des plus âgées, Madame Absire. Un matin, elle passait dans la rue, elle a vu ta voiture dans la cour, elle est entrée. Tu l'as reçue avant tes visites. Quand elle est sortie, la main sur la poignée elle a dit en souriant : « C'est bien de mettre une blouse. Ça fait vraiment docteur. »

26

PENSÉES INCONVENANTES

Frappe, et on t'ouvrira.

Pendant que tu entres, elle – c'est presque toujours une femme – t'accueille, s'excuse (Je ne fais pas appel à vous d'habitude) de t'avoir dérangé, t'explique (Mais aujourd'hui j'en peux plus c'est plus possible) ce qui l'a fait t'appeler. Souvent, mais pas toujours, c'est pour un enfant ou une personne âgée.

C'est mon père et il ne veut rien entendre,

ou :

C'est le petit dernier et je suis pas allée travailler.

Il a de la fièvre ou la diarrhée, il vomit partout et ça m'inquiète, d'habitude il n'est jamais comme ça,

ou :

Il ne se lève plus il ne mange plus je voulais que vous lui preniez la tension et il faudrait le secouer.

Et tandis que tu écoutes d'une oreille ce que te dit la femme mi-angoissée, mi-coupable, tu consultes, d'un œil las, le carnet de santé à moitié rempli ou les résultats de prises de sang ordonnées chaque quinzaine par le médecin habituel (Il est absent en ce moment et j'aime pas trop les remplaçants [et/ou] Il est bien gentil not' docteur mais il a beaucoup de travail alors comme vous étiez de service ce matin) et tu déchiffres les notes appliquées de la mère [à 1 mois : 6 biberons de 120 + une cuillère de jus d'orange ; à 2 mois : 5 biberons de 140 avec de la farine dans celui du soir (juste une demi-cuillère pour qu'il dorme un peu plus longtemps, jusqu'à cinq ou six heures mais pas plus tard, parce que après il ne se réveille pas avant neuf heures et ça le décale complètement, et puis faudrait pas qu'il devienne obèse)] ou les ordonnances illisibles de trois confrères successifs – ORL : pulvérisations dans le nez + sirop (Si vous l'aviez entendu tousser la nuit !), ophtalmo (On lui a changé ses lunettes il y a six mois pour des doubles foyers et il a jamais voulu les mettre parce qu'il dit que ça lui donne des vertiges mais c'est pas raisonnable parce qu'il en a quand même eu pour deux mille cinq de sa poche), et médecin de garde vu la nuit pour une poussée de fièvre aussi soudaine qu'inexplicable : antibiotiques + anti-inflammatoires en suppositoires + les gouttes pour la mémoire et les ampoules (pour le faire manger parce qu'il/elle a perdu du poids depuis trois mois et est-ce que c'est normal pour un enfant de dix ans, pour une vieille dame de soixante-quinze ans de maigrir comme ça et de ne plus rien avaler ?) – ou encore, sur un compte rendu d'hospitalisation datant de deux ou trois ans, les commentaires laconiques d'un interne de pédiatrie : « Hospitalisé du 24.12.89 au 26.12.89 pour fièvre élevée inexpliquée (Je croyais qu'il avait pris froid au centre aéré)/diarrhée sans déshydratation (Le fils de ma voisine l'a eue et il est resté paralysé)/ pleurs incessants (Ma belle-mère arrêtait pas de dire qu'il allait se calmer mais moi je savais qu'il n'allait pas bien). Examen clinique satisfaisant, examens complémentaires (NFS iono cliché pulmonaire ECBU ponction lombaire) négatifs, sort au bout de trois jours avec traitement symptomatique » ou d'un attaché de gériatrie : « Entré le 6.1.90 pour anorexie et confusion, hypertension ancienne bien équilibrée, pas de diabète ni signe neurologique, bilan complet négatif (Je comprends pas qu'ils lui ont rien trouvé), au troisième jour d'hospitalisation déambule dans les couloirs (Et dans les chambres de ses voisines pour discuter, ça ennuyait tout le monde surtout la nuit), demande à rentrer chez lui, moyen séjour envisagé (Mais ma sœur n'a jamais voulu, pourtant c'est pas elle qui doit y aller quand il tombe de son lit et que sa voisine nous appelle parce qu'elle peut pas le relever – faut dire aussi qu'elle a quatre-vingt-quatorze ans – mais quand par hasard on veut partir trois jours pour aller voir nos enfants qui vivent à deux cents kilomètres, c'est pas facile, on n'est pas rassurés, alors nous, on était plutôt pour qu'ils le gardent, au moins quelques semaines, mais lui, évidemment, il ne voulait pas en entendre parler : son chien ses poules ses lapins, qui est-ce qui allait s'en occuper ? Vous savez comment c'est les vieux ! Alors ils l'ont laissé), sortie au bout de quinze jours avec traitement habituel. »

Elles sont drôles, les femmes, toutes pareilles avec leurs enfants, avec leurs parents, toujours le même combat, la même inquiétude, la même angoisse qu'on ne leur ait pas tout dit, elles sentent bien que ça ne va pas, elles le sentent dans leur chair, et elles ont beau n'avoir que leur intuition à se mettre sous la dent, va que je te tourne ça dans tous les sens, on va bien finir par lui trouver quelque chose de grave, Qu'est-ce que vous en pensez, Docteur ?

Le mal de tête et la fièvre ça serait pas la méningite ? La fièvre et le mal de ventre ça serait pas l'appendicite ? Le mal de ventre et les vomissements ça serait pas l'occlusion intestinale ? Les vomissements et le mal de tête ça serait pas la tumeur au cerveau ? La douleur au cœur ça serait pas l'infarctus ?

Et ça, ce sont les peurs avouées, les peurs articulées, les peurs imaginables.

Mais il y a les autres, les peurs oubliées, ancestrales, transmises sans mot dire de grand-mère en belle-fille au-dessus du lit où se tord le petit (ou le vieux) avec ses 40°, sa toux, sa pâleur, sa torpeur, sa langue rôtie, sa jaunisse, ses gémissements, ses plaintes. La peur des maladies jadis mortelles, la rougeole, la coqueluche, la diphtérie, la typhoïde, la tuberculose, dont on croit qu'elles n'existent plus parce qu'on n'en parle plus, déjà qu'aujourd'hui en plus il y a le sida (J'ai insisté pour qu'il passe le test, vous comprenez, il a toujours donné son sang, dans le temps on ne faisait pas d'examen, alors aujourd'hui avec tout ce qu'on voit), le cancer, la myopathie et la maladie des poumons, là, comment vous appelez ça ? (Ma voisine Mme Baudou, comme son mari et elle ne pouvaient pas avoir d'enfants, ils avaient adopté deux petits Malgaches qui leur donnaient déjà bien du souci – elle en a du courage ! – et puis voilà qu'elle se retrouve enceinte à trente-neuf ans alors, bien sûr ils ont voulu la garder, pensez, leur première petite fille ! Eh bien la pauvre petite elle a été malade dès la naissance, enfin pas beaucoup mais la maman voyait bien que sa petite n'allait pas bien, et les médecins ont eu du mal à trouver de quoi, il faut dire qu'ils ne la croyaient pas, mais à force de la voir toujours rendue dans le service, ils ont bien compris que ça n'était pas seulement dans sa tête, et finalement ils lui ont trouvé une muvo, une cuvo, une mucoviscidose, c'est ça, et maintenant on l'emmène à l'hôpital tous les quatre matins pour la mettre sous perfusion, antibiotiques inhalations massages respiratoires, ça dure parfois des semaines avant qu'elle ne ressorte et même alors elle n'est pas toujours fraîche, elle tousse elle tousse c'est tout ce qu'elle peut faire, des fois on se dit qu'ils ne devraient pas la laisser s'en aller comme ça vu que les Baudou habitent au milieu des prés et que chez eux c'est quand même pas mal humide. Mais les docteurs ont dit que s'ils la gardaient trop longtemps à l'hôpital elle risquait d'attraper des microbes encore plus méchants qu'en restant chez elle) et les maladies exotiques qu'on ne voit pas, dont on ne parle pas mais qui se transmettent par la brosse à dents (Il y a de quoi avoir peur d'envoyer ses enfants à l'école) alors, en comparaison, les maladies qui ont emporté les grands-parents, les maladies qu'on a soi-même faites enfant (Pensez si je m'en souviens, de ma rougeole ! J'ai raté l'école !) ça paraît anodin dépassé même si on se rappelle quand même qu'autrefois ça tuait net un adulte en pleine force de l'âge, que parfois ça laissait un enfant crétin ou estropié (dans ma classe il y avait un garçon qui avait le bras paralysé à cause de la polio, et il se coinçait la main dans la poche quand il courait pour pas qu'elle ballotte).

Et puis il y a les peurs irrationnelles, les peurs au jour le jour, les peurs que rien ne calme parce que la vie est comme ça, on vit on souffre on pleure, on voit ses enfants pleurer, on voit ses enfants souffrir, on voit ses parents vieillir tomber ne plus se relever parce qu'ils n'en ont plus envie, on se dit qu'un de ces jours (non on ne se le dit pas, on a trop peur d'y penser même si on y pense malgré tout sans trop le laisser voir) ce sera son tour à soi et qu'ils ne seront plus là pour nous aider – les enfants, d'abord, il ne faut rien en attendre, ils s'en vont ils ont leur vie et puis vous savez comment c'est, Docteur, les enfants ça ne pense qu'à soi, on a beau les prévenir qu'ils s'en mordront les doigts plus tard, on a fait la même chose à leur âge.

Alors, dans le couloir, juste avant d'entrer dans la chambre ou après, dans la cuisine, elles résument ou elles ressassent les symptômes, elles formulent leurs inquiétudes, leurs plaintes, leurs attentes, leurs requêtes :

Elle mange pas depuis deux semaines, j'ai beau me fâcher lui donner des fessées rien n'y fait, elle n'avale que des pâtes ou du pain et du beurre et rien d'autre, le steak ça passe pas, elle ne veut rien savoir elle me fait des colères, je me dis c'est pas possible elle va s'affaiblir me faire de l'anémie, c'est tout de même pas normal qu'elle ne mange rien, non rien du tout mais rien de rien vous pouvez me croire. Mon mari m'a dit qu'il fallait que je vous la montre parce que les garçons, il ne s'en occupait pas trop, mais sa fille, pardon ! Dès qu'elle est malade, il ne se sent plus ! Alors je vous ai appelé (Cela dit, c'est vrai que souvent elle nous fait la comédie. Moi, je ne marche pas trop alors que mon mari, lui, sa petite fille chérie a toujours raison), parce que là franchement elle en a besoin elle est toute pâlotte, elle manque sûrement de vitamines forcément à pas dormir elle est fatiguée, ça fait des semaines, ça peut plus durer.

Ou bien :

Elle souffre le martyre mais elle veut pas l'admettre, elle a toujours eu peur d'embêter mais elle tient plus debout, d'ailleurs mon frère est de mon avis mais il n'a pas pu venir aujourd'hui, on n'avait pas le droit d'appeler le docteur elle nous l'avait interdit, mais nous bien sûr on voyait bien que ça n'allait plus, alors on vous a fait venir sans lui dire parce qu'elle a peur d'aller à l'hôpital, évidemment ça serait pas drôle mais s'il le faut ? Qu'est-ce que vous en pensez Docteur ? Est-ce qu'il ne vaudrait pas mieux qu'elle aille se faire soigner, reprendre des forces ? L'hôpital c'est pas la mort, hein ? Tu verras Maman, tu y seras bien, écoute ce que dit le docteur, il va bien t'ausculter et il nous dira ce qu'il en pense, mais on ne peut pas te laisser comme ça tu sais, ça pourrait pas durer, n'est-ce pas Docteur qu'elle pourrait pas durer longtemps comme ça ?

Ou bien :

Il tousse depuis huit jours et j'ai beau lui donner du sirop ça s'arrête pas, dans la journée ça va à peu près mais dès que je le mets au lit il tousse et il tousse toute là nuit. Ah ! non, lui ça ne le réveille pas, mais moi je ne peux plus dormir mon mari n'est pas content parce que je me lève sans arrêt pour lui donner à boire ou pour le calmer s'il se met à pleurer, et parfois il arrive à sortir de son lit à barreaux et il vient dans notre chambre pour qu'on le prenne avec nous et moi je cède pour avoir la paix mais comme mon mari se lève à cinq heures pour embaucher il va dormir sur le canapé et bien sûr le lendemain il n'est pas à prendre avec des pincettes. S'il l'entend tousser le soir quand il rentre, il en a tout de suite après moi alors forcément j'en peux plus, déjà les trois grands ne sont pas faciles alors que le petit est tout câlin, tout doux, tout mignon, quand je l'entends tousser ça me met dans tous mes états, parce que s'il n'y avait que la toux, je sais que ça va finir par s'arranger, même si ça fait déjà quinze jours mais en plus il ne veut pas dormir. Et ça dure depuis qu'il est tout bébé. Et il n'y a rien à faire. Je le baignais on dit que ça les calme mais pas du tout dès que je le mettais au lit il hurlait, je ne comprenais pas pourquoi. Forcément, je le reprenais surtout que son père ne supportait pas qu'il hurle, à la fin il me disait Va le chercher. Et moi j'en avais assez, je disais Non ! il faut le laisser crier, il n'en mourra pas, si j'y retourne on n'en finira jamais, et il insistait. Il a peut-être quelque chose, il est peut-être malade ? Et j'avais beau dire Non, c'est de la comédie dès que tu l'auras pris dans tes bras il va se calmer, il ne voulait pas m'écouter il finissait par aller le chercher, et bien sûr dès qu'on le prenait dans nos bras le petit se mettait à jaser, il riait, et mon mari disait Tu vois, il voulait être avec nous c'est tout, et on le gardait jusqu'à minuit, des fois deux heures, il ne voulait toujours pas dormir et nous on était crevés. Ce cinéma-là, ça a duré des mois, on avait beau se fâcher on ne pouvait tout de même pas lui donner des fessées à tout bout de champ et on ne pouvait tout de même pas le laisser hurler non plus. Là, ça faisait quelque temps qu'il s'était calmé on recommençait à pouvoir dormir et voilà que maintenant c'est la toux, alors vous comprenez moi je n'en peux plus, ça fait trop longtemps que ça dure !

Ou bien :

Il ne sort plus de son lit, il ne veut plus se lever, il ne veut plus s'habiller, il ne veut plus rien faire lui qui bricolait tout le temps, on dirait qu'il n'a plus de goût à rien, il m'envoie promener dès que je lui dis quelque chose mais on ne peut pas le laisser comme ça, depuis qu'il vit seul il se laisse aller, il dépérit, il ne nourrit même plus son chien, il oublie tout, de prendre ses médicaments, d'éteindre sous les casseroles, le soir il dort tout habillé la porte ouverte, et quand il se lève la nuit pour aller au petit coin, il croit qu'il fait jour et il sort, c'est comme ça qu'une nuit on l'a retrouvé dans un chemin, il avait glissé dans le fossé et il ne pouvait plus en ressortir, heureusement qu'il n'avait pas plu depuis trois semaines parce qu'il aurait passé la nuit dans l'eau, mais le plus incroyable c'est qu'il ne s'en était même pas rendu compte. Des fois même, il ne me reconnaît plus, il ne sait plus ce qu'il fait et moi je ne sais plus quoi faire et on a eu beau appeler le docteur et l'emmener au spécialiste, personne ne peut me dire si ça se soigne ni combien de temps ça va durer...

Elles ne savent pas quoi penser, alors elles parlent. Elles sont déboussolées, elles sont perdues, elles sont désespérées. Elles sont sûres d'être les seules à sentir et à voir ce qui se passe, mais c'est si difficile de se faire comprendre, les docteurs ça ne prend pas toujours le temps d'écouter et lui non plus, elle non plus, quand c'est malade, ça ne veut rien entendre. Et moi je n'en peux plus, Docteur, vous comprenez ?

Oui, tu comprends. Tu comprends qu'elle est dans la merde, et qu'elle te demande d'y mettre les mains.

Parce que, lorsque tu pousses la porte de la chambre, tu vois bien que la toux, la fatigue, la perte d'appétit, les larmes, la fièvre, tout ça n'est qu'une excuse, un prétexte, qui ne te donne pas du tout le fin mot de l'histoire.

Tu te demandes Mais qu'est-ce qu'elle veut ? et c'est l'enfant ou le vieux lui-même qui te fait l'explication de texte.

D'un geste, d'un regard, d'une parole à peine plus haut qu'il ne faut, il brosse le tableau, l'angoisse inextinguible de la fille qui ne se résout pas à la vieillesse de son père, à l'approche de sa mort, à sa lassitude, à ce ras-le-bol qui fait rester au lit et disparaître tous les désirs, au sourire triste de celui qui n'en veut plus, qui en a marre de la foutue vie bien remplie plus qu'assez j'en ai ma claque, restons-en là foutez-moi la paix, vous pourriez pas me faire une petite piqûre qu'on en finisse, je vous demande pas grand-chose; il y en a, je comprends qu'ils veuillent que ça dure, mais moi vraiment j'en ai soupé,

l'angoisse vampirique de la mère qui ne comprend pas que son bébé de naguère ne le soit plus tout à fait, grandisse et dise non et lui balance à la volée ses assiettes de potage aux petits légumes si bien épluchés si bien mitonnés si bien moulinés, et avec elles toutes les frustrations qu'elle voudrait leur faire éponger, à son petit garçon qui galope partout, à sa petite fille qui parle déjà (C'est fou ce que ça grandit vite), dont les pantalons sont trop courts, les chemisiers trop étroits, et qui n'en peuvent plus de servir d'éponge à leur mère.

Et il est clair, à leur visage, à leur regard silencieux, circonspect, qu'ils attendent de voir si tu es un nouvel agent de l'ennemi (praticien mercenaire, docte tueur à gages), si tu vas prendre part aux signaux d'alarme, au concert de sirènes comme les autres avant toi s'y sont laissés aller (une petite prise de sang par-ci, une petite radio par-là, et un régime et des ampoules et des piqûres et quand vraiment ça ne pouvait plus durer: Nous allons demander l'avis d'un spécialiste et la faire hospitaliser quelques jours pas longtemps juste le temps de voir ce qui se passe – Ah! je n'osais pas vous le demander, Docteur, avec tout le mal que vous vous êtes donné mais puisque vous en parlez si vous croyez vraiment que c'est nécessaire) puis ont fini par se lasser mais ont sévi assez longtemps pour conforter, pour avaliser l'amour éperdu de la fille dévouée, l'amour étouffant de la mère éplorée, pour l'entretenir dans sa certitude (Je sais ce que je dis après tout je suis sa fille) que quelque chose va mal et qu'il va bien falloir trouver une solution (Je ne suis pas docteur mais tout de même je suis sa mère), ou bien si – par quel miracle ? – tu ne serais pas du genre à faire de la résistance.

— Vous dites ?

— Je dis qu'il n'est pas nécessaire de l'hospitaliser.

Et le visage du vieux, le visage de l'enfant ou de l'adolescent se lève, s'illumine, se pourrait-il que ?

— En tout cas, pas pour le moment.

— Mais vous n'allez rien faire ?

— Oh mais bien sûr que si ! Et vous allez m'aider, n'est-ce pas ? ajoutes-tu en levant vers elle un visage plein de détermination.

— Euh... oui, bien sûr, mais...

— Mais ?

— Mais vous êtes sûr qu'il ne faut pas au moins faire des prises de sang ?

— Certain : la dernière remonte à jeudi.

Et là, tu lui prends la main et tu la fais asseoir, et tu lui dis :

— Vous êtes très inquiète...

— Ah, ça oui ! Et s'il n'y avait que mon fils/ma fille/ma mère/mon père, ça ne serait rien...

— C'est la goutte d'eau...

— C'est le cas de le dire, depuis les inondations l'an dernier ça n'arrête pas !

Et la voilà qui se met à raconter sa vie, sa foutue vie de femme et pendant qu'elle raconte, l'autre – celui ou celle pour qui on a appelé, en principe – sent qu'il n'est plus dans le coup, qu'elle n'est plus en première ligne, et il tend la main vers le chevet pour saisir son pistolet, et elle s'assied dans le lit pour jouer avec ses poupées et au bout d'un moment, quand il trouve que ça commence à bien faire, quand elle pense que ça s'éternise un peu, elle dit « Maman, j'ai faim », il lance « As-tu ramené le journal ? » parce que, c'est bien beau tout ça mon vieux, t'es bien gentil de t'occuper d'elle, ça me laisse le temps de souffler mais faudrait pas oublier qu'elle, elle est là pour *me* soigner.

*

Bien sûr, ce n'est pas toujours aussi simple, ça dépend de l'âge, ça dépend de la saison, ça dépend des gens, ça dépend si on est en période scolaire ou si c'est juste avant un départ en vacances, ça dépend si ça fait huit jours que ça traîne ou si ça fait des années, ça dépend si la mère et le père se sont juré de souffrir ensemble toute leur vie ou s'ils attendent le premier incident pour se quitter, ça dépend si les frères et sœurs ne se parlent plus ou s'ils se chamaillent déjà la succession du pas encore défunt.

Ça dépend, aussi, de ta forme. De ta patience. De ce que tu as fait dans la journée, ou dans la semaine. De ce que tu as encore à faire avant de rentrer chez toi. Du soir qui vient, garde ou sortie cinéma. De la perspective du lendemain, repos ou travail. De l'état de ton dos, de l'état de tes pieds ou... Bref, ça dépend.

Et puis tout de même, tu as beau dire, tu as beau faire, tu as beau leur tenir la main et le crachoir, tu as beau les trouver pitoyables ou bonnes à étrangler, tu te dis qu'elles sont drôles les femmes. Elles ne comprennent pas qu'ils ne veuillent pas manger ce qu'elles cuisinent, alors qu'elles le font spécialement pour eux. Car, s'ils ne mangent pas, ce n'est pas parce qu'ils n'aiment pas ça – elles ne leur préparent que les plats qu'ils aiment – mais parce qu'ils ne les aiment plus, *elles*. La preuve, c'est qu'il a très bon appétit au café-restaurant, chez la voisine ou à la fête des anciens; c'est qu'il dévore à la cantine, ou chez la nourrice, ou même chez la grand-mère (Paternelle. Qui a su si bien préparer des petits plats jadis au petit garçon qu'elles ont épousé pour lui cuisiner les leurs, mais qui continue à leur réclamer ceux que faisait Maman – laquelle n'en a pas cru ses oreilles en entendant la belle-fille lui demander la recette au téléphone: « Mais j'ai toujours cru qu'il en avait horreur! », et l'autre, la mangeuse d'homme, en passe de devenir mère à son tour, de triompher: « Eh bien, *maintenant* il aime! » puis, grinçante: « ... à condition que je prépare ça comme vous... », et lui (le père du moutard qui aujourd'hui se cambre sur sa chaise d'un air dégoûté), mi-suave, mi-ahuri, mi-con, de susurrer: « Moi, détester les épinards à la crème? C'est parce que j'en mangeais tous les jours à la cantine. Mais quand tu en faisais toi, Maman, *j'adorais* ça!... ») tandis qu'à la maison, il lui fait valdinguer l'assiette de l'autre côté de la pièce, à se demander de qui il tient!

Et toi, tu subodores que les carottes sont cuites, que ça n'en finira jamais. Les bébés auront beau cracher la purée de légumes, chipoter le gratin de pommes de terre ou repousser le pot-au-feu, plus tard les filles cuisineront comme leurs mères (ou à l'opposé, ce qui revient au même) pour les fils d'autres femmes, pour des bonshommes qui passeront leur temps à regretter le goût inimitable, irrémédiablement perdu, de plats maternels mythiques dont la mémoire seule peut – mal, très mal – permettre de ne pas totalement oublier le fumet, la saveur, l'existence.

Oh, elles te croient, les mères, quand tu leur dis qu'ils ne se laisseront pas mourir de faim, mais elles n'arrivent pas à comprendre que leurs mômes ne bouffent pas ce qu'elles se tuent à leur faire avec tant d'amour et de soin. Elles ne comprennent pas qu'ils veulent, et qu'ils peuvent, bouffer et vivre leur vie sans elles.

Oh, elles te croient, les filles, quand tu dis qu'un ancien ça ne peut pas manger comme un ouvrier de quarante ans, que ça ne voit pas aussi bien qu'avant, que ça se déplace moins vite, que ça fait tout à l'économie, que c'est fatigué... (Mais jusqu'à son attaque, il y a six mois, il allait si bien !), qu'il faut respecter leur rythme, les soutenir, les accompagner mais ne pas en attendre plus qu'ils ne pourront donner à l'avenir. Mais elles ne veulent pas comprendre qu'ils sont assez grands pour mourir sans elles.

Elles sont drôles les femmes. Elles ne veulent pas faire comme leur mère. Elles ne veulent pas subir ce que leur mère a subi. Ou fait subir à leur père. Elles veulent prouver qu'elles sont de bonnes filles ; elles ont la trouille de n'être qu'une bonne femme de plus. Elles ont peur, au fond, que leurs bonshommes, grands ou petits, jeunes ou vieux, puissent se passer d'elles. Elles sont drôles, les femmes, d'aimer des hommes qui les aiment aussi mal et de fabriquer des petits bouts d'hommes qui aimeront d'autres femmes encore moins bien qu'ils ne les aiment, alors même qu'ils ne les aiment pas comme elles l'auraient voulu. Quant à leurs filles...

— Qu'est-ce que vous en pensez, Docteur ? demande la femme (la mère, la fille) en te voyant penché, songeur, sur le carnet de santé presque vierge et pourtant si parlant, sur la pile de résultats tous parfaitement normaux et pourtant si démonstratifs.

— Mmmhh. Eh bien, Madame, on va faire simple...

27

ANGÈLE PUJADE

La porte s'ouvre et se referme sans claquer, des pas résonnent dans le couloir. Bientôt, tu apparais sur le seuil de l'office. Je regarde ma montre, treize heures vingt-cinq. Comme d'habitude, tu es en retard.

— Bonjour Mesdames.

— Bonjour Bruno !

— Bonjour Monsieur...

— Vous allez bien ?

— Très bien, dis-je, et toi ? Prendras-tu du café ?

— Non. Merci. Tout à l'heure.

Derrière toi apparaît la secrétaire.

— Bonjour Bruno.

— Bonjour. Quel est le programme ?

— Il y a trois dames aujourd'hui, et deux consultations. Tu viendras me signer des ordonnances avant de partir ? Je n'en ai plus.

— D'accord.

Tu te glisses dans la pièce qui nous sert de vestiaire. Je t'entends ouvrir un casier métallique, le refermer. Bientôt, tu ressors, vêtu d'une blouse blanche. Sur la poche de poitrine, le mot Médecin est bien lisible. Tu te penches au-dessus des dossiers posés sur le bureau. Tu effleures la première feuille. Tu ne dis rien.

— Veux-tu que j'aille chercher la première dame ?

— Mmmhh... Non, merci, j'y vais. Où est-elle ?

— Au deux.

Tu prends le dossier et, d'un pas décidé, tu te diriges

vers la deuxième chambre. Tu n'as pas l'habitude de procéder ainsi. Je me dirige vers la salle de soins pour préparer les instruments.

28

PAULINE KASSER

La porte s'est ouverte.

— Madame Kasser ?

Je me suis retournée.

Il était là, debout, vêtu d'une blouse blanche.

J'ai dit : « C'est moi. On y va ? »

Il a eu l'air pris de court. Il a souri, bredouillé :

— Eh bien, euh... oui, on y va...

J'ai pris mon sac et mon imperméable. Je suis sortie devant lui. Il a dit :

— Deuxième porte à gauche...

J'ai pénétré dans une chambre semblable à celle que nous venions de quitter. Le store était baissé, la lumière montait d'une rampe fixée au mur. Au milieu de la pièce trônait une table d'examen gynécologique. J'ai aperçu un plateau roulant portant des instruments, une machine surmontée de grands bocaux en verre, un tabouret.

— Vous n'avez pas de chemise de nuit ?

— Si, mais je ne savais pas qu'il fallait la mettre. L'aide-soignante m'a désigné un petit cabinet de toilette.

— Si vous voulez vous déshabiller.

J'ai enfilé le long T-shirt noir que j'avais apporté, je suis revenue dans la salle, je me suis étendue sur la table d'examen, j'ai placé mes cuisses dans les gouttières installées à cet effet.

*

Je ne me souviens pas de tout ce qui s'est passé ensuite, seulement des bribes. Sa main posée sur mon ventre lorsqu'il s'est penché vers moi pour dire : Pardonnez-moi je ne me suis pas présenté, je suis le Docteur Sachs, c'est moi qui vais procéder à l'intervention. On vous a déjà expliqué comment ça se passe ? De toute manière je vous préviendrai de ce que je fais, au fur et à mesure ; sa voix encore pendant qu'il préparait les instruments, cherchant un peu maladroitement à me rassurer comme s'il était possible de rassurer une femme en pareille situation, me demandant ce que je faisais et, en réponse à mon soupir. (« Je suis rédactrice... »), sa voix :

— Rédactrice. C'est un beau métier...

J'ai levé la tête pour scruter son visage. Il avait l'air sincère.

— Ce n'est qu'un grade dans l'administration. Ça n'est pas aussi reluisant que ça en a l'air...

— Tout de même, c'est beau, ça, *rédactrice...*

*

Je ne sais plus, je ne veux plus savoir ce qui s'est passé ensuite. Bien plus tard, il est revenu me voir dans la chambre. Il m'a demandé si j'avais mal, j'ai dit oui, encore un peu. Il s'est assis sur une chaise contre le mur, il a posé mon dossier sur ses genoux, il m'a redemandé si ça allait, si j'avais des questions à poser, des inquiétudes à formuler. Et comme, tournée vers la porte, je restais silencieuse, retenant ma honte et ma colère, il a dit simplement : *C'est dur...*, pour libérer mes larmes.

*

Plus tard encore – on m'avait apporté un plateau-repas – il est repassé dans la chambre avec Jean-Louis Renaud, qui venait demander de mes nouvelles. Ils étaient tous les deux debout au pied du lit. Lorsque j'étais allée le consulter la semaine précédente, Jean-Louis avait nommé trois médecins. Quand j'avais appelé le service d'orthogénie, un seul nom m'était revenu. En les regardant parler tous les deux, en sentant la complicité, la chaleur qu'il y avait entre eux, sa manière de poser la main sur le bras de Jean-Louis, j'ai compris pourquoi. Il s'est tourné vers moi :

— Si vous le voulez, je peux vous poser un stérilet dans un mois, au cours de la consultation de contrôle, et vous retournerez ensuite voir le Docteur Renaud, pour le suivi habituel.

Jean-Louis a laissé échapper un petit rire.

— D'habitude, c'est plutôt le spécialiste qui renvoie au généraliste ! Mais si Pauline est d'accord, je n'ai pas d'objection.

Il m'a regardée. J'ai fait Oui, oui, je veux bien.

*

Il est revenu me voir une dernière fois. Il avait retiré sa blouse, enfilé une veste de cuir fatiguée. Un stylo était accroché au col de son pull. Il avait un cartable à la main. Il a désigné mon plateau, froncé les sourcils, passé sa main sur son menton.

— Avez-vous mangé ?

J'ai fait non de la tête.

— Il faut manger, vous savez, il ne faut pas repartir sans avoir mangé un peu. Au moins une compote. D'accord ?

Je n'ai pas répondu, je l'ai regardé. Il avait les cheveux un peu trop longs et besoin d'un shampooing, il s'était massacré en se rasant le matin : il y avait de toutes petites taches de sang séché sur son cou. Le col de sa chemise était bien fatigué et, quand il a souri en me disant au revoir, j'ai remarqué pour la première fois qu'une de ses incisives du haut était un tout petit peu ébréchée.

29

YVES ZIMMERMANN

Le téléphone sonne, Je pose ma tasse, je décroche.

— Zimmermann, j'écoute.

— Bonjour, Professeur.

— Salut, toi ! Tu vas bien ?

— Moyennement.

— Tu es à l'hosto ?

— Oui, aux IVG. Mais je ne savais pas si vous étiez en consultation.

— Non, je m'escrime sur un foutu dossier merdique, pas moyen d'en faire le tour. Tu as le temps de venir prendre un café ?

— Non, il faut que je retourne à Play. Dites-moi, je vous ai fait envoyer un de mes amis... Ça fait des semaines qu'il ne va pas bien, mais c'était tout un cirque pour l'inciter à se faire hospitaliser. Vous ne l'avez peut-être pas encore vu...

— Ray Markson, c'est ça ? Si, je l'ai vu il y a une heure. Très sympa, ce type. Il est américain ?

— Australien, mais il vit à Tourmens depuis plus de quinze ans. Je l'ai rencontré quand j'ai passé mon année chez les kangourous. Quelques années après il a pris une année sabbatique pour venir ici, et il est resté.

— Mmmhh. Alors, tu es inquiet...

— Il y a de quoi, non ?

Je réfléchis, j'hésite. Quand on vous pose une question, toujours se demander si l'autre veut entendre la réponse.

— Mmmhh. Attends qu'on lui ait refait son bilan, pour qu'on sache exactement où il en est. Ça fait longtemps que ça dure ?

— Des mois. Un jour, Thérame, son médecin, lui a fait une numération, il a bien vu que ça déconnait mais Ray n'a rien voulu savoir. Il ne voulait pas inquiéter sa femme, il voulait qu'on lui fiche la paix, il avait des bouquins à finir. Il est historien... Il a simplement demandé à Thérame de me tenir au courant, il ne voulait même pas m'en parler quand on se voyait. Je n'ose pas regarder sa femme dans les yeux, elle croit que j'ai appris sa maladie en même temps qu'elle. Depuis qu'il s'est aggravé, je me dis que j'aurais dû vous l'envoyer bien avant.

— Ça n'aurait pas changé grand-chose, tu sais. Ce genre de cochonnerie reste asymptomatique pendant des mois, parfois des années, il vaut mieux ne pas y toucher. En un sens, il a bien fait de rester peinard. S'il était venu ici l'an dernier, Bloch n'avait pas encore pris sa retraite, je n'aurais pas pu l'empêcher de lui mettre le grappin dessus, il aurait eu droit à tout le bazar, leucocytes marqués, anticorps monoclonaux, chimiothérapie expérimentale et *tutti quanti*... Aujourd'hui, en revanche...

— Oui ?

— On va en faire le moins possible...

— Ah. C'est si mauvais que ça ?

— Tu sais, une anémie réfractaire qui peut se transformer d'un jour à l'autre en leucémie aiguë, ça peut difficilement être bon, et il a des tas de facteurs aggravants. Mais comme le dit toujours ton bon maître Lance : « Ne l'enterrons pas trop vite, il n'est peut-être pas d'accord. »

— Ouais...

— En faire le moins possible, ça ne veut pas dire ne rien faire. On va le transfuser, déjà il ira mieux. Si ses blancs restent stables et si sa pneumonie n'est pas due à un mouton à cinq pattes, on le renverra vite chez lui, je le verrai en consultation deux fois par mois, ou en hôpital de jour s'il faut le transfuser de temps à autre... Mais on n'ira pas le chatouiller plus que ça.

Bruno ne répond pas. Je sens bien que c'est difficile

pour lui. Ce Ray Markson a l'air plus que sympathique. Et sa femme est superbe.

— Je passerai demain, vous serez visible ?

— À ton service. À propos, qu'est-ce que je peux lui dire, s'il me pose des questions ?

— Tout. La vérité, s'il la demande. Mais pas devant sa femme.

— D'accord. Ravissante, sa femme. Tu la connais bien ?

— Hein ? Oui, bien sûr, on était en fac ensemble.

— Tu l'as baisée, alors ! Elle est comment ?

Il explose.

— Merde, vous êtes con, j'ai pas la tête à plaisanter !

— Excuse-moi. En tout cas, c'est dommage pour lui. Et pour elle. Ils ont l'air de s'aimer beaucoup.

— Ils s'adorent...

Je soupire, ça me fait mal pour lui, cette histoire. Je me suis souvent dit que c'est un garçon bien trop sensible pour ce métier. Il faudrait qu'il ne voie que des gens en bonne santé, ils ont suffisamment de problèmes pour occuper un bon médecin.

— Écoute, on a une réunion de staff interdisciplinaire samedi matin, on va sûrement en parler avec nos correspondants de l'université de Rochester, ils sont ici pour un mois. Tu veux venir ?

— Je ne sais pas. En principe je travaille jusqu'à midi...

— Ne t'inquiète pas, on ne termine jamais avant quatorze heures. Si tu viens, je garde son dossier pour la fin.

— Merci, Zim, je vous revaudrai ça. Alors, à demain.

— À demain, mon grand.

Je raccroche. Je m'en veux d'avoir plaisanté. Je ne sais pas s'il l'a baisée, la petite Mme Markson, mais vu la manière dont elle parlait de lui ce matin, il n'en a pas encore fini avec elle.

30

LA CONSULTATION EMPÊCHÉE

Deuxième épisode

Deux bicyclettes et deux vélomoteurs sont rangés contre le mur de la salle d'attente, et trois voitures stationnent dans la cour, mais pas la tienne. Les vitres sont embuées. La porte de rue est entrebâillée. Je m'essuie les pieds. Dans le couloir, accrochés aux vieux porte-manteaux, deux parapluies dégoulinent Sur les horaires affichés à la porte, on a scotché un panneau disant :

AUJOURD'HUI MARDI,
EXCEPTIONNELLEMENT.
LES CONSULTATIONS DÉBUTERONT
À 15 H 30

À ma montre, il est quatre heures et quart. J'entre. Une dizaine de personnes aux vêtements ruisselants lèvent la tête. Deux d'entre elles me saluent. Moi qui pensais passer tout de suite. Mme Leblanc m'avait dit que le mardi après-midi c'est souvent calme. Je soupire, j'hésite, je regarde à nouveau ma montre et je ressors. Les enfants vont sortir de l'école. Il aurait peut-être fallu que je demande un rendez-vous. Pour une fois que je prenais le temps d'aller voir le médecin, c'est bien ma veine.

31

UNE ORDONNANCE

Assis au bord de ta chaise à roulettes, tu écris sur ton carton.

Je reviens m'asseoir sur le fauteuil recouvert de tissu noir. Tu te tournes vers la gauche, tu te penches vers l'étagère du bas, tu prends un bloc d'ordonnances, des feuilles de maladie, tu les poses devant toi sur le plateau. Sur une ordonnance tu écris la date et mon nom et tu restes quelques secondes sans bouger, le stylo penché sur la feuille, la plume inclinée, puis tu hoches la tête et tu reposes le stylo.

Tu ouvres le grand livre rouge posé un peu plus loin, tu consultes les pages saumon du début, puis les pages blanches du milieu, tu lis attentivement, tu regardes à nouveau les pages saumon, ton doigt glisse le long d'une liste, tu soupires, tu me jettes un coup d'œil par-dessus tes lunettes, tu demandes :

— Et celui que je vous ai prescrit la fois d'avant ?

— Ah, ça ne m'a rien fait, rien de rien ! Vous comprenez, la constipation et moi c'est une histoire qui a plus de trente ans, j'ai tout essayé vous pensez, ça marche deux trois jours et puis c'est fini, pas moyen d'aller normalement. À la fin, ça finit par me porter sur le système et mon mari rouspète. C'est pourtant pas les spécialistes qui manquent mais je les ai tous vus, et personne n'a jamais pu m'arranger ça. Je ne comprends pas, avec tout ce qu'on fait maintenant, qu'on n'ait pas encore trouvé quelque chose. Remarquez, c'est de famille, ma mère était comme ça et je crois bien que ma fille aussi – oh ! elle ne dit rien, mais je la connais...

Tu reprends le stylo, tu refermes lentement le grand livre rouge, tu poses la plume sur l'ordonnance, tu laisses retomber la couverture du livre et, tout en écrivant, tu dis :

— Bon, vous allez essayer ça...

Je tends le cou pour lire.

— Qu'est-ce que vous me marquez ?

Tu dis : Du laxogène tribismuthé ou De l'huile de paraffine aux pruneaux ou Du dépuratif du Docteur Sheckley.

— Ah, c'est bien ce que je pensais ! Pas la peine, je connais ! Ça me fait encore moins que le reste. La seule chose qui me fait aller, c'est le Deselmol. Ça fait des années que j'en prends. Je sais bien qu'on dit que ça donne le cancer, mais si je n'y vais pas tous les jours je ne me sens pas bien et c'est pas une vie.

Je te vois t'arrêter d'écrire te redresser me regarder en silence un long moment et je m'attends à t'entendre soupirer mais non, tu déchires l'ordonnance, tu la laisses tomber dans la corbeille à papier, je m'attends à ce que tu reprennes ton bloc pour écrire rageusement ce que je te demande, et à ce que tu dises (comme vous le faites tous un jour ou l'autre, quand vous comprenez que vous n'arriverez pas à me soigner avec vos trucs et vos machins (mais moi je sais bien ce qu'il me faut : c'est moi qui suis constipée, tout de même !) en me tendant l'ordonnance : « Tenez ! Ça fait *tant* ! », d'un air méprisant (alors qu'on cotise bien assez et qu'en plus on vous paie) ou même en me criant après comme le docteur que j'allais voir avant que tu t'installes (c'était un jeune lui aussi, il m'avait l'air bien, pourtant, et puis il m'écoutait mais un jour il s'est énervé, il m'a crié que... que je le faisais..., que je l'..., alors j'ai pris mes cliques et mes claques et il ne m'a plus revue. J'étais si choquée que je n'ai pas pensé à le payer, alors que ça ne m'était jamais arrivé de ma vie, mais là, ça se comprend. J'ai demandé à mon fils qu'il lui envoie un chèque parce que je voulais pas être en reste même si c'est pas une façon de traiter les gens. Juste après, aussi sec, je suis venue te voir, ça faisait déjà quelques années que tu étais à Play mais j'avais jamais eu l'occasion de venir vu que jusque-là mon médecin j'en étais contente), ou bien comme ton confrère de Deuxmonts qui avait dit (pas à moi mais à ma sœur qui a le même problème sauf qu'elle, en plus, elle a de la dépression depuis dix ans, et quand on lui donne des comprimés forcément ça la détraque, mais si elle arrête d'en prendre, fatalement elle débloque, alors y a pas de solution) : « Madame je peux plus rien faire pour vous » (sans rire), mais tu reprends le bristol quadrillé, tu notes quelque chose, comme c'est tout petit je ne peux pas lire (et pendant un moment je me dis que tu vas rouvrir le grand livre rouge pour y chercher autre chose, ou bien proposer de me faire encore passer des radios ou consulter un spécialiste (et bien sûr je te répondrai S'il le faut, moi je veux bien tout, mais vous savez j'ai déjà tout eu tout vu, alors à quoi bon ?) et moi, je ne comprends pas qu'on me refuse du Deselmol quand j'en demande, puisqu'il n'y a que ça qui me fait aller ! Si c'était si mauvais que ça, on ne pourrait pas en acheter ! Et puis, cancer ou pas, il faut tout de même bien mourir de quelque chose, ça n'arrive qu'une fois, au moins après on ne souffre plus, tandis qu'être constipée toute l'année du 1er janvier au 31 décembre c'est vraiment pas une vie) puis, sans te presser, tu reprends une ordonnance, tu écris mon nom et la date, et juste en dessous Deselmol, trois fois par jour pendant six mois, tu signes, tu remplis la feuille de maladie, tu la plies en deux et tu la glisses doucement près de moi sur le bureau. Tu refermes ton stylo, tu le glisses dans la poche de poitrine, tu fais pivoter ta chaise tu te penches vers moi, un bras appuyé sur le bureau la main ballante, l'autre main posée sur ta cuisse et, en me regardant par-dessus tes lunettes, tu dis :

— Et à part ça, comment ça va ?...

32

MME SACHS

Le téléphone sonne. Je cherche la télécommande pour baisser le son de la télévision, je tends le bras vers le téléphone sans fil posé près de moi, j'enfonce le bouton. L'horloge du magnétoscope indique cinq heures moins dix.

— Allô !

— Bonjour, Maman...

— Bonjour mon fils ! Ça me fait plaisir de t'entendre.

— Mmmhh. Mme Leblanc m'a dit que tu as appelé ce matin. Comment vas-tu ?

— Ça va, tu sais, ça va. C'est toujours pareil, je suis fatiguée.

— Depuis quand ?

(Tu ne m'appelles pas tous les jours. Une fois par semaine, rarement deux. Quand je trouve que ça fait longtemps, j'appelle Mme Leblanc. Je sais qu'elle te dira de me rappeler en rentrant de tes visites. Ou le soir, si tu n'as pas eu le temps. Parfois, si tu oublies, c'est moi qui te rappelle.)

— Bruno ?

— Ah, bonjour Maman...

— Tu ne m'as pas rappelée, il y a quelque chose qui ne va pas ?

— Pas du tout, mais j'ai été occupé.

— Ah, tu as eu beaucoup de visites ?

— Oui.

(Tu me réponds toujours oui, mais ça n'a pas toujours été vrai. Au début de ton installation, tu me disais que tu voyais beaucoup de monde, mais Mme Leblanc me confiait parfois qu'elle était inquiète, que les patients tardaient à venir, elle se demandait si tu allais la garder, elle avait peur de te coûter trop cher. Toi, tu disais qu'elle était une perle, et je suis d'accord avec toi. On sent bien qu'elle aime son travail, j'entends ça à la manière dont elle répond au téléphone lorsque tu es en visite ou lorsque tu veux déjeuner chez toi sans être dérangé. Comme elle n'est pas beaucoup plus âgée que toi, tu pourras la garder longtemps.)

— Bonjour, mon fils !

— Ah, bonjour Maman... J'allais t'appeler.

— Je t'ai appelé vers une heure et ça ne répondait pas. Tu n'as pas déjeuné ?

— Non, j'ai eu une urgence, une crise cardiaque. Tu n'as pas essayé le cabinet médical ? Mme Leblanc te l'aurait dit.

— Je ne voulais pas la déranger à l'heure du repas. C'était grave ?

— Quoi donc ?

— L'urgence.

— Mmhhh... Plus vraiment. Il était mort.

— Ô mon Dieu quelle horreur ! C'était quelqu'un de jeune ?

— Non, non ! Soixante-cinq ans...

— Soixante-cinq ans, c'est jeune ! Tu sais quel âge j'ai ?

(Tu sais pertinemment quel âge j'ai. Tu m'appelles toujours pour mon anniversaire. Tu n'as jamais manqué de le faire. Pas même pendant ton année en Australie. Cette année-là tu nous as écrit deux fois par semaine. Ton père n'en revenait pas. Quand tu as fait tes études tu n'as pas beaucoup appelé. Tu parlais beaucoup avec ton père de ce que tu faisais à l'hôpital, de ce que tu avais entendu en cours, ça lui faisait plaisir, ça le consolait que tu n'aies pas voulu faire la même spécialité que lui, il aurait pu t'aider. Maintenant qu'il est mort tu ne m'appelles pas tous les jours. Une fois par semaine à peine, parfois deux mais c'est rare. Quand tu étais étudiant tu n'avais pas le téléphone tu devais aller à droite à gauche pour appeler alors que maintenant tout de même tu l'as, d'ailleurs l'autre jour quand je lui disais C'est malheureux quand je veux le joindre c'est souvent occupé, Mme Leblanc m'a dit que dès la première année tu avais fait installer deux lignes. Pour qu'on puisse toujours te joindre (– Comment, Madame, vous ne le saviez pas ? – Eh non ! Vous voyez, j'ai beau être sa mère il ne me dit pas tout ! – Oh Madame, il n'a pas dû y penser vous savez, il a tant de choses en tête, voulez-vous que je vous donne le numéro ? – Non, non, vous êtes gentille je ne veux pas être indiscrète... mais si vous insistez... Surtout, ne le lui dites pas. Moi, vous savez, c'est pour me rassurer, je n'ai plus que lui, je ne m'en servirai qu'en cas d'absolue nécessité, vous êtes sûre qu'il ne vous en voudra pas si je l'utilise ?) en cas d'urgence.)

— Bruno !
— Maman ? Qu'est-ce qu'il t'arrive ?

— Rien, mon fils, rien, ne t'inquiète pas, je vais bien ! Figure-toi que j'ai entendu quelqu'un d'intéressant tout à l'heure à la radio et je me suis dit ça va intéresser Bruno, alors je l'ai enregistré et je te donnerai la cassette. Tu connais cette émission où l'on parle de livres, le matin sur Radio Tourmens ?

— « À voix haute »...

— C'est ça. Eh bien, aujourd'hui, l'invitée était une femme médecin qui vient de publier son journal – je me suis dit que j'allais te l'offrir, je dirai à Elsa d'aller l'acheter chez Diego, elle avait l'air très sympathique cette femme, elle avait une bonne voix et je suis sûre que ça va te plaire, en l'écoutant parler je me suis dit qu'elle devait faire le même genre de médecine que toi.

— Ah ? C'est quoi, mon genre de médecine... ?

(Je voudrais bien le savoir. Tu n'en parles jamais. Enfin, plus depuis que ton père est mort. Et quand il était en vie, tu étais encore étudiant, je n'y prêtais pas tellement attention, je me disais Il a le temps de changer d'avis...)

— Mme Leblanc m'a dit que tu étais absent ce midi.

— Oui, j'étais à l'hôpital.

— Tu y vas souvent ?

— Oui, Maman, tous les mardis midi.

— Ah bon ? Tu travailles là-bas ?

— Mais oui, Maman, depuis ma première année d'installation, j'ai une vacation par semaine. Parfois plus, quand je remplace les confrères absents.

— Dans quel service déjà ? L'autre jour une de mes

amies m'a demandé où tu travaillais et j'étais incapable de lui répondre, j'avais l'air fin.

— Le service d'inter... d'orthogénie. C'est là que les femmes consultent pour demander une contraception ou lorsqu'elles désirent... interrompre leur grossesse.

— Ouh... Ça ne doit pas être drôle. Excuse-moi, je passe du coq à l'âne mais dis-moi, ton article, tu sais, celui sur lequel tu travaillais la semaine dernière quand je t'ai appelé, quand est-ce qu'il sera publié ?

— Mmmhh... Ça ne se fait pas du jour au lendemain, tu sais, ils vont en discuter au comité de lecture, et ils me demanderont sûrement de le retoucher avant de le publier. Peut-être dans deux ou trois mois.

— Tu penseras à m'en envoyer un numéro !

— Bien sûr, Maman, comme d'habitude.

(Tu me fais souvent envoyer les numéros de la revue médicale dans laquelle tu travailles. Les premières fois, tu étais un peu réticent (– Tu sais, Maman, c'est très technique. – Tu sais, mon fils, j'ai été femme de médecin ! Bon, je n'ai pas fait d'études, mais je tapais les articles de ton père, je ne suis pas complètement ignare, quand même !), tu as fini par m'en envoyer une et puis une autre et bon, je ne comprenais pas tout, au début, mais petit à petit j'en ai compris un peu plus et je me suis dit que finalement je n'étais pas si bête. J'ai fini par me rendre compte que ce que tu écrivais ressemblait de moins en moins à des articles de médecine et de plus en plus à...

Cela dit, je te soupçonne de ne pas me faire lire tout ce que tu écris. Tu m'envoies ta revue mais tu pourrais aussi bien publier des articles ailleurs sans que je le sache. Et plus ça va, moins tu en parles, encore moins que de tes patients ou de tes amis.

Mais je sais que tu passes de longues heures un stylo à la main ou assis devant une machine à écrire. Ça ne m'étonne pas vraiment. J'ai toujours beaucoup écrit moi aussi. Quand la famille s'est éparpillée aux quatre coins du pays et parfois plus loin encore, je tapais mes lettres à la machine et, bien sûr, je tapais les brouillons des articles de ton père. Quand sa maladie a commencé, il a vite eu du mal à écrire, alors j'ai tapé sous sa dictée... Finalement, si tu aimes écrire, c'est un peu grâce à nous deux mais, si tu as appris à taper, c'est surtout grâce à moi.

Ce qui m'a le plus surprise, en lisant ta revue, c'est que tu y écrivais des histoires que ton père racontait. Il serait étonné, ton père, s'il savait combien de temps tu passes à écrire, presque autant qu'à pratiquer la médecine. Si je dis ça, c'est parce que tu ne sors jamais, sauf pour aller dîner avec Diego et les Markson. Quand je t'appelle chez toi le soir, tu réponds instantanément comme si tu avais la main posée sur le téléphone.)

— Oui ?

— Bonsoir mon fils ! Tu as une drôle de voix, tu es soucieux ?

— Bonsoir, Maman... Non, mais presque tous les soirs, le téléphone sonne à cette heure-ci et on raccroche sans rien dire.

— Ah, ça doit être très agaçant !... Je t'appelle parce que ça fait longtemps que je ne t'ai pas entendu alors je t'ai langui.

(C'est vrai que tu ne m'appelles pas tous les jours – et

même pas toutes les semaines – et si je n'insistais pas pour que tu viennes dîner le vendredi soir en souvenir de ton père, je ne te verrais pas très souvent non plus alors que tu habites à vingt kilomètres de Tourmens à peine et que tu vas à l'hôpital tous les mardis. Je te demande régulièrement si tu ne peux pas faire un petit crochet par ici ou venir déjeuner avant d'aller à l'hôpital, mais tu me réponds toujours que ce jour-là tu as beaucoup de visites le matin et que tu es toujours en retard. Et quand je dis Tu pourrais tout de même passer un petit coup de fil à ta mère entre deux consultations, tu réponds que tu n'as pas beaucoup de temps avec tes patients et je dis Moi je n'ose pas t'appeler je ne veux pas te déranger, et tu réponds presque aussitôt Tu ne me déranges jamais, Maman... et ça me fait plaisir, presque autant que quand tu m'appelles sans que je m'y attende.)

— Bonjour Maman, c'est Bruno...

— Ah, mon fils, quelle bonne surprise ! Écoute, je pensais à toi à la minute !

— Ah, bon ?

— Oui, figure-toi que je viens d'allumer la télévision et je suis tombée sur une émission médicale, je me suis dit que ça t'intéresserait sûrement, alors je te l'enregistre. Ça parle de contraception et de désir d'enfant, on pourra la regarder ensemble vendredi soir parce que moi, tu vois, je ne comprends pas tout mais tu m'expliqueras.

— Mmmhh... Je ne regarde jamais les émissions médicales.

— Ah bon ? Mais ce sujet-là, quand même ! Tu ne savais pas que ça passait ? Au fait, pourquoi m'appelles-tu à cette heure-ci ? Ça n'est pas ton heure, tu n'es pas de garde au moins ?

— Non, pas du tout, je travaillais.

(La première fois que tu as dit ça je n'ai rien dit, la deuxième fois non plus, mais la troisième j'ai ri :

— Qu'est-ce que tu as comme travail à dix heures du soir mon fils, tu n'es pas de garde tous les soirs ? Tu ne reçois pas tes patientes à la maison, tout de même !

– Non, mais depuis que je fais partie du comité de rédaction de la revue je m'occupe des dossiers, je relis des textes, je les corrige, je les récris... et ça m'a rappelé ce que M. Juliet, ton instituteur de cours moyen, avait dit un jour à ton père : « Votre fils, ce n'est pas un scientifique, c'est un littéraire ! » Ton père, bien sûr, ça ne lui avait pas plu, tu penses ! Son fils, un *littéraire* ? Chaque fois que je lui rappelais cette histoire, il haussait les épaules en grognant « Cette andouille n'y connaît rien » mais le fait est que tu as toujours beaucoup lu, déjà vers douze treize ans tu passais des heures à lire et, quand je ne te voyais pas rentrer de l'école, il fallait que j'aille te chercher, tu lisais entre deux rayonnages à la librairie du Mail, ou sous l'étagère des romans policiers à la bibliothèque, je ne sais pas quand tu avais le temps de faire tes devoirs. Parfois, j'entrais dans ta chambre et je te voyais glisser quelque chose dans le tiroir de ton bureau et plus tard, quand j'allais voir ce que tu y cachais (je pensais y trouver des illustrés ou un roman policier ou *Le Magazine du mystère* que j'achetais toutes les semaines et que je ne voulais pas laisser traîner parce qu'il contenait des illustrations un peu olé-olé), j'y trouvais seulement des cahiers remplis d'histoires, de listes de titres, de noms de personnages, de phrases recopiées dans des livres, de chansons et je me disais que M. Juliet n'avait peut-être pas complètement tort, mais bien sûr je ne disais rien à ton père pour ne pas le contrarier. D'ailleurs tu avais toujours dit que tu deviendrais médecin comme lui, et tu l'as fait.)

— Tu ne regrettes pas ?
— Quoi donc ?
— De t'être installé.
— Non, pas du tout, pourquoi ?
— Je vois bien que tu aimes écrire dans cette revue, tu aurais peut-être préféré faire ça plutôt que de la médecine...
— Non. On m'a proposé de devenir rédacteur en chef et j'ai refusé.
— Ah, pourquoi ? Oui, bien sûr, je suis bête, il faudrait que tu ailles y travailler à plein temps, tu n'aurais plus eu le temps de t'occuper de ton cabinet.
— Euh... oui, mais surtout parce que je n'ai pas envie de faire écrire les autres et j'ai d'autres projets.
— Tu écris un livre !
Tu es resté sans voix.
— J'ai deviné ! (J'étais contente !) Tu sais, je suis ta mère, je te connais comme si je t'avais fait !
(Ce jour-là, tu n'as pas voulu en dire plus. Plus tard, tu as dit que c'était un roman, bien sûr je m'en doutais et j'étais à la fois inquiète et énervée à l'idée qui me trottait dans la tête.)

— Un roman ? Tu ne vas pas faire comme ces hommes et ces femmes qui racontent leur enfance malheureuse et disent du mal de leur mère, j'espère !

Tu as éclaté de rire.

— Non, Maman, ce n'est pas du tout ça. C'est un livre sur mon expérience de médecin.

— Ah, bon. Je préfère. C'est vrai que tu dois en voir des vertes et des pas mûres, avec toutes ces maladies... L'autre jour à la télévision – tu sais, l'émission que je t'ai enregistrée la semaine dernière, mais on a oublié de la regarder vendredi, enfin ça ne fait rien ce sera pour une prochaine fois – eh bien, juste avant, aux actualités il y avait un jeune homme, il devait avoir ton âge, qui venait parler d'une maladie très rare qu'il avait attrapée je ne sais comment. Il avait drôlement dégusté, le pauvre, et il en avait fait un livre avec son médecin, ils étaient là tous les deux et ça m'avait l'air intéressant je me suis dit que tu en avais peut-être entendu parler. J'ai envoyé Elsa me l'acheter, si ça t'intéresse, je te le prêterai quand je l'aurai lu.

— Mmmhh... Si tu veux.

— Bon, mon fils, je te laisse, c'est gentil de m'avoir appelée, mais le téléphone ça coûte cher et puis tu as des patients qui t'attendent.

(Et tu réponds : Oui, ou tu réponds : Pas trop mais de toute façon j'ai des articles à écrire, et je dis : Je sais que tu ne t'ennuies jamais. Je me doute bien que tu lis, que tu écris même quand tu es dans ton cabinet médical, parce que tu as toujours été comme ça, tu passais ton temps à lire en écoutant de la musique, et même maintenant tu ne sors jamais, sauf pour aller au cinéma une fois de temps à autre, et tu es souvent de garde. En dehors des Markson et de Diego, tu ne vois jamais personne, sauf un groupe de travail entre médecins, une ou deux fois par mois. En ce moment, tu n'as même pas de petite amie. Pendant longtemps, tu n'en as pas eu du tout. À une époque, je me suis même demandé si tu ne... préférais pas les hommes. Bon, c'était absurde mais ça m'a tracassée. Je me suis vraiment fait du mauvais sang. Je n'osais pas en parler à ton père, il m'aurait engueulée. Son fils, *préférer les hommes* ? Mais ça me tourmentait quand même. Et puis un jour, à la radio, j'ai entendu une femme parler de son fils, elle disait que lui, et tous les camarades qu'elle lui connaissait, ils étaient en général très, très proches de leur mère, ils leur disaient tout, ils étaient très affectueux, ils avaient de très bons rapports avec elles. Et ça m'a à la fois rassurée et fait un peu de peine parce que toi... Ce n'est pas que tu ne sois pas affectueux, mais tu es secret, distant. Et d'ailleurs ça ne doit pas être vrai pour tout le monde, parce que Serge, le fils de ma cousine Yvette, qui est vraiment *comme ça*, lui, il ne s'est jamais entendu avec sa mère, mais alors pas du tout ! Quant à son père, ce n'est même pas la peine d'en parler. Le jour où ils ont appris qu'il était comme ça, tu penses, ça leur a fait un choc. Et puis, avec le temps, ça s'est tassé, et maintenant ça va beaucoup mieux. Bon, le mari d'Yvette est mort, la pauvre, ça l'a rapprochée de son fils. Il lui a même présenté le garçon avec qui il vit – enfin, c'est quelqu'un qui pourrait pratiquement être son père, mais il paraît qu'ils s'aiment beaucoup. Yvette dit même qu'elle est contente de voir Serge si heureux, si calme. Son... ami est un homme très bien, très cultivé, on ne dirait pas comme ça qu'il est... Elle qui avait peur de voir Serge tomber sur une fille avec laquelle elle ne pourrait pas s'entendre ! Là, évidemment, il n'y a plus de problème. Moi, je la comprends. Quand on a un garçon, on s'inquiète toujours un peu, on se dit pourvu qu'il ne se fasse pas mettre le grappin dessus, les jeunes ça s'amourache facilement et ça se retrouve coincé sans prévenir. Enfin, le fait est que ça m'a rassurée d'entendre cette femme dire ça à la radio.

Finalement je me suis dit Ce n'est pas qu'il n'aime pas les femmes, c'est plutôt qu'il est du genre à ne pas aimer grand monde, je me souviens qu'à quinze ans tu n'avais pas d'amis au lycée – sauf Diego, et lui non plus il n'est toujours pas marié – et vous passiez des heures ensemble à lire et à écouter des disques, c'est un peu la même chose aujourd'hui, si tu es encore comme ça plongé dans tes articles ou tes bouquins, il ne doit pas te rester beaucoup de temps pour rencontrer quelqu'un.

Quand tu faisais ta médecine je t'ai bien posé plusieurs fois la question, en plaisantant : Mon fils tu n'invites jamais tes camarades de faculté à dîner ou à aller au cinéma ? – je me disais que des étudiantes il devait y en avoir beaucoup, dans ta faculté, les jeunes filles ça aime aller au cinéma, quand j'étais jeune moi j'adorais ça – mais chaque fois tu m'as regardée d'un drôle d'air et répondu : Non je n'ai pas le temps, je voyais bien que ça t'agaçait que je te pose la question et que tu répondais comme ça pour ne pas me vexer. Maintenant, quand je te pose des questions, tu sais me dire que tu n'as pas envie de répondre. Remarque, tu pourrais avoir des tas de petites amies et je n'en saurais rien, hein ? Enfin, on ne peut tout de même pas reprocher à une mère de se faire du souci pour son enfant – Qu'est-ce qu'on peut vouloir d'autre que le bonheur de son enfant ? – c'est pour ça, savoir que tu vis seul ça me tracasse, à ton âge. Moi, je t'aurais bien vu marié avec Catherine Markson, mais elle est tombée amoureuse de Ray et on ne peut pas le lui reprocher, c'est un homme tellement brillant !

Une fois, tout de même, il y a deux ou trois ans, pendant plusieurs mois, tu as fréquenté une jeune femme de ton âge, une institutrice. Tu l'as même amenée ici plusieurs fois. Elle n'était pas jolie, elle s'habillait comme l'as de pique, elle faisait plus vieux que toi, mais elle était polie et très cultivée – forcément, une enseignante. À table, en revanche, elle dévorait. C'était surprenant ce qu'elle pouvait avaler, enfin ça faisait plaisir de voir un si bel appétit mais si je n'avais pas su qu'elle gagnait sa vie, j'aurais pensé qu'elle n'avait pas de quoi manger tous les jours. Et puis, elle qui avait l'air d'aimer ma cuisine, elle ne m'a jamais demandé la moindre recette. C'est ça qui m'a mis la puce à l'oreille. Je me suis dit que ça ne devait pas aller bien loin entre vous, autrement elle aurait voulu te faire les plats que tu aimes, mais ça n'avait pas l'air de l'intéresser. De temps à autre, je te demandais de ses nouvelles : « À propos, comment va... ? », je n'arrêtais pas d'oublier son nom, c'est terrible, je me souviens que c'était le même qu'une actrice de théâtre, je l'ai sur le bout de la langue, mais cette mémoire c'est épouvantable. Et un jour, tu m'as répondu : On ne se voit plus. Je ne sais pas pourquoi ça n'a pas marché. C'est vrai qu'en dehors d'apprécier ma cuisine elle n'était pas très démonstrative. Enfin, c'est comme ça. Aujourd'hui, les jeunes gens se rencontrent et puis, si ça ne marche pas au bout de quelques mois, ils préfèrent en rester là. C'est mieux, finalement. De mon temps, si on avait un faible pour un garçon, il fallait faire attention ou alors on se retrouvait avec un polichinelle dans le tiroir et obligée de se marier, c'était moche, mais si on n'avait pas les moyens de faire autrement...

J'aimerais bien que tu ne restes pas seul toute ta vie quand même. Un jour, je te taquinais, je t'ai demandé si parmi tes patientes il n'y en avait pas que tu avais envie de revoir en dehors du travail. Tu m'as fusillée du regard comme si j'avais dit une énormité et tu as lancé très sèchement : *Ceux qui font ça sont des sales cons.* Ça m'a soufflée, j'ai dit que tu exagérais. Moi aussi je connais des histoires de médecins qui abusent de la situation, mais ça n'est pas la majorité quand même ! Et puis, celles à qui ça arrive, on se demande si elles l'ont pas un peu cherché. Il y en a même qui en profitent, j'ai vu des hommes abandonner femme et enfant et divorcer pour une de leurs patientes... Mais ça m'a contrariée que tu réagisses comme ça, moi je me suis bien mariée avec ton père (Oui, je sais, on était célibataires tous les deux et je n'étais pas sa patiente, mais j'aurais pu. Quand on s'est rencontrés au mariage de mon cousin Roland – tiens, c'est drôle, j'y étais avec Yvette – lui, je veux dire : ton père – enfin, je ne savais pas qu'il le serait, à l'époque – était là à tourner en rond et à sursauter chaque fois que le téléphone sonnait. Ça nous faisait rire. Yvette le trouvait à son goût – elle a toujours été portée sur les hommes – alors que moi je le trouvais trop maigre, et comme il n'arrêtait pas de tourner en rond comme ça, elle est passée près de lui sous prétexte de prendre un sandwich et elle lui a demandé tout de go en riant pourquoi il avait l'air si nerveux. Il a répondu : « Je suis de garde, je suis sûr qu'on va m'appeler pour faire un accouchement. » Juste à ce moment-là le téléphone a sonné et c'était pour lui ! Les parents de Roland ont insisté pour qu'il repasse après, ils étaient très amis avec ses parents à lui. Quand il est revenu deux heures plus tard Yvette dansait (Tu penses, elle ne l'avait pas attendu ! Elle dansait avec Bernard, un de ses flirts de l'époque, un garçon adorable, il a été tué dans un attentat, le pauvre. Il descendait à la plage, il passe devant un café, il voit deux camarades assis à une table, il s'arrête pour les saluer et juste à ce moment-là une voiture passe et les types qui sont dedans lâchent une rafale de mitraillette en direction de la terrasse parce que le patron refusait d'adhérer à l'OAS. Bernard a été tué sur le coup et quatre autres personnes blessées, quand je pense à sa mère, la malheureuse, ça me brise le cœur mais je me dis qu'on a bien fait de s'en aller), enfin, toujours est-il que ton père revient fourbu de son accouchement et moi, en le voyant, je lui dis de s'asseoir, je lui prépare une assiette, et on se met à bavarder. Enfin, lui surtout, tu le connais, quand il n'était pas soucieux, il adorait raconter des histoires. Moi, je ne l'écoutais que d'une oreille, je le regardais en me disant qu'il était vraiment très maigre, ça me tracassait tu ne peux pas imaginer, je ne me voyais pas avec un type si maigre et puis finalement heureusement que ça ne m'a pas arrêtée ! Enfin, il était tout de même médecin, son patron venait de le prendre comme chef de clinique. Ça m'impressionnait plutôt, mais dans le bon sens et heureusement parce que si ça m'avait arrêtée toi tu ne serais pas là !) alors je me disais que parmi tes patientes il y avait peut-être des jeunes femmes qui seraient bien contentes de se marier avec mon fils, médecin ou pas !).

— Euh, excuse-moi, Maman, il faut que je te quitte, j'ai du monde dans la salle d'attente et comme je suis allé à l'hôpital aujourd'hui, j'ai commencé en retard...

— Oui, bien sûr mon fils, je ne veux pas te retarder. Et puis, le téléphone ça coûte cher, tu me rappelleras plus tard. Sinon, ça ne fait rien, si on ne se reparle pas d'ici là, à vendredi soir comme d'habitude.

— Euh... Oui. Si je ne suis pas là avant vingt heures, ne t'inquiète pas ; et ne te complique pas la vie, quand je termine tard comme ça je n'ai pas très faim.

— Je ne m'inquiète pas, mon fils, je ne m'inquiète pas, prends tout ton temps, je ne suis pas pressée, toi tu as du travail, alors que moi... Je vais dire à Elsa de préparer quelque chose de simple à réchauffer. Moi, tu sais, je suis tellement fatiguée que je ne bouge pas, je t'attends, je lis ou je regarde un film, je n'ai que ça à faire.

33

DANS LA SALLE D'ATTENTE

Mes yeux atteignent le bas de la page et je me rends soudain compte qu'ils ont parcouru les lignes sans en retenir le sens. Ma pensée dérivait vers notre courte conversation d'hier.

*

Le téléphone a sonné une fois et tu as décroché. En entendant ta voix, je n'ai pas pu m'empêcher de sourire.

— Docteur Sachs, j'écoute.

— Bonsoir, Monsieur, j'aurais voulu vous voir...

— Ah... Ce soir, ça va être un peu juste. C'est urgent ?

Je souriais de plus en plus, je n'en revenais pas.

— Non, pas vraiment, je peux attendre. Demain, quand consultez-vous ?

— Eh bien, le matin sans rendez-vous de dix heures à midi, ou l'après-midi, sur rendez-vous.

— Alors je viendrai demain matin vers dix heures.

— Comme vous voudrez. Avez-vous un dossier ici ?

— Non, c'est la première fois que je viens.

— Savez-vous où se trouve le cabinet médical ?

— Euh, non, je ne connais pas du tout Play, j'habite à Tourmens.

— Ah ? Vous venez de bien loin. Bon, ce n'est pas compliqué.

— Un instant, je prends de quoi noter.

Parmi les papiers empilés sur la table, j'ai fini par trouver un méchant crayon et une enveloppe déchirée.

— Je vous écoute.

— Donc, quand vous arrivez de Tourmens, il faut quitter la nationale, entrer dans Play, traverser le bourg de part en part et, juste avant le panneau de sortie, au bout de la place, vous prenez la petite rue sans issue, à droite. Le cabinet médical est au numéro 7, mais je vous conseille de vous garer devant l'église.

— C'est noté. Alors, à demain. Bonsoir, Monsieur.

J'ai raccroché. J'ai repris le livre et cherché le

passage que je lisais juste avant de composer le numéro de téléphone.

*

On frappe à la porte, elle s'ouvre à demi.

Une femme entre, elle est jolie et élégante, son visage est triste. Elle salue la secrétaire, visiblement elles se connaissent. Elle s'installe près de moi, me sourit faiblement, et son regard se perd dans le vague.

L'adolescente et sa mère sont de plus en plus agitées. À plusieurs reprises, la femme a posé la main sur le bras de sa fille, et celle-ci l'a retiré, brusquement, en lui lançant un regard d'une extrême violence. La mère a un regard bovin, un air de martyr autosacrificiel, du genre : Pourquoi-es-tu-si-méchante-avec-moi-qui-fais-tout-ce-que-je-peux-pour-te-rendre-heureuse-ma-petite-fille...

Je frissonne. Je reprends ma lecture.

34

M. GUENOT

La porte s'ouvre.

— Je suis à vous.

Je me lève, ma casquette à la main. Je ramasse sur la table basse mon portefeuille, avec le carnet de prothrombine, la feuille de sécurité et l'ordonnance que j'ai rapportés avec moi. Tu me tends la main.

— Bonjour, Monsieur Guenot.

— Bonjour, Monsieur... euh, Docteur.

Tu me fais passer devant toi. Pendant que la porte de communication se rabat sous l'action du groom automatique, tu refermes la porte du cabinet en la poussant fort.

— Comment va ?

— Ben, c'est pour ma prothrombine, comme tous les mois...

— Mmhoui.

Tu t'installes à ton bureau, tu te penches vers les boîtes de dossiers. Tu te redresses en tenant une enveloppe brune.

Je sors de mon carnet le résultat de la dernière prise de sang, je le pose sur la table et ma casquette sur le fauteuil.

— Ça a baissé, depuis la dernière fois...

— Ah oui ? Voyons... Trente et un pour cent. La dernière fois, vous aviez trente-quatre, c'est pareil. Si votre taux de prothrombine est compris entre vingt-cinq et trente-cinq pour cent, c'est parfait.

Pendant que tu lisais mon dossier, j'ai enlevé ma veste et mon gilet, et défait ma ceinture.

— Bon, ben va peut-être falloir que vous me consultiez. Je me déshabille ?

— Je vous en prie...

J'ôte mes pantalons, je les pose sur la chaise. J'ôte aussi mon maillot.

— J'enlève aussi les chaussettes ?

— Si vous voulez.

— Je m'allonge ?

— S'il vous plaît.

Tu pivotes sur ton fauteuil à roulettes. Tu te lèves, tu prends la chaise posée sous la fenêtre et tu l'approches du lit bas.

— Alors, quoi de neuf depuis la dernière fois ?

— Oh, ben pas grand-chose, j'ai eu un peu de rhume, mais avec le sirop que vous me donnez d'habitude ça s'est passé. Il ne m'en reste presque plus. Faudra m'en remarquer, si ça ne vous ennuie pas. C'est-y bientôt qu'il faut se faire vacciner pour la grippe ?

— Oui, ce mois-ci. Mais vous avez encore le temps.

Ça serre. Tu dégonfles lentement. Ça siffle.

— Quatorze-huit, c'est bien.

— Ah, tiens, la dernière fois j'avais treize

— C'est pareil. Ça varie un peu, d'une fois sur l'autre, mais c'est pareil.

Tu prends des nouvelles de mon sommeil, de mon appétit, de ma digestion, de ma femme.

— Ça se maintient...

Tu me demandes si je supporte bien mon traitement et je te réponds que oui, pour ça je le supporte bien, heureusement que ma femme t'a appelé il y a quatre ans quand ça n'allait pas, parce qu'ils me l'ont dit à l'hôpital, si tu ne m'avais pas fait soigner, j'y serais resté, tandis que là je m'en suis tiré à bon compte. Et le spécialiste a dit que si je continue à me surveiller et à bien prendre mon traitement, ça ne devrait pas recommencer, alors maintenant je fais attention. Dame ! il faut se soigner.

Tu m'auscultes. Tu me fais asseoir. Sur le meuble bas, tu prends le marteau en caoutchouc et tu dis :

— Asseyez-vous au bord du lit.
Tu frappes mes genoux, mes chevilles.
— Parfait.
— Alors, ça va ? La bête est pas encore prête à crever ?
Tu souris.
— Loin de là ! D'ailleurs, vous avez l'air en pleine forme...
— Faut pas se plaindre, à soixante-dix ans c'est plus comme à vingt ! Mais on se maintient... Dame ! je me soigne.
Tu te relèves.
— Venez par ici qu'on vous pèse.
Je grimpe sur la bascule. Sans mes lunettes, je ne vois pas les chiffres.
— J'ai maigri ?
— Non, pas depuis l'autre fois.
Je redescends de la bascule.
— Je me rhabille ?
— Mmmhh...
Tu retournes à ton bureau. Je m'assois sur le fauteuil noir, je remets ma chemise, mes chaussettes, mes pantalons, mes chaussures. Tu prends ton stylo. Je sors mon portefeuille et je te vois inscrire la date sur l'ordonnance, et puis mon nom à la hauteur du tien, et en dessous, en majuscules, le nom des médicaments que tu me prescris depuis la première fois, quand je suis venu te voir en sortant du service où tu m'avais envoyé parce que j'avais perdu la tête. Moi, naturellement, je ne m'en souviens pas, je me suis réveillé un jour dans un lit qui n'était pas le mien et des dames en blouse bleue m'ont dit : « Bonjour Monsieur Guenot comment

allez-vous aujourd'hui ? » Et moi j'ai dit bonjour mais c'est tout. Je ne savais plus dire autre chose que bonjour bonjour bonjour bonjour, on me demandait si j'avais faim et je disais bonjour, on me disait que ma femme allait venir et je disais bonjour et moi je m'énervais parce que je n'arrivais pas à parler normalement et je n'y comprenais rien. Ça a bien duré trois jours jusqu'à ce que le médecin-chef, un homme petit et chauve – sûrement bon docteur puisqu'il est chef, mais pas très gentil, plutôt fier, et très craint –, me dise qu'il allait me donner un nouveau médicament pour me soigner mais qu'il ne garantissait pas le résultat.

Je pleurais beaucoup.

Je pleurais parce que je ne savais pas ce qui m'arrivait, ma femme venait me voir l'après-midi et je n'arrivais pas à lui parler je disais toujours la même chose bonjour bonjour bonjour bonjour et rien d'autre ne sortait. Et elle aussi ça la désolait, forcément elle qui aime bavarder, depuis que les enfants sont partis, la fille téléphone Bonjour Maman et On va venir dimanche vous voir et puis Au revoir, mais c'est tout, alors forcément elle et moi on se fait la causette, ça occupe.

Et puis il y a eu la jeune dame, la rééducatrice de la parole, j'allais la voir dans son bureau trois fois par semaine. Au début elle m'a posé des questions je devais répondre oui ou non de la tête et comme je répondais correctement, elle m'a fait faire des choses simples en me les écrivant sur un papier, Fermez les yeux, Donnez-moi la main, et petit à petit sans doute parce que le médicament m'a fait de l'effet j'ai réussi à reparler et maintenant je n'ai pratiquement plus de mal, seulement de temps en temps je cherche un peu mes mots mais il paraît qu'à mon âge c'est normal, surtout après ce que j'ai eu.

Quand je suis sorti du service, le médecin-chef a demandé à me revoir une fois par mois pour voir si ça allait et me redonner le médicament, vu qu'on n'en trouve même pas à la Pharmacie des Remparts, qui est la plus grande de Tourmens, mais seulement à l'hôpital. Chaque fois que je retournais le voir, je parlais mieux. Au bout de six mois j'étais presque revenu comme avant. Bon, à soixante-dix ans c'est plus comme à vingt, mais Dame ! quand on se soigne, on se maintient. Il avait l'air tout surpris, il m'auscultait par tous les bouts, il me posait toujours les mêmes questions, Quel jour sommes-nous, Quelles sont les couleurs du drapeau tricolore, Qui est le président de la République, et je ne comprenais pas pourquoi il avait l'air embêté de voir que je répondais correctement – enfin c'était pas sorcier : je m'étais remis à lire le journal et je savais bien que les élections c'était pas avant deux ans – mais ça n'avait pas l'air de lui faire très plaisir, alors même qu'il disait que c'était bien. Un jour, il a dit qu'on ne pourrait pas continuer à me donner ce médicament, vu que ça coûtait cher, et que ça n'avait plus l'air nécessaire mais qu'il ne savait pas ce qui se passerait quand on l'arrêterait. Moi, comme j'allais bien, j'ai dit que ça n'était pas la peine que je continue à en prendre. Un jour, j'ai vu l'affiche pour le vaccin contre la grippe dans la vitrine de la pharmacie et je me suis dit Moi qui suis fragile des poumons faut y aller surtout qu'à soixante-dix ans passés on est remboursé et Dame ! il faut se soigner. Alors, je suis venu te voir, et quand tu m'as vu dans la salle d'attente tu as souri. Quand je suis entré dans le cabinet, tu m'as serré la main et tu as dit: Ça fait plaisir de vous voir en forme. J'étais venu avec mon vaccin et mon ordonnance et mon dernier résultat de prise de sang, j'avais quarante-quatre cette fois-là et comme j'étais un peu enrhumé ça m'inquiétait, mais tu m'as dit:

— Ce n'est pas très grave, vous allez continuer à la même dose et on va vous refaire une prise de sang dans quelques jours. Et je vais vous prescrire un peu de sirop pour cette toux.

— Faut-y que je continue mon traitement?

— Mmmhh.

Ça voulait dire oui.

Et j'ai dit:

— Heureusement que ma femme vous a appelé l'an dernier quand ça n'allait pas, parce qu'ils me l'ont dit à l'hôpital, si vous ne m'aviez pas fait soigner, j'y serais resté, alors que là je m'en suis tiré à bon compte et si je continue à me surveiller et à bien prendre mon traitement, ça devrait pas recommencer, alors maintenant je fais attention. Dame! il faut se soigner. Bon, le médecin-chef voulait me revoir une fois tous les six mois, mais comme il ne me donne plus le médicament spécial, je me suis dit que c'est peut-être pas la peine que j'y retourne, si vous voulez bien de moi comme client?

Tu as relevé la tête, tu as posé ton stylo et tu as souri.

— J'en serai très heureux, bien sûr, mais vous aviez un médecin traitant avant que je ne vous envoie en Neurologie?

— Oui, le Docteur Jardin, à Lavinié, mais il n'est

plus très jeune et quand on vous a appelé c'était un dimanche, et lui il ne veut plus être de service ce jour-là. Sa femme vous envoie direct à l'hôpital sans qu'il se dérange. Tandis que vous, vous êtes venu me voir, vous m'avez bien ausculté et vous avez vu tout de suite qu'il fallait m'envoyer là-bas. Alors, si vous voulez bien continuer à vous occuper de moi...

— Eh bien, ça me touche beaucoup. Mais en ce moment vous m'avez l'air en forme. Il ne sera pas nécessaire de venir très souvent. Tous les trois mois, ça devrait suffire.

J'allais bien, par le fait, mais tous les trois mois avec une prise de sang tous les mois, ça ne me paraissait pas beaucoup – surtout que le résultat n'est jamais deux fois pareil, une fois trente-quatre, une fois vingt-huit on dirait que ça dépend de ce que je mange (depuis qu'on est à la retraite, ma femme et moi on aime bien faire les voyages avec le club du troisième âge, on part en autocar passer la journée au Mont-Saint-Michel ou une semaine en Italie, et on ne mange pas tous les jours comme à la maison, alors je viens te voir juste avant, histoire de vérifier que ma prothrombine n'est pas trop mauvaise et de renouveler les médicaments pour ne pas en manquer. Il faut dire que, dans la boîte du médicament pour la tension, il n'y a que vingt-huit comprimés, tandis que dans la boîte du médicament pour la prothrombine, il y en a beaucoup plus. Et je n'en prends pas un entier mais trois quarts le premier jour et la moitié d'un les deux jours suivants, sauf quand la prothrombine remonte, alors j'en prends trois quarts deux jours et la moitié le troisième ou, quand elle est trop basse (ça en général c'est parce que j'ai mangé des asperges ou que j'ai pas assez uriné) j'en prends pas le soir quand je reçois l'analyse, j'appelle et la dame qui répond au téléphone me dit quand tu consultes et j'en prends la moitié d'un pendant trois jours en attendant de te revoir si c'est pas possible avant, ou bien je viens le lendemain) et puis, avec la bronchite chronique, je tousse de temps en temps et quand ça dure trop, ça inquiète ma femme, je ne veux pas prendre les sirops qu'elle a dans le placard, on sait jamais depuis quand ils sont ouverts. Alors j'ai dit que je préférais venir tous les (moi, je me sens plus en sécurité comme ça. Tu me connais mieux que si je te voyais trois fois l'an, et même si ça ne plaît pas à tout le monde, ça m'est égal. Les gens causent, ils disent qu'il faut pas trop dépenser, que la sécurité sociale n'a plus d'argent, mais moi je ne vois pas les choses comme ça, la santé c'est important ou alors c'est pas la peine qu'on ait travaillé toute sa vie pour ne pas se soigner. D'ailleurs tu ne fais jamais de remarques. Ni dans un sens ni dans l'autre, tu ne dis jamais des choses du genre « Je me demandais ce que vous deveniez je croyais que vous ne vouliez plus me voir », comme le font certains docteurs : à les entendre, on dirait qu'on leur appartient. Toi, c'est pas ton genre. Au point que des fois j'entends dire des âneries, forcément les gens causent, du genre « Il doit pas vraiment avoir beaucoup de clients, il ne refuse jamais personne, on n'attend jamais longtemps chez lui et quand on l'appelle il vient toujours dans la journée, alors ça serait pas étonnant qu'un jour on entende dire qu'il va s'en aller. » Ça fait longtemps que j'entends dire ça, que tu vas t'en aller, mais bien sûr tout ça c'est des racontars, est-ce que tu te serais installé par ici, si c'était pour partir du jour au lendemain ? D'ailleurs, ils ont beau dire, ça fait déjà cinq ans que tu t'occupes de moi, une consultation tous les) mois et tu as dit Comme vous voudrez et tu me represcris les médicaments en lettres majuscules et puis la prise de sang une fois par mois par l'infirmier. En ajoutant « À domicile » sur l'ordonnance, autrement on n'est pas remboursé.

Tu me tends l'ordonnance, c'est lisible on peut pas se tromper et je sors de mon portefeuille le petit carnet dans lequel je te fais marquer le chiffre de la prothrombine. Il n'y a presque plus de place, depuis le temps que je viens, mais Dame ! il faut se soigner.

35

LA SPÉCIALISTE

Tu sors. Tu fais sortir le monsieur à casquette, je me lève, tu lui serres la main.

— Au revoir Monsieur Guenot.

Je prends mon parapluie mais tu m'arrêtes d'un geste.

— Je vous fais patienter trois minutes, j'ai un coup de téléphone à donner.

La porte de communication se referme. Je me rassieds.

*

J'entends tourner la poignée de la porte intérieure. La porte de communication s'ouvre. Tu sors, tu me lances un regard un peu étonné, je me lève, je passe devant toi. Tu désignes deux fauteuils recouverts de drap noir et tu m'invites à m'asseoir.

Je m'assieds, je croise les jambes. Tu t'assieds à ton tour.

— Je vous écoute.

— Je vous ai téléphoné ce matin, je suis le Docteur Geneviève Nourrissier, je m'installe à Tourmens en association avec le Docteur Bazin, dans le cabinet de phlébo-angéiologie.

— Ah ? Il a trop de travail ?

— Euh, oui, il n'en manque pas, son cabinet a pris un essor tout à fait important au cours des dix-huit mois passés. Je l'avais remplacé à plusieurs reprises et il m'a proposé une association.

Je te regarde. Le coude appuyé sur le bord du plateau de bois peint qui te sert de bureau, tu m'écoutes, penché presque voûté, l'air vaguement ennuyé.

— Oui ?

— Eh bien... Nous aurons bientôt un tout nouvel appareillage d'écho-veinographie à doppler pulsé colorimétrique et 3D temps réel...

Tu souris.

— Ah ?

Tu penches la tête de côté. Tu te frottes le menton, puis les yeux, puis tu enlèves tes lunettes, tu te renverses sur ta chaise et tu demandes :

— Et de quoi vouliez-vous me parler ?

— Eh bien... Je voulais d'abord me présenter, et puis ensuite savoir quels étaient vos besoins en matière de phlébo-angéiologie...

— Mes besoins ?

Tu hausses les sourcils. Tu poses tes lunettes sur le plateau de bois peint. Tu te penches vers le sol, tu soulèves la jambe de ton pantalon, tu palpes ton mollet, tu te redresses, tu hausses les épaules avec une moue dubitative.

— Ha ha, fais-je en faisant semblant d'apprécier la plaisanterie, je voulais dire les besoins médicaux de vos patients.

— Mes patients ? Eux, vous savez, ils n'ont pas de veine... C'est d'ailleurs leur principal motif de consultation.

Je reste estomaquée. Tu croises les doigts. Tu me regardes en silence.

Je me demande si tu n'es pas en train de te foutre de moi.

36

M.GUILLOUX

J'entre, en respirant difficilement. Tu me proposes de m'asseoir, et puis tu entends le sifflement qui sort de ma bouche lorsque je reprends mon souffle. Tu hoches la tête d'un air effaré :

— *Depuis quand êtes-vous dans cet état ?*

— Depuis... (je reprends ma respiration)... trois mois.

Je suis pris d'une quinte de toux, j'ai mal, des larmes me montent aux yeux, j'étouffe presque. Tu poses ta main sur mon épaule. Tu veux me faire asseoir, mais je lève la main et je hoche la tête. Je sors un mouchoir de ma poche, j'essuie l'écume qui me vient aux lèvres. J'enlève ma veste, je déboutonne ma chemise, je ne m'allonge pas sur le lit bas, parce que j'étouffe encore plus quand je m'allonge. Je m'installe sur une chaise, à la place. Tu t'assieds près de moi.

Tu m'auscultes, tu regardes ma gorge avec une petite lampe, tu examines mon cou, tu palpes mes aisselles, les creux derrière mes clavicules. Finalement, tu me fais allonger à demi, en calant un gros oreiller derrière mon dos. Tu palpes mon ventre. Tu examines longtemps mon ventre, surtout du côté du foie.

Je respire très lentement, pour ne pas me remettre à tousser.

Tu me demandes si je n'ai pas maigri.

Je te dis que oui, je ne mange pas grand-chose, j'ai trop de mal à avaler. Tu hoches la tête sans rien dire.

Dans le petit meuble à tiroir à la tête du lit bas, tu prends deux ampoules de verre. Tu prépares une piqûre, tu dis que cela va me soulager, que pour le moment tu me prescriras très peu de chose, des comprimés à faire fondre dans un peu d'eau mais surtout un examen chez un spécialiste.

— Une fibroscopie. Ça consiste à passer un petit tube dans le nez, pour aller explorer les bronches. Pour voir ce qui se passe dedans. Il faut qu'on sache pourquoi vous êtes gêné comme ça.

Tu te lèves. Avant de me laisser me rhabiller, tu me demandes de monter sur le pèse-personne installé au pied de la fenêtre. J'ai perdu six kilos. Ma femme avait bien vu que je flottais dans mes pantalons.

Tu retournes t'asseoir sur ta chaise pivotante, tu sors une fiche blanche. Lorsque je m'assieds sur l'un des deux fauteuils recouverts de drap noir, tu me demandes mon nom, mon âge, mon adresse, mon numéro de téléphone.

Tu ouvres le bloc d'ordonnances, tu glisses la couverture sous la première liasse, tu écris. D'abord la date : 7 octobre. Puis, en dessous, mon nom à la hauteur du tien – et tu le soulignes de deux traits. Ta main glisse quelques centimètres plus bas sur la feuille et trace des mots que je ne peux pas lire.

— Je vous fais une lettre pour le spécialiste.

Tu écris de manière un peu hachée. Tu t'arrêtes une première fois, tu froisses la feuille, tu recommences. Au milieu de la page, tu t'arrêtes à nouveau. Tu décroches le téléphone, tu le coinces contre ton épaule le temps de composer un numéro sur le clavier. En attendant qu'on te réponde, tu tapotes la feuille du bout de ton stylo, sans me regarder.

— Allô ? Bonjour, ici le Docteur Sachs, j'aurais voulu un rendez-vous pour un de mes patients. Oui, c'est urgent. Non, ça ne peut pas attendre la semaine prochaine. D'accord, passez-le-moi. Merci.

Tu lèves les yeux vers moi, tu hoches la tête en fermant les yeux, de l'air de dire que je n'aurai pas à attendre longtemps encore. Tu te remets à écrire.

— Bonjour, Philippe, c'est Bruno. Excuse-moi de te déranger en consultation, mais je voudrais t'envoyer un patient que je vois pour la première fois ce soir. Il a un wheezing très important, il a maigri et il faut sûrement l'explorer. C'est ça. Demain matin ? Ah, ce serait parfait. Onze heures quarante-cinq ? Attends, je lui demande.

Tu te tournes vers moi, je hoche la tête pour dire que je suis d'accord.

— Alors, c'est M. Guilloux, Gaston (tu lui donnes aussi ma date de naissance, mon adresse, mon numéro de téléphone). Voilà. Encore merci, ça nous rend bien service. Oui, quand tu voudras. Merci infiniment.

Tu raccroches.

— Je vais vous donner l'adresse.

Tu termines la lettre. Tu écris plus lentement, de manière appliquée à présent. Tu te relis. Tu hoches la tête. Tu signes.

Tu plies la lettre et tu la glisses dans une enveloppe dont tu replies le rabat sans le coller. Sur l'enveloppe, tu inscris le nom du spécialiste, son adresse, son numéro de téléphone et l'heure du rendez-vous. Tu me la tends.

Tu me demandes si ça va mieux, je réponds Oui, la piqûre commence à me faire de l'effet. Tu me parles à nouveau de l'examen. Tu m'expliques comment ça se passe, mais je n'entends pas tes explications. Je te demande s'il faudra m'opérer. Tu dis que ça dépendra. De ce qu'on va trouver.

Tu ne nommes aucune maladie, et je ne te demande pas de le faire.

Le lendemain, ma femme m'accompagne chez ton confrère spécialiste.

C'est un homme très doux. L'examen est long mais se passe bien. Ensuite, il me fait asseoir dans son bureau et il m'annonce que j'ai un cancer du larynx.

COLLOQUES SINGULIERS, 2

PORTRAITS-SOUVENIRS

À l'époque, j'étais interne en médecine, c'était l'été, on était encore plus en sous-effectif que d'habitude, il faisait un remplacement d'infirmier. Il était étudiant en troisième année, si je me souviens bien. Le patron l'avait pris parce que son père lui avait téléphoné, ils avaient été chefs de clinique ensemble. Lui, il ne savait rien faire, il avait l'air de tomber des nues sans arrêt et je l'avais tout le temps dans les pattes. Il n'arrêtait pas de me coller, de me poser des questions sur tout, et surtout d'avoir des opinions sur tout.

Un jour, on nous a amené un homme d'une cinquantaine d'années qui faisait une pancréatite aiguë. Le type se roulait par terre de douleur en hurlant.

Sachs a dit : Tu ne trouves pas qu'il en fait un peu trop ?

Je n'ai pas répondu. Je l'ai envoyé me chercher je ne sais quoi, dans un autre service, pour ne plus le voir. Après, quand j'ai réussi à calmer le malade – je ne sais pas quelle quantité de morphine il a fallu que je lui fasse avant qu'il cesse de crier – j'ai coincé l'autre abruti dans l'office et je l'ai engueulé comme du poisson pourri en lui disant que, la prochaine fois qu'il disait un truc pareil, je lui cassais la gueule. Et que s'il ne comprenait pas ce que ça voulait dire, il pouvait aussi bien chercher un autre boulot. Le lendemain, il est arrivé dans le bureau en disant :

— Je voudrais vous présenter mes excuses.

Il a baragouiné je ne sais quel pensum sur la douleur et le rôle du médecin, et ajouté qu'il allait présenter ses excuses au malade.

Je lui ai dit qu'il était un peu tard. Il était mort dans la nuit.

*

Un jour, ma belle-mère est venue passer quelques jours chez nous. Quand mon mari a vu la quantité de médicaments qu'elle prenait, il a dit qu'elle allait tomber malade avec tout ça – il faut dire qu'elle est toute petite, c'est un poids plume avec un appétit d'oiseau. Il avait le sentiment qu'après avoir avalé ses pilules, ses gélules, ses cachets, ses gouttes et son sirop avec son potage, il n'y aurait plus de place pour autre chose. D'ailleurs, elle ne mangeait presque rien. Alors il l'a emmenée te voir et ils sont revenus ravis tous les deux parce que tu as dit à ma belle-mère que ses médicaments seraient plus efficaces si elle les prenait à la fin du repas, et à mon mari qu'il avait bien fait de l'amener pour vérifier que ce traitement lui convenait. Alors moi aussi je t'ai amené ma mère, qui vit à Tourmens. Depuis sa fracture du col du fémur, elle avait – comment dit on ? un ou une escarre ? – qui n'en finissait pas. La première fois, tu as dit qu'à son âge, ça serait long. Elle a répondu : Ça ne fait rien, du moment que ça guérit. Je te l'ai amenée pendant plusieurs mois. Tu examinais son escarre attentivement, tu la mesurais pour savoir si elle diminuait, tu étais très doux, et tu lui prescrivais très peu de chose, de la vaseline, des pansements, un tout petit peu de pommade, en lui recommandant de poser sa jambe sur un coussin, de masser autour de la plaie, de dormir sur le côté, de marcher beaucoup, de bien manger, et ça a fini par guérir. La dernière fois que je l'ai conduite à ton cabinet, tu as dit que ça s'était fermé tout seul, tu t'étais contenté d'éviter que ça ne s'aggrave, et je sais que tu ne disais pas ça par modestie, mais elle n'a jamais voulu l'admettre. Elle a dit: Ça a pris du temps, mais si vous ne vous en étiez pas bien occupé, ça n'aurait jamais guéri. D'habitude, les docteurs ne prennent pas le temps d'attendre que les malades guérissent, ils n'aident pas les malades à prendre leur mal en patience. Les docteurs, ça n'est pas très patient. Vous, si.

*

Je passe tous les ans pour un check-up. Tu m'examines des pieds à la tête, tu me fais un électrocardiogramme et tu me prescris une prise de sang complète (tu dis que « complète » ça ne sert pas à grand-chose, mais j'insiste). Tu es très sympa et tu es très clair, mais je trouve que tu poses des questions un peu trop personnelles. Ma vie privée, après tout, ça n'a rien à voir avec ma santé.

*

Un matin, j'ai fait un malaise dans un café. Le patron a pris peur, il a appelé les pompiers. Je voulais rentrer chez moi mais ils m'ont emmenée de force à l'hôpital. Avec toutes les emmerdes que j'avais à l'époque, je n'avais pas bouffé depuis la veille. Et il fallait en plus qu'on me fasse chier sous prétexte que j'étais tombée dans les pommes avant d'avoir pu manger un croissant.

Je me gelais sur une table d'examen quand un type en blouse est entré dans le box. Il m'a regardée d'un drôle d'air. J'ai pensé : Encore un salaud qui va s'amuser à me peloter.

Il m'a donné un peignoir. Il s'est assis sur une chaise, il a ôté ses lunettes, il a dit : Je suis l'interne. Excusez-moi si je me mets à bâiller, je n'ai pas dormi depuis douze heures. Qu'est-ce qui vous arrive ?

À l'époque, j'avais honte de ce qui m'arrivait, de ce que je faisais, j'aurais voulu disparaître sous terre, mais je n'avais plus la force de mentir, alors je lui ai tout raconté. Au bout d'un moment, il s'est levé, il est sorti, il est revenu avec un chocolat chaud et un sandwich. Au bout d'un quart d'heure, il est revenu à nouveau, il m'a pris la tension, puis il a décroché le téléphone et appelé le chef de service en lui disant qu'il ne voyait pas la nécessité de me garder, avec toutes les entrées qu'ils avaient eues pendant la nuit. Ensuite, il a déchiré la fiche sur laquelle on avait inscrit mon nom en arrivant, et il m'a dit de rentrer chez moi. Et comme il voyait que je ne bougeais pas, il m'a tendu la main, il m'a fait lever, il m'a donné ma robe, il a souri.

— Rentrez chez vous, beauté.

Il a rougi, et puis il est parti.

*

Pour ma fille, ce n'est pas le gynécologue qui m'a accouchée, c'est un jeune médecin. La sage-femme lui montrait comment faire et le gynécologue était là. Il était très doux, ce jeune médecin. C'était mon quatrième accouchement, je savais que ça se passerait bien de toute manière, mais lui, c'était son premier. Quand le bébé est né, il me l'a mis sur le ventre, il est resté à côté de moi pendant de longues minutes, à le regarder, à le toucher. Il était plus ému que mon mari.

*

Ah, je n'irai jamais le consulter, j'ai pas confiance, il n'est sûrement pas net, un jour je l'ai vu regarder les pornos dans le même vidéoclub que moi.

*

Je t'ai pas raconté que je m'étais décroché la mâchoire ? Ça m'a foutu une trouille bleue, quand c'est arrivé ! J'avais déjà entendu parler de ça, ça m'avait fait rigoler mais pardon, ça n'a rien de drôle. On a l'air con : on ne peut plus parler, on ne peut plus fermer la bouche, et si on insiste ça fait un mal de chien. Je suis allé le voir. Il a eu l'air vachement embêté. Il ne savait pas ce qu'il fallait faire. Il a essayé de me fermer la bouche doucement mais j'avais déjà essayé, ça ne marchait pas. Il a essayé de tirer en avant, de pousser en arrière, rien à faire, et moi je commençais à m'impatienter, je me voyais déjà à la clinique, anesthésie générale et tout le tintouin, la gueule enrobée de fils métalliques au réveil, obligé de bouffer avec une paille, j'avais envie de pleurer. Et en plus, j'avais encore envie de bâiller. Il était assis là, près de moi, j'étais allongé comme un con sur son lit bas en me demandant combien de temps on allait rester comme ça avant qu'il ne se décide à m'envoyer à un spécialiste et brusquement il s'est levé sans rien dire, il a sorti des étagères un petit bouquin et je l'ai entendu parler tout seul, il disait un truc du genre : La mandibule s'insère comme ça donc, logiquement...

Il a posé son petit bouquin, il m'a fait lever du lit bas, asseoir dans un des fauteuils recouverts de toile noire, et il a enfilé des gants. J'étais pas fier, mais il a dit : N'ayez pas peur, il a posé ses pouces sur mes molaires du fond, il a appuyé doucement vers le bas et clac j'ai senti que ça se remettait. Sans douleur ni soupir. Il avait l'air tout étonné. Moi, j'étais plutôt soulagé. Et content.

Ça m'est arrivé encore trois ou quatre fois avant que je me décide à laisser le stomato m'opérer des ligaments. Évidemment, je l'ai appelé chaque fois et j'ai eu du pot, il était toujours là, même le dimanche la dernière fois que ça m'a pris. À chaque fois, évidemment, ça demandait trois secondes. Il avait proposé d'apprendre à ma femme comment faire, mais moi, tu comprends, je préférais que ce soit lui. On a la main ou pas.

*

Je vais te voir quand j'ai un peu mal à l'intestin. Ça me prend pas souvent et je vais bien. Je prends toujours mon vélo, je jardine, je vais aux repas des anciens, alors on peut dire que ça va. Même que mon fils répète toujours que j'ai bonne mine. N'empêche que de temps à autre j'ai mal là, sur le côté, et je me dis c'est peut-être le cancer et je vais te voir. Ma voisine, qui est plus jeune que moi (elle n'a que quatre-vingt-un ans), elle n'avait jamais vu un médecin de sa vie, un jour elle s'est mise à saigner. Tu lui as dit qu'il fallait qu'elle passe un examen. Et puis tu l'as fait opérer. Et elle est rentrée chez elle, elle m'a dit : « C'était un début de cancer, il l'a vu tout de suite, ils me l'ont enlevé et voilà. » Alors, quand j'ai mal, je me dis que si j'en avais un, moi, tu le verrais tout de suite aussi. Tu m'auscultes, tu appuies juste là où ça fait mal et tu me dis que c'est pas le côlon, c'est un grand muscle qui passe derrière, qui s'attache dans le dos et qui passe dans le ventre. C'est vrai que mon dos me fait mal souvent vu que je suis obligée de me pencher pour jardiner et biner, je n'ai jamais aimé ça mais il faut bien, sinon rien ne pousserait. Chaque fois, je te demande si tu es bien sûr que ça n'est pas grave, que je n'aurai pas le cancer et tu me réponds : Pour l'an prochain, je ne peux rien vous promettre, mais aujourd'hui, je suis sûr que ça n'est pas le cancer. Ça me fait toujours rire. Et tu ne t'es jamais trompé, puisque je suis encore là. Des fois, quand j'ai trop mal, tu me donnes des remèdes pour deux ou trois semaines. J'en prends pendant quelques jours, et quand je sens plus rien, j'arrête. Tu m'as bien dit que je peux en reprendre quand ça recommence, mais je préfère retourner te voir, des fois qu'il m'en vienne un, de cancer, d'une année à l'autre on ne peut jamais savoir.

*

Quand je suis allée faire ma demande au service des IVG, on m'a dit qu'il fallait qu'un médecin m'examine. C'est toi qui m'as reçue. Tu m'as posé les mêmes questions que l'infirmière, la date de mes dernières règles, si je prenais des médicaments, si j'avais déjà été opérée. J'en avais marre, je répondais par monosyllabes. Tu as posé ton crayon et tu as croisé les bras. Tu as dit : C'est une décision difficile à prendre. Voulez-vous en parler ? Je ne voulais pas en parler. Je ne pouvais pas en parler. Je me souviens que ce jour-là j'avais le cœur glacé, douloureux comme quand on met les doigts nus dans la neige, je me sentais en même temps détachée et déchirée.

Tu as regardé la feuille, tu as vu que j'avais un enfant, et tu as demandé si j'avais un garçon ou une fille. J'ai répondu : « J'ai une fille... métisse. »

Tu as penché la tête et tu as dit :

— Tous les enfants sont métis.

Ça m'a fait sourire, j'ai dit : « Oui, génétiquement, vous avez raison... » et là, tu m'as demandé quelle était ma profession.

— Je ne sais pas si je dois vous le dire. Vous allez vous moquer de moi.

— Pourquoi donc ?

— Je suis infirmière de nuit. C'est ridicule, non ?

— D'être infirmière de nuit ?

— Non, de se faire prendre comme ça. Je suis censée être au courant...

Tu as ôté ta montre, tu l'as portée à ton oreille pour

voir si elle fonctionnait et au bout d'un moment tu as dit :

— Ça n'immunise pas d'être soignant.

*

Je ne suis jamais allée le voir. Son cabinet est à cent mètres et tous mes voisins vont chez lui, mais je me méfie, avec tout ce qu'on voit. J'ai entendu dire des choses pas catholiques. La nuit, dans son cabinet médical, il paraît qu'il avorte des femmes parce qu'il ne gagne pas assez.

*

Un jour, j'étais en stage aux IVG, je suivais la visite. Il a demandé à une femme si elle avait mal. Elle a répondu : « Un peu, mais c'est supportable. »

Il a continué :

— De zéro à dix, vous avez mal combien ?

— Euh... Six ou sept.

Il est allé lui chercher un comprimé.

En revenant, il m'a expliqué que toutes les femmes disaient « C'est supportable » et que beaucoup refusaient de prendre quelque chose pour calmer la douleur, en disant que ce n'était pas la peine. Alors, il avait pris l'habitude de demander « combien ». À partir de cinq, elles ne refusaient jamais le comprimé.

*

J'avais pris l'habitude de passer le mercredi à midi pour te montrer les enfants, il y avait toujours un vaccin à faire, une visite pour le sport à l'école, un rhume ou un bobo quelconque et j'en profitais quelquefois pour parler de mes règles douloureuses ou du genou qui me fait toujours mal depuis mon accident. Le mercredi à midi il n'y a souvent plus personne dans la salle d'attente. Je trouvais que c'était plus pratique. Parfois, nous arrivions au moment où tu allais partir. Je disais : Je peux repasser cet après-midi, mais tu disais : Non, non, entrez, puisque je suis là.

Un jour en traversant la cour je t'ai vu debout dans la salle d'attente, tu regardais dans ma direction. Je suis entrée avec les enfants. Tu as souri, tu leur as dit bonjour, tu nous as fait passer devant toi. À la fin de la consultation, sur le pas de la porte, tu as dit : Vous êtes-vous rendu compte que vous veniez presque toujours me voir le mercredi à midi pile ?

Ça ne m'a pas plu. Je ne suis plus allée te voir.

*

Quand je suis allée là-bas, j'avais mal au ventre depuis des mois. On m'avait fait tous les examens possibles sans rien trouver. Ça ne faisait pas très longtemps qu'il était installé. Je me suis dit, un jeune médecin, il doit en savoir un peu plus que les vieux. Les douleurs me prenaient sans prévenir, le soir ou le matin, même quand j'avais des rapports avec mon mari. Il m'a dit que ça pouvait très bien être psychique. Je n'étais pas loin de le croire, vu qu'avec mon mari ça n'allait pas fort. Je suis allée le voir deux fois par semaine pendant trois ou quatre mois. Il me gardait une heure, parfois deux. Mon mari n'était pas très content quand je rentrais mais il ne pouvait pas dire grand-chose, forcément. Le médecin a proposé de le voir lui aussi et il y est allé, une fois ou deux, mais mes maux de ventre ne s'arrangeaient pas. Il répétait : « Ça fait longtemps que ça dure, ça ne peut pas s'arranger du jour au lendemain. » Moi, je trouvais que ça commençait à bien faire. Un jour, j'en ai eu assez d'aller lui raconter ma vie, j'ai annulé le rendez-vous. Quelques jours plus tard, en allant aux toilettes, j'ai trouvé l'explication. Je l'ai appelé. Quand je lui ai dit ce que j'avais trouvé, il y a eu un long silence, j'ai cru que la ligne avait été coupée. Il ne devait pas être très fier de lui. Finalement, il a dit : Je passerai déposer une ordonnance dans votre boîte à lettres. Deux comprimés à quinze jours d'intervalle, et voilà ! Ça, il ne me l'a pas fait payer. Encore heureux, après toutes les consultations pour rien ! Depuis, je n'ai plus jamais eu mal au ventre, mais on ne va plus chez lui, on consulte à Lavallée. Le médecin n'est pas jeune mais il ne cherche pas la petite bête. Lui, quand on se croise dans la rue ou à la boulangerie, il me salue encore, mais je fais comme si je ne le voyais pas. C'est quand même de sa faute si j'ai dégusté pendant si longtemps. Psychique, mon œil ! C'est quand même pas bien compliqué à soigner, un ténia.

*

J'ai appelé la nuit où ma femme a fait son attaque. Elle râlait dans son lit, elle ne réagissait plus. J'ai bien cru qu'elle allait mourir dans mes bras. Tu es venu très vite. Pourtant, de Play, ça faisait loin. Au téléphone, j'avais du mal à t'expliquer, il était trois heures du matin et j'étais complètement affolé. Dès que tu es arrivé, tu as vu que ma femme n'allait pas bien du tout, son bras et sa jambe gauches étaient tout flasques, elle râlait de plus en plus fort. Tu as dit qu'il fallait l'hospitaliser et c'est bien ce que je craignais. Mais il n'y avait rien d'autre à faire. Tu as appelé l'ambulance parce que je n'arrivais pas à faire le numéro, tu as aussi appelé l'hôpital pour les prévenir. Tu es resté jusqu'à ce que l'ambulance arrive, ils ont dû mettre pas loin d'une heure à venir. Pendant qu'on attendait, tu as écrit une longue lettre. De temps en temps tu retournais la voir, tu reprenais sa tension, tu écoutais son cœur, tu lui parlais pour voir si elle réagissait. Quand les ambulanciers sont arrivés tu les as aidés à la descendre, l'escalier est très raide. Ici, avant, c'était une grange, c'est notre fils qui nous a installé la chambre en haut.

À l'hôpital, on l'a bien soignée. On lui a mis le goutte-à-goutte, on lui a donné de quoi la soulager, mais elle avait fait une hémorragie et le docteur de la réanimation m'a dit que c'était très grave. Elle est morte le lendemain.

Après les obsèques, je suis retourné te voir pour te payer la visite. Cette nuit-là, quand j'avais voulu le faire, l'ambulance arrivait, tu avais dit : On verra ça plus tard.

Et puis je t'ai demandé si tu voulais bien me soigner dorénavant, ce n'est pas que je sois malade, mais j'ai un peu d'arthrose et puis ma femme disait qu'il faudrait que je me fasse prendre la tension de temps en temps mais je n'avais pas trop envie d'aller embêter le médecin pour ça. Tu m'as demandé si j'avais un docteur avant, j'ai dit oui, le même que ma femme mais, quand j'avais appelé, on m'avait donné ton numéro parce que c'était la nuit. Alors tu m'as demandé si je ne préférais pas retourner le voir mais j'ai répondu : Non, vous savez, vous avez soigné ma femme quand elle a fait son attaque, alors maintenant c'est normal que ce soit vous.

*

Je ne veux plus le voir : la dernière fois, il a refusé de me prescrire mon médicament contre le cholestérol. Il dit que ça ne sert à rien et que c'est dangereux. Mais enfin, si les médicaments faisaient plus de mal que de bien, les docteurs n'en prescriraient pas ! Il dit que le cholestérol c'est moins grave que mon asthme et les cigarettes. Mais moi, je ne lui demande pas d'arrêter dé fumer, je lui demande de soigner mon cholestérol. L'autre jour, il a dit : Moi, je ne soigne pas le cholestérol, je soigne les gens, à votre âge vous avez tout le temps de mourir d'autre chose que du cholestérol. J'ai dit : Bon, si c'est tout ce que vous me souhaitez, et je suis parti. Non mais ! Pour qui il se prend ? Je sais quand même mieux que lui de quoi j'ai besoin. C'est qui, le malade ?

*

Il y a sept ans, je suis allée te voir parce que j'avais du retard et des pertes. Tu m'as examinée, tu m'as trouvé une petite infection. Tu m'as prescrit des antibiotiques et un test. Moi, je n'y croyais pas, je ne voulais pas y croire, mais je l'ai fait quand même et c'était positif.

Mon mari n'en voulait pas. Il avait toujours voulu une fille, et il avait peur que ce soit un troisième garçon. J'ai pleuré, sans le lui montrer, je ne voulais pas lui imposer un enfant que j'avais eu par accident, sans qu'il le veuille. La mort dans l'âme, je suis retournée te voir pour que tu m'envoies à l'hôpital. Tu étais tout jeune à l'époque. Mon histoire t'a retourné. Tu n'avais pas l'air très chaud pour que je me fasse avorter. Tu m'as dit qu'après tout il y avait une chance sur deux pour que ce soit une fille. Tu as même insisté pour voir mon mari et lui expliquer, mais je t'ai dit que je n'y tenais pas, que ça ne résoudrait pas le problème, que c'était compliqué.

Finalement, comme je n'allais pas bien, tu as fini par dire que ma grossesse venait juste de débuter, que j'avais le temps de réfléchir avant de prendre une décision, il ne fallait pas agir sur un coup de tête.

Tu avais raison. J'ai réfléchi et j'ai pris ma décision. J'ai expliqué à mon mari qu'avec l'infection ce serait dangereux pour moi d'avorter. Je savais qu'il n'irait pas te poser de questions. Mon mari a dit bon, puisque c'est comme ça. Et puis, il a ajouté : Après tout, ce sera peut-être une fille.

Manon aura sept ans au printemps prochain. Mon mari l'adore et elle le lui rend bien. Évidemment, c'est toi qui la vaccines et qui la soignes depuis qu'elle est née. Elle n'est presque jamais malade mais elle t'aime beaucoup, dès qu'elle a un tout petit rhume ou un bobo minuscule, mon mari s'affole. Elle le rassure en lui disant : On n'a qu'à aller chez le Docteur Sachs.

Un jour, l'an dernier, son père était allé la chercher à la sortie de l'école, elle est tombée et elle s'est ouvert le coude. Il était complètement affolé. Comme j'étais au boulot, il ne pouvait pas me joindre. Manon a dit : « N'aie pas peur, Papa, on va aller voir le Docteur Sachs et il va réparer ça. » Il te l'a amenée, il était dans ses petits souliers bien sûr, il se demandait ce que tu dirais, mais il n'avait pas trop le choix. Tu n'as pas posé de questions. Tu as soigné Manon, elle n'avait pas peur du tout et elle m'a dit ensuite qu'elle n'avait rien senti. Plus tard, son père m'a raconté que, lorsque tu l'as vu devenir vert pendant que tu préparais tes instruments, tu lui as proposé de venir tenir la main de Manon. Ça l'a beaucoup rassuré.

À présent, quand Manon est malade, il arrive que ce soit son père qui te l'amène. Tu ne poses toujours pas de questions et je sais que tu ne diras jamais rien à personne. Cela dit, un beau jour, mon mari connaîtra la vérité. C'est peut-être Manon qui la lui dira. Elle est encore petite, mais elle n'aime pas mentir. Comme mon mari l'adore et que c'est un type bien, il vaut sans doute mieux que ça vienne d'elle. Hier, nous étions toutes les deux dans la voiture, elle a dit : « C'est bien, d'avoir deux papas ! » Un beau jour, forcément, ça lui échappera.

*

Je me souviens que l'an dernier, un de nos amis est venu nous voir avec un de ses cousins éloignés, un médecin. Mon mari en avait beaucoup contre les médecins à ce moment-là. Il s'est mis à parler du séjour qu'il venait de faire à l'hôpital, en racontant qu'il avait perdu vingt kilos mais que, malgré tous leurs examens, on ne lui avait rien trouvé. Le jeune médecin s'est mis à ricaner en affirmant avec assurance que perdre vingt kilos ça n'arrivait pas comme ça, que mon mari avait sûrement quelque chose, que les hospitaliers étaient incompétents, et il a proposé de le rappeler pour lui donner l'adresse de quelqu'un de bien, qu'il pourrait aller voir de sa part et qui trouverait sûrement ce qu'il avait. J'aurais voulu qu'il s'étouffe.

En partant, il est venu me saluer pendant que mon mari discutait avec notre ami. J'ai murmuré : « Il a un cancer inopérable et il ne le sait pas. » Il est devenu blême. Il n'a jamais rappelé.

EXAMEN CLINIQUE
(lundi 18 novembre)

Par un juste retour des choses, le médecin se laissa tomber dans son siège en soupirant : « Mes malades me tuent. »

SACHA GUITRY

37

UN APPEL DE NUIT

Je raccroche, je me frotte les yeux. Je n'aurais pas dû manger cette pizza, elle m'est restée sur l'estomac. Enfin, moi, au moins je n'ai pas besoin de sortir, et ça n'a pas l'air marrant, encore.

Je décroche. Je compose le numéro. J'attends.

Ça sonne. Une fois. Deux fois. On décroche.

— Allô... ?

— Oui, désolé de vous réveiller Docteur, c'est le Standard 24. J'ai un appel pour vous.

Je t'entends t'ébrouer au bout du fil. Tu soupires, tu dois te frotter les yeux.

— Mmhhh. Allez-y.

— C'est pour un bébé qui a de la fièvre et qui pleure sans arrêt...

— Ah ? Sa mère ne l'a pas noyé... baigné ?

— Euh... Je ne sais pas. Elle n'a peut-être pas de baignoire. Je vous donne l'adresse ?

— Ouais. Attendez, je cherche un crayon... Il va très mal ?

— Il n'avait pas l'air d'aller aussi mal que sa mère, il jasait pendant qu'elle me parlait au téléphone. Il a eu 38 toute la journée, et 40 cette nuit quand elle s'est levée pour le recouvrir.

— Pour le recouvrir ? Avec de la fièvre ?

— Moi, je vous dis ce qu'elle m'a dit... Je lui ai demandé si vous pouviez la rappeler, mais elle insiste pour avoir une visite. Malheureusement, c'est à Sainte-Sophie-sur-Tourmente...

— Ah ! Je me demandais si j'allais y couper... Allez-y, je note.

Je te donne l'adresse, un lieu-dit au nom fleuri à des kilomètres de ton domicile. J'ai pris consciencieusement les indications que m'a fournies la dame, mais j'ai vérifié sur la carte d'état-major que tu m'as conseillé d'acheter, le premier jour de ton adhésion à notre service. Sainte-Sophie est l'une des communes les plus excentrées du canton, à l'opposé de ton secteur habituel. La maison est perdue dans un réseau de chemins plus ou moins bien indiqués. Je t'indique la manière la plus rationnelle de t'y rendre, un compromis entre ce que je lis sur la carte et ce que m'a dit celle qui vit sur le territoire.

— Bon, eh bien j'y vais. Si vous avez autre chose d'ici là, ne me laissez pas me recoucher.

— Non, bien sûr. À tout à l'heure, Monsieur.

Tu raccroches. Je ne voudrais pas être à ta place.

*

Je n'ai plus sommeil, cet appel m'a complètement réveillée. Je regarde la batterie de téléphones et de répondeurs qui encombrent le plan de travail. Cette nuit, je n'ai que deux lignes en service. La tienne et celle d'un de tes confrères, à quelques kilomètres dans le canton voisin. Lui, il a une femme, mais il détourne ses appels vers nous, quand il est de garde, pour qu'elle puisse partir en week-end avec leurs enfants. Je le soupçonne d'être très content de s'en débarrasser: il est beaucoup plus détendu quand elle n'est pas là.

J'aime bien travailler avec toi. Tu as souvent des anecdotes marrantes. Et puis, tu ne me prends pas pour de la merde, comme le font la plupart de tes confrères. Tu es plutôt bavard. Tu commentes, tu expliques. Ça me tranquillise, je n'ai pas toujours les réflexes qu'il faut pour répondre. Il faut dire que les gens appellent pour n'importe quoi, surtout la nuit. Ils pensent que je suis ta femme ou ta secrétaire, ils me racontent leur vie et je suis obligée de me battre pour leur arracher le motif, l'adresse précise et le numéro de téléphone (parfois, tu les rappelles, tu leur conseilles de prendre tel ou tel médicament qu'ils ont dans leur pharmacie, tu les rassures et tu évites de te déplacer. D'autres fois, tu as mal retranscrit mes indications dans ton demi-sommeil, tu prends à droite au lieu de prendre à gauche, tu te perds en chemin, tu te retrouves à des kilomètres de ta destination et tu me rappelles pour que je te relise ce que j'ai noté. Au pire, tu rappelles le malade et tu lui demandes de t'indiquer le chemin mais ça ne l'empêche pas de t'accueillir en te demandant: « Vous avez trouvé facilement ? » Heureusement, ça ne se passe pas toujours comme cette histoire que tu m'as racontée je ne sais plus quand, un dimanche où nous n'avions rien à faire ni l'un ni l'autre. Je te demandais si ça n'était pas trop dur de chercher les maisons isolées en pleine nuit et tu m'as raconté qu'une nuit d'hiver tu remplaçais dans un secteur que tu ne connaissais pas du tout, on te réveille, c'est une attaque ou une crise cardiaque ou une hémorragie, enfin, c'est grave et c'est au diable, on te donne de vagues renseignements au milieu d'une panique invraisemblable, tu notes comme tu peux, tu sautes dans ta voiture, tu fonces et bien sûr, comme il fait nuit noire, tu te perds dans les petits chemins. Tu tournes en rond, tu vitupères, tu t'énerves et pas un panneau en vue pour te repérer. Enfin, tu vois de la lumière, une étable, une femme en sort un seau à la main, elle et son mari traient les vaches, il est cinq heures du matin. Tu demandes à la femme où se trouve la maison de M. Bailly, au lieu-dit « La Bulle ».

La femme te regarde d'un air perplexe.

— Ah, c'est pas ici ! Non, ça c'est pas ici.

Elle appelle son mari, elle lui demande, il se frotte le menton et, hochant la tête d'un air bien embêté :

— Ah, ça non, c'est pas ici. Et puis, pour y aller !

Comme ils n'ont pas le téléphone, tu te vois déjà obligé de repartir à l'aventure, mais l'homme te désigne la route.

— Vous allez repartir dans l'autre sens. À deux kilomètres, vous allez voir un croisement. Vous continuez tout droit. Trois kilomètres plus loin, il y a une fourche, vous prenez à gauche, puis encore la première à gauche et vous faites cinq cents, six cents mètres maximum. Là, vous avez un virage en épingle à cheveux et, juste en sortant, vous voyez un chemin qui part sur la droite, surtout faut pas le prendre, il faut continuer jusqu'au calvaire. Juste après le calvaire, vous prenez à gauche une route qui descend et en bas de la côte, vous prenez sur la droite. Au bout de deux cents mètres, vous verrez un petit chemin. La Bulle c'est là, il y a un panneau mais il est tourné de l'autre côté, on ne le voit pas avant de l'avoir dépassé. La maison est tout au bout. Et c'était bien ça !) et, quand c'est à ma portée et qu'ils sont prêts à m'écouter, je leur donne de petits conseils, du style « Faites-lui sucer des glaçons, ça calme les vomissements... » ou « Si vous avez de l'aspirine donnez-en à votre mari le temps que le docteur arrive... » et si vraiment je sens la panique suinter dans l'écouteur, je leur dis que je te préviens et que tu viens tout de suite.

Tu m'as souvent dit que la nuit, c'est presque toujours la même chose, les mêmes angoisses, les mêmes rengaines, les femmes inquiètes parce qu'un enfant a de la fièvre ou la diarrhée ou vomit ou pleure, les hommes qui ont du mal à respirer comme ça brusquement sans raison apparente, et je sens que tu es en pétard quand je t'annonce un truc comme ça, que tu te retiens, parce que ta voix pâteuse crache du vitriol : Vous lui avez dit que le temps que j'arrive, elle sera déjà morte ? ou : Bon, son mari pleure. Et alors ? Elle veut que je lui colle une fessée avant de le remettre au lit ?

Le plus étrange, c'est qu'au retour (tu m'appelles souvent au retour, pour vérifier qu'il n'y a pas eu d'autre appel entre-temps) tu es tout chose, comme si ta colère était tombée le temps du trajet, le temps de découvrir que le môme qui tousse qui chie ou qui grelotte va beaucoup mieux, mais que la mère, elle, en a des tonnes à raconter et qu'elle fait payer à son mari la java qu'il s'est offerte avec les copains la nuit précédente en la plantant là avec le môme (Tu vas voir mon salaud, tu vas nous le payer, je t'en foutrai des nuits de cuite, parce que, si tu crois que dimanche soir tu pourras me passer à la casserole, tu te fourres le doigt dans l'œil et quand je dis le doigt), ou que le type qui n'arrive plus à respirer n'est pas un asthmatique ou un emphysémateux (ceux-là, ils savent qu'ils le sont, ils connaissent leur mal comme leur poche, ils annoncent tout de suite la couleur), mais un petit mec un peu minable, affublé d'une bouffeuse de roustons qui lui a fait le souk toute la soirée pour je ne sais quel geste déplacé sur la personne d'une quelconque belle-sœur de cousine par alliance, au banquet de mariage dont ils sont rentrés tard le matin précédent (Tu vas voir, salope, tu me sabotes le film du dimanche soir avec tes engueulades à la con, eh bien tu vas me le payer. Tu sais, mes palpitations, celles que j'avais sans arrêt quand je fumais deux paquets par jour, mon cœur jouait de la batterie et t'avais la trouille que je meure pendant la nuit, tu te souviens ? Eh bien c'est reparti !) enfin, bref, la nuit, c'est souvent les règlements de comptes.

Toi quand je te réveille, tu dis qu'ils vont te le payer, tu vas leur compter trente balles de plus pour déplacement abusif exigence personnelle, et quand tu reviens tu es désolé presque abattu, malheureux d'avoir été témoin de tant de misère affective, de tant de haines rentrées, de tant de malentendus empilés.

Parfois, trop souvent à mon goût – et au tien, j'imagine –, c'est pour de vrai, c'est du saignant, du drame et de l'horreur,

l'accident de la route à cinq dans la petite GT rouge (on dit souvent qu'avec une fille à droite du conducteur, les jeunes mecs au permis tout frais lèvent moins le coude et un peu plus le pied, mais c'est pas toujours vrai) et sur les cinq tu en trouves quatre très amochés et une morte, la petite amie du conducteur a pris le pylône quand ils ont raté le virage,

l'hémorragie de l'utérus sur un cancer inopérable et elle pensait qu'elle pourrait mourir chez elle tranquillement, mais voilà qu'il faut repartir,

la mort subite du nourrisson.

Et puis il y a les toqués les jetés les pas nets,

les folles constipées chroniques qui appellent à minuit pour qu'on vienne leur faire une ordonnance de laxatif à domicile si possible en passant par-derrière pour pas réveiller leur mari,

les violents de la « caserne » (une sorte d'immeuble-bunker à Saint-Jacques, cité-dortoir de l'usine de pièces détachées, chaque week-end tu as trois ou quatre appels qui viennent de là-bas) qui tabassent leur femme et menacent d'un fusil le voisin venu pour tenter de les calmer dont la femme appelle les gendarmes qui te font venir parce que bon, eux ils sont la force publique, le glaive de la loi, le bras armé de la justice, mais ils ont une femme et des enfants et quand il s'agit d'un agité ils préfèrent d'abord demander au médecin de lui coller un valium dans les fesses avant de l'embarquer... Quand je t'ai demandé si tu n'avais pas un peu peur, tu m'as dit que si, mais que chaque fois le fusil n'était pas chargé parce qu'il était si saoul qu'il ne trouvait pas les cartouches.

Et puis il y a les angoissés terrifiés de passer encore une nuit seuls avec eux-mêmes j'ai plus de parents j'ai plus d'amis mes enfants sont partis mes voisins sont en vacances il faut que je parle à quelqu'un parce que sinon je vais tourner dingue

les hystériques qui font leur crise hebdomadaire

les adolescents qui pètent les plombs

les sans-gêne qui appellent calmement pour une prolongation d'arrêt de travail, Oui je sais qu'il est onze heures du soir, mais le lundi matin impossible de voir un médecin, ils sont trop occupés.

Et de temps en temps il y a ceux à qui tu as le sentiment (tu me le dis alors, quand tu me rappelles, tu es fatigué mais un peu excité, presque joyeux : Je ne regrette pas d'y être allé, voilà quelqu'un à qui j'ai vraiment le sentiment) d'avoir rendu service, un petit vieux qui est tombé de son lit et tu as réussi à rassurer tout le monde pour qu'on ne l'expédie pas à l'hôpital, un jeune qui s'est cassé la gueule à vélo en pleine nuit et que tu as recousu, une femme enceinte qui avait une bronchite et peur de perdre sa grossesse à force de tousser, un représentant qui devait partir à cinq heures et qui se tapait une rage de dents, un fils prodigue qui se remet à faire des crises d'asthme dès qu'il vient rendre visite chez ses parents – il fait très humide, dans le coin – et qui a étourdiment oublié son pulvérisateur chez lui où il fait chaud et sec et où ça ne lui arrive jamais, une dame qui ne voulait pas qu'on te dérange mais sa voisine a insisté parce qu'elle trouvait qu'elle n'allait vraiment pas bien, que tu as trouvée assise dans son lit, une tasse de tisane à la main, et qui t'a dit d'un air navré « Je suis désolée de vous avoir dérangé », auprès de qui tu t'es assis pour parler un peu et, quand tu es parti, tu t'es contenté de lui prendre la tension mais là, au bout du fil, quand tu m'en parles sans me dire ce qu'elle t'a confié, je te sens prêt à chialer.

Et puis il y a les autres, ceux pour qui on ne peut plus rien, les décédés de fraîche date, subitement ou après une longue maladie, dans leur cour ou sur leur lit, les vieux, les jeunes, les moyennement âgés, les veufs, les entourés, les miséreux, les suicidés...

Je frissonne, je bâille, je me fais chauffer un café. J'ouvre tous les tiroirs à la recherche d'un livre ou d'un magazine que mes collègues du jour auraient oubliés. Je trouve un bouquin, j'en lis quelques pages mais très vite je somnole, je m'assoupis et, sentant ma tête dodeliner, je m'allonge, tu sais que ça n'est pas la peine de me sonner, si j'ai d'autres coups de fil je te rappellerai, si c'est à sept heures et demie du matin pour une visite dans la matinée, comme ça se fait beaucoup par ici, je la noterai et je te laisserai dormir le plus longtemps possible d'ailleurs on est lundi trois heures du matin, en principe ça devrait se cal... – *merde merde merde le téléphone sonne !*

38

M. ET MME DESHOULIÈRES

Le téléphone sonne. Je sors dans le couloir.

— Docteur, c'est pour vous, votre secrétariat...

Tu lèves la tête, tu soupires.

— Merci.

Tu te lèves pour répondre. Pendant ce temps, je jette un coup d'œil dans la chambre. La sonnerie n'a pas réveillé ma femme.

Sur la table de la cuisine, il y a l'ordonnance que tu étais en train de rédiger, ton appareil à tension, la lampe de poche et le marteau à réflexes, la petite cuillère que je t'ai préparée mais que tu n'as pas utilisée, les boîtes de médicaments que ma femme prenait jusqu'ici. Je t'entends répondre par monosyllabes, puis raccrocher. Je finis de verser de l'eau sur le filtre à café. Tu entres dans la cuisine, tu te rassieds.

— Vous avez une autre visite à faire maintenant ?

— Non, on m'appelait pour me donner un résultat de prise de sang...

— Est-ce que je peux vous offrir un café ?

Tu cesses d'écrire, tu te frottes les yeux, tu ôtes tes lunettes.

— Mmmhh. C'est gentil comme tout. J'ai dû dormir trois heures depuis samedi. Il me faudra bien ça si je veux travailler correctement aujourd'hui.

— Je suis désolé de vous avoir fait venir...

— Je vous avais dit que vous pouviez m'appeler chez moi.

— Mais si j'avais su que vous étiez de garde...

— Si vous l'aviez su, votre femme vous aurait dit qu'elle pouvait attendre encore.

— C'est vrai... Et ça n'aurait pas été vraiment bon pour elle. Maintenant, au moins, elle va pouvoir dormir.

Je pose une tasse devant toi, je verse le café dedans, tu prends deux sucres dans la boîte, tu remues avec la petite cuillère, tu la reposes, tu écris.

Tu es penché sur ton ordonnance. Tes cheveux sont un peu trop longs, un peu sales. Le col de ta chemise est bien élimé, ta veste de cuir a l'air d'avoir mon âge et je ne suis plus très jeune, tes joues sont grises de barbe, le moins qu'on puisse dire c'est que tu ne fais pas très net. Mais la nuit a été difficile.

Ma femme t'aime beaucoup. À plusieurs reprises, elle m'a dit qu'elle aurait aimé avoir un fils comme toi. Mais quand on s'est mariés ça n'était plus possible. Moi, j'avais déjà des enfants, mais ensemble il était trop tard. Je pensais qu'on aurait une bonne vie quand même, arrivés à la retraite on se dit qu'on va en profiter un peu, s'occuper un peu de soi, faire des voyages, aménager la maison comme on a toujours voulu sans jamais avoir le temps... Et puis voilà, la maladie lui est tombée dessus sans crier gare. Moi qui ai dix ans de plus qu'elle, je croyais que je m'en irais le premier, on dit partout que les hommes vivent moins longtemps que les femmes, que les femmes c'est plus résistant, et puis non.

Je me verse une tasse de café et je m'assieds près de toi.

— Avant que ma femme tombe malade, je ne savais pas que ça pouvait exister, ce genre de maladie.

Tu hoches la tête.

— Il y a plus de maladies que tous les médecins réunis n'en connaîtront jamais.

— C'est vrai ? Mais avec tous les progrès de la science, pourtant...

— Oui, on fait des progrès, mais pas toujours là où sont les besoins.

— Et sur sa maladie, qu'est-ce qu'on sait ?

Tu cesses d'écrire, tu tournes la cuillère dans ta tasse. Tu me regardes par-dessus tes lunettes.

— On sait comment la maladie évolue. On sait à peu près soulager les symptômes. Mais on ne sait pas la guérir.

— Non, ça, la voir guérir je n'y comptais pas, et elle non plus. Le Docteur Jardin... D'ailleurs, c'est pour ça qu'on est venus vous voir. Lui, au bout de quelques mois – c'est vrai qu'on le faisait venir souvent mais elle souffrait tellement et elle avait tant de mal à faire la moindre chose, je ne savais plus quoi faire. Moi, je ne suis pas docteur et puis j'ai soixante-douze ans quand même – enfin, un beau jour, on ne l'a pas fait venir, ma femme a tenu à ce que je la conduise, et pourtant c'était un calvaire de la faire marcher de la voiture à son cabinet. On a attendu une heure et quart dans la salle d'attente parce que, vous comprenez, le Docteur Jardin donne toujours deux ou trois rendez-vous à la même heure, alors c'est toujours plein. Quand il nous a fait entrer, elle s'est assise et elle s'est mise à pleurer, je ne l'avais jamais vue pleurer comme ça et elle a dit : « Docteur je n'en peux plus, je souffre trop, j'en ai assez, mon mari est fatigué, faites quelque chose ! » et là, le Docteur Jardin l'a regardée, il m'a regardé, il a levé les bras au ciel et il a dit : « Moi, Madame Deshoulières, je ne peux plus rien pour vous ! » Et il s'est assis derrière son bureau. Et ça, ça voulait tout dire !

Tu me regardes sans comprendre.

— Vous n'êtes jamais allé à son cabinet ?

— Non...

— Ce n'est pas comme chez vous, c'est minuscule, les gens sont toujours debout dans la salle d'attente parce qu'il n'y a que quatre chaises, et même pas trois cubes pour les enfants alors que chez vous j'ai vu qu'il y avait tout un coin pour eux – c'est pour ça que j'en ai parlé à ma petite-fille pour lui dire qu'elle pouvait vous amener ses enfants ; quand il n'y a pas de quoi les occuper on ne peut pas les tenir en place, les petits – et dans le cabinet du Docteur Jardin, c'est tout petit aussi. Il y a une table d'examen, mais elle est bien trop haute pour des personnes âgées comme nous, alors il nous examine à moitié, assis sur la chaise. On n'enlève que le haut, et encore. Parfois il ne nous fait même pas remonter la manche pour nous prendre la tension. Ma femme, par exemple, il n'a jamais pris la peine de l'examiner comme vous le faites à chaque fois, d'ailleurs même s'il avait voulu elle n'aurait pas pu monter sur la table, moi j'y arrive à peine, on n'est pas bien installé du tout parce qu'elle est coincée dans un coin, entre la porte et la fenêtre. Et on est toujours assis cassé en deux, parce que l'extrémité est toujours relevée, sinon on ne pourrait pas ouvrir la porte ! Mais le pire, c'est son bureau. En fait, ce n'est pas un bureau, mais un petit comptoir en bois, comme il y en avait dans les pharmacies dans le temps, vous voyez ? Ce n'est pas fait pour s'asseoir, c'est fait pour être debout derrière, le pharmacien posait les médicaments sur le dessus, et il rangeait ses papiers ou son argent sur l'étagère, derrière.

— Je vois...

— C'est un joli meuble, remarquez, vu que c'est pas grand chez lui, il a préféré prendre ça plutôt qu'un bureau parce que autrement, avec la table d'examen, l'armoire de rangement et les deux chaises pour les patients on n'aurait pas pu circuler. Mais croyez-vous qu'il aurait mis son pupitre contre le mur, dans l'angle ? D'abord ça n'aurait pas encombré autant, et puis on l'aurait vu, lui ! Mais non ! Son comptoir, il l'a mis face aux chaises, et quand il s'assied derrière pour écrire ses ordonnances ou pour répondre au téléphone, on ne le voit plus du tout, c'est comme s'il n'était plus là ! Des fois, il restait au téléphone longtemps, j'avais envie de toquer sur le comptoir et de lui crier : Holà ! Y a quelqu'un ?

Tu te mets à rire.

— Vous auriez dû !

— À quoi bon ? Ce n'est pas parce qu'il est docteur et que moi j'étais boucher dans le temps. J'ai quand même vingt ans de plus que lui, pour moi c'est un jeune blanc-bec... Mais ça n'aurait pas plu à ma femme. Eh bien, la dernière fois qu'on y est allés, il s'est assis derrière son bureau comme ça, on ne le voyait plus du tout, on se demandait ce qu'il faisait, alors ma femme a fait un effort terrible, elle s'est mise debout et, comme je me levais pour l'aider, elle a dit : « Paie le docteur, on s'en va. » Elle n'a pas voulu qu'il lui fasse de feuille de sécurité sociale parce qu'elle trouvait que ça serait malhonnête pour les gens qui suent sang et eau et qui cotisent pendant quarante ans, et elle a dit « Adieu, Docteur » et on est partis. Et c'est là, arrivée à la voiture, qu'elle m'a dit qu'une de ses amies lui avait parlé de vous et que tant qu'on y était, elle préférait qu'on aille vous voir plutôt que de rentrer tout de suite.

— Alors, la première fois que vous êtes venus me voir, elle était restée assise pendant une heure et demie chez le Docteur Jardin, et encore une heure dans ma salle d'attente ?

— Oui... Mais vous savez, cette heure-là on ne l'a pas sentie passer. Ma femme était... je ne sais pas comment vous dire. Elle allait mieux, elle était comme soulagée. Dans la salle d'attente, elle m'a dit : « On aurait dû changer de docteur depuis longtemps, ça l'intéressait pas de me soigner, c'est trop de travail pour presque rien... Mais on n'a pas le droit de traiter les gens comme ça », et moi : « Mais comment sais-tu s'il est bien, celui-ci ? », et elle : « De toute façon il ne peut pas être pire ! » Ce qu'il y a, aussi, c'est que quand on est arrivés, la salle d'attente était pleine, mais tout le monde était assis et deux jeunes se sont levés pour nous donner leur place. Chez le Docteur Jardin, ça ne serait jamais arrivé, ce jour-là ce sont deux anciens que je connais un peu qui se sont levés. Ils auraient eu honte de nous laisser debout ma femme et moi, mais comme ils étaient fatigués, eux aussi, ils sont repartis. Si j'avais su, je ne leur aurais pas laissé passer leur tour comme ça... Dans votre salle d'attente, il y avait des enfants qui jouaient calmement dans le coin avec des peluches, il faisait bon, il y avait du soleil, les fenêtres étaient ouvertes, le cerisier était en fleur – il est à vous ?

— Non, malheureusement...

— ... Et puis, quand vous êtes sorti de votre cabinet, à la façon dont vous avez dit au revoir à la personne qui partait, et puis bonjour à celle qui s'est levée, et puis la façon que vous avez eue de nous saluer, alors que nous n'étions jamais venus...

Tu hausses les épaules, comme si c'était peu de chose.

— C'est peu de chose, Docteur, mais c'est beaucoup, parce que tous les docteurs ne sont pas comme vous. L'autre jour dans la grand-rue quand vous êtes passé en voiture, vous m'avez fait signe. C'était la première fois de ma vie qu'un docteur me faisait signe. C'est peu de chose, mais ça dit tout... Mais surtout, je voulais vous dire... Je ne sais pas ce que ça va devenir, je vois bien que ma femme va plus mal, qu'elle souffre de plus en plus. C'est triste, parce qu'il y a des gens qui aimeraient venir la voir et lui faire la conversation mais maintenant ce n'est plus possible, je la bourre de calmants et elle dort sans arrêt, alors je leur offre un café, ils me font la conversation à moi, mais ce n'est pas pareil... Je ne suis pas stupide, j'en ai vu mourir, des gens, je me doute bien qu'il n'y en a plus pour longtemps, mais je voulais vous dire... Le jour où on est allés vous voir pour la première fois, quand on est entrés et que vous l'avez aidée à s'asseoir, vous vous souvenez ? Ma femme a dit : « Je viens vous voir parce que le Docteur Jardin a dit qu'il ne pouvait plus rien faire pour moi. » Et moi comme elle, on a bien vu que vous étiez choqué. Vous avez répondu, je m'en souviendrai toute ma vie, *Quelle que soit la maladie, on peut* toujours *faire quelque chose* et, quand on est partis, vous nous aviez gardés longtemps et pourtant elle allait mieux. Elle a marché jusqu'à la voiture sans que je la soutienne et, pendant quinze jours, je ne l'avais jamais vue comme ça depuis le début de sa maladie, elle a repris courage. Elle se levait le matin, elle souffrait moins, elle a même cuisiné plusieurs fois et j'y ai cru, vous savez, et elle aussi. Maintenant, je sais que c'était surtout parce que vous nous aviez remonté le moral, sans nous raconter d'histoires, sans nous promettre qu'elle allait guérir...

Je sais qu'elle va mourir, elle aussi elle me le dit et elle n'est même pas en colère, c'est elle qui me console, elle dit que c'est la faute à pas de chance, elle dit que je suis encore solide et que je pourrai me remettre en ménage. Moi, bien sûr, je ne pourrai pas. Pas après avoir vécu tout ça avec elle. Mais même si je sais qu'elle va s'en aller... c'est pas que je le veuille, mais c'est plus une vie de la voir tant souffrir... je voulais vous dire que ces quinze jours-là... ça n'est pas grand-chose, quinze jours, quand on a souffert sans arrêt pendant trois ans, mais ces quinze jours-là, elle vous en a toujours été reconnaissante... et moi aussi.

Et là, ça me surprend et je m'en veux parce que ça ne m'arrive jamais, je me mets à pleurer comme un petit garçon et je ne vois plus rien, je n'entends plus rien, je ne sens plus rien, que les larmes sur mes joues, les sanglots qui me secouent et ta main sur mon bras.

39

MME LEBLANC

Le téléphone sonne. Je pose le drap sur le lit bas et je tends la main vers le téléphone. Je décroche :

— Cabinet médical...

— Allô ! Edmond ! C'est toi, Edmond ?

— Ah, non, Madame, vous avez dû faire erreur, vous êtes au cabinet médical de Play...

Elle raccroche. Elle se trompe régulièrement. Je pense que c'est une vieille dame qui ne voit plus très bien, elle n'arrive pas à faire le numéro correctement, ou bien elle a encore un vieux poste à cadran qui s'est grippé avec le temps. J'ai bien essayé de parler avec elle pour le lui expliquer, mais elle raccroche toujours aussitôt. Elle appelle toujours vers dix heures et demie onze heures, sûrement son fils ou son frère, avec un prénom pareil. Il n'est même pas sûr qu'ils habitent par ici. À entendre son accent, elle n'est pas du canton... Les personnes âgées n'aiment pas le téléphone, elles ont le sentiment que chaque appel coûte cher, elles disent les choses très vite, sans s'arrêter, elles ont du mal à comprendre ce qu'on leur dit et à tenir la conversation, comme s'il leur fallait l'interlocuteur devant elles pour être sûres que ce qu'elles disent est bien compris et que ce qu'elles ont compris est bien ce qui a été dit. Elles ont du mal à répondre aux questions, elles ont du mal à expliquer le chemin qu'il faut prendre, elles ont du mal à parler dans le vide. Pour elles, le téléphone, c'est une épreuve. Et le répondeur que tu branches du samedi midi au lundi matin, c'est un calvaire. Ça parle, ça parle, c'est tout ce que ça sait faire. Ça va trop vite, et ça ne dit que des choses inutiles (Le cabinet médical rouvrira lundi matin à 8 heures) et incompréhensibles (En cas d'urgence samedi et dimanche, veuillez joindre le Docteur Pasini à Saint-Bernard-de-l'Orée, au...) parce que, même quand tu parles lentement et en articulant, ça va trop vite : le nom du médecin, le nom de la commune, le numéro de téléphone, c'est si long, il est impossible de s'en souvenir, même si tu le répètes – d'autant qu'elles ne pensent pas à prendre un papier et un crayon puisqu'elles s'attendent à tomber sur toi. Il y en a certains pour qui c'est encore plus compliqué, comme Mme Bellisario, qui habite à Marquay. Elle est presque sourde. Son mari était très diminué, et chaque fois qu'il allait mal, elle devait appeler pour avoir une visite. Comme elle n'était pas sûre de ce qu'elle entendait, ça pouvait être quelqu'un ou bien le répondeur, dès qu'elle entendait un bruit de voix, elle donnait son nom et son numéro de téléphone, elle le répétait deux fois, très lentement, et elle demandait qu'on la rappelle. Si cinq minutes après on ne l'avait pas rappelée, elle recommençait. Et si on ne la rappelait toujours pas, elle faisait le numéro d'un autre médecin et elle recommençait son manège... Son mari est mort en quelques jours, il avait une artère bouchée dans la cuisse, c'est sa belle-fille, qui travaille à la banque à Saint-Jacques, qui me l'a dit. À l'hôpital, ils voulaient l'amputer parce que la gangrène commençait à s'installer, mais tu t'y es opposé. Sur le moment, sa belle-fille t'en avait voulu d'avoir dit non, elle t'avait même appelé pour te le reprocher, mais tu lui as expliqué qu'il serait mort de toute manière, que ça l'aurait fait souffrir pour rien, alors qu'on pouvait le soulager sans lui couper la jambe. Je n'aurais pas voulu être à ta place, décider comme ça de ce qu'il faut faire, et contre les médecins de l'hôpital, en plus. C'est vrai qu'en général les médecins décident ce qu'il faut faire, sans expliquer pourquoi, sans se préoccuper de ce que le patient ou la famille ressent... C'est comme moi quand j'ai perdu mon travail. Dès que j'allais à l'agence pour l'emploi, j'avais le hoquet. Un hoquet terrible. Quand ça commençait, ça ne s'arrêtait plus. Au fil des mois, ça empirait. Ça me prenait chaque fois que j'allais en ville, dans les magasins, dans la rue, dans le parking. Au moindre incident, une irritation, une contrariété, ça devait me porter sur les nerfs, voilà que ça recommençait. Le médecin que j'avais vu, à l'époque, c'était pourtant un grand spécialiste, m'avait dit que la seule solution serait de m'opérer, de me couper le nerf du diaphragme, ou je ne sais quoi, et moi ça m'a paru quand même disproportionné. Il devait y avoir quelque chose à faire pour soigner mon hoquet sans avoir à couper ! À la fin, j'avais le hoquet chaque fois que j'étais un peu énervée ou agacée, à la maison, chez mes beaux-parents, et même à l'école quand j'allais voir l'instituteur de mes fils. C'est terrible, le hoquet, ça prend sans prévenir et ça ne vous lâche plus, comme la torture que j'ai vue un jour dans un film, un prisonnier était attaché sous un robinet et une goutte d'eau lui tombait sur la tête, régulièrement, toutes les quatre ou cinq secondes, et ce tapotis incessant sur le sommet du crâne finissait par le rendre fou. Le hoquet c'est pareil, ça secoue tout le corps, ça coupe la respiration, on se sent glacée et on a tellement peur que ça revienne qu'on attend, on se prépare à la secousse suivante, comme pour un tremblement de terre, sauf que là c'est en soi. Et on ne peut plus rien faire, qu'est-ce que vous pouvez faire quand vous avez le hoquet sans arrêt ?

Je ne pouvais plus cuisiner, je ne pouvais plus repasser, je ne pouvais plus coudre tranquille. Si ça me prenait pendant que je lisais une histoire à mes garçons, j'étais obligée d'appeler mon mari pour qu'il vienne finir le livre. Si ça me prenait au téléphone, j'étais obligée de raccrocher. J'en pleurais, je n'en pouvais plus.

Quand j'ai commencé à travailler au cabinet médical, comme par miracle ça s'est calmé. J'ai continué à avoir le hoquet de temps à autre, mais bien moins. Ça m'a fait penser que c'était peut-être en rapport avec mon licenciement, et le fait que je ne retrouvais pas de travail. Au bout de quelques mois, j'étais inquiète que tu ne sois obligé de fermer par manque de clients, ça n'allait pas bien, je me suis remise à avoir le hoquet. Un beau jour, mon mari a dit : Écoute, tu travailles chez un médecin et tu ne lui as jamais parlé de ton problème ! Moi je ne voulais pas te déranger, bien sûr. Mais finalement, un matin, ça m'a prise au saut du lit, alors je me suis décidée, je suis allée ouvrir le cabinet médical. C'était un samedi, je ne travaille pas ce jour-là mais j'ouvre la salle d'attente en revenant du pain, comme ça les patients peuvent entrer même si tu es en retard et toi tu n'es pas obligé de passer par Play pour ouvrir s'il faut que tu fasses une visite à Sainte-Sophie, par exemple. Comme c'était calme et qu'il n'y avait personne, je me suis assise dans la salle d'attente. Et puis je me suis demandé ce que j'allais te dire, ça me paraissait ridicule d'être la secrétaire d'un docteur et de ne jamais lui avoir parlé de ça (bien sûr ça t'est arrivé de me renvoyer à la maison avec de quoi me soigner quand j'avais la bronchite ou la grippe, mais ça, tout le monde l'attrape, alors que mon hoquet je ne le souhaite à personne) et je me disais que tu allais te moquer de moi gentiment (oh ! tu sais être moqueur quand ça te prend, par exemple quand je parle des émissions médicales que j'ai vues à la télé. Mon mari et moi, on les regarde toujours, mais tu dis qu'ils exagèrent et que la vie, ça n'est pas comme ça), mais quand tu es arrivé et que tu m'as vue assise là dans la salle d'attente, au milieu de trois autres personnes, tu n'as rien dit, tu as bien vu que ça n'allait pas. Tu as fait comme si j'étais une patiente comme les autres, tu nous a tous salués et tu es entré. Quand tu es ressorti, je me suis levée puisque j'étais arrivée là la première. Mme Renard était arrivée juste après moi, ça m'a fait sourire de passer avant elle. D'habitude, quand elle n'est pas la première, elle parvient toujours à engager la conversation avec son voisin (« Euhlamondieu que je souffre ! Avez-vous jamais vu quelqu'un souffrir comme ça ? ») et à le convaincre de lui laisser sa place, alors pour peu que ça soit le premier arrivé – je ne sais pas comment elle s'y prend pour le repérer, mais elle y arrive toujours ! Enfin cette fois-là, elle n'a pas osé, tout de même.

Tu m'as fait asseoir. Tu t'es assis en face de moi, tu avais l'air inquiet et tu as dit :

— Qu'est-ce qui ne va pas, Madame Leblanc ?

— Oh, c'est pas très grave, Doc (Pardon !)-teur.

J'ai mis la main sous mon cou, pour reprendre mon souffle, j'essayais d'avaler ma salive. Quand tu m'as vue comme ça, au bord des larmes, tu as posé ta main sur mon bras et tu m'as dit :

— Prenez votre temps...

— Oui mais (Pardon !) il y a des gens qui attendent...

— Aujourd'hui, vous êtes ma patiente, alors ce n'est pas votre problème.

— Vous (Pardon !... Oh, là, là !)... vous savez, ça fait longtemps que ça dure et je n'ai jamais (Pardon !) eu l'occasion de vous en parler mais figurez-vous que (Pardon !) ça dure depuis que j'ai perdu ma place, en-(Pardon !) – enfin ma place précédente, à la manufacture, je me suis mise à (Pardon !) avoir le hoquet, vous voyez, exactement comme ça et au début c'était seulement quand j'allais (Pardon !) à l'agence pour l'emploi, mais après ça s'est mis à me le faire tout le temps et j'ai tout essayé, j'ai vu tous les médecins du can-(Pardon !)-canton et j'ai même vu un neurologue de l'hôpital, le Docteur D'Or-(Pardon !)...

— D'Ormesson ?

— Oui... Mais ça ne s'est pas arrangé, et j'étais vraiment déses-(Pardon !)-pérée parce que ça me le fait la nuit aussi. Je voulais (Pardon !) aller dormir dans le canapé mais mon mari n'a jamais voulu, il voulait que je reste a-(Pardon !)-avec lui, pourtant on en a passé des nuits sans (Pardon !) sans sommeil. Et pour le reste, enfin vous me com-(Pardon !)-prenez, c'est pas fa-(Pardon !)-facile d'avoir une vie intime quand on a le ho(Pardon !)-quet comme ça...

— Oui...

— Quand vous m'avez emb-(Pardon !)-embauchée, d'un seul coup je me suis sentie mieux (Pardon !), je n'ai plus eu le hoquet aussi souvent, j'ai pu ressortir, j'ai pu retourner en ville, voir mes parents, recevoir nos amis parce que vous imaginez, moi j'avais honte de ne pas pouvoir faire quoi que ce soit... sans être secouée comme ça à tout bout de champ. Vous savez, c'est infernal, quand vous voulez vous maquiller et que ça vous secoue sans prévenir, vous vous mettez du noir dans l'œil et je ne vous parle pas du rouge à lèvres... Oui, ça vous fait rire (tu t'étais mis à rire, et je riais moi aussi) mais quand c'est tous les jours comme ça vingt-quatre heures sur vingt-quatre pendant des semaines...

J'ai soudain réalisé que mon hoquet avait cessé. Quand il s'arrête brusquement, c'est presque angoissant.

— Ça s'est calmé.

— Oui... C'est surtout quand je suis énervée, que ça me prend. Vous me connaissez, depuis dix mois bientôt que je travaille avec vous, je suis un peu maniaque sur les bords, quand les choses ne marchent pas comme je voudrais, je ne vais pas bien. Ces jours-ci, je ne sais pas pourquoi, ça m'a repris alors mon mari m'a dit de venir vous voir, je me suis dit c'est vrai, j'ai vu tous les médecins du secteur et plusieurs à l'hôpital, et je n'en ai jamais parlé au Docteur. Mais le fait de vous attendre en voyant les gens arriver derrière moi, ça m'a agacée. Je ne me rendais pas compte que le samedi vous aviez autant de monde...

— Tous les samedis ne sont pas comme ça.

— Oui, enfin quand même, la prochaine fois je prendrai un rendez-vous.

— Sûrement pas ! La prochaine fois que vous aurez besoin de me voir, je viendrai au cabinet plus tôt, et voilà. D'ailleurs, je suis content que vous soyez venue. Ça faisait un moment que je voulais vous demander si vous étiez heureuse de travailler ici ?

Bien sûr que j'étais heureuse, j'étais très heureuse.

Nous avons parlé un moment du cabinet médical et puis tu m'as interrogée sur mon hoquet. Tu as fini par me dire que tu étais d'accord avec moi : je n'étais pas malade, c'était en rapport avec mon anxiété, c'était une manière de réagir, en fait. Tu m'as prescrit quelque chose, mais pas pour arrêter le hoquet : pour le prévenir.

Sur l'ordonnance, j'ai lu :

« En prévention des troubles, prendre, avec un grand verre d'eau, une gélule contenant :

— Galactose, 4 mg

— Sucrose, 3 mg

— Fructose, 2 mg

— Lactose, 1 mg

OSP 40 gélules de 10 mg. »

Le pharmacien m'a préparé ça dans des gélules vertes. Petit à petit, mon hoquet m'a laissée tranquille.

Pendant quelques semaines, j'ai pris une gélule avant d'aller en ville, et tout se passait bien. Et puis, j'ai oublié d'en prendre, mais le hoquet n'est pas revenu, et quand ça m'arrivait, ça ne durait pas des heures, comme avant. Au bout de trois ou quatre mois, il avait complètement disparu.

J'ai gardé l'ordonnance, j'ai même gardé les gélules qui restaient, au cas où. Mais depuis le temps que je travaille au cabinet médical, en écoutant les gens parler de leurs petites misères et de la manière dont tu les traites, j'ai compris que les gélules n'étaient pas le plus important. C'est le fait de penser à les prendre, qui me tranquillisait. Ce n'est pas ce qu'elles contiennent, qui me faisait du bien, mais ce qu'elles représentent. En tout cas, ça a marché. Si ça recommençait, je suis sûre que ça marcherait à nouveau. Bien sûr, ça ne marche pas comme ça pour tout le monde. Avec Mme Renard, par exemple, je pense que ça ne marcherait pas aussi bien. Mais son cas est plus grave que le mien.

La pendule-assiette indique 10 h 05. Le téléphone n'a pas arrêté de sonner depuis mon arrivée. J'ai rangé le cabinet médical, changé les draps, nettoyé les instruments et mis les boîtes à stériliser dans l'autoclave, mis deux blouses au sale, passé l'aspirateur dans le cabinet et dans la salle d'attente et, après avoir repassé les deux draps lavés dimanche, je range la valise de médicaments que tu as laissée avant de rentrer déjeuner, prendre une douche et te raser.

Tu n'as pratiquement pas dormi de la nuit. Quand j'ai vu que ce matin le téléphone sonnait sans arrêt, j'ai cru que tu ne serais pas tranquille de la journée, mais c'étaient surtout des demandes de rendez-vous.

Pour le moment, tu n'as qu'une visite à faire chez Mme Destouches, pour renouveler tous ses médicaments, faire ses certificats, et sans doute voir son fils. Deux dames parlaient devant la boulangerie, je les ai entendues dire que M. Destouches avait été hospitalisé dans la nuit.

Je n'ai jamais été bavarde mais, depuis que je travaille ici, je parle encore moins. Au début, je pensais que les gens me poseraient des tas de questions mais finalement, pas tant que ça. Ils me demandent – surtout à l'épicerie ou à la boulangerie, parce que c'est là que je les croise – si tu es là, si tu peux passer dans la journée, si tu as beaucoup de travail. En général, je réponds « Bien sûr » à la première question, « Sûrement, mais il faudrait que vous me rappeliez tout à l'heure, là je n'ai pas le carnet de rendez-vous » à la deuxième, et « Oui, mais il a tout de même le temps de voir de nouveaux patients » à la troisième. Je ne veux pas qu'elles s'imaginent que tu es aussi surchargé que tes confrères. Eux, quand on demande une visite, ils ne passent jamais avant le lendemain.

Dans la valise, je vérifie que les boîtes en plastique contiennent suffisamment de seringues à usage unique, d'aiguilles à injection, de fils de suture, de lames de scalpel. Je remplace les boîtes de médicaments vides ou entamées par des boîtes pleines, pour que tu n'en manques jamais. La valise contient aussi des compresses, du sparadrap, des ciseaux, des tubes de différentes tailles pour faire des pansements de doigt, des gants stériles, des produits désinfectants, un bidon hermétique pour les aiguilles usagées et une sorte de bouteille en plastique transparent, percée d'un trou à chaque bout, et qui sert à faire prendre leurs pulvérisations aux asthmatiques.

Tu en vois beaucoup, des asthmatiques. Il faut dire qu'il fait très humide, par ici, à cause de la Tourmente. Les gens louent des petits jardins en bord de rivière et puis ils construisent des abris, qui d'année en année deviennent des cabanons puis de vraies petites maisons et au bout de dix, quinze ans ils viennent y passer tous les mois d'août avec leurs enfants et leurs petits-enfants. Parfois, ils le prêtent ou le louent à un couple de jeunes qui attend de trouver un logement mais l'hiver ça n'est pas très sain et on t'appelle la nuit pour (et je t'entends grommeler le matin contre les inconscients qui font dormir) des bébés qui toussent dans des pièces mal chauffées aux murs couverts de moisissures.

Je vérifie la boîte d'ampoules de morphine. Il n'en reste plus que deux. Sur le carnet de rendez-vous, je te rappelle de passer en prendre à la pharmacie.

Tu en utilises beaucoup, de la morphine. Et aussi de l'aspirine, des antidouleur, des tranquillisants. La nuit, les gens souffrent. Ou ils ont peur. Dans la journée, c'est différent. Quand j'ai commencé à travailler pour toi, je me suis fait un aide-mémoire des conseils à donner, en cas d'urgence. Je ne voulais pas faire de bêtise. Mais un jour, tu m'as dit :

— Les urgences, c'est de deux choses l'une. Ou bien la personne est morte quand le médecin arrive, ou bien elle n'est pas près de mourir, et on a largement le temps de lui donner les premiers soins et de l'envoyer à Tourmens en ambulance, dix-sept kilomètres ça n'est pas bien loin.

J'étais surprise, quand même. J'ai dit qu'il y avait parfois des appels pressants la nuit, des gens qui tombent, des sutures à faire. Des crises d'asthme.

— Oui, mais ce n'est pas plus urgent que dans la journée. Ce qui rend les choses « urgentes », c'est l'angoisse, c'est la douleur, c'est la peur de mourir ou de voir mourir quelqu'un. La nuit, c'est pire... Les vraies urgences, où il faut se dépêcher pour sauver les gens parce que le temps presse, ce sont surtout les accidents.

Ça me fait penser à cet appel que j'ai eu un midi chez moi, un été, un cultivateur était coincé sous son tracteur...

Le téléphone sonne.

*

— Cabinet médical de Play, j'écoute...

— Bonjour, Madame, ici la surveillante des IVG. Puis-je parler au Docteur Sachs ?

— Ah, le Docteur est chez lui, il était de garde cette nuit. Voulez-vous que je vous donne son numéro personnel ?

— Merci, je l'ai mais je ne vais pas le déranger. Pouvez-vous seulement lui rappeler qu'il a donné un rendez-vous aujourd'hui à treize heures ?

— Ah bon ? Il doit aller à l'hôpital ?

— Oui, pour voir une dame qui ne pouvait pas venir à un autre moment. Comme c'est inhabituel, il m'a demandé de le lui rappeler. Je vous donne son nom ?

— Oui... C'est noté. Au revoir Madame.

En raccrochant, je me dis que tu ne vas pas être très content. Le lundi, ton après-midi de consultations est toujours chargée, s'il faut en plus que tu ailles à l'hôpital entre treize et quatorze !

Sur le cahier de rendez-vous, j'écris :

« 13 h 30, RV Hôpital (Mme Kasser). »

40

MME DESTOUCHES

Par la fenêtre, je vois ta voiture se garer sur la place. Tu sors, tu refermes la portière, tu ouvres à l'arrière et tu prends ta sacoche. Tu refermes. Tu fais trois pas dans notre direction, et tu t'arrêtes brusquement. Tu regardes ce que tu tiens à la main, ce n'est pas ta sacoche mais un cartable en cuir. Tu hoches la tête de gauche à droite, tu rebrousses chemin, tu ouvres le coffre, tu poses le cartable dedans et tu en sors ta sacoche de docteur.

— Madame Barbey, voilà le Docteur !

La voix de mon aide-ménagère sort de la chambre.

— Ah, c'est pas trop tôt, Georges est en train de se réveiller. Il ne veut pas que je le déshabille !

— Laissez donc, le Docteur va s'en débrouiller.

— Oui, parce que là, il n'a pas dû changer de

chaussettes depuis trois semaines, alors le reste faut même pas en parler.

Tu frappes et tu entres.

— Bonjour Madame Destouches.

— Bonjour Docteur. On vous attendait...

Je recule mon déambulateur pour que tu puisses entrer dans la cuisine. Tu attends que j'aille, difficilement, m'asseoir sur mon fauteuil, puis tu tires le tabouret, tu poses ta sacoche et tu t'assieds.

— Alors, comment s'est passée la nuit ?

Je soupire et je hoche la tête.

— Eh bien, au début pas trop mal, mais il a commencé à s'agiter vers six heures et demie, il criait dans son sommeil. Alors moi qui m'étais endormie sur le matin, il m'a réveillée. J'en ai assez, vous savez... Et en plus on vous a dérangé cette nuit...

— C'est normal, j'étais de garde. Il avait une plaie au front ils ont bien fait de me l'amener pour que je le recouse.

— Je sentais bien qu'il lui était arrivé quelque chose, alors j'ai appelé ma fille pour qu'elle aille à sa recherche. Mon gendre n'était pas content évidemment, mais c'est son beau-frère tout de même... Georges ne sort jamais le soir d'habitude et puis voilà qu'hier il décide d'aller chez un... un bonhomme qui vit sur la route de L'Entre. Il est un peu simplet, alors il s'entend bien avec Georges. Mais, vendredi, Georges a touché sa pension, et je sais qu'en sortant du bureau de poste, il est passé à l'épicerie acheter du vin. Je ne veux pas de ça ici, avant il cachait ses bouteilles dans l'ancien atelier de mon mari, mais Mme Barbey fait le tour et elle me ramène tout ce qu'elle trouve, alors il faut bien qu'il les cache ailleurs. Et comme son... copain, enfin le bonhomme dont je vous parle, habite sur la route...

— ... Il est allé passer un moment chez lui hier soir...

— Oui, c'est ça. Mais il sait que je me fais du souci quand il ne rentre pas, parce qu'il repart, quel que soit son état, quel que soit le temps, il repart à pied sur la route, il y a quand même trois bons kilomètres et son bras le fait souffrir. Et puis dans l'état où il était, il ne pouvait aller très loin...

— Votre fille m'a dit qu'ils l'avaient retrouvé dans le fossé.

— Heureusement qu'il n'a pas plu ces jours-ci, il aurait pu se noyer ou mourir de froid, je n'ai pas arrêté de penser à ça après qu'ils l'ont eu ramené de votre cabinet et mis au lit. Excusez-nous, il est tellement lourd qu'ils n'ont pas réussi à le déshabiller, il ne voulait pas se laisser faire... Oh, j'en ai assez, Docteur, vous savez, vraiment plus qu'assez, ça ne fait qu'empirer, si ça continue, il va finir comme mon mari, qui est mort de cirrhose, et même qu'un soir, il avait tellement bu qu'il est passé sous sa deux-chevaux, la portière s'est ouverte et il a glissé sous les roues...

— Sous les roues ?

— Oui, je sais que ça paraît incroyable, mais c'est ce que les gendarmes ont dit, il est tombé par la portière et la voiture lui a roulé dessus ! C'est pour ça que je suis contente que Georges soit pas capable de conduire ! Mon mari, il avait fallu qu'il s'y reprenne à cinq fois et ça coûtait déjà de l'argent à l'époque... Mais si Georges tombe au fossé, c'est pas mieux...

Tu hoches la tête, tu ouvres ta sacoche, tu en sors un bloc d'ordonnances, une liasse de feuilles de sécurité sociale, tu les poses sur la table près de la cuvette en plastique.

— De quoi aviez-vous besoin ?

— Oh, de tout, Docteur. L'infirmière m'a dit de vous dire qu'il ne reste plus ni compresses, ni savon liquide, ni détergent pour l'ulcère, ni vaseline... Il faudrait me remettre deux ou trois bandes Velpeau parce que ça s'use vite, et des rouleaux de sparadrap. Et puis mon traitement pour le cœur, bien sûr et les somnifères...

— Et comment vont vos ulcères ? L'infirmière est déjà passée, ce matin ?

— Non, pas encore, si vous voulez Mme Barbey va défaire mon pansement, que vous puissiez voir.

— On va faire ça tous les deux.

Tu poses ton stylo sur la table, tu prends la cuvette en plastique, tu la poses par terre et tu soulèves ma jambe droite. Je m'arc-boute sur mon fauteuil, parce que ma jambe est raide. Tu poses mon talon sur un petit repose-pieds que tu as tiré de sous la table. Une fois mon pied bien calé, tu déroules la bande. Comme d'habitude, une fois que tu en as enlevé deux ou trois tours, on voit qu'elle est tachée au-dessus des ulcères. Peu à peu, la tache s'élargit, à la fin la bande est verte de pus. Dessous, les compresses sont collées à la plaie. Tu jettes la bande dans la cuvette en plastique.

— Il me faudrait du savon liquide.

— Madame Barbey !

— Oui, Madame Destouches !

— Voulez-vous me passer le panier à pansements, dans mon armoire ?

Tu prends le flacon de savon liquide, tu en verses généreusement sur les compresses. De ta sacoche, tu sors une paire de gants enveloppés dans un étui transparent. Tu les enfiles, tu retires doucement les compresses de ma jambe et tu les jettes dans la cuvette en plastique.

Tu regardes l'ulcère, de tes doigts gantés tu palpes la peau boursouflée tout autour de la plaie.

— Mmmhh. C'est pas terrible, en ce moment...

— Oh ça a été pire que ça, Docteur. Là, au moins je ne souffre pas, et la jambe n'est pas trop gonflée.

— Mmmhh. Vous demanderez à l'infirmière de vous remettre de la vaseline sur celui-ci. Voyons l'autre.

Sur la jambe droite, l'ulcère est à l'intérieur de la cheville. Sur la jambe gauche, il est de l'autre côté. C'est en rapport avec la manière dont les jambes s'appuient sur le matelas la nuit, m'as-tu dit. À cause de mon dos, je suis toujours obligée de dormir du même côté, c'est pour ça.

Tu ôtes tes gants, tu les jettes dans la cuvette en plastique et tu te tournes vers le bloc d'ordonnances.

— Il faudrait aussi me represcrire l'infirmière à domicile pendant un mois, et puis le certificat pour l'aide-ménagère, j'aimerais bien avoir droit à six heures par semaine, mais ça m'étonnerait qu'ils me les accordent.

Tu écris, penché sur la table de la cuisine. Quand tu as fini de rédiger les ordonnances et les certificats, tu sors ton appareil à tension.

— Oh, elle doit être bien élevée, après la nuit que j'ai passée !

— Quinze-dix, effectivement.

— Faut-il que j'augmente mes médicaments ?

— Non, on va attendre quelques jours. Je passerai vous la reprendre.

Mme Barbey sort de la chambre et passe la tête par la porte de la cuisine.

— Docteur, c'est pas pour me mêler, mais il faudrait que vous veniez voir Georges, ça ne va pas.

Lorsque tu reviens, quelques minutes plus tard, tu ne dis rien. Quand il s'agit de Georges, tu ne me dis jamais ce que tu penses, ce que tu as trouvé. Tu dis seulement que tu lui as prescrit quelque chose, ou que ça n'est pas la peine et que ça va guérir tout seul (Georges guérit toujours, il n'y aurait pas la boisson et son moignon, on dirait que rien ne peut l'abattre, même quand il a la grippe, au bout de quelques heures il est sur pied. Mme Barbey dit méchamment que l'alcool conserve, mais c'est parce qu'il a toujours été costaud, même tout petit. Il a marché tard, il a parlé encore plus tard et il parle encore assez mal et il n'a jamais été très dégourdi, mais il est très fort. Il a perdu son bras dans une machine, et depuis il est pensionné, mais la maladie il ne sait pas ce que c'est. Il ne pouvait quand même pas tout avoir contre lui !), mais tu ne me dis rien d'autre. Un jour je t'ai demandé ce que tu en pensais, mais tu m'as dit que tu ne pouvais pas me répondre, même si c'était mon fils.

Tu as rangé tes instruments et tes papiers. Tu m'as rendu la monnaie. Avant qu'elle ne parte, tu as pris la tension de Mme Barbey qui n'a pas le temps d'aller te voir en ce moment. Après être allé dire au revoir à Georges, tu entres une dernière fois dans la cuisine pour me saluer.

— Docteur, il faut que je vous dise...
— Oui ?
— Ma fille et mon gendre... Ils veulent faire enfermer Georges.
— Que voulez-vous dire ?
— Ils veulent le faire mettre à l'asile, je ne sais où.
— Quand ont-ils parlé de ça ?
— Hier soir, après l'avoir mis au lit, ils étaient furieux, ils ont dit qu'ils en avaient assez, qu'ils allaient vous demander de leur faire un certificat pour qu'il soit hospitalisé quelque part...
— Et vous, qu'en pensez-vous ?
— Je ne veux pas, Docteur. Je sais que Georges est impossible et que ça me fatigue, mais c'est mon fils, il a toujours vécu avec nous depuis qu'il a eu son accident, et quand mon mari est mort, je n'avais plus d'homme à la maison. Vous savez, mon mari... Ce n'était pas son père, et Georges ne le sait pas bien sûr, et je n'ai jamais raconté ça à personne, pas même à ma fille... il n'y avait que mon mari, et vous maintenant. Je sais que ça restera entre nous...
Je te regarde.

— Bien sûr...

— Sa sœur ne l'aime pas, elle a honte d'avoir un frère handicapé qui boit, alors elle aimerait bien qu'il ne soit plus là. Comme il est plus âgé qu'elle et qu'il est costaud, elle en a peur, et mon gendre aussi, parce que à côté de Georges il est tout petit... Mais Georges n'est pas méchant, je ne l'ai jamais vu frapper quelqu'un. Il n'y a qu'à lui qu'il fasse du mal, au fond... Je ne veux pas qu'on l'enferme. Je voulais vous demander... J'ai honte de vous demander ça, ça se fait pas... Je voulais vous demander, si c'est possible, quand je serai morte, ne le faites pas enfermer, Docteur... Je sais que vous pouvez pas me le promettre, mais voilà, il fallait que je vous le dise et c'est dit.

Je me retourne vers la fenêtre.

— Au revoir, Docteur.

— Au revoir, Madame Destouches.

41

LA CONSULTATION EMPÊCHÉE

Troisième épisode

En revenant de l'école à midi moins le quart, j'aperçois ta voiture dans la cour goudronnée. Une personne entre dans le cabinet médical. Je me dépêche de ramener les enfants, je les confie à ma voisine (Mélodie est insupportable quand je vais chez le médecin avec elle, et je ne peux pas la laisser seule avec son frère) et je retourne te voir.

Je traverse la cour à la hâte. Ta voiture est toujours là. Je pousse la porte de la salle d'attente. Elle est vide. La porte de communication est fermée, tu dois encore avoir quelqu'un. Je m'assieds. J'attends. Dix minutes se passent. Je n'entends rien de l'autre côté de la cloison.

Je regarde les revues posées sur la table, bien rangées en piles, je n'y touche pas.

Midi dix. Il va falloir que j'aille leur faire à manger.

La porte de communication s'ouvre.

Mme Leblanc apparaît, un colis sous le bras.

— Bonjour, Madame. Que puis-je faire pour vous ?

— Eh bien, j'attends le Docteur...

— Ah, mais il est parti, il avait un rendez-vous à l'hôpital.

— Mais j'ai vu sa voiture dans la cour...

Étonnée, Mme Leblanc regarde par la fenêtre.

— Ah, je suis désolée, mais c'est la voiture de M. Troyat, qui habite juste à côté. Il la gare ici de temps en temps. Si vous pouvez revenir, le docteur consulte à partir de quatorze heures trente... C'était urgent ?

— Euh... non, mais comme ça fait longtemps que je dois le voir. Enfin, pour une fois que je me décidais à venir, c'est bien ma veine !

42

ANGÈLE PUJADE

Ton pas résonne au bout du couloir. Depuis que nous avons changé de locaux, on t'entend venir de loin. À mi-chemin, je te vois sourire.

— Bonjour, Madame Pujade.

— Bonjour, Bruno ! Je t'attendais. Ta secrétaire t'a dit que j'ai appelé ?

— Oui, mais je n'avais pas oublié, je l'avais noté sur mon carnet.

— Je n'étais pas inquiète !

Tu ris doucement.

— Bonjour, dit une voix derrière nous.

Trois secondes avant, elle était assise à l'autre bout du couloir. Tu te retournes, ton visage s'éclaire.

— Ah ! Bonjour ! Mais... vous êtes en avance !

Elle retient à peine un sourire.

— Euh, non, je ne crois pas.

*

Bruno regarde sa montre. Il a l'air complètement perdu.

— Ah, oui, vous avez raison, c'est moi qui ai vingt minutes de retard. Je suis à vous dans trois secondes.

Et il disparaît, rougissant, dans le réduit qui nous sert de vestiaire. On l'entend s'escrimer avec les armoires métalliques, lâcher ses clés, retenir un juron. Elle et moi nous nous regardons sans rien dire. Elle n'a pas perdu son sourire, mais je crois qu'elle a rougi, elle aussi. Enfin, il ressort, il n'a pas encore boutonné sa blouse, son col est de travers, ses cheveux ébouriffés, il retrousse ses manches.

Je lui tends le dossier.

— Merci... Entrez, je vous en prie !

La consultation dure longtemps. Trois quarts d'heure. Pour un contrôle avec pose de stérilet, c'est un peu long, mais Bruno prend toujours son temps.

Quand la porte s'ouvre à nouveau, je me retourne, je la vois sortir, très lentement devant lui. Elle le regarde, elle sort en le regardant. Il la regarde lui aussi, il a l'air tout chose, la main posée sur la poignée de la porte. Ils ne disent rien.

Finalement, leurs regards se détachent, elle s'approche du bureau, je lui souris. Elle ne dit rien.

Il reste derrière elle, il soupire, il dit d'une voix presque inaudible :

— Est-ce qu'il y a des papiers à faire pour... Mme Kasser ?

— Non, nous avons tout réglé tout à l'heure. Est-ce que je vous donne un autre rendez-vous ?

Elle hésite. Elle me regarde, Bruno fait un pas.

— Non, dit-elle. Non, je reprendrai rendez-vous plus tard.

— Comme vous voudrez. Alors bonne journée, Madame !

Je lui tends la main, elle me la serre chaleureusement.

— Au revoir, Madame Pujade, merci pour tout.

Elle se retourne vers Bruno.

— Au revoir.

— Au revoir...

Elle le regarde une dernière fois, très brièvement cette fois-ci, et elle s'en va.

*

Tu poses le dossier sur le bureau, tu as l'air effondré. Tu ne dis pas un mot. Tu restes là debout, silencieux, immobile. Puis tu disparais dans le vestiaire, pour retirer ta blouse, enfiler ton pull et ton blouson de cuir défraîchi – je t'ai déjà dit gentiment que tu devrais t'en offrir un autre, tu m'as répondu que celui-là s'était fait les poches à tes stylos et à tes clés et je crois que tu ne plaisantais pas.

Tu t'éloignes en traînant les pieds. Dans les poches de ton vieux blouson, on dirait qu'il y a tout le poids du monde.

43

DANS LA SALLE D'ATTENTE

Je lève la tête. Un éclair de lumière passe sur le plafond. Un moteur ralentit, puis se tait. Une portière claque. La porte de la rue vibre, des clés tintent. Je glisse un doigt entre deux pages et je referme le livre sur mes genoux croisés.

La porte de la salle d'attente s'ouvre et, tenant ton

cartable d'une main, ton trousseau de l'autre, tu entres dans la salle d'attente.

Des murmures te saluent. Tu réponds d'un demi-sourire et d'un signe de tête. Tu ouvres la porte de communication et tu la retiens du coude. D'une seule main, tu isoles une clé du trousseau, tu déverrouilles la seconde porte, tu l'ouvres. Tu retires la clé de la serrure, tu glisses le trousseau dans ta poche, tu entres. Silencieusement, la porte de communication se rabat derrière toi.

Je rouvre le livre.

On sonne deux fois à l'entrée. La porte de la salle d'attente s'ouvre. Entre un homme grand et massif, voûté, mal rasé, l'air négligé. Il regarde autour de lui, nous salue en baissant les yeux « Msieurs-dames ». Il fait trois pas dans la pièce, s'immobilise près du bureau de la secrétaire et reste là, debout.

Il suce un mégot de cigarette assez ignoble.

Il n'a plus qu'un bras.

Quelques instants plus tard, tu réapparais. Tu as retiré ton blouson, ton pull ou ton gilet, et replié les manches de ta chemise. Sans lâcher la porte de communication, tu sors en tendant une ordonnance devant toi. L'homme lève son bras valide pour la prendre.

— Merci, Docteur.

— De rien, Monsieur Destouches.

D'un mouvement maladroit de son unique main, l'homme plie l'ordonnance, la glisse dans la poche de son pantalon, et sort de la salle d'attente.

Quelqu'un se lève. Tu hésites puis tu l'arrêtes d'un geste.

— Je vous demande un tout petit instant, j'ai un coup de téléphone à donner.

La personne se rassied. Tu disparais, on t'entend pousser la porte intérieure, tandis que la porte de communication se referme lentement sous l'action du groom automatique.

Je reprends ma lecture.

44

DIEGO ZORN

La clochette de la porte tinte. Je lève les yeux de mon livre.

Une jolie brune vient d'entrer, elle me salue de la tête. Je ne l'ai jamais vue, ça fait plaisir de voir de nouvelles têtes, bien faites. Les têtes trop pleines sont souvent moches.

Elle me salue, hésite, fait lentement le tour des tables de nouveautés, ralentit du côté des traductions, soupire, s'approche de moi.

— Avez-vous des livres pour enfants ?

— Oui, bien sûr, au premier étage, je vais vous conduire.

Je me lève pour l'accompagner mais le téléphone sonne.

— Excusez-moi... Librairie du Mail, j'écoute !

— Diego ? C'est Bruno...

— Ah, salut, Nox ! Ça fait longtemps ! On se voit quand ?

La brune me fait signe qu'elle va se débrouiller sans moi. Je me cale sur mon fauteuil à roulettes. Je la regarde monter lentement l'escalier en colimaçon, elle a de très jolies jambes, un peu cachet d'aspirine, mais très jolies.

— Mmmhh... Chais pas. Pas très envie de bouger, en ce moment.

— D'où m'appelles-tu ? Tu ne bosses pas aujourd'hui ?

— Si, si. Enfin, en principe. J'ai plein de monde dans la salle d'attente, mais pas envie de bosser. Plutôt de me tirer une balle dans la tête.

Je me redresse d'un bond.

— Dis donc, ça va pas, toi ? Qu'est-ce qui t'arrive ?

Bruno ne répond pas.

— C'est... c'est la maladie de Ray, hein, c'est ça ?

— Ah, tiens ! J'avais oublié ça, merci de me le rappeler...

— J'ai dîné avec Kate hier, elle fait comme si de rien n'était, mais elle est complètement perdue. Elle a même demandé si elle pouvait passer la nuit chez moi...

— Ah... Alors, elle va très mal.

— Ouais. Ça m'emmerde de te poser cette question, je sais que tu ne supportes pas ça, et tu connais mes sentiments, mais... Quand... (j'inspire profondément, les larmes me montent aux yeux)... Je veux dire... quand est-ce qu'il faut se préparer à ramasser Kate à la petite cuillère ?

Tu ne dis rien, tu soupires.

— Comment veux-tu que je le sache ? Quand il a été hospitalisé, il y a six semaines, Zimmermann n'était pas très optimiste, mais voilà qu'il se met en rémission spontanée, et tout ce dont il a besoin en ce moment c'est d'une transfusion de temps à autre. Alors je ne sais pas. Il peut vivre très bien plusieurs mois, ou plusieurs années. Ou alors, une pneumonie peut l'emporter en trois jours... ou ses blancs se remettent à grimper, et là...

— Ouais... Encore une question indiscrète (je relève la tête pour m'assurer que la brune n'est pas revenue dans la pièce)... Elle t'a... elle t'a demandé... de l'aide, Kate, depuis que Ray est malade ?

— De l'aide ? Elle ne m'a pas demandé de lui tenir la main, si c'est ça que tu veux dire.

— Parce que bon, l'entendre dire : « Diego, Ray est à l'hôpital pour la nuit, est-ce que tu veux bien me laisser passer la nuit avec toi ? », ça surprend un peu, quand même...

Il explose.

— Et alors ? T'es un grand garçon, non ? Tu sais dire non quand tu veux pas !

— T'es con, c'est pas ça. Mais tu la connais. En réalité, c'était pas mon épaule de grand frère qu'elle voulait. Ce qu'elle veut, c'est...

— C'est quoi ? Arrête tes conneries !

Il y a plus que de la colère dans ta voix, il y a une angoisse que je sais reconnaître depuis que je te connais. Je me tais. Tu ne dis plus rien.

— Bon, je vais te laisser bosser...

— Eh, arrête, c'est moi qui t'ai sonné !

— Oui, mais c'est moi qui ai parlé de Kate. Désolé.

J'ai le sentiment que ça n'est pas pour ça que tu m'appelais... Je me trompe ?

— Oui. Non. Chais pas. J'ai oublié.

Il se tait, puis :

— Diego...

— Oui, mon grand, raconte...

— Tu sais quel est le pire piège, dans ce métier ?

Je me retiens de le charrier, je ne dis rien.

— *La_____ssion.*

Je n'ai pas entendu parce que l'escalier s'est remis à vibrer, et il y a de quoi : la brune redescend !

— La quoi ? Répète ?

— Rien, laisse tomber...

— Attends, Nox, là j'ai une cliente... Tu ne quittes pas ?

— Si, si, il faut que j'aille bosser. On se rappelle.

— Okay. À plus tard.

Je raccroche en soupirant. La brune me tend deux livres. Je souris bêtement.

— *La Cuisine pied-noir; Sexus* d'Henry Miller... Oh, c'est pas des livres pour enfants, ça !

Elle rougit et me fusille du regard.

— Non, mais ils étaient soldés... dans le bac, juste à côté.

Ses yeux me toisent, je m'incline.

— Excusez-moi.

— Ça ne fait rien. Je voudrais trouver quelque chose pour mon filleul. C'est bientôt son anniversaire. Il aura douze ans le 20 décembre... Je ne sais pas du tout quoi lui offrir.

— Bon, alors je vous fais une proposition honnête :

revenez samedi dans quinze jours, l'office des fêtes sera arrivé, déballé et empilé, et mon neveu sera là, il a à peu près le même âge, il vous dira exactement ce qu'il vous faut quand vous lui aurez tracé le portrait-robot de l'individu.

Elle jette un regard autour de la pièce, elle hoche la tête, sourit enfin.

— D'accord. Samedi en quinze, c'est ça ?

— C'est ça. Le 7. On aura tout le temps de commander si je n'ai pas ce que vous voulez en stock.

En la regardant sortir, je me dis que si c'était à refaire.. Enfin, ça ne se commande pas. Mais des femmes comme celle-là, ça me fait rêver un peu. D'abord, elle cuisine sûrement mieux que moi.

45

SPÉCULUMS

Tu reposes le stylo sur le bristol quadrillé. Tu me souris.

— Eh bien nous allons voir ça. Si vous voulez bien vous déshabiller, je vais vous examiner. Gardez le haut.

Tu décroches les deux téléphones, tu poses les combinés sur la table et, pendant que je me déshabille, tu te diriges vers l'autre partie du cabinet de consultation. Perpendiculaires à la cloison qui nous sépare de la salle d'attente, à main droite en entrant, s'élèvent de hautes étagères en bois verni, couvertes de livres et de revues. Cette barrière de bois et de papier sert de paravent et isole la table d'examen gynécologique du reste de la pièce.

Tu te postes devant le point d'eau et tu verses du savon liquide au creux de ta main.

— Est-ce que je peux garder mes chaussettes ?

— Oui, bien sûr.

Pendant que tu te savonnes les mains, je m'approche en hésitant. De ce côté de la pièce, une table roulante, un tabouret haut et un meuble à tiroirs en plastique monté sur roulettes sont alignés sous la fenêtre. Dans le coin de la pièce vibre un petit réfrigérateur. Posé dessus trône un autoclave en métal chromé sur lequel est apposé un papillon jaune, portant les mots « Contenu stérilisé ». Tu me désignes le marchepied.

— Asseyez-vous au bord de la table.

Je monte à reculons sur le marchepied, je pose mes fesses sur le drap en papier de la table d'examen.

Tu prends une cupule en métal sur la table roulante. Tu ouvres les deux robinets d'eau, le chaud et le froid, du bout du doigt tu estimes la chaleur de l'eau qui s'en écoule, tu places la cupule dessous, tu la remplis à demi. Tu verses dedans un peu du liquide jaune d'un flacon en plastique. Tu ouvres l'autoclave, tu en sors une grande boîte métallique que tu poses sur la table roulante, puis tu te retournes vers moi.

Tu me fais allonger, placer les pieds sur les étriers qui se dressent au bout de la table. La surface rembourrée est ferme, froide malgré le drap de papier. Sous ma tête, tu places un petit coussin. Tu t'assieds sur le tabouret, tu allumes la lampe mobile qui se dresse derrière toi, tu la braques entre mes cuisses, tu ouvres la grande boîte métallique posée sur la table roulante, tu en sors un spéculum, tu le gardes entre tes mains une dizaine de secondes. Tu le trempes dans la cupule, de deux doigts de la main gauche tu écartes les lèvres de mon sexe et tu introduis le spéculum dans mon vagin. Je tends le cou pour regarder, mais ton visage a disparu entre mes cuisses et seul dépasse ton crâne orné de cheveux bruns qui auraient bien besoin d'un shampooing.

— Ça va ?

— Ça va. J'aime pas trop ça...

Tu écartes les lames du spéculum.

— Votre col m'a l'air sain.

*

Tu écartes les lames du spéculum.

— Mmmhh... Depuis quand avez-vous des démangeaisons ?

— Depuis... quatre ou cinq jours.

— Ah. Et votre mari ? Ça le démange ?

— Euh, non. Enfin, il ne m'a rien dit.

— Il va falloir qu'il se soigne, lui aussi. Je vais vous faire un prélèvement, pour vérifier que ça n'est pas autre chose qu'un champignon. Mais je ne pense pas.

— Ah, tant mieux... Ça fait mal ?

— Le prélèvement ? Non, c'est comme un frottis.

— Ah.

Dans une boîte posée sur la table à roulettes, tu prends un long coton-tige enfermé dans un tube en plastique.

— On ne vous a jamais fait de frottis ?

— Euh... je ne crois pas.

*

Tu retires le spéculum.

— En tout cas, votre stérilet m'a l'air bien en place. Je vois les fils.

— Ah, vous les voyez ? Ça me rassure, j'avais l'impression qu'il avait bougé.

— Quand vous avez saigné hier, c'était abondant ?

— Non, mais c'était juste après un rapport, alors forcément ça m'a inquiétée... et mon mari aussi, bien sûr.

— Vous avez eu mal ?

— Euh... Un peu. C'était comme un spasme... Heureusement que j'avais mon stérilet, parce que ça ressemblait à des contractions, vous savez, comme on en a en début de grossesse...

*

— Vous avez eu des contractions ?

— Pas du tout, tout va bien depuis que je suis en congé de maternité, sauf que depuis deux jours je le sens moins bouger...

Ta tête s'élève entre mes cuisses, tu me regardes en fronçant les sourcils.

— Moins ou plus du tout ?

— Non, non, il bouge ! Mais moins qu'avant.

— Avez-vous souvent envie d'uriner ?

*

— Ça n'arrête pas ! Ça me démange et je suis tout le temps rendue aux toilettes !

— Et pendant les rapports, vous êtes gênée ?

— À vrai dire, je n'en ai pas eu depuis quinze jours, ça me brûlait tellement, j'avais pas envie !

*

— Vous devez être gênée pendant les rapports.

— Ah, ça oui !

— Au moment de la pénétration, ou après ?

— Des fois pendant, des fois après. Ça dépend...

— De quoi ?

— Eh bien, s'il est pressé ou pas. Vous savez comment c'est, les hommes...

— Mmmhh.

*

— En fait, c'est surtout quand je suis fatiguée. Ou tendue.

— Mais pas sans arrêt ?

— Si, presque. En fait, ça n'est jamais vraiment agréable. Mais ça, c'est depuis les tout premiers rapports que j'ai eus. Ça ne date pas d'hier.

— Vous étiez très jeune ?

— J'avais quatorze ans.

*

— Et vous avez tout de même pu vous faire prescrire la pilule ?

— Oui, au Planning. Et puis, entre copines, on s'arrangeait.

— Ça ne devait pas être très facile, tout de même...

— Non, mais c'était ça ou ne pas coucher, et on avait l'air d'une conne si on couchait pas !

— Vraiment ?

— Oui, c'était comme ça. Je connaissais une fille au lycée, jolie, grande, mince, les mecs lui tournaient autour, mais ils ne faisaient que ça : elle couchait pas. À l'époque, on disait qu'elle était conne, qu'elle saurait jamais choisir le jour venu, si elle n'essayait pas les échantillons qui se présentaient. Aujourd'hui...

— Oui ?

*

— Je regrette d'avoir échantillonné autant. Et encore, à l'époque, il n'y avait pas le sida ! C'est vrai qu'il y a de plus en plus de maladies sexuelles ?

— Des maladies, non. Des personnes contaminées, oui.

— Et contre ça, il n'y a que le préservatif ?

— Non. Il y a aussi l'abstinence. Et la fidélité.

— Ouais. J'y crois pas, c'est jamais réciproque. Les mecs, vous savez...

— Oui ?

*

— Les mecs, comme c'est pas leurs fesses, ils en ont rien à foutre qu'on se fasse chier à prendre la pilule. Eux, du moment qu'ils tirent un coup !

— Mmmhh. Quand on vous entend, on a le sentiment que vous avez envie de tout laisser tomber...

— Ah, des fois, oui, vraiment, je me dis que je devrais prendre mes cliques et mes claques et me barrer. Mais avec deux enfants...

*

— Avec deux enfants, les varices que j'ai eues pendant mes grossesses, et puis je fume presque deux paquets par jour, je me suis dit qu'il valait mieux passer à autre chose...

— Et qu'est-ce qui vous a décidée ?

— La conversation qu'on a eue la dernière fois. C'est vrai que la pilule j'en avais assez, je l'oubliais tout le temps. Quand vous m'avez montré un stérilet, j'ai vu que c'était minuscule... Je me suis dit que je serais plus tranquille.

— Voilà, c'est fini, il est en place.

— Déjà ?

— Oui, ça y est, je coupe les fils... pas trop court, quand même, mais rassurez-vous il est très rare que ça bouge, voilà, j'enlève le spéculum, c'est terminé.

*

— C'est terminé.

— C'est fini, je peux me rhabiller ?

— Oui, si vous voulez bien remettre le bas et

enlever votre soutien-gorge, je vais vous faire un examen des seins.

46

DESSINS

La porte s'ouvre, tu apparais.

J'arrête de dessiner. Papa se lève, tu lui tends la main.

— Bonjour Monsieur Michard.

Papa me fait un signe.

— Tu restes là, fiston, je n'en ai pas pour longtemps... Finis ton dessin.

Papa entre, tu entres derrière lui, la porte de communication se referme avec un cliquetis et je t'entends repousser fort la porte intérieure.

Je regarde autour de moi. Je suis seul dans la salle d'attente.

Je prends mon souffle, ma bouche se plisse, mes yeux s'embuent et je me mets à hurler.

*

— Alors, raconte-moi, sais-tu pourquoi tu pleures la nuit ?

— Parce que je fais un cauchemar.

— Un cauchemar qui te fait peur ?

— Oui. Un cauchemar affreux.

— Il y a des monstres dedans ?

— Oui.

— Tu crois que tu pourrais les dessiner ?

Je hoche la tête, oui.

*

Tu te penches vers le cartable posé à tes pieds, tu en sors une grande feuille de papier. Je tends la main vers le porte-crayons, tu en sors trois feutres, un rouge un noir un vert, tu me les donnes. Je m'installe sur la chaise, je suis à peine assez haut pour dessiner. Tu te lèves, tu prends un gros livre dans les étagères et tu m'assieds dessus.

— Tiens, petite puce, ça ira mieux.

Pendant que Maman se déshabille et se dirige de l'autre côté de la pièce, je dessine le soleil, un arbre, une maison et trois personnes dedans.

*

Je n'ai pas fini. Maman a pourtant parlé longtemps, mais mon dessin était long à faire. À présent, elle se lève, il faut s'en aller.

Je pose les feutres. Je ne lâche pas le dessin. Je regarde Maman, je te regarde.

— Je peux l'emporter ?

— Oui, bien sûr, il est à toi.

Je serre le dessin contre moi.

*

La porte s'ouvre, tu apparais.

— Oui ?

— Excusez-moi Docteur, dit Maman, mais c'est la petite, elle a insisté pour passer, elle voulait vous donner un dessin.

— Ah ?

Je te tends mon dessin, il est rouge et bleu et jaune et il y a dessus un docteur avec sa blouse et son appareil dans les oreilles.

Tu le prends, tu le regardes, tu hoches la tête.

— Merci, mon lapin.

— Tu vas le mettre avec les autres ?

— Bien sûr. Tu veux me dire où ?

Je hoche la tête.

— Je ne veux pas vous faire perdre votre temps, dit Maman.

Tu fais non de la tête, tu nous fais entrer.

— Montre-moi.

Je tends le doigt vers le mur.

— Là.

— À côté du lion ?

Je fais oui de la tête.

— Le lion, c'est Virginie qui l'a fait ?

— Oui, c'est Virginie. Tu la connais ?

— On est assises à côté à la cantine.

Tu poses le dessin contre le mur, tu prends l'agrafeuse, et tu l'accroches.

*

Je me lève, je regarde le mur.

Tu souris.

— Tu cherches ton dessin ?

— Oui.

— Je l'ai déplacé, il y en avait trop. Le voilà.

Tu le désignes, un peu plus haut, à gauche.

— Tu te souviens de ce que tu avais dessiné ?

— La mer.

— C'est ce qui est rouge ?

— Non, ça c'est le mur. La mer est derrière, on voit une vague qui dépasse, là.

— Tu veux le reprendre ?

— Non. Je sais où il est. Vous ne le jetterez pas ?

— Je ne jette jamais les dessins.

47

UNE TOUTE PETITE CHOSE

— Je viens vous voir, oh vous allez rire, c'est une toute petite chose mais voyez-vous j'ai une narine qui se bouche sans arrêt ce qui fait que la nuit je ronfle et ça gêne mon mari, alors je me demandais si vous pouviez...

— Je viens pour pas grand-chose, c'est juste parce que ma fille ne mange pas et je voudrais que vous me donniez des vitamines pour que j'y mette dans sa soupe parce que c'est la seule chose qu'elle avale, mais je voudrais pas qu'elle le sache alors je vous l'ai pas amenée.

— Je ne vous embête pas longtemps, je voudrais juste que vous me refassiez une ordonnance comme l'an dernier, vous savez ? J'arrive de Malaisie et je repars dans huit jours pour le Sénégal et forcément là-bas on manque de tout. Alors il me faudrait trente boîtes de compresses stériles, vingt rouleaux de collant, de la quinine pour six mois, vingt boîtes de paracétamol à croquer vu qu'il vaut mieux pas mettre ça dans l'eau, et puis aussi dix ou douze tubes de pommade Balsamo – c'est bon pour tout : les coups de soleil, les piqûres, les hématomes, je comprends pas que ça soit pas remboursé mais bon c'est pas trop cher – et puis aussi ah, oui ! J'allais oublier : des bandes de 10, de 20 et de 30. Ça non plus c'est pas remboursé mais le pharmacien tient absolument à avoir une ordonnance je ne sais pas pourquoi. Je suis désolé de vous faire perdre votre temps pour ça mais vous voyez, ça n'est pas grand-chose. Ça ne vous ennuie pas ?

— C'est Mme Renard qui m'envoie, elle n'a plus de gélules vertes. Elle m'a dit de vous dire qu'il faut juste passer chez elle en partant ce soir quand vous aurez fini, pour lui donner l'ordonnance et parce qu'elle a une toute petite chose à vous demander mais comme elle a vu tout à l'heure qu'il y avait beaucoup de monde dans la salle d'attente, elle ne voulait pas vous déranger pour si peu.

— Je sais pas comment dire ça, c'est bien peu de chose, mais il fallait que j'en aie le cœur net, je voulais seulement vous poser une toute petite question. Je sais que j'aurais pu appeler, vous me l'avez déjà dit mais j'ai eu peur de déranger, alors j'ai préféré venir mais je ne sais pas si ça mérite que vous m'examiniez, c'est si peu de chose. Seulement ça me gêne un peu et je ne sais pas trop quoi en penser, mais je pense que vous allez pouvoir m'expliquer parce que comme ça je serai rassurée même si ça a l'air un peu bête. Je me dis que vous allez vous moquer de moi vous savez comment c'est on se fait un monde de rien et pourtant ça travaille et tant qu'on n'a pas consulté on n'est pas tranquille, alors voilà : je perds mes cheveux par paquets et je me demandais si ça serait pas l'eau.

— Je suis venu vous demander... un service... c'est pas grand-chose... C'est la pharmacienne qui m'envoie, parce qu'elle m'a dit que j'avais besoin d'une ordonnance... Oui, pour du gel anesthésique... Vous savez, celui qu'on met sur la peau pour endormir avant de faire les piqûres, oui, c'est ça... Non, non, je n'ai pas de piqûre à faire, c'est... C'est un peu délicat à expliquer, mais vous voyez, ma femme est... comment dire ? Ma femme aime beaucoup ça... Non, non, pas le gel ! Elle aime *ça*, enfin, vous me comprenez ? On fait ça souvent, tous les jours, parfois deux ou trois fois dans la journée... Elle est toujours prête à tout, et moi... je ne dis pas non, vous pensez, j'ai des collègues, la leur elle a toujours la migraine alors de quoi j'aurais l'air si je me plaignais, mais... Comment dire ? Il y a des jours où ça me chauffe terriblement... ça me brûle, quoi. J'aimerais bien ralentir un peu, mais elle est terrible, vous savez, si je lui dis que je suis un peu fatigué, elle me fait toute une scène, alors bon, ça me brûle, mais je ne dis rien... Et puis l'autre jour, j'ai entendu parler du gel, là, à la télé, alors je me suis dit que si on en met aux enfants, c'est que ça n'est pas dangereux, et que je pourrais peut-être en mettre... Histoire d'avoir moins mal, vous voyez ?

— Je veux pas vous déranger longtemps, y a des gens qui attendent, c'est juste pour un papier. C'est bien vous qui êtes allé pour mon fils, l'autre jour, quand son tracteur s'est retourné sur lui dans le pré en pente ? Les pompiers m'ont raconté, c'était pas beau à voir, j'y avais pourtant dit de raccrocher sa cabine mais il l'avait enlevée le temps de nettoyer l'étable, et il l'a pas remise tout de suite... Et voilà. Ce matin j'ai reçu une lettre de l'assurance, rapport aux emprunts qu'il a faits pour la ferme et qu'étaient pas encore remboursés forcément, ils me demandent de quoi il est mort et je me suis dit que vous alliez pouvoir le leur dire... Mais en fait, moi, ce que je voulais savoir, surtout... c'est s'il a souffert.

48

COUPS DE FIL

Le téléphone gris sonne.

— Excusez-moi... J'écoute.

De ma place, j'entends parfois une voix crier : « Allô, Edmond, c'est toi, Edmond ? » et tu réponds : Non Madame vous avez dû faire un faux numéro, et tu raccroches. Mais le plus souvent, je n'entends rien et tu réponds : Oui, bonjour Madame, tu tends le bras vers ton cahier de rendez-vous, tu l'ouvres. Tu feuillettes les pages. Mmmhh. Quand voulez-vous venir ? Je consulte jusqu'à dix-sept heures et ensuite je pars faire mes visites. Oui, dans la soirée, ce sera plus simple... À partir de dix-huit heures... Dix-huit heures trente ? Tu reprends le stylo noir, C'est noté. Je vous en prie. Au revoir, Madame.

*

Le téléphone sonne. Tu décroches.

— Allô ? Ah, non Madame, vous n'êtes pas au Crédit Provincial...

Tu raccroches.

*

Le téléphone sonne. Tu secoues la tête, tu me regardes d'un air désolé.

— Excusez-moi.

— Je vous en prie...

Tu décroches.

— Docteur Sachs – Bonjour Maman... Oui... Non.. Non, je suis en consultation, je te rappelle... Oui, oui je te rappelle, mais là, vraiment je ne peux pas. D'accord, à plus tard.

Tu raccroches sèchement.

*

Le téléphone sonne.
— Docteur Sachs... Allô ?... Allô ?...
Tu raccroches.

*

Le téléphone sonne. Tu t'immobilises. Il sonne une fois, deux fois, trois fois. Tu jettes ton stylo sur la table, tu décroches.

— Oui !...

Tu soupires. Tu cherches (Une petite seconde) ton stylo au milieu des livres et tu ne le retrouves pas, tu en prends un autre dans un porte-crayons, mais il ne fonctionne pas. Tu finis par trouver un gros feutre noir (Allez-y).

Tu notes des chiffres (Oui) l'un après l'autre (Oui) sur une feuille (Vous dites ? Oui), sans me regarder. Quand tu as fini de noter (Je vous écoute) tu tapotes la feuille du bout du doigt (Et il en a repris combien ?) tu lèves les yeux (Hier soir ou ce matin ?) tu regardes le mur sur lequel sont affichés les dessins d'enfants (Il a mangé ?) tu baisses les yeux à nouveau, tu poses ton stylo (Oui, il faut qu'il en reprenne un peu...) tu te grattes l'oreille et je vois que la peau de tes doigts pèle par petits bouts, comme si tu perdais des écailles.

*

Le téléphone sonne.

Tu décroches et tu raccroches presque immédiatement.

— Un... deux... trois...

Tu décroches, tu vérifies que tu entends la tonalité. Tu reposes le combiné à côté du téléphone.

— On ne nous dérangera plus, continuez.

*

Ça sonne occupé. Quelques minutes plus tard, je rappelle. Encore occupé. Je raccroche. Je rappelle encore un peu plus tard. Toujours occupé ! Ça fait au moins une demi-heure que c'est occupé, ce n'est pas normal.

J'attends encore un peu et je rappelle. Ah, cette fois-ci, ça sonne. Une fois. Deux fois. Trois fois. On décroche.

— Docteur Sachs !

— Salut, petit cousin ! C'est Roland !

— Ah... Bonjour Roland...

— Ouh ! Tu as une voix fatiguée, toi ! Tu n'as pas dormi cette nuit ? Je ne te dérange pas, au moins ?

— Non, non, mais le téléphone n'a pas arrêté de sonner toute l'après-midi...

— Ah ! C'est pour ça que je n'arrivais pas à te joindre ! Mais c'est bien, ça, mon vieux, ça veut dire que tu as des clients !

— Ouais... Que puis-je faire pour toi ?

— Tu es sûr que je te dérange pas ? J'en ai pour une minute...

— Vas-y, je t'écoute.

— Voilà, c'est Jacquot, le petit. Il sort juste d'une bronchite. Et comme il part en classe de neige, forcément, sa mère s'inquiète – à propos, comment va ta mère ?

— Euh... Bien, bien, je lui ai parlé rapidement il y a une heure de ça, elle allait bien. Tu peux l'appeler, ça lui fera plaisir.

— Non, non, tu sais, je ne veux pas la déranger, je voulais juste savoir comment elle allait, parce que j'en parlais avec mon père avant-hier, il me demandait de ses nouvelles et je lui ai dit que comme ça faisait longtemps que je ne t'avais pas eu au téléphone, je ne savais pas mais que la prochaine fois je te le demanderais. Alors, elle va bien ? Tant mieux.

— Donc, le petit part en classe de neige...

— Oui ! Je t'en ai parlé, déjà ? Ah oui, à l'instant, c'est vrai, je ne sais plus où j'ai la tête... Évidemment, sa mère en fait tout un plat – tu sais comment c'est les mères, tu en vois suffisamment tous les jours, je parie !

— ...

— Depuis qu'il a fait cette bronchite, elle me tanne tous les jours pour que je t'appelle, elle a peur que ça recommence là-bas, et j'ai dit d'accord, d'accord. Moi je ne voulais pas te déranger, déjà que tes patients t'appellent à tout bout de champ, alors si la famille s'y met aussi ! Encore que, question famille, en dehors de ta mère, mon père et moi, tu n'as plus grand monde, hein, mon pauvre ? Ah, ils sont tous partis, c'est malheureux... Bref, ma femme m'a chargé de te demander si le petit pouvait partir, mais s'il ne vaudrait pas mieux qu'il reste l'après-midi au chalet au lieu d'aller faire du ski avec les autres...

— Il va en classe de neige, c'est ça ?

— Eh oui...

— Eh... s'il n'a pas le droit de faire du ski, je ne vois pas l'intérêt.

— Exactement ! C'est bien ce que je pensais, et je l'ai dit à Mireille mais elle ne voulait pas m'écouter, elle m'a dit Appelle ton cousin, et voilà, quand il y a un problème médical, j'ai beau avoir l'Encyclopédie de la santé en douze volumes à la maison, elle m'a coûté assez cher, même si je l'ai achetée à tempérament, tu penses, ça ne fait rien, il faut que je demande à mon cousin. Il faut dire qu'en dehors de toi, question médecine, Mireille elle ne fait confiance à personne ! Tu as beau habiter à trois cents kilomètres – et encore ! on a le téléphone ! Combien de fois je me suis dit Heureusement qu'on a Bruno ! Si tu n'étais pas là, je ne sais pas comment on ferait – et encore, on n'a que deux enfants, et Françoise est grande, maintenant, c'est une jeune fille, on ne s'en occupe plus ; enfin, Mireille. Moi, je ne me suis jamais mêlé de ça, les histoires de femmes, c'est pas mon rayon... Alors, tu penses qu'on peut le laisser aller au ski ?

— Bien sûr... D'ailleurs je l'ai déjà dit à Mireille. Elle m'a appelé la semaine dernière, ou il y a quinze jours, quand il était malade...

— Ah bon ? Elle t'a appelé ? Eh bien, tu vois, elle ne me l'a pas dit ! Tu vois comment elles sont, les femmes ! Je lui avais dit : Appelle Bruno ! Appelle-le, je te dis, il va te rassurer ! Non, non, elle disait, ça ira, je ne suis pas inquiète – en fait, c'est moi qu'elle ne voulait pas inquiéter parce que, quand elle est inquiète, moi ça ne va plus, tu comprends ! Et elle t'a appelé quand même, sans me le dire ! De quoi j'ai l'air, moi ? Enfin, si elle te rappelle, tu lui diras pas que tu me l'as dit, hein ?

— Quoi ?

— Qu'elle t'a appelé !

— Non, bien sûr. Tu sais bien que je suis muet comme une tombe. D'ailleurs, je n'aurais même pas dû te le dire.

— Quoi ?

— Qu'elle m'avait appelé. Puisqu'elle ne te l'a pas dit...

— Je t'adore ! Je sais que je peux toujours compter sur toi. Je lui dis toujours, à ta mère, Bruno c'est la discrétion même !... Faudra quand même que je l'appelle, parce que ça fait longtemps, mais tu sais ce que c'est, on travaille, on finit tard, on n'y pense pas et quand on y pense, c'est plus l'heure pour appeler. En tout cas, là, j'ai bien fait de t'appeler, à cette heure-ci tu avais fini, c'est ça ? Tu as fini ta journée, hein ?

— Oui... Non... Je vais faire une course et je reviens, j'ai des rendez-vous après...

— Ah, tu n'as pas fini, alors je ne t'embête plus, merci encore, tu me soulages. Il va être content, Jacquot, lui qui se voyait déjà rester toute l'après-midi au chalet, ça l'emballait pas... Et puis sa mère, ça va la rassurer, tu sais comment elle est, Mireille !

— Oui, elle est comme ma... comme toutes les mères.

— Sacré Bruno, va ! Allez, je t'embrasse !

— Moi aussi. Au revoir, Roland ! Embrasse Mireille et les enfants...

— Oui... Toi je ne te dis rien, tu es toujours célibataire, hein ?

— Oui...

— Faut pas trop attendre, tu sais, un homme ça ne doit pas rester seul. Moi, tu vois, je m'y suis pris tard, et je regrette. À cinquante ans, quand on a un fils de dix ans on s'inquiète pour l'avenir, quand même, enfin c'est mieux que pas d'enfant du tout. Bien sûr il y avait Françoise et elle m'aime beaucoup, mais je ne suis pas son père, c'est pas pareil, heureusement que Mireille était encore jeune parce que autrement je n'aurais jamais su ce que c'était. Alors, toi aussi il faut que tu te trouves une petite femme, tu es encore jeune, tu as quoi, trente ans ?

— Bientôt trente-quatre...

— Oui, c'est pareil, c'est pas quarante, tu verras quand tu auras mon âge... Il doit bien y avoir quelques femmes célibataires, là-bas, dans ton coin ?

— Oh, sûrement... Excuse-moi, Roland, il faut que j'y aille...

— Bien sûr, bien sûr, allez, Tchao !

— Tchao, Roland.

Je me ravise brusquement.

— Allô, Bruno ? Bruno ?

Mais tu as déjà raccroché. C'est bête, j'ai oublié de te dire. La prochaine fois que tu l'auras au téléphone, n'oublie pas d'embrasser ta mère.

49

LES PHARMACIENNES

La porte automatique s'ouvre avec son chuintement habituel. Je lève les yeux de mon écran. Tu entres, souriant.

— Bonjour, Docteur.
— Bonjour, Madame Lacourbe. C'est calme, on dirait ?
Tu me serres la main.
— Oui, très calme, pour un mois de novembre. Mais il fait beau en ce moment. Il paraît que la grippe arrive bientôt.
— Ah oui ?
— Oui, j'ai entendu ça à la radio. Et puis le représentant des vaccins est venu nous dire qu'on pouvait commencer à en parler... Enfin, il nous a dit ça au mois d'août, mais bon, tant qu'il fait beau, on ne va pas pousser à la consommation.
— Mmmhh.
— Qu'est-ce qu'il vous faut, Docteur ?
— Eh bien, je n'ai plus de morphine en ampoules, et puis deux, trois bricoles, tenez, je vous ai fait une liste.
— Je vous prépare ça tout de suite ?
— Non, je reviendrai demain. Aujourd'hui, j'ai juste besoin de la morphine. Je vous fais un bon de toxiques.
— Je vais vous chercher ça...
Je passe dans l'arrière-boutique, je frappe à la porte du bureau.
— Oui ?
J'ouvre la porte, je passe la tête.
— Madame Grivel, c'est le Docteur Sachs, il voudrait de la morphine en ampoules, je peux vous prendre les clés de l'armoire ?
— Bien sûr. Vous avez besoin de moi ?
— Non, ça va, c'est calme.
Je prends les clés dans le tiroir de droite du petit

bureau, j'ouvre l'armoire blindée, j'en sors une boîte de morphine injectable, elle contient encore cinq ampoules.

Sur le présentoir tournant, tu as pris une brosse à dents et trois paquets de gommes à la réglisse.

Tu me donnes ton bon de toxiques, j'inscris ton nom et ton numéro d'immatriculation sur le grand registre, les références de la boîte, les renseignements administratifs obligatoires.

Tu es pratiquement le seul dans le canton à venir chercher de la morphine régulièrement. Au début, ça m'étonnait un peu, ça inquiétait même Mme Grivel, parce qu'on trouvait que tu en demandais beaucoup par rapport à tes confrères. Parfois, au début de ton installation, surtout, tu avais l'air si triste qu'on se disait que tu en prenais peut-être pour toi. Un jour je t'ai demandé si tu avais beaucoup de patients qui en avaient besoin, et tu as eu l'air étonné, tu as dit non, je n'en utilise pas beaucoup. Alors j'ai compté et c'était vrai: tu venais en chercher quatre ou cinq ampoules tous les deux mois, c'était peu de chose, en fait, mais nous n'avions pas l'habitude: tes confrères n'en demandent jamais. Et puis j'ai remarqué que tu demandais aussi d'autres antalgiques et Mme Leblanc m'a expliqué que les laboratoires ne voulaient pas toujours t'en envoyer en échantillons. Et puis, les gens causent: Le Docteur Sachs est venu cette nuit parce qu'il souffrait trop, il lui a fait une piqûre et ça l'a bien soulagé, ou: Si le Docteur Sachs n'était pas venu me faire un calmant, je ne sais pas comment j'aurais passé la nuit. Les mamans t'appellent Docteur Aspirine, les vieux t'appellent Docteur Soulagement. Tu ne laisses jamais un enfant avec de la fièvre, tu ne laisses jamais personne souffrir. Ça doit te jouer des tours. Je sais qu'il y a parfois des gens qui appellent un médecin parce qu'ils ont peur d'avoir mal, avant même que ça les prenne, les jeunes aujourd'hui sont si douillets, si mal dans leur peau, si inquiets pour la moindre chose. Mais pour quatre personnes qui ont plus peur que mal et qui, dès que le médecin arrive, se sentent déjà mieux, il y en a un cinquième qui se tord de douleur, qui ne sait pas où se mettre, dans quelle position, parce que ça le torture, dans le ventre, dans la poitrine ou ailleurs, et c'est insupportable. Ceux-là, s'ils ont affaire à un de tes confrères, ils ne seront pas soulagés de sitôt (combien de fois ai-je entendu des gens me dire qu'on les avait laissés souffrir, eux, leur père ou leur frère, et les docteurs disaient qu'ils n'y pouvaient rien, qu'il ne fallait surtout pas masquer les symptômes, que la douleur c'est utile, *ça permet au médecin de savoir ce qui se passe*, on a l'impression que ça les ennuie de voir les gens aller mieux), mais s'ils ont la chance de tomber sur toi, ils passeront le reste de la nuit tranquilles. Toi, ça ne te gêne pas, que les patients ne souffrent pas.

Un jour, on a eu une visite d'un médecin-inspecteur régional de Tourmens, qui trouvait que la morphine, ici, il en sortait beaucoup, comparé à d'autres endroits, mais comme il n'en voyait pas sur les ordonnances il se demandait où elle passait. Quand on a ouvert le registre, il n'y avait que ton nom sur les pages, évidemment. J'ai voulu lui expliquer que tu étais souvent de garde et que tu en utilisais beaucoup à ces moments-là mais je n'ai pas eu le temps. Dès qu'il a vu ta signature il a dit : « Ah, je comprends. » Il a dit qu'il te connaissait, qu'il avait fait ses études avec toi, et ajouté quelque chose que je n'ai pas très bien entendu à propos d'homme de fer, et il est reparti en souriant. Moi, quand même, ça me tracassait, je me disais qu'il y avait peut-être d'autres produits que la morphine quand les gens ont mal. Et puis, un jour, ça faisait déjà plusieurs années que tu étais là, la mère de Mme Grivel s'est cassé le col du fémur en descendant de voiture, il y avait du gravier, elle n'était pas très solide sur ses jambes, elle a glissé et voilà. Tu n'étais pas leur médecin mais là, on était dimanche, quand ça s'est passé elles revenaient de la messe. Comme j'habite tout près, Mme Grivel m'a appelée pour l'aider, sa mère hurlait de douleur et je lui disais qu'il fallait appeler les pompiers ou l'ambulance mais elle était complètement paralysée, elle ne savait pas quoi faire, dès qu'on la bougeait, elle hurlait encore plus fort alors on la tenait là, assise à demi sur une marche, moi debout, elle accroupie, on n'osait plus la lâcher. Un des voisins, en voyant ça, t'a appelé. Tu es arrivé très vite et tu n'as fait ni une ni deux, une ampoule de morphine sous-cutanée et un comprimé sous la langue, un produit qu'on n'avait pas à la pharmacie à l'époque, mais que tu prenais à l'hôpital. En trois minutes, sans mentir, cinq au plus, Mme Grivel mère a pu se laisser soulever et on l'a transportée dans la maison. Elle était un peu assommée, forcément, à cause de la morphine, elle disait : « Ça fait encore mal mais bien moins qu'avant », on l'a installée sur un canapé et elle a attendu calmement l'ambulance. Toi, tu es resté assis près d'elle, tu lui tenais la main, et tu lui expliquais qu'on allait l'opérer, qu'elle marcherait mieux qu'avant, bref, tu la rassurais.

Depuis, chaque fois que sa maman vient lui rendre visite, Mme Grivel t'appelle pour t'inviter à dîner. Tu as toujours refusé gentiment, en disant que tu n'étais pas de très bonne compagnie, et que tes soirées libres tu les passes avec ta maman, qui vit à Tourmens et qui est malade. Elles continuent à t'inviter de temps en temps, elles y tiennent. Mme Grivel mère répète à tout le monde qu'elle te doit la vie. Enfin, pour ce qui nous concerne, tu ne manqueras jamais de morphine, et je ne laisse jamais la réserve se vider. Nos collègues n'arrêtent pas de nous dire qu'avec les vols c'est risqué d'avoir ça, mais Mme Grivel et moi on est bien d'accord, ça vaut la peine de prendre le risque. L'autre jour à la radio, le ministre de la Santé disait avoir décidé de créer un enseignement spécial sur la douleur à l'intention des étudiants en médecine, et je me suis dit qu'il était temps, à la fin du XXe siècle ! Il n'a rien compris, ce ministre. On a tout ce qu'il faut pour soulager les gens mais il faut le vouloir, c'est tout. La plupart des médecins s'en moquent. Une fois qu'ils ont passé la porte et remis la voiture en marche, ils n'en ont plus rien à faire, de la douleur.

— Il n'y a que cinq ampoules, ça suffira ?

— Ce sera parfait.

Tu ranges la boîte dans ta poche, tu me serres la main.

— Au revoir Madame Lacourbe.

J'entends des pas derrière moi.

— Ah, Monsieur Sachs, j'avais peur que vous ne soyez déjà parti !

— Comment allez-vous, Madame Grivel ?

— Très bien. Et vous, vous avez l'air fatigué...

— J'étais de garde cette nuit.

Elle lui tend un sac en papier qu'elle a sorti de sous le comptoir.

— Tenez, M. Lessing me l'a laissé la semaine dernière.

Tu ouvres le sac, tu en sors deux fils à sutures sous emballage stérile et une boîte de sirop antibiotique.

— Ah, oui, je vois. Merci beaucoup. Votre maman va bien ?

Je m'éloigne, je sais qu'elle aime bien parler avec toi. Elle m'a dit qu'elle regrettait de ne pas pouvoir te prendre pour médecin. Je lui ai demandé : Pourquoi pas ? Vous n'êtes pas obligée d'aller voir le Docteur Jardin toute votre vie ! Elle a répondu : C'est vrai, mais le Docteur Sachs, ce n'est pas pareil, je ne pourrais pas.

Parfois je me dis qu'elle doit se sentir bien seule, les dimanches de pluie dans sa maison derrière la pharmacie. À cinquante-deux ans, ça n'est pas très facile de trouver un mari.

Tu lui serres la main, elle la retient un peu, tu ne la retires pas, tu attends qu'elle te laisse partir. Tu me salues de l'entrée, tu sors en mâchant une gomme à la réglisse.

— Au revoir, Docteur !

Sur le petit cahier où on inscrit ce que nous doivent

les médecins, je marque les ampoules de morphine, ça je suis obligée. Mais ni les gommes à la réglisse ni la brosse à dents.

50

DANS LA SALLE D'ATTENTE

Je repose le livre. Je me frotte les yeux. Dehors, il s'est mis à pleuvoir. Près de moi, une dame sursaute, murmure, ouvre son sac, le fouille, farfouille, fouille encore, s'énerve. Je l'entends s'enguirlander : C'est pas vrai, mais c'est pas vrai je ne l'ai pas oublié ! comment ça se fait ? Ah, mais si ! il est resté sur la commode, c'est sûr puisque je l'ai sorti pour donner de l'argent à la petite quand elle est allée me chercher le pain... Ohlàlà ça m'embête ça m'embête ça m'embête mais je ne peux pas retourner à la maison... Si je passe mon tour j'en aurai pour une heure encore... Il ne va rien me dire ça c'est sûr mais j'aurai l'air de quoi, ça se fait pas !

Elle referme son sac, le rouvre, fouille encore une fois par acquit de conscience, hoche la tête (Il est sûrement resté là-bas, y a pas moyen) puis le referme et le serre sur ses genoux. Elle regarde combien de personnes doivent passer avant elle, me regarde et à ce moment-là je ne peux pas m'empêcher de sourire, je me souviens de quelque chose et, comme je ne veux pas soutenir son regard, je feuillette en arrière.

51

GAGES

Il y en a qui ne savent jamais combien c'est.

Il y en a qui veulent toujours donner juste la somme, les vieux surtout, avec la monnaie, les pièces sonnantes et trébuchantes, J'en ai fait à l'épicerie avant de venir, comme ça, ça vous en fera aussi, avec tout le monde qui attend.

Il y en a qui donnent un peu plus, pour pouvoir dire : Gardez la monnaie, je vous en prie, et qui regardent en biais pour voir ce qu'on va faire.

Il y en a qui sortent une liasse de gros billets, C'est combien ? comme s'ils donnaient un pourboire. Et qui regardent plutôt deux fois sous la SIGNATURE ATTESTANT LE PAIEMENT (colonne 12) – Ah, tiens ! C'est pas plus cher ?

Il y en a qui sourient Si vous n'avez pas la monnaie, ça ne fait rien, les cinq francs vous me les rendrez la prochaine fois on est appelés à se revoir.

Il y en a qui dès qu'ils entrent sortent le chéquier, le posent sur le bureau, genre Attention je paie donc j'en veux pour mon argent.

Il y en a qui sont confus Parce que ma femme est partie faire des courses et elle a pris le chéquier.

Il y en a quelques-uns qui envoient leurs enfants seuls avec un billet plié.

Il y en a qui sortent le chèque signé de leur portefeuille, Ça ne vous ennuie pas de le remplir ? L'écriture et moi, vous savez...

Il y en a qui payent en entrant Comme ça ce sera fait, et qui partent en oubliant l'ordonnance.

Il y en a qui au bout de vingt minutes paient pour vous montrer qu'ils sont pressés de partir, et qui restent encore une heure.

Il y en a qui passent J'en ai pour deux secondes, c'est juste pour vous montrer mon résultat d'analyse, et ça dure cinquante secondes mais qui veulent payer quand même Ben c'est vrai quoi c'est normal sinon comment vous allez gagner votre vie ?

Il y en a qui paieront la semaine prochaine.

Il y en a très peu qui ne paient jamais.

Il y en a qui vous offrent le café, Ici on le boit avec une petite goutte mais un docteur, je sais pas !

Il y en a qui ne savent pas Comment vous remercier Docteur est-ce que vous aimez les fraises/les haricots/les tomates/les noix/les cerises j'en ai plein mon jardin.

(Il y en a qui laissent un sac plein dans la salle d'attente. Il faut fouiller au fond du sac pour lire leur nom écrit en tout petit au crayon sur un quart de dos d'enveloppe et savoir de qui ça vient et, quand on ne l'a pas fait, ils ont la délicatesse, en vous croisant dans la rue, de vous lancer « Alors, vous les avez trouvées bonnes les prunes ? » avant même que vous ayez eu le temps de leur dire bonjour.)

Il y en a qui vous dédicacent leur livre édité à compte d'auteur, récit d'une aventure, hommage au père adoré, tombeau d'un enfant trop tôt disparu, Peut-être que ça vous intéressera, vous le lirez si vous avez le temps, vous verrez c'est pas très long je suis content de l'avoir fait, c'était très dur mais maintenant je ne suis plus comme avant.

Il y en a qui vous offrent leur corps, mais faut pas toucher.

Il y en a qui connaissent avant vous l'augmentation des tarifs, J'ai entendu ça hier soir à la télé, vous ne le saviez pas ?

Il y en a qui disent, Je n'ai pas d'argent et mes parents ne savent pas que je suis venue.

Il y en a qui se lèvent dans la salle d'attente, J'ai oublié mon argent chez moi vous allez pouvoir me prendre ?

Il y en a qui vérifient les médicaments un après l'autre, C'est remboursé au moins ? Parce que aujourd'hui, on a beau avoir cotisé, ils ne remboursent plus grand-chose.

Il y en a qui Dites donc ça a beaucoup augmenté ! Il faut dire que je ne suis pas souvent malade, la dernière fois que je suis venu ça fait des lustres.

Il y en a qui donnent du coude : Paie donc le Docteur tu vois bien qu'on l'amuse et y a du monde à passer après nous !

Il y en a qui ne paient pas de mine
Il y en a qui Avec tout ce qu'il nous a coûté
Il y en a qui J'en ai marre d'être une pompe à fric
Il y en a qui Je sais pas si ça vaut la peine
Il y en a qui Je vaux plus rien
Il y en a qui paient pour les autres.

52

ESSUIE-TOUT

Tu te lèves, tu te diriges vers l'autre bout de la pièce. Je sanglote. Vous comprenez, Docteur, je peux plus dormir, depuis que ma chienne a une tumeur de la mamelle (tu prends un mouchoir en papier dans le distributeur posé sur la table de verre) je me fais du souci et le vétérinaire dit qu'elle en a plus pour longtemps même s'il l'opère (tu reviens) et je le crois vous savez, c'est pas un de ces vétérinaires qui opèrent pour rien (tu me tends le mouchoir en papier) – Merci, mais ça me tourmente, vous savez, ça me tourmente et j'en dors plus (je m'essuie les yeux et tu te rassieds sur ton fauteuil à roulettes).

Tu te lèves, tu te diriges vers l'autre bout de la pièce. Je soupire. Vous comprenez, Docteur, ce n'est pas facile en ce moment alors je ne sais pas s'il faut que je m'endette encore (tu fais couler du savon liquide) ou s'il vaut mieux que je reste là où je suis évidemment c'est un choix à faire mais je me dis (tu te savonnes les mains) que si je m'endette un peu plus, bon il y a les assurances mais si jamais il m'arrivait quelque chose (tu prends un essuie-mains en papier dans le distributeur accroché au mur) ma femme et mes enfants qu'est-ce qu'ils deviendraient ? (tu t'essuies les mains) parce que si je change de local c'est pour m'agrandir bien sûr mais ça veut dire plus de stock, donc plus de travail et j'ai pas les moyens d'embaucher quelqu'un (tu reviens) déjà que ma femme m'aide toute la journée pratiquement mais que je peux pas la salarier c'est trop compliqué ça nous ferait changer de tranche (tu te rassieds) deux enfants c'est pas assez mais pas question (tu écris sur ton bristol blanc) d'en avoir d'autres, ma femme en voudrait un ou deux de plus – vous savez comment c'est, les femmes – mais moi je lui dis Pas question comment veux-tu qu'on fasse (tu regardes tes doigts tachés d'encre, tu te relèves, tu te diriges vers l'autre bout de la pièce. Tu prends un essuie-mains en papier dans le distributeur accroché au mur), je soupire.

*

Tu essuies le bout de ton stylo.

Tu essuies l'encre qui vient de tacher le plateau blanc.

Tu t'essuies les doigts.

Tu t'essuies le front.

Tu essuies tes lunettes.

*

Tu te lèves, tu te diriges vers l'autre bout de la pièce. Je tente désespérément de limiter les dégâts. Vous comprenez c'est comme ça tous les jours, pas moyen de l'arrêter, j'ai beau lui donner sa bouillie avec de la géloviscose, j'en mets douze cuillères alors qu'ils disent huit sur la boîte (tu reviens) je lui donne les gouttes que l'hôpital m'a marquées, je sais que ce n'est pas grave, je le couche sur le ventre la tête surélevée mais ça continue et moi (tu me tends les essuie-mains en papier mais je sais pas quoi en faire avec le bébé sur les bras) j'en ai marre de lui changer ses draps quatre fois par jour. Ils ont beau dire que ça va s'arranger avec l'âge, ça fait deux mois que ça dure et ça ne s'arrange pas (tu me reprends les essuie-mains et tu nettoies le vomi qui a maculé le sol dès que je me suis assise avec lui sur mes genoux) moi je me demande s'il faudrait pas le faire opérer quand même (tu me prends le bébé, Vous permettez ? tu le soulèves tu le soupèses tu le reposes sur mes genoux tu lui donnes le hochet transparent avec les boules de couleur qui montent et qui descendent et le bébé fait Daddaadd-ddaaaa ?) mon mari n'est pas d'accord, un bébé de six mois ça lui fait peur, mais ce n'est pas lui qui s'occupe de la lessive, vous savez comment c'est les hommes (les larmes se mettent à couler sur mes joues) Excusez-moi vous n'auriez pas un mouchoir ?

*

Tu passes devant moi et tu te diriges vers l'autre bout de la pièce. Je ne bouge pas. Tu prends un essuie-mains en papier dans le distributeur accroché au mur, tu reviens vers moi, tu ôtes de mon thorax les électrodes, tu essuies le gel de contact poisseux qui macule ma peau et me colle aux poils ou les larmes de ma joue ou les bavouillis qui coulent de mes lèvres ou la morve de mon nez ou la merde de mes fesses.

53

L'INDICIBLE

Tu es assis à ton bureau. Tu ne bouges pas.

De profil, ton corps dessine une sorte de S, assis inscrit sur le fauteuil à roulettes, long reptile un peu lourd appuyé sur deux bras, mains presque jointes au bout de ton regard.

Ta main gauche est posée à plat près de la feuille. Le stylo est suspendu dans ta main droite à quelques millimètres au-dessus du papier.

Sur la feuille, tu as écrit.

Le corps n'existe pas. Enveloppé dans la blouse, les vêtements.

Les mains, à la rigueur. Quand elles ne prennent pas de gants.

Les yeux matent derrière ces foutus carreaux gras.
Cheveux gras, nez luisant comme un gyrophare.
Est-ce qu'on l'entend hurler, de l'extérieur ?
Touche à tout, du bout des doigts.
Réponse à tout, du bout des lèvres.
Retrousser ses manches, ça ne met pas à nu.
Pour être nu enfin, il faudrait

Tu cherches le mot juste, ou tu hésites.

54

DANIEL KASSER

Essoufflée, éperdue, elle entre en trombe dans l'atelier.

— Il m'a appelée ! Il m'a appelée ! Il a trouvé un prétexte et il m'a appelée...

— Qui ça ?

— Lui. Tu sais bien, le médecin de l'hôpital, Bruno Sachs...

— Sexe ?

— Oh, s'il te plaît ! *Sachs*. Je t'en ai déjà parlé ! Je suis retournée le voir en consultation aujourd'hui, et...

Je pose mes outils et je la regarde. Je vais vers elle, je la prends par les épaules, je la fais asseoir, je m'assieds près d'elle.

— Raconte-moi.

Elle se relève, elle ne tient pas en place, elle tourne en rond sans savoir quoi dire ni par où commencer. Je me lève à mon tour.

— Veux-tu un café ?

Sans attendre sa réponse, je la pousse vers la cuisine. Il y a encore du café chaud dans la bouteille thermos. Je lui en verse une grande tasse.

— Il est très fort.

— Oui... Tant mieux.

Elle prend la tasse de café fumant. Elle la tient entre ses mains, comme pour se réchauffer. Elle reste debout, adossée à la porte.

— Je n'arrivais pas... je n'arrivais pas à partir. Et pourtant, qu'est-ce que je me sentais bête !

Sa voix s'est faite très douce, à présent, presque inaudible.

— C'était une consultation de contrôle, tu vois... Enfin, tu imagines, ça n'a rien de drôle ni d'intime, c'est plutôt... Mais lui... Lui, il est... Il n'est pas... Il n'était pas médecin, cet après-midi. Il était... lui. Il me parlait, il me parlait et je ne l'écoutais pas, je le regardais, et je ne me souviens plus du tout de ce qu'il m'a dit mais il m'a parlé longtemps... Je suis restée presque une heure et c'était trop court, j'aurais voulu que ça ne s'arrête pas... À la fin, il s'est excusé en disant qu'il parlait trop et moi je voulais lui dire que non, que ça ne m'ennuyait pas du tout, mais il s'est arrêté, il a demandé si j'avais des questions à lui poser, et j'ai répondu Non, je ne vois pas, alors il a dit : C'est bien dommage. Il avait l'air... de regretter que ça s'arrête et moi, je me sentais complètement idiote, je ne savais pas quoi dire pour que ça continue, pour qu'il me parle encore...

Elle s'arrête. Elle soupire, elle boit une gorgée de café, elle me regarde.

— Quand je suis sortie, nous nous sommes regardés, ça n'a duré qu'une seconde, le temps de sortir de la pièce... Je ne voulais pas m'en aller et je sentais qu'il ne voulait pas que je parte, il ne me lâchait plus du regard...

Elle s'anime à nouveau, elle pose la tasse et se met à marcher de long en large dans ma minuscule cuisine.

— Et tout à l'heure, au moment où je rentrais du bureau, le téléphone a sonné et c'était lui, je l'ai reconnu tout de suite, j'ai reconnu sa voix je n'y croyais pas, il se confondait en excuses... En l'entendant je me suis mise à rire – il a dû penser que j'étais complètement idiote – mais j'étais heureuse, j'espérais... je savais qu'il essaierait, qu'il trouverait quelque chose, un prétexte... parce que je n'ai pas repris rendez-vous. Il faudrait que j'y retourne dans quelques semaines, et au moment de partir la surveillante me l'a proposé mais j'ai dit Non, je rappellerai, et en partant je me suis dit Voilà, c'est fini, je ne le reverrai jamais... Et voilà qu'il me rappelle ce soir, il se confondait en excuses, il avait oublié de me dire je ne sais quoi, une précaution à prendre mais c'était un prétexte, rien qu'un prétexte ça n'avait aucun sens, il voulait seulement me rappeler !

— Il te l'a dit ?

— Non ! Il n'a rien dit... Je ne sais même plus ce qu'il a dit, exactement. Il n'a rien dit. Il voulait me parler, mais il n'a rien dit, il avait l'air terriblement troublé et moi je ne savais pas quoi faire !

Elle soupire à nouveau, elle s'approche, elle se blottit contre moi.

— Tu me trouves idiote...

— Mais non, ma petite fille.

Je la serre dans mes bras.

— Tu vas le revoir. Tu vas reprendre rendez-vous...

Elle se détache de moi, elle secoue la tête, les yeux fermés.

— Non.

— Pourquoi non ?

— Si je reprends rendez-vous, une fois le rendez-vous passé, je n'aurai plus aucune raison d'y retourner. Et puis... je ne veux pas aller le voir à l'hôpital.

— Alors ?

— Alors, dit-elle, alors... je ne sais pas.

55

CATHERINE MARKSON

Ils sont là tous les trois, Ray, Bruno et Diego.

Ils parlent, ils s'apostrophent, ils se marrent, comme si de rien n'était. Bruno s'est assis dans le fauteuil, Diego au bout du lit. De temps en temps, pour appuyer ce qu'il dit, il pose la main sur les pieds de Ray, enfouis sous la couverture. Ou bien il tend la main ouverte, et Ray et Bruno tapent dedans en chœur et ils rient plus fort encore, pendant que le sang s'écoule dans la tubulure fixée à son bras.

Bruno ne m'a pas regardée depuis qu'il est arrivé avec Diego. Ray est aux anges, ça faisait des semaines qu'ils n'ont pas passé un moment ensemble tous les trois. Bruno, ça faisait très longtemps que je ne l'avais pas vu. Il appelait Ray, il passait le voir en coup de vent, comme par hasard à des moments où je n'étais pas à la maison. Au téléphone, il me parle, mais toujours brièvement, toujours un peu sèchement.

Ce soir, il est aussi long, aussi maigre, aussi voûté qu'il y a quinze ans. Il a toujours besoin d'un shampooing et d'une coupe de cheveux, il se cache derrière ses lunettes. Il grisonne un peu sur les tempes. Il est moins bavard que quand nous nous sommes connus. Il y a comme de la colère dans son silence, comme de la haine dans ses paroles. Il n'y a guère plus que Ray qui sache le dérider, je crois.

Diego, lui, n'a pas vraiment changé. Il se dégarnit. Il est peut-être un peu plus calme, un peu plus réservé, un peu mieux dans sa peau. Il ne regarde plus Ray de la même manière. Et moi non plus, bien sûr. Je n'ai jamais osé demander à Ray s'il savait, s'il avait compris. Et je ne le lui demanderai jamais, ça fait trop longtemps, ça n'a plus d'importance. Je crois. Et pourtant. Est-ce qu'ils seraient aussi proches, tous les trois, s'il n'y avait pas entre eux bien plus que les souvenirs d'enfance, l'année de Bruno à Canberra, leurs quatre cents coups quand Ray est arrivé ici... et moi ?

Je ne sais même pas si je compte. Quand ils sont ensemble, plus personne d'autre n'existe. Ray est leur grand frère, leur mentor et leur protégé. Quand il est arrivé ici, il avait trente-huit ans, il était encore puceau et ne parlait pas un mot de français. Ils lui ont tout fait connaître, le pays, la langue, les femmes. Il leur a appris l'histoire du monde, la géopolitique, la philosophie. Et ça fait quinze ans que ça dure, qu'ils passent des heures à se parler, qu'ils s'engueulent, qu'ils se consolent, qu'ils s'aiment. Qu'est-ce que je foutais avec eux ? Qu'est-ce que je fous là, aujourd'hui ?

Combien de temps est-ce que ça va durer ? Les médecins sont évasifs, Bruno ne répond pas à mes questions et Ray lui-même n'arrête pas de me répéter que les médecins sont tous des cons, comme si ça devait me rassurer.

Ils éclatent de rire encore une fois, mais Ray se met à tousser. Il est de plus en plus maigre et, à cause de son anémie, sa peau est livide. Ses taches de rousseur ressemblent aux taches de vieillesse des centenaires. Comme il ne veut pas qu'on lui coupe les cheveux en ce moment, sa tignasse rousse part dans tous les sens. Il tousse de plus en plus, Bruno et Diego cessent de rire, Bruno se penche vers lui, Diego lui pose la main sur le dos, Ray pleure, je vois ses yeux rougir, il pleure de douleur quand il se met à tousser. Je vais sonner, je vais appeler une infirmière, mais ça se calme d'un seul coup.

— *Hey! Nasty thing, that...* comment tu l'appelles, déjà ?

— Quoi ?

— Le champignon, là, le machin qu'ils m'ont trouvé dans le poumon... L'asperge ?

— L'aspergillus...

— Ouais, c'est ça ! Quand j'étais au *college* de théologie, je n'aurais jamais cru que je viendrais cracher des asperges à Tourmens !

Il jette à Diego un regard en coin. Diego lui rend son regard, murmure en hochant la tête, sourire au coin des lèvres :

— Vieux con !

— Un peu de respect, *young man.* Ou je te fais réviser Wittgenstein. Hey, Kate ? Qu'en dis-tu ? Tu crois qu'on pourrait lui faire réviser *that ol'Witty, huh ?*

— Je n'ai pas besoin de révision, enseignant de mes fesses. « Le monde est tout ce qui arrive. Le monde est la totalité des faits, non des choses... »

Et Diego se met à réciter les premiers paragraphes du *Tractatus*.

— Hey ! Tu le sais encore ! Et toi, Nox ?

Bruno reprend exactement là où Diego s'est arrêté, mais il cale au bout de quelques phrases, et scrute en souriant le visage de Diego.

— Ah, non, je ne t'aide pas, t'avais qu'à bosser !

— Quand tu récites ça, on dirait que tu dis le Kaddish, murmure Ray. Tu le diras pour moi quand j'aurai claqué...

Bruno ne répond pas, il me regarde, pose la main sur le bras de Ray et dit enfin :

— Il faut dix hommes pour dire le Kaddish... À nous deux, on n'y suffira pas.

— Ouais, dit Diego. Et je ne suis même pas juif...

— Et alors ? Moi non plus ! Mais j'ai droit à mon Kaddish, non ? Une prière des morts qui ne dit pas un mot de la mort, tout le monde y a droit, non ?

Bruno prend une profonde inspiration.

— Arrêtez vos conneries... Cela dit, je suis sûr qu'en travaillant au *Tractatus*, Ludwig pensait à son grand-père. Il n'a pas seulement écrit ce bouquin, il l'a scandé...

— Eh, dis donc, Professeur Markson, intervient Diego d'une petite voix que je ne lui ai pas entendue depuis bien longtemps, c'est pour ça que tu nous imposais de le connaître par cœur, ce foutu texte ? Quand un imbécile se trompait de salle et tombait sur ton petit groupe en pleine récitation, on avait l'air fin !

Ray se redresse sur son lit, fulminant, lion roux prêt à souffleter son rejeton d'un coup de patte.

— Petit con ! Est-ce qu'on ne connaît pas mieux, plus *intimement*, ce que l'on a appris par cœur ? Est-ce qu'on ne s'en souvient pas *toujours ?*

— Si, M'sieur ! dit Diego en levant le bras pour se protéger.

Et tous trois se mettent à rire à nouveau, à tue-tête, et je me mets à frissonner en pensant que Ray va se remettre à tousser, mais non, ils rient et il se penche vers eux et les voilà qui l'enlacent à présent, qui se tapent sur les côtes, leur rire plein de tous leurs souvenirs, de toutes leurs larmes, de toutes leurs frasques d'adolescents vécues si tard, si longtemps après la véritable adolescence, est-il jamais possible d'être adolescent au bon moment ?

Et à ce moment-là, je me sens si seule, si désespérément seule, si déchirée de chagrin et de douleur que mes larmes se mettent à couler à flots, à dégouliner le long de mon visage, à goutter au bout de mon nez, mais je ne bouge pas, je ne dis rien, je ne sors même pas un mouchoir, je ne fais pas un geste, de peur qu'ils ne tournent la tête vers moi, ils sont ensemble, proches et heureux, et je n'ai rien à foutre ici, je ne veux pas casser ça, je ne veux pas noyer leur joie dans mes larmes...

Je vois qu'ils pleurent aussi, et qu'ils rient en même temps.

Je regarde Bruno, il rit lui aussi, son visage s'éclaire, il se déplie en riant, il grandit, il est beau et bon, il redevient le Bruno que j'ai rencontré, avant de rencontrer Diego, avant de rencontrer Ray, et je me mets à avoir envie de me blottir dans ses bras, je me mets à trembler d'avoir envie de lui si fort, pour toutes les nuits que je n'ai pas passées avec lui, toutes les nuits où je l'ai supplié de rester et où il m'a répondu non... Je me dis, cette fois-ci, je ne te laisserai pas me dire non, tu n'as pas le droit. Tout à l'heure, nous allons repartir, Ray va me dire de rentrer avec vous, vous demander de m'emmener au restaurant et puis au cinéma, comme on le faisait tous les quatre, ou tous les trois quand il retournait en Australie voir sa mère, et c'est comme ça qu'il sait quels films j'ai vus ou non avec lui, quand je dis : « Ça me rappelle telle scène de tel film, tu te souviens ? » Ray me regarde et me dit : « C'était pas moi, c'en était deux autres. » Quand nous sortirons, tout ce que je veux, je te le dirai. Diego comprendra, il le sait déjà, je te dirai Bruno c'est toi que je veux, j'en ai marre de souffrir, de pleurer la nuit près du cadavre encore vivant de Ray que j'ai tant aimé mais qui n'a jamais su m'aimer comme un homme aime une femme, j'en ai marre d'attendre que tu me prennes dans tes bras et que tu m'aimes, j'en ai marre que tu aies peur de tout, de moi, des autres, de ton ombre, de je ne sais quoi. J'en ai marre, je n'en peux plus et cette fois-ci je ne te laisserai pas partir.

COLLOQUES SINGULIERS, 3

LA SÉANCE

Je croise les jambes et j'inscris la date, 10 décembre. Il reste un long moment silencieux, puis pousse un grand soupir.

— Nox est venu samedi à la librairie. Ça faisait un mois que je ne l'avais pas vu.

... Comme il y avait du monde, il m'a fait bonjour de la main, il a traîné entre les bouquins. Il a toujours été comme ça...

... Nox. À la fac, les étudiants l'appelaient *l'inoxydable Sachs* parce qu'il n'arrêtait pas de leur faire la morale, alors ils ne le rataient pas. Quelques copains disaient *l'inox*, ou *l'intox*, parce qu'il n'arrêtait pas de coller des pamphlets sur les murs de la fac de médecine, du genre « Ordre Médical, Ordre Nouveau ? » ou « Nous sommes tous des médecins nazis ». Les étudiants en médecine en avaient la trouille. Ils pensaient bêtement qu'il était aussi méchant que ses textes. Un jour, il a admis que très peu de gens lisaient vraiment ce qu'il écrivait et que tous les autres s'en foutaient complètement, d'abord et y compris l'administration – il rêvait d'être convoqué dans le bureau du doyen pour pouvoir lui cracher à la gueule, mais le doyen ne devait même pas savoir qu'il existait. Alors, il s'est calmé, il n'a plus collé de pamphlets, il est devenu un type plutôt sombre, plutôt taciturne, plutôt chien avec tout le monde, pas du tout comme quand on était gamins, là c'était un môme timide, qui avait peur de la castagne, qui restait seul dans son coin et quand je me souviens de lui à l'école primaire, je me demande comment on a fait pour devenir aussi proches...

... Sa mère cuisinait très, très bien. Pas aussi bien que la mienne, mais quand même. On passait des après-midi entières à lire ensemble des bandes dessinées ou des romans de science-fiction. Il avait un grand fauteuil dans sa chambre, assez grand pour qu'on s'y installe tous les deux côte à côte.

... Quand il est revenu d'Australie, je savais qu'il allait faire médecine, il n'avait pas trop le choix, le fils unique chéri, ses parents n'attendaient que ça.

... Moi, j'ai travaillé presque tout de suite dans la librairie. Avant, Moïse la tenait tout seul, mais il se faisait vieux et comme je traînais tout le temps là, que je ne voulais rien faire d'autre, les livres pour moi il n'y avait que ça...

... Quand Moïse a fait son attaque, je l'ai retrouvé au petit matin, allongé au pied de l'escalier, glacé, paralysé d'un côté mais vivant. Il ne pouvait plus dire un mot. Quand je lui parlais, il me serrait la main de sa main valide, pour me dire qu'il m'entendait, qu'il comprenait, un coup oui, deux coups non comme quand on est môme... Je lui ai demandé s'il souffrait, il a dit non. Je lui ai demandé s'il avait peur, il a dit non. Je lui ai demandé s'il voulait que je le garde chez lui, et il a répondu non, là encore. Et là je ne comprenais pas, il avait toujours juré qu'il ne mourrait pas à l'hôpital, alors je lui ai posé la question à nouveau à plusieurs reprises, il répondait non, non, non. Et quand je lui ai demandé s'il voulait que j'appelle une ambulance, il a serré ma main une fois, très fort, il a incliné les yeux une fois, pour me dire oui...

... Il ne voulait pas que je m'occupe de lui. Il savait que j'étais prêt à rester avec lui dans l'appartement, mais il ne voulait pas. S'il avait vécu seul, il se serait laissé mourir, mais il ne voulait pas que ça se fasse sous mes yeux.

... Je l'ai accompagné à l'hôpital, et qui je vois en blouse blanche à la porte? Nox, que je n'avais pratiquement pas vu depuis trois ou quatre ans. Il ne sortait plus de l'hôpital, il cumulait les gardes, moi je ne quittais pas la librairie, on se passait un coup de fil de temps en temps mais c'était tout, et c'est sur lui qu'on tombe.

... C'est Nox qui m'a expliqué que c'était cuit...

... Si ç'avait été quelqu'un d'autre, je lui aurais craché à la gueule, je n'aurais pas accepté qu'on me dise qu'il n'y avait plus rien à faire... Il n'a pas dit ça, d'ailleurs. Il a dit: C'est moche. Il l'a regardé, Vous comprenez ce que je dis? Et Moïse a fait oui en lui serrant la main. Bien sûr, qu'il comprenait. On sait qu'on va mourir.

... Si Nox avait été installé, à l'époque, on aurait pu se débrouiller tous les deux, on l'aurait laissé mourir chez lui...

... Après la mort de Moïse, je n'avais pas trop envie

de le voir. Je pensais à Moïse chaque fois qu'il passait. Je disais que j'avais du boulot, il fallait que je m'occupe des bouquins.

... Un jour, ça faisait peut-être six ou huit mois que j'étais seul, je vois entrer au Mail un grand type roux, parlant un français très correct mais avec un fort accent et qui me demande si j'ai des livres sur l'Australie. Je dis : Je connais un type qui a vécu en Australie, il me fait : Ah oui ? d'un air pas très concerné et puis on discute, on sympathise, il me dit qu'il habite à Tourmens depuis quelques semaines, qu'il ne connaît encore personne et il m'invite à dîner un soir avec « une ou deux autres connaissances ». J'ai accepté, bien sûr.

... Je l'ai aimé immédiatement. Il était beau, il était brillant, il était drôle, il parlait comme un dieu, il savait plus de choses que tous les petits profs que je vois en une année, il était bon, il était maladroit et puritain... Je sais pas pourquoi je parle au passé, il n'est pas mort...

... Et donc me voilà chez lui un beau soir, il y avait là une demi-douzaine de filles... et Nox. Ray et lui, ils se connaissaient bien sûr, il avait voulu nous faire une petite surprise à tous les deux.

... On a parlé toute la nuit, à sept heures du matin on y était encore. Les filles étaient parties, parce que ça tournait à la réunion d'anciens combattants, elles se sont senties de trop. Sauf Catherine, bien sûr. Elle était étudiante en philosophie et, dès que Ray était arrivé, elle s'était inscrite à son séminaire. Elle connaissait Nox depuis plusieurs mois, il avait soigné sa mère à l'hôpital, et puis ils avaient... sympathisé, disons. Il ne s'était rien passé, Nox était bien trop rigide. Mais elle,

elle a tout de suite été amoureuse de lui, ça se voyait gros comme une maison.

... Ray et Nox s'étaient mis à chanter des airs de comédies musicales, *Porgy and Bess, South Pacific*, et surtout *Kiss me, Kate*, une transposition de *La Mégère apprivoisée*... À partir de ce soir-là on ne l'a plus jamais appelée Catherine.

... Elle écrivait un mémoire sur Wittgenstein. Ils se sont mis à en parler, Ray et elle. Ils n'étaient pas d'accord, ils se lançaient les citations à la figure. Moi, je savourais, Nox essayait de suivre.

... À la fin, Kate a marqué un point, Ray s'est mis à rire, de son rire homérique, et a dit qu'elle méritait le titre le plus convoité de la philosophie contemporaine, celui de « Maîtresse de Wittgenstein ». On a ri encore plus fort, on a vu Kate rougir comme une pivoine, et Nox nous regardait, les yeux comme des soucoupes. Finalement, Ray, qui étouffait presque, lui a tapé sur l'épaule et lui a dit : « Tu savais pas que ce vieux Wittgenstein était... » mais il s'étranglait, il étouffait, il n'arrivait pas à se calmer alors il m'a regardé et j'ai dit : « Pédé comme un foc ! » ...

... La maîtresse de Wittgenstein, tu parles ! Jamais vu une femme aussi partagée. Elle a toujours été amoureuse de Nox, elle a baisé comme une folle avec *moi*, et c'est Ray qu'elle a épousé... Le lendemain de son mariage, Ray était encore vierge...

... Et ce con de Nox a continué comme si de rien n'était, on se voyait une ou deux fois par semaine, on dînait ensemble chez eux ou on déjeunait tous les quatre au bistro en face du Mail, et de temps à autre il disait à Kate qu'elle était belle, que le mariage lui allait bien, qu'elle serait belle enceinte... Quel con ! C'est pas lui qui la ramassait à la petite cuillère, après.

... Il n'a jamais rien compris aux femmes, Nox.

... Kate n'était jamais arrivée à le mettre dans son lit, mais c'était pas faute d'avoir essayé... Huit jours avant de se marier, elle débarque chez lui, elle lui dit qu'elle le veut, qu'elle n'a toujours voulu que lui, qu'il est encore temps, que Ray comprendra... Et cet imbécile la met dehors !

... C'est elle qui me l'a raconté. Lui, il ne m'a jamais rien dit. Il devait penser que ça serait de la trahison... J'avais compris qu'il ne l'aimait pas. J'ai longtemps cru qu'il ne pourrait jamais aimer personne. Il ne savait pas aimer, il n'a jamais appris. Chez lui, on n'aime pas, on possède. La règle numéro un c'est : « Je t'aime, donc j'ai tous les droits sur toi. » Il en bouffait tous les jours du : « Mon chéri fais-moi ci, tu feras plaisir à ta mère. Mon chéri fais-moi ça, tu feras plaisir à ton père. » Tous les jours. Il les a fuis comme la peste, mais n'empêche qu'il ne connaissait que ça. Il a quand même fallu qu'il se plante à deux ou trois reprises pour s'en rendre compte. Une fois, il a failli se faire mettre le grappin dessus. Par une employée de banque. Mal fringuée, mal dans sa peau, malheureuse. Pas jolie. Une victime. Une pauv'fille qui s'appelait Irma, qu'avait pas d'maman, qu'avait pas d'papa. Enfin, si, et c'était la petite dernière. Cinq frères et trois sœurs. Très bonne famille. Les garçons étaient ingénieur, chef d'entreprise, avocat, prêtre et capitaine, bien sûr. Les sœurs étaient devenues nonne et dame patronnesse.

Elle, employée de banque. Et dépressive chronique. Elle ne s'était pas trouvé de mari. Une honte. Et même pas titulaire, volante. Tantôt ici, tantôt là. Je sais pas ce que Nox lui a trouvé. Elle avait dû le repérer. Un jour il va déposer de l'argent, elle lui fait son sourire malheureux, « Bonjour Docteur, alors, vous avez beaucoup de malades ? Finalement, vous et moi, on fait un peu le même métier, les gens vous confient ce qu'ils ont de plus précieux, et nous aussi, on les écoute, on les rassure, on les réconforte, mais nous, nous, qui est-ce qui s'occupe de nous ? Snif... » Etc. Et je vois bien comment, de fil en aiguille, elle a dû l'inviter à venir prendre un thé dans sa piaule.

... Il devait se sentir très seul à ce moment-là...

... Ça a duré quelques mois. Après, elle est sortie du circuit, je ne sais pas comment il s'en est débarrassé. Et ensuite il y a eu l'instit. Pas tout à fait le même genre, mais une victime, elle aussi. Il a toujours eu un faible pour les victimes. Ça l'émeut. Et elles, elles le reniflent à dix kilomètres. Celle-ci, elle bouffait comme quatre. Trois fois par jour. Une vraie rescapée des camps. Elle a même réussi à se faire inviter chez sa mère, et ça c'était un record, il fallait qu'elle ait beaucoup baissé, Maman Sachs. Enfin, ça n'a pas duré non plus.

... De temps à autre, je savais qu'il avait quelqu'un parce que quand j'allais le voir – Ray et Kate passaient me prendre à la fermeture et on allait tous les trois dîner chez lui – la maison n'était pas rangée comme d'habitude, il y avait des mégots de cigarettes dans le cendrier, ou une paire de collants filés dans la poubelle.

... Mais là, depuis un bout de temps, il n'y avait plus

personne. Son foutu boulot, les gardes, ses réunions de groupe, les cours qu'il donnait aux étudiants, les articles qu'il écrivait pour sa foutue revue, et rien que ça.

... Quand Ray est tombé malade, Kate a commencé à s'agiter. Et Nox à se recroqueviller. Il sentait que ça lui pendait au nez, qu'elle avait attendu suffisamment longtemps...

... Un soir, le mois dernier, on s'est retrouvés tous les deux à l'hosto dans la chambre de Ray. Kate était là, bien sûr, et, pendant qu'on se marrait, je la sentais qui nous examinait l'un après l'autre, Ray d'abord avec sa peau sur les os et ses cheveux en bataille, puis moi (elle devait essayer de se souvenir comment c'était quand je passais des après-midi à la tringler pour la consoler d'avoir un mari historien qui aurait préféré se taper Wittgenstein...), puis Nox, l'amour de sa vie, l'inaccessible, ça se voyait comme le nez au milieu de la figure, elle le dévorait des yeux.

... Quand on est sortis de la chambre, il était onze heures et demie. L'infirmière de nuit nous avait foutus dehors parce qu'on faisait trop de boucan. Dehors, il faisait bon, on aurait dit un mois de mai. La fenêtre de Ray était la seule éclairée et il nous faisait signe par la baie vitrée, il était sorti de son lit, il tenait le drap devant lui. Kate a pris le bras de Nox. Elle a dit : « On raccompagne Diego et tu me ramènes ? » Et lui : « Euh... » J'avais pas envie d'entendre la suite, alors je suis rentré à pied.

... Le lendemain matin, il m'a dit qu'il avait passé la nuit avec elle. Il a dit une chose terrible... « Je l'ai fait pour qu'elle souffre moins... Et parce que Ray est encore vivant. Je n'aurais pas pu le faire sur sa tombe. »

... Il n'avait pas d'excuse à lui donner, à elle, mais il s'en cherchait encore. « Je l'ai fait pour qu'elle souffre moins... » Je suis sûr qu'il le croyait vraiment, cet abruti !

... Contre toute attente, Ray a fini par sortir de l'hôpital, sa foutue pneumonie a guéri grâce à je ne sais quel antibiotique expérimental. Il a vomi sang et tripes, mais il a guéri. Enfin, de sa pneumonie. La leucémie, elle, est encore là.

... Kate ne va pas mieux, elle se replie sur elle-même. Elle soigne Ray, elle le couve, il ne va pas mal, il lit, il écrit, il joue du piano, il sort de temps à autre, il marche avec une canne, et ils viennent jusqu'au Mail. Mais il lui donne le bras comme si c'était elle la malade.

... Chaque fois que j'appelais Nox, il n'avait pas le temps de parler, il était toujours occupé. Kate ne le voyait pas non plus, elle disait qu'il ne lui parlait plus, alors qu'il appelait Ray trois fois par semaine, et qu'il lui envoyait des ordonnances s'il avait besoin de quelque chose. Mais il ne venait pas les voir. Peut-être parce qu'il ne voulait pas que Ray lise quelque chose sur son visage.

... Et puis samedi, je vois mon lascar entrer, le visage gris comme la mort. Je me dis : Il a dû passer à l'hôpital, parce qu'il était cinq heures de l'après-midi et le matin j'avais eu Kate au bout du fil, Ray avait été réhospitalisé, il n'allait pas bien à nouveau.

Donc, il entre, et comme il y a un peu de monde, le samedi c'est ma grosse journée, il me fait bonjour de la main – il lève la main à hauteur de son visage et il remue les doigts, comme ça – et il se met à traîner entre les rayons, il prend les bouquins, il les feuillette vaguement, combien de fois je l'ai vu faire ça et se mettre à grognasser : « Y a trop de livres, ça sert à rien, des conneries, temps perdu, tape-à-l'œil, de la merde... » il n'y a qu'au Mail qu'il peut faire ça, bien sûr. Au début de ses études, il allait aussi à la Halle aux Livres, dans le centre de Tourmens, ou chez Narcejac, et il se faisait foutre dehors parce qu'il disait carrément au libraire qu'il vendait de la merde... Un emmerdeur de première !

... Samedi, à force de tourner en rond comme un chien enchaîné, il finit par en trouver un qui l'intéresse, il se recroqueville comme il le fait toujours dans l'angle, entre l'étagère des commandes et la cage de l'escalier en colimaçon, et il se met à lire. Comme j'ai du monde, je ne bouge pas, je me dis qu'il va se calmer, qu'on causera plus tard.

Et puis ça ne se calme pas, je ne sais pas ce qui se passe, voilà huit, dix, douze personnes qui entrent les unes après les autres, que je connais et que je ne connais pas, qui me demandent des livres que j'ai ou que je n'ai pas, mais qui restent, qui fouinent, qui fouillent. J'enchaîne les commandes et j'entends une voix me dire Bonjour.

Je ne l'avais vue qu'une fois, mais je m'en souvenais parfaitement, elle avait un regard un peu triste, les jambes un peu trop blanches en montant l'escalier, cheveux noirs frisés attachés derrière la tête, quelques cheveux gris. Un peu fatiguée, les traits tirés, mais je l'avais trouvée belle. Et là, samedi, elle avait changé, elle était gaie, elle avait les cheveux courts, un nez fin, une bouche très rouge, elle me souriait : Vous m'avez dit de revenir le 7 décembre. Je cherchais un livre pour mon filleul, vous vous souvenez ? Vous m'avez dit que votre neveu serait là...

Effectivement, je l'avais dit, oui, je m'en souviens, et mon neveu est là, il est allé me chercher de la monnaie et il va revenir. Et à ce moment-là, pendant que je lui parle, là-bas, au fond, entre l'étagère et l'escalier, j'aperçois Nox, il lève la tête, il se redresse, le livre lui tombe des mains, il écarquille les yeux et me dévisage comme s'il allait me bouffer, mais non ça n'est pas moi qu'il regarde, c'est elle, elle lui tourne le dos et j'ai le sentiment qu'il attend qu'elle se retourne, qu'il l'implore. Elle se retourne, mais elle ne le voit pas, elle se penche vers une table, elle prend un livre, elle lit la quatrième, elle le repose, elle en prend un autre, et mon Bruno continue à la boire des yeux, il la dévore, il ne bouge pas, on dirait qu'il vient de voir un fantôme, une revenante plutôt, mais il ne fait rien, il la regarde.

... Il faisait très beau, samedi, il y avait eu un grand soleil en début d'après-midi, j'avais baissé le store pour que les couvertures des livres ne souffrent pas, mais là il était cinq heures passées, il commençait à faire nuit alors, sans les quitter des yeux, j'ai remonté le store.

... Il fait du bruit ce store, elle a levé la tête. Là-bas,

au fond, dans le coin derrière l'escalier, il faisait sombre, mais elle l'a vu tout de suite. Et lui... j'ai vu ses épaules s'affaisser, comme s'il poussait un long soupir. D'abord, il n'a pas bougé, elle non plus, ils sont restés là, à se regarder, j'ai eu le sentiment que ça durait une éternité. Brusquement, il s'est avancé vers elle, quand il a été tout près il a esquissé un geste, elle lui a tendu la main, il la lui a prise, ils se sont tenus sans bouger comme ça une fraction de seconde, elle ne disait rien et lui je voyais qu'il baragouinait quelque chose mais bien sûr de ma place je n'entendais pas à cause de ce store à la mords-moi le nœud, elle a hoché la tête, Oui, elle s'est retournée vers la porte, il l'a ouverte devant elle et ils sont sortis. Il a fait un geste comme pour indiquer une direction et ils se sont mis à marcher lentement, elle souriante, les yeux baissés, une main dans la poche de sa veste, l'autre tenant la bandoulière de son sac, lui marchant parlant en faisant de grands gestes.

... Je me suis dit un truc stupide, qui ne rime à rien, mais qui me tourne dans la tête depuis. Quand elle est entrée dans la librairie, c'est étrange, je parlais à Bruno au téléphone...

... Je ne sais pas comment l'expliquer... En les voyant partir, je me suis dit : « Ils se sont trouvés. »

— Bien, dis-je en posant mon stylo.

EXAMENS COMPLÉMENTAIRES
(dimanche 29 février)

Et accroître sa science, c'est accroître sa peine.

L'Ecclésiaste

57

LA VOISINE D'À CÔTÉ

Le téléphone sonne. Je m'essuie les mains et je décroche.

— Allô ? C'est qui ?

— Martine ? C'est Germaine. Il est parti, le médecin ?

Je jette un œil par la fenêtre.

— Ah, non, sa voiture est toujours là.

— Qu'est-ce qu'il fabrique ? Ça fait deux heures qu'on l'a appelé et sa femme a dit qu'elle le prévenait ! Il est sorti, depuis ce matin ?

— Ah, non, je crois pas, j'ai pas vu bouger sa voiture. Je crois même qu'il n'a pas été appelé cette nuit. Elle avait garé sa voiture à elle juste devant la grille, hier soir, et elle n'a pas bougé.

J'entends Germaine parler à quelqu'un derrière elle.

— Blandine ! Laisse-le donc ! Mais laisse-le, je te dis ! Pierrot, empêche la Blandine d'embêter le chat, la dernière fois elle l'a enfermé dans le cellier, il a pissé sur les patates ! Oui ! Mets-le dehors. Et fais-la sortir, tu vois bien que je téléphone !... Martine ? T'es toujours là ?

— Oui.

— Ah, ma pauv'fille, si tu savais, elle me tue ! Ouhlà, faut que j'y aille, voilà les cousins qu'arrivent.

Dès qu'il s'en va, ce bon Dieu de médecin, tu me préviens, moi je veux pas le rappeler. N'empêche que ça commence à bien faire, si on n'était pas dimanche, j'en aurais fait venir un autre... Déjà que dans le journal, ils s'étaient trompés, et qu'il a fallu que j'appelle la gendarmerie pour savoir qui c'était !

Elle raccroche.

Je ne comprends pas qu'il ne soit pas encore parti. Il n'a pratiquement rien fait du samedi, sa voiture n'a pas bougé. Cette nuit j'ai cru entendre un moteur démarrer mais j'ai dû me tromper puisque sa voiture à elle est toujours à la même place, là où elle s'est rangée hier soir. Je sais pas ce qu'elle a fabriqué, elle n'a pas cessé d'aller et venir toute l'après-midi.

C'est quand même pas normal qu'il ne se dépêche pas plus que ça. Faut dire que depuis qu'elle est arrivée, il n'est plus pareil. D'abord, sa voiture à elle est presque toujours garée devant la grille. Bon, elle part tôt le matin, mais l'arrière mord sur la chaussée et le tracteur de Roger a du mal à passer, je trouve pas ça normal. Et puis, ils sortent beaucoup le soir, ils prennent sa voiture à elle, j'appelle chez lui et personne ne décroche, alors qu'avant, à dix heures du soir, il était tout le temps là. Ou alors, ça sonne occupé pendant des heures, je me demande comment les gens font quand ils sont malades... Avant, il était tout le temps de service la nuit. Si maintenant il laisse décroché toute la nuit, je vois pas comment il pourrait ! Et ça fait trois mois que ça dure...

Enfin, c'est tout de même pas normal qu'il lui faille deux heures pour sortir et aller voir la tante. Je sais que c'est pas vraiment une urgence, mais quand même !

58

LA STANDARDISTE

Ça sonne. Une fois. Deux fois. On décroche. Comme hier, c'est une voix de femme.

— Oui ?

— Euh, c'est le Standard 24, j'ai des appels pour le Docteur Sachs...

— Ne quittez pas, je vais vous le passer.

Je l'entends poser le téléphone, puis plus rien, elle a dû appuyer sur le bouton « secret », lui ne le faisait jamais. Avant, quand il était de garde le week-end, s'il posait le téléphone j'entendais de la musique ou la télé (on regardait souvent la même chaîne, il aime les westerns) ou la bouilloire qui sifflait. Depuis hier, une fois sur deux c'est elle qui décroche. Et ma collègue m'a dit que les deux fois précédentes elle était déjà là...

— Allô ?

— Bonjour, Monsieur, excusez-moi de vous déranger, j'ai eu quatre appels pour vous. Dont une visite assez urgente, et deux qui le sont moins.

— Allez-y.

— Alors, d'abord il y a un rendez-vous, une jeune fille qui veut se faire vacciner, je lui ai conseillé d'aller vous voir au cabinet médical.

— Mmmhh. Vous lui avez donné rendez-vous à quelle heure ?

— Onze heures, ça ira ?

— Très bien.

— Ensuite, il y a la visite urgente, un vieux

monsieur qui est essoufflé depuis cette nuit, il a du mal à respirer, m'a dit sa femme, et il est cardiaque. C'est assez loin.

— Allez, laissez-moi deviner, c'est à Sainte-Sophie ?

— C'est ça, dis-je en riant et en lui donnant l'adresse. Il a appelé il y a cinq minutes, je lui ai dit que vous iriez dès que possible...

— Vous avez bien fait.

— Après, il y a un jeune homme à aller voir à Deuxmonts, un appelé du contingent qui a la grippe, et enfin un décès à Saint-Jacques, ce matin, une dame que sa fille a retrouvée morte dans son lit en lui apportant son petit déjeuner. Elle m'a appelée à sept heures et demie pour vous faire signer le certificat d'inhumer, mais, comme ça n'était plus urgent, je vous ai laissé dormir.

— C'est très gentil. Je passerai là-bas en revenant des deux premières visites, c'est sur le chemin, et puis j'irai au cabinet médical pour le rendez-vous. Si vous avez d'autres appels, dites-leur de me retrouver à Play, ça ira plus vite.

Je lui donne les deux dernières adresses, il les note, il raccroche.

Il est toujours aimable, mais on ne parle plus beaucoup.

Hier, déjà, il a eu beaucoup de travail toute l'après-midi. Je me disais qu'il n'avait pas trop le temps de discuter. En fait, je crois qu'il n'en a plus envie, tout simplement.

59

LA VOISINE D'À CÔTÉ (SUITE)

J'épluche les dernières pommes de terre et j'entends de la musique. Le voilà qui sort de chez lui, je lève l'œil vers la pendule, dix heures quinze, il aura mis le temps !

Elle sort derrière lui, elle porte une sorte de survêtement crème, elle lui ouvre la grille, et je me dis qu'elle va bouger sa voiture, mais non ! Il monte ! Il prend sa voiture à elle ! Ah, ben ça, c'est nouveau ! C'est sûr qu'elle est plus grosse que la sienne, et sûrement mieux rangée, doit pas y avoir tout le fatras qu'il a sur son siège arrière, de temps en temps quand il reste garé devant la grille et que je vais au bourg acheter le pain, je prends le vélo mais je monte pas tout de suite, je passe à pied et je regarde dedans, c'est pas brillant ! Souvent je me suis dit qu'il aurait bien besoin d'une femme, mais je pensais pas qu'il profiterait aussi de sa voiture ! Il ouvre le toit, c'est vrai qu'il fait beau, on dirait pas qu'on est en février, il ouvre la fenêtre, elle se penche vers lui, tout près, je sais pas ce qu'ils ont encore à se dire et il n'a toujours pas l'air pressé. Ah, les médecins ! On peut mourir, ça prend toujours son temps !

Le voilà parti. Elle lui fait des grands signes au bord de la route, comme s'il partait en voyage. À présent, elle revient sur ses pas, je la vois sourire. Je crois qu'elle va rentrer, mais non, elle se penche à l'intérieur de la maison, elle prend des bottes en caoutchouc, elle les enfile et elle se dirige vers le potager, enfin, ça fait belle lurette que ça n'en est plus un, du temps de la mère Camus, encore, on voyait des tomates, des haricots verts, des laitues, des choux, des carottes, du persil, mais quand elle est tombée malade plus personne ne s'en est occupé, forcément, et depuis qu'il a repris la maison, lui c'est pas le genre à jardiner. Moi, j'y avais dit au fils Camus : Faut pas louer, vous savez jamais sur qui vous allez tomber, le jour où vous voudrez vous en débarrasser, ça sera plus possible. Mais il n'a pas voulu m'écouter et voilà, j'y avais bien dit et quand le locataire c'est un docteur, c'est difficile de lui dire de partir, comme ça, du jour au lendemain.

Je mets les pommes de terre dans l'eau, j'allume le gaz, je m'essuie les mains et je décroche le téléphone pour appeler la cousine.

— Allô, Germaine ? C'est Martine. Le médecin vient de partir.

— Ah, ben il aura mis le temps ! T'es sûre ?

— Oui, oui, je viens de le voir, tout de suite. Et il devrait pas mettre longtemps, vu qu'il a pris la grosse voiture, celle de sa... enfin, de la femme qu'il a chez lui, quoi.

— C'est nouveau, ça ?

— Oui, enfin non, ça fait trois mois que ça dure, peut-être plus, je peux pas dire, je peux pas toujours rester collée à ma fenêtre pour regarder ce qu'il fait. Et pis, il en a déjà eu avant, mais elles faisaient que passer, parce que j'ai jamais vu la même deux fois. Alors que celle-là, elle a l'air de s'accrocher, elle est venue une fois ou deux, et pis ça n'a pas traîné, au bout de huit jours elle a apporté sa valise, et en ce moment, elle passe la nuit là tous les jours, sauf les fins de semaine, mais lui non plus.

— C'est tout de même pas ça qui l'empêchait de venir voir Maman ! Si c'était pas un docteur, il m'entendrait ! Enfin là, avec tout le monde, je vais rien dire mais c'est pas l'envie qui m'en manque ! Si c'est pas malheureux !

— Oui... Mais ? Mais qu'est-ce qu'elle fait ?

— Quoi ? Qui ?

— Sa femme... Ah ben, ça c'est pas banal !

— Qu'est-ce qu'elle fait ?

— Eh ben... elle est dans le potager, elle bêche.

— Elle bêche ?

— Comme je te le dis !

— Ah, ben t'as raison ! Ça, c'est pas banal !

60

UNE CONVERSATION

Le téléphone sonne. Une fois, deux fois.

— Oui ?

— Bonjour, Bruno.

— Bonjour... Je savais que c'était vous.

— Comment saviez-vous ça ?

— Je le savais. Je le sentais. Le téléphone ne sonne pas de la même manière quand c'est vous...

Je souris.

— C'est parce que vous êtes amoureux.

— Qu'est-ce qui vous fait croire une chose pareille ?

— Je ne sais pas. Mon intuition féminine, peut-être.

— Mmmhh. Redoutable. Il faudra que je me méfie. Ou que je vous demande des conseils.

— Des conseils ?

— J'aurais bien besoin d'intuition féminine dans ce boulot...

Je ne dis rien.

— Je suis désolé, j'ai encore une consultation, quelqu'un a appelé au moment où j'allais partir.

— Ne soyez pas désolé, vous n'y pouvez rien... Comment vous sentez-vous ?

Il rit doucement.

— Mmmhh... Un peu fatigué, quand même ! Et vous ?

— Très bien, j'ai même jardiné !

— Vous n'êtes pas crevée, après cette nuit ? Vous n'étiez pas obligée de venir...

— Non. Mais vous n'étiez pas en état de conduire.

— Mmmhh. Quand ça m'arrive, j'ouvre grandes les fenêtres et je me réveille en conduisant... Vous m'avez tout de même attendu plus d'une heure dans la voiture...

— Je n'en suis pas morte. Votre patient, lui, allait bien plus mal que moi...

— Mouais. Et il n'est pas sûr que ça s'arrangera. L'hôpital n'a pas rappelé ? Non, c'est vrai, c'est le Standard 24 qui reçoit les appels...

— La prochaine fois, je pourrai les prendre, si vous voulez.

— Pas question. Vous seriez coincée à la maison. Alors que là, vous pouvez aller vous balader, si vous voulez...

— Me balader ? Sans vous ? Sûrement pas. Ça vous ennuie que je reste ici ?

— Ce n'est pas ce que je voulais dire, mais...

Un silence, puis il reprend :

— Et vous, ça ne vous ennuie pas de rester là à m'attendre, sans savoir quand je vais rentrer ?

— Bien sûr que non. J'ai de quoi m'occuper. Et puis, vous travaillez, je ne vais pas vous le reprocher !

— Oui... Enfin, un dimanche de garde, c'est pas très drôle...

— Mais pour vous non plus. Alors, autant être de garde ensemble, non ?

Il répond Oui, très doucement. Puis, après un silence : J'ai sursauté quand vous m'avez appelé. Ce téléphone-ci ne sonne pas souvent. Il n'a jamais vraiment beaucoup sonné. Personne ne connaît le numéro. Il y avait ma mère... et puis Ray et Diego... Mais ils ne m'appellent jamais à Play. Seulement à la maison.

— Ça vous ennuie que je l'utilise ?

— Non ! Bien sûr que non ! C'était fait pour ça, à l'origine. Que ma... enfin, qu'on puisse toujours me joindre sur une ligne personnelle, ici ou à la maison. Mais finalement, je n'ai pas donné le numéro à grand monde.

Un silence, à nouveau.

— Le plus bête, c'est que ça me fout mal à l'aise d'avoir deux téléphones qui peuvent sonner en même temps. Lorsque je recouds quelqu'un, ou si je fais un examen gynécologique... Alors, je décroche... Mais il y a des gens que ça irrite de ne pas pouvoir... Ah, voilà mon patient...

— Oui, j'ai entendu le carillon...

— Eh bien... à tout de suite.

— Oui. À tout de suite, vous.

61

LA CRISE

Je sonne et j'entre. Au fond de la salle, je vois une porte fermée, je m'appuie contre le mur, mon cœur bat la chamade, mes tempes me font mal, je sais que mes lèvres ont bleui et que je suis livide, je l'ai vu dans le regard des filles, et ça siffle comme aux pires moments. J'ouvre mon imperméable, il fait bon ici, c'est chauffé, il fait doux aujourd'hui, le soleil inonde le jardin que j'aperçois à travers les deux grandes fenêtres.

Je reste debout, j'ai plus de mal à respirer si je m'assieds. Sur l'une des chaises, je vois un livre ouvert, posé à l'envers, comme si le lecteur ou la lectrice l'avait laissé là, le temps d'aller et de revenir. Il est recouvert d'un papier cristal, je ne vois pas le titre. C'est un assez gros livre. Je le retourne, il est ouvert à la page 341. Je le repose, je n'ai pas envie de lire. Je suis trop oppressé, ça fait plusieurs heures déjà.

Je m'attendais à ce que le médecin sorte à ma rencontre, mais non, il ne bouge pas. Il m'a pourtant dit qu'il était seul et qu'il m'attendait. En entrant, il m'a semblé entendre une sonnerie de téléphone.

Au bout d'un moment, je retourne à la porte et je sonne à nouveau.

Quelques secondes après, la porte s'ouvre au fond de la salle d'attente.

Il est grand et brun, vêtu d'une blouse blanche. Il me fait entrer. Je regarde vaguement autour de moi. Le cabinet médical est assez sombre : il n'a pas ouvert les volets, sans doute parce qu'on est dimanche.

*

— Vous êtes gêné depuis longtemps ?

— Depuis... hier. Enfin, ça fait quinze jours... que ça n'allait pas... et... rien ne me fait plus grand-chose quand... j'ai une bronchite en plus...

À ce moment-là, je me mets à tousser violemment, à transpirer, à étouffer encore plus. Il pose la main sur mon bras et me fait asseoir sur un siège recouvert de drap noir. J'avais peur qu'il me demande de m'allonger, la plupart des médecins ne savent pas que c'est pire.

Il me regarde et hoche la tête. Je crois qu'il va parler, mais non, il ouvre le petit meuble à la tête du lit bas. Il en sort un pulvérisateur, une chambre d'inhalation en plastique. Il me la montre.

— Vous savez ce que c'est ?

Je fais oui de la tête, j'en ai une à la maison mais je ne m'en sers jamais.

Il me tend le pulvérisateur, ça n'est pas un produit que je connais. Il insiste pour que j'utilise la chambre d'inhalation et que j'en prenne plusieurs bouffées. Je m'exécute.

Ensuite, il me demande d'ôter ma chemise, s'assoit près de moi, me prend ma tension et m'ausculte, une main posée sur mon épaule nue.

— Ça siffle moins, on dirait ?

— C'est... pas encore ça...

Je me remets à tousser, je sue à grosses gouttes.

Il fouille à nouveau dans le tiroir, en sort deux ampoules de verre, se lève pour préparer une injection.

*

Il me pique sans me faire mal, trouve la veine tout de suite, me fait l'injection très lentement, et nous restons assis là, face à face, longtemps, dix minutes, un quart d'heure. Il se tait, il m'ausculte, il me regarde.

— Ça doit faire un moment que vous dérouillez...

Je ne dis rien.

Petit à petit, mon souffle se délie, ça siffle de moins en moins, je ne transpire plus, mon cœur se ralentit un peu.

Il retire le stéthoscope de ses oreilles et pose la main sur mon bras.

— Vous avez la peau très sèche... Et de l'eczéma. Depuis l'enfance, sans doute...

— Oui. Mais à côté de l'asthme, c'est plutôt secondaire... Euh, j'ai une terrible envie d'uriner...

— Je vous en prie...

*

Les toilettes sont à l'extérieur, sur le côté du bâtiment. Des murs blanchis à la chaux, un siège équipé d'une simple lunette en plastique, des toiles d'araignées. Je pisse des litres, il m'a prévenu, c'est un effet secondaire de l'injection.

Lorsque je pénètre de nouveau dans la salle d'attente, il a laissé les portes ouvertes. Il est assis à son bureau, un grand plateau de bois peint en blanc, et il écrit. À mon entrée, il tourne la tête, m'invite à m'asseoir près de lui.

— Comment vous sentez-vous ?

— Mieux. Bien mieux... Ça fait quinze jours que je ne m'étais pas senti aussi bien...

— Mmmhh. Je préfère ça. J'étais à deux doigts de vous hospitaliser...

— Ah ? J'ai déjà été dans cet état à plusieurs reprises, et je restais chez moi...

— Je ne sais pas si c'est très prudent. Un état de mal asthmatique, c'est tout de même... Vous étiez très cyanosé quand vous êtes entré, au bord de l'asphyxie...

— Je sais. Il y a des moments où je me mets à... planer. À ces moments-là je sais que ça déconne, mais, comment dire ? On dirait que ça n'a pas vraiment d'importance. Tout semble un peu futile... Ce n'est pas désagréable... C'est le manque d'oxygène, j'imagine... Je ne devrais pas conduire, quand je suis comme ça... Et puis au bout de quelques heures ça s'arrange, ou ça s'aggrave... et alors là, je déguste.

— Vous êtes venu ici seul, avec votre voiture ?

— Oui, mais la maison est à deux minutes, sur la

route de Deuxmonts... Je suis veuf, et mes filles ne conduisent pas encore.

— Quel âge ont-elles ?

— Quatorze ans. Ce sont des jumelles.

— Mmmhh. Elles vous attendent en ce moment ?

— Oui. Je leur ai dit que j'en avais pour une demi-heure et... (je regarde ma montre)... ça fait plus d'une heure que je suis ici.

— Tenez, dit-il en faisant glisser le téléphone vers moi. Appelez-les pour les rassurer.

*

Je reste encore une demi-heure à parler avec lui, de mon asthme, de mon eczéma, de cinéma et de romans, il me prend la tension et le pouls de temps en temps, entre deux auscultations. Pour finir, il me demande ce que je fais dans la vie. Quand je le lui dis, il fait une drôle de tête.

— Avocat ? Eh bien ! Et l'asthme ne vous gêne pas quand vous plaidez ?

— Je ne fais jamais de crise d'asthme quand je plaide.

Il sourit. Il hoche la tête. Il ôte ses lunettes. Il les pose sur le plateau de bois peint. Il regarde ses mains. Ses paumes et le bout de ses doigts ont pelé, des lambeaux de peau sèche y dessinent des contours irréguliers. J'ai l'impression qu'il rit doucement.

— Bon. Je vais vous mettre sous antibiotiques et sous cortisone pendant quelques jours, le temps de désinfecter tout ça. Mais la prochaine fois, dit-il avec une moue désolée, n'attendez pas d'être dans cet état pour consulter...

— J'allais si mal que ça ?

— Mmhhh. Disons que vous avez bien fait de venir... Si vous recommencez à planer dans la soirée, appelez-moi tout de suite. Sinon, continuez à prendre ça bien régulièrement. (Il me tend une ordonnance.) Tenez, prenez aussi ce pulvérisateur. La pharmacie de garde est celle de Marquay. Vous savez où elle se trouve ?

— Oui... Je connais toutes les pharmacies du secteur. Je n'ai jamais le temps de consulter en semaine, et je me retrouve souvent dans cet état le week-end...

— Ça ne vous gâche pas un peu vos dimanches en famille ?

— Oh, si...

J'attends qu'il dise autre chose, mais il hoche la tête, et c'est tout.

*

Lorsqu'il ouvre la porte de communication, il me tend la main. Je la prends, je la garde et je dis :

— Merci... Merci beaucoup.

— De quoi ? De vous avoir soulagé ? C'est mon boulot...

— Merci de ne pas m'avoir engueulé. J'attends toujours le dernier moment. Je me dis que ça va passer. Je vide mes pulvérisateurs mais, passé un certain point, je sais que ça va empirer. Quand je vais voir un médecin, c'est parce que je n'en peux plus. Et chaque fois, on m'engueule en me disant que je suis fou à lier, que je risque de crever, que je suis un salaud de faire ça à mes filles... Je sais que c'est vrai, mais ça ne m'aide pas. Et ça ne me donne pas envie de consulter. Mais vous... vous ne m'avez pas fait la morale.

Il rit doucement.

— La morale, c'est encore plus étouffant que l'asthme...

Je ris à mon tour. C'est bon de pouvoir rire sans s'étrangler. J'hésite, puis :

— Ma femme... Elle est morte d'un cancer du sein, il y a deux ans. Nous habitions déjà ici, mais elle consultait à Tourmens. Je regrette qu'on ne vous ait pas connu. Ça aurait sûrement été moins dur pour elle. Elle se faisait toujours beaucoup de souci quand j'étais comme ça. Ça l'aurait rassurée de savoir que je pouvais vous appeler. Mais là... Enfin (je désigne le téléphone), ça rassure déjà les filles...

Mes yeux s'embuent. J'ai toujours sa main dans la mienne. Il pose son autre main par-dessus.

— Je suis bien content que vous alliez mieux.

Il va dire autre chose mais j'entends la porte de la salle d'attente s'ouvrir et je le vois regarder par-dessus mon épaule. Je me retourne. Une femme est là, le teint défait, les cheveux en désordre. Elle a l'air triste et fatigué.

— Est-ce que vous êtes encore... ouvert ?

Je dis :

— Je vous laisse. Au revoir, Docteur.

— Au revoir, Monsieur Perrec'h.

En sortant de la salle d'attente, je glisse la main dans ma poche et je serre le pulvérisateur.

62

UNE HISTOIRE D'AMOUR

J'entre. Je regarde autour de moi, il fait sombre, il n'a pas ouvert les volets. Il me désigne un siège, puis le téléphone.

— Excusez-moi, il faut que j'appelle ma... que j'appelle chez moi.

— Oui, bien sûr. Je peux attendre dehors, si vous voulez.

— Non, dit-il en souriant, non, je vous en prie, asseyez-vous.

Il s'installe sur son fauteuil à roulettes, décroche un téléphone gris, masqué par des livres et des revues.

— C'est Bruno... Oui, je voulais simplement vous dire que j'ai une autre consultation... Vous ne vous impatientez pas trop ? (Il sourit.) Oui... Non... Non, bien sûr... D'accord. À tout à l'heure... Moi aussi... Au revoir...

Il raccroche. Il pivote sur le fauteuil à roulettes et se tourne vers moi.

— Que puis-je faire pour vous, Madame ?

— Je suis désolée... J'ai vu que vous étiez de garde sur le journal, je suis venue à tout hasard... Je ne savais pas où se trouvait votre cabinet... Je ne sais même pas pourquoi je suis ici... À vrai dire, j'espérais que vous ne seriez pas là...

— Quand je suis de garde, je suis obligé, quand même.

— Oui, bien sûr, mais je veux dire, pas ici. Je

pensais que vous seriez parti en visite à domicile... À cette heure-ci, c'est fréquent, j'imagine...

— Oui, assez... Encore qu'entre midi et deux les gens sont souvent occupés à autre chose...

*

Je me rends compte que je regardais ses mains, encore posées à plat sur le bureau. Je lève les yeux et je le vois sourire, attentif et perplexe.

Je prends ma respiration et je dis :

— Je suis venue parce que j'avais besoin de parler. Je ne suis pas malade... Enfin, pas malade comme les malades que vous voyez, j'ai un peu honte, je me dis que je vous prends du temps... Vous n'avez pas de visite à faire ?

— Pas que je sache. J'en aurai plus tard, sûrement.

Je respire difficilement, ma gorge se serre. Les larmes me montent aux yeux, j'ouvre la bouche mais rien n'en sort.

— Excusez-moi...

Il attend patiemment, et puis, voyant que je ne parviens pas à émettre un son, il murmure :

— Ça a l'air d'être très difficile.

— Oui... Et en même temps... c'est à la fois tellement invraisemblable et tellement... banal !

— Mmmhh.

— Je... je suis célibataire, mais c'est comme si j'étais mariée... et j'ai un amant... Enfin, il n'y a que lui... je veux dire... je n'ai qu'un homme dans ma vie... si on peut appeler ça une vie... et parfois je le vois tous les jours, et parfois je ne le vois presque plus pendant des semaines... Il est très présent... et très absent à la fois... Et... je n'en peux plus...

— Parce que c'est dimanche, vous ne l'avez pas vu, aujourd'hui ?

— Non, non ce n'est pas ça. Je le vois le dimanche, je le vois même assez souvent. Il... il s'arrange. Sa femme... s'absente souvent. Elle ne travaille pas, elle joue au bridge. Elle fait des tournois. Elle profite de l'argent qu'il gagne, elle aurait tort de s'en priver... Aujourd'hui, je ne vais pas le voir, il est... ils sont allés dans la belle-famille, préserver les apparences. Un repas d'anniversaire, je ne sais pas, je ne veux pas le savoir. Quand il fait ça, je le déteste, je voudrais le tuer, je voudrais les tuer tous les deux, et qu'on en finisse !... Je la croise parfois, en ville, je la vois dans des boutiques hors de prix, elle claque un fric fou... J'ai beaucoup de mal à ne pas l'insulter...

Je le regarde. Il ne dit rien. Il hoche la tête comme s'il comprenait.

Oui, je crois que tu comprends.

*

— Lui... Il ne peut pas... ou il ne veut pas partir. Je ne sais pas ce qui le retient. Il ne la touche plus, ils font chambre à part... enfin, c'est ce qu'il me dit... mais qu'est-ce que j'en sais...

— Vous pensez qu'il vous... mène en bateau ?

— Non !... Non. Il est trop douloureux, trop... Je sais que c'est compliqué... il a une fille... Au début, quand nous nous sommes rencontrés, elle n'avait que huit ans... Il ne pouvait pas partir comme ça, du jour au lendemain... Elle n'aurait pas compris... Et sa mère est trop... Elle ne sait rien faire, cette bonne femme, c'est un parasite... Je crois qu'au début il avait peur qu'elle se venge en partant avec la petite... ou pire...

— ... Mmmhh. Quel âge a-t-elle... sa fille ?

Je regarde tes mains, elle sont jointes devant toi, posées sur tes cuisses. Tes jambes se sont repliées et croisées sous la chaise à roulettes.

— Elle a dix-sept ans.

*

— Maintenant, elle va au lycée à Tourmens. Le matin, sa mère l'emmène, ou elle prend le car, le soir elle rentre vers sept heures, et comme il ne finit jamais très tôt, lui non plus, il ne la voit pas beaucoup...

— Mais il a le temps de vous voir, malgré tout ?

— Oui. C'est facile. Je travaille chez moi. J'habite à la « Caserne », les immeubles de l'usine, à Saint-Jacques, vous connaissez ?

— J'ai quelques patients là-bas...

— Comme c'est immense, et qu'il y a plusieurs entrées, il peut entrer et sortir discrètement... Et puis... ça ne paraît jamais étrange de le voir dans l'escalier, étant donné ce qu'il fait...

Tu lèves un sourcil.

— Il est représentant ?

Je souris. Je soupire.

— Euh, pas exactement...

Tu comprends que je ne veux pas en dire plus.

*

— Je... (je ris et je sanglote en même temps)... je me rends compte que c'est un peu décousu, ce que je vous raconte, et je sais bien que vous ne pouvez rien y faire, mais aujourd'hui je n'en pouvais plus, vous comprenez, il m'a appelée tout à l'heure, il m'appelle même quand il est dans sa famille ou chez celle de sa bonne femme, il sort en disant qu'il va acheter le journal du dimanche, ou des cigarettes, et il m'appelle d'une cabine, il me dit qu'il ne le supporte pas, qu'il n'en peut plus de faire semblant, de jouer au couple bourgeois bien équilibré, belle situation pour Monsieur, très belle maison pour Madame, bel avenir assuré pour leur fille, que ça le fait vomir... Mais il part quand même. Et quand il part, je le déteste, j'ai envie de les tuer, je me dis que c'est fini, que je ne répondrai pas quand il appellera, et quand il m'appelle, je décroche quand même, et je l'entends me parler, il est tellement douloureux, il est... Mais moi, vous comprenez, je n'en peux plus parfois d'être comme ça à sa disposition, enfermée chez moi à attendre qu'il vienne ou qu'il ne vienne pas... Je n'en peux plus de lui préparer à déjeuner le midi en sachant qu'il ira dîner le soir avec l'autre connasse et leur fille et même s'ils ne dorment plus dans le même lit, il passe la nuit là-bas, dans leur maison de petits-bourgeois de *merda !*

Je frappe du poing sur le plateau blanc, si fort que le petit téléphone gris se décroche.

— Oh, excusez-moi, je *souis* désolée...

Tu raccroches, tu hoches la tête.

— Ce n'est pas grave. Mais... si je peux me

permettre une question personnelle... Vous avez un accent ?

— Oui... Je suis italienne. Mais je vis en France depuis longtemps...

— Votre accent est ressorti, quand vous vous êtes mise en colère...

— En ce moment, je ne me contrôle plus, c'est pour ça que je suis venue vous voir... Il m'a appelée tout à l'heure, ça fait trois jours qu'il est parti... Il ne rentre que lundi... Je hais les week-ends et les vacances... Je ne prends jamais de vacances, je n'en ai pas envie, qu'est-ce que j'irais faire en vacances, toute seule ?... L'été, j'envoie mon fils chez mes parents, au bord de la mer, parce que l'été, ici, c'est sinistre. Il ne veut pas y aller, mais je sais bien qu'il essaie de me consoler, il veut jouer le petit homme. Mais ce n'est pas à lui de me tenir compagnie... Il a le droit de vivre sa vie d'enfant, sans jouer à être autre chose que mon fils.

— Il sait que vous avez un homme dans votre vie ?

— ... Je ne le lui ai jamais dit. Et.. quand J – quand mon... ami vient me voir, c'est pendant les heures d'école... ou bien c'est parce qu'il a une bonne raison de venir...

— Et... vous pensez que votre fils ne se doute de rien ?

— Non... Enfin, si. Il s'en doute. Je le sais à cause des réflexions qu'il fait, des questions qu'il pose... Pendant longtemps, il m'a demandé si j'aurais un mari, un jour... et je lui répondais que je ne savais pas, que ça ne se passe pas toujours comme on voudrait... Un jour, il a dit : « De toute façon, pour avoir un mari il faut que tu rencontres un homme qui te plaît, et ça tu peux le faire seulement quand je suis à l'école, ou quand je dors. » Ce n'était pas une question, il a dit ça d'un ton très sérieux et, quand je lui ai demandé ce qu'il voulait dire, il n'a pas répondu, vous savez comment c'est les enfants, ils laissent échapper quelque chose et ils se remettent à jouer comme si de rien n'était, ils ne se souviennent même pas de ce qu'ils ont dit si on leur en reparle... Un soir, je le couchais... il a demandé : « Maman, quand tu auras un mari, est-ce que je pourrai l'appeler Papa ? »

*

Je tordais déjà mon mouchoir trempé, en voyant les flots de larmes tu t'es levé, tu as traversé la pièce, tu as rapporté une grande boîte de mouchoirs en papier et tu l'as déposée sur le plateau de bois peint, près de moi.

*

Pendant un long moment, je n'ai rien dit. Tu m'as regardée, tu n'as rien dit non plus. Mes larmes ont fini par se tarir.

*

Enfin, j'ai soupiré, j'ai fait un effort pour sourire, je me suis redressée, j'ai dit :

— Je ne vais pas vous embêter plus longtemps, il faut que je rentre. Mon petit garçon est chez la voisine... Son fils et le mien sont dans la même classe... Je... Je voulais vous remercier de m'avoir écoutée, mais je... je suis un peu gênée...

— Gênée ? Pourquoi ?

— Je... je suis venue vous prendre votre temps... Alors que je ne suis pas malade...

— Non, mais vous souffrez.

*

Quand je sors dans la cour, je me rends compte que ma main est crispée autour de la feuille de sécurité sociale, et je réalise que tu n'as pas fait de dossier, que tu n'as pas pris de notes, que tu ne m'as même pas demandé mon nom.

63

LA BOULANGÈRE

La clochette tinte. Jony jette son assiette par terre. Son père lui colle une taloche. Je me lève, je sors de la cuisine. Le médecin de Play est dans la boutique, il regarde les éclairs au chocolat.

— Bonjour, Madame, je voudrais une baguette à l'ancienne et trois ou quatre croissants, s'il vous plaît.

— Trois, ou quatre ? dis-je en posant la baguette sur le comptoir.

— Eh bien... (il sourit)... mettons quatre.

J'enfourne mes quatre derniers croissants dans un sac en papier et je tape.

— Vingt-deux francs quatre-vingt dix.

Il fouille dans son porte-monnaie et dépose la somme exacte devant moi. Puis il prend son pain et ses croissants et s'en va, Bon dimanche.

Il a encore pris la grosse voiture verte. Celle de sa copine.

Elle est déjà venue ici. En ce moment, elle vient souvent, elle passe presque tous les soirs, sauf le dimanche. Le dimanche, je ne les vois jamais. Ça m'étonne de le voir aujourd'hui, il doit être de service. Je regarde la pendule, il est deux heures moins le quart, oui, c'est ça, il doit être de service. Je repasse dans la cuisine. Jony pleurniche sur l'assiette que son père lui a recollée sous le nez.

— C'était le médecin de Play. Je me demande d'où elle sort, sa copine.

— Quelle copine ?

— Tu sais bien, celle qui a une grosse voiture, l'autre jour elle avait ouvert le toit et mis des lunettes noires, on aurait dit qu'elle se prenait pour une vedette.

— C'en est peut-être une ! répond Jean-Yves sans lever le nez du journal du dimanche. Et merde ! J'aurais pas dû jouer le 7...

— De toute façon, tu perds tout le temps.

Je débarrasse la table. Je sais que Jony ne mangera plus, maintenant. De toute manière, il ne mange rien, ce gosse. J'arrive pas à comprendre qu'il soit pas fatigué. Avec le peu qu'il mange ! Il n'aime même pas le pain. Quand je pense que moi, quand j'étais petite, je passais mon temps à chiper des gâteaux ou de la baguette chaude dans la boutique.

Des fois, je me dis qu'il faudrait que je le montre à un médecin, ce gosse. Et puis, j'en profiterais pour parler de moi et Jean-Yves. Parce que, c'est quand même pas normal qu'il me fasse pas jouir quand on a des rapports. C'est pas normal qu'à peine commencé ça soit déjà fini. Lui, il dit que c'est parce que j'ai pris du poids avec ma grossesse, que ça lui coupe ses effets, n'empêche que ça l'empêche pas de s'endormir après. De toute manière, c'est comme ça depuis le début, quand il était apprenti chez Papa, la première fois, on a fait ça sur la table de la cuisine un dimanche matin. Papa venait de se coucher, Maman était dans la boutique, elle m'appelait pour que je vienne l'aider, j'ai jamais eu si peur de ma vie mais, vu le temps que ça a pris, y avait pas de quoi trembler. Après, quand on allait au bal le samedi soir, on faisait ça dans la voiture. Même fiancés, mes parents voulaient pas qu'il vienne me voir le soir à la maison, alors on faisait ça où on pouvait, même chez ses copains... Il disait qu'il fallait bien se connaître avant de s'engager. Et comme ça durait jamais longtemps, je pouvais pas dire non. Ma cousine, au même âge, avec son copain ça n'en finissait plus, une fois pile, une fois face, dans tous les sens il fallait qu'elle y passe ! Jean-Yves lui, c'est le genre rapide. Moins long qu'un œuf à la coque. Je le sais parce qu'une fois... Bref, quand Jony a été en route, il a bien fallu prendre une décision, et moi l'avortement j'étais contre. Alors bon, Jean-Yves était pas très content, mais j'y ai dit que si on se connaissait assez bien pour qu'il me mette enceinte, on se connaissait assez bien pour se marier...

Moi, je pensais qu'en faisant ça chez nous, ça irait mieux. Mais déjà, la nuit de noces, on s'est couchés tellement tard que je voulais dormir. Lui, il voulait absolument filmer ça avec la caméra vidéo que lui avaient louée ses copains de régiment. Il l'avait posée sur la table de la chambre d'hôtel pour qu'elle filme le lit, mais comme il savait pas la régler, on ne voit que le mur avec une partie de chasse dessus, et on entend Jean-Yves, Han Han Han (moi j'avais trop peur qu'on nous entende alors je disais rien). Sur le compteur en bas de l'image, ça dure deux minutes vingt-deux secondes, et puis plus rien, et après on l'entend ronfler. C'était une cassette de trois heures. Après, tout le film, c'est ça : la partie de chasse et Jean-Yves qui ronfle.

Alors bon, quand je lui dis que je trouve pas normal qu'il se mette à ronfler au bout de trois minutes, Jean-Yves dit toujours C'est de ta faute, Marie-Claude. D'abord c'était parce que j'avais mes règles, ensuite c'était parce que j'étais enceinte, après c'était parce que je prenais la pilule, ou parce que j'avais des kilos de trop... Moi, j'en ai un peu soupé, de tout ça. Depuis qu'on a pris la boulangerie, ça va mieux. Comme il se couche à cinq heures, il est crevé, il me laisse tranquille. Sauf le dimanche soir, vu que le lundi on est fermés. Là, je sais qu'après le film de la première chaîne, faudra que j'y passe. N'empêche qu'un jour je devrais montrer Jony à un médecin et lui en parler.

Mais il n'y a pas de médecin tout près, et celui de Play, je ne l'aime pas. Il me plaît pas. Et sa copine non plus.

64

COUPS DE FIL

Je décroche et j'entends : « Salut, petit cousin, c'est Roland ! »

— Oui...

— Allô ?

— Oui, bonjour, qui demandez-vous, Monsieur ?

— Ah, je suis pas chez Bruno Sachs ?

— Si, tout à fait, mais Bruno n'est pas rentré... Ah, si vous voulez patienter un instant, j'entends sa voiture.

Je pose le combiné, je cours à la porte. Bruno referme la portière et se dirige vers moi, souriant, le pain et les croissants à la main.

— J'aime votre façon de m'accueillir sur le pas de la porte, dit-il en posant un baiser sur mes lèvres, un baiser qu'il veut faire durer.

— ... Pardonnez-moi, mais quelqu'un vous demande. Le cousin... Roland, c'est ça ?

Bruno ouvre la bouche, ferme les yeux et soupire. Je le déleste du pain et des croissants et je lui désigne le téléphone.

— Allez-y ! Je m'occupe de ça.

Il ramasse le combiné et se laisse tomber dans le grand fauteuil.

— Salut, Roland, dit-il en levant les yeux au ciel. Quoi de neuf ?

*

— Salut, fils, comment tu vas ?

— Ça va...

— Alors, tu es de garde ? Ça doit pas être très drôle, hein, avec tous les malades qu'il y a ! Mais je ne t'embête pas longtemps... je ne te dérange pas, au moins ? Comme c'est pas toi qui me répondais, je me suis dit d'abord que je me trompais de numéro, j'ai failli raccrocher, mais la jeune dame m'a dit que tu arrivais... Enfin je dis jeune, mais j'en sais rien, je l'ai pas vue, hein ?... En tout cas, elle a une très jolie voix !... Mais tu lui dis pas que je t'ai dit ça, hein ? Je voudrais pas qu'elle me prenne pour un goujat !... Je te dérange pas ? Tu es sûr ?

— Non, pas du tout... je t'écoute.

— Parce que si je te dérange, tu me le dis, hein ? Je te rappelle plus tard, demain ou après-demain, si tu veux...

— Non, non, non Roland, je t'assure, ça me fait plaisir de t'entendre. Je t'écoute...

— Ah, tu es gentil, de me dire ça... Bon, eh bien pour une fois, c'est pour moi que je t'appelle ! Figure-toi qu'en ce moment, j'ai une douleur qui m'embête dans l'épaule gauche, ça me prend le matin, ça me prend le soir, ça me prend n'importe quand, et quand ça me prend, je sais plus où me mettre !

— Quel genre de douleur ?

— Eh bien, une douleur, quoi. Je sais pas comment te dire... Ça part de l'épaule, tu sais, l'os pointu qu'on sent sous la peau...

— Oui...

— Et puis ça descend jusqu'au coude, et je ne peux plus bouger le bras.

— Ça dure longtemps ?

— Non, une fraction de seconde, à peine, mais qu'est-ce que ça fait mal ! Après, je ne peux plus rien faire, j'ai trop peur que ça recommence, tu penses !

— Tu as pris quelque chose, de l'aspirine ?

— Eh bien, tu vois, je n'y ai pas pensé ! Le temps que j'y pense ça serait fini, de toute manière !

— Et ça t'arrive souvent ?

— Non, pas souvent. Huit ou dix fois par jour ; mais ça passe très vite, tu vois, comme un éclair. C'est ça ! J'ai l'impression qu'un éclair me traverse le bras et évidemment ça m'inquiète, à mon âge...

— À bon ? À quoi penses-tu ?

— Eh bien, à l'infarctus, pardi ! Avec tout ce que j'ai fumé quand j'étais jeune et tous les soucis que j'ai, en plus de vieillir !

— Ah ! Je vois... Écoute, je te rassure, un infarctus ça fait pas comme ça, c'est encore plus douloureux et quand ça te prend, ça ne te lâche plus. À mon avis, ce que tu as, c'est une tendinite.

— Mais je croyais... enfin, je ne sais plus où j'ai lu, ou qui m'a dit, que l'infarctus ça donnait une douleur dans le bras gauche... Ah, si ! C'est le beau-frère du beau-frère de Mireille, tu sais ? Albert !

— Mmmhh. Je le connais ?

— Bien sûr ! Le mari de la belle-sœur de Josiane, la sœur de Mireille ! Enfin, toujours est-il qu'il en a fait un, d'infarctus, et il avait mal dans le bras gauche depuis trois semaines, il n'arrêtait pas de se frotter avec du contrecoups, il croyait que c'était une tendinite, justement, et puis je t'en fiche ! Il va voir son médecin, le médecin le fait allonger, il lui colle le stéthoscope là où tu sais et il devient vert – le médecin, pas Albert ! Il lui fait un électrocardiogramme aussi sec, et le ruban avait pas encore fini de défiler qu'il appelait déjà le SAMU. Même qu'à l'hôpital on lui a dit, à Albert, que si son médecin avait appelé cinq minutes plus tard, il pouvait dire au revoir à sa veuve ! Alors je me disais que j'avais peut-être la même chose que lui...

— Non, Roland, vraiment je ne crois pas... Dis-moi, est-ce que la douleur apparaît quand tu fais certains mouvements ?

— Des mouvements ? Ben tu sais, moi dans mon boulot, des mouvements j'en fais beaucoup, alors pour te dire lesquels... Je ne sais pas, il faudra que je fasse attention... Alors, pour toi, c'est pas grave ? C'est pas un infarctus ?

— Non, j'en suis sûr. Essaie de prendre de l'aspirine le matin en te levant, pour voir si la douleur ne s'atténue pas.

— Nan, c'est pas la peine, c'est supportable, tu sais ! Je vais oublier, de toute façon. Maintenant que tu m'as rassuré, je ne vais plus rien sentir. Moi, tu sais, tant que c'est pas l'infarctus ou l'angine de poitrine, y a que le cœur qui me tracasse, tout le reste c'est solide... Cela dit, heureusement qu'on t'a ! C'est vrai que t'es pas tout près, mais ça vaut de payer un peu plus cher de téléphone, tu me rassures, déjà qu'on a tendance à se faire du souci, Mireille et moi ! Dans un sens, c'est peut-être mieux que tu ne sois pas tout près, parce qu'on serait tout le temps rendu chez toi, je suis sûr ! Surtout Mireille, angoissée comme elle est !

— Comment elle va, Mireille ?

— Bien ! Bien ! Je te remercie. D'ailleurs, elle t'embrasse. Enfin, là elle est sortie, mais chaque fois que je t'appelle, elle me demande si je t'ai embrassé de sa part, et chaque fois j'oublie, alors elle m'engueule. Là, pour une fois, j'ai fait la commission ! Elle est chez sa sœur, j'ai pas voulu appeler devant elle, comme je ne lui ai rien dit, je voulais pas l'inquiéter. Enfin, quand elle va rentrer, je vais pouvoir lui dire que je t'ai appelé, je lui dirai que je me faisais du souci et ça va la rassurer de savoir que tu m'as dit que c'était rien, mais tu la connais, ça va pas l'empêcher de s'en faire elle aussi, du souci, rétrospectivement...

— Oui... C'est bon de se faire du souci rétrospectivement. On peut se faire peur tant qu'on veut, on sait que c'est pour rien !

— Hahahahaha ! Quel farceur ! Sacré Bruno, va ! Faudra que je la ressorte, celle-là ! Ah, t'es vraiment le Docteur Tant-Mieux, toi, hein ? Ils doivent pas s'ennuyer tes clients – enfin, je veux dire, tes malades... Quand tu n'arrives pas à les soigner, tu peux toujours les faire mourir de rire, hein ? Elle me le disait tout le temps, ta mère, que tu la faisais rire... Quel malheur, qu'elle soit partie, elle aussi ! La vie, quelle misère...

*

Bruno raccroche. Il ôte ses lunettes, se frotte les yeux.

— Quel numéro ! Chaque fois que je l'entends, j'ai à la fois envie de rire et de pleurer.

Il lève la tête.

— Je vous ai déjà parlé de lui ?

— Je ne crois pas...

— C'est la seule famille qui me reste, ou presque. Son père est encore vivant, il a quatre-vingt-quatre ans, c'est un petit-cousin de ma mère. Quand elle est morte, l'an dernier, ça devait faire quarante ans qu'ils ne s'étaient pas vus mais qu'ils se téléphonaient quatre fois par an. Roland, je le vois une fois par an, en juin, à Paris, à la synagogue.

— À la synagogue ?

— Pour la prière commémorative de la mort de mon père. J'y allais avec ma mère quand elle pouvait encore marcher. C'est comme ça que je l'ai rencontré, Roland. En la voyant, il lui a sauté au cou, elle ne le reconnaissait pas : la dernière fois qu'elle l'avait vu, il avait quinze ans et elle n'était pas dans le même état... Quand elle lui a dit que j'étais médecin, il a dit : « C'est pas vrai ! Ah, ben ça, alors, c'est bien ! » Il m'a demandé mes coordonnées et depuis il m'appelle chaque fois qu'il s'inquiète. En général, il me dit qu'il n'en a pas parlé à sa femme, que je dois pas lui en parler si elle m'appelle – et en général, elle m'a déjà appelé la veille pour me prévenir qu'il a atteint la cote d'alerte, qu'un coup de fil est imminent, et elle me fait jurer que je ne le dirai pas à son mari ! Bref... je les rassure, on échange des banalités, et voilà. Parfois, j'ai trois coups de fil dans la semaine, parfois, je n'entends plus parler de lui pendant six mois. Mais il finit toujours par rappeler. Quand on se voit à la synagogue, il me parle jamais de ses soucis de santé, il me raconte ses souvenirs de mes parents...

Il lève les yeux vers moi.

— Tous les ans, à Noël, pour me remercier, il

m'envoie une bouteille de porto, ou des escargots de Bourgogne. J'ai jamais osé lui dire que je n'aimais pas ça...

J'éclate de rire.

— Je comprends pourquoi vous avez six bouteilles de porto dans le cellier !

— Oui... Les escargots de Bourgogne, je les offre à Mme Leblanc ou à Mme Borgès, leurs maris adorent ça.

— Vous devez beaucoup le rassurer.

— Vous croyez ? J'ai le sentiment qu'il se rassure tout seul, tout comme il n'a besoin de personne pour s'inquiéter. Il n'est pas hypocondriaque, mais de temps en temps il a une sorte de grande angoisse, et quand sa femme lui demande ce qui ne va pas la mayonnaise monte (il fronce les sourcils, tord la bouche et se met à parler avec les mains) : « J'ai des responsabilités, moi, tu comprends ? Qu'est-ce que vous deviendriez, le petit, ta fille et toi, si je mourais brusquement ? Moi, si je mourais en vous laissant sans le sou, toute ma vie j'aurais honte ! » Bref, il dit qu'il va aller consulter, mais sa femme ne veut pas, elle a l'impression que son homme est diminué, et elle a peur qu'un jour on lui trouve vraiment quelque chose de grave... Elle, c'est le genre : « De toute manière, les médecins ils ne te disent jamais ce qu'ils pensent, ils te disent : C'est rien, on va vous arranger ça, vous avez bien fait de venir et, le temps que tu réalises, tu meurs sur la table d'opération et ta veuve elle a plus que ses yeux pour pleurer. Alors, moi, les médecins, moins tu les vois, mieux je me porte ! » ... Le jour où on s'est rencontrés, il nous l'a présentée à la sortie de la synagogue, et à la manière dont il lui a dit : « C'est le fils de Fanny, tu ne devineras jamais ce qu'il fait ? Il est docteur ! », j'ai vu le visage de Mireille s'illuminer, elle a insisté pour nous inviter à dîner ma mère et moi, et depuis ce jour-là je leur sers de compromis : il prend l'avis d'un médecin sans avoir besoin de se faire examiner... Ça les rassure tous les deux. Comme je fais partie de leur foutue famille, même si c'est de très loin, ils sont persuadés que moi, *je ne peux pas* leur raconter de bobards.

— Et vous pensez qu'ils ont tort de le croire ?

Il hausse les épaules.

— Jusqu'à présent, c'est vrai. Mais si un jour... il a vraiment quelque chose de grave, qu'est-ce que je ferai ?

— Ce jour-là, ce ne sera plus seulement votre cousin éloigné, ce sera un malade. Et vous lui parlerez comme vous parlez aux malades, non ?

— Oui... Sans doute. Mais... le fait de m'appeler, ça le rassure, mais ça ne le protège pas.

— Eh non ! Vous n'êtes pas Dieu tout-puissant. Vous n'êtes que le Docteur Sachs. C'est déjà pas mal !

Bruno se lève, il pose ses mains sur mes bras, son front contre mon front.

— Ça ne vous ennuie pas de fricoter avec un docteur tant-mieux... ?

— Non. Si je fricotais avec un docteur tant-pis, ça voudrait dire que je suis maso. Avec vous, pas de danger que je souffre plus de quarante secondes. Moi non plus, mon amour, vous n'avez pas le droit de me décevoir !

— Garce !

Il prend tendrement mon visage entre ses mains, pose ses lèvres sur les miennes, et le téléphone sonne.

65

RAY MARKSON

Le téléphone sonne. Une fois. Deux fois. Trois fois. Je l'entends gueuler :

— Ouais !

— *What's up, Doc ?* Je te dérange ?

Il soupire. Apparemment, je tombe mal. J'espère qu'ils en étaient seulement aux préliminaires.

— Ah, salut, Ray... Non, non, pas du tout. Comment vas-tu ?

— Moi ? Je pète le feu, mon vieux. Je vais très bien depuis qu'ils m'ont mis sous – comment tu l'appelles, ce médicament *œcuménique*, là, qui stimule les blancs, les rouges, et tout le reste. Bon, il paraît que ça va durer que quelques mois seulement, c'est ton copain Zim qui m'a dit ça, mais tu connais l'histoire du type qui saute du haut de l'Empire State Building, hein ?

— Euh... non, je ne crois pas...

— Mais si ! Je te l'ai racontée cent fois ! Tu sais bien, chaque fois qu'il passe devant une personne penchée à sa fenêtre, il dit...

— Ah oui, ça me revient....

— « Jusque-là, ça va ! » Hahahaha !

Je l'entends mettre sa main sur le combiné et dire « C'est Ray ». Je me marre encore plus. Je me mets à tousser, mais ça se calme vite.

— Mais c'est pas pour te parler de ma santé que je t'appelle, *buddy... Happy Birthday!*

— ... Ah ! Tu es adorable, Ray. En dehors de Diego et toi, personne ne me souhaite jamais mon anniversaire.

— Oh ? Tu m'étonnes ! Et ta Juliette, là... Comment s'appelle-t-elle, déjà ?

— Euh... Pauline. Je ne sais pas si elle connaît la date...

— Ouais, enfin, je ne veux pas me mêler de ce qui ne me regarde pas, *and you're a big boy, now*, combien, trente-sept ? trente-huit ?

— Euh, non, pas encore... Trente-quatre.

— *Waddayaknow! You're just a kid!* Kate me jurait que tu avais plus. Comme on peut se tromper, *hey ?* Enfin, écoute les conseils d'un vieux puritain qui en a vu d'autres : une petite amie qui ne s'intéresse pas tout de suite à ton anniversaire, à ton signe du zodiaque et à la taille de tes chemises, tu te poses des questions ! Je voudrais pas jeter le trouble entre vous, mais... tu comprends que pour Kate et moi, c'est important. On ne voudrait pas que tu tombes entre de mauvaises mains.

J'ai du mal à garder mon sérieux. Kate me lance un regard désapprobateur.

— Euh... Tu es très gentil, Ray, mais je ne crois pas que tu aies à t'en faire. Vraiment.

La voix de Bruno s'est durcie, je me dis qu'il ne faut pas que j'insiste.

— Okay, okay ! En tout cas, on voulait te souhaiter ça aujourd'hui, c'est pas rien, surtout pour toi, tu n'as qu'un anniversaire tous les quatre ans !

Il a un petit rire.

— Oui... Je peux même me dire que je ne mourrai pas, puisque trois ans sur quatre, je ne suis même pas sûr d'être né.

— Hey, toujours philosophe, hein ? Pourquoi tu as fait médecine, *for Pete's sake !*

— Chaipas. Pour faire plaisir à papa et maman, sans doute.

— Bougre d'âne ! Ça a beau vieillir, ça dit toujours autant de conneries.

— Bon, c'est pour m'insulter que tu m'appelles, ou pour me faire ma fête ?

— Les deux, mon capitaine ! On voulait venir te voir ce soir, mais Kate s'est souvenue que tu es de garde, *right ?*

— *Right*. Et en plus ça risque d'être agité, il y a une épidémie d'oreillons, en ce moment.

— D'oreillons ? *Measles ?*

— *No, mumps !*

— *Mumps ? Watch your balls, bud*[1] *!*

— T'inquiète pas, je les ai eus quand j'étais petit.

— Oh, alors je ne le dirai pas à ta... Pauline, c'est ça ?

— Merci !

— Mais dis-moi, quand est-ce que tu nous la présentes ?

Il hésite, s'agite à nouveau.

1. Fais gaffe à tes couilles, mon pote !

— Euh... c'est l'occasion, qui ne se présente pas.

— Diego, lui, il l'a vue deux fois cinq minutes, alors il sait de quoi elle a l'air, et il est plutôt impressionné, mais, question nanas, il n'est pas vraiment objectif...

— Parce que tu l'es, toi ?

— Dis donc, petit con !

Il se met à rire.

— Okay, je n'insiste pas, mais tu sais ce que j'en pense. Et puis, si un de ces soirs on a envie de débarquer sans prévenir, tu nous mettras pas à la porte, hein ?

— Non, bien sûr... On va organiser ça... Je te rappelle dans la semaine, d'accord ?

— *Suits me fine*. En attendant, je t'embrasse. Et je te passe *the one and only Wittgenstein's Mistress. Bye !*

Je tends le téléphone à Kate, qui me fusille du regard. Et, pendant qu'elle parle à Bruno, je sors de la pièce et j'éclate de rire.

66

PAULINE KASSER

Il pose sa main sur la mienne.

— C'était délicieux.

Il baisse les yeux, soupire, fronce les sourcils.

— Oui ? Je vous écoute...

— Je suis désolé que vous ayez appris ça comme ça... Mon anniversaire.

— Qu'est-ce que ça peut faire ? Et puis, le sujet ne s'était jamais présenté. Nous n'avons pas fêté le mien non plus.

Sans lâcher sa main, je me lève, je fais le tour de la table et je viens m'asseoir à ses côtés sur le banc de bois. Je pose mes bras autour de son cou.

— De toute manière, le week-end se prêtait mal à un anniversaire. Bon, c'est vrai, si j'avais su, j'aurais pu vous préparer un meilleur repas.

— Non, ça ce n'est pas possible !

— Oh, vous, vous êtes amoureux.

— Oui. Pas vous ?

— Il n'est pas question de moi.

— Parfois, dit-il d'un ton à demi soupçonneux, je trouve que vous avez furieusement tendance à ne pas répondre aux questions.

— Ah, et que dit votre maître et néanmoins ami, le bon Professeur Lance ? « Quand on pose des questions... »

— « ... on n'obtient que des réponses. » Mmmhh. Vous en savez déjà trop.

— Alors, il est inutile de discuter.

Je pose un baiser sur ses lèvres et je me lève pour faire du café.

En quête d'un ultime reliquat de sauce, Bruno passe un dernier morceau de pain sur le fond du plat, puis il se lève et débarrasse la table. Je le vois s'appuyer, pensif, contre le mur, près de la fenêtre, et scruter la campagne. Finalement, il dit :

— En décembre, il y a deux ans, tout le secteur

s'est réveillé sous cinquante centimètres de neige. Depuis que je sais conduire, j'ai une sainte trouille de la neige. Ici, avec les fossés, les petits chemins étroits, les cours de ferme en pente, c'est infernal. D'habitude, ça ne tient pas longtemps, il fait trop doux par ici. Mais cette année-là, à l'approche de Noël, il s'est mis à faire très froid. En ville, les sans abri mouraient comme des mouches. J'ai dit à Mme Leblanc de laisser la porte de la salle d'attente ouverte la nuit et le week-end, et de le faire savoir. Je ne voulais pas que quelqu'un meure de froid devant la porte d'un local vide mais chauffé en permanence... C'était ridicule, parce qu'il n'y a pas de sans-abri par ici. Il y a des gens extrêmement démunis, ou très frustes, qui vivent parfois dans des taudis inimaginables au milieu de la forêt ou même au milieu des villages, mais tout le monde a un toit... Le soir de Noël, en rentrant du cabinet médical, trois cents mètres après le pont qui enjambe la Tourmente, je roulais au pas, j'ai croisé un type qui titubait dans l'autre direction, en bras de chemise, clope au bec, un méchant sac sur l'épaule. Il sortait sûrement du café de Saint-Jacques et il rentrait à pied après la fermeture. J'ai roulé encore pendant deux cents mètres et je me dis : Sur le pont, la balustrade est assez basse, les trottoirs sont verglacés et, en dessous, la Tourmente est gelée. Qu'est-ce que je fais ? Je continue ou je retourne sur mes pas pour m'assurer qu'il ne se casse pas la gueule dans le noir ? J'ai fait demi-tour, il était au milieu du pont, penché sur la balustrade, il oscillait d'avant en arrière comme les vieux juifs en prière. Je me suis arrêté, j'ai baissé la vitre, je lui ai demandé où il allait. Comme il ne répondait pas, je suis sorti. Je lui ai demandé s'il rentrait chez lui, où il vivait. Au bout d'un moment, il a fini par me répondre de manière incompréhensible, il grommelait, il faisait de grands gestes, il était rond comme une queue de pelle. Il a tout de même fini par me dire qu'il allait « par là » en faisant un geste assez vague. Je l'ai fait asseoir dans la voiture, je lui ai demandé de m'indiquer la route... On a fait quatre ou cinq kilomètres, sur des chemins que je n'avais jamais empruntés auparavant, ou que je ne reconnaissais pas, à cause de la nuit et de la neige. Il n'était pas très frais, il parlait par signes et, comme on ne pouvait pas rouler vite, ça a pris un certain temps. Je me disais qu'on ne trouverait jamais, et que j'allais le ramener ici. Et puis brusquement, il m'a fait signe de m'arrêter, il est descendu, il a poussé une barrière, et il a désigné une cahute en bois, un peu plus loin, j'ai vu un peu de fumée sortir d'un tuyau de poêle au sommet du toit. Il s'est remis à me faire des signes désordonnés, il s'agitait, il postillonnait parce que je ne comprenais rien. En fait, le chemin était un cul-de-sac et il voulait me faire manœuvrer dans sa cour pour que je puisse repartir. Une fois la voiture dans l'autre sens, il a frappé à la vitre, et il a dit, distinctement, cette fois-ci : « T'es un cin-glé. »

Bruno se tait un instant, puis reprend.

— C'est cette nuit-là qu'il a fait moins dix, vous vous souvenez ? Le lendemain matin, deux personnes du secteur étaient mortes de froid, une vieille dame sans famille qui n'avait plus de chauffage depuis une semaine, et dont personne ne s'était préoccupé... et un bébé que sa mère avait collé dans le garage parce qu'il pleurait trop fort et empêchait tout le monde de dormir. Elle l'avait mis sur un lit pliant, à un mètre de la chaudière, en se disant que ça irait comme ça... Quand je suis allé là-bas, elle n'arrivait pas à me croire quand je lui ai dit qu'il était mort. Elle hurlait, elle m'insultait, mais elle ne me croyait pas.

Je m'approche, je glisse ma main dans celle de Bruno, je pose ma tête contre son épaule.

— Les jours suivants, j'ai cherché la maison de mon ivrogne, je n'ai pas réussi à la retrouver. Pendant tout l'hiver, et même après, quand je traversais le pont, je m'arrêtais et je regardais par-dessus la balustrade pour m'assurer que personne n'était tombé dans l'eau ou sur le talus...

Il se tourne vers moi, un sourire douloureux déforme ses lèvres.

— Il avait raison. Pour faire ce boulot jusqu'au bout, il faut être cinglé. Il n'y a que des cinglés pour vouloir sauver la vie des gens, sans se rendre compte que c'est impossible. Ceux qui font semblant de croire le contraire sont des salauds.

67

DANS UN VIEUX CAHIER

La vie à deux, le plus souvent, ce n'est pas une vie de couple, mais une vie de coups, une vie de cons. J'ai vu tant de couples mal assortis, à la fois haineux et complaisants, pour lesquels le seul enjeu était le pouvoir – imposer la couleur du canapé et le carrelage de la salle de bains, choisir le nom des enfants et la façon de les habiller, refuser le plaisir au nom du devoir, voler des plaisirs au nom de la liberté individuelle, rejeter le désir de l'autre pour justifier ses propres frustrations, le laisser baiser à droite et à gauche pour ensuite, avec magnanimité et compréhension, mieux l'enchaîner en lui pardonnant.

Dans la mythologie commune, vivre en couple, se marier, avoir des enfants, c'est « créer la vraie famille dont on a rêvé et qu'on n'a jamais eue ». En réalité, c'est surtout reproduire la mauvaise famille dont on est issu, restaurer en plus caricatural la foutue famille sur laquelle on a craché jadis, donner un semblant de légitimité à une association équivoque, de circonstance ou de convenance.

J'ai vu infiniment plus de mariages de convenance que d'avortements de convenance.

La plupart des couples se détestent et ne veulent surtout rien y faire. La dépendance matérielle, symbolique, sociale et affective est telle, pour l'un comme pour l'autre, qu'ils se refusent à se séparer parce qu'ils savent que ce qu'ils ne parviennent pas à faire ensemble, ils seront incapables de le faire seul. Vivre en couple, c'est tellement plus confortable que la solitude. C'est la possibilité d'avoir un logement à soi, une voiture pour le travail et une autre pour le week-end, de faire des voyages au soleil en emmenant avec soi le gigolo ou la putain avec qui l'on couche tous les jours (c'est si dangereux, si aléatoire de baiser au hasard !), de contracter des emprunts à des taux intéressants, de fréquenter d'autres couples sans susciter la pitié ou crever de jalousie (du moins, pas d'emblée), de faire des enfants, d'avoir l'air socialement correct, normal, comme tout le monde.

Et donc, se mettre en ménage, c'est souvent se ménager. On épouse une blonde avec de gros seins et un gros cul pour se cacher d'être homosexuel, on accumule les obligations professionnelles pour se consoler de n'avoir jamais exposé un tableau ou achevé un roman, on prend une grosse assurance-vie (capital doublé en cas de décès par accident de la route) pour se déculpabiliser de ne pas aimer assez sa bonne femme et ses gosses.

Se marier, c'est prendre le goulot d'étranglement, entrer dans la bouteille de formol où l'on finira comme un fœtus avorté, individu incomplet, étouffé, enfermé, à jamais momifié, étranger à l'amour, à jamais exilé de la vie.

Tout le monde parle d'amour, et il n'y a que des arrangements. Des espoirs distincts, parfois inconciliables, inscrits entre les lignes d'une même liste de mariage. Des attentes démesurées qu'on sait l'autre inapte à combler.

Tout le monde parle de confiance, et il n'y a que des faux-semblants, des déguisements, des mensonges. À l'intérieur du couple, c'est chacun pour soi. Autant dire que c'est la guerre.

Et le sentiment le plus fort, c'est souvent le mépris.

J'ai compris ça il y a longtemps, en salle de travail, une nuit où j'apprenais à faire des accouchements. J'ai vu la guerre, impitoyable, entre un homme et une femme.

Lui, il était debout près de la table de travail, ça n'était pas leur premier enfant, mais c'était la première fois qu'il assistait à la naissance. Je n'ai jamais compris qu'on impose aux pères d'être présents aux accouchements, comme s'ils étaient toujours armés pour y assister. Celui-là, manifestement, il dérouillait. Ça lui faisait mal de voir sa femme ruisseler, souffrir et gigoter, de voir des choses qu'il n'avait pas été préparé à voir. Plus le temps passait, plus il lui en voulait, et plus il se détestait de lui en vouloir, à la pauvre parturiente sur son lit de douleurs. Je lisais ça sur son visage. La femme, elle, trouvait que ça n'avançait pas, elle houspillait tout le monde, et lui d'abord.

Ils avaient déjà trois filles, et il aurait aimé avoir un garçon, on peut le comprendre, mais elle souhaitait vivement que ce soit encore une fille, elle l'avait répété devant nous à plusieurs reprises, en le regardant fixement, du genre : « Toi, tu ne les portes pas, tu n'as rien à dire. »

Pendant l'expulsion, le mari allait très mal, il essayait de ne pas regarder cette région du corps de sa femme qu'il n'avait certainement jamais vue comme ça, dilatée, déformée, monstrueuse, insondable. La sage-femme leur a présenté le bébé en disant : « C'est une belle petite fille. » À ce moment-là, j'ai vu la femme se retourner vers son mari penaud, balourd, un peu moustachu, son mari qui aurait sûrement voulu se trouver ailleurs pendant l'heure précédente, déçu mais malgré tout très ému, qui tendait les bras avec tendresse pour accueillir l'enfant et le poser sur le ventre de sa femme. Avant qu'il ait pu la toucher, elle a arraché sous son nez le bébé des mains de la sage-femme, elle l'a serré sur sa chemise de nuit à fleurs, et avec un regard de triomphe, elle lui a fait : « Ha ! »

La vie, ça ne peut pas être le bonheur. Ça ne peut être que des souffrances et des emmerdements à n'en plus finir. Et quand on fait sa vie à deux, c'est deux fois plus de souffrances.

Tout le monde fait semblant d'oublier que, quoi qu'il arrive, vivre, c'est souffrir. Le corps sait bien mieux souffrir qu'il ne sait jouir.

Combien de temps faut-il, pour jouir ? Une éternité. Combien de temps ça dure ?

Combien de temps faut-il, pour se mettre à souffrir ? Une fraction de seconde. Combien de temps ça dure ?

De toute manière, aimant ou non, aimé ou non, tôt ou tard, on souffrira. Qu'on le veuille ou pas. Le corps est fait pour ça. Pour souffrir et pour se reproduire. Autrement dit : pour perpétuer la souffrance de l'espèce. Ce n'est pas une conception morale, ce n'est pas une conception religieuse, c'est une réalité biologique. Mon corps souffre pour me rappeler sans arrêt que le monde est hostile. Que le feu brûle les doigts, que la neige gèle les orteils, que les milliards de micro-organismes, quand ça leur prend, peuvent me coller une méningite ou une septicémie en un tournemain et adieu !

Le corps souffre parce que le corps vit. La souffrance n'est ni rédemptrice, ni punitive, elle est consubstantielle à la vie. Le corps n'est pas fragile, il est hypersensible, irréparable, biodégradable. Le corps est une foutue machine à sensations et la plupart de ces sensations sont désagréables, parce que chaque seconde qui passe aggrave sa détérioration. Même pour les nouveau-nés, il n'y a pas que le pur plaisir, lolo-dodo, comme on voudrait le croire. Dès la première tétée, pan ! la première colique. Dès le premier bisou, pan ! le premier rhume. Dès le premier été, pan ! la première convulsion.

La cause n° 1 de décès chez le nouveau-né, c'est le retard de croissance intra-utérin, parce que les femmes boivent, fument, se droguent ou cessent de bouffer. Chez le nourrisson et le petit enfant, c'est l'accident domestique, il est tombé de sa table à langer ; chez le grand enfant, c'est l'accident de voiture, on l'avait pas attaché ; chez l'adolescent c'est le suicide, on aurait jamais imaginé.

Après ça, qui aura le front de dire que le milieu familial, ça n'est pas mortel ?

La vie est un enfer. On ne le sait pas tout de suite, on l'apprend dans son corps. Et lorsque le corps de l'autre vient s'en mêler, s'il n'y a pas ou plus d'amour, l'enfer est double.

J'en ai vu, des femmes, les cuisses serrées et leur sac par-dessus, crachant leur haine d'un mari qui, quand il ne couche pas avec des poules, s'assoupit pendant le film, puis monte au lit en traînant la savate et, lorsqu'elles le rejoignent enfin après avoir étendu la troisième lessive et mis un suppositoire à la petite qui ne voulait pas dormir, se retourne vers elles sans même ouvrir les yeux, leur colle le museau sur la figure, remonte la chemise de nuit – Et j'ai pas besoin d'en dire plus, n'est-ce pas Docteur ? *Vous savez comment c'est, les hommes...*

J'en ai vu, des hommes qui murmuraient, en rédigeant leur chèque, qu'ils auraient bien voulu reprendre le foot ou se remettre à faire des maquettes. Mais le samedi c'est pas possible, il y a les courses à faire à l'Hyper et ma femme ne conduit pas, ou elle n'a pas la patience, ou elle veut que je sois là pour choisir la couleur du paillasson. Et le dimanche c'est pas possible non plus, il y a le vélo à graisser, la table à réparer, la voiture à nettoyer, la pelouse à tondre, le tuyau de la cuisinière encastrée à changer parce que le midi la belle-famille vient déjeuner et le four, il faut qu'il chauffe au moins une heure avant ; et l'après-midi, s'il pleut pas, les femmes veulent toujours aller se promener au bord de la Tourmente jusqu'au cabanon du grand-père, depuis qu'il est mort il faut bien arroser les fleurs l'été et s'assurer que le toit ne fuit pas l'hiver... Alors, le foot, c'est vraiment pas possible, les maquettes, y a pas vraiment le temps, et de toute manière j'ai pas la place d'avoir un atelier alors faudrait que je fasse ça dans le séjour mais ça l'a toujours agacée de me voir tailler du balsa avec des lames de rasoir ou coller mes voiles avec des pinces, elle dit que si j'étais soigneux comme ça pour tout, ce serait beau ! J'ai beau mettre des journaux, elle râle parce que ça laisse des traces sur sa toile cirée, et si jamais je fais tomber une goutte de colle par terre, la voilà qui me saute dessus alors qu'au lit, enfin, je vous en dis pas plus. Elle dit tout le temps qu'elle veut que je sois gentil, que je lui dise des mots doux, que je lui parle, mais en fait, ce qu'elle veut, c'est que je la laisse parler, parler, parler, vous me comprenez, *Vous savez comment c'est, les femmes...*

68

PAULINE KASSER

Je repose le cahier.
Assis à la table, Bruno me regarde.

— Vous allez me dire que je suis un salaud, d'écrire et de vous faire lire ça...

Je fais non de la tête. Je m'agenouille près de lui, il s'incline et pose son front sur mon épaule, je lui dis à l'oreille :

— Quand vous me parlez, je vous écoute. Quand vous me faites lire quelque chose, j'essaie de comprendre ce qu'il y a derrière... Comme vous savez le faire avec les gens que vous recevez... Vous passez votre temps à écouter ce qu'on vous confie, et vous n'auriez pas le droit d'écrire ?

Il lève la tête, il me regarde.

— Vous n'avez pas peur ?

— Peur ! De quoi ? De ce que vous pensez ? De ce que vous écrivez ? Votre regard sur la vie, c'est une chose. Vos regards, vos paroles, vos gestes sur moi, c'en est une autre. Je sais qui vous êtes. Vous êtes l'homme que j'aime et qui m'aime. Ce que vous écrivez ne peut pas me faire de mal.

Sa gorge se serre. Ses yeux se brouillent.

— Vous croyez qu'écrire... ça soigne ?

69

COUPS DE COUTEAU

Le téléphone sonne. Je décroche.

— Allô ?

— Madame Benoît ?

— Oui, c'est moi.

— Bonjour, Madame, je suis le Docteur Sachs, de Play... Vous avez demandé que je vous rappelle...

— Ah oui, bonjour Docteur, merci de me rappeler, je m'excuse de vous déranger un dimanche comme ça, mais vous savez mon mari et moi on a un commerce, on est très occupés. Voilà, je voulais vous parler de mon frère...

— Votre frère ?

— Oui, vous savez, Georges, il vit avec notre mère, Mme Destouches...

— Oui ?

— C'est un peu difficile à expliquer, mais... mes sœurs et moi, on est quatre, on se fait beaucoup de souci à cause de Georges. Enfin, surtout pour notre mère, qui est tout de même âgée, avec ses ulcères de jambe, d'ailleurs vous le savez bien, vous les trouvez comment, en ce moment, ses ulcères ?

— Mmmhh. Ça va, ça vient. Elle est très âgée, ça ne peut pas cicatriser facilement.

— Je m'en doute bien, depuis le temps que ça dure ! Notez bien, depuis qu'elle a déménagé, elle est tout de même mieux que dans la maisonnette où ils vivaient tous les deux, ils couchaient dans la même chambre, c'était humide... Là, elle a tout de même sa chambre à elle, mais enfin, c'est pas encore ça...

— Oui...

— Vous comprenez, Docteur, mes sœurs et moi, on pense que ça la fatigue beaucoup de vivre avec Georges, d'ailleurs elle le dit, elle est fatiguée, et c'est vrai qu'il ne lui simplifie pas la vie...

— Que voulez-vous dire ?

— Allons, vous savez bien qu'il boit ! Tout le monde est au courant, vous êtes déjà allé le ramasser sur la route vous aussi, il a déjà failli se faire écraser, il est tombé plusieurs fois et il a failli geler dans le fossé, je ne sais pas combien il a de points de couture, vous savez bien !

— Eh bien, quoi ?

— Eh bien, ça ne peut pas durer, voilà quoi ! J'en ai assez de voir Maman vivre avec ce... cet ivrogne, ce bon à rien, et de la voir dépérir, ça ne peut plus durer, voilà quoi ! En plus, il est malpropre, il ne se lave jamais, il sent mauvais, c'est insupportable de vivre avec lui ! Il faut faire quelque chose ! Il faut... qu'il parte !

— Mmmhh.

Il ne dit rien pendant un instant, puis il continue :

— Je soigne Mme et M. Destouches depuis des années, et leur cohabitation n'a pas toujours été facile, mais votre mère n'a pas l'air de vouloir qu'il s'en aille. En tout cas, je ne l'ai jamais entendue dire qu'elle le désirait. Au contraire. Elle est même très attachée à lui. Et lui...

— Bien sûr, ça, elle lui est attachée, à ce boulet ! J'ai jamais compris pourquoi ! Chaque fois qu'il trouvait un travail, au bout de trois jours on le mettait dehors et, depuis qu'il a eu son accident, non seulement il est devenu poivrot, mais il n'a jamais rien eu à faire de ses dix doigts, puisqu'il est pensionné ! Mes sœurs et moi on est obligées de travailler, de se crever au boulot, on a des enfants à élever, et lui il est là, il ne fait rien, il fume, il boit et en plus il dépense la retraite de notre mère, et on se demande s'il lui reste quelque chose pour vivre !

— Allons, je crois que vous...

— Alors vous comprenez, on en a parlé et on a pris notre décision. Alors, comme c'est vous le médecin de Maman, je vous appelle pour qu'on se mette d'accord...

— D'accord ?

— Oui, on a décidé qu'il fallait que Georges se fasse désintoxiquer, parce que ça va bien, à la fin ! Il va finir par être dangereux et ça tournera mal. Déjà, l'autre jour, quand je suis allée voir Maman, il était à moitié agressif avec moi parce que j'essayais de la convaincre de retourner à l'hôpital faire soigner ses ulcères ! C'est vrai, quoi, ça ne peut pas durer, je ne veux pas dire que vous ne la soignez pas bien, mais la greffe de peau lui avait fait du bien la première fois, alors je ne vois pas pourquoi on n'essaierait pas à nouveau, et puis pendant qu'elle est à l'hôpital elle n'aura pas Georges sur le dos !

— Attendez, je voudrais comprendre. Quel est le motif d'hospitalisation, dans votre esprit ? Soigner les ulcères de votre mère, ou l'éloigner de votre frère ?

— Eh bien justement, c'est là que je voulais en venir, Docteur. Nous, on sait bien que Maman ne voudra jamais qu'on fasse désintoxiquer Georges pendant qu'elle est là. Mais si elle est à l'hôpital, on pourrait lui dire que ça n'allait plus et qu'il a fallu l'emmener !

— L'emmener ? Où ?

— Ben vous m'avez comprise, à l'asile, bien sûr ! On n'a qu'à le faire interner, et puis voilà !... Allô ? Docteur ? Vous êtes là ? Allô ?

— Je suis toujours là, Madame Benoît... Qu'est-ce que vous attendez de moi, exactement ?

— Eh bien, j'en parle souvent, à Maman, de ses ulcères, et mes sœurs aussi, on lui en parle chaque fois qu'on va la voir ou qu'on l'appelle, je sens que d'ici pas longtemps elle sera partante pour une autre greffe, alors on a pensé, comme vous êtes leur docteur à tous les deux vous serez le mieux placé... Une fois que Maman sera hospitalisée, vous nous ferez le certificat d'internement. Et puis, comme vous allez souvent à l'hôpital, c'est vous qui l'expliquerez à Maman, une fois que ça sera fait. Venant de vous, elle l'acceptera, parce qu'elle vous fait confiance...

— Je vois... Vous savez, il y a de fortes chances pour qu'on ne le garde pas interné, les psychiatres ont leur mot à dire et les services sont toujours très chargés...

— Ah, je sais, je connais le problème, ma sœur cadette est aide-soignante au centre spécialisé de Tourmens... Mais elle en a déjà parlé au médecin du service, elle le connaît bien : c'est lui qui soigne son fils et son mari. Et elle m'a appelée ce matin pour me dire qu'il est d'accord pour garder Georges le temps qu'il faudra, le temps qu'on trouve une solution...

— Une solution... finale ?

— Ben, oui, une solution, quoi ! Parce que, je ne me fais pas d'illusions, Georges, il est irrécupérable, y aura jamais moyen de le faire arrêter de boire et, même si on y arrivait, de toute manière c'est un parasite, y a rien à en tirer, il ne sait que vivre aux crochets de Maman !

— Il est pensionné...

— Sa pension, il la boit ! Il ne lui donne pas un sou, et quand elle l'envoie faire les commissions, il achète du vin, alors, y en a assez ! Vous comprenez ?

— Oui, Madame Benoît, je comprends. Mais je ne ferai pas interner votre frère, et je ne ferai pas hospitaliser votre mère pour vous faciliter la tâche.

— Mais... mais...

— Au revoir, Madame.

Et avant que j'aie le temps de faire ouf, il raccroche. J'essaie de rappeler pendant un bon moment mais ça sonne toujours occupé. Le téléphone, ça ne marche jamais quand on en a besoin.

70

DEUX PAGES MANUSCRITES

Quand j'étais interne en pédiatrie, il y avait dans le service un garçon de huit ou dix ans qui chiait sans arrêt dans sa culotte. Pas parce qu'il ne savait pas se retenir, mais parce qu'il se retenait trop, au contraire. Il n'allait jamais aux toilettes. Il se retenait depuis tellement longtemps qu'il ne sentait plus ce qui s'amassait dans son rectum. Alors, à force de s'accumuler, ça sortait tout seul, parfois en cataracte. On essayait de le rééduquer, en le faisant aller aux toilettes régulièrement, tous les matins, tous les midis et tous les soirs, après le repas. Pour vérifier s'il avait ou non vidé son rectum, il fallait lui mettre le doigt dans le derrière, tous les jours. Et, bien sûr, c'était toujours plein. Et, bien sûr, ça lui faisait toujours mal. Et, bien sûr il avait toujours peur en voyant l'un d'entre nous entrer dans la chambre, un doigtier en caoutchouc sur l'index.

J'avais horreur de lui faire ça. Je le prévenais toujours un quart d'heure à l'avance, pour me préparer, autant que pour le préparer lui, et j'avais demandé à mon patron de ne pas être le seul à faire ça. Il avait répondu : « C'est ton patient, débrouille-toi. » Alors, une fois sur trois, je ne l'examinais pas, et je mettais n'importe quoi sur le dossier.

C'était un môme très doux, timoré, pleurnichard, collant. Toujours en quête de câlins. Les filles du service l'adoraient parce qu'il les suivait comme un petit chien. Il souriait tout le temps, comme un imbécile heureux, mais il n'était ni l'un ni l'autre.

Il restait en pyjama, parce que, quand il était sale, ça se voyait tout de suite et c'était plus facile à changer... À défaut de lui apprendre à aller chier là où il devait le faire, on essayait de lui apprendre à se changer seul, mais il n'avait même pas conscience que des paquets de merde gonflaient son pantalon et glissaient le long de ses jambes.

Depuis sa naissance, sa mère lui avait toujours mis des couches.

Un jour, j'ai demandé au psychologue du service si on savait pourquoi ce garçon se retenait comme ça. Il m'a répondu que les encoprésies (le terme lui-même est bien constipé. Et il ne dit rien !) étaient souvent la conséquence d'une relation désastreuse avec la mère.

Je n'ai pas voulu le croire. Jusqu'au jour où j'ai vu la mère.

Elle ne venait jamais le matin, je me demandais pourquoi. Elle passait voir son enfant à huit heures du soir, quand il n'y avait plus de médecin dans le service. Et encore, guère plus d'une fois par semaine.

Elle est venue un matin, bien obligée : nous avions organisé une réunion pour décider de la suite à donner à l'hospitalisation. Il était là depuis trois mois et ça ne progressait pas d'un pouce. Il fallait l'accord de sa mère pour le faire sortir (le père était inconnu au bataillon). En fait, on la soupçonnait d'être assez contente de ne plus l'avoir dans les pattes, et de n'avoir pas très envie de s'occuper de lui. Ce qui l'avait amenée à le faire hospitaliser, c'est que, tant qu'elle avait pu lui coller le gabarit nourrisson, les changes complets ça allait encore (il n'était vraiment pas gros), mais il s'était mis à grandir, il fallait lui prendre la taille adulte et ça coûtait trop cher.

Elle avait un jules incolore et inodore, qui restait dans le couloir pendant les cinq minutes qu'elle passait dans la chambre de l'enfant (les infirmières m'en avaient parlé) et que le gosse détestait profondément (ça, c'est lui qui me l'avait dit).

J'étais à la porte de la salle de soins. Le môme – je n'arrive pas à me souvenir de son prénom – était dans le couloir, vêtu d'un pyjama un peu trop grand (comme il en salissait deux à trois par jour, on était obligés de l'habiller avec ce qu'on avait), et il jouait avec un autre môme hospitalisé. Les petits l'adoraient, parce qu'il était parfaitement docile et absolument incapable de brutalité.

À ce moment-là, j'ai vu entrer une femme de taille moyenne, cheveux courts blondasses collés sur la nuque, tailleur trop court et mal ajusté, visage de bois, lèvres pincées, un curieux mélange de froideur et de vulgarité (je crois me rappeler qu'elle portait des talons hauts). Un type gominé à petite moustache, filiforme et sanglé dans un costard trop serré, la suivait au pas, un imperméable sur le bras. La femme a brusquement appelé l'enfant par son prénom en criant. « Qu'est-ce que tu fais là ? Ne reste pas dans le couloir, tu gênes ! Va dans ta chambre ! » Le môme s'était retourné à son entrée et s'avançait dans sa direction. En l'entendant, il s'est arrêté net, son éternel sourire a disparu une fraction de seconde, puis il s'est remis à jouer avec son camarade et ils sont entrés dans la chambre. Elle n'a pas eu un seul geste vers lui, rien qui puisse indiquer qu'elle était sa mère, qu'il était son enfant.

Quand elle est passée devant moi, je l'ai entendue dire : « Je t'avais bien dit qu'ils ne lui feraient rien ! », son jules hochait la tête comme un chien en feutre sur une plage arrière, une moue méprisante scotchée sous sa moustache.

Ce jour-là, pour la première fois, j'ai éprouvé un sentiment effrayant, celui-là même que je viens de ressentir, juste avant de raccrocher au nez d'une autre ordure. Un sentiment de haine d'une puissance incontrôlable, qui me laisse tremblant chaque fois qu'il monte en moi.

Ce jour-là, j'ai failli faire une connerie. En voyant cette femme parler ainsi à son fils, j'ai eu envie de lui sauter dessus, de la gifler, de la jeter par terre, de lui cogner la tête contre le carrelage et de l'étrangler jusqu'à ce que mort s'ensuive, une mort bien laide, lèvres bleues, langue pendante, yeux vitreux.

Je crois que si j'ai oublié le prénom de cet enfant, c'est parce que son prénom, tel que l'avait craché sa mère dans le couloir, était imprégné de toute la haine qu'elle lui portait, qu'elle portait sans doute à tous les hommes à travers lui.

Bon Dieu, comme certaines femmes peuvent haïr les hommes ! Et comme elles savent s'en faire haïr.

71

SUTURES

Tu te rinces les mains.

— Eh bien mon bonhomme, comment as-tu fait pour te mettre dans cet état-là ?

— Il a grimpé dans le cerisier et il est tombé...

Tu prends deux ou trois serviettes en papier dans le distributeur, tu t'essuies et tu reviens vers moi.

— Allez ! Approche-toi, qu'on t'examine.

Debout devant toi, ma mère me tenant par les épaules, je ne suis pas très rassuré, j'ai envie de pleurer. Tu déplaces le fauteuil pivotant jusqu'à moi et tu t'assieds. Ton visage est juste à la hauteur du mien.

— Si je te fais mal, tu me le dis.

*

Mon poignet me fait mal et je le soutiens avec mon autre main. Tu poses délicatement tes grandes mains sur mon bras.

— Tu peux le tourner ?

J'essaie. Je ne peux pas, ça fait trop mal. Je secoue la tête. Tes doigts palpent lentement l'os sous la peau, centimètre par centimètre. Brusquement, la douleur se réveille. Les larmes me montent aux yeux.

— C'est cassé, j'en ai bien peur.

Tu me caresses la nuque et la joue.

— Bon, eh bien on va t'envoyer à la radio et tu auras de quoi dessiner pendant la récré.

— C'est grave ?

— Il y a sûrement une fracture, vous voyez, la bosse qu'il a juste au-dessus du poignet, l'os s'est tassé. Mais à son âge, ça se répare très bien en quelques semaines. Je vais lui mettre le bras en écharpe, en attendant qu'on le plâtre.

*

— Eh là ! Ça saigne, ce front, et qu'est-ce que t'as au genou, ma belle ?

— Je me suis cognée vendredi.

— Quoi ? Vendredi ? Tu as attendu trois jours pour venir te faire recoudre ça ?

Les poings sur les hanches, un peu bedonnant dans ta blouse, tu me lances un regard courroucé.

— Non, non, vendredi c'était le genou ! Le front, c'est tout à l'heure, je jouais avec les copines sur la place et Annette et moi on s'est cognées...

Je replie le morceau de ouate imbibé de sang et je l'applique à nouveau sur mon sourcil. Tu me prends la ouate des mains.

— Laisse donc ça, andouille, le coton, ça colle aux plaies ! Ce sont des compresses qu'il faut mettre. Ou un mouchoir propre. Tu appuies fort et ça s'arrête. Viens par ici.

Tu me désignes une chaise blanche près du point d'eau. De ce côté-ci de la pièce, cachée par de très grandes étagères tendues d'un tissu à grandes rayures vertes, se dresse une haute table d'examen recouverte d'un drap plastifié. Je m'assieds sur un tabouret placé près de l'évier, face à la table.

— C'est fendu profond ? Va falloir recoudre ?

Tu verses de l'eau dans une cupule métallique, du savon liquide dans l'eau.

— On va voir. Et ta copine, elle est blessée ?

Tu trempes une compresse stérile dans le liquide antiseptique et tu t'approches de moi.

— Non, elle n'a rien.

— Penche la tête en arrière.

Tu passes la compresse sur mon front.

— Ça pique ?

— N-non, ça va.

*

Tu jettes la compresse dans la poubelle tendue d'un sac en plastique bleu. Tu trempes une autre compresse dans l'eau tiède, tu recommences. Tu frottes un peu plus fort. Allongé sur la table, je relève la tête pour regarder.

— Tu vois, le coton, ça colle... Et tu as plein de petits morceaux de gravier dans ta plaie... Où est-ce que tu as dérapé, avec ton vélo ? Sur la place de la mairie, je parie... Je te fais mal ?

— Pas trop.

Tandis que tu jettes la compresse pour en prendre une autre, je sens quelque chose couler sur ma cuisse.

— Ça saigne !

— Bouge pas, c'est rien. Appuie fort là-dessus, ça va s'arrêter.

Tu appliques la compresse sur ma cuisse et tu places mon index dessus. Quand j'appuie, ça me fait mal, mais j'ai peur que ça ne saigne à nouveau, alors j'appuie fort.

— Bon ! Eh bien va falloir mettre deux ou trois points de suture, là-dessus.

— Ah bon ? Ça va faire mal ?

— Très ! Mais si on ne le fait pas, il faudra couper...

Je te regarde, tu me souris malicieusement.

— Bon, d'accord.

*

Tu te penches, tu prends une boîte métallique sur le plateau inférieur de la table roulante, tu la poses près de moi sur la pierre de l'évier et tu l'ouvres. Elle contient des instruments métalliques, des ciseaux, un scalpel, je ne sais quoi. Mon cœur a des ratés.

— C'est profond ? On voit l'os ? Je me suis pourtant pas cogné fort...

Dans un petit meuble à tiroirs, tu prends une minuscule enveloppe plastifiée, tu l'épluches et tu laisses tomber son contenu dans la boîte à instruments.

— Quand la peau est coupée sur toute son épaisseur, on voit toujours l'os, à cet endroit-là. Vous avez peur ?

Je ne réponds pas. Je ne me sens pas bien. J'ai chaud, ça tourne, mes yeux se brouillent.

— Ça tourne, comme si j'allais tomber...

— Ah. Venez vous allonger, ça ira mieux.

Je me lève, mais mes jambes se dérobent, j'ai l'impression d'être un sac de ciment. Tu me soutiens, tu me soulèves, tu m'étends sur la table d'examen.

— Ça va passer.

Tu prends mon pouls, tu regardes ta montre. J'ai la bouche sèche, mais je sens que ça tourne moins.

— À mon âge, c'est bête, pour un homme, de tourner de l'œil...

— Y a pas d'âge pour tourner de l'œil.

*

Je gémis, j'ouvre les yeux, je les referme. Je porte la main à mon front. Je le tamponne avec le petit mouchoir que je n'ai pas cessé de serrer depuis tout à l'heure. Je t'entends passer de l'autre côté de la pièce, puis revenir vers moi.

— Couchée, vous n'avez plus rien à craindre. Tenez, ce sera plus confortable.

Tu me soulèves la tête et tu places un petit coussin ferme sous ma nuque.

— Bon ! On y va ?

J'ouvre les yeux. Je soupire.

— Il le faut ?

Tu pousses la table roulante contre la table d'examen, tu tires le haut tabouret et, avant de te percher dessus, tu te penches puis tu te redresses, un long étui à la main. Tu l'épluches pour en tirer deux gants. Tu mets le gauche, puis le droit ; tu tires sur les manchettes, elles se rabattent en claquant.

— Eh oui, il le faut ! Ce n'est pas très profond, mais c'est grand et, si on ne vous recoud pas, à votre âge vous risquez de faire un ulcère de jambe...

— Mon Dieu ! Ça va faire mal ?

— Je vais vous faire une anesthésie locale. Vous ne

sentirez que les piqûres. Êtes-vous vaccinée contre le tétanos ?

— Mon Dieu ! Ça fait des années ! Vous vous rendez compte, à mon âge ! C'est grave ?

Tu prends une seringue, une aiguille, un petit flacon de verre rempli d'un liquide translucide.

— Tant qu'on le sait, non... Si ça fait plus de dix ans, vous aurez droit au sérum et au vaccin !

— Mon Dieu, tout ça !!!

Tu reposes le flacon. Tu diriges la seringue vers le plafond et tu appuies sur le piston. Une goutte perle au bout de l'aiguille.

— On commence ? Je pique.

Je serre les dents.

*

— Vous sentez quelque chose ?

Je sens le liquide étirer le pli de peau entre le pouce et l'index, je tourne la tête, j'allonge le cou, je vois que ça gonfle à l'endroit où tu as injecté le produit. Tu retires l'aiguille. Je sue à grosses gouttes.

— Un peu...

— Je recommence de l'autre côté, pour que ce soit complètement insensible.

— Allez-y, ça m'apprendra !

À présent, tu écartes l'index du majeur et tu enfonces l'aiguille dans le pli de peau qui les sépare. Je serre les dents.

— Bientôt, vous ne sentirez plus rien.

Tu enfonces le piston de la seringue. Au bout de

quelques instants, je ne sens plus mon doigt. Je pousse un grand soupir de soulagement.

— Ça devait vous faire un mal de chien !

— Ouais, et c'est de ma faute, j'ai essayé de l'enlever avec une pince, mais je suis droitier, évidemment, et je ne pouvais pas tirer, bien sûr. Alors j'ai poussé, mais c'était pire : il aurait fallu que je le fasse ressortir de l'autre côté mais ça faisait trop mal. Quand je pense qu'en temps normal j'enlève ça en deux temps trois mouvements, ça me fout en pétard !

— C'est toujours plus facile quand c'est pas sur soi. Mais dites-moi...

Tu me regardes droit dans les yeux.

— Je n'ai jamais pêché, alors je me demande... Comment fait-on pour se planter un hameçon dans le doigt ?

72

SUR LE PETIT CARNET

Visites dimanche.

Jules Gavarry, Deuxmonts (Dr Boulle), sciatique – *dans la nuit de samedi à dimanche, je lui ai fait des anti-inflammatoires IM, mais il tenait absolument à partir le matin très tôt pour je ne sais quelle foire-*

exposition, alors tu ne vas sans doute pas le revoir cette semaine, j'espère qu'il ne dérouillera pas trop, il avait six cents kilomètres à faire quand même

Armand Duras, Sainte-Sophie (Dr Jardin), poussée insuff. cardiaque – *j'ai demandé à sa fille de vous rappeler mardi s'il n'allait pas mieux*

Arnaud Belletto, Marquay (Dr Boulle), grippe

Janine Daudet, Saint-Jacques (Dr Jardin), certificat de décès

Lucienne Darrieussecq, Langes (Dr Carrazé), douleurs abdominales – *je ne sais pas ce qu'il faut en penser, ce malaise qu'elle a fait dans les toilettes, je n'ai pas d'explication, mais quand j'ai examiné son ventre je l'ai trouvé dur, je me demande si son côlon ne mériterait pas une exploration.*

Consultations dimanche :

Norbert Ferry « La Robertine » (Deuxmonts), crise d'asthme

Madame ??? (Saint-Jacques)

Mathieu Valabrègue (Play), suture

André Alferi (Play), ablation d'un hameçon

Roselyne Mémoire, Marquay (Dr Boulle) – *tu vois qui c'est ? Ah tu connais la famille ? Cette enfant est dans une panade pas possible. Je suis très, très emmerdé parce qu'il faudrait que quelqu'un la prenne en charge. Elle avait l'air d'avoir envie que je garde ça pour moi, mais ça m'a tellement ébranlé que je me suis dit Il faut que j'en parle à...*

73

DANS UN CAHIER NEUF

16h25

J'attends qu'un patient me rappelle pour me dire à quand remonte son dernier vaccin antitétanique.

Hier soir, onze heures, un pompier m'appelle, il n'était pas de service mais de dîner de famille chez ses parents. Sa petite fille jouait aux poupées avec sa cousine un peu plus grande, elles s'étaient glissées sous la grande table entre les jambes des parents, c'est tellement mieux pour jouer. Au moment de partir, les parents la cherchent, finissent par la trouver, mais la môme ne veut pas sortir, elle est bien là, elle veut rester. – Allez, sors ! On s'en va. – Nan, je veux jouer ! Excédé, le père l'attrape, la gamine gigote, il tire, elle se met en vrille, elle pousse un cri, elle a le bras raide, et la mère s'écrie Ça y est, à force de la toucher n'importe comment, avec ses grosses pattes, il a fini par lui casser quelque chose ! L'enfant ne bouge plus le bras, pas question d'y toucher, elle hurle dès qu'on s'approche. – On l'emmène à l'hôpital ? – Ben on pourrait ptêt' voir le médecin d'abord !

Quand ils entrent ici, le pompier de père est dans ses petits souliers, il tient sa fille tout contre lui, elle minaude, elle geint mais elle regarde tout ce qui se passe, elle se rend bien compte qu'elle le tient par le bout du nez, ce grand gaillard qui lui a fait mal.

Elle n'avait pas trois ans, elle était mignonne comme un cœur, brune, des grands yeux marron, quand je l'ai vue je me suis dit que j'aurais aimé en avoir une comme ça, si je n'avais pas fait une croix dessus.

Elle m'a regardé d'un air méfiant, je l'ai regardée aussi, j'ai fait mon numéro de celui qui ne s'intéresse qu'aux adultes et, pendant que le père me confessait son crime dans les moindres détails, je jouais du hochet spécial multicolore triple boule, celui à qui personne ne résiste quand il est posé au bord de la table, pas même les mères de famille nombreuse, qui en ont pourtant vu d'autres. Au bout de vingt secondes, la môme tend la main gauche, elle saisit le hochet et le tourne dans tous les sens, il est fait pour ça. Son bras droit ne bouge pas, le poignet remue un peu, mais c'est tout. Pendant que le père parle et que la môme joue, je pose un pouce au pli de son coude, je prends délicatement le poignet droit, je le tourne, je replie l'avant-bras, je sens le ressaut de l'os démis qui reprend sa place, la môme pousse un petit cri de surprise et saute des genoux de son père, s'éloigne et ne se rend même pas compte qu'elle joue à nouveau des deux mains. Des comme ça, je voudrais bien en avoir tous les samedis, et même tous les jours. Mais ce serait trop beau.

À 11 h 45 aujourd'hui, une jeune fille blonde, placide, mutique, dix-huit ou vingt ans, marchant au ralenti on dirait qu'elle a pris un coup sur la tête et ou que quelque chose pèse sur sa cervelle. Elle vient pour un rappel de vaccin, me tend son carnet de santé, sort la boîte de la poche de son caban et je m'étonne : un vaccin, un dimanche ? Son ventre protubérant et sa poitrine ne laissent aucun doute, je dis : « Ça fait combien ? » mais elle me regarde sans comprendre, alors je me sens très bête, je me dis je me goure, j'ai dit une connerie, je me mets à rougir, je prends le carnet de santé, elle a seize ans et demi mais fait nettement plus vieux, ses cheveux sont sales et elle a l'air fatigué, je lui dis que je vais d'abord l'examiner,

Gardez votre pantalon, allongez-vous, et elle le fait. Ses seins débordent du soutien-gorge et, avec le bide qu'elle a, la ligne brune, le nombril en éventail, je sais que je n'avais pas rêvé. Je pose la main sur le ventre, rien ne bouge, je prends le stéthoscope obstétrical, j'écoute, j'entends, le cœur bat, ça m'a l'air correct, je passe à nouveau la main sur le ventre et je sens un bras qui glisse là-dessous et je la regarde, elle ne dit rien, elle reste inexpressive, passive, silencieuse, ailleurs.

Et je finis par dire :

— Je ne crois pas qu'on va vous revacciner maintenant.

— Non ? Pourquoi ? sur un ton monocorde.

— Ce genre de vaccin, on ne le fait pas aux femmes enceintes.

Elle me regarde du même air absent, elle ne dit rien. Je n'ai pas le sentiment qu'elle réfléchit, mais que mes mots lui parviennent de très loin, et la laissent indifférente.

Je ne fais rien, je ne dis rien, je ne bouge pas, j'attends, mais elle continue à me regarder du même air figé de celle qui attend, qui a tout son temps. Au bout d'un long, long moment, elle dit : Je peux me rhabiller ? Je dis oui, je me demande ce qu'elle va faire, ce qu'elle va me demander, elle se rhabille, elle reprend son carnet de santé et son vaccin, remet le tout dans la poche gauche du caban, sort son porte-monnaie de la poche droite, « Ça fait combien ? » et moi, ébahi : Vous n'avez pas encore déclaré votre grossesse, n'est-ce pas ? Voulez-vous que je fasse les papiers ?

Elle hoche la tête violemment.

— Non.

— Vous ne voulez pas ?

— Non. (Elle ouvre son porte-monnaie.) Ça fait combien ?

Je n'ai pas voulu qu'elle me paie, elle n'a pas voulu partir sans m'avoir payé. Elle était là, immobile, obstinée, un billet à la main, elle ne bougeait pas, il a bien fallu que je lui rende la monnaie. Elle a dit merci et elle est partie. Je connais son nom, je sais où elle habite, je sais qui est son médecin de famille (tout cela j'ai pu le lire dans son carnet de santé), mais je n'ai pas su quoi faire, et je ne sais toujours pas.

74

LA CONSULTATION EMPÊCHÉE

Quatrième épisode

La petite grogne encore, on ne l'a pas encore assez promenée pour qu'elle s'endorme. C'est Maurice qui pousse le landau, il est plus fort, c'est plus régulier. Il n'y a pas beaucoup de voitures sur la route, il est tôt, il fait beau, il fait grand jour encore, les gens n'ont pas envie de rentrer chez eux par ce temps. Il fait un peu frais quand même, mais pour la saison ce n'est pas vraiment étonnant.

On passe devant la porte du cabinet médical. Les volets sont fermés, mais une voiture blanche est garée dans la cour goudronnée. Celle de M. Troyat, sûrement, ça devient une habitude, il se croit chez lui parce qu'il habite juste à côté, et même, des fois, lorsqu'il reçoit de la famille, ils se garent tous là. Bon, le dimanche ça n'a pas trop d'importance puisque tu ne travailles pas, sauf quand tu es de service mais aujourd'hui je sais que ça n'est pas le cas vu que le journal d'hier disait que ce serait le docteur de Lavinié. Ça m'étonne d'ailleurs de ne pas l'avoir vu passer, d'habitude quand il est de service il n'arrête pas, il faut dire que le canton est grand et que beaucoup de gens profitent du dimanche pour appeler le médecin parce qu'ils sont sûrs qu'il se déplacera le jour même, pas besoin de poireauter en consultation. Il y en a vraiment qui n'ont rien d'autre à faire qu'appeler le médecin le dimanche.

Ta plaque a terni. Elle aurait bien besoin d'un coup de chiffon, avec toutes ces voitures qui passent. À la longue, forcément, ça noircit. Et puis, les vis ont rouillé. La petite pleure, un petit coup de vent a rabattu sa couverture. Je dis à Maurice de la couvrir mais il ne m'entend pas. Il ne m'entend jamais lorsque je lui parle. Et puis qu'est-ce qu'il a, à marcher si vite ? Il ne le sait pas, encore, que j'ai mal à mon genou ? Je le rattrape, je le fais arrêter. J'entends vaguement un bruit de portière, un bruit de moteur derrière nous. J'arrange la couverture de la petite pour qu'elle ne prenne pas froid. Elle a les joues bien rouges mais ses mains sont glacées ; heureusement que je lui ai mis son bonnet de laine, faudrait pas qu'elle attrape froid, la belle-fille me reprocherait de ne pas l'avoir couverte assez.

La voiture blanche sort de la cour, passe près de nous, et au volant c'est toi. J'ai à peine le temps de te reconnaître, tu me salues comme tu le fais toujours alors même que je n'ai encore jamais été cliente et te voilà parti, tu disparais au coin, sur la route de Lavinié.

Eh bien ça, alors ! C'est toi qui es de service, en fin de compte ! On ne peut pas compter sur le journal, ils se trompent sans arrêt. Et puis, il fallait le savoir, que tu étais là ! Si tu avais ouvert les volets, j'aurais compris et je serais entrée, depuis le temps que je dois venir, j'aurais dit à Maurice que je voulais demander un renseignement pour la petite ! Ah, zut ! Voilà qu'elle éternue. Je le savais, je le savais, je le savais. Et la belle-fille m'a dit qu'ils reviendraient la chercher sur le coup de cinq heures. Ça va faire comme les autres fois, ils vont passer en coup de vent pour être rentrés avant la nuit, et ça ne va pas rater, elle va me rappeler à l'heure du dîner en me disant qu'elle a de la fièvre, que je n'aurais pas dû la sortir alors qu'il fait soleil, même s'il fait un peu frais. Si seulement ils étaient rentrés plus tard, elle l'aurait faite à la maison, sa poussée de fièvre. Et j'aurais pu t'appeler, Maurice n'aurait rien dit, vu que le fils a une bonne complémentaire. De toute manière, quand le docteur vient pour un enfant, Maurice ne bouge pas de devant la télé, j'en aurais profité pour te parler. S'il avait su que c'était pour moi, pas moyen de m'en débarrasser, il veut tout entendre. Pour une fois que je pouvais avoir le médecin à la maison sans avoir Maurice sur le dos, c'est bien ma veine !

75

PAULINE KASSER

J'entends claquer une portière, j'ouvre la porte, je cours au-devant de vous, je vous saute au cou, je vous embrasse, vous lâchez votre cartable, vous m'enlacez.

— Mmmhh... Quel accueil !

Je vous regarde. Vous êtes fatigué, je le vois à vos yeux. Je me mordille la lèvre.

— Je suis désolée, je viens d'avoir un autre appel.

Vous regardez votre montre.

— La poussée de fièvre de cinq heures et demie ?

Je souris, je fais non de la tête.

— Que voulez-vous dire ?

— Le dimanche, c'est presque toujours à cinq heures et demie qu'on m'appelle pour un enfant qui fait de la fièvre. En général, les mômes vont bien le matin, le midi ils déjeunent chez la grand-mère ou la tante, l'après-midi ils galopent dans le jardin ou ils regardent la télé avec les cousins, et puis, en fin d'après-midi, ils se mettent à se plaindre, mal de tête mal de ventre, ils frissonnent, ils vomissent dans la voiture et, comme le lendemain il y a école, on appelle le médecin...

— Non, c'est autre chose... C'est une dame qui habite de l'autre côté du pont...

Je vous vois vous raidir.

— M. Guilloux. Il ne va pas bien ?

— C'est ça. Sa femme voulait vous demander un conseil...

— Ah... Je vais aller la voir, ce n'est pas loin.

— Non, non, elle ne voulait pas que vous vous déplaciez, mais seulement que vous la rappeliez ! Elle ne veut pas vous déranger.

— D'accord... Elle a appelé ici ?

— Oui, j'étais étonnée, mais elle m'a dit que vous lui aviez donné le numéro.

— Je lui ai dit qu'elle pouvait m'appeler n'importe quand, en cas de besoin... Ce sont des gens qui ne demandent jamais rien. Ils ne veulent jamais déranger. Lui, je ne l'ai jamais entendu se plaindre, et pourtant, qu'est-ce qu'il dérouille !

Je prends votre cartable, vous posez votre bras sur mes épaules, nous marchons vers la maison.

— Il a un cancer du larynx. La première fois que je l'ai vu, j'ai cru qu'il allait mourir dans mes bras. Le lendemain on lui faisait sa fibroscopie et, trois jours plus tard, on l'opérait. Depuis, il ne peut plus parler, il respire par une canule placée dans son cou... Il n'allait pas mal, il avait maigri, bien sûr, mais il continuait à bricoler et à cultiver son jardin. La semaine dernière, il a fait une bronchite, il s'est encombré. Il reste assis dans un fauteuil, parce qu'il est très essoufflé, et pour évacuer ses crachats il faut l'aspirer avec un tube en plastique qu'on passe dans sa canule...

Je me mets à frissonner. Vous me serrez contre vous.

— Je ne devrais pas vous raconter tout ça.

— C'est ça ! Censurez-vous, c'est tellement meilleur !

Nous entrons dans la maison. Vous vous dirigez vers le téléphone. Vous posez la main sur le combiné, vous lisez le numéro inscrit sur le bloc, vous levez la tête.

— Peut-être que j'irai quand même le voir... Ça ne vous ennuie pas ?

— Bien sûr que si ! Vous préférez passer du temps avec un homme malade plutôt qu'avec moi, c'est scandaleux ! Et moi, je reste ici à vous attendre, comme une imbécile. J'aurais mieux fait de tomber amoureuse d'un fonctionnaire...

Vous me regardez, incertain. Je vous prends la main.

— Appelez Mme Guilloux, Bruno...

J'entre dans la chambre, je pose le cartable sur la chaise. Je sors de l'armoire un pantalon de velours que j'accroche à la poignée de la fenêtre, une chemise, des chaussettes, un slip, et un pull que je pose sur le lit.

Je sors de la chambre. Vous raccrochez le téléphone. Vous gardez la main posée dessus. Vous levez la tête.

— Elle a beaucoup de mal à l'aspirer, ça le fait tousser et ça l'effraie un peu, elle a peur de lui faire du mal. Et malgré ça, elle ne veut pas que j'y aille. Elle dit qu'elle va se débrouiller.

— Elle voulait savoir comment faire ?

— Non, elle le sait. Mais quand on aspire les gens, ça provoque parfois des réactions effrayantes, on a le sentiment de leur arracher les poumons, ils deviennent bleus de douleur... Lui, il ne dit rien, il la laisse faire, mais elle a aussi mal que lui. Elle voulait que je la rassure. Je ne sais pas si j'y suis parvenu.

— Elle vous aurait demandé de passer, non ?

— Mmmhh... Non... Si... Je ne sais pas.

Je m'approche de vous. Je pose ma main sur votre joue. Votre visage est crispé, tendu.

— Vous devriez aller vous doucher et vous changer.
— Vous croyez ? Je peux être appelé à nouveau...
— Je sais. Et alors ? La vie, c'est risqué.

Vous souriez, vous hochez la tête. Je vous enlève votre pull-over, vous vous laissez faire. Je déboutonne votre chemise. Je vous pousse dans la chambre. Pendant que vous finissez de vous déshabiller, j'ouvre l'eau et je la règle à la bonne température.

76

LA VOISINE D'À CÔTÉ (FIN)

Ça sonne à l'autre bout. Deux fois, trois fois, ah ça, elle se presse pas.

— Allô ?
— Germaine ? C'est Martine.
— Ah, c'est toi !
— Ça va ?
— Ah, m'en parle pas ! La tante Jeanne et l'oncle Antoine viennent de partir.
— Quoi ? Ils sont venus ?
— Ben oui, on l'aurait pas cru, hein ? Depuis le temps qu'ils ne se parlaient plus, avec Maman !
— Ils ont été comment ?
— Presque aimables. Mais je crois qu'ils voulaient surtout savoir quel notaire s'occupe de la succession, vu que c'est Maman qui a hérité les terres du grand-

père, et qu'il n'y a plus qu'eux après... Enfin, à part toi et moi, vu que ta mère est déjà morte, et que la Blandine, comme elle comprend rien à rien, elle compte pas vraiment...

— Qu'est-ce que tu leur as dit ?

— Qu'on se verrait chez le notaire. Parce que je crois pas qu'on les verra à la sépulture...

— Ah.

— Enfin, c'est comme ça. Mais j'en ai assez ! C'était ma mère, mais elle m'aura vidée jusqu'au bout ! Si elle s'était pas mis dans la tête de mourir un dimanche, j'aurais pas vu défiler tant de monde !

— Oui, et puis tu n'aurais pas eu à attendre le médecin...

— Ah, m'en parle pas ! Tu sais à quelle heure il est arrivé ?

— Oui, tu me l'as dit tout à l'heure, à dix heures et demie, par là !

— Oui, je t'ai pas raconté la suite, parce que depuis tout à l'heure, ça n'a pas arrêté, ils sont bien gentils les gens, mais on va pas l'enterrer avant mercredi, ils auraient pu venir demain ou après-demain. Eh ben non ! Il fallait qu'ils viennent aujourd'hui, comme si elle allait s'envoler ! Ça, tant qu'elle était vivante, y avait pas grand monde pour lui faire une visite, mais morte, ils viennent tous lui faire une tête d'enterrement ! Comme si elle avait pu les voir !

— Et alors, le médecin ?

— Quoi ? Ah, oui, le médecin, il est arrivé à dix heures et demie, presque onze heures moins le quart, il avait l'air tout pimpant en sortant de sa voiture, on aurait dit qu'il avait gagné au Loto, j'ai trouvé ça un peu fort, depuis le temps qu'on l'attendait, alors inutile de te dire que je te l'ai secoué. J'y ai dit : « Ben faut pas vous presser ! On peut mourir, c'est plus une urgence ! Surtout quand on n'est pas client chez vous ! »

— Qu'est-ce qu'il a dit ?

— Il m'a regardée avec des yeux ronds, il tombait des nues, quel comédien, je te jure ! Mais il en menait pas large, permets-moi de te le dire !

— Et alors ?

— Et alors il a demandé pourquoi je lui parlais comme ça, je voyais le moment où il allait monter sur ses grands chevaux, comme ils font tout le temps, mais non, il est resté doux comme un agneau...

— Il devait sentir qu'il était pris en faute !

— Penses-tu ! Il m'a même dit que c'était pas sa... cette femme, là, qui avait pris l'appel, que c'était un secrétariat, qu'on l'avait prévenu qu'à neuf heures et demie, enfin je sais pas ce qu'il m'a raconté, j'ai pas très bien compris, mais c'était pour noyer le poisson, sûrement...

— Sûrement !

— Et puis il a demandé pourquoi j'étais si en colère, soi-disant qu'il avait eu d'autres visites à faire avant de venir voir Maman, et j'y ai dit que j'aimais pas qu'on me raconte des histoires, que je savais bien que c'était pas vrai et si tu avais vu sa figure quand j'y ai dit : « Ma cousine habite en face de chez vous, elle a bien vu que votre voiture a pas bougé de la matinée jusqu'à tant que vous partiez pour venir ici ! » Alors là, il n'a plus rien dit, il a demandé à la voir, alors j'y ai dit qu'il avait de la chance que c'était dimanche et que mon docteur était pas de garde, parce que je l'aurais renvoyé aussi sec...

— Et puis d'abord, tu l'aurais pas appelé !

— Ben tiens !

— Et alors ?

— Alors j'y ai dit que je voulais qu'il nous fasse vite le certificat pasqu'il fallait bien qu'on l'habille, et que si on tardait trop ça allait pas être de la tarte ! Moi je sais pas quand elle est morte, Maman, cette nuit je l'ai bien entendue se lever pour faire pipi, mais je sais pas quelle heure il était, alors pour dire quand ça s'est passé... Bon, ce qui est sûr, c'est qu'elle était encore toute chaude quand je l'ai trouvée, même que j'y croyais pas, tu vois, on aurait dit... qu'elle dormait bouhouhou...

— Ah, ma pauv'fille, dis-je. Tu l'aimais, ta maman...

— Ah ! m'en parle pas. Les derniers temps, c'était terrible, elle comprenait plus rien de rien, elle arrêtait pas de me disputer, elle en avait toujours après moi, comme quand j'étais gamine, T'as pas fait ci, T'as pas fait ça, C'est pas comme ça qu'il fallait faire, C'est pas comme ça que tu vas tenir ta maison, Ma pauv'fille je comprends pas comment tu t'y prends, Ma pauv'fille... Elle me disait toujours ça : Ma pauv'fille ! Alors que la Blandine, quand elle renversait une casserole ou qu'elle tombait sur ses ciseaux à couture et qu'elle découpait un rideau, elle y disait rien, elle y disait Ma petite fille, tu sais pas ce que tu fais mais ça fait rien, t'es Ma petite fille...

Elle sanglote encore plus.

— Ah, ma pauv'... ma pauv'Germaine...

Elle renifle. Elle se mouche. J'attends un peu, puis je dis :

— Et alors ?

— Quoi ?

— Ben, le médecin...

— Ah, oui, eh ben il a rien dit, il a pris sa sacoche, il est entré dans la chambre et il a fermé la porte, même que je me suis demandé ce qu'il allait lui faire, bon c'est sûr qu'elle craignait plus rien, mais ces médecins tu sais jamais ce qu'ils vont t'inventer !

— Ça, t'as raison ! La semaine dernière, j'étais au bureau de poste, et j'ai entendu la Mère Gallo parler avec le maire de Lavallée, et voilà-t-y pas qu'elle lui expliquait que son mari venait encore d'entrer en clinique pour son estomac, et que le médecin y avait dit qu'il fallait opérer, tiens justement c'était le même, celui de Play, et donc il y avait dit qu'il fallait lui enlever les deux tiers de l'estomac pasqu'il avait un ulcère creusant, que ça risquait de saigner, que ça risquait de tourner en cancer, enfin bref, qu'il fallait le faire et que si elle pouvait avoir des heures d'aide-ménagère en plus pour sa grand-mère, ça la soulagerait. Et voilà-t-y pas que Mme Gautier, qui finissait de payer ses timbres, se mêle à la conversation et elle dit : « Ben je comprends pas, moi mon beau-frère il a aussi le docteur de Play comme médecin et il y a dit qu'il avait un ulcère de l'estomac mais qu'il fallait surtout pas l'opérer ! », alors évidemment, ça a jeté un froid...

— Oui, c'est un peu fort, on dirait que c'est à la tête du client !

— Bon, et après, qu'est-ce qui s'est passé ?

— Eh ben il est ressorti au bout de dix minutes, je

me demandais ce qu'il faisait et je rongeais mon frein, je me disais qu'il allait falloir que j'habille Maman et que si elle était trop raide, ça serait pas possible ! Ça me souciait, ça me souciait, tu peux pas savoir. Je me souviens quand on a retrouvé le grand-père mort, ça faisait plusieurs heures, sûrement, pasqu'il était déjà tout raide et comme il était tombé entre le lit et le mur, il avait un bras levé et l'autre derrière le dos, pour lui passer sa chemise et sa veste, je te raconte pas !

— Ben oui, je sais, c'est moi qui l'ai retrouvé !...

— Ah bon ? T'es sûre ? Je croyais que c'était Maman et moi...

— Ben non, non. Même que j'allais y porter ses vêtements que je venais de lui repasser et que ça m'en a fichu un coup !

— Ah, ben moi aussi, ça m'en a fichu un coup, c'est pour ça que je croyais... Enfin, si t'es sûre que c'est toi... Eh bien pour Maman, j'avais peur que ça soit pareil et qu'il faille suer sang et eau pour l'habiller, moi je voulais qu'elle soit présentable, j'voulais pas qu'on dise que je m'occupais pas d'elle, c'est pas pasqu'elle voulait mettre rien d'autre que ses chemises de nuit toutes trouées, qu'elle me faisait la comédie toutes les semaines pour en changer, heureusement qu'elle mettait la robe de chambre, ça cachait... Mais morte, alors là, pas question de ça !

— Et alors ?

— Et alors, au bout de dix minutes, un quart d'heure presque, le v'là qui ressort, qui me regarde, et y me dit rien, il s'adresse à la Blandine et il lui demande de venir l'aider !

— Non ? Il savait pas qu'elle comprend rien ? Ça se voit, pourtant !

— Eh ben non ! Il y avait vu que du feu ! Mais ce qui m'a sciée, c'est qu'elle y est allée !

— Non ?

— Si ! Moi, j'ai essayé de l'empêcher mais il a fermé la porte, et je les ai entendus faire du vacarme là-dedans... Et je me disais qu'est-ce qu'ils fabriquent, et puis d'un seul coup, je me suis dit : Pourvu qu'il l'abuse pas ! S'il est vexé que j'y aie parlé comme ça et qu'il a vu qu'elle était simplette, tu vois pas qu'il aille se venger sur elle ! Idiote comme elle est, elle pourrait rien nous dire !

— T'es folle ! T'es pas rentrée ?

— Ben non ! J'osais pas ! Moi, Maman m'a toujours dit que quand le docteur est avec les morts faut pas les déranger ! Alors j'ai dit au Pierrot d'y aller, il a frappé, il est entré, il a refermé derrière lui, et puis il ressortait pas non plus, mais ça faisait plus de bruit, je me suis dit que si y avait eu quelque chose de pas net, le Pierrot aurait fait quelque chose.

— Et alors ? Et alors ?

— Et alors, au bout de vingt-cinq bonnes minutes, voilà qu'ils sortent. Le Pierrot lui a montré la salle de bains et ils sont allés se laver les mains.

— Et ta sœur ?

— Elle était dans la chambre, assise sur une chaise, elle disait rien.

— Et ta mère ?

— Eh ben... Elle était toujours dans le lit, mais ils l'avaient habillée. Pierrot m'a dit que c'était le médecin, mais je le crois pas, les médecins ils habillent jamais les morts, et puis celui-là il était trop mal aimable. Soi-disant qu'il l'aurait habillée avec la Blandine, tu vois ça, toi ? Elle qui est pas capable de prendre une tasse sans la casser !

— Elle était habillée ? Ta mère ?

— Oui ! Avec ses beaux habits, ceux qu'elle voulait pour son enterrement, elle m'avait toujours dit : « Germaine, quand je serai morte, ouvre le tiroir du bas, prends ce qu'il y a dedans et habille-moi avec, c'est comme ça que je veux partir. » Mais je comprends pas comment ils ont su quoi lui mettre, vu que le médecin pouvait pas savoir, et que Pierrot il s'est jamais intéressé à ça.

— Ah, ben ça c'est pas banal, parce que c'est sûrement pas Blandine qui y aura dit !

— Avec ses trois mots, sûrement pas !

— Ah, ben ça alors, c'est pas banal !...

— Hein ! Je te le fais pas dire !

— Et alors ? Et alors ?

— Et alors ? Ben... c'est tout.

— C'est tout ?

— Ben oui.

— Et tu lui as demandé, au médecin, si la complémentaire de ta mère allait te rembourser la visite ? Parce que, le dimanche, c'est pas donné !

— Ben non, j'ai pas eu le temps. Il a signé le certificat, j'y ai demandé ce qu'il mettait dedans, il a répondu : « Je mets ce qu'il faut » et puis il l'a collé, il y a mis son tampon et il l'a donné au Pierrot. Et puis il est entré dans la chambre serrer la main de la Blandine, il est ressorti serrer la main du Pierrot, il m'a fait au revoir de la tête et il est parti.

— Et il t'a fait payer combien, pour ça ?

— Ben, j'ai même pas eu le temps d'y demander, il était parti. Après, Pierrot m'a dit que pour un certificat, celui-là, il fait jamais payer.

— Ah, ben ça alors, c'est pas banal ! Ça serait bien le premier ! Parce que le docteur de Lavallée, dès que tu lui demandes le moindre bout de papier, tu paies, même s'il a pas le temps de te prendre la tension ! Le mois dernier on l'a appelé pour venir voir le père Nadeau qui était tombé dans sa cour, il était raide mort, eh ben il a fait ni une ni deux, il a fait le papier bleu et comme c'était le voisin qui l'avait appelé et que le père Nadeau n'a plus personne, il a fouillé dans sa veste, il a sorti son portefeuille, et il s'est payé !

— Ben lui, tu vois, il a pas fait payer... Mais c'est sûrement pasqu'il se sentait péteux de pas être venu sitôt qu'on l'a appelé !

— Ah, ben ça alors, c'est pas banal ! Remarque, vu d'ici, c'est pas banal non plus. Finalement, toute la journée il a pris la voiture de sa... de cette femme. Il allait, il venait, et comme elle fait pas beaucoup de bruit, la voiture, tantôt en regardant par la fenêtre je le voyais rentrer alors que je l'avais pas vu partir, tantôt je le voyais partir et j'avais beau tendre l'oreille – je peux tout de même pas passer mon temps à la fenêtre, j'ai pas que ça à faire – je l'entendais pas revenir. Ça m'a agacée, de pas savoir s'il était là ou pas ! Et pis l'autre, sa... cette femme, là, ce matin quand je l'ai vue qui bêchait, je me suis dit : Elle y connaît rien, au bout de cinq minutes elle va s'arrêter pasqu'elle est fatiguée.

— Et alors ?

— Ben, tu me croiras si tu veux, elle y a passé *deux*

heures ! Elle a préparé la terre pour les petits pois – elle les a pas plantés, vu que la lune descend, mais je sais que c'est pour les petits pois, elle a mis des grillages – et en plus, elle a planté des oignons, de l'échalote et de l'ail. Rien que ça !

— C'est pas possible, elle s'installe !

— À croire ! Mais le plus curieux, c'est qu'ils sont même pas tout seuls, dans cette maison.

— Ah bon ?

— Ben oui, ce matin, tu sais, quand je l'ai vue qui bêchait, je me suis dit : Si jamais y a quelqu'un qui appelle pour une urgence, elle va jamais l'entendre ! Alors, j'ai fait le numéro et là, j'ai été surprise, pas qu'on m'a répondu tout de suite, la même voix que ce matin, mais ça pouvait pas être *elle*, puisque que je la voyais bêcher dans le jardin !

— Ben alors, c'était qui ?

— Ben, j'en sais rien. En tout cas, j'ai raccroché, j'ai refait le numéro pour être sûre, j'ai demandé si le médecin était là, on m'a répondu qu'il était en visite, alors j'ai raccroché.

— Il en aurait quand même pas *deux ?*

— Ben, j'en sais rien, mais tu sais, avec tout ce qu'on voit ! En tout cas, à la voix, c'était pas sa mère ! Et c'est à croire qu'ils sont toute une palanquée là-dedans, parce que j'ai rappelé encore une fois, un peu plus tard quand l'autre est rentrée, mais là, c'est un homme qui m'a répondu, et ça pouvait pas être le médecin, vu que sa voiture – enfin, sa voiture à elle – elle était pas revenue.

— C'est à n'y rien comprendre !

— Oui, et figure-toi que tout à l'heure voilà qu'une

autre voiture est arrivée devant la maison, en roulant tout doucement, il faisait déjà nuit, il devait être six ou sept heures, elle a éteint ses phares, et y a trois hommes qui en sont sortis, en imperméables, l'air pas commode, ils ont traversé la cour comme s'ils voulaient pas être entendus, et ils sont entrés comme ça, sans frapper.

— Sans frapper ?

— Comme je te le dis ! Et ils ne sont toujours pas ressortis !

— Qu'est-ce qu'ils pouvaient vouloir, à débarquer sans prévenir chez le médecin de service, comme ça, un dimanche ?

— Ben, j'en sais rien ! Quand même, y en a qui se gênent pas, sous prétexte qu'ils paient, ils se croient tout permis !

77

PAULINE KASSER

Vous vous levez de votre chaise, vous vous approchez du lit. Vous me tendez les feuilles que vous venez d'écrire. Je ferme mon livre.

— Merci, vous...

Vous retirez votre T-shirt et votre pantalon de coton, vous vous glissez dans le lit. Vous posez votre tête sur mon épaule, une main sur mon ventre pendant que je lis.

~~29 février~~ – 1er mars, 01 h 17

Quand je suis sorti de la chambre, la première chose que j'ai vue, c'est la table, les cinq couverts, les bougies, les fleurs. Machinalement, j'ai dit : « Qu'est-ce qu'on fête ? » et j'ai entendu rire et chanter.

Happy birthday to you... ! et ils étaient là tous les quatre, Ray et Diego, hilares, Kate un peu crispée mais souriante, Pauline rayonnante, elle s'était changée pendant que j'étais sous la douche, et j'ai senti les larmes me monter aux yeux, j'ai eu envie de les insulter, de leur dire de foutre le camp !

J'ai dit : « Qu'est-ce que vous venez foutre ici ? »

Ray a répondu : « Faire connaissance avec Pouline ! Comme tu voulais pas nous la montrer, on s'est dit qu'on allait pas te demander ton autorisation ! » et il forçait sur son accent.

Et Diego : « Tu vois, Ray, je t'avais bien dit qu'on allait déranger. Je propose qu'on aille au cinéma ! » Il s'est tourné vers Pauline : « Vous venez avec nous ? » Elle a souri et hoché la tête, « Pas ce soir, je suis d'astreinte. Mais vous n'allez pas repartir le ventre vide ! » et elle m'a tendu une coupe de champagne.

J'ai dit : « Vous les avez invités sans me le dire... Mais, c'était à moi de vous les présenter ! » et Pauline : « Présentez-moi... » alors, Diego : « Heureusement que tu as débarqué dans sa vie. Lui, c'est un ours, on ne le voyait plus. Mais toi, tu es adorable, je sens qu'on va beaucoup te fréquenter ! »

Et puis nous avons dîné, et je n'avais pas eu autant de plaisir à parler avec Ray depuis des mois, des années peut-être. Diego était en verve, il était assis entre Pauline et Kate, il les faisait rire, ça faisait une éternité que je n'avais pas vu Kate rire comme ça et je me suis dit qu'elle serait très belle, si elle n'était pas si triste. À un moment, Diego a raconté je ne sais quelle blague, elles se sont mises à pleurer de rire et elles lui ont pris la main toutes les deux en même temps, ils étaient beaux tous les trois, Diego impérial, Kate comme dans mes souvenirs, Pauline plus désirable que jamais. Ray s'est penché vers moi et il a dit : « Elle est superbe. » J'ai hoché la tête, j'ai dit : « Oui, tu as beaucoup de chance » et il m'a donné un coup de coude dans l'estomac, « Je te parle de *ta* femme, pas de la mienne, *nincompoop* ! » et au même moment Pauline m'a pris la main et nous étions tous réunis pour la première fois et heureux ensemble...

Je pose ma main sur la vôtre.

À la fin du repas, Pauline et Kate sont allées faire du café, Diego et Ray et moi on s'était mis à parler de l'Australie, bien entendu. Ray lance à Diego que la faune australienne est une des plus méconnues du monde, il se tourne vers moi :

— Tiens, je parie que même toi, quand tu étais là-bas, tu n'as pas vu de *padmouse*...

— *Padmouse ?* Quézaco ?

— Ah, oui, a enchaîné Diego, il m'en a parlé dans la voiture, c'est un petit animal à très longue queue, qui ne mange pratiquement rien, très facile à apprivoiser. Il se reproduit à vitesse grand V. Au début des années quatre-vingt, les Américains – tu les connais – en ont importé chez eux et puis ça a fait tache d'huile, à présent on en trouve partout dans le monde, c'est une véritable invasion !

À ce moment-là, Kate et Pauline sont revenues, l'une avec le café, l'autre avec un gâteau, et je ne sais pas qui a posé devant moi deux paquets, le premier de la taille d'un gros livre de poche, mais plus léger, le second grand comme un volume d'encyclopédie. J'ai pris le plus petit, je l'ai secoué près de mon oreille.

Pauline s'est mise à rire. « Celui-ci, c'est nous trois », a dit Kate. Le papier était noir, les rubans or et argent. Dedans, la boite était en carton blanc, elle portait les mots *The Original Australian Padmouse*, écrits de la main de Ray.

Quand je l'ai ouverte, au milieu d'un amas de coton hydrophile, j'ai trouvé une souris. À deux boutons. Ornée d'un drapeau australien. J'ai regardé Pauline, les trois autres riaient en voyant ma tête. J'ai dit : « Vous êtes folle ! Vous êtes absolument folle ! » Dans le grand paquet, il y avait un portable à imprimante intégrée.

Abasourdi, je me suis levé, je les ai tous embrassés l'un après l'autre, je n'entendais pas ce qu'ils disaient et puis j'ai pris Pauline dans mes bras, j'aurais voulu lui rouler le patin le plus fougueux et le plus long de toute l'histoire des préliminaires, mais je n'ai pas pu, j'avais la gorge serrée, je l'ai tenue par les épaules, j'ai dit :

— Pourquoi ?

— Comment ça, « pourquoi » ? Vous n'allez pas vous en servir ?

— Si... mais...

— C'est trop ? Vous ne *méritez* pas un cadeau pareil ?

— Oui... enfin, non, enfin, je ne sais pas ! Je n'ai pas quarante ans, c'est un cadeau pour des quarante ans, ou pour...

— C'est ça, j'allais attendre, pour faire un compte rond ! D'ici là, vous pouviez toujours acheter des stylos plume jetables...

Elle m'a embrassé, m'a fait asseoir, m'a invité à souffler les bougies, et m'a tendu un couteau : « Au lieu de couper les cheveux en quatre, vous pouvez peut-être couper le gâteau en cinq ? »

Je sens votre tête glisser sur l'oreiller, vous avez fermé les yeux, vous respirez un peu plus fort, vous vous endormez.

Quand je tape sur ce clavier, les mots s'alignent sur l'écran plus vite que sur la machine à boule, et surtout sans le boucan. Voilà, j'écris, vous êtes dans le lit, derrière moi, et vous lisez. Ce soir, je crois avoir compris ce que c'est qu'être entier, plein et entouré, malgré la maladie de Ray, malgré les zones d'ombre entre Kate et Diego et moi, malgré tout ce que vous ne savez pas encore de moi mais grâce à ce que vous savez déjà – oh ! comme vous me connaissez ! Comme vous êtes proche et tendre et aimante ! Et moi, j'ai beau être assis devant ce bijou que je découvre en l'utilisant, sur lequel les mots s'alignent plus vite que je n'arrive à les penser, je ne sais pas quoi dire, je ne sais même pas quoi écrire, parce qu'il y en a trop et que j'en sais à la fois trop et trop peu.

Vous ronflez doucement, à présent. Je retire un des deux oreillers de sous votre tête et vous vous retournez vers le mur, en chien de fusil.

Je me lève, je pose les trois feuilles sur le bureau, j'éteins, je me couche contre vous. Mes doigts effleurent votre peau, recherchent les crevasses, les boursouflures minuscules, les gouffres, les écailles. Depuis le jour où j'ai posé pour la première fois les mains sur votre dos, j'ai su qui vous étiez. J'ai vu les cicatrices d'une acné ancienne, pas tout à fait endormie et qui, périodiquement, entre en éruption, suscite de sinistres volcans rouges au sommet purulent, sensibles, douloureux, prêts à exploser. Vous m'avez laissée les toucher, les panser, les soigner, vous avez chassé la honte que vous éprouviez la première fois que je vous ai fait ôter votre chemise pour tamponner une de ces plaies saignantes. Jour après jour, j'ai appris à déchiffrer votre corps, et si je vous connais, si je sais qui vous êtes, ce que vous ressentez, c'est aussi parce que mes doigts se repèrent aux aspérités que vous portez là en permanence, inscrites sur votre chair, comme un texte en braille, invisible pour ceux qui ne vous connaissent pas, incompréhensible pour celles qui, avant moi, n'ont pas voulu le lire. Je vous aime, Bruno, avec vos plaies et vos cicatrices, et tout ce que vous ne pouvez pas dire, qui bouillonne juste au-dessous de la surface.

Je me colle tout contre vous, je glisse la main sur votre ventre et je mords très doucement votre épaule. Vous émettez un long soupir, vous vous tournez vers moi, un bras s'enroule autour de mes reins, une main se pose sur ma nuque, vos lèvres cherchent les miennes, et je souris en me disant que le plus long patin de l'histoire des préliminaires...

— Eh ! Mais vous ne dormiez que d'un œil...

— Mmmhh. Vous savez comment c'est, les hommes.

COLLOQUES SINGULIERS, 4

LE SECRET (VERSION MOLLE)

Annie ? Elle va bien. Très, très bien. Depuis six mois, c'est un amour... Oui, je l'ai emmenée voir le médecin de Play, je ne t'en ai pas parlé ? J'y suis allée à reculons, mais je n'en pouvais plus : elle était irritable, agressive, insolente, et c'est Dominique qui m'a conseillé d'aller le voir... Ah, non, elle n'était pas d'accord ! La première fois, on a attendu longtemps, il y avait un monde fou, et quand notre tour est venu, elle a traîné les pieds. Je lui ai dit : « Allez ! Viens, tu fais attendre tout le monde », elle a répondu : « Tu m'emm... » mais elle est entrée tout de même. J'avais honte, si tu savais ! Enfin, le médecin nous a lancé un drôle de regard. Je me suis assise, Annie s'est affalée les mains dans les poches, sans me regarder. C'est ça qui me faisait le plus de peine, qu'elle fasse comme si je n'existais pas. Je suis sa mère, quand même ! Je faisais ça pour son bien ! D'ailleurs, tout ce que je fais c'est pour elle, elle devrait le comprendre. Non, ma chérie, à ce moment-là elle était encore trop jeune, trop immature. Et pourtant, je m'entendais très bien avec les autres élèves de sa classe, je me demande si elle n'en était pas jalouse, ou jalouse de Camille, une ancienne élève que j'aime beaucoup... et avec qui j'ai passé de... très bons moments. On se voit encore, de temps en temps, elle pionne à Sainte-Jeanne, et parfois on va déjeuner ensemble à la brasserie, ou alors je l'invite à dîner à la maison, et je crois qu'Annie n'aimait pas ça. À l'époque, elle me piquait des crises incroyables, elle me disait que je m'occupais plus de mes élèves que d'elle, tu te rends compte ? Alors que tout mon temps libre, je l'ai toujours passé avec elle, je l'emmenais au cinéma, ou alors on allait voir Maman, ou Nicole et ses filles. Le reste du temps, il fallait bien que je corrige mes copies ! Qu'est-ce qu'il lui fallait de plus ? Je ne pouvais pas me couper en quatre, il fallait bien que je fasse bouillir la marmite ! Bref, ce jour-là, le médecin a regardé Annie sans rien dire, mais visiblement ça le souciait de la voir si repliée sur elle-même, alors moi : Je vous amène ma fille parce qu'elle ne mange plus ! Et immédiatement, Annie me saute dessus... Si, si ! Je t'assure, elle se met à crier : « Arrête, tu racontes vraiment des conneries ! » C'est comme je te le dis ! Moi, j'ai continué à expliquer, que d'abord, elle ne mangeait rien, qu'elle n'avait pas pris de poids depuis au moins six mois, qu'elle mettait toujours les mêmes chemisiers alors que l'année précédente elle avait pris douze centimètres en un an, c'était inquiétant, tout de même ! Elle n'allait pas mesurer un mètre quatre-vingts comme son père !... Tu vois la catastrophe !... Eh bien figure-toi que le médecin répond en souriant : « C'est beau, une grande jeune femme... » Oui, ma chérie ! Moi, j'ai soupiré poliment, pour lui faire comprendre que d'abord ce n'est pas ce que je lui demandais, et j'ai continué : « Je vous l'amène pour que vous l'examiniez, que vous lui fassiez faire des prises de sang et que vous trouviez ce qu'elle a, vous pourriez peut-être aussi lui expliquer que partir au lycée le matin sans déjeuner, ça n'est pas sérieux ! » D'autant qu'à quatorze ans elle n'était toujours pas réglée, je le lui avais pourtant dit : si elle ne se rembourrait pas un peu, elle ne pourrait *jamais* avoir d'enfants.

Bon, il a dû comprendre que l'état d'Annie était préoccupant... Alors il me demande : « Qu'est-ce qui vous inquiète, exactement, Madame ? » Et moi je réponds : « Mais tout ! Elle ne mange pas, elle ne veut pas me parler, elle ne veut pas que je l'embrasse le soir, elle me fait la gueule quand je l'emmène au lycée, alors que j'ai eu les pires difficultés à obtenir un poste à Sainte-Jeanne pour être près d'elle ! D'ailleurs, elle fait tout le temps la gueule, elle ne m'aide jamais ! Moi, quand j'avais son âge, je n'étais pas du tout comme ça, ma sœur et moi on aidait toujours ma mère à mettre la table ! Alors, je ne comprends pas qu'elle soit comme ça, je suis sa mère, tout de même, elle me doit le respect et elle doit m'obéir – c'est vrai, quoi ! Elle a des devoirs envers moi ! Et jusqu'à dix-huit ans, j'ai tous les droits sur elle... Oui, et même après, d'ailleurs ! Son grand-père lui a laissé de l'argent, mais elle sera trop jeune pour le dépenser, il faudra bien qu'on la conseille ! Tu as raison, les problèmes d'autorité, tout le monde en a. Ce qui m'inquiétait surtout, c'est qu'elle ne mangeait pas... Rien ! Rien de rien, je t'assure ! Elle disait que ça ne passait pas, qu'elle avait quelque chose de coincé dans la gorge... Alors, là devant le médecin, je lui dis : « Vas-y, dis-le, au Docteur, Annie, que ça ne passe pas ! Annie ? Je te parle ! » Alors j'ai dit au médecin : « Vous voyez ? Elle ne veut même pas me répondre quand je lui parle ! Et le pire, c'est qu'au lycée, tous mes collègues me disent qu'elle est charmante, que c'est une bonne élève, alors que dans ma classe, elle est insupportable, elle parle tout le temps avec sa copine Sarah, je ne peux tout de même pas les envoyer au proviseur, c'est ma fille tout de même, de quoi j'aurais l'air ? » Ah, oui, tu as bien raison, c'est vraiment pas facile d'être la prof de sa fille ! À ce moment-là, le médecin demande : « Vous avez votre fille en classe ? » Et moi : « Naturellement ! Je l'ai toujours eue depuis le C.P. ! J'étais institutrice à Langes, au-dessus de Lavallée. il y avait une classe à plusieurs niveaux, alors, je l'ai toujours eue avec moi ! Mais comme mon... enfin, son père... n'avait pas de travail fixe, enfin je n'étais pas toujours sûre de boucler les fins de mois, alors j'ai fait une formation pour devenir professeur de collège – heureusement qu'on a ça ! et qu'on peut le faire sur le temps de travail et pas pendant les vacances, parce que avec tout le travail que ça me donne et la tension nerveuse, mes vacances j'en ai besoin, il y a beaucoup de gens qui disent que c'est un privilège, mais ils n'ont qu'à se mettre à notre place ! – Qu'est-ce que je disais ? Ah oui, j'explique au médecin que quand je suis devenue professeur de collège, français-histoire-géo, ça tombait bien, elle passait en 6e. Et je l'ai eue comme ça avec moi jusqu'en 3e dans l'une ou l'autre matière. En 5e c'était merveilleux, j'ai eu sa classe dans les deux matières, il faut dire que j'avais une directrice formidable (eh oui, c'était Dominique Dumas !) on avait beaucoup de points communs, malheureusement elle aussi elle a eu... des difficultés avec son mari... Vous la connaissez ! (Un peu, qu'il la connaît, c'est pratiquement lui qui lui a conseillé de foutre son mari dehors !) Et quand Annie est rentrée en 4e, et que j'ai... mis son père à la porte, enfin, ça n'allait pas entre nous depuis longtemps, de toute manière il ne s'occupait jamais de la petite, j'avais beau lui dire qu'il pouvait peut-être faire un effort, pour sa fille, j'avais même proposé qu'on aille voir un psychiatre ensemble, il ne m'a pas écoutée... Oui, je lui en veux encore. Quand je pense que je lui ai donné les plus belles années de ma vie...

Et là, j'entends Annie qui soupire et qui dit : *Maman !* Alors moi, évidemment :

— Tiens ! Tu as retrouvé ta langue, à présent ! Dès que je parle de ton père, tu te réveilles ! J'ai le droit d'en parler, tout de même, c'est tout de même moi qui me le suis... qui l'ai supporté pendant toutes ces années ! Toi, évidemment, tu n'as rien vu ! De toute manière, je sais bien qu'il te monte la tête contre moi ! Alors que moi, je n'ai jamais rien dit contre lui ! Et pourtant, j'aurais pu !

Et là, le médecin s'est levé, il a ouvert la porte et dit :

— Mademoiselle... Voulez-vous nous laisser seuls, votre maman et moi ? et il l'a fait sortir.

Il est revenu vers moi, il s'est assis, on était tranquilles. J'étais tellement bouleversée, tu imagines ! Je ne savais plus exactement où j'en étais... Tu vois, le fait d'en parler, j'en ai les larmes aux yeux... Et je lui dis : Oui, je vous parlais de son père, mais ce n'est pas pour ça que je suis venue, bien sûr. C'est elle, qui m'inquiète. Je ne sais plus quoi en faire. Elle... elle a fait une fugue, la semaine dernière.

Alors lui : Une fugue ?

Alors moi : Oui, elle a quitté le lycée sans dire où elle allait. D'habitude elle m'attend, comme nous habitons à Langes, il faut bien qu'on rentre ensemble. Je vais la déposer au lycée tous les matins à huit heures, alors que parfois je n'ai pas cours avant onze heures ! (Mais oui, ma chérie ! Elle ne se rend pas compte de la chance qu'elle a ! Enfin, je te continue l'histoire :) Vous voyez, depuis que je suis enseignante à Sainte-Jeanne... Il faut vous dire que quand son père est parti comme ça, du jour au lendemain... (oui, oui, bien sûr c'est moi qui l'ai mis dehors ! mais j'allais pas tout lui raconter)... il m'a laissée sans rien... (non, en fait il n'a rien pris, il ne manquerait plus que ça ! Mais comme il n'a jamais rapporté un sou à la maison, j'ai toujours tout payé avec mon salaire, alors je ne vois pas pourquoi il aurait pris quoi que ce soit, tu me comprends !)... je ne savais pas quoi faire, j'ai failli faire une dépression grave, heureusement que le Docteur Boulle – c'est le médecin de Deuxmonts, c'est lui que j'allais voir, d'habitude – m'a mise en arrêt de travail prolongé et, comme on était en janvier, j'ai réussi à tenir comme ça pendant le reste de l'année. Comme je ne voulais pas gâcher l'année d'Annie, qui a toujours été une très, très bonne élève... (j'ai toujours tout fait pour ça !)... je me suis ressaisie, j'allais l'emmener et la rechercher au collège, c'était dur mais je le faisais quand même (oh, là là ! si tu savais, j'étais épuisée !)... Au bout de quelques semaines, je me suis dit que je ne pouvais pas la laisser entrer au lycée sans être avec elle, qu'est-ce qu'elle allait devenir ? J'avais toujours été avec elle ! Alors j'ai demandé au Docteur Boulle de m'aider et, à la rentrée de 3e, il m'a fait mettre à mi-temps thérapeutique, comme ça j'ai pu préparer le certificat d'aptitude pour devenir professeur de lycée, je l'ai eu (et comme Dominique venait d'être nommée directrice de Sainte-Jeanne, évidemment, j'ai eu un poste tout de suite). Ça, c'était il y a deux ans, et depuis...

Et figure-toi qu'à ce moment-là, il m'interrompt !

— Vous me parliez d'une fugue, tout à l'heure...

— Oui, excusez-moi, je m'y perds, ça me bouleverse tellement de la voir dans cet état-là, ma petite fille, elle n'a personne d'autre que moi et moi, qu'elle !

— Mais... et son père ?

(J'étais outrée, tu penses !)

— Son père ! Son père ! Il ne remettra plus les pieds chez moi !

Alors lui, gêné :

— Non, je voulais dire : votre fille ne le voit pas ? (Bon, là il a quand même fallu que je lui explique que pendant des mois il n'a pas supporté que je l'aie viré, alors il débarquait sans arrêt soi-disant pour la voir, il allait la chercher après l'école, il la ramenait, il entrait, il s'installait, il s'asseyait, il faisait comme chez lui ! Alors qu'il ne m'a jamais donné un sou pour elle ! Il était parti parce que soi-disant je l'empêchais de vivre, mais il ne crachait pas sur moi quand il s'agissait d'habiller Annie ou de la nourrir, hein ? Quoi ? Mais non, comment veux-tu ? Je ne pouvais tout de même pas le faire mettre en prison ! Ça ne m'aurait rien donné de plus, et puis tu vois un peu le tableau, vis-à-vis des collègues ? Enfin, toujours est-il que j'explique au médecin que depuis qu'il est avec cette... *femme...)*

— Ah ça ! Bien sûr, qu'elle le voit ! Mais le moins possible ! Avant, il la prenait quand elle était malade, mais depuis un an, c'est un week-end sur deux, et la moitié des vacances, et c'est tout ! (Là, tu vois, j'avais envie de pleurer, et le médecin l'a bien vu, il m'a donné un mouchoir, et puis il m'a redemandé ce que c'était que cette histoire de fugue...) Moi, en ne la voyant pas à la sortie du lycée, je me suis inquiétée, bien sûr, j'ai demandé à la secrétaire de Domi – de Mme Dumas – si elle avait vu Annie. Et elle m'a répondu qu'Annie était partie ! Vous imaginez mon angoisse ! J'étais effondrée, je me disais : Mais qu'est-ce qui a pu lui passer par la tête ? Et au moment où je sortais en me demandant si j'allais appeler la police, la secrétaire m'a fait signe, on me demandait au téléphone. C'était Annie ! Elle était sortie en début d'après-midi, elle n'avait pas cours, et comme je surveillais un devoir sur table, elle n'avait pas voulu poireauter en étude, et elle était rentrée en train ! (Oui, je te jure ! Elle avait pris la micheline qui part de Tourmens et qui s'arrête dans tous les petits bourgs. Elle était descendue à Lavallée, et de là, elle avait fait du stop jusqu'à la maison ! Moi, à son âge, je n'aurais jamais pu ! Mes parents me l'auraient interdit !) Et tu sais ce que le médecin me dit ? Il me regarde d'un air bête et il dit : Mmmhh, ce n'est pas vraiment une fugue, ça... Alors moi : Ah, pardon ! Quand une adolescente disparaît pendant trois heures de temps, moi j'appelle ça une fugue ! Et lui : Mmmhh. (Oui, il fait toujours Mmmhh, Mmmhh, à la fin c'est agaçant. Et il poursuit :) Mmmhh. Et le manque d'appétit ? Alors moi : Ah ! ne m'en parlez pas ! Je ne sais pas quoi lui faire à manger, elle n'aime rien et elle n'arrête pas de demander des choses invraisemblables ! C'est son père et sa... cette *femme*, qui lui mettent ces choses-là en tête... Alors lui : Vous la trouvez fatiguée ? Alors moi : Fatiguée, non ! Mais moi, ça m'épuise ! Elle est constamment désagréable, elle s'enferme dans sa chambre et elle se met à pleurer, moi je vais la consoler mais elle ne veut pas m'ouvrir, et ça, ça me brise le cœur ! Ma petite fille, qu'est-ce qui lui arrive, qu'est-ce qui nous arrive ? Pourtant, je ne lui refuse rien, je ne sais plus quoi faire pour lui faire plaisir, elle a tout pour être heureuse... (Ah, oui, c'était dur, je t'assure !) Alors lui : Mmmhh. Depuis quand avez-vous remarqué qu'elle mange moins... ? Alors moi : Depuis les dernières vacances. Parce que en fait, ça a commencé quand elle est revenue de chez son père. Je suis sûre que ça s'était mal passé, sa... cette *femme* a beau essayer de l'acheter en lui offrant des vêtements ou des babioles, ce n'est pas sa mère ! Et puis je ne suis pas sûre que ça se passe très bien : le mois dernier elle a passé toute la première partie des vacances chez son père et quand elle est rentrée elle faisait une tête d'enterrement, je n'ai pas réussi à lui faire dire ce qui n'allait pas, elle se mettait à pleurer. Depuis, elle ne mange pratiquement plus rien, alors, évidemment, je m'inquiète, je me dis qu'il s'est peut-être passé quelque chose, si ça se trouve elle a un problème avec son père (là, j'avais des sanglots dans la voix) je me fais tellement de souci, je me demande si elle... ne va pas me faire une anorexie (en plus, tu te souviens, c'était juste à l'époque où la fille de l'actrice, comment s'appelle-t-elle ? Oui, c'est ça ! Elle a fait une anorexie toute jeune, elle est allée de psychiatre en psychiatre ; sa mère, la malheureuse, quelle horreur, je me mets à sa place mais je préfère être à la mienne, avoir une fille comme ça ! Et au bout de plusieurs années, alors que rien ne le laissait paraître, elle la croyait guérie – elle avait même écrit un livre là-dessus et elles étaient passées à la télé toutes les deux –, sans la prévenir, elle s'est jetée par la fenêtre !) et je dis au médecin : Vous comprenez, depuis un mois, je me suis mise à regarder si Annie ne se bourre pas de gâteaux en cachette et quand elle va aux toilettes je passe derrière elle pour voir si elle n'est pas allée vomir (non, non, elle ne l'a jamais fait, tu penses ! Si j'avais vu ça je l'aurais fait hospitaliser sur-le-champ ! D'ailleurs j'avais aussi demandé à Camille, mon ancienne élève, qui est pionne à Sainte-Jeanne, de la surveiller discrètement, mais elle m'a dit que le midi à la cantine, Annie mangeait normalement... Enfin, bon, je me faisais des idées, n'empêche qu'ici elle ne mangeait pas)... Eh bien, tu sais ce que le médecin a eu le toupet de me demander ? Je te le donne en mille ! : « Est-ce qu'elle mange chez son père ? » (Alors là, j'ai ri jaune, tu penses. Parce que bon, il paraît que sa... *femme* fait très bien la cuisine. Mais à voir la tête qu'Annie fait chaque fois qu'il la ramène ici, ça m'étonnerait qu'elle mange ce qu'elle fait... Quand je l'ai emmenée chez le médecin, elle ne mangeait même plus ses plats préférés. Pas même du gâteau de semoule ! Quand elle était petite, si je ne m'étais pas écoutée, elle n'aurait mangé que ça tous les jours ! Mais il y a six mois, si je m'avisais de faire du gâteau de semoule, elle n'y touchait pas ! Ah, oui, c'était vraiment pénible.) Alors moi : Je n'en sais rien, mais de toute manière elle ne va pas souvent chez son père, alors ce n'est pas ce qu'elle mange chez lui qui compensera ce qu'elle ne mange pas chez moi ! Vous pensez que vous allez pouvoir faire quelque chose ? Alors lui : Mmmhh, il y a toujours quelque chose à faire, Madame. Je vais examiner votre fille et ensuite, nous déciderons d'une conduite à tenir. Mais si je vous entends bien, je ne crois pas qu'elle soit en danger. À vue d'œil, je dirais qu'elle traverse une mauvaise passe, et qu'elle a besoin d'aide, et vous aussi, je crois... Alors moi : Ah, Docteur ! C'est bon d'entendre ça ! Si vous saviez comme c'est difficile ! Je ne me plains jamais, à personne, et jamais je ne dirais le moindre mot contre son père ! Pourtant, avec tout ce qu'il m'a fait, j'en aurais à dire !

Et à ce moment-là, il s'est levé et il a ouvert la porte en disant : « Si vous le permettez, je vais recevoir Annie pour l'examiner... Je n'en aurai pas pour longtemps. »

Oui, oui, il m'a fait sortir ! Qu'est-ce que tu veux que je dise ? C'était lui le médecin, je ne pouvais pas dire non, c'est vrai qu'elle n'avait que quatorze ans et demi à ce moment-là, mais Dominique m'avait dit qu'il était très gentil avec les enfants, et j'ai pensé que ça ne serait pas mal qu'il lui fasse un peu la leçon sans que je sois dans la pièce. Et finalement, j'ai bien fait : si j'étais restée, elle ne l'aurait sûrement pas écouté, alors que là, tu n'en croirais pas tes yeux ! Mais attends, je continue... Donc, Annie était debout dans la salle d'attente, les mains dans les poches de son manteau et, quand je suis sortie, elle m'a lancé ce regard buté qu'elle avait quand elle était petite fille. Comme elle ne bougeait pas, je l'ai prise par le bras. Elle l'a retiré violemment, mais le médecin lui a fait signe d'entrer, elle a hésité mais elle a fini par y aller et il a refermé la porte. Je suis restée debout longtemps parce qu'il y avait du monde, et pas une chaise de libre. Au début, je me disais qu'il risquait d'avoir du mal, avec elle, et qu'au bout de cinq minutes, il en aurait peut-être marre... Un médecin de campagne, qu'est-ce que ça connaît aux adolescentes ? D'ailleurs, si Dominique ne m'avait pas parlé de lui, je ne serais pas allée le voir, tu penses ! Et puis Annie était tout de même un peu jeune pour que je l'emmène voir une gynécologue, ça l'aurait choquée !... Oui, bien sûr, moi aussi je vais voir une femme, maintenant je ne veux plus qu'un homme me touche ! La mienne est très bien, très correcte, elle était mariée avec un psy mais elle l'a quitté parce qu'il était impuissant... Oui, c'est elle. Ah, tu la connais ? Quoi, toi aussi ? Ah, ça c'est drôle ! Dis-moi, c'est vrai qu'elle est juive ? Enfin, personne n'est parfait, et chez une femme ça se voit pas, hein ? HAHAHAHA ! Enfin, moi ça m'aurait mise mal à l'aise de lui emmener ma fille. Pourtant, à ce moment-là Annie n'était pas encore réglée et, à quatorze ans et demi, c'est vrai que ça m'inquiétait. Moi qui n'ai pas pu avoir d'enfant après elle, je ne voudrais pas qu'elle ait des problèmes. C'est vrai qu'elle est venue un peu tôt, enfin, une fois qu'elle était là, j'ai été très heureuse... Et puis après, je n'aurais jamais voulu avoir d'autres enfants avec son père ! Alors que Dominique en aurait bien voulu quatre ou cinq, mais c'est son mari qui refusait. Oui, c'est dommage pour les enfants qu'elle l'ait quitté, mais il fallait bien qu'elle vive sa vie de femme. D'ailleurs, finalement, les enfants s'en trouvent très bien. On arrive très bien à s'en passer, des hommes, hein ! HAHAHAHA ! Ça, tu vois, ça je voudrais qu'Annie le sache, je voudrais pouvoir lui dire qu'on ne peut pas leur faire confiance. Qu'est-ce que tu veux, j'essaie de la protéger, mais ça ne pourra pas durer, malgré tout je suis sa mère, et qu'est-ce qu'on a de plus proche qu'une mère ? Hein ? Hein ? Un père, on ne sait même jamais s'il est vraiment le père, hein ! Et quand on en est à peu près sûre, on a tellement envie de l'oublier ! HAHAHAHA !... Évidemment, pour Annie, je suis sûre, vu qu'il n'y en avait pas eu d'autre avant lui. Je lui ai vraiment tout donné, *tout* !... Ah, là, là ! Si tu savais ! En ce moment, elle est si gentille, si attentive, si complice, je me dis qu'un de ces jours je lui raconterai tout.

Mais il y a six mois, elle ne comprenait rien de rien, et moi je ne pouvais pas vivre dans l'angoisse sans arrêt. Eh bien, tu me croiras si tu veux, après m'avoir gardée une demi-heure il a gardé Annie *une heure* ! Je te jure ! Quand il a rouvert la porte, je ne savais plus où me mettre, la salle d'attente était pleine à craquer, et il m'a fait rentrer ! Il a été très clair, très ferme, il a dit : « Il faut prendre les choses au sérieux. Nous en avons parlé longuement, votre fille et moi. N'est-ce pas ? » Et là, Annie a hoché la tête. Elle souriait, je ne sais pas comment te dire, elle était mé-ta-mor-pho-sée, je n'en croyais pas mes yeux ! Et puis, il m'a tendu deux ordonnances. « Je lui ai demandé de faire une petite prise de sang. » Alors moi : Mais, elle.... elle est d'accord ? Et Annie : Oui, oui, je suis d'accord ! Et lui : Et je lui ai prescrit un petit fortifiant, il est vrai qu'à son âge, avec les examens à préparer, elle a le droit d'être fatiguée. Vous en savez quelque chose, je crois ? Alors moi : Ben oui, toutes ces copies à corriger, c'est beaucoup plus fatigant pour les enseignants que pour les élèves... Et lui : Et je lui ai proposé de revenir me voir pour rediscuter de tout ceci dans trois semaines... Et moi : Bien sûr, et pour le résultat de la prise de sang. Et Annie hochait la tête *en souriant*. J'étais sciée ! Je ne l'avais jamais vue comme ça... Ah ! Je n'en sais rien, je ne peux pas te dire, il ne m'a pas expliqué – d'abord, ce jour-là il y avait tellement de monde, ça n'était pas possible, et finalement ça n'a pas d'importance, c'est le résultat qui compte ! Note bien, il m'a fait payer les deux consultations et un supplément exceptionnel parce que ça avait duré longtemps, mais ça le valait largement ! De toute manière, la mutuelle des profs me rembourse toujours intégralement...

Et voilà toute l'histoire ! Annie a complètement changé, elle ne me répond plus, elle ne m'envoie plus balader, elle rentre toujours avec moi à cinq heures, sauf quand elle n'a pas cours, elle m'a demandé de l'autoriser à sortir plus tôt, elle va à la Thèque de Tourmens pour étudier et elle me retrouve à la sortie du lycée. Le soir, elle met la table, elle fait la cuisine... Elle était déjà bonne élève, mais là c'est encore mieux qu'avant, elle va sûrement avoir de très bonnes notes au bac de français, ça s'approche mais elle est très calme, elle me dit : « Ne t'en fais pas Maman, tout ira bien », et je lui fais confiance. Elle a des résultats excellents partout, je suis très fière d'elle à présent, tous mes collègues me complimentent, j'ai bien fait de lui faire sauter deux classes, son père ne voulait pas mais qui de nous deux avait raison, hein ? D'ailleurs, elle ne veut plus que je lui parle de son père. Un jour elle m'a dit : « Maman, j'aimerais mieux que tu ne me parles plus de Papa », et j'ai compris qu'elle avait pris ses distances... Si, elle va toujours le voir, un week-end sur deux et la moitié des vacances, mais quand elle revient elle n'est plus défaite, comme avant. Elle est même plutôt gaie en ce moment. Vraiment, ce médecin me l'a transformée, je ne sais pas comment il a fait ! Il y a trois mois, nous y sommes retournées une dernière fois, elle allait très bien, alors il a dit qu'il n'était plus nécessaire de revenir et maintenant, je suis complètement rassurée ! Mais alors, qu'est-ce que j'ai pu souffrir ! Avec les enfants, on ne sait jamais ce qui va vous tomber sur la tête. Enfin, maintenant, le cap est passé, je suis tranquille. Tu vois, c'est vrai que les hommes sont des salauds. On ne peut pas leur faire confiance. Dès qu'on a le dos tourné, ils nous font des crasses, mais ce médecin, je dois reconnaître qu'il m'a vraiment tirée d'affaire. Je me sens mieux. Et Annie va si bien en ce moment, j'ai du mal à réaliser que c'est bien ma petite fille, elle a bientôt quinze ans, mais ce sera toujours ma petite fille... Maintenant, on est de vraies copines, même en dehors du lycée... Et heureusement, elle ne s'intéresse pas aux garçons. Mais elle s'intéresse beaucoup à ce que je fais, elle se confie à moi, et moi aussi, je peux enfin lui dire les choses qu'une mère a envie de dire à sa fille, tu vois, des trucs de femme... Enfin, en ce moment, ça va vraiment bien, je crois que je n'ai jamais été aussi heureuse depuis – oh, là là ! – des années... Depuis... depuis qu'on était à l'École normale ensemble, toi et moi... Je suis sérieuse, tu sais... Oui... Moi aussi. Oui... Tu sais, il faudrait qu'on se voie... Ça fait si longtemps... Oui, je sais, ma pauvre, toi aussi il t'en a fait voir... Enfin, le tien au moins, il crache ! Tu as bien fait de ne pas accepter de consentement mutuel... S'il voulait récupérer sa liberté, il n'avait qu'à payer, HAHAHAHAHA !... Dis-moi... Qu'est-ce que tu fais ce week-end ? C'est vrai ? C'est vrai ? Tu viens me voir ? Oh, ma chérie, comme je suis *heureuse* !

DIAGNOSTIC
(samedi 29 mars)

La principale différence entre Dieu et un médecin, c'est que Dieu ne se prend pas pour un médecin.

Law & Order

78

TABLEAU

Le réveil me vrille les tympans. J'ai la bouche pâteuse, le nez encombré, la tête comme un gros melon. Je suis sûr que je pue de la gueule, c'est toujours comme ça les matins pluvieux, mais ça n'empêche pas les médecins de soutenir mordicus, avec un regard méprisant, que le climat n'a jamais aucune incidence sur la santé !

Je pose le pied par terre. Évidemment, il me fait mal. Ça fait trois mois, maintenant, peut-être quatre. Avant, c'était l'épaule ; avant encore, c'était le genou, je me demande ce que ça sera la prochaine fois, s'il y en a une, d'ici à ce que ça se calme j'ai mille fois le temps de mourir.

Je me lève. Ma tête tourne, foutue sinusite. Est-ce que je vais boire du café, ce matin, ou du thé ? En ce moment, le café ne passe pas bien, et chaque fois c'est la même chose, si je le prends froid, il remonte ; si je le prends trop chaud, je me brûle. Et pas question de bouffer une tartine beurrée, je me mets à suer pendant une heure, j'aimerais bien qu'on m'explique pourquoi mais personne n'a jamais su me le dire.

Dans la glace, j'ai une sale gueule, le nez gras, les cheveux sales, j'ai beau me raser deux fois par jour j'ai toujours l'air de ne pas l'avoir fait depuis une semaine. Je tire la langue, elle est blanche devant et jaune au fond, si jamais on me fait dire « AAA », risque blanc devant, péril jaune derrière, contagion, quarantaine, désinfection au jet.

Un muscle frétille sous ma paupière gauche. Je le sens papilloter. Ça ne fait pas mal mais c'est énervant. Et puis j'ai mal au pied, ça m'emmerde. Je sais que ça s'estompe au bout d'une heure, quand je me mets à marcher je ne le sens plus, et c'est bien pour ça que je ne prends rien pour calmer la douleur – je ne vois pas à quoi ça servirait – n'empêche que ça me fatigue.

Ce matin, je me rase à l'électrique, j'en ai marre de me couper. La grille est encrassée, j'ai pas dû la nettoyer la dernière fois, je souffle un peu fort, le poil me remonte aux yeux et au nez, je pleure et j'éternue et me voilà glaviotant cherchant désespérément un mouchoir pour me nettoyer, j'en ai marre et j'ai mal au pied.

J'entre dans la douche et je manque me casser la gueule, quel est l'imbécile de môme qui a laissé la savonnette au fond ? Je me tords le poignet en voulant me rattraper au robinet et comme j'ai déjà ouvert l'eau, évidemment je me brûle.

Je crie. Pendant quelques secondes, c'est comme si ma main sortait d'une poêle à frire mais, au moins, je ne sens plus mon pied.

Je me savonne le torse, les bras, puis le ventre et les couilles, pourquoi est-ce qu'elles collent aux cuisses, le matin, depuis quelque temps j'ai l'impression d'avoir les bourses qui pendent, comme si elles fatiguaient, et pourtant j'en suis pas à l'andropause pour ce que j'en sais, mais on dirait qu'elles se flétrissent, qu'elles tombent comme de vieilles chaussettes ou les mamelles laminées des vieilles Africaines, qu'est-ce que j'ai lu sur les traitements aux hormones mâles ?

Le bruit d'eau qui coule me donne une furieuse envie de pisser, ce matin ça va, le jet m'a l'air correct, c'est pas comme certains jours ou ça n'en finit plus, parfois ça coule encore dans le slip dix minutes après, c'est pénible.

Je me savonne la queue d'un peu plus près, histoire de voir si ça répond encore, ça fait longtemps qu'elle n'a pas fonctionné et le matin en ce moment, pas de piquet de tente sous les draps, quand on n'en a plus pendant son sommeil il paraît que c'est un signe précoce mais je ne vais pas faire comme je ne sais plus qui, pas question d'aller voir un sexologue, j'aurais horreur de me faire tripoter par un pervers – je vois pas comment on peut faire ce genre de métier, sinon.

Je me savonne le trou de balle avec l'autre main, faut pas mélanger les genres, l'autre jour quand j'ai dérouillé en allant aux chiottes j'ai touché j'ai bien cru que j'avais pondu un œuf, c'était rond et tendu et ça faisait un mal de chien, j'ai posé une glace sur un tabouret et je me suis mis juste au-dessus pour voir, sans mes lunettes j'avais du mal, et puis c'est poilu ce coin-là, on n'a pas idée ! Il y avait une sorte de boule rouge-rose, à l'œil nu pas plus grande qu'un noyau de cerise, alors que sous le doigt j'avais l'impression que c'était gros comme une boule de billard, mais quand on a mal, ça joue des tours.

J'ai rien fait, juste pris de l'aspirine et serré les dents, pas question de rien laisser voir, ça a fini par se calmer. Là, je ne sens plus rien. Si, mon pied. Mais ça n'a rien à voir.

Je savonne bien dans les coins parce que j'ai horreur de salir mes slips et par là c'est jamais propre.

Je sors de la douche. Je me sèche partout, surtout entre les fesses à cause de la mycose qui m'a tant fait chier l'an dernier, je me demande pourquoi j'ai chopé ça, paraît que quand on sèche pas bien, les champignons ça aime l'humidité et là, entre les fesses, au fond du pli sous le doigt, il y a comme une encoignure ; c'est là que ça a commencé. D'abord ça m'a démangé un peu, et puis je me suis mis à gratter plus fort et ensuite j'avais beau frictionner avec la serviette, ça brûlait comme c'est pas possible, je n'arrivais pas à m'empêcher de me gratter, même au travers du pantalon et ça s'est mis à saigner, ça tachait mes slips, je ne voulais surtout pas que ma femme s'en rende compte, alors je les mettais moi-même dans la machine. Et puis je me suis souvenu qu'il y avait un tube de Cortimyk quelque part, je m'en mettais entre les doigts de pieds quand j'ai eu mes échauffements, j'ai fini par remettre la main dessus et je m'en suis tartiné la raie. Les deux premières fois, j'ai eu l'impression qu'on me la passait au fer rouge, mais le lendemain, j'allais déjà mieux. Depuis, j'ai compris la leçon, je sèche plutôt deux fois qu'une, et quand j'ai l'impression que ça n'est pas suffisant j'y vais au sèche-cheveux.

Je serre pas ma cravate, vu que le col de la chemise porte juste sur le furoncle que je traîne depuis hier matin, ce matin il est énorme, s'il n'a pas éclaté dans la journée, ce soir il faudra encore que je perce ça à l'aiguille, ça doit faire à peine propre.

Finalement, je refais du café. Celui d'hier est amer, même en ajoutant de l'eau, et puis le micro-ondes, je me méfie... Va savoir si ça ne décompose pas les molécules en eau lourde qui vous colle un cancer avant l'âge !

Le pain est dur. Je m'écorche le palais à droite et putain, ça me fait mal aussi à gauche, j'ai pas dû bien me brosser les dents hier soir – j'étais pas frais, j'aurais pas dû mélanger scotch et vin blanc – et il devait rester des miettes sous la gencive, maintenant j'ai un aphte. *Une* aphte ? Je sais jamais, mais j'ai mal au pied.

Juste avant de partir, j'ai une colique, putain ! c'est pas le moment, je suis pas en avance, heureusement ça passe, je sors, je monte en voiture et ça me reprend, bordel ! Et puis ça passe, et ainsi de suite pendant tout le trajet, ça ressemble à rien que je connaisse, l'appendicite c'est déjà fait et c'est sûrement pas mes règles, enfin, ça ne m'inquiète qu'à moitié, dé toute manière pas le temps de m'apitoyer mais ça commence mal, en général quand je pars, je ne sens plus mon pied du tout mais aujourd'hui, au moindre coup de frein je dérouille, c'est d'un pratique je te jure ! Si ça commence comme ça j'en ai pour la journée.

Ça circule mal, un vendredi tu parles, les cons et les tribuables se sont tous dépêchés de sortir leur bagnole pour la chauffer avant le week-end, histoire de polluer un peu plus, est-ce que j'ai un pulvérisateur dans la boîte à gants ? Nom de Dieu de merde, y en a pas ! Il manquerait plus que je fasse une crise avant d'arriver, je sens déjà mon cœur battre et j'essaie de me raisonner parce que – Eh, connard, si tu pouvais seulement avancer ta caisse d'un poil, je passerais et je prendrais à droite, mais va te faire foutre ! – je sens déjà que ça me serre et je me mets à suer à grosses gouttes, mon pied me fait encore plus mal, le furoncle a triplé de volume, je me dis que je vais péter, ça me soulagera, je soulève une fesse et voilà que le type déboîte, je me faufile sur l'avenue, avec les feux je suis tranquille.

Quand j'arrive au bureau, je respire mieux mais évidemment j'ai toujours mal, va falloir que je prenne quelque chose, comme les anti-inflammatoires me collent tout le temps la chiasse cette perspective ne m'enchante guère, mais putain je peux pas continuer comme ça toute la journée, à savoir ce qui m'attend encore quand je vais arriver, je vois déjà ça, la mine déconfite de ma secrétaire, ça n'arrête pas de sonner depuis tout à l'heure, j'ai essayé de vous joindre mais vous étiez déjà parti, le représentant m'a appelée pour me dire votre téléphone portable est réparé il n'y a plus qu'à passer le prendre, quelle malchance qu'il ait glissé de votre sac, depuis qu'on l'avait, on était quand même plus tranquilles, mais ces trucs-là quand ça tombe en panne... et il faut que je vous dise vous avez une journée chargée il y a déjà six visites à faire, les rendez-vous de cet après-midi sont pleins mais j'ai eu quatre personnes qui voulaient absolument vous voir aujourd'hui et... Ça ne va pas, Docteur ? On dirait que vous n'êtes pas dans votre assiette...

79

MME LEBLANC

En revenant de la boulangerie, je vois de loin une dame entrer en poussant un vélo dans la cour du cabinet médical. Il pleut. Je regarde l'heure. Je presse le pas. C'est bien ce que je pensais. Les volets du bureau et la porte de la salle d'attente sont encore clos. Dans la cour, il y a déjà plusieurs voitures, et des gens debout. Ils me regardent passer sur ma bicyclette. J'aurais dû emporter la clé.

Depuis quelques mois, tu as beaucoup plus de travail. Le samedi matin, comme je ne travaille pas, ça pose des problèmes. Ce matin, tu as sûrement été appelé en visite et tu n'as pas eu le temps de venir ouvrir la salle d'attente. Je t'ai pourtant dit à plusieurs reprises que tu pouvais m'appeler et me passer les appels si tu devais t'absenter, mais tu m'as dit que tu ne voulais pas me déranger. Seulement, c'est plus fort que moi, je n'aime pas voir les malades attendre dehors, et sous la pluie, en plus.

Je rentre à la maison, je pose mon pain dans l'entrée, je prends la clé du cabinet médical et je retourne ouvrir. Quand j'arrive, il y a sept ou huit patients à la porte, et deux ou trois dans leurs voitures. Il ne pleut plus beaucoup. Deux enfants sautent dans des flaques d'eau.

En me voyant arriver, tout le monde sourit et me salue.

J'ouvre la porte extérieure et celle de la salle d'attente, je les fais entrer. Une petite jeune fille demande que tu passes voir Mme Renard après tes consultations. Je la préviens que ça risque d'être tard, probablement pas avant treize heures.

Au mur, la pendule-assiette affiche dix heures moins cinq. Les patients s'installent, les pieds de chaises grincent sur le sol, les enfants trépignent, les imperméables dégoulinent sur le carrelage. Tu as encore une longue matinée devant toi.

80

LA CONSULTATION EMPÊCHÉE

Cinquième épisode

Je pars de chez moi vers neuf heures quarante, pour guetter ton arrivée. Dans la cour, trois personnes attendent déjà. L'une est debout, les deux autres dans leur voiture. La porte d'entrée est encore verrouillée. Enfin, il ne pleut pas, c'est déjà ça.

Cinq minutes se passent, nous sommes à présent une demi-douzaine et il se met à pleuvoir. Puis Mme Leblanc arrive et nous ouvre la porte de la salle d'attente. À dix heures pile, ta voiture entre dans la cour. Tu entres, tu nous salues l'un après l'autre. Tu traverses la salle, tu entres dans le cabinet médical en laissant ouvertes les deux portes de communication. Tu ressors bientôt, portant deux grands panneaux de bois que tu poses contre le mur, face au bureau de la secrétaire. Au dos de l'un des volets je lis « Jardin, gauche ». Trois minutes plus tard, tu ressors à nouveau avec deux autres panneaux de bois, que tu poses par-dessus les premiers. Au dos de l'un d'eux je lis « Cour, gauche ». Tu retournes dans le cabinet médical, la porte de communication se referme. Quelques instants après, un haut-parleur fixé près du plafond se met à diffuser de la musique. Douze minutes plus tard tu ressors, tu dis : « Je suis à vous. » Un des deux messieurs qui étaient là avant moi se lève, soutenu par sa femme. Tu t'effaces devant eux, et tu fermes la porte intérieure en entrant, tandis que la porte de communication se referme avec un cliquetis sous l'action du groom automatique.

J'attends. Je surveille patiemment la pendule-assiette fixée au mur, entre les deux fenêtres. Un quart d'heure passe, une demi-heure, quarante-cinq minutes. D'autres patients sont entrés après moi. À plusieurs reprises malgré la cloison, j'ai entendu le téléphone sonner dans ton bureau. Il est déjà onze heures passées et les enfants sortent de l'école à midi moins le quart. L'autre monsieur a fini de lire son journal. Il regarde sa montre. Il fouille parmi les magazines entassés sur la table basse et ne trouve rien à son goût. Il croise les jambes et les bras et attend en soupirant. Deux dames, arrivées en même temps, parlent de plus en plus fort. L'une d'elles – une grosse dame assez âgée – dit que c'est toujours comme ça, chez le docteur, faut prendre son mal en patience. Que ce n'était pas comme ça au début, bien sûr, elle qui habite à trois pas, elle était tout heureuse de voir un docteur dans la rue et qu'au début, comme tu ne voyais pas grand monde, forcément, elle avait un peu pitié de toi, elle venait de temps en temps te voir pour que tu lui prennes la tension, ça portait pas à conséquence vu qu'on est remboursés mais en même temps elle continuait à demander le docteur de Lavinié pour ses traitements pour la tension et le diabète et le cholestérol et les varices. Et puis un jour, elle t'a fait venir parce qu'elle n'allait pas bien, pas bien du tout, elle avait chaud elle avait froid et ça faisait trois jours que ça durait et elle avait attendu en pensant que ça passerait et quand elle l'avait appelé son docteur n'était pas là ou bien il ne pouvait pas venir avant le surlendemain et quand tu étais arrivé tu avais vu tout de suite qu'elle n'allait pas bien tu l'avais bien auscultée et tu avais trouvé qu'elle avait une pierre dans la vésicule et tu l'avais fait opérer aussi sec. Elle ne voulait pas aller à l'hôpital, bien sûr, et tu avais dit qu'elle faisait comme elle voulait mais qu'elle avait déjà une jaunisse et qu'elle risquait en plus la septicémie alors bien sûr elle avait dit oui et quand elle était arrivée à l'hôpital on lui avait dit: Eh bien ma petite dame, il était moins une, il vous a sauvé la vie ce jeune docteur et le lendemain du jour où on l'avait opérée elle était encore pratiquement dans le coma et elle a entendu qu'on l'appelait elle s'était réveillée et qui était là au bout du lit? Le jeune docteur, qui venait prendre de ses nouvelles. Alors forcément elle l'avait remercié et lui pas fier lui avait dit que c'était pas grand-chose mais quand elle avait vu ce qu'on lui avait retiré de la vésicule elle n'en revenait pas: trois cailloux tout marron, gros comme des œufs de pigeon, qu'on lui avait mis dans un petit flacon et qu'on lui avait donnés en sortant, si la dame avait cinq minutes après la consultation elle lui montrerait. Forcément, ça crée des liens. Et depuis, elle venait tout le temps ici. Mais qu'au début on n'attendait presque pas: elle sonnait, elle entrait, elle s'asseyait et à peine assise voilà qu'il sortait de son bureau parce qu'il était tout seul – il attendait le client, par le fait – et il la prenait tout de suite et il avait le temps de faire la conversation. Alors que maintenant, forcément les gens étaient contents et ils revenaient, c'est pas comme dans le temps où le docteur fallait le payer et les médicaments c'était cher, aujourd'hui ce qui coûte c'est d'y aller. Quand il n'y a pas de docteur sur place et qu'on n'a pas de voiture, il faut demander à l'un ou à l'autre et forcément ils ne peuvent pas toujours quand on a besoin, alors quand on a un docteur sur place, c'est bien plus facile, surtout les petites jeunes qu'ont des queniots et qu'y savent pas trop bien comment y faire quand le petit a de la fièvre ou qu'il vomit, elles vont plus facilement chez le docteur et il paraît qu'il a même des médicaments dans ses tiroirs si la nuit on a besoin et comme ça on n'a pas à demander à quelqu'un pour aller à la pharmacie le lendemain, ça oui il est drôlement serviable le petit docteur et vous voyez mon mari il me touche, il arrête le feu, mais jamais il m'arrête le feu aussi bien que mon p'tit docteur et pourtant comme je souffre, Euhlamondieu comme je souffre – disait la grosse dame au moment où j'ai entendu la poignée tourner. La porte extérieure s'ouvre devant le monsieur qui était arrivé le premier et qui sort, pas très vite, en traînant des pieds, en respirant mal, c'est vrai qu'il n'a pas l'air d'aller très bien, je comprends que tu l'aies gardé longtemps mais ce qui me paraît drôle c'est que je n'avais pas le sentiment qu'il allait si mal que ça avant d'entrer. Le second monsieur entre à son tour, je lève les yeux vers la pendule-assiette accrochée entre les fenêtres et je lis midi moins vingt, c'est pas possible ! Déjà cette heure-là, il faut que j'aille chercher les enfants à l'école, c'est pas vrai ! Heureusement que je n'avais pas pris rendez-vous. Pour une fois que je me décide à aller chez le médecin de bonne heure, c'est bien ma veine !

81

JET D'ENCRE

Cancer(s), **1576-1645** – adénoïde, anaplasique, anogénital, bouche (de la), chimiothérapie, côlon *(voir* Côlon, cancer du), diagnostic, estomac (*voir* Estomac, cancer de l'), étiologie, évaluation clinique, évaluation du stade, foie (*voir* Foie, lésion cancéreuses du), hémorragie intracrânienne, et incontinence, et métastases (*voir* Métastases), peau (*voir* Peau, cancer de la; Mélanome malin), perte de poids au cours des, du pharynx, de la plèvre, du poumon, du larynx (*voir* Larynx, cancer du).

Larynx, abcès, biopsie, cancer – examen anatomopathologique, anémie, biopsie, chimiothérapie, classification physiologique, classification en stades, dépistage, diagnostic, signes cliniques et circonstances de découverte [...].

Le cancer du larynx se manifeste par des signes locaux et des symptômes liés à la croissance de la tumeur, par des signes d'invasion ou d'obstruction des organes voisins (œsophage en particulier), des adénopathies régionales par envahissement des voies lymphatiques et enfin la croissance à distance de métastases liées à une dissémination par voie sanguine... Parmi les signes secondaires à la croissance parenchymateuse ou endobronchique de la tumeur primitive figurent la toux, des hémoptysies, un wheezing et un stridor, une dyspnée ou une pneumopathie (avec fièvre et toux expectorante), résultant de l'obstruction des voies respiratoires... Des *métastases extrathoraciques* (voir ce terme) sont découvertes à l'autopsie dans plus de cinquante pour cent des épithéliomas épidermoïdes, quatre-vingts pour cent des adénocarcinomes. À l'autopsie, on peut trouver des métastases dans pratiquement tous les organes. Pour cette raison, la plupart des malades atteints d'un cancer du larynx auront à un moment quelconque besoin d'un traitement palliatif.

82

ENCORE M. GUENOT

La porte s'ouvre.

Je me lève, ma casquette à la main. Je ramasse sur la table basse mon portefeuille, avec le carnet de prothrombine, la feuille de sécurité et l'ordonnance que j'ai rapportés avec moi. Tu me tends la main.

— Bonjour, Monsieur Guenot.

— Bonjour, Monsieur... euh, Docteur.

— Comment va ?

— Ben c'est pour ma prothrombine...

— Mhoui, comme tous les mois.

Je sors de l'enveloppe le résultat de la dernière prise de sang, je pose ma casquette sur le fauteuil.

— Ça a remonté, depuis la dernière fois...

— Ah oui ? Voyons voir... Trente-six pour cent... La dernière fois, vous aviez trente et un, c'est bien. Entre vingt-cinq et trente-cinq pour cent, y a pas de problème...

J'enlève ma veste, mon gilet, et je défais ma ceinture.

— Bon, ben faut pt'être que vous m'auscultiez. Je me déshabille ?

— Je vous en prie...

J'ôte mes pantalons, je les pose sur la chaise. J'ôte aussi mon maillot.

— J'enlève aussi les chaussettes ?

— Si vous voulez.

— Je m'allonge ?

— Je vous en prie.

Tu pivotes sur ton fauteuil à roulettes.

— Quoi de neuf depuis la dernière fois ?

— Oh, ben pas grand-chose, mais j'ai plus de sirop, faudra m'en remarquer, on ne sait jamais. Et faudrait que j'aie mon rappel de tétanos.

— Mmmhh. Je vais vous le marquer, on vous le fera le mois prochain.

Je tends le bras droit, tu l'enserres dans le brassard gris et, sans lâcher la poire en caoutchouc, tu reposes délicatement mon bras sur le bord du lit. De la main droite, tu ramasses un stéthoscope, tu glisses les écouteurs dans tes oreilles, tu poses le pavillon de l'instrument à la saignée de mon coude, tu presses la poire en caoutchouc.

— Treize-huit, c'est bien.

— La dernière fois j'avais quatorze...

— Mmmhh... c'est pareil. Ça reste normal... Et votre femme, elle va bien ?

— Ça se maintient... On rajeunit pas, vous savez...

— M'en parlez pas ! Asseyez-vous au bord du lit.

Tu me prends les réflexes.

— Parfait.

— Alors ? La bête est pas encore prête à crever ?

— Loin de là ! D'ailleurs, vous avez l'air en pleine forme.

— Faut pas se plaindre, on se maintient... Mais à soixante-dix ans c'est plus comme à vingt ! Dame ! Il faut se soigner.

— Venez par ici qu'on vous pèse.

Je monte sur la bascule.

— J'ai perdu ?

— Non, ça n'a pas bougé depuis l'autre fois...

— Je me rhabille ?

— Mmmhh.

Tu retournes t'asseoir. Pendant ce temps, je remets mes chaussettes, mes pantalons, ma chemise, mes chaussures. Je te vois prendre un bloc d'ordonnances. Je sors mon portefeuille et je te vois écrire mon nom en haut et à droite, juste à la hauteur du tien, la date juste en dessous puis, soigneusement, en majuscules précédées d'un petit trait, le nom des médicaments que tu me prescris depuis la première fois que je suis venu te voir. Il n'y en a que deux, tu dis que ça suffit, même que ça étonnait les gens au début, il disaient : « Il doit pas vraiment avoir beaucoup de clients, il prescrit pas beaucoup, même que les pharmaciens disent que ça n'est pas une affaire pour eux quand on est client du Docteur Sachs », mais bon, pour ceux-là, il n'y a que le porte-monnaie qui compte, évidemment. C'est vrai, les gens attendent quand même qu'un docteur ça ordonne beaucoup de remèdes, ils ont assez cotisé, et même moi je trouvais ça curieux au début, mais comme je m'en trouvais bien, pourquoi j'aurais cherché plus loin ? Seulement ça plaît pas à tout le monde et les gens parlent, ils disent des choses, comme par exemple que notre docteur ne vit plus seul, qu'il s'est trouvé une dame, qu'elle est bien mignonne d'ailleurs, qu'ils vivent ensemble et que ça serait pas étonnant qu'un jour on entende dire qu'il va s'en aller. Mais ça fait longtemps que j'entends dire la même chose et moi, je réponds, est-ce qu'il se serait installé par ici, si c'était pour partir du jour au lendemain ? Alors j'y crois pas trop, et pourtant je sais qu'il y a des gens qui te posent la question mais moi je trouve ça ballot : les bruits, ça va, ça vient, et si tu devais partir, on le saurait, d'ailleurs quand j'entends dire ça, je demande à Mme Leblanc, comme ça, discrètement, je lui dis : « Je sais que c'est des rumeurs, mais il ne va quand même pas s'en aller, le Docteur ? » et elle me regarde étonnée, et elle répond : « J'espère bien que non ! En tout cas, il ne m'a rien dit. » Et s'il y a quelqu'un à qui tu le dirais, c'est quand même bien à elle.

Sur l'ordonnance, tu marques la prise de sang à faire par l'infirmier, le mois prochain, pour la prothrombine. Je me lève, je tends le doigt.

— Vous n'oubliez pas de mettre « à domicile » ? Autrement on n'est pas remboursé...

83

TROIS FEUILLETS DÉTACHÉS D'UN GRAND BLOC

Feuillets 1 et 2

— Allô, Docteur ? C'est les ambulanciers de Saint-Jacques, vous avez oublié de nous signer le bon de transport du monsieur de l'autre nuit et puis c'est pour vous dire qu'on va chercher la vieille Madame Doubrovsky, votre patiente de Deuxmonts, pour la ramener chez elle, pourriez-vous passer la voir ce soir, ça rassurerait la famille...

— Allô, Docteur ? C'est l'infirmière. Faut-il vraiment lui faire trois piqûres par jour à Mme Benoziglio, parce que bon, moi je veux bien, mais elle a très mal et le produit est très gras, il me faut du moins dix minutes pour lui injecter ça... Ah, c'est pas vous ? C'est l'hôpital qui les lui a prescrites ?... Je m'en doutais ! Oui, c'est un antibiotique... Ben oui, c'est bien ce que je lui ai dit, Vous savez Mme Benoziglio, il y a sûrement moyen de prendre ça en comprimés... Oui, ce serait plus confortable pour elle... Ça ne vous ennuie pas ? Ça la soulagerait, c'est sûr... D'accord, je dis à son petit-fils de passer prendre l'ordonnance...

— Allô ? Bonjour, Docteur, ici M. Sulitzer, du Crédit Provincial, j'ai entendu dire que vous aviez des locaux assez anciens, et j'ai pensé que vous alliez peut-être en changer bientôt... Ou acheter une maison... Ou même faire construire, alors je me suis permis de vous appeler pour vous proposer un financement spécialement créé pour les cabinets professionnels...

— Allô, Docteur? C'est la gendarmerie de Lavallée. Excusez-moi de vous déranger, il y a deux nuits, vous étiez de garde, je crois, est-ce que par hasard vous auriez soigné un blessé par balles?... Oui, je sais bien que vous êtes tenu au secret, mais j'ai beau répéter ça à mes supérieurs, ils insistent pour qu'on vous téléphone quand même... Remarquez, ici vos collègues et vous, vous ne me dites jamais rien, mais je me souviens un jour, j'étais en poste dans le Sud, un médecin m'a répondu : « Oui, j'ai vu un type suspect hier, il avait reçu un coup de couteau et il m'a demandé de le recoudre, et ça m'a paru louche alors maintenant que vous me le dites, ça m'étonne pas, il m'a pas payé ! » et il m'a donné le nom et l'adresse, ça n'avait pas dû lui plaire d'être dérangé à trois heures du matin ! Eh bien, vous me croirez si vous voulez, le type en question, quand on est allé l'arrêter – c'était un règlement de compte, il avait poignardé le garçon qui avait violé sa sœur – il a demandé à son avocat d'attaquer le médecin pour violation du secret professionnel, et lui, bien sûr, il a été incarcéré, mais son procès contre le médecin, il l'a gagné quand même !

— Allô, Docteur ? C'est la secrétaire de mairie, je voulais vous dire que nous avons reçu les vaccins pour la rougeole, vous vous souvenez ? Vous devez venir les faire aux enfants à la fin de la semaine, et vous m'aviez demandé de vous prévenir...

— Allô, c'est le médecin ? Ici c'est Mme... *Pfrrrr...* Mme Cocteau, je voulais savoir si vous posiez les stérilets... Et les diaphragmes ? Et les *Pfrrrr...* Et les a-a-amortisseurs ? *Hihipfrill... Hahahahaha... !!*

— Allô, Docteur Sachs ? Laboratoires Montrond. Je vous communique un résultat d'examen M. Huysmans René treize route de La Grange-aux-Belles à Play érythrocytes quatre millions deux hématocrite trente-sept pour cent leucocytes vingt-cinq mille polyneutro treize éosino quatre baso dix mono huit lymphocytes soixante-trois formes jeunes deux pour cent commentaire un contrôle serait nécessaire dans les jours qui suivent ionogramme – ça va, je ne vais pas trop vite ?

— Allô, c'est le Docteur de Play ? Ici c'est l'assistante sociale de Lavallée, je voulais vous parler de Mme Musset, vous l'avez eue comme patiente quand elle habitait à Forçay et à présent elle habite au Boizard dans le lotissement, oui, c'est ça, depuis trois semaines... Elle demande à avoir des heures d'aide-ménagère, je voulais savoir si c'était justifié parce que bon, moi, je ne suis pas médecin, mais je ne trouve pas qu'elle soit très malade qu'est-ce que vous en pensez ?

— Allô, bonjour Monsieur, excusez-moi de vous déranger, je fais une enquête pour la société AAA vous connaissez sûrement, les cuisines/les encyclopédies/les surgelés livrés à domicile...

— Allô ? Edmond ? C'est toi, Edmond ? Oh ça marche jamais ce machin !... Allô ? Allô ? Edmond ? Si c'est toi, réponds donc ! Edmond !

<u>Feuillets 2 et 3</u>

Le discours médical est comme le cancer. Il prolifère. Chaque nom de maladie renvoie à des sens multiples, des allusions, des prolongements, des sous-entendus, des variantes d'autant plus nombreuses que pour une même maladie il n'existe presque jamais d'aspect caractéristique, mais des *formes*, plus ou moins fréquentes, « typiques » ou « exceptionnelles », définies selon les signes étonnants qu'elles peuvent provoquer, mais jamais par la personne qui en souffre. Dans ce pays, les maladies, comme les syndromes, portent le nom des médecins qui les ont, sinon observés, du moins décrits pour la première fois. Elles ne portent jamais le nom de la personne qui en souffrait. Ce qui montre bien à quel point la maladie appartient aux médecins, à une caste, à un groupe qui, seul, en détient la jouissance. Maladie du Professeur Truc. Syndrome du Docteur Machin. Pourquoi pas une insuffisance rénale aiguë de Destouches, un syndrome malin hépatique de Deshoulières, un cancer ulcéro-asphyxiant de Guilloux ? Donner aux maladies le nom des médecins, c'est faire de toutes les personnes qui en sont atteintes une sorte d'extension du savoir, du pouvoir, de la gloire du médecin à la noix qui a collé son nom à la con sur une saloperie à la mords-moi le nœud.

Comment peut-on être fier de donner son nom à une saloperie ?

Les gens, eux, ils n'en ont que foutre. Ils n'ont pas une maladie de Lapeyronie, ils ont la queue qui part de travers. Ils n'ont pas une maladie de Dupuytren, ils ont les mains qui ne s'ouvrent plus. Ils n'ont pas une maladie de Charcot, ils ont une paralysie progressive, leurs muscles fondent, leurs forces les abandonnent et, à la fin, ils ne peuvent plus respirer alors on les colle sous machine artificielle parce que leurs muscles thoraciques ont fondu, eux aussi. Les gens n'ont pas une maladie de Machin, ils ont mal, ils souffrent, ils maigrissent, ils dégueulent, ils ne dorment plus, ils pleurent, ils n'en finissent pas de crever.

On a gardé le nom de Charcot, on ne gardera pas le nom de ceux qui sont morts de l'abomination à laquelle il a donné son nom. Charcot, lui, n'est pas mort de ça. Et encore, le nom des médecins, ce n'est jamais qu'une couverture hypocrite pour ne pas avoir à expliquer de quoi il est question. Maladie de Kaposi c'est moins menaçant que *sarcome* de Kaposi. Maladie de Charcot ça fait plus noble que « sclérose latérale amyotrophique ». Syndrome de Down c'est plus reluisant que trisomie 21.

En attendant, M. Guilloux s'accroche. Aujourd'hui, je devais aller le voir et c'est lui qui a tenu à venir. Sa femme l'a amené à Play en voiture. Je me souvenais d'un corps squelettique, mais il ressemblait à un scaphandrier dont le bas de la combinaison aurait pris l'eau. Ses jambes, ses cuisses et ses organes génitaux avaient triplé de volume. Dimanche dernier, je n'étais pas de garde, il n'a pas voulu que sa femme m'appelle, il a fait venir la remplaçante de Boulle. Elle a bien vu qu'il avait des œdèmes des jambes, et elle sait ce qu'il a (je laisse son dossier chez lui de manière à ce que tout médecin amené à le voir puisse le consulter). Mais elle n'a rien fait. Elle ne lui a même pas collé des diurétiques pendant deux ou trois jours pour voir si ça le ferait dégonfler. Elle devait s'en foutre. Elle a dit : « C'est rien, ça va passer. » Une conne ! Je lui ai téléphoné pour lui demander de s'expliquer, elle bafouillait, elle ne savait pas quoi répondre, des conneries du genre : « Les diurétiques sont contre-indiqués quand on ne connaît pas la cause des œdèmes » et moi : « Et votre tête, elle sert à quoi ? Vous avez vu la quantité de morphine qu'il prend ? Il a un cancer invasif, IN-VA-SIF ! Vous aviez peur de quoi ? De le tuer ? Il valait mieux laisser la peau de ses jambes péter de partout ? Vous n'avez pas vu qu'il a les couilles si gonflées qu'il ne peut plus mettre un slip ? Vous pensez qu'on le prolongera beaucoup en ne faisant rien ? La qualité de vie, vous savez ce que c'est, connasse ? » Et j'ai fini en lui disant que s'il fallait attendre qu'elle se tape un cancer de l'ovaire pour comprendre ce que Guilloux endure en ce moment, elle ferait aussi bien de changer de métier. Elle l'a pris de haut. Les médiocres ne comprennent pas qu'on leur dise qu'ils le sont. Le soir, Boulle m'a rappelé, il était assez stupéfait, il ne l'a pas crue quand elle lui a raconté ça mais j'ai confirmé mot pour mot. Et j'ai rajouté tout ce que je n'avais pas pensé à lui dire sur le moment. La colère ne m'avait pas encore quitté. J'ai conclu qu'elle était beaucoup trop conne pour qu'il continue à se faire remplacer par elle. Boulle a dit : « Finalement, tu t'en fais beaucoup plus pour tes malades que moi pour les miens... » Sa voix était curieusement triste. J'ai dit que je ne croyais pas, qu'on s'exprimait différemment, lui et moi, voilà tout. Il n'a pas commenté.

Tout à l'heure, Mme Guilloux m'a appelé. Elle m'a dit que son mari n'a pratiquement plus d'œdèmes mais qu'il est épuisé. En ce moment, il ne se lève pas. Pendant trois jours il n'a pas cessé d'uriner, il a toujours un pistolet à portée de la main, il le vide dans un seau à côté du lit. Et, comme toujours, il écoute sa radio et il bricole au lit, il répare une lampe ou il recolle un dessous-de-plat, mais il ne se plaint de rien.

84

DANS LA SALLE D'ATTENTE

Mon nez s'est bouché. Je pose le livre et je sors un mouchoir en papier. Je me mouche en essayant de ne pas trop faire de bruit. Le petit garçon lève la tête, puis se penche à nouveau sur ses cubes. La petite fille se tourne vers moi et désigne les peluches étendues par terre en disant : « Chut ! Les nounours font la sieste. » La femme enceinte a l'air de plus en plus somnolente. Elle s'accroche à son ventre comme si elle avait peur de tomber.

Près de moi, la jeune fille et sa mère ne cessent de s'asticoter. Enfin, la mère asticote sa fille, avec des : « Tu vas voir, je vais lui dire. On ne peut pas te laisser comme ça. Ça ne peut plus durer. Je fais ça pour toi, moi, tu comprends ! Je suis ta mère, quand même. » Et la fille répond : « Arrête ! Arrête, tu m'agaces ! » et des soupirs à n'en plus finir.

La porte s'ouvre. Le monsieur à casquette ressort : « Bon, ben faut pas que j'vous amuse ! On vous attend ! Allez, au revoir Docteur, à dans un mois... »

— Au revoir, Monsieur Guenot.

Tu te tournes vers nous. La mère se lève et s'avance. La fille soupire puis se lève elle aussi, et entre à contrecœur. Je regarde autour de moi. J'avais le sentiment que ça n'était pas leur tour de passer, mais je me trompe peut-être.

La porte de communication se referme derrière vous, avec un cliquetis, sous l'action du groom automatique. Derrière, on t'entend pousser fort la porte du cabinet médical.

Je range le mouchoir en papier dans ma poche et je reprends ma lecture, en cherchant un peu, parce que j'ai perdu la page.

85

VIVIANE R.

Il est quatre heures. Ça fait presque trois heures qu'elle est assise à la terrasse. Quand elle est arrivée, il ne faisait pas très beau, il y avait du vent et j'aurais juré qu'il allait pleuvoir, avec les nuages plombés qui se promenaient là-haut. Mais elle s'est tout de même assise à leur table habituelle et, finalement, le vent a tourné, le temps que je prenne les commandes à l'intérieur, les nuages ont disparu, le soleil a commencé à chauffer, elle a enlevé la veste de son tailleur.

Elle l'attend, sûrement. Ils viennent souvent ici le samedi en début d'après-midi, le plus souvent elle arrive avant lui, elle sort un dossier cartonné de son sac et elle lit. Au début, je croyais que c'étaient des copies d'élèves, il y a un ou deux enseignants qui viennent corriger ici. Mais elle, ce n'est pas une enseignante. Je l'ai déjà croisée à son travail, dans un bureau, ou un service public, mais je n'arrive pas à me rappeler où, à l'état-civil ou à la préfecture, peut-être. Il y a beaucoup de monde dans ces endroits-là. Ça m'intrigue, j'aimerais bien en savoir un peu plus. Lui, je le connais, enfin, c'est beaucoup dire, mais j'ai parlé avec lui suffisamment longtemps, l'an dernier, quand il s'est occupé de moi à l'hôpital, pour savoir quel genre d'homme c'est. À l'époque, je ne sais plus qui m'avait dit qu'il vivait seul, et ça m'avait étonnée : un célibataire, pas mal physiquement, gentil et intelligent, et médecin en plus, c'était pas banal. Et je savais qu'il n'était pas du genre à préférer les hommes, c'est pareil, ça se sent, même si je l'ai vu un jour embrasser le type qui tient la librairie du Mail – lui, je crois savoir qu'il en est, mais ils s'embrassaient comme deux frères, voilà.

Et puis un jour, je ne pensais plus à lui (je ne pense pas vraiment à lui très souvent, c'est simplement qu'il venait souvent ici, déjà, avant de venir avec elle, il venait le samedi après-midi, il s'asseyait pour écrire dans un cahier, ou pour lire un livre, l'hiver juste derrière la vitrine, l'été dehors mais plutôt à l'ombre) et le voici qui apparaît, et qui s'approche d'elle (elle s'était assise à la terrasse et je me disais qu'elle attendait quelqu'un mais je n'imaginais pas que c'était lui), elle a levé la tête, il s'est penché vers elle et je n'avais jamais vu un homme embrasser une femme avec une telle tendresse, ni une femme fermer les yeux comme ça pour recevoir un baiser, qui n'a pas duré très longtemps, mais c'était comme si le temps s'arrêtait.

Depuis ce jour, je ne les ai plus vus venir seuls. Le plus souvent ils viennent ensemble, ou alors elle arrive la première et il la rejoint. Quand ils sont ensemble, ils parlent. Ils parlent beaucoup, ils parlent parfois longtemps. Il est souvent agité quand il arrive, c'est rare qu'il sourie. Il s'approche, elle sourit, elle lui tend la main, il la prend, il se penche, elle reçoit son baiser, il s'assied, et il se met à parler, de ses patients souvent, j'en entends des bribes. Il commence : « Vous savez ce qui s'est passé, ce matin ? » et elle : « Dites-moi... » Elle l'écoute ; au bout d'un moment, il se détend, il est plus calme, ils commandent quelque chose, un café souvent. Et parfois, ils parlent de ce qu'elle a lu avant qu'il arrive.

Ça fait des mois maintenant qu'ils sont ensemble. Ça se voit à la façon dont ils se parlent, à la façon dont il l'aidait à enfiler son manteau cet hiver, dont elle lui prend le bras quand ils s'en vont... Ils ne regardent jamais autour d'eux quand ils sont assis à la terrasse, alors que dans les couples, souvent, il y en a un qui parle et l'autre qui regarde autour, pour voir s'il reconnaît quelqu'un, ou par peur d'être reconnu.

On dirait qu'ils vivent ensemble depuis des années, et ils continuent à se donner du Vous. C'est drôle. Enfin, ça n'est pas plus stupide que dans les films américains doublés, quand les couples se vouvoient pendant tout le début du film et se tutoient après le premier baiser ou la première baise, alors que dans la version originale, rien ne change, puisqu'il n'y a ni vous ni tu, en anglais... Dans *Bébé Donge*, quand ils sont au lit, Danielle Darrieux tutoie et vouvoie Gabin alternativement, parce qu'elle cherche la distance...

On dirait que la distance, ils l'ont trouvée. Ils sont amoureux, et ça dure. Comme si ça ne devait jamais s'arrêter. Ça se lit dans leurs yeux, dans leur manière de se regarder, de rire ou d'être graves. Lui, il était souvent sombre et il l'est moins au fil des mois. C'est peut-être mon imagination, mais un type comme celui-là, il ne resterait pas avec une femme qui ne le rend pas heureux, il ne la traiterait pas comme ça, il ne lui dirait pas qu'il aime son sourire. J'en connais qui ne peuvent jamais se tirer des pattes de leurs bonnes femmes, il faut dire qu'il y a de belles salopes et que quand elles tiennent un type bien, elles ne le lâchent pas, elles pondent deux, trois mouflets vite fait mal fait, et le type se retrouve coincé, trop bon trop con.

Mais elle, elle ne le fait jamais chier. Bon, c'est vrai que je ne suis pas dans leurs pattes sans arrêt, mais je ne sais pas, ça se sent. Quand il fait la gueule – avec toute la misère qu'il doit voir, il a le droit après tout ! – elle ne le materne pas, elle ne minaude pas, elle pose sa main sur la sienne. Et quand parfois c'est elle qui a l'air d'aller moins bien, il est là, lui aussi.

Ils sont toujours là l'un pour l'autre.

Ils me font chier, à tant s'aimer.

Ils me font chier, avec leur bonheur et leur aptitude à partager les peines sans jamais s'énerver, sans jamais s'en vouloir, sans jamais se sentir bouffés ni exclus.

Ils me font chier à être si amoureux, à se sourire, à s'embrasser, à se toucher comme s'ils étaient tout le temps en préliminaires, comme s'ils pouvaient se lever d'une seconde à l'autre, payer, partir, descendre la rue en se tenant par le bras, entrer dans son immeuble à elle (je l'ai vue sortir à plusieurs reprises d'une HLM du quartier du Mail), monter les marches quatre à quatre, ouvrir la porte en hâte, s'embrasser comme des fous en refermant la porte, il lui tient la nuque, leurs bouches s'entre-dévorent, elle l'enlace et glisse sa cuisse entre les siennes, et il ne faut pas une minute pour qu'ils soient déshabillés et qu'ils se jettent sur son lit, elle doit avoir un très grand lit, une femme comme elle ça dort au large, même si elle ne dort plus là tout le temps, et même si elle passe le plus clair de son temps avec lui, le lit est toujours prêt, avec une parure d'un beau gris sombre ou d'un rouge presque brique, le coin de la couette est toujours replié, ouvert, du côté où il a dormi pour la première fois, et les voilà qui se collent l'un à l'autre, lui sur elle, ou elle sur lui cette fois-ci, elle aime qu'il la tienne, elle aime s'empaler sur lui pendant qu'il la tient, ses grandes mains posées sur ses hanches, et qu'il la regarde en même temps qu'il la fouille et qu'il la fait danser, et elle, ça la rend folle qu'il la tienne et qu'il la regarde, il lui dit qu'elle est belle, comme vous êtes belle, comme vous êtes bonne, je vous aime – comme il l'aime ! Il se donne, il l'emplit, elle le prend, le reçoit et l'aspire en elle, oui, ils s'envoient en l'air et dire que « c'est bon », c'est ne rien dire, parce que tout est bon entre eux, en eux, parce qu'ils s'ont.

Ils me font chier, avec tout ce désir, ce plaisir que je lis sur leurs visages. Ils me font chier, je voudrais leur dire que ça me fait chier de les voir si amoureux, si proches, qu'ils soient heureux et gais ou tristes et abattus, de les voir si unis.

Mais je ne dirai rien. Parce qu'ils sont mon seul soleil dans cette taule. Parce que le monde est gris, tout le monde est médiocre, les gens sont veules et cons.

Tout le monde s'emmerde et passe son temps à haïr, les hommes à haïr les femmes, les femmes à haïr les hommes, les hommes à s'entre-tuer, les femmes à s'entre-déposséder. Tout le monde est nul, et personne ne croit à l'amour.

Longtemps, moi aussi, j'ai cru que ça n'existait pas. J'ai cru que cette entente, cette proximité, cette complicité, cette compréhension silencieuse que je vois chez ces deux-là, ça ne pouvait pas exister. Sauf dans les films. Dans les romans à quatre sous. Dans les contes de fées.

Mais je me disais quand même que l'amour, si on en faisait tant d'histoires, c'était peut-être parce que c'était vrai. Qu'il y avait peut-être des gens parfois qui connaissaient ça.

C'est pour ça que je me la boucle. Je ne veux pas qu'ils changent de terrasse. Je ne veux pas qu'ils cessent de venir. Je ne veux pas qu'ils disparaissent. Je veux pouvoir les regarder, entendre les bribes de leurs conversations, surprendre leurs sourires et leurs gestes, le voir parler fort en faisant de grands gestes et des mimiques pour raconter quelque chose, et la voir sourire, et l'entendre rire, lui, de ce rire homérique qui fait basculer sa tête en arrière, enlever ses lunettes et se frotter les yeux pour y cueillir les larmes.

Je ne dis rien. Je les regarde. Je les bois des yeux, pendant qu'ils boivent mes cafés. Ils me font chier, mais je n'ai qu'eux. Alors, je les soigne.

86

PREMIÈRES OBSERVATIONS

La première fois que j'ai senti une tumeur du sein, c'était dans le sein d'une femme avec qui j'étais en train de faire l'amour.

*

J'étais nouvel externe dans un service de médecine, on m'a demandé de faire un examen gynécologique – ou plus exactement un toucher vaginal – à une jeune fille un peu attardée. C'était la première fois, pour moi comme pour elle. J'ai noté sur le dossier que je l'avais fait, et qu'il était normal, mais en réalité je ne l'avais pas touchée. J'en ai gardé une certaine culpabilité, jusqu'au moment où j'ai compris que l'interne avait simplement voulu me bizuter.

*

Au cours de ma première semaine d'installation, j'ai entendu un homme me raconter sa vie ; ce qui m'a le plus frappé, c'est que pendant toute son enfance, sa mère l'avait appelé « Ma petite crotte », et qu'à partir de l'adolescence, son père n'a pas cessé de lui dire : « T'es qu'une merde ! »

*

Une nuit, à la maternité, on m'a chargé de recoudre l'épisiotomie d'une femme qui venait d'accoucher. J'avais déjà vu les gynécologues faire, mais à un moment donné je me suis rendu compte que je lui cousais les grandes lèvres.

*

Je n'étais encore qu'en première ou deuxième année, la grand-mère d'une de mes amies m'a raconté sa vie d'exilée entre la mer Noire et l'Atlantique. Elle m'a fait promettre que, si un jour elle était paralysée, je lui donnerais ce qu'il faut pour mourir. J'ai promis. Quand elle est morte, elle était hospitalisée dans un centre spécialisé. Elle avait une maladie d'Alzheimer, ou une démence du même genre. Elle n'était plus en mesure de demander qu'on la tue.

*

J'étais installé depuis quelques mois, on m'a appelé dans une maison où un enfant n'allait pas bien. Il avait trois ou quatre ans. Il ne tenait plus debout. Il puait le vin. Il s'en était enfilé une demi-bouteille mais sa mère jurait mordicus que ça n'était pas vrai. Elle avait un faciès de crétine, le petit pareil, mais ses trois autres enfants étaient très beaux.

*

Quand j'ai remplacé Boulle, j'ai eu l'occasion d'aller voir quelquefois les enfants d'une femme qui vivait seule sur la route de Lavallée. Elle en avait six ou sept, je ne sais plus. Elle est venue un jour me dire qu'elle avait peur d'être enceinte et que ça n'était pas possible, qu'il fallait absolument que je la fasse avorter, qu'autrement, elle ne s'en sortirait pas, etc. Je l'ai examinée, son utérus était gros, mais pas très. J'ai demandé un test de grossesse, il est revenu négatif. Plus tard, Boulle m'a expliqué qu'elle avait eu une ligature des trompes quatre ans plus tôt, mais que régulièrement elle lui refaisait le coup. La première fois, il avait marché. Depuis, il refusait de lui faire faire des tests pour satisfaire son fantasme. Elle profitait de son absence pour sauter sur les remplaçants ou les confrères. Quand je me suis installé, elle m'a rappelé un samedi où Boulle n'était pas là, et elle n'avait pas dû faire le rapprochement parce que au moment où elle ouvrait la porte pour m'accueillir je l'ai vue me faire exactement le même numéro que quelques mois plus tôt, et puis, en me reconnaissant, elle s'est arrêtée, et elle a trouvé immédiatement un autre prétexte pour m'avoir fait venir.

*

Une nuit, en garde, le standard m'a dit qu'une femme voulait me faire déplacer au diable vauvert (à Sainte-Sophie, sûrement) pour que je lui prescrive des laxatifs. Il était quelque chose comme minuit et demi. Je ne dormais pas, je regardais un film en VO à la télé et je n'avais vraiment pas envie de bouger. Je l'ai appelée. Elle m'a répondu d'une voix traînante, geignarde, qu'elle n'en pouvait plus, qu'il fallait absolument que je passe, qu'elle avait besoin d'un laxatif. Sentant que je n'étais pas disposé à faire quarante kilomètres aller et retour pour lui prescrire un médicament qu'elle n'irait pas chercher avant le lendemain matin onze heures, sa voix s'est mise à enfler, à siffler, à gronder. À la fin, elle a crié : « Ah ! Vous êtes comme mon mari ! »

*

Le premier texte que j'ai publié, c'était dans *Médecine utopique*, une revue de médecins militants. C'était un pamphlet qui exhortait les médecins à profiter des visites de sport pour examiner les hommes complètement. À l'époque, je savais pertinemment que les médecins n'hésitaient jamais à examiner les seins des femmes, mais regardaient rarement ce qui se passait dans le slip des hommes. Or, écrivais-je doctement, il y avait là-dessous des organes à examiner, à soigner, mais aussi des choses à expliquer, et des inquiétudes à apaiser : le cancer du testicule bien sûr, mais plus souvent l'hypospade, les bourses vides, le phimosis, les bourses qui gonflent, les kystes du cordon, les torsions de testicule ou des hydatides, les traumatismes, les mycoses, les végétations vénériennes, l'herpès, les douleurs imprécises, les poils qui blanchissent est-ce que c'est normal à mon âge, les « échauffements » du gland ou des plis, les décolorations de la peau, la baisse de sensibilité du nœud au bout de quelques mois chez un type de vingt-cinq ans qu'on a circoncis pour je ne sais plus quelle raison... En relisant cette liste, il y a quelques jours, je me suis dit : « Mais qui peut avoir envie de rechercher tout ça ? »

*

Quand j'étais enfant, je croyais dur comme fer que toutes les catastrophes que j'imaginais (la mort de mon père dans un accident de voiture, par exemple) avaient d'autant moins de probabilités de se produire que je les imaginais dans les moindres détails. Les vraies catastrophes, celles qui se produiraient, seraient celles que je n'aurais pas prévues.

Une année, en fac, j'ai corrigé les coquilles d'un traité de médecine, coordonné par un de mes profs. J'ai tout relu, d'un bout à l'autre, pendant des semaines, nuit et jour, sauf pendant les stages. (Je n'allais déjà plus en cours, à l'époque.)

La description de toutes les maladies répertoriées m'est passée devant les yeux, et j'ai imaginé que, si je connaissais les symptômes de toutes les affections mortelles, et si je me les repassais dans la tête régulièrement, ça m'immuniserait contre elles. Bien plus tard, j'ai compris que les maladies des traités ne sont elles-mêmes que le produit d'une systématique arbitraire. Dans la réalité, on ne meurt pas comme dans les livres de médecine.

*

Un jour, je travaillais comme infirmier dans un petit hôpital, il y avait là un type de trente-cinq, trente-six ans, qui avait été opéré d'une tumeur du cerveau. Il était agriculteur, il avait trois enfants. Il mesurait quelque chose comme un mètre quatre-vingt-cinq et pesait pas loin de cent kilos. Il yoyotait. Il ricanait tout le temps. Les aides-soignantes ne voulaient jamais le sortir de son lit, parce qu'il était lourd, mais aussi parce que, dès qu'il voyait une femme, il se masturbait vigoureusement avec celle de ses grandes paluches qu'il pouvait encore bouger. Évidemment, elles préféraient que j'y aille. Quand il me voyait arriver, il me prenait la main en disant P'tit Loup P'tit Loup P'tit Loup et il pleurait. Un jour, je suis entré pour lui donner ses médicaments, sa mère était là. Elle passait sa main sur sa tête, et disait P'tit Loup P'tit Loup P'tit Loup et elle pleurait.

*

Quand j'étais en quatrième ou en cinquième année, j'ai vu *Johnny Got His Gun* de Dalton Trumbo. Pendant la nuit, j'ai rédigé une affiche qui résumait le sujet du film et exhortait mes condisciples à aller le voir. Je l'ai scotchée sur la porte de l'amphithéâtre le lendemain matin. Deux heures plus tard, elle avait disparu.

*

Un de mes premiers patrons de stage, médecin légiste, nous a proposé, à deux autres externes et à moi, d'assister à l'autopsie qu'il allait pratiquer. Le corps était celui d'une femme tuée par son compagnon de deux décharges de chevrotine, l'une à l'abdomen, l'autre à la tempe. Dans l'ascenseur, en remontant de la morgue, il nous expliqua que son assistant (qui avait, devant nous, scalpé puis découpé la boîte crânienne avec une petite scie circulaire électrique, et que nous avions vu peser le foie, le cœur et les différents organes dans une balance de boucher à mesure que le médecin légiste les extrayait du cadavre) avait été, quelques années auparavant, l'amant de cette femme.

*

Ce même patron, qui s'occupait d'un service de ce qu'on appelait alors des grabataires et aujourd'hui des « personnes en fin de vie », avait décidé de nous montrer comment faire une dénudation veineuse sur un vieil homme dans un coma profond. Ça consistait à disséquer une grosse veine d'un pied pour y faire passer une perfusion. J'ai demandé pourquoi il le faisait, puisque le patient n'en avait pas besoin (il était parfaitement perfusé, ses bras avaient de très belles veines). Il nous a répondu qu'il le faisait à titre « pédagogique ».

*

Pendant toutes mes études, chaque année, j'ai donné du sang. Les membres du service de transfusion sanguine s'installaient une fois par an dans les couloirs attenants à la cafétéria de la faculté. Ils ouvraient les cloisons mobiles et mettaient sur les tables des prospectus ainsi que les sandwichs et jus de fruits offerts aux donneurs. Ils ne restaient qu'une journée, en principe, mais aucun étudiant ne pouvait passer sans les voir. Un jour, j'ai demandé à une des infirmières qui prélevaient s'ils passaient comme ça dans toutes les facs. Elle m'a répondu que oui, en ajoutant que les étudiants en médecine et en pharmacie étaient ceux qui donnaient le moins.

*

Un jour, en remplacement, j'ai été appelé en visite chez un couple, dans une ferme infâme, aux fins fonds d'un bocage. Ils avaient la soixantaine, tous les deux. Elle était paralysée à la suite d'une attaque cérébrale, attachée sur son fauteuil roulant, la bouche de travers, la bave aux lèvres, incapable de dire le moindre mot. Lui, il faisait un peu plus jeune, il était jovial, il lui donnait ses médicaments, il la faisait manger, il la mettait sur le bassin, il la torchait, et il m'expliquait qu'elle ne communiquait pas beaucoup, mais un peu quand même, et qu'il la comprenait. Heureusement qu'il était là, sans quoi, il ne savait pas ce qu'elle deviendrait. Et il lui donnait bien ses médicaments pour la tension, parce qu'il ne tenait pas à ce qu'elle refasse une attaque. Au moment de partir, il m'a demandé de la lui prendre à lui, la tension. Il avait quelque chose comme 20/12. Je l'ai reprise deux fois. Je ne sais toujours pas pourquoi, j'ai dit qu'elle était normale et je ne lui ai pas prescrit de traitement. Quand, quelques mois plus tard, j'ai demandé de ses nouvelles à son médecin, il m'a répondu : « Le malheureux, il est mort d'une attaque », et il s'est reproché de n'avoir jamais pensé à lui prendre la tension. Glacé, j'ai réussi à dire : « Il ne te l'a jamais demandé. » Ça n'a pas eu l'air de le consoler.

*

Quand mon père est tombé malade, et qu'on lui a annoncé de quoi il était atteint, j'étais tellement angoissé que je lui ai demandé de m'expliquer de quoi il s'agissait. C'était une maladie qu'il ne connaissait pas, parce qu'elle était rare, et très éloignée de sa spécialité. J'ai cherché un article sur le sujet. J'en ai trouvé un, qui venait d'être publié. Je le lui ai apporté. Quelques jours après, il m'a demandé : « Tu l'as lu ? » J'ai répondu que je n'avais pas voulu le faire avant lui. Il a dit : « Tant mieux, c'est un mauvais article », et il ne me l'a pas rendu.

87

VIVIANE R.

Elle laisse tomber la liasse sur ses genoux. Elle a l'air plutôt perplexe. Elle lève la tête, elle regarde sa montre, mais elle n'est pas inquiète. Elle se remet à lire. De temps à autre, elle met quelque chose au crayon dans la marge, d'un trait si fin qu'on le voit à peine. Parfois, même, elle lève le crayon et puis se ravise, et n'écrit rien. Parfois, comme cette fois-ci, elle s'arrête. On sent qu'elle a du mal à continuer. Elle me redemande quelque chose, un café, un citron pressé. Elle reprend son souffle.

Quand il la rejoint, souvent, une fois qu'il est assis, elle finit de lire la page qu'elle a commencée. Il me cherche des yeux, il commande quelque chose. Il ramasse les pages déjà lues, il regarde les annotations, il sort de sa poche un stylo plume noir, il corrige, il écrit dans les marges, ou même au dos des feuilles. Ou bien il la regarde, il ne dit rien, il attend.

À présent, elle regarde la rue. Devant la terrasse passe un couple, une dame très âgée s'appuyant sur une canne, et un homme d'une cinquantaine d'années, au visage de trisomique, qui lui donne le bras. Ils marchent tous deux à petits pas, et on ne sait pas bien qui des deux soutient l'autre.

88

UNE HISTOIRE D'AMOUR (SUITE)

On sonne à la porte. Maman me caresse la joue, se lève, et sort dans le couloir. Je l'entends ouvrir la porte.

— Bonjour, Docteur.

— Bonjour, Madame Calvino.

— Merci d'être venu... C'est pour mon fils... Le Docteur Boulle est absent en ce moment, et il m'avait dit que je pouvais faire appel à vous... Nous nous sommes déjà vus, un dimanche, il y a quelques mois... Vous étiez de garde.

— Je me souviens. Et j'ai reconnu votre accent au téléphone.

Maman rit. Un homme entre. Je ne l'ai jamais vu. Maman m'a dit que ça ne serait pas Jérôme, mais qu'il était gentil, lui aussi. Il est grand, presque aussi grand que Jérôme, mais il a des cheveux noirs, des lunettes foncées, et on dirait qu'il ne s'est pas rasé ce matin. Il a une veste de cuir, une grande sacoche, et il joue avec ses clés. Il me sourit, il a une dent du haut ébréchée.

— Bonjour, petit bonhomme.

— Bonjour...

— Alors, qu'est-ce qui t'arrive ?

Je ne réponds pas. Il pose sa sacoche sur la table basse et s'assoit près de mes pieds, au bord du canapé. Il me regarde, il ne dit rien. Je regarde Maman. Elle me regarde.

— Réponds, mon chéri...

Je ne réponds pas. Je ne sais pas comment lui parler. Avec Jérôme, je sais.

— Je suis désolée, il a fallu que je parlemente toute la soirée et une partie de la matinée pour qu'il accepte que je vous appelle. Avec mon... avec le Docteur Boulle, bien sûr, ça se passe toujours bien, il le connaît depuis qu'il est né, il n'a jamais eu peur de lui, mais quand il s'absente, c'est toujours difficile. Et, comme par hasard, c'est souvent pendant ses vacances qu'il est malade...

J'entends la tristesse dans la voix de Maman, mais j'entends aussi quelque chose d'autre. J'entends qu'elle parle à cet homme avec la même confiance qu'à Jérôme. Alors, je mets ma main sur mon cou et je dis :

— J'ai mal là.

— Mmmhh. Depuis quand, petit bonhomme ?

Je me tourne vers Maman. Elle répond :

— Depuis trois jours. Je lui donnais de l'aspirine quand il rentrait de l'école, et ça passait. Hier soir, il s'est mis à faire de la fièvre. Je voulais attendre le retour de... du Docteur Boulle. D'habitude, je n'attends pas si longtemps. Mais là... il est parti une semaine et il ne rentre que lundi. Je me suis dit que le week-end allait être long...

Pendant que Maman parlait, il l'écoutait en continuant à me regarder. À un moment, je l'ai vu lever un sourcil, mais il n'a rien dit.

— Et en dehors de la fièvre ? Il mange ? Il boit ?

— Oui, mais il a mal quand il avale. Et puis il est abattu et pâle, je ne l'ai pas vu comme ça depuis qu'il a fait les oreillons, quand il avait trois ans.

— Il n'était pas vacciné ?

— Non... J'ai... Le Docteur Boulle devait le vacciner, et puis les oreillons se sont déclarés avant qu'il ne le fasse. Ça a commencé un dimanche, aussi. Il a fait quarante de fièvre, il délirait, il pleurait sans arrêt, j'étais tellement angoissée que j'ai appelé le Docteur Boulle chez lui... Je ne le fais jamais, et il n'était pas de garde, mais comme il nous connaît bien... Il savait que je ne l'appelais pas sans raison, alors il est venu. Le petit a eu quarante pendant près de huit jours, il venait le voir matin et soir... Après, il m'a dit qu'il avait probablement fait une méningite à cause des oreillons, mais qu'il n'avait pas voulu l'hospitaliser, parce que ce genre de méningite, c'était toujours bénin, et qu'il ne voulait pas lui imposer tous les examens, la ponction lombaire, et tout le reste...

Il regarde Maman en hochant la tête.

— Ça n'aurait servi à rien, effectivement. Et puis, avoir un enfant hospitalisé, ce n'est pas drôle. On sait quand il entre, on ne sait jamais quand il sort.

— Oui. C'est ce qu'il a dit...

L'homme se retourne vers moi.

— Est-ce que tu es d'accord pour que je t'examine, aujourd'hui ?

— Tu vas m'examiner comme Jérôme ?

Il sourit.

— Mmmhh. Si tu veux. Tu n'as qu'à me dire comment il fait d'habitude. Il commence par quoi ?

Je soulève le haut de mon pyjama.

— Okay, doc.

Il sort de la sacoche un stéthoscope rouge. Il réchauffe le bout entre ses mains. Il écoute mon cœur.

— Et après, j'examine quoi ?

— Le ventre.

Je m'allonge sur le canapé, je fais glisser un peu mon pantalon. Il s'accroupit près de moi et, sur mon ventre, il pose sa main. Elle est grande et chaude.

— Mmmhh. Et après, on regarde les oreilles ou la gorge ?

— Les oreilles. La gorge, on fait ça à la fin. La cuillère, ça me donne envie de vomir.

— Eh bien, tu vois, moi je n'utilise pas de cuillère.

— Ah bon ?

Il regarde mes oreilles, et puis il demande un

miroir à Maman. Elle en apporte un petit, carré. Il me le tend.

— Ouvre grande la bouche, tire la langue et dis-moi ce que tu vois au fond.

Pendant que je tire la langue, il braque la lumière d'une lampe de poche droit sur ma gorge. Au fond de ma bouche, je vois deux grosses boules blanches...

— Dis : ÊÊÊÊÊ...

— AAAAÊÊÊEE... Beeerk !

— Pas terrible, hein ? C'est une angine blanche, mon bonhomme. Ta maman a bien fait de m'appeler. Tu aurais passé un mauvais week-end, elle aussi, et je suis sûr que ton... médecin sera content qu'on n'ait pas attendu son retour pour te soigner.

Il éteint sa petite lampe, il range ses instruments et sort des ordonnances. Il se met à écrire.

— Bon, alors ça sera sirop, antibiotiques, aspirine, et... tu aimes la glace ?

— Ah, oui !

— La glace à quoi ?

— Toutes les glaces, répond Maman.

— Mais je préfère la glace au citron..

— Booon. Alors, glace au citron pour les trois jours à venir.

Je le regarde, je me demande s'il me fait une blague. Il dit :

— Non, non, je suis sérieux. Comme tes amygdales – tu sais, les grosses boules dans ta gorge – sont infectées, ce qui calmera le mieux la douleur, c'est la glace. Vous en avez, j'espère ?

— Oui, dit Maman. Toujours.

Il continue à écrire. Maman va chercher son sac,

pour le payer. Au moment où elle revient avec son carnet de chèques, il lui tend seulement une ordonnance, lève la main et commence à dire :

— Je vous en prie...

Elle le regarde, elle me regarde, elle insiste.

— Si, si, j'y tiens !

Il hoche la tête, soupire, puis sort une feuille orange de son sac. Il la remplit et la lui donne. Elle s'installe à sa table, au fond du salon, et elle écarte son clavier pour pouvoir écrire le chèque. Il regarde l'écran de l'ordinateur.

— Si ce n'est pas indiscret... Vous travaillez chez vous ?

— Oui, répond Maman. Je suis traductrice.

— Et que traduisez-vous ?

— Oh... Un peu de tout. Des manuels, des romans parfois, des catalogues, des bandes dessinées...

Il désigne une étagère.

— Alors *La Jeune Fille sage*, traduit par Flavia Calvino, c'est vous ?

— Vous connaissez ?

— Eh oui, je connais. Ce n'est pas une bande dessinée pour enfants...

— Non, mais je suis contente de pouvoir la traduire. C'est un travail régulier. Pour moi, ça compte.

— Je trouve ça très bien traduit. C'est un genre... acrobatique. Mais vous vous en tirez très bien !

Maman est toute rouge. Je ne l'ai jamais vue comme ça, sauf une fois, Nounou me ramenait de l'école, et Maman est sortie de sa chambre avec Jérôme.

Elle lui donne le chèque. Il le glisse dans la poche

de sa veste, il lui tend la main. Elle serre sa main sans rien dire, puis elle dit merci, tout doucement.

Il se tourne vers moi.

— Soigne-toi bien, mon bonhomme.

— Est-ce que tu vas revenir me voir la semaine prochaine ?

— Je ne pense pas que ce soit nécessaire. Tu vas guérir très vite. Dans deux jours tu iras mieux. Tu pourras retourner à l'école jeudi prochain. Et puis, si ça ne va pas, le Docteur Boulle reviendra te voir. Mais, dis-moi, comment t'appelles-tu ?

— Jérôme. Comme le Docteur Boulle. Et un jour, je serai docteur, comme lui. Comme toi.

Il sourit, il passe la main dans mes cheveux, il salue Maman, et puis s'en va.

Je le regarde ouvrir la porte de sa voiture, jeter sa sacoche à l'arrière, refermer la portière et mettre la voiture en marche. Au moment de partir, il lève la tête dans ma direction. Je lui fais signe, comme à Jérôme quand il part, mais je ne sais pas s'il me voit, à cause du rideau.

89

MME DESTOUCHES

J'entends une voiture s'arrêter devant la porte. Une portière s'ouvre, puis claque. On frappe.

— Entrez !

La porte s'ouvre puis se referme.

— Entrez, Docteur, je suis dans la cuisine.

Je prends mon déambulateur, je m'appuie à la table pour me mettre debout. Tu entres dans la cuisine, tu poses ta sacoche sur la table, tu me tends la main.

— Restez assise, Madame Destouches.

— Bonjour, Docteur.

— Excusez-moi, je passe un peu tard, mais j'ai eu beaucoup de consultations.

— Je vous en prie, Docteur, je comprends. De toute manière, j'ai tout mon temps, vous savez bien. Mais le samedi après-midi, la pharmacie est fermée...

— Aujourd'hui, Mme Grivel est de garde.

— Ah ! Tant mieux. Elle est bien gentille. Elle me dépanne toujours, quand j'en ai besoin. Elle me dit qu'elle s'arrange avec vous...

— Mmmhh. Alors, quoi de neuf ?

— Oh, pas grand-chose, Docteur. L'infirmière est passée ce matin faire mes pansements, les ulcères ne bougent pas, ça n'est ni mieux ni pire. Au moins, ils ne me font plus mal, comme avant. Mais je vais manquer de compresses et de sérum. Tenez, dis-je en te tendant ma petite liste, j'ai tout écrit là-dessus.

Tu tires le tabouret de sous la table, tu t'assieds près de moi.

— Bon, je vais vous prendre la tension, quand même.

— Elle ne doit pas être bien haute...

Tu sors ton appareil à tension et ton stéthoscope. Je te tends le bras droit, tu me passes le brassard, tu visses la molette et tu te mets à gonfler. Ça serre. Du bout des doigts, tu dévisses doucement la molette. Ça siffle.

— Treize-huit, c'est bien.

— Ah ? La dernière fois, j'avais douze, comme d'habitude... Pourquoi est-ce que ça monte ? Est-ce qu'il faut que je change le traitement ?

— Non, non, surtout pas, ce n'est pas dramatique, vous savez, à votre âge, d'avoir treize. C'est même plutôt bien...

— Ah bon ? Comment ça ?

— Eh bien, voyez-vous, chez les gens... un peu âgés...

— Je vous en prie, Docteur, j'ai quatre-vingt-trois ans, ne me ménagez pas !

— Eh bien, à votre âge, les artères du cerveau sont un peu plus rigides, elles ont perdu leur souplesse, alors quand la tension baisse trop à cause des médicaments, le sang circule moins bien, le cerveau reçoit moins d'oxygène...

— Ah, je vois. Il risque de se ramollir, et on devient une plante en pot.

Je te regarde. Tu ne souris pas.

— À ce propos, Docteur, je voulais vous demander...

— Oui ?

J'hésite. Je ne sais pas comment te le dire.

— Vous savez...

— Je regarde autour de moi, la cuisine aux murs blancs, les placards en formica, le rideau à la fenêtre, l'évier parfaitement propre.

— Ça me fait toujours drôle de vivre ici. Depuis que nous avons déménagé de notre petite maison, je suis un peu perdue.

— C'est plus confortable, j'imagine...

— Oui ! Oui ! Ça, y a rien à dire. Là-bas je n'avais que trois pièces, et puis la chaudière à charbon, ça n'était pas toujours très sain, et l'été il faisait très chaud. Mais enfin, c'était chez moi, j'y ai vécu avec mon mari, tous mes enfants y sont nés, sauf l'aîné, puisque j'ai accouché dans la charrette de mon mari... Les grands dormaient dans la salle, sur des banquettes qu'on repliait le matin, et il y avait toujours un bébé au pied de notre lit, forcément ! Elle n'était pas à nous, mais le loyer n'était pas cher. Je ne comprends pas que le propriétaire ait voulu que je m'en aille. C'est sa mère qui nous l'avait louée et elle n'a jamais fait d'histoires.

— Mais on vous a relogée ici...

— Oui, pour ça, le maire a été gentil. Dès que ces logements ont été prévus, il est venu me dire tout de suite qu'il y en aurait un pour nous, et puis ces logements sont faits pour les vieux comme moi, et pour les jeunes qui n'ont pas encore beaucoup d'argent. Mais...

— Mais ?

Je soupire. Je te regarde, puis je regarde l'évier, le cendrier propre sur l'étagère. Je lève la tête mais je n'entends rien dans la grande pièce.

— Je ne sais pas... Ce n'est pas vraiment chez moi... Et puis, maintenant, je me sens seule.

Tu te penches vers moi, tu poses la main sur ma main.

— Georges vous manque.

Je sors un mouchoir, je m'essuie les yeux.

— Oui... Je ne devrais pas vous le dire, je sais que

vous n'étiez pas d'accord... Mais qu'est-ce que vous voulez, il faut me comprendre... Il buvait tellement, les derniers temps, il était toujours ivre, il ronflait toute la journée, c'était impossible de le bouger quand il était sur le lit, des fois il glissait par terre, et forcément, avec un seul bras, il ne pouvait plus se relever, et moi pas question que je l'aide... Alors, c'est vrai que, quand ma fille a proposé ça, j'étais scandalisée et, à la vérité, ça m'a fait plaisir que vous preniez la défense de Georges, et que vous lui disiez que vous ne signeriez pas de papier... Mais à la fin c'était plus tenable, il cassait tout à la maison et il se mettait à se battre avec les gens, à leur casser leurs vélos ou leurs rétroviseurs, et bien sûr ils venaient me voir après, et j'y étais de ma poche... Quand ma fille a remis ça, j'étais fatiguée, je me suis dit, S'il casse tout comme ça dans le logement, on ne voudra pas que j'y reste, ou alors ça va me coûter une fortune, et avec ma pension je ne peux pas me le permettre... Et alors, qu'est-ce que je deviendrais ?... Vous m'aviez dit aussi que c'était compliqué, maintenant, de faire enfermer quelqu'un... Mais ma fille s'est débrouillée, elle connaissait quelqu'un qui travaillait dans un centre, à trente kilomètres de l'autre côté de Tourmens... Comme Georges est pensionné, sa pension sert à payer, moi aussi je donne un petit quelque chose, enfin pas beaucoup... Il paraît qu'ils ont un très beau parc, ils peuvent se promener... Mais il répète tout le temps qu'il veut revenir ici... Ma fille m'a dit qu'ils ont déjà dû aller le rechercher deux fois dans les bois. Forcément, il essaie de sortir, mais il y a un mur...

— Voulez-vous qu'il revienne ?

— Ô mon Dieu, non ! Il m'en a trop fait voir ! Et puis... ma fille ne serait pas d'accord... Et... son mari a menacé de ne plus m'amener mes petits-enfants si Georges continuait à vivre ici... Mais... vous comprenez, c'est mon fils... Il me manque... C'était une compagnie, malgré tout. Pendant des années, avant qu'il se mette à boire autant, il m'aidait beaucoup, malgré son handicap, il faisait les courses, il repeignait les volets, il coupait du bois... Et puis, quand son moignon s'est mis à le faire souffrir, ça n'a plus été...

— Avez-vous de ses nouvelles ?

— Pas souvent... C'est compliqué de l'appeler au téléphone, et puis il ne dit pas grand-chose...

Je me mets à sangloter.

— En fait, il ne me dit rien. Il ne veut pas me parler. Il m'en veut, j'en suis sûre... J'ai laissé enfermer mon propre fils... Vous savez, Docteur, s'il n'avait pas été là, je ne serais pas vivante, aujourd'hui... La première fois que vous êtes venu me voir, que vous m'avez envoyée au Docteur Lance, et qu'il m'a opérée de ce rein qui s'était infecté... C'est Georges qui voulait que je vous appelle. Mon docteur, c'était le Docteur Jardin, mais lui, il fallait toujours attendre trois jours pour qu'il passe, il ne nous prenait jamais au sérieux, et ça faisait déjà trois jours que je n'allais pas bien, que j'avais quarante de fièvre et que je ne mangeais plus rien, et Georges, s'il avait pu faire le numéro de téléphone, il l'aurait fait, mais je lui avais interdit, comme le téléphone était à côté de moi, il n'a pas osé. Alors, au bout de trois jours, il a croisé Mme Leblanc, et il lui a dit que je n'allais pas bien, et Mme Leblanc vous a dit de venir... Mais en fait, moi, je ne voulais pas voir de médecin... J'en avais déjà assez de vivre, vous savez... j'étais soulagée, à l'idée de mourir... je n'avais pas peur... j'en avais plus qu'assez...

Je n'arrive plus à parler, je sanglote. Tu te lèves, tu fouilles tes poches et tu en sors un paquet de mouchoirs en papier, mais j'ai ressorti mon mouchoir trempé de la poche de ma blouse.

— J'ignorais ça, Madame Destouches...

— Bien sûr, je ne vous l'ai pas dit, parce que c'est grâce à vous et au Docteur Lance que je suis encore là. Mais c'est à cause de Georges que je ne suis pas morte...

Et nous restons là, un long moment, sans rien dire, toi à me tenir la main, et moi à pleurer sur ces années que mon fils m'a données et dont je ne voulais pas.

90

LE COMPTABLE

Sous la fente où l'on glisse le courrier, je trouve une grande enveloppe kraft, un pli du Docteur Sachs. Les dernières factures de l'année écoulée. Les justificatifs de ses revenus annexes. Les souches de carnets de chèques qui me manquaient.

Je vais pouvoir compléter son dossier.

Au fond de l'enveloppe, il y a une feuille pliée en deux, que je n'avais pas vue.

Cher Monsieur Scribe,
J'envisage de prendre un remplaçant une fois par semaine, le jeudi je pense. Évidemment, je veux lui assurer un fixe convenable, même s'il travaille peu au début. Pourriez-vous me faire une de ces « simulations » dont vous avez le secret, et me dire si c'est concevable actuellement, sur le plan financier ?
Je vous appellerai dans quelques jours. Merci d'avance.
Amicalement,

BRUNO SACHS

Ce garçon va saborder sa clientèle. S'il traite son remplaçant comme sa secrétaire, il va se retrouver trois ans en arrière. Il ne verrait sûrement pas les choses comme ça s'il avait une femme à entretenir et des enfants à qui payer des fringues, un scooter et des études.

91

VIVIANE R.

J'étais derrière le bar lorsqu'il est arrivé. Il était quatre heures et quart. Je l'ai d'abord vue, elle, lever la tête et sourire, et puis il est apparu. Il avait l'air un peu abattu, il s'est avachi sur une chaise, il secouait la tête de gauche à droite, il soupirait en secouant la main comme pour dire « Ouh là là ! », et il riait en même temps, en désignant sa bouche. J'ai posé le verre et le torchon et je suis allée prendre sa commande. En me voyant arriver, il m'a souri comme il le fait toujours et il a dit : « Bonjour, vous allez bien ? » Et je lui ai répondu : « Ça va, qu'est-ce que je vous sers ? »

Il l'a regardée, elle a fait une moue qui voulait dire « Je ne sais pas à quoi vous avez droit » et il a dit : « Mmmhh, il ne m'a pas interdit de picoler, mais les boissons sucrées, ça me paraît compromis », et il a demandé une eau gazeuse. Elle a repris un café.

Pendant que je débarrassais la table voisine, je les écoutais parler.

— Il m'a dit que je ne devais plus manger de confitures...

— Mon pauvre amour. Alors, je ne vous en ferai plus !

— Bien sûr que si ! Il m'a fallu vingt-cinq ou trente ans pour fusiller mes molaires, ça prendra bien encore vingt ans pour fusiller les autres, je ne vais pas me priver pour ça... Mais quand il m'a trituré les dents avec son petit crochet et qu'il en a sorti de petits graviers friables en déclarant que c'était de l'émail ramolli, je me suis dit que je me mettais déjà à pourrir, à pourrir de la bouche... Beurk ! Vous devriez changer de mec !

— Oui, bien sûr. Et en trouver un dont les dents résistent à mes confitures. Et je recrute comment ? Par petites annonces, et je fais passer des tests ?

Il a éclaté de rire, et je suis retournée dans la salle.

Quand je suis revenue avec l'eau gazeuse et le café, il avait ouvert un petit carnet sur la table, et notait des noms et des chiffres, pendant qu'elle continuait sa lecture. Au moment où je lui débouchais sa bouteille, elle a posé les feuilles sur ses genoux en disant :

— Le texte sur l'hôpital est très... difficile.

— Ah ? C'est si mal écrit que ça...

— Pas du tout ! Je veux dire qu'il est difficile à encaisser !

— Ah. J'avais peur que ce soit mièvre.

Elle l'a regardé avec un mélange de stupéfaction et d'incrédulité.

Ils sont restés longtemps là, sans rien dire. Elle a continué à lire, et lui à inscrire des choses sur son petit carnet, à le feuilleter, en le fixant parfois de longs moments comme ces bibles de poche où les textes sont écrits en tout petit. Je les regardais depuis le comptoir, en rangeant mes verres, en récapitulant ma journée. Vers cinq heures, il est venu du monde qui s'est assis à la terrasse, je suis ressortie. Je prenais la commande d'une table – le monsieur avait déjà choisi mais la gamine qui l'accompagnait n'en finissait pas d'hésiter entre une glace et un cocktail sans alcool – quand je l'ai entendu dire : « Tiens ! Bonjour, Mademoiselle. » J'ai levé la tête. Il y avait là une grande adolescente de quinze, seize ans, qui se tenait près d'eux. Il lui a tendu la main : « Comment allez-vous ? » Elle a répondu : « Très bien », elle avait l'air très, très gaie, elle a fait un geste et dit : « Je vis chez mon père, à présent. » Un peu plus loin, devant la fontaine, un couple retenait un petit garçon de deux ou trois ans qui semblait vouloir plonger les bras dans l'eau. Au moment où l'homme se retournait – pour chercher sa fille des yeux, sans doute – Sachs s'est levé d'un bond. L'homme a ouvert la bouche, j'ai lu sur ses lèvres quelque chose comme « C'est pas vrai ! », il s'est approché à grands pas, le petit garçon et la femme l'ont suivi. Sachs est resté là, bouche bée, comme s'il avait vu un fantôme. L'homme s'est planté devant lui et a dit quelque chose comme : « Bizarre, hein ? » et lui : « Plutôt ! » Et l'homme a poursuivi : « Annie m'a raconté ce que vous avez fait pour elle... pour nous ! Ça commence à devenir une habitude ! » et lui : « Je n'ai rien fait... »

La femme s'est rapprochée, le petit garçon s'est accroché au pantalon de son père, l'homme l'a pris dans ses bras, ils étaient là tous les quatre, ils le regardaient en souriant, sans plus rien dire. Finalement, il a tendu la main à l'homme. « Annie est une jeune fille... exceptionnelle. » L'homme n'arrivait pas à parler, il lui a serré la main longtemps, et puis il est reparti avec sa petite famille.

Il est resté comme paralysé, puis finalement il s'est retourné vers elle, il s'est confondu en excuses : « Je ne vous ai même pas présentée, c'est une longue histoire », elle lui a pris la main, et à ce moment-là j'ai entendu un autre client m'appeler, le téléphone a sonné et la gamine a fini par opter pour un milk-shake au chocolat, c'est-à-dire ce que je déteste le plus préparer, putain de boulot de merde.

92

LA SIGNATURE

Vous m'avez entourée de vos bras, vous vous êtes collé contre mon dos, mes reins, mes fesses, vous étiez tendre et enveloppant. Vous avez posé votre menton sur mon épaule, et je vous ai entendu soupirer.

— Vous...

J'ai hoché la tête tout doucement, je vous ai senti sombrer et je me suis assoupie.

*

Lorsque j'émerge, vous êtes allongé sur le dos, ma tête est posée sur votre épaule. Vous me regardez. Je vois l'heure au réveil.

— Déjà sept heures ? J'ai dormi...

— Ah, ça, oui.

— Vous aussi ?

— Un peu. J'ai pensé à ma consultation... Je ne sais pas comment les gens peuvent avoir envie de venir parler quand il faut attendre une heure et demie pour passer. Je vous ai parlé du couple que j'ai vu ce matin ?

Je sors du lit, je vous prends par la main et je vous entraîne dans la salle de bains.

— Continuez, je vous écoute...

— Le jeune homme, je le soigne depuis longtemps. Il s'appelle José. Il a deux frères aînés, des joyeux fêtards. Lui, c'est le benjamin. Je l'ai toujours vu taciturne, toujours un peu douloureux... Un jour, il est venu au cabinet avant tout le monde, à neuf heures et demie, pour passer le premier. Il avait cours, mais il n'était pas allé au lycée. Il voulait que je le dispense de sport pour l'année, mais il était incapable de me dire pourquoi.

J'ouvre l'eau, je la règle à la bonne température et je vous pousse dans la baignoire. Vous vous asseyez dedans. Je vous tends la douchette. Vous la collez contre vous pour vous réchauffer, pendant que je vous savonne le dos.

— Et puis, à force de tourner autour du pot, il a fini par me dire qu'ils allaient à la piscine tout le trimestre et que c'était une vraie torture de se déshabiller et de prendre sa douche avec les autres, parce qu'il était probablement homosexuel.

— « Probablement » ?

— C'est ce qu'il ressentait, sans être jamais passé à l'acte... Et moi, j'étais bien embêté : je ne pouvais pas le dispenser de sport pour homosexualité ! Alors j'ai fait le tour de tout ce qu'il avait comme petites misères, et puis j'ai fini par lui dire que j'allais le dispenser de piscine pendant un mois à cause d'une sinusite qu'il traînait depuis un petit moment, mais que je ne pouvais pas faire grand-chose de plus...

Vous vous mouillez les cheveux, je verse du shampooing dessus.

— Évidemment, il n'était qu'à moitié satisfait, mais je lui ai dit que si j'en faisais plus ça risquait d'attirer l'attention et que ça n'était peut-être pas ce qu'il voulait... Mais il devait imaginer que j'allais lui régler ça une fois pour toutes.

— Il n'avait pas rencontré d'autre garçon comme lui, au lycée ?

— Non. Je crois qu'il devait être trop inhibé, trop secret pour qu'on l'approche et je pense qu'il avait honte... Quand il est ressorti dans la salle d'attente, il y avait là un autre de mes patients, M. Duhamel, professeur de maths au lycée. Ils se sont salués, il lui a dit quelque chose comme : « Tiens, José ! Ça n'a pas l'air d'aller fort... » en lui posant la main sur le bras. Puis José est parti, et j'ai reçu mon patient, qui m'a expliqué que c'était un de ses élèves, qu'il le trouvait remarquablement intelligent mais qu'il regrettait de le voir toujours si triste. Et en souriant, il a ajouté qu'il aurait bien voulu faire quelque chose pour lui.

Je ne les ai plus revus, ni l'un ni l'autre, pendant des mois. Jusqu'au jour où M. Duhamel est revenu me voir, pour une bricole, un truc tellement bénin que je me demandais pourquoi il était venu me le montrer. Et puis, juste avant de partir, comme je posais la main sur la poignée de la porte, il m'a dit : « Docteur, je voulais vous remercier... » et il m'a expliqué que, le jour où il avait croisé José dans la salle d'attente, il l'avait vu faire de l'auto-stop sur la route en repartant. Alors il s'était arrêté pour le prendre, c'était la première fois qu'ils se parlaient en dehors du lycée.

Pendant que je rince vos cheveux et que l'eau dégouline sur votre visage, vous souriez, les yeux fermés :

— Ce matin, ils sont venus me consulter tous les deux. Ça fait cinq ans qu'ils vivent ensemble.

*

Vous ne vous étiez pas rasé depuis deux jours. Vous le faites en sortant de la douche. Vous êtes tendu. Évidemment, vous vous massacrez. De petites taches de sang constellent votre cou.

— On va être en retard...

— Bruno ! C'est une signature, pas une soirée à l'opéra !

— Oui, mais Diego a insisté pour qu'on y aille, et s'il ne nous voit pas...

— Eh bien, appelez-le, si ça peut vous rassurer !

— Non, non. Je ne vais pas lui casser les pieds...

*

Au Mail, il y a plus de monde que je ne l'imaginais. Un couple est assis derrière une table et signe, tandis qu'une demi-douzaine de personnes se pressent tout autour, un livre à la main.

— On n'aurait pas dû venir, dit Bruno.

— Allons, ne soyez pas bête !

Déjà, Diego nous a vus et vient vers nous.

— Salut, jeune beauté !

Il m'embrasse au coin des lèvres. Puis, avisant le regard hébété de Bruno :

— Qu'est-ce que tu as ? Tu es encore jaloux ?

Bruno ne répond pas. Il est paralysé. Les mâchoires crispées, il regarde le couple.

— Pourquoi m'as-tu dit de venir ?

— Pour te présenter. Allez, arrête ton cirque ! Tu n'es même pas obligé de leur parler, si tu ne veux pas. Mais moi, je les ai invités et, en bon provincial, je leur présente mes clients, ma meilleure copine et mon frangin le médecin autiste !

Il nous entraîne vers la table. Lorsque le dernier lecteur s'est fait signer son livre, Diego me désigne et, retenant Bruno par le bras :

— Danièle, Claude, je vous présente Pauline Kasser et Bruno Sachs, dont je vous ai déjà parlé.

L'homme et la femme se lèvent, nous saluent. Ils ont la soixantaine. Danièle est souriante et belle, Claude est chauve et sympathique. Et direct. Il allume une cigarette et, s'adressant à Bruno : « Ah ! Alors, c'est toi, le médecin qui écrit ! »

*

Vous regardez Danièle et Claude disparaître dans l'entrée de l'hôtel.

Vous me prenez le bras et nous nous dirigeons vers la voiture.

— Je vais conduire.

Quand nous passons devant le Mail, vous murmurez :

— Finalement, ils sont très sympathiques... Qu'est-ce qui vous fait sourire ?

— Vous n'avez pas arrêté de parler pendant tout le repas.

— Ouais, vous voulez dire que je ne les ai pas laissés en placer une !

— Pas du tout. Ils sont assez grands pour se défendre. Et puis, je crois qu'ils ont passé une soirée agréable...

— Ce salaud de Diego ne m'avait pas dit qu'il les avait invités à dîner avec Ray, Kate et nous...

— Il vous connaît, vous auriez trouvé une excuse pour ne pas venir !

— Vous le pensez vraiment ?

— Bien sûr. Vous auriez dit que ça n'était pas votre place.

— Est-ce que c'était ma place ?

— Ah, Bruno ! Je vous aime, mais parfois, vous me les *gonflez* ! Est-ce que c'était votre place ? Il y avait Diego, Ray, Kate et moi, et nous dînions avec un couple charmant, intelligent et amical. Si ça n'était pas votre place, auriez-vous pris autant de plaisir à ce dîner ?

— Ah... Ça s'est vu ?

— Votre plaisir ? Noooon. Vos amis ont tellement l'habitude de vous voir souriant et heureux qu'ils n'ont sûrement pas remarqué la différence. Quant à moi, je suis incapable de lire le plaisir sur votre visage. Mais c'est normal, je ne regarde jamais que le plafond...

— Garce !

La voiture franchit le pont. La Tourmente est immobile, comme gelée. Vous êtes pensif. Je finis par dire :

— Ray était fatigué...

— Oui. Kate m'a dit qu'il a fait de gros efforts ce soir, mais qu'il ne mange pas beaucoup en ce moment. Mais ce n'est pas à lui que je pensais. Est-ce que...

— Oui ?

— Ce matin, à la fin des consultations, Mme Guilloux m'a appelé, j'étais fatigué, j'avais encore trois visites à faire, je n'ai pas eu le courage d'aller voir son mari... Et je lui ai dit que je passerais le voir demain matin. Je sais que c'est dimanche, mais... Je suis désolé... J'aurais dû vous en parler.

Je ralentis, je jette un coup d'œil dans le rétroviseur et je fais demi-tour.

— Où allez-vous ?

— À la fermette. Je préfère qu'on soit sur place, je n'aime pas vous savoir sur la route. À moins que vous ne préfériez dormir seul ?

— Euh... non. Mais vous, vous préférez peut-être rester à Tourmens ?

— Crétin. Triple buse. Bougre d'âne.

Vous vous raidissez, puis, au bout d'un instant, vous défaites votre montre et vous la portez à votre oreille.

— Bruno... Pourquoi faites-vous ça ?

— Quoi ?

— Votre montre. Pourquoi écoutez-vous votre montre quand vous êtes soucieux ou tendu ?

— Si j'étais triste, ou si je m'étais fait mal en tombant, mon père me prenait dans ses bras. J'écoutais le tic-tac de sa montre pendant qu'il me consolait... C'est une montre automatique, elle se remonte quand on la porte. Quand il est tombé malade, il ne la mettait plus, je la prenais sur sa table de chevet le soir, je la portais la nuit... Je ne l'ai jamais laissée s'arrêter, mais il est mort quand même.

93

COMPLAINTE

Samedi ça me dit, médecin ça me dit rien, un médecin ça écrit, faut voir, un médecin ça écrit tout le temps, mais pattes de mouches sur ordonnances impossibles à lire, ça gribouille, ça crache de l'encre, en deux ou trois exemplaires appuyez bien sur le bout du stylo sinon ça marque pas, ça n'écrit pas, ça écrit presque, ça prescrit, ça proscrit, ça rédige des observations, des rapports, des dossiers, ça les range dans des tiroirs poussiéreux, rouillés, bourrés de détails retenus sans le vouloir, sans le faire exprès, sans y porter plus d'attention que ça, des tiroirs et des tiroirs, des tiroirs à perte de vue, pas rangés par ordre alphabétique, mais dans l'ordre où ça s'est passé, du plus ancien au plus récent, le long d'un couloir où on ne fait pas demi-tour, peut même pas s'arrêter, tout juste avancer sans se retourner, des tiroirs sans dossiers, sans lettres de spécialistes, sans résultats d'examens, tiroirs à fragments, en vrac, pas rangés, pas répertoriés, arbitrairement regroupés en de petits tas informes, lointaine ressemblance, association d'idées... ils y sont tous, toutes les fois qu'ils sont venus, toutes les bonnes raisons qu'ils avaient, toutes les phrases qu'ils ont dites, les pistes, vraies ou fausses, qu'ils ont déposées sur le plateau de bois peint, sur le lit d'examen ou sur le pas de la porte, la main sur la poignée – les gestes de lassitude, d'angoisse, d'affolement, de désespoir, de ras-le-bol, de chagrin, les visages (la bouche, mais pas les yeux, car lorsqu'ils te parlent, c'est toujours les lèvres que tu regardes, comme si tes yeux venaient en aide à tes oreilles malentendantes), les rictus, les sourires gênés, les moues tordues de ce qui ne veut pas sortir, les fentes édentées, les chuchotements, les silences, les soupirs, les regards éperdus, les hésitations, les hochements de tête, les sanglots, les voix qui se brisent, les nez qui reniflent, les yeux qui se ferment, les bouches qui cherchent de l'air – l'air de quoi, leur silhouette (celles que tu reconnais, celles que tu confonds, même quand ils n'ont rien en commun et parfois plus, évidemment – qu'est-ce que ça faisait de te demander en le faisant asseoir si l'homme qui était là était M. François Stevenson ou M. Jacques Stevenson, son frère jumeau ? Impossible de te fier à la silhouette, au début ils avaient la même, ce n'est que lorsque François a commencé à maigrir à cause de la saloperie qui poussait dans son intestin que tu as pu le reconnaître à coup sûr. Ensuite, comme il ne sortait plus de chez lui, tu savais pertinemment que c'était Jacques qui t'attendait, debout à la fenêtre de la salle d'attente. Mais qu'as-tu ressenti pendant la fraction de seconde où, apercevant Jacques dans la rue, tu as cru voir le fantôme de François, enterré depuis deux ans, et pensé : « Non, pas lui... » ? Et qu'as-tu ressenti quand la veuve de François t'a appelé pour que tu viennes voir Jacques, qu'elle avait épousé après la mort de son mari/de son frère ? Qu'as-tu ressenti quand, du fond de son lit, son corps amaigri a laissé échapper : « François et moi on a tout fait pareil, mais moi, j'ai toujours pris mon temps... »), les corps décharnés, les corps obèses, les corps pustuleux, les corps suintant d'eczéma ou constellés de plaques de psoriasis, les corps en sueur, les corps gonflés, les corps potelés, les corps désirables, les corps déformés, les corps couverts de crasse et sentant le feu de bois, les corps blancs sous un visage tanné par le soleil, les corps nauséabonds, les corps mutilés, les corps balafrés de bas en haut par les chirurgiens, les corps grêlés, les corps tordus par la douleur, les corps fuyant sous la main, les corps atones, les corps gluants, les corps tendus, les corps frémissants sur le drap glacé, les corps lourds, les corps brûlés, les corps gémissants – le sang, les larmes, la merde, la morve, les tympans purulents, les gorges envahies de membranes, les seins rétractés par une tumeur, les couilles distendues par un épanchement, les sexes dégoulinant de lait caillé, les culs gonflés d'hémorroïdes, les lèvres éclatées à coups de poing, les arcades fendues à coups de tête, les genoux dépouillés mâchouillés par le macadam, les lambeaux parcheminés pendant du tibia des vieilles dames agressées par leur table basse, les langues coupées, les doigts écrasés, les crânes scalpés, les coups de couteau dans l'abdomen, les plaies par balles, les thorax défoncés sous les tracteurs retournés, les poivrotes, les boiteux, les battus, les essoufflées, les amputés, les gâteux, les éternelles aigries, les chômeurs, les maîtresses douloureuses, les orphelins

94

LE TOURNANT

— Attention !

Vous vous agrippez à mon bras. Je freine. La voiture dérape, cale et s'immobilise sur le bas-côté. Vous scrutez l'obscurité.

— Pardon.... J'ai cru que quelqu'un arrivait en sens inverse et allait...

Vous ouvrez la portière et vous sortez. Il fait frais, je m'enveloppe dans mon imperméable et je sors à mon tour. Debout, appuyé contre un pylône métallique, vous regardez le sommet de la côte.

— C'est le virage le plus dangereux du canton.

Vous désignez l'endroit où l'asphalte apparaît, un peu plus haut, et votre doigt franchit l'espace et se pose contre le pylône.

— Il y a eu ici douze accidents en sept ans. Toujours le même scénario : des jeunes de la ville, qui rentrent de la boîte de nuit de Lavallée à trois ou quatre heures du matin, le dimanche... Ils traversent Deuxmonts pour prendre la route de Tourmens, ils ne connaissent pas le coin, ils ont bu, ils rient, ils foncent, leur voiture dévale la côte, ils voient le virage trop tard. Comme la fermette est tout près, c'est toujours moi que les pompiers ou les gendarmes viennent chercher. J'entends frapper, je vois des éclairs bleus par les fentes des volets et je sais tout de suite ce que ça veut dire... Il m'arrivait d'en rêver, de me réveiller en sursaut en me disant : Ça y est, encore un !

Vous vous tournez vers moi.

— Mais je n'en rêvais plus depuis que je vous ai rencontrée.

Vos yeux sont deux puits sombres.

— Longtemps, je me suis dit que c'était une bonne manière d'en finir... J'ai une assurance-vie. Le capital double en cas d'accident de voiture... Je me disais que, le moment venu... ça mettrait Diego à l'abri pour un bon moment... Mais maintenant...

— Avant de me rencontrer, vous vouliez mourir ?

— Bien sûr. Qui ne veut pas mourir, un jour ou l'autre ? Les jeunes cons qui se jettent sur ce pylône, vous croyez qu'ils ne veulent pas mourir ?

Je prends votre main.

— Je ne veux plus mourir, parce que vous êtes ici. Mais je n'arrive pas à me défaire de cette idée que je n'ai pas vraiment le droit d'être vivant, moi, alors que mon père est mort.

Je ne dis rien.

— ... J'avais toujours eu l'illusion qu'il ne pouvait pas mourir. Qu'il ne pouvait pas me laisser sans m'avoir tout dit, sans m'avoir légué son savoir, sa sagesse, son humanité. Sans m'avoir appris à soigner comme il savait le faire...

— Mais vous savez soigner ! Vous ne faites que ça ! De qui le tenez-vous, si vous ne tenez pas ça de lui ?

— Non, je ne sais pas soigner. Si j'avais su, je l'aurais soigné, lui. Je l'aurais accompagné quand il est mort, mais je n'ai pas su. Je lui en voulais d'être malade, d'avoir été si fort, si grand, et de tomber malade de manière aussi conne ! Et en plus, j'ai voulu jouer les petits malins, j'ai voulu lui montrer ce que je savais... L'article... Après sa mort, je l'ai retrouvé dans son bureau, sous une pile de livres. Il décrivait exactement tous les stades de sa maladie. D'un bout à l'autre... Je ne l'ai pas soigné, je lui ai montré sa mort !

Des phares nous éblouissent, un véhicule sort du virage et stoppe derrière la voiture. Deux hommes en descendent.

— Messieurs-dames, vos papiers... Ah ! C'est le Docteur.

— Bonsoir, brigadier.

— Excusez-moi, Docteur, je ne vous avais pas reconnu. Vous êtes en panne ?

— Non, pas du tout, on s'est arrêtés... pour discuter.

— Euh... Ici, ce n'est pas très prudent. Je ne vous apprends rien...

*

Je me réveille, vous n'êtes pas dans le lit. La lampe de la salle est allumée. Je me lève. Vous vous êtes endormi assis, la tête posée sur une grande feuille de papier à dessin couverte de texte, étalée sur la table ronde. Ray vous l'a remise tout à l'heure, au Mail, enroulée dans un tube rigide, il a dit : « *Here, Buddy*. Un incunable... » Vous l'avez sortie, déroulée et, voyant de quoi il s'agissait, vous êtes resté sans voix, votre gorge s'est nouée et vos yeux se sont gonflés de larmes. Sans lâcher la feuille, vous vous êtes écarté de nous, vous avez gravi les marches en bois de l'escalier en colimaçon pour vous réfugier au premier étage. Dix minutes après, je suis montée vous rejoindre, vous étiez assis sur une pile d'albums de bandes dessinées, les lunettes dans une main, l'oreille collée à votre montre.

En m'entendant, vous vous êtes levé, vous m'avez attirée vers vous et embrassée avec une force et un désespoir que je n'avais jamais ressentis auparavant. Puis nous sommes redescendus. Au bas des marches branlantes, Ray vous regardait avec tendresse, Diego m'a lancé :

— Pauline, je remercie le ciel d'avoir gardé cet escalier dans la boutique. Dorénavant, je rangerai toujours tes livres là-haut.

Vous avez pris Ray dans vos bras. Vos yeux à tous trois étaient pleins de larmes.

Je vous regarde, vous dormez profondément, des larmes ont coulé sur la grande feuille. Elle porte un long texte manuscrit, c'est votre écriture. Je lis un titre, *Johnny Got His Gun*, et une phrase : *Le monde est tout ce qui se crie.*

COLLOQUES SINGULIERS, 5

LE SECRET (VERSION DURE)

Ma mère, je l'aurais tuée. M'emmener sans prévenir voir un type que je ne connaissais même pas ! Ah, je l'aurais tuée ! J'en ai même rêvé. Je me lève, je vais dans la cuisine, je prends la ficelle et le tire-bouchon dans le tiroir, j'entre dans sa chambre, elle ronfle, je lui attache les bras au montant du lit, je lui fourre le tire-bouchon dans la bouche et je lui arrache la langue. Elle hurle, mais je hurle plus fort qu'elle. Après, je donne sa langue au chat, mais mon chat la renifle, il me regarde et il dit : « Tu me traites comme un chien ! Je ne mange ni mauvaise langue ni langue morte. »

Je l'aurais tuée. Je la déteste, je ne peux plus la sentir. Elle est con, moche et malpropre. Un soir – Papa était parti depuis longtemps – au lieu de lui dire « oui Maman, bien Maman » (elle me demandait de mettre la table en disant qu'elle aidait toujours sa mère à le faire), je lui ai balancé qu'elle disait des conneries parce que, avant que Grand-père s'en aille, ils avaient une bonne, et quand elle s'est mariée elle ne savait même pas mettre la nappe. C'était la première fois que je lui répondais, elle est restée bouche bée, je l'ai vue verdir, et puis elle s'est mise à brailler Bouhouhou, elle s'est roulée par terre en hurlant et en gigotant dans tous les sens, et puis elle n'a plus bougé, elle s'est mise à gémir. Ça m'a foutu la trouille, je me suis dit qu'elle faisait peut-être une crise d'épilepsie, comme une des filles du collège, et qu'elle allait peut-être mourir, alors je me suis mise à pleurer moi aussi. En voyant ça, elle s'est relevée aussi sec, et elle est devenue toute collante : « Ma p'tite chérie t'en fais pas c'est rien », elle m'a bavouillé dessus et hop ! elle m'a mise dans son lit. Ça m'a calmée instantanément, j'ai horreur qu'elle me touche, quand j'étais petite elle était tout le temps là à quémander : « Un bisou, donne-moi un bisou, tu veux pas donner un bisou à ta petite maman qui t'aime », j'avais l'impression d'être son nounours ! Alors j'ai fait semblant de m'endormir. Au bout d'un moment, je me suis levée, elle était au téléphone. Elle passe des soirées entières au téléphone avec ses copines, sa mère ou sa sœur, à raconter des conneries sur Papa, ou sur Rachel – qu'elle appelle « cette... *femme* ! » et elle pousse un soupir de pauvre malheureuse, genre : « Ahlàlà je tiens le coup mais c'est dur, j'ai du mérite ! » Je n'ai pas osé remonter dans ma chambre, il aurait fallu que je passe dans la pièce et elle m'aurait mis le grappin dessus. Alors, je me suis recouchée mais dès qu'elle s'est couchée à son tour et que je l'ai entendue ronfler, je suis retournée dans mon lit.

Comme je faisais la gueule et que je ne voulais plus bouffer ce qu'elle cuisinait, elle s'est mis en tête que ça n'allait pas, et elle m'a emmenée voir le médecin de Play. C'était ça ou le médecin de Deuxmonts, et lui, je ne peux pas le voir, il est toujours d'accord avec elle et ils n'arrêtent pas de parler de sa copine Dominique, qui a quitté son mari pour aller vivre avec une autre femme et que je ne peux pas blairer tellement elle est con, pas étonnant qu'elles s'entendent si bien. J'avais décidé que je n'ouvrirais pas la bouche, alors au début, en entrant, je ne l'ai même pas regardé. Pendant qu'elle déblatérait les trucs habituels : Annie mange plus, Annie me fait la gueule, Annie a fugué, Annie me parle mal à moi sa mère qui l'aime tant et qui fais tout pour sa petite fille comme je suis malheureuse bouhouhou, je le regardais. Il faisait *MmMmMm* pendant qu'elle parlait, j'avais l'impression qu'il ronronnait, les deux mains croisées sur son ventre, il m'a fait penser à mon chat. J'en avais marre, je m'en voulais de ne pas être restée chez Papa l'autre jour... Quand je suis arrivée chez lui, il m'a dit : « Tu ne peux pas rester ici, elle va nous tomber dessus ! », tandis que Rachel disait qu'il fallait appeler un avocat, que si je ne voulais pas retourner chez ma mère on ne pouvait pas me renvoyer, et moi je la serrais dans mes bras et je pleurais, je ne voulais pas les quitter, Papa et elle et le bébé. On a parlé longtemps comme ça tous les trois. Théo faisait la sieste mais Rachel a fini par aller le réveiller et quand il m'a vue il s'est mis debout dans son lit, il a dit « Nanie ! » ça m'a fait craquer, il est tellement beau ce petit bout ! Et puis Papa a fini par dire qu'il fallait qu'on y aille, il m'a ramenée à Langes en voiture...

Pendant que ma mère parlait au médecin et lui racontait ses salades (elle raconte toujours les mêmes, c'est toujours : « Ah ! Quel malheur, je ne m'entends pas avec ma fille adorée, alors que je fais tout pour elle. » Et évidemment, comme Papa est parti (moi, à sa place, je serais partie plus tôt ! J'arrive pas à comprendre qu'il ait vécu aussi longtemps avec elle, elle pue tellement !), tout le monde la plaint et le traite de salaud. D'abord ma grand-mère, bien sûr, elle lui avait suffisamment dit qu'il ne fallait pas qu'elle se marie avec lui ! Encore maintenant, elle lui dit : « Ah, ma pauvre fille ! Je te l'avais dit mais tu ne m'as pas écoutée ! Ah, quand on est une femme, une erreur est irréparable ! » Et mes tantes, c'est pareil. Ça se comprend : il n'y a plus d'homme, dans cette foutue famille. Y a plus que des bonnes femmes qui ne peuvent pas voir les mecs en peinture ! Grand-père est mort, Papa est parti et voyez Nicole, la sœur aînée de ma mère, elle a beau raconter que son mari a disparu, je sais que c'est des conneries, il est parti en Amérique rejoindre une femme chimiste qui faisait les mêmes recherches que lui, ils s'écrivaient depuis des années. Un jour, il en a eu marre de voir la gueule de Nicole, il est allé la rejoindre. Ils ont même eu des enfants, alors que Nicole a toujours raconté qu'il ne pouvait pas en avoir ! Quand Papa m'a raconté ça, j'ai commencé à comprendre que toutes ces bonnes femmes n'arrêtent pas de raconter des mensonges. Ma grand-mère, pour commencer ! Elle s'appelait Ginette, mais elle a changé de prénom pendant la guerre, elle s'est fait appeler Raymonde, c'était plus classe ! Moi, je trouve ça tout aussi moche ! Et ma mère ment tout le temps elle aussi ! Elle m'avait toujours dit que le mari de Nicole était sorti acheter un paquet de cigarettes et qu'on ne l'avait jamais revu. Elle m'avait toujours dit que Papa ne lui donnait pas un sou pour m'élever, jusqu'au jour où je lui en parlé et qu'il m'a sorti tous ses relevés de banque depuis son départ. Ma mère ment sans arrêt, elle répète tout le temps : « Les hommes, de toute manière, on ne peut pas compter sur eux. Ou ils meurent, ou ils abandonnent leurs femmes et leurs enfants. » Un jour, j'ai gueulé : « Tu dis des conneries ! Papa n'est pas mort, il t'a quittée parce qu'il en avait assez de toi, et moi, il ne m'a pas abandonnée ! », alors elle s'est mise à pleurer Bouhouhou, dès que je la contre, elle se met à pleurer, ou elle dit un truc du genre : « De toute manière on ne peut pas discuter avec toi, tu veux toujours avoir le dernier mot, comme ton père ! » C'est pratique, ça met fin à la discussion, mais depuis, elle attend que je ne sois plus là pour raconter ses salades), je regardais le médecin, il ne disait rien, il restait là, bras croisés, on aurait dit qu'il allait s'endormir, je ne voyais pas ses yeux parce qu'il a des verres teintés et que, ce jour-là, il faisait un grand beau soleil, mais j'ai fini par comprendre. Ses *Mmmhh, Mmmhh*, c'était pour lui faire croire qu'il l'écoutait alors qu'en fait il me regardait. Et il a vu que je n'en pouvais plus parce que, juste au moment où j'allais exploser et lui cracher à la gueule que j'en avais marre de toutes ses conneries, et que je voulais qu'elle crève, il s'est levé d'un seul coup, il m'a prise doucement par le bras et il m'a fait sortir.

Dans la salle d'attente, il y avait du monde, il a fallu que je me calme. Il y avait deux enfants avec leur mère, la petite fille faisait la classe à des peluches, le petit garçon jouait avec une voiture. La voiture a roulé jusqu'à mes pieds, le petit garçon n'osait pas s'approcher alors je la lui ai donnée, et il m'a prise par le poignet pour que je joue avec lui. Il ressemblait à Théo, enfin, en plus grand, parce que Théo, à ce moment-là, venait d'avoir deux ans, il commençait seulement à parler, mais ils avaient la même bouille, le même sourire... J'aimerais tellement le voir grandir, mon petit frère.

... Au bout d'un moment, j'ai entendu une voix derrière la porte et le médecin a fait sortir ma mère et m'a fait entrer, seule. Moi, je me méfiais. Je ne voulais pas qu'il me touche, je ne voulais pas qu'il me regarde, je ne voulais pas le regarder. Au bout d'un moment, il a dit :

— Vous êtes en colère.

— Ah, ça, c'est rien de le dire ! Je me demande bien ce que vous allez me faire, alors !

— Je ne vais rien vous faire.

J'ai haussé les épaules.

— Vous avez passé une demi-heure avec elle, vous allez sûrement me donner des médicaments pour me calmer et me faire la morale. Je parie qu'elle vous a dit encore plein de conneries sur Papa !

Il a croisé les bras et répondu un truc bizarre :

— Si c'est une question, je ne peux pas y répondre.

— Pourquoi ? Je suis trop jeune ? Je ne vais pas comprendre ?

— Oh, si ! Mais je ne peux pas révéler ce que m'a dit une autre personne...

— Pfff. Ça ne va pas vous empêcher de tout lui raconter. Mais j'ai rien à vous dire.

Il a regardé ses pieds et il a dit :

— Si je racontais à votre mère ce que vous m'avez

ou ne m'avez pas dit, je ne serais pas médecin. Je serais... un sale con.

Il avait enlevé ses lunettes et se frottait le nez. Je me suis souvenue de ce que m'avait dit Sarah.

— Alors, c'est vrai ?

— Quoi donc ?

— Le secret. Une de mes amies, Sarah Féval, vous la connaissez... On va au lycée ensemble, elle est venue vous voir parce qu'elle voulait prendre la pilule. Quand elle vous a dit qu'il ne fallait pas que ses parents le sachent, vous lui avez dit que vous êtes tenu au secret.

À ce moment-là, il a souri, et c'était le même sourire que quand Papa, Rachel et moi on va au cinéma, et qu'après le film, je dis que j'ai compris telle ou telle chose, et ils se regardent, Papa a l'air fier, il met son bras autour de mon cou, il m'embrasse sans rien dire et il sourit.

— Je ne peux pas vous parler de votre amie, mais ce qu'elle a dit du secret est tout à fait vrai. (Il a pointé du doigt vers le sol.) Ce qui se dit ici ne sort pas d'ici. D'ailleurs, ce qu'on me dit au téléphone ou dans la rue, c'est pareil. Pour un vrai médecin, le secret, c'est absolu.

Alors, je me suis lancée, qu'est-ce que j'avais à perdre, de toute manière ?

— Ma mère... Tout ce qu'elle vous a dit sur Papa, ça n'est pas vrai. Papa est parti parce qu'il en avait marre. Marre d'être son chien, marre de se faire engueuler parce qu'il ne rapportait pas assez d'argent à la maison, marre de se faire traiter d'incapable et de paresseux par ma grand-mère et par mes tantes, marre de vivre avec une bonne femme qui pue et qui toutes les semaines nous donne à bouffer la même chose, lundi de l'omelette cramée, mardi des betteraves rouges, mercredi de la soupe avec deux poireaux trois carottes, une pomme de terre et un navet (et là, j'ai imité la voix de ma mère, des fois, j'essaye même d'imiter sa grimace, mais je n'y arrive pas, ses lèvres restent pincées au milieu de la bouche et elles s'ouvrent sur les côtés, comme sur le masque grec de la comédie, et je l'ai singée quand elle dit : « Le navet, ça donne du goût ! »), et tous les samedis, sans exception, un bout de barbaque baignant dans l'huile au milieu de cubes de pommes de terre mal frits ! Papa, il est parti parce qu'il en avait marre, et il a eu raison ! Et quand elle dit qu'il nous a abandonnées, elle dit des conneries ! Je ne me sens pas abandonnée par mon père, je me sens en prison chez ma mère ! Mais ça, c'est pas ce que tout le monde raconte !

— Qu'est-ce que tout le monde raconte ?

— Des conneries ! Elles disent toutes que c'est Rachel qui l'a fait partir !

— Rachel ? Votre belle-mère ?

— Ce n'est pas « ma belle-mère ». C'est la femme de mon père. Je l'aime plus que ma mère et elle m'aime mieux qu'elle. Elle n'est pas gluante, elle ! Et quand elles disent que c'est elle qui l'a fait partir, elles mentent ! Il ne la connaissait même pas ! Il est parti, et il l'a rencontrée trois semaines après.

— Vous pensez que votre père a bien fait de partir ?

— Bien sûr ! Ils n'arrêtaient pas de s'engueuler, de toute manière. Je les entendais s'engueuler le soir et je pleurais pour ne plus les entendre, et je les entendais aussi le matin en me réveillant. Enfin, pas tous les matins. Le dimanche, ma mère ne se levait jamais avant dix ou onze heures, et comme elle ronflait ça me réveillait, j'entendais mon père se lever. Alors je me levais moi aussi, je lui faisais du café et je lui en apportais, et je restais avec lui dans l'atelier.

— L'atelier ?

— La pièce où il peint. J'aime le regarder peindre. Le week-end, je passe des heures à le regarder peindre.

— Et ça ne gêne pas votre... ça ne gêne pas Rachel. qu'il passe des heures à peindre ?

J'ai haussé les épaules.

— Ben non, pourquoi ? Elle l'aime, elle trouve ça normal ! Et puis, il bosse toute la semaine, il a bien le droit de peindre le dimanche !

— Où est-ce qu'il travaille ?

— Maintenant, il travaille chez lui. Avant, il était dans une boîte de petits gâteaux.

Il s'est mis à rire et moi aussi. Quand Papa dit ça, je ne peux pas m'empêcher de rire, et ça m'a fait plaisir de faire rire quelqu'un, moi aussi.

— Si, si ! Il était dessinateur, dans une usine de petits-beurre.

— D'accord, je comprends mieux...

— Quand j'étais petite, je le regardais dessiner les boîtes, il faisait les jeux qui allaient dessus : des mots croisés, des rébus, des puzzles, des trucs à découper... Quand elles étaient imprimées, il m'en rapportait à la maison et ma mère râlait parce qu'il rapportait des boîtes vides. Évidemment, il ne les rapportait pas pour que je bouffe des gâteaux ! Il les rapportait pour que je *joue* ! Je me souviens qu'il avait fait toute une série de boîtes avec une poupée à découper et les vêtements à lui mettre, vous savez... D'abord il les dessinait au crayon et au feutre, et puis il finissait à l'aquarelle. Et puis un jour, il s'est acheté un ordinateur et une table graphique, ce qui fait qu'en plus de son boulot à l'usine, il a dessiné pour des clients à droite à gauche. À la fin, il en a eu marre des petits gâteaux et il est parti. Il a quitté sa bonne femme et sa boîte le même jour, et il s'est mis à son compte. Comme il a plein d'idées, forcément, il n'arrête pas d'avoir des commandes ! Mais il travaille tout le temps ! Alors, il a bien le droit de peindre quand ça lui chante ! Mais ça, ma mère n'a jamais pu le supporter. Elle ne supportait pas qu'il ne soit pas là pour elle, alors qu'elle, quand elle corrige ses foutues copies, elle n'est jamais là pour personne. Des fois, Papa travaillait tard à l'usine pour rendre un projet à l'heure, et quand il rentrait elle lui disait : « Ton repas est dans le four, moi j'ai des copies à corriger. » Alors il mangeait seul, et puis après il allait peindre. Et ça, elle ne le supportait pas. Elle allait l'emmerder sans arrêt : « Qu'est-ce que tu fais ? Je peux voir ? Tu l'as fini, ton tableau du mois dernier ? Je peux le voir ? Tu me le montres ? » et quand il finissait par le lui montrer, c'était jamais bien : « Pourquoi t'as pas fait ci, pourquoi t'as pas fait ça ? » Elle ne comprenait pas qu'il allait dans l'atelier pour ne plus la voir ni l'entendre !

Moi, quand il peignait, le samedi après-midi ou le dimanche, je m'asseyais sur un tabouret, à côté de lui, je le regardais sans rien dire, et il ne m'a jamais mise dehors ! De temps en temps, il se mettait à parler pendant qu'il peignait et au bout d'un moment il s'arrêtait de peindre, il se levait, il reculait vers moi, il mettait son bras sur mon épaule et il disait : « Tu vois, quand tu es là et qu'on parle, je ne pense plus au tableau, il se fait sans moi, et je le regarde se faire. » Je l'ai même vu peindre avec Théo tout petit sur les genoux, et Théo tendait les bras et faisait Adadaaa et Papa continuait à peindre ! Le matin, quand Rachel part travailler, c'est lui qui s'occupe de Théo, il l'habille, il lui donne à manger, il l'emmène chez la nourrice. Le soir, ils vont le chercher tous les deux, ils le baignent, ils le couchent... Un jour, j'étais malade, ma mère n'a pas voulu prendre une journée de congé pour me garder, alors il est venu me prendre et m'a ramenée chez lui. Ce jour-là, Théo était malade, lui aussi, il avait du rhume et du coup il ne l'avait pas confié à la nourrice. Quand j'ai vu Papa le changer je lui ai demandé : « C'est Rachel qui t'a appris ? » Il a ri et il a dit : « Non, ma puce, c'est toi ! » Et il m'a expliqué que quand je suis née, pendant six ou huit mois, à cause de son accident, il n'a pas travaillé, et il s'est occupé de moi. Et ça m'a sciée, parce que ma mère se plaignait toujours qu'il ne s'occupait jamais de moi quand j'étais petite ! Quand je l'ai vu s'occuper de Théo comme ça, j'ai su qu'elle m'avait menti, parce qu'il l'a pris contre lui, il a mis sa bouche contre son oreille et il a fait Wowowowow tout doucement et quand je l'ai entendu faire ça, d'un seul coup je me suis souvenue du bruit que ça me faisait à moi, dans mon oreille, quand j'étais toute petite, c'était chaud, ça vibrait... J'ai été prise de frissons et j'ai eu envie de pleurer... Et puis, à la façon dont il tenait Théo, qui était tout petit à ce moment-là, quelques mois, ça m'a rappelé quelque chose d'autre. Plus tard, j'ai regardé l'album de quand j'étais petite, il n'y a pas beaucoup de photos de moi dans les bras de mon père, ma mère disait qu'il n'était jamais là, mais, en réalité, c'est parce que *c'est lui qui les prenait, les photos* ! Il y en avait une de lui, avec un truc autour du bras. Je ne sais pas pourquoi, j'avais toujours cru que c'était un plâtre, qu'au moment où je suis née, à cause de son accident, il avait le bras cassé. Quand j'ai retrouvé la photo, j'étais sciée, la photo n'est pas très bonne et c'était pris de loin, mais j'ai bien vu que ce qu'il avait sur le bras, ça n'était pas un plâtre : c'était *moi*, toute crevette, couchée à plat ventre sur son avant-bras comme je l'ai vu faire avec Théo plus tard. Et là, j'en ai encore plus voulu à ma mère, parce que, quand je lui demandais si Papa s'occupait de moi quand j'étais petite, elle ne répondait pas, elle levait seulement les yeux au ciel et faisait semblant de sangloter : « Ah, ça me fait tellement souffrir que je ne peux rien te dire ! » Quelle salope !

Elle est trop con ! Elle ne veut pas que j'aie un père, elle ne comprend pas que j'ai un petit frère, la seule fois où j'ai essayé de lui en parler, elle a craché : « C'est pas ton frère, c'est ton demi-frère ! » et je lui ai dit qu'elle avait du culot, vu qu'elle aussi elle a une demi-sœur : Nicole, Grand-mère l'a eue *avant* de se marier avec Grand-père, mais quand je lui ai dit ça, elle m'a fait son sourire de masque grec et elle a soupiré : « Oui, mais vous, vous n'avez pas la même *mère* ! »

En racontant tout ça au Docteur Sachs, j'avais envie

de pleurer et de crier à la fois, et j'ai tapé du poing sur sa table.

Il a posé sa main sur la mienne, et il a dit :

— Que voulez-vous faire ?

— Je ne sais pas.

Et je me suis mise à pleurer.

À ce moment-là, je me disais que je ne m'en sortirais jamais. Un jour, ma mère m'avait dit : « Jusqu'à l'âge de dix-huit ans, j'ai tous les droits sur toi ! » S'il fallait rester avec elle jusqu'à dix-huit ans, j'allais crever !

J'ai dit :

— Je... je veux partir, je veux aller vivre chez Papa... Je lui ai demandé si je pouvais venir vivre chez lui... J'en ai marre de vivre seule avec une mère qui fait la gueule tout le temps, alors que je pourrais avoir une vie de famille avec Papa et Rachel et Théo ! J'ai envie de voir grandir mon petit frère. Quand je retourne là-bas, il sait faire des choses nouvelles, et quand ça fait dix jours que je ne l'ai pas vu, il faut qu'on refasse connaissance à chaque fois... Ma mère le sait bien, un jour, elle me demandait de mettre la table parce qu'elle avait des copines à dîner, j'ai dit que j'étais pas sa bonne, alors elle s'est mise à se gifler, elle fait ça tout le temps, quand je la contrarie, elle se gifle et elle se met à pleurer ! Elle a dit : « De toute manière je sais bien que tu veux aller vivre chez ton père ! » Moi, je n'avais jamais pensé que c'était possible, et je me suis dit : « C'est vrai, ça ! Un père, ça compte autant qu'une mère, pourquoi est-ce que je ne pourrais pas aller vivre chez lui ? »

— Et lui, qu'a-t-il dit ?

— Il était d'accord, il a dit qu'il en discuterait avec ma mère, mais...

— Il ne l'a pas fait ?

J'ai reniflé.

— Si. Mais elle... c'est une saleté !

— Expliquez-vous...

— Papa est allé lui parler. Mais au retour, il m'a dit que ça ne serait pas possible. Qu'il valait mieux attendre. Et que si on essayait de forcer les choses, ça ne serait pas bon. Je ne comprenais pas, je lui en ai voulu, je ne comprenais pas pourquoi ça n'était pas possible. Mais Papa était complètement abattu, il ne voulait plus en parler. Plus tard, Rachel m'a expliqué, elle a compris que j'avais besoin de savoir. Elle m'a expliqué que ma mère savait des choses sur mon père, qu'elle les dirait au juge si jamais il demandait ma garde et que ça risquait de lui attirer des ennuis, mais surtout à Rachel et Théo, et qu'il ne pouvait rien faire... À partir de ce moment-là d'ailleurs, comme par hasard, elle n'a plus voulu que j'aille chez lui quand je suis malade ou quand je n'ai pas cours de toute la journée. Elle m'a même forcée à partir en voyage scolaire avec elle pour ne pas avoir à lui demander de me garder.

— En ce moment, vous voyez votre père moins qu'avant ?

— Oui, en dehors des vacances, je vais chez lui cinq jours par mois. Deux mercredis et deux week-ends. Ma mère raconte à tout le monde qu'il ne veut plus me voir, que je ne m'entends pas avec Rachel, que je suis jalouse du bébé, mais bien sûr, elle ne raconte jamais ça devant moi, comme ça je ne peux pas dire que ce sont des conneries...

— Comment faites-vous, maintenant, quand vous n'avez pas classe ?

— La semaine dernière, j'en ai eu marre... je me suis tirée du bahut. En passant devant la guérite de la secrétaire, je lui ai demandé si elle avait vu ma mère sortir, elle m'a dit non, alors j'ai répondu qu'elle avait dû partir devant, et je suis sortie avec un grand sourire, Au revoir, Madame ! Elle n'y a vu que du feu ! Je suis allée chez Papa en bus, c'était l'anniversaire de Théo, il avait juste deux ans et je n'allais pas le revoir avant dix jours, vous vous rendez compte ? Dix jours, à cet âge-là, ça compte !

— Et vous, quel âge avez vous ?

— Quatorze ans et demi.

— Oui... Pour vous aussi, dix jours, c'est long... Et trois ans, encore plus.

Et j'ai fini par dire :

— De toute manière, ça ne sert à rien, que je vous raconte tout ça, et je ne suis pas malade. C'est elle, qui l'est.

— Vous avez raison... Vous n'êtes pas malade... Et vous ne m'avez rien demandé... C'est votre mère qui est demandeuse...

— Elle est tout le temps en train de demander ! Elle ne sait rien faire toute seule. Et elle se plaint tellement que les gens se sentent obligés de lui faire ses trucs. Y a un clou à planter, elle se met debout dans la salle des profs, je sais, je l'ai vue faire, elle prend son air de crétine et elle dit : « Qu'est-ce que je vais faire ? Comment je vais faire ? » Et évidemment, il y a toujours une de ses copines qui vient lui dire : « À qui tu pourrais demander ? » Grand soupir : « Ben, à personne, tu sais bien ! » « Mais c'est pas possible ! On va trouver ! » Et la copine se tourne vers le premier imbécile venu et lui dit : « Eh toi, viens ici, on a besoin de ton aide ! » Et le type, qu'est-ce qu'il fait ? Il va planter le clou de la pauvre malheureuse. Et une fois dans la maison, il en sort plus avant d'avoir cloué tout ce qu'il y a à clouer ! Et c'est tout le temps comme ça ! Un jour, le lave-linge a cassé, je lui ai dit : « Viens, on va en acheter un autre ! » Elle m'a répondu : « Non, tu n'y connais rien ! » Et qu'est-ce qu'elle a fait ? Elle a appelé sa mère ! C'est Grand-mère, qui a soixante-quinze ans, qui a tout fait ! Elle a téléphoné au magasin à côté de chez elle, elle nous a fait livrer le lave-linge, et elle a payé !...

À ce moment-là, il a posé sa main sur mon bras et il a dit :

— Vous pourriez essayer de trouver avec quoi votre mère a menacé votre père. Et quand ce sera fait (il a écrit un nom et une adresse sur un papier, et il me l'a donné), vous irez voir ce monsieur de ma part, vous lui raconterez tout, il vous aidera. Mais pour ça, il faut peut-être apprendre à endormir l'ennemi.

Il m'a dit qu'on allait me faire une prise de sang toute simple pour calmer ma mère, et qu'il me prescrirait ce qu'il prenait pour passer ses examens, des ampoules avec un produit parfumé à l'orange. C'est pas mauvais, d'ailleurs ! Après, il l'a fait entrer, et pendant qu'il lui parlait pour tout lui expliquer, la prise de sang et tout, je me suis demandé ce qu'il fallait faire pour l'endormir. Je l'ai regardée, elle était molle et flasque comme une vache, avec son air geignard et bête à la fois, et sa façon de me regarder de côté pendant qu'il lui parlait. Et en la regardant, j'ai compris qu'elle avait peur de moi, que si elle s'accrochait à moi c'est parce que je lui servais de faire-valoir, et que plus je me renfermerais sur moi-même, plus on la plaindrait. Alors, je me suis tenue droite, je l'ai regardée, j'ai souri. Et depuis, je regarde les adultes dans les yeux, je souris, je réponds poliment et j'en dis le moins possible. Au début, c'était dur, parce que ça a surpris tout le monde, et d'abord mes amies. Et puis, c'est devenu un jeu, je voyais, j'entendais beaucoup plus de choses. Je me suis rendu compte que ça me vieillissait. Et comme je suis plus grande que ma mère, j'ai l'impression parfois que l'adulte c'est moi, et elle la petite fille. C'est comme le nom : quand elle a fini par accepter le divorce, elle a voulu garder le nom de Papa. Je suis sûre qu'elle s'est dit : « Si un jour ses tableaux valent quelque chose, il faut que je garde son nom », histoire de se faire mousser. Un jour, je lui ai demandé, l'air de rien : « Pourquoi est-ce que tu gardes le nom de Papa ? Moi, je porte le nom de mon père, c'est normal ! Mais toi, tu n'es plus mariée avec Papa, et tu n'es pas sa fille ! Si un mec m'avait quittée, je voudrais surtout pas continuer à porter son nom ! » Ça, je crois que ça l'a vexée, parce que petit à petit, elle s'est refait appeler par son nom...

Au fur et à mesure, elle s'est mise à changer, elle aussi. Elle s'est mise à me raconter des trucs... comme si j'étais sa sœur... ou pire : sa copine !

... Il n'y a pas longtemps, une de ses amies est venue

la voir, une fille avec qui elle était allée en classe et qu'elle n'avait pas vue depuis quinze ans, juste avant que je naisse, je crois. Quand elle est entrée, j'ai cru que c'était un homme. Cheveux courts, baraquée, plus grande que moi. Elle se sont bavouillé dessus en pleurant, c'en était écœurant et, à partir du moment où elle est arrivée, elles ont fait comme si je n'existais pas. Moi, j'ai fait comme si de rien n'était, je les écoutais déblatérer sur les mecs. Et puis voilà qu'elles se mettent à parler d'argent, et ma mère dit à son amie : « Tu sais, tout ce que son père possède, c'est pour Annie ! *L'autre*, elle n'aura rien ! » Elle est allée dans sa chambre, elle en est revenue avec un coffre en bois, elle a sorti des papiers. Je préparais le café dans la cuisine, mais elle a continué comme si je n'étais pas là. Elle lui a expliqué que, quand elle avait « foutu Papa dehors », il avait emporté les meubles qui lui venaient de ses parents, il y en avait de très beaux, et elle, ça lui faisait mal au cœur, avec tout ce qu'elle lui avait donné, les plus belles années de sa vie, elle les avait bien mérités ! Un jour, en faisant du rangement dans son armoire, elle a retrouvé un papier qu'il avait fait et où, en gros, il disait que tous les meubles, les tableaux, les tapis qu'il avait emportés lui appartenaient, à elle. Un jour, elle lui avait reproché de ne pas l'aimer vraiment. Alors Papa, pour lui prouver que ça n'était pas vrai (il devait encore croire qu'il l'aimait, à l'époque), lui avait fait ce papier. « Ce salaud il est parti en emportant tout, mais le jour où Annie s'installera, elle récupérera ce qui nous appartient. » En l'entendant dire ça, j'ai eu envie de l'étrangler.

Sa copine avait apporté une bouteille de champagne

et elles ont tout sifflé à elles deux, c'était la première fois que je voyais ma mère boire. Elle est encore plus laide et plus bête quand elle a bu, heureusement que ça n'arrive pas souvent !

Je suis allée me coucher, mais je n'arrêtais pas de penser à ce papier. Je n'arrivais pas à croire que c'était pour ça que Papa ne pouvait pas demander ma garde. Les meubles, il s'en fout, et Rachel aussi. Mais j'ai voulu aller voir. Je me suis levée sans faire de bruit, elles s'étaient couchées dans le même lit, elles ronflaient en cœur comme deux cousines de dix ans. Elle avait laissé la boîte ouverte sur la table, et le papier dedans. Dessous, il y avait deux paquets de lettres, j'ai reconnu l'écriture de Papa. Autour de l'un, il y avait un ruban rose, je me suis dit à tous les coups ce sont les lettres qu'il lui a écrites avant de se marier, et c'était ça. Et puis il y en avait un autre. Plus gros encore, entouré de deux élastiques et enveloppé dans un sac en plastique. Celles-là étaient plus anciennes, c'était pas l'écriture de Maman, ça commençait par le prénom de Papa et « Mon amour », et d'après la date, c'était bien avant qu'ils se rencontrent. Et je me suis dit que c'était vraiment dégueulasse de la part de ma mère de garder ces lettres. Et puis, en dessous encore, il y avait une grande chemise à élastique, avec dessus le nom de Papa, qui contenait tout un tas de dessins en pile. J'avais envie de regarder, mais j'ai tout remis en place, et je me suis recouchée.

Ça s'est passé il y a quinze jours.

Hier soir, Papa est venu me chercher. Ma mère avait une réunion et je n'avais pas cours l'après-midi, les vacances commençaient aujourd'hui. Comme je suis chez mon père ce début de vacances, elle pensait que je voudrais aller chez lui en sortant du lycée mais j'ai dit non, je veux préparer mes affaires, je rentrerai en train et il viendra me chercher. Elle a eu l'air étonnée trois secondes, mais elle m'a dit : « Comme tu veux ma chérie », elle m'a bavouillé dessus et voilà.

J'ai appelé Papa pour qu'il vienne me chercher à Langes. En fait, mes affaires étaient prêtes depuis longtemps. J'avais déjà presque tout déménagé chez lui. Ce qui reste là-bas, je n'en ai rien à foutre, tout ce que j'aime, je l'ai pris.

En arrivant, j'ai serré Rachel et Théo, j'étais tellement heureuse ! J'ai sorti de ma valise les deux paquets de lettres. Papa n'en revenait pas. Il pleurait. J'ai compris que ce que Maman savait sur lui, c'était dans celles qu'il lui avait envoyées. Mais ce n'est pas pour ça qu'il pleurait, c'est à cause des autres, il croyait qu'elle les avait détruites, il ne pensait pas qu'il les retrouverait un jour. Il a pris les lettres écrites à ma mère, et il les a brûlées dans la cheminée. Il n'arrivait pas à parler. Rachel a dit : « Tu sais, tu as fait quelque chose de très important pour lui, mais aussi pour moi et pour Théo ! », elle avait les larmes aux yeux et elle m'a embrassée comme elle ne l'avait jamais fait et on s'est tous mis à pleurer. Je ne sais pas pourquoi, un moment j'ai eu l'impression d'entendre des chaînes tomber, mais c'était Papa qui remuait les cendres avec le tisonnier, et je l'entendais respirer fort, comme quand on sort de l'eau.

Et puis j'ai sorti la chemise cartonnée de ma valise et je la lui ai donnée. Il l'a ouverte, il y avait des dessins, des aquarelles, des croquis, mais tout au fond il y avait une enveloppe collée et entourée de plusieurs épaisseurs de ruban adhésif marron. Il a dit : « C'est pas vrai ! » et il s'est mis à rire, sans pouvoir s'arrêter.

Je lui ai demandé ce que c'était,

— C'est un cadeau de ton grand-père. La pire chose que ta mère puisse redouter. Et elle ne savait même pas qu'elle l'avait sous le nez !

Il a ri toute la soirée, il riait en regardant l'enveloppe et puis il pleurait en regardant les lettres, et finalement il est devenu grave et il m'a dit :

— Je vais demander ta garde. À présent, elle ne pourra plus faire grand-chose.

Quand j'ai répondu que je ne voulais pas, évidemment, il a été surpris. Rachel, non, parce que je lui en avais déjà parlé et elle savait que j'avais pris rendez-vous. Voilà, je suis désolée d'avoir pris tout ce temps pour vous expliquer tout ça mais je voulais que vous compreniez bien. J'ai expliqué à Papa que je ne voulais pas qu'il s'en mêle, c'est toujours lui qui a pris les coups, mais ça n'est plus la peine, j'ai quinze ans dans trois jours, c'est moi, c'est moi toute seule qui ai décidé de venir, je ne veux pas retourner chez ma mère, j'ai fait ce que le Docteur Sachs avait dit : « Le moment venu, allez voir M. Perrec'h, il vous aidera. » Alors, me voilà.

TRAITEMENT
(vendredi 4 avril)

Le capitaine me toisa et, posant la main sur la crosse de son arme, me lança d'un air hautain :

— Docteur, je tue un homme à cinquante pas. Montrant les dents, je répondis :

— Mon capitaine, à bout portant je ne rate personne !

ABRAHAM CROCUS,
Paroles perdues

95

LE SECRET, VERSION ORIGINELLE

Il était une fois un étudiant en médecine, appelons-le K. C'était un garçon très brillant, à tous points de vue, mais très tourmenté, très révolté contre l'institution et contre la vie. Très fragile, au fond. Nous vivions dans le même foyer, nos portes se faisaient face. Il était un peu plus jeune que moi, mais il nous arrivait de réviser ensemble, car nous avions, à plusieurs reprises, emprunté en même temps les mêmes bouquins ou les mêmes articles à la bibliothèque, et c'était suffisamment exceptionnel pour nous rapprocher: la plupart des étudiants ne la fréquentaient jamais. Il était si brillant que, quand on révisait, c'est presque toujours lui qui m'apprenait quelque chose. Il dessinait prodigieusement, à main levée, des croquis à trois dimensions de coupes histologiques ou des planches anatomiques. Parfois, il frappait à ma porte, il venait m'emprunter un livre, me montrer un dessin, me soumettre une question à laquelle il ne parvenait pas à répondre, et ça finissait tard dans la nuit. Ce n'étaient que des prétextes. Il venait parce que nous avions plaisir à parler ensemble.

Un jour, nous étions en période de révisions, il faisait très chaud, je travaillais volets fermés, j'entends quelqu'un courir dans la rue, monter les escaliers quatre à quatre et débouler sur le palier, un bruit de clés, des jurons, quelqu'un qui tambourine à ma porte.

J'ouvre, et je vois K. effondré, à genoux, incapable de dire un mot. Je le fais entrer dans ma chambre, je le fais asseoir mais, avant d'avoir pu lui demander quoi que ce soit, j'entends une sirène de police. À travers une fente du volet, je vois une estafette piler devant l'immeuble et trois flics en sortir. K. me lance un regard fatigué et secoue la tête. Sans réfléchir, je lui fourre une serviette de bains et un flacon de shampooing dans les mains, je l'entraîne avec moi à l'autre bout du couloir, je le colle dans une cabine, je me rince la tête dans celle d'à côté et je ressors dans le couloir. À sa porte, les trois flics attendent, l'arme au poing, que le concierge de l'immeuble, flic à la retraite, leur ouvre avec son passe.

— Docteur (il m'appelait toujours docteur alors que je n'étais encore qu'externe), on cherche M. K. Il vient de tremper dans une affaire bizarre.

— Ah bon ? dis-je avec un grand sourire. Il a volé les sujets d'exams ? Là, il est sous la douche.

Les flics me regardent, soupçonneux. Le concierge, lui, me croit : un jour, je lui avais conseillé de consulter Lance pour sa mère ou sa tante, je ne sais plus, et Lance l'avait tirée d'affaire. Il se retourne vers ses collègues, s'étonne qu'ils s'intéressent à K., c'est un garçon tranquille. Il dit : « Si le Docteur Sachs dit que M. K. n'a pas bougé depuis trois jours, c'est que c'est vrai. » À ce moment-là, K. sort des douches, les cheveux mouillés. Je me retourne, je dis : « Ça fait du bien, hein ? » en lui faisant signe de la boucler. Et le concierge : « Vous voyez, il était là ! S'il était sorti aujourd'hui, je l'aurais vu passer ! »

Les flics grommellent, demandent à visiter sa chambre, ne trouvent rien, nous posent quelques questions – où étiez-vous ce matin, où étiez-vous hier ? – finalement le concierge les prend dans un coin, ils discutent, ils finissent par s'en aller en nous faisant des excuses.

K. fréquentait un pseudo-groupuscule, de petits cons qui se faisaient passer pour les brigades rouges de la région, mais dont les objectifs n'avaient rien de politique. Tous fils et filles de famille friqués, spécialisés dans les cambriolages des facs où ils étaient inscrits pour se payer leur drogue et leurs week-ends. En entendant K. parler d'eux, j'avais compris qu'ils le manipulaient, qu'il leur servait d'alibi idéologique. Il était le seul fils d'ouvrier du groupe. Et le seul à avoir lu les maîtres à penser dont ils se gargarisaient.

Quelques mois plus tôt, à la fac de médecine, le service de biochimie avait été cambriolé. Les voleurs avaient embarqué un matériel qui valait un fric fou. Comme le laboratoire n'avait ni serrures adéquates ni système d'alarme, les assurances ne voulaient pas rembourser. Le doyen avait été contacté par les voleurs, qui avaient proposé de rendre l'appareillage contre une rançon, et la fac avait calculé que ça reviendrait moins cher que de tout racheter. Je suis sûr que K. avait indiqué ce coup-là à ses copains. Je savais qu'il se fourvoyait avec eux, je le lui avais dit et il m'avait envoyé promener.

Quand les flics sont repartis, il a voulu m'expliquer ce qui s'était passé, mais j'ai refusé de l'écouter. J'avais des examens à réviser, ce qu'il avait fait ne m'intéressait pas. J'ai tout compris le lendemain, en lisant le journal.

Trois types en blouse blanche et masques de Mickey avaient attaqué une petite agence bancaire, à la périphérie de Tourmens. Malheureusement pour eux, les flics étaient prévenus, ils avaient posé une souricière et, comme souvent à l'époque, ils avaient pris plaisir à tirer dans le tas. Les trois types avaient été tués, ainsi qu'une jeune femme qui travaillait à l'agence.

K. devait probablement leur servir de chauffeur, car il conduisait très vite et très bien. Il avait réussi à s'enfuir, je ne sais comment, au moment du carnage. Mais les flics devaient savoir qu'il était dans le coup. Ne le trouvant pas à la banque, ils étaient venus le chercher au foyer.

Il est resté cloîtré dans sa chambre pendant les trois semaines qui suivirent, ne sortant que pour se rendre à ses examens. Je suis passé devant un des amphithéâtres où il composait. Il était assis devant sa feuille blanche, le regard vide. Quand les résultats ont été affichés, il avait zéro à toutes les épreuves. Et puis, un jour, il a disparu. En allant lui porter son courrier, le concierge a trouvé la porte ouverte, la chambre vide.

Quelques mois plus tard, au cinéma Le Royal, je vois un couple au fond du hall. La fille ne me dit rien ; le type, si. Il a rasé sa barbe et coupé ses cheveux, il porte des lunettes d'écaille et un costume de velours, mais je reconnais K. Je vais vers lui, il me voit, il me fixe, il me fait non de la tête, alors je m'arrête et je fais semblant de regarder les photos du film. La fille qui l'accompagnait était enceinte jusqu'aux dents.

*

Quand je me suis installé à Play, Mme Borgès, qui faisait le ménage pour les locataires précédents, a proposé de continuer à le faire pour moi. On discutait, on parlait des émissions médicales, des maladies de ses petits neveux ou de ses grands-parents, mais je ne l'ai jamais soignée. Pourtant, un matin, elle m'appelle en me demandant de passer voir quelqu'un chez qui elle travaille, à Langes. « Ce monsieur vit seul, il va très mal, son médecin est en tournée, j'ai pensé à vous, Docteur. »

J'arrive devant une sorte de gentilhommière au milieu des bois. Mme Borgès, très inquiète, guette mon arrivée sur le pas de la porte. « Il va très, très mal, mais il ne veut pas aller à l'hôpital, et pourtant son docteur a souvent insisté... »

Dès que je l'ai vu, j'ai compris que cet homme portait en lui une immense culpabilité. Il avait un cancer du sein, très rare chez l'homme. Sa tumeur bourgeonnait à la peau, elle suintait, elle se surinfectait sans arrêt et il avait sur le thorax un énorme pansement pour la masquer. Sa maison était superbe et parfaitement entretenue, il était toujours impeccable, tiré à quatre épingles, m'avait dit Mme Borgès, mais il n'avait jamais voulu faire soigner son cancer. Il pansait sa plaie tout seul, matin et soir. C'était la première et la dernière chose qu'il voyait, qu'il touchait, dont il sentait l'odeur, chaque jour, et les douleurs qu'elle provoquait ne lui laissaient aucun répit.

Ce jour-là, pour la première fois, il ne s'était pas levé. Il était livide. Sa plaie avait saigné abondamment pendant la nuit, mais il refusait absolument de se faire hospitaliser. Il avait autorisé Mme Borgès à m'appeler après lui avoir fait jurer que je ne le ferais pas hospitaliser. Tout ce qu'il voulait, c'était (je me souviens de ses mots) : « Quelque chose... pour souffrir juste un peu moins. Là, vraiment, je n'en peux plus... »

Je lui ai injecté de la morphine, et bien sûr, il s'est rapidement endormi. Pendant son sommeil, j'ai refait son pansement, sa plaie était vraiment épouvantable, je l'ai enduite d'antibiotiques locaux – un cautère sur une jambe de bois. Il était inopérable, son foie était couvert de métastases, et il en avait aussi à plusieurs endroits sur la peau. Il pesait trente-huit kilos. Il se laissait mourir.

Le soir même, le téléphone a sonné au moment où je quittais le cabinet, je venais juste de brancher le répondeur. Il me demandait si je voulais bien repasser le voir, il ne m'avait pas réglé la visite du matin, il tenait à s'acquitter. Je lui ai dit que ça pouvait attendre, mais il a insisté, j'ai compris qu'il y avait autre chose.

Il m'attendait, assis dans son salon, il s'était rasé et habillé.

Il m'a remercié, il souffrait moins, il voulait savoir si je pouvais lui prescrire de la morphine, il savait se faire des piqûres sous-cutanées. Son médecin avait refusé de lui en donner, d'ailleurs il n'en avait pas dans son coffre : « Est-ce que c'est normal, ça, Docteur, qu'un médecin n'ait pas de morphine sur lui ? » J'ai souri en secouant la tête.

— Je comprendrais que vous refusiez. Je ne fais pas partie de vos clients...

— Je n'ai pas de clients.

Je lui ai donné neuf des dix ampoules que j'avais dans ma sacoche, en lui disant qu'il n'était pas nécessaire de se les injecter. Il pouvait les avaler dans de l'eau ou du jus de fruits. Je ne sais pas pourquoi je lui en ai donné autant, j'aurais pu lui en laisser trois et lui prescrire le reste.

Au moment où j'allais m'en aller, il m'a proposé de prendre un verre avec lui. « À moins que vous ne soyez attendu ? »

Il m'a fait asseoir devant la cheminée, et m'a servi un vieil alcool. Puis il s'est mis à parler.

Lorsque je l'ai quitté, il était cinq heures du matin. J'avais failli m'endormir à plusieurs reprises, et par-fois je ne comprenais plus ce qu'il me disait, alors il s'interrompait, le silence me réveillait et il reprenait. À l'époque, je croyais que, si on écoutait les gens assez longtemps, ils finissaient par livrer le fond de leur cœur.

Ce n'est pas vrai, bien sûr. Mais c'était vrai pour lui. Et, chose étrange, vers trois heures et demie, quatre heures du matin, son histoire a commencé à me dire quelque chose.

*

Il était une fois un homme, appelons-le M. de B. Sa famille avait beaucoup d'argent. Juste après la guerre il avait épousé Raymonde, d'origine modeste. M. de B. n'avait jamais vraiment été amoureux de sa femme, mais elle avait vécu un drame épouvantable : son premier fiancé, Abel, était juif. En février 1944, il avait été arrêté sous ses yeux par la police française et déporté.

Abel et M. de B. étaient amis. Ils avaient rencontré Raymonde ensemble, dans le cinéma où elle était ouvreuse. Abel avait tout de suite été attiré par la jeune femme, et son ami, en homme du monde, s'était fait discret. Quand Abel fut arrêté, Raymonde, désespérée, se raccrocha à lui. M. de B. fit tout, en vain, pour le faire libérer. Après la guerre, quand il fut clair qu'Abel ne reviendrait pas, il se sentit moralement obligé d'épouser la jeune femme, en souvenir de son ami. Ils eurent plusieurs filles. La dernière – appelons-la Blanche – naquit sur le tard. À dix-sept ans, elle tombe amoureuse d'un étudiant en médecine. M. de B. aimait beaucoup ce garçon, mais Raymonde n'en voulait pas chez elle : il était comme elle d'origine modeste, et elle ne le supportait pas. Elle avait d'ailleurs toujours caché ses origines à ses filles. De plus, le jeune ami de Blanche était un révolté, il parlait de pratiquer une médecine « différente », il était volontairement provocateur, agressif. M. de B., qui n'avait pas eu de fils, aimait que ce garçon lui tienne tête, il aimait les discussions qu'ils avaient ensemble. « À certains moments, m'a-t-il dit, j'avais le sentiment égoïste qu'il venait dîner pour parler avec moi, et non pour voir ma fille... »

Lorsqu'il a dit ça, j'ai senti ma gorge se serrer. Plus il en parlait, plus j'étais convaincu qu'il s'agissait de K. Lorsqu'il prononça enfin son nom, j'eus beaucoup de mal à contenir mes larmes.

Un beau jour, M. de B. voit sa femme entrer, livide.

— Blanche est enceinte ! Enceinte de ce pouilleux ! Qu'allons-nous faire ?

M. de B. était un homme droit. Il écouta sa fille, qui voulait se marier avec K. Il reçut K., qui était prêt à épouser Blanche. M. de B. fit donc comprendre à sa femme qu'il en serait ainsi, et qu'il n'y avait rien à ajouter.

Ils se marièrent au début de l'été, juste après les examens de K. Le lendemain, tandis que les deux jeunes gens partaient en voyage de noces, Raymonde se mit à hurler de rage en accusant violemment M. de B. Et elle cracha tout ce qu'elle savait sur K. Il avait fréquenté des délinquants, il avait tout récemment participé à un hold-up sanglant, il avait de justesse réussi à échapper à la police.

— Comment le sais-tu ?

— Blanche m'a parlé de ses « amis ». Il y a trois mois, elle les a entendus préparer un hold-up. Je ne voulais pas qu'elle soit mêlée à ça. J'ai averti la police.

— *Tu as prévenu la police ?*

— Oui ! Tôt ou tard, ces salopards se seraient attaqués à Blanche. Ou à nous ! Mais ne t'inquiète pas, je ne me suis pas présentée !

Évidemment, elle avait avalé sa langue le lendemain, en entendant Blanche lui annoncer qu'elle était enceinte, et en comprenant que K. avait échappé à la police. Comme elle ne pouvait, évidemment, rien dire à M. de B., et comme elle ne pouvait plus dénoncer K., que Blanche ne quittait plus d'une semelle, elle s'était tue jusqu'au mariage. Jusqu'au moment où elle avait vu sa petite fille chérie partir *avec ce petit youpin de merde*.

À ces mots, M. de B. la gifla pour la première et la dernière fois. Aussi effrayé par cette réaction que par ce qui l'avait déclenchée, il prit sa femme par les épaules.

— Comment peux-tu dire ça ? Et comment as-tu pu faire une chose pareille ? Comment as-tu pu le dénoncer ?

— Pauvre imbécile ! cracha Raymonde. Que crois-tu que j'aie fait pour pouvoir t'épouser ?

*

Abel n'avait pas été arrêté par hasard ou par malchance, mais sur dénonciation. Aux yeux de Raymonde, M. de B. était plus intéressant qu'un étudiant juif désargenté. Elle savait qu'une rupture ne l'aurait pas rapprochée du jeune aristocrate. Il ne la demanderait jamais en mariage car il ne l'aimait pas. Elle n'appartenait pas au même monde que lui. Mais si leur ami disparaissait dans des circonstances dramatiques il la soutiendrait car c'était un jeune homme loyal.

— Lorsque Abel a été arrêté, me dit M. de B. dans un souffle, Raymonde était enceinte. Quand l'enfant est né, il n'était plus possible de lui donner le nom de son père. Alors, je l'ai reconnu, j'ai épousé la mère et j'ai élevé l'enfant comme s'il s'agissait de ma propre fille. Par fidélité, comprenez-vous ? C'était mon ami. Mon plus cher ami. Mon frère.

*

Le soir où il apprit la double infamie de Raymonde, M. de B. quitta son domicile de Tourmens pour aller vivre dans sa maison de Langes, et signifia à son épouse qu'il ne voulait plus jamais ni la voir ni l'entendre.

Plus tard, sans doute à l'instigation de Blanche et Raymonde, K. rendit visite à son beau-père. M. de B. le reçut très chaleureusement, mais il refusa de lui expliquer ce qui s'était passé. C'était un homme d'honneur. Il se refusait à révéler ce qu'il avait appris, et à devenir à son tour un délateur.

Pendant plusieurs mois, il ne vit pas K. Il pensait avec honte que sa fille s'était peut-être volontairement laissé engrosser, comme sa mère, et ne supportait pas de croiser le regard du jeune homme.

K. était, lui aussi, pétri de sens moral. Ce même sens moral qui l'avait empli de révolte se retournait à présent contre lui. Il n'était pas aux côtés de ses compagnons lorsque les flics les avaient abattus et en éprouvait une profonde culpabilité. Certes, il avait échappé à la prison, mais, marié à Blanche, il expiait dans une prison autrement plus solide. Raymonde et Blanche devaient sentir qu'il serait éternellement à leur merci. Il passerait les épreuves de rattrapage, il deviendrait interne puis chef de clinique, il ferait carrière, il gagnerait beaucoup d'argent. Elles en profiteraient.

Mais la vie est semée d'impondérables. Deux semaines avant l'accouchement de Blanche, K. fut renversé par une camionnette en traversant la rue. Commotion cérébrale, coma, réanimation. M. de B. alla le voir tous les jours. Raymonde et ses filles, elles, n'en avaient que pour Blanche et l'enfant à venir. Si K. mourait, on trouverait sûrement à la jeune veuve un nouveau mari. Un gynécologue ferait parfaitement l'affaire.

*

L'enfant naquit. C'était une petite fille. On la nomma Annie.

*

M. de B. parlait tout bas dans l'obscurité. Il souffrait, mais pas de son cancer ou de sa plaie. Il souffrait parce que sa vie, qu'il aurait voulue simple, digne, sans histoires, était un tissu de mensonges et d'ignominies.

Au bout de douze jours, K. sortit du coma, avec pour séquelles des troubles de la mémoire. Pour lui, finie la médecine. Blanche et Raymonde se retrouvaient coincées avec un incapable, un parasite, à qui personne ne pouvait rien reprocher puisque son état était accidentel.

K. ne put voir sa fille avant plusieurs semaines. Il était en rééducation et Raymonde couvait soigneusement la mère et l'enfant. Apprenant cela, M. de B. se rendit un jour à Tourmens, exigea de sa fille qu'elle lui confie Annie, et l'amena à son gendre.

Le temps passa. Annie grandit. K. s'occupait beaucoup d'elle car Blanche préférait la compagnie de sa mère et de ses sœurs. Pendant six ou sept ans, il emmena régulièrement Annie à Langes, voir M. de B. Le jour de son septième anniversaire, Annie demanda à Raymonde pourquoi son grand-père ne venait pas le fêter avec le reste de la famille. À dater de ce jour, Blanche et Raymonde refusèrent de la laisser le voir.

Blanche avait dû se résoudre à faire quelque chose de ses dix doigts. Elle devint institutrice. Sa mère lui fit réviser tous ses examens. K., lui, se remit à dessiner et à peindre. Il était conscient de son talent, mais n'avait jamais pensé en faire un métier. Fatigué de rester chez lui, il finit par trouver un boulot de dessinateur dans une usine de petits gâteaux.

Quand M. de B. tomba malade, il vendit presque tous ses biens, fit des donations importantes à des associations d'anciens déportés et à des orphelinats. Un jour, il fixa rendez-vous à K., à Blanche et à leur fille dans une banque. Il avait ouvert un compte rémunéré pour sa petite-fille, y avait déposé (je sursautai lorsqu'il utilisa cette expression) un *paquet de fric*, qu'elle toucherait à sa majorité.

Ce fut la dernière fois qu'il vit Annie. Elle avait dix ans.

Six mois plus tard, Mme Borgès m'appelait à son chevet.

*

Il sentait que c'était la fin. Il avait besoin de dire tout ça à quelqu'un qui pourrait se charger d'une mission.

— Jadis, je me serais sans doute adressé au curé. Mais je ne crois plus en Dieu depuis bien longtemps. Mme Borgès m'a beaucoup parlé de vous. Elle vous fait confiance, et j'ai confiance en elle.

Il me remit un paquet que je devrais poster de Tourmens, le jour où il mourrait. Il portait le nom et l'adresse professionnelle de K. Il dit simplement : « Quand je serai mort, je ne veux pas que ce garçon et sa fille restent entre les griffes de ces femmes. Le jour où il en aura assez et voudra partir, avec ça, il pourra le faire. »

Il se leva avec difficulté, me remercia, me raccompagna jusqu'à la porte, et me regarda partir. Il était cinq heures.

Vers neuf heures et demie, Mme Borgès me rappela, en larmes. Elle l'avait retrouvé mort dans son fauteuil. À mon arrivée, le notaire était déjà là, Mme Borgès l'avait prévenu. Conformément aux instructions de M. de B, il fit l'inventaire de la maison. Après les obsèques, il prévint la famille et lui lut le contenu du testament.

M. de B. ne possédait plus que les deux maisons, celle de Langes, et celle où vivait Raymonde à Tourmens, une très grande maison bourgeoise.

Ses filles héritaient de la maison de Tourmens et de diverses pièces de mobilier. À Annie, il laissait la maison de Langes, dont la valeur vénale était bien moindre, mais à laquelle il tenait beaucoup, ainsi que tous les souvenirs qui lui venaient de sa famille. Il en avait dressé la liste dans son testament devant deux témoins. Blanche était autorisée à vivre dans la maison avec sa fille, à la condition expresse que Raymonde n'y mettrait jamais les pieds.

Il léguait aussi à Mme Borgès une coquette somme qui pourrait lui permettre de ne plus avoir à travailler.

Pourtant, quand je lui ai demandé si elle pouvait me trouver quelqu'un pour la remplacer, Mme Borgès m'a regardé de travers. « Vous ne voulez plus de moi, Monsieur ? » Je n'ai pas insisté.

Le jour des obsèques, je suis allé à Tourmens, et j'ai posté le paquet.

96

MME DESTOUCHES

— Au revoir, Madame Destouches.

— Au revoir, Docteur.

Je me lève, tu as l'air surpris. Tu as beau me dire : « Ne bougez pas, ne bougez pas », je me lève tout de même, je m'appuie sur le bord de la table, je te serre la main.

Tu inclines la tête, comme si la poignée de main ne suffisait pas, et puis tu tires la porte derrière toi et tu sors.

Je me laisse retomber sur mon fauteuil.

Je te regarde par la fenêtre. Tu ouvres la portière de ta voiture, tu jettes ta sacoche à l'arrière par-dessus le siège, tu montes, tu baisses la vitre. Tu t'es garé au soleil, et il doit faire chaud dedans. Une jambe encore à l'extérieur, tu allumes la radio, tu cherches une station. Finalement, tu refermes la portière, tu démarres, tu t'en vas.

*

Je regarde la pièce autour de moi.

Sur la toile cirée que Mme Barbey a nettoyée ce matin, le cendrier est vide. Il est toujours vide, à présent. Je me demande pourquoi je le garde. Dans la cuisine, elle m'a préparé mon repas du midi. Des carottes râpées, du concombre à la crème. Je n'ai plus qu'à faire chauffer la blanquette.

Je n'ai pas très faim.

Je vois mon reflet dans la télévision. Ma fille a insisté pour me donner son vieux poste, je l'ai regardé pendant quinze jours et après ça m'a agacée. Ça me casse les oreilles, les gens parlent pour ne rien dire. Il faut qu'ils n'aient rien à faire de leur vie pour passer leur temps à échanger des banalités, ou écouter des questions bêtes et s'applaudir avec un sourire niais quand ils ont donné la mauvaise réponse.

Aujourd'hui, on est vendredi. Ma petite-fille va venir vers deux heures, elle n'a pas école l'après-midi. Elle va me faire la causette, elle est mignonne mais, au bout d'un petit moment, je lui dirai que je vais m'allonger, que je suis fatiguée, que je vais faire la sieste.

Je ne fais jamais la sieste, mais je sais que c'est sa mère qui lui a dit de venir, et moi je ne veux pas que ma petite-fille perde son après-midi avec une vieille ruine. Enfin, aujourd'hui, ça me fera plaisir de l'embrasser...

Elle est gentille, ma petite Lucie. Georges l'aimait bien. Elle n'a jamais eu peur de lui, et il a toujours été doux avec elle, lui qui était toujours si pataud, et parfois si brute.

Je repense à ce que le Docteur m'a demandé tout à l'heure, si je ne m'ennuyais pas trop, si je ne me sentais pas trop seule.

J'ai dit non, que j'avais de la compagnie presque tous les jours, que c'était bien rare s'il se passait deux heures sans que je voie quelqu'un.

D'abord il y a Mme Barbey, qui vient faire ses deux heures trois fois par semaine, et qui en fait souvent plus, vu qu'elle passe aussi me voir le dimanche matin avant d'aller à la messe, soi-disant pour me dire un petit bonjour, mais elle en profite toujours pour ranger ci ou ça ou me sortir quelque chose du réfrigérateur pour le midi.

Et puis il y a Mme Queneau, l'infirmière, qui vient tous les matins me refaire mon pansement, ou alors c'est Mme Matiouze, son associée, qui la remplace quand elle est en vacances, ou comme le mois dernier quand elle a accouché.

En ce moment, je vois souvent le facteur, il a toujours une lettre recommandée à me faire signer, un papier des impôts, ou ne serait-ce que le journal, et il s'invite à prendre le café quand Mme Barbey est là. Ils ont l'air d'aimer bavarder ensemble.

Il y a aussi le notaire. Il sait bien que je ne peux pas me déplacer, alors il vient me voir, ou alors c'est son clerc, une jeune femme très bien, très gentille, qui m'a tout bien expliqué, c'est tellement compliqué. Elle me fait penser au Docteur, elle vérifie tout le temps que j'ai bien compris...

Et puis il y a ma fille. Elle vient presque tous les soirs, juste avant dîner. Elle vient avec son mari, mais il reste dans sa voiture. Il n'a pas trop envie de rentrer, et à vrai dire je n'ai pas trop envie de le voir.

Ma fille, je n'ai pas très envie de la voir non plus. Mais je ne dis rien, parce que autrement elle se met dans tous ses états, elle pleure, elle geint, et j'ai horreur de ça, je me demande parfois de qui elle tient.

Quand elle arrive, j'allume la télévision au hasard et quand elle entre et qu'elle m'embrasse, je fais semblant de m'intéresser à l'émission. On ne parle pas beaucoup. Elle n'a pas grand-chose à me dire. Et moi, je ne veux plus lui parler. C'est ma fille, mais c'est elle aussi qui m'a enlevé Georges. Et il n'aurait jamais fait ce qu'il a fait si elle ne l'avait pas fait enfermer. Elle n'en parle jamais, parce qu'elle a trop peur que je le lui reproche. Mais je ne lui dirai rien. De toute manière, elle ne comprendrait pas. Elle est... elle n'est pas comme moi. Elle me ressemble, pourtant, c'est ma fille, quand je la vois en photo, je me revois plus jeune, à quarante-sept ans elle ressemble à la photo de moi au mariage du cousin de son père, et pourtant j'en avais seulement trente-deux. Mais de mon temps, on vieillissait plus vite.

Je ne veux plus lui parler. Je ne lui parlerai plus. Ça me fait trop mal de la voir venir tous les soirs comme si elle voulait se faire pardonner, alors qu'elle sait bien que ça ne ramènera pas Georges.

Je lui avais bien dit qu'il ne le supporterait pas. Je lui avais dit : « Georges il est comme il est, mais il ne supportera pas d'être enfermé. Si on l'enferme, il se laissera mourir. » Je le savais, c'était mon fils. Mais elle ne pouvait pas comprendre, elle ne vivait pas avec lui et ce n'est pas comme un vrai frère. Ses sœurs ne se sont jamais entendues avec lui. Elles ont toujours tout fait ensemble, toutes les trois. Et parfois, les sentiments ça ne compte plus.

Sauf quand on est un peu simple. Comme Georges.

Georges, il n'a jamais eu que moi, dans la vie. Il n'a jamais pu se trouver une femme, forcément, alors la seule qui le comprenait, c'était moi.

Et je crois bien qu'il était le seul à me comprendre, a sa manière.

Mais il n'a pas dû comprendre que je le laisse enfermer sans rien dire.

Et moi, je ne comprends pas pourquoi il a fait ça. Je ne comprends pas comment il a fait, avec un seul bras, il est tellement lourd et il n'arrivait même pas à faire ses nœuds de lacets tout seul.

Moi, je sais que je ne pourrais pas, je n'aurais pas le courage, l'idée d'étouffer ça me fait peur. Il vaut mieux s'endormir et ne plus rien voir.

Quand mon mari a fait sa cirrhose, il ne dormait plus, il était infernal, à l'époque le médecin m'avait donné des comprimés, ça le faisait tout juste somnoler, mais au moins il ne cassait plus rien. Ils étaient forts, ces comprimés. Le médecin avait dit qu'il ne fallait pas en prendre trop, alors, il ne dormait pas tout à fait la nuit, et il somnolait dans la journée.

Un soir, tout de même, il a fini par s'endormir complètement, et il ne s'est pas réveillé.

J'avais gardé les comprimés. Juste en cas.

Bon, depuis le temps, ils doivent être périmés, mais pour ce que je veux en faire, ça n'est peut-être pas plus mal.

97

M. RENARD

La Mère n'arrête pas d'aller et venir, de passer la tête par la porte, de guetter son petit docteur. Elle me fatigue. C'est toujours comme ça. On dirait qu'elle attend le bon Dieu. Je sais qu'elle ne va pas me laisser parler, elle est bien trop préoccupée de ses affaires, Euhlamondieu j'ai mal par-ci, Euhlamondieu je souffre par-là, elle n'arrête pas. Et sa douleur au cœur, et ses jambes qui gonflent, et le sommeil qui vient pas, J'ai beau prendre deux gélules ça me fait plus rien pensez-vous depuis le temps.

Dans le temps, y avait pas de médecin à Play, quand on a pris la ferme ici y avait celui de Lavallée mais c'était la guerre, y faisait sa tournée en vélo, y se serait pas déplacé à tout bout de champ comme aujourd'hui, et elle l'aurait jamais appelé pour des prunes, d'abord ça coûtait des sous et pis elle était dure ou alors elle comptait, tandis qu'aujourd'hui.

Aujourd'hui, on est remboursés, elle hésite plus.

Je sais pas depuis quand ça dure. Des fois, j'essaie de me rappeler, je me souviens quand on était jeunes, on pensait à rien, on travaillait dur, y avait les enfants, on en a quand même eu cinq, fallait bien les élever. Je l'entendais pas se plaindre. Après... Après, je sais pas quand, elle a commencé à plus aller bien, le retour d'âge par-ci, les rhumatismes par-là, c'est depuis que l'aîné a repris la ferme et qu'on est venus habiter dans le bourg. Forcément, moi je continuais à l'aider avec les vaches, et j'étais tout le temps là-bas, et la Mère aurait tout le temps voulu aller se fourrer dans les affaires de la belle-fille, jusqu'au jour où elle lui a dit que maintenant c'était chez elle et qu'elle voulait pas toujours l'avoir dans ses pattes. Alors là, forcément, ça y a pas plu et je l'ai senti passer, que je devais parler au fils par-ci, que je devais pas la laisser faire par-là...

Après, j'ai dit au fils qu'il valait mieux qu'il prenne quelqu'un, avec elle ça n'irait point.

Elle était pas fatigante comme ça quand on était jeunes.

Quand on était jeunes, on travaillait beaucoup.

Elle me craignait encore, à cette époque-là. Elle était déjà pas facile, mais y avait quand même moyen de l'arrêter quand elle poussait trop le bouchon.

Et pis je crois que c'est quand le fils et la belle-fille nous ont dit qu'ils partaient que ça n'a plus été. Bon, moi je m'en doutais un peu, je me disais bien qu'il valait mieux que ça. Et puis, une ferme, c'est trop dur pour les jeunes de maintenant. Et j'avais entendu sa femme qui disait : « On ne restera peut-être pas ici toute notre vie. »

Maintenant, on les voit beaucoup moins, forcément. Bon, lui, son boulot c'est pas pareil, à Tourmens c'est les heures de bureau. Comme il voulait monter il a pris des cours du soir et pis il arrêtait pas de travailler, il avait pas trop le temps.

Quand on est allés dans la maison qu'ils se sont achetée, y a trois ou quatre ans, j'ai compris qu'il avait réussi à faire ce qu'il voulait. Mais du coup, il est tout le temps occupé...

Et puis la belle-fille, je crois qu'elle n'aime pas trop nous avoir à dîner, alors...

C'est un peu triste que nos filles soient parties, elles aussi. On ne les voit pas souvent non plus. Et pis, moi je sais pas parler au téléphone.

Je sais même pas combien j'ai de petits-enfants, j'arrive plus à compter.

Moi, pendant longtemps j'allais encore dans les bois nettoyer, ou serrer des marrons, ou chasser avec le chien, ça lui dégourdissait les pattes même s'il était vieux... Ça m'a fait chagrin quand il est mort. Le fils aussi, vu que c'est un peu pour lui que je l'avais acheté. Il avait treize ans, quand même.

La Mère arrête pas de se lever et de se rasseoir, elle m'agace et je peux rien dire. De toute manière, y a pas moyen d'avoir le dernier mot, ni même le premier, vu qu'elle a toujours raison. Et si j'insiste, elle se met à geindre : « Comme t'es méchant, Marcel ! » et à pleurnicher, ça m'assomme encore plus, surtout quand elle se met à faire ça devant tout le monde. C'est ça, que je supporte pas, chez elle. Que j'ai jamais supporté. C'est toujours elle qui souffre. Les autres, ils souffrent jamais. Et si elle souffre pas, on n'a pas le droit de souffrir. Et quand y a du monde, elle est toujours à plaindre, elle souffre, elle est malheureuse et je la comprends pas, et forcément, les autres me regardent de travers. Ou alors, ils me disputent carrément, si jamais une des filles vient nous faire une visite un dimanche, je sais que je vais y avoir droit : Marcel m'a fait ci, Marcel m'a fait ça, comme je suis malheureuse, Euhlamondieucétypossible de souffrir ainsi...

Je me souviens d'une fois où elle avait fait ça au médecin, au début qu'il était là, moi je voulais pas qu'elle l'appelle à tout bout de champ, c'était pour une bêtise encore, elle a demandé à la petite qui vient faire le ménage d'aller y dire de venir, et dès qu'il est arrivé, elle y a dit que j'étais méchant, que je voulais pas qu'elle l'appelle, que ça m'était égal si elle souffrait ou non Euhlamondieucétypossible et tout le tintouin. Elle y avait raconté qu'elle avait sûrement de la fièvre à 40, qu'elle était transie et qu'elle avait chaud en même temps, et je sais plus quoi.

Et lui, il n'avait rien dit, il l'avait fait passer dans la chambre, il l'avait fait se déshabiller et se coucher toute nue et attendre un peu pour prendre sa température, et puis il était ressorti et il s'était assis à la table, et puis il m'avait regardé :

— C'est difficile, n'est-ce pas ?

Et là, j'avais compris qu'elle était pas arrivée à lui faire avaler sa salade.

Il m'a dit : « Si vous avez besoin de me voir, demandez à Mme Leblanc en passant, elle vous dira à quelle heure vous pouvez venir pour qu'on soit tranquilles. »

Il savait qu'une ou deux fois la semaine la Mère va à Tourmens avec une de ses petites nièces, moi je l'aime pas mais elles s'entendent très bien, elles partent vers deux heures, deux heures un quart, et jusqu'à cinq heures, cinq heures et demie, moi je suis tranquille. Avant mon affaire, c'est à ce moment-là que j'allais dans les bois.

Alors, quand ça m'a pris, je suis allé le voir, et j'y ai raconté ce qui n'allait pas, que je digérais pas bien, que ça me brûlait des fois en prenant mon café, que j'avais l'estomac tout de suite plein dès que j'avais mangé la moindre chose, alors que dans le temps j'avais un sacré bon coup de fourchette.

Et pis y m'a fait faire des examens, et pis y m'a fait opérer, et quand j'ai demandé au chirurgien ce que c'était, y m'a répondu : « Un genre d'ulcère », et j'ai compris tout de suite, je suis pas stupide.

Quand la Mère est allée y demander, il y a dit la même chose, et dans un sens c'était bien parce que, si elle avait su, elle m'aurait fait une vie pas possible, elle aurait ameuté tout le quartier et le fils et surtout ses filles, et ça n'aurait pas arrêté de défiler, j'entendais ça d'ici : Venez donc voir le Père avant qu'il ne s'en aille, Euhlamondieucétypossible comme je suis malheureuse ! Moi, je me sentais pas mourant, ensuite le Docteur avait dit qu'on avait pris ça tôt et qu'à mon âge ça avait toutes les chances de guérir, et c'est pas le genre à raconter des histoires. Et d'ailleurs, il avait raison, puisque ça fait six ou sept ans maintenant, et ça m'a jamais repris. Il y a deux ans, quand j'y suis allé pour les examens de contrôle et la visite, le chirurgien m'a dit que c'était plus la peine que j'aille le voir tous les six mois, qu'une fois tous les deux, trois ans, ça suffirait.

D'ailleurs, moi je suis encore là, pas en très bon état, bon, mais quand même ; tandis que le chirurgien, lui, il est mort. Le cœur, à ce qu'on m'a dit. Quand elle a appris ça, c'est incroyable, la Mère a pas arrêté de se lamenter à ma place : qu'il m'avait bien soigné, que c'était un monsieur très bien, que c'était malheureux tout de même, un docteur si jeune – enfin, faut pas exagérer, il avait cinquante-cinq ans et il fumait beaucoup, quand j'allais le voir en consultation ça piquait les yeux tellement la pièce était enfumée et avant d'écraser sa cigarette il allumait la suivante avec. Il paraît que quand il opérait, il ne fumait jamais, alors après, forcément, il se rattrapait.

Dans un sens j'étais content qu'il ait pas dit à la Mère ce que j'avais, mais dans l'autre, ça n'a pas vraiment été fameux, vu qu'il lui a dit que j'avais un ulcère, et qu'elle en a profité pour m'empêcher de manger ce que je voulais. Le Docteur a eu beau lui dire qu'il y avait rien d'interdit, elle a rien voulu entendre. Pas de gras, pas de pâtisserie, pas de viande rouge, pas de vin sans eau, pas de goutte dans le café. Et j'avais beau protester, rien n'y faisait. Il a fallu qu'un jour elle me fasse tout ce numéro devant le Docteur, pour faire sa maligne : « Dites-y, Docteur, qu'y faut pas qu'il mange ci, qu'y faut pas qu'il mange ça. » Manque de chance, elle est tombée sur un os. Je me souviens qu'il l'a regardée sans rien dire, qu'il m'a regardé, et qu'il lui a demandé ce qu'elle ne voulait pas me donner à manger, et quand elle lui a eu tout dit, il s'est mis à crier presque : « Qu'est-ce qui vous prend ? Vous voulez le tuer ? ! » Et là, j'avais jamais vu la Mère comme ça, elle a plus rien dit, elle est restée debout sans bouger, on aurait dit une statue de sel, forcément, son petit Docteur qui la disputait en élevant la voix, ça y avait pas plu, et je l'ai pas entendue jacter pendant deux bons jours, et quand on venait la voir et qu'on y demandait pourquoi elle disait rien, je disais qu'elle avait une extinction de voix.

Elle me l'a bien fait payer.

Dans le temps, j'étais toucheux. Quand quelqu'un s'était chauffé sur le macadam en tombant à vélo ou qu'un queniot s'était brûlé en mettant la main sur la cuisinière à bois, on me l'amenait et j'y arrêtais le feu. Après, ça guérissait comme ça pouvait, fallait que la nature se fasse, mais au moins ça brûlait plus. Alors évidemment, la Mère elle était toute fière, vu que dans le temps y avait pas de médecin à la porte, et ça coûtait.

Les gens venaient de tout le bourg, parfois même des autres bourgs autour de Play, et je faisais pas payer, parce que mon grand-père m'avait dit que j'avais un don mais que si je le vendais, rien qu'une fois, je le perdrais. Mais les gens étaient contents, forcément, et ils voulaient me rendre la pareille, alors je disais qu'ils me donnent ce qu'ils veulent, mais pas tout de suite, plus tard, quand j'aurais oublié que je les avais vus. Et y en a qui revenaient six mois plus tard, aux beaux jours, avec des paniers de cerises ou avec un faisan et qui les donnaient à la Mère quand j'étais pas là. Et elle, forcément, elle en faisait toute une histoire : « Z'avez-vu ce qu'y m'ont donné pour récompenser mon Marcel ? Il leur a rendu bien service, c'est que j'en suis fière de mon Marcel, ah ! si seulement il était pas si méchant avec moi, des fois. »

Maintenant, c'est pas « des fois », que je suis méchant avec elle, c'est tout le temps, à ce qu'elle raconte. Elle arrête pas de causer. De dire quoi ou qu'est-ce. Elle bavasse tout le temps. L'été, elle laisse la porte ouverte, elle s'assied à l'ombre juste à l'intérieur sur sa chaise, et dès que quelqu'un passe, elle y cause, et gare à lui s'il s'arrête, il en a pour l'après-midi.

Elle a bien vu que petit à petit j'ai eu du mal à marcher et à tenir les choses, elle a bien vu que je tremblais et que je pouvais plus manger. Et plus j'ai du mal, plus elle dit que je suis méchant, et bien sûr ça m'énerve quand elle dit ça à n'importe qui, et là je m'énerve et j'y dis de se la boucler et alors elle : « Vous voyez ! Euhlamondieu comme je suis malheureuse ! » ; ou alors je fais comme si j'avais rien entendu et elle se tourne vers moi : « Tu devrais avoir honte d'être méchant comme ça avec moi, Marcel, d'ailleurs je suis sûre que t'as honte, parce que tu dis rien », et l'autre me regarde d'un drôle d'air, l'air de dire : C'est pas gentil, ça.

Elle sait bien que je suis plus bon à rien, que je peux même plus aller me promener, faut que je prenne une canne, et ça me soucie. J'arrive presque plus à aller jusqu'au cabinet du Docteur, et elle me laisse plus jamais y aller seul. Elle veut jamais que j'y parle seul, et moi, je peux pas y dire de sortir, parce que après, quand on rentre, elle me crie après, elle me dit : « Puisque c'est comme ça je te ferai pas à manger. »

Elle me casse les oreilles. Ça me fatigue.

Je sais pas combien de temps ça va durer encore, tout ça. Bientôt, je pourrai plus marcher du tout. Il faudra qu'on m'envoie à l'hôpital pour mourir, ou alors ils me mettront dans une maison de vieux, parce que la Mère elle pourra plus m'aider à me lever, ni rien. Déjà, maintenant, faut que je l'appelle quand je suis sur les toilettes, des fois je peux pas me relever tout seul.

Pourtant, j'ai travaillé dur, j'en ai vu d'autres, mais ça, vraiment, c'est pas une vie.

Des fois je me mets à pleurer tout seul, comme ça, sans le vouloir, sans même être plus triste que d'habitude, ça me prend d'un coup, et ça coule ; et je peux pas m'arrêter. Et là, c'est pire encore. Elle me dispute encore plus, je suis une chiffe molle, je suis plus bon à rien, qu'est-ce qu'elle va devenir avec un homme pareil ?

*

La voilà qui rapplique.

— Il a du retard...

— Mais pose-toi donc ! que j'y dis. Il avait des malades à voir. Des vrais.

— Oh, comme tu es méchant, Marcel ! Tu sais bien que je souffre. Tu sais bien que je fais pas semblant, ça fait si longtemps que ça dure ! Et pis, tu devrais le savoir ! Puisque c'était toi qui me touchais avant qu'on ait notre petit docteur...

Ouais.

C'est bien la seule chose qui me console. Moi, la Mère, quand elle souffrait, j'y arrêtais le feu, ça y faisait du bien pas très longtemps, mais ça durait ce que ça durait. Et puis, au bout d'un moment, ça y a plus fait grand-chose, et heureusement, son petit docteur a rappliqué. Alors, elle y a parlé de sa douleur au cœur, et lui, il lui a répété cinquante fois que c'était pas le cœur, mais que ça venait de son dos, un nerf qui est coincé derrière et qui fait mal devant. Mais elle veut point comprendre, alors que j'y ai pourtant expliqué que c'est comme la sciatique : c'est coincé dans le dos, mais ça peut faire mal au bout du pied, mais je t'en fiche. Des fois, je vois bien que ça l'énerve, lui aussi. Quand elle l'appelle, il dit qu'il va passer à dix heures, mettons, et puis il passe à midi. Elle se défait déjà à dix heures moins le quart, mais comme ici c'est la maison courant d'air, elle grelotte, malgré toute sa couenne. Et puis, quand il arrive et qu'il l'ausculte, elle se plaint de sa bondieu de douleur au cœur, et lui il se met derrière elle, et je l'entends dire : « Et là, ça fait mal ? » et la Mère qui crie : Ouiiiaïe ! Et lui qui insiste : « Et là ? » Et elle :

Ouiiiiaïaïaïe ! Et moi, je pense très fort : « Vas-y, mon gars, qu'elle le sente passer ! » et j'ai l'impression qu'il fait durer, qu'il appuie aussi fort qu'il peut, faut dire qu'il a de la poigne, il m'a pris dans ses bras et soulevé l'autre nuit, quand je suis tombé du lit et qu'il est venu me relever... Et d'entendre la Mère crier Aïe ! Aïe ! ça me fait rire, parce que si c'était moi elle me traiterait, mais son petit docteur, forcément, elle ose rien trop dire.

Alors, ça me venge un peu de la voir ressortir toute rouge, riant-geignant de douleur. Pour une fois que c'est vrai.

98

MME LEBLANC

Le téléphone sonne. Je décroche.

— Cabinet médical de P...

J'entends : « Allô, Edmond ? C'est toi, Edmond ? » et puis, brusquement, on raccroche, sans même que j'aie pu dire un mot. Ça faisait longtemps qu'elle n'avait pas appelé.

Je reste un instant près du téléphone, mais elle n'appelle jamais deux fois. Je lève les yeux vers la pendule-assiette. Il est onze heures, c'est toujours à cette heure-ci qu'elle appelle.

Elle a quelque chose d'étrange, sa voix. À la fois

fatiguée et obstinée. Comme si elle avait quelque chose d'important à lui dire, à son Edmond. Comme si elle n'arrivait jamais à le joindre, depuis le temps qu'elle essaie.

Je décroche de nouveau le téléphone, je compose le numéro du Docteur Boulle, à Deuxmonts.

Ça sonne. Une fois, deux fois.

— Allô ?

C'est une voix que je ne connais pas.

— Allô, bonjour Madame, je suis bien chez le Docteur Boulle ?

— Ah, le Docteur est en visite, que puis-je faire pour vous ?

— Ici Mme Leblanc, la secrétaire du Docteur Sachs. Le Docteur Boulle nous a envoyé des examens qui lui avaient été adressés par erreur, ça nous arrive souvent à nous aussi, parce que la secrétaire du laboratoire se trompe d'adresse, on reçoit ses examens et il reçoit les nôtres. Mais là, en les glissant dans l'enveloppe, il a mis un papier à lui, un papier d'assurances, et le Docteur Sachs voulait lui dire qu'il ne faut pas qu'il le cherche, qu'il le lui glissera demain dans sa boîte aux lettres. C'est un papier des Assurances tourmentaises.

— Très bien, merci, je le préviendrai... Au revoir.

— Au revoir, Madame.

Je raccroche. Je mets le papier dans une enveloppe, j'écris dessus « Docteur Boulle » et je mets l'enveloppe dans le cahier de rendez-vous. Tout à l'heure, quand j'ai reçu le courrier, en voyant l'entête du Docteur Boulle, j'ai été surprise de trouver ça sous deux résultats d'examens. Ça m'étonne quand même qu'il ait mis ce papier avec, sans s'en rendre compte, mais quand on est pressé, on ne fait pas très attention.

J'allais le mettre sous enveloppe et le redonner au facteur quand il repasserait prendre le courrier affranchi, mais tu es arrivé. Tu as regardé le papier, tu l'as lu, tu as froncé les sourcils, et tu as dit que tu irais le lui rendre toi-même.

Je change le drap du lit bas. Je remets en place le petit traversin et le grand oreiller avec sa taie à rayures vertes.

Le cabinet médical a changé, il est plus clair, plus propre depuis que tu l'as repeint en blanc avec Mme Kasser et vos amis. Mme Kasser a fait des doubles rideaux et des taies d'oreillers, et tendu un tissu assorti au dos des grandes étagères, pour faire paravent. Ça me surprend encore, parce que c'est tout récent : j'ai découvert ça en arrivant mardi matin, vous avez profité du week-end de Pâques pour le faire, et c'est vrai qu'en trois jours vous avez bien travaillé.

Je retourne dans la salle d'attente et je regarde le carnet de rendez-vous. Tu en as déjà beaucoup pour ce soir, et ça me soucie, parce que je ne sais pas encore quelle tête tu vas faire en voyant ça, après tes visites. Ce matin, tu étais vraiment de très mauvaise humeur. Et puis des tas de gens ont appelé pour demander si tu consultes cet après-midi et j'ai dit oui, alors tu auras sûrement une consultation chargée, et j'ai peur que ça t'agace encore.

Je ne comprends pas bien pourquoi tu es comme ça. Tu es tellement changeant. Certains jours, tu as l'air très gai, très heureux, et d'autres on dirait que tu es malade, tellement tu es sombre. Il y a quelques mois, j'ai cru que c'était à cause du décès de ta maman, mais je ne crois pas. Le soir où elle est morte, tu m'as prévenue que tu ne serais pas là le lendemain matin, tu avais les détails des obsèques à régler, mais tu es venu consulter l'après-midi. Et les jours suivants, tu avais l'air triste, bien sûr, mais parfois tu poussais de grands soupirs et, d'un seul coup, tu te mettais à rire. Moi, ça m'a fait de la peine. Elle était toujours très aimable avec moi, elle me demandait des nouvelles de mon mari et des enfants, elle nous avait même invités à prendre le thé chez elle, à Tourmens, un dimanche où tu y étais, sans te le dire pour te faire la surprise...

C'est terrible, comme ça peut vous prendre. Un mauvais rhume qui lui est tombé sur les bronches, et tu as eu beau l'envoyer à l'hôpital, en quelques jours c'était fini.

Elle n'aura pas connu Mme Kasser. C'est triste. Elles se seraient sûrement bien entendues. Moi, je sais ce qu'elle en pensait, ta maman. Elle ne disait pas grand-chose, mais je comprenais. Elle voulait que tu trouves une femme qui s'occupe bien de toi, parce qu'elle disait que tu ne faisais pas grand-chose pour te soigner. Si elle avait vécu, elle aurait vu à quel point tu as changé. Tu es beaucoup mieux habillé, tu te changes tous les jours, tes cheveux ne sont plus jamais longs comme ils l'étaient. Tu n'avais jamais le temps d'aller chez le coiffeur, mais comme c'est Mme Kasser qui te les coupe, ça n'a plus d'importance.

Et puis, tu as pris un peu de poids, je crois. Tu ne

flottes plus dans tes blouses, comme il y a quelques mois encore.

Même les gens disent que tu es différent. Ils te trouvent plus patient, moins nerveux, moins moqueur qu'avant. Plus attentif. Plus rapide, aussi. Tu ne passes plus des heures avec tous les gens qui ont des problèmes. Tu es moins bavard.

Mais je ne sais pas, en même temps, tu m'as l'air... je ne sais pas bien comment l'expliquer... plus préoccupé.

Tu passes beaucoup moins de temps au téléphone, mais beaucoup plus à travailler sur ton petit ordinateur.

Et avec tout ça, il y a de plus en plus de patients.

Tu t'en rends bien compte. Ça fait plusieurs semaines que tu parles d'ouvrir le cabinet le jeudi, et de prendre un remplaçant régulier. Tu en parles, et moi je trouverais ça bien, mais j'ai le sentiment que tu n'es pas très pressé de le faire. Comme si ça te pesait.

Pourtant, les gens le demandent. Et puis pour moi, ça n'est pas facile, ce jour-là, de leur dire d'appeler quelqu'un d'autre.

Je t'en ai reparlé ce matin, et tu m'as dit que tu y pensais, mais qu'un remplaçant, c'était difficile à trouver. Et puis tu as changé de sujet, j'ai bien vu que ça te contrariait.

Remarque, je ne sais pas comment ça se passerait, avec un remplaçant. Les gens sont habitués à toi, et moi aussi. Un remplaçant, il faudra qu'il se fasse aux habitudes, et que les gens se fassent à lui. L'autre jour, tu m'as demandé si je verrais un inconvénient à ce que ce soit une femme. Moi, du moment qu'elle est aimable.

99

L'ÉLECTROCARDIOGRAMME

Tu défais le brassard et tu le reposes sur le petit meuble. Tu poses le pavillon du stéthoscope sur ma poitrine et tu saisis mon poignet entre le pouce et le majeur.

Tu écoutes.

— Respirez profondément.

Tu déplaces le stéthoscope de quelques centimètres, à gauche, puis à droite, autour de la zone palpitante qui vibre sur ma poitrine. Parfois, tu laisses le pavillon posé sur la peau et tu retires ta main. Le pavillon tressaute au rythme des battements de mon cœur.

— Vous sentez quelque chose ?

— Oui, je sens des ratés...

— Votre cœur est... très irrégulier... Vous fumez ?

— Un peu...

— C'est-à-dire ?

— Un paquet...

— Mmmhh. Et cette douleur, elle a duré combien de temps ?

— Deux bonnes heures. Ça m'a pris en pleine nuit. Je dormais, je rêvais, mais je ne parviens pas à me rappeler de quoi. Et puis je me suis réveillé parce que j'avais mal... Je n'ai rien dit à ma femme, je me suis levé, j'ai pris de l'aspirine, des cachets pour la douleur, tout ce que j'avais sous la main, mais ça ne m'a pas calmé. J'avais très mal ici (je pose mon poing serré sur ma poitrine), comme si j'avais été pris dans un étau...

C'était angoissant... Mais pas au point d'appeler un médecin la nuit, tout de même. Et puis, ça a disparu... Mais comme j'ai été essoufflé toute la journée, ma femme a absolument tenu à ce que je vienne vous voir. J'ai fini par céder parce que ça fait trente-six heures maintenant, et que j'ai du mal à me traîner...

— Mmmhh... Je vais vous faire un électrocardiogramme. Ne bougez pas.

Tu te lèves, tu te diriges vers le meuble placé contre l'autre mur, au centre de la pièce, et sur lequel est posé le pèse-bébé. Sur l'étagère du bas, tu prends une mallette grise que tu rapportes par ici. Tu l'ouvres. Tu en sors un appareil oblong grand comme un pain de mie, et une pelote de fils électriques multicolores. Tu badigeonnes les électrodes plates avec un gel translucide et tu les fixes à mes poignets, mes chevilles, au moyen de lanières de cuir.

— Ça ne serre pas trop ?

Puis tu colles sur ma poitrine plusieurs poires en caoutchouc. Enfin, tu essaies de les coller. Tu as beau les vider de l'air qu'elles contiennent, les appliquer avec force sur la peau, j'entends un petit sifflement, elles se regonflent et glissent le long de mon flanc jusque sur le drap.

— Avec tous ces poils, ça ne tient pas bien...

— Mmmhh...

Enfin, tu branches chacune des électrodes à un fil de couleur, en tâtonnant, en inversant au dernier moment lorsque tu t'es trompé. Puis, après l'avoir relié au secteur grâce à la prise du radiateur électrique, tu mets l'appareil en marche.

L'appareil produit une vibration régulière, le rouleau

de papier se met à défiler, à se couvrir d'un tracé incompréhensible. Tu appuies sur le sommet de l'appareil, tu regardes le papier qui défile, tu attends, tu appuies à nouveau, tu regardes le papier, tu attends, tu appuies, tu regardes. De temps en temps, du bout de ton stylo, tu traces un signe sur le ruban qui se déroule. Ça dure à peine quelques minutes mais ça me paraît très long. Tu ne dis rien. Finalement, tu débranches l'appareil, tu me libères des électrodes. Tu essuies la pâte visqueuse de mes poignets, de mes chevilles, de mon thorax, avec une serviette en papier.

Tu enroules le long ruban de papier et tu le poses sur ton bureau. Tu ranges en vrac les fils et l'appareil dans la mallette, tu déposes les électrodes au fond de l'évier.

— Qu'est-ce que vous en pensez ?

Tu ne réponds pas, tu ne me regardes pas. Tu me fais un vague signe pour m'indiquer que je peux me rhabiller.

Tu étales le long ruban de papier sur la planche en bois peint qui te sert de bureau. Tu soupires. Je m'assieds près de toi. Tu découpes le ruban en morceaux de longueur à peu près égale. Tu les empiles, tu les agrafes sur un carton, que tu plies et que tu poses devant toi.

Tu te lèves, tu te diriges vers les étagères qui s'élèvent au milieu de la pièce. Tu cherches quelque chose. Tu finis par prendre un grand livre broché, à couverture jaune. Tu reviens t'asseoir. Tu ouvres le livre et tu en sors un marque-page que tu poses sur le plateau blanc, entre nous. Sur le marque-page, je lis « Docteur Abraham Sachs ».

Tu feuillettes le livre, tu sors d'un pot à crayons une toute petite règle graduée des deux côtés. Tu mesures les ondes inscrites sur le ruban, tu retiens ta respiration, je vois des gouttes de sueur perler à tes tempes.

Tu déglutis, et tu dis :

— Je crois qu'il va falloir vous hospitaliser...

Je pousse un grand soupir. Tu lèves la tête vers moi, tu me regardes, et il y a de la peur, de la terreur dans tes yeux. Je te souris, et ta peur se transforme en perplexité.

— Je le savais. Ça devait bien finir par arriver.

Tu ôtes tes lunettes, tu sors de ta poche un mouchoir en papier, tu t'essuies le front. Tu grisonnes légèrement, je ne m'en étais jamais rendu compte jusqu'ici, sans doute parce que tes cheveux étaient souvent longs, luisants, un peu négligés pendant toutes ces années, et depuis quelque temps ils sont courts, toujours propres.

— Que... que voulez-vous dire ?

— Je le savais, c'est tout. À mon âge, c'est une chose qui peut arriver, n'est-ce pas ?

— Euh... Oui. Mais...

— Mais c'est grave.

Tu hoches la tête et tu baisses les yeux. Je ne t'ai jamais vu comme ça.

— Je voudrais que vous vous rendiez à l'hôpital immédiatement. Je vais appeler une ambulance et je vais prévenir les urgences cardiologiques.

— N'en faites rien, Docteur. Je n'irai pas.

Je te vois sursauter.

— Mais comment ? Bien sûr que si ! On va vous...

— On ne me sauvera pas. J'ai fait un infarctus grave, c'est ça ?

Interloqué, tu hoches la tête. Tu dis :

— Vous avez fait ce qu'on appelle... un infarctus circonférentiel. Tout le cœur est en train d'asphyxier. Si on ne vous...

— Oui, j'ai lu un peu à ce sujet. Pour déboucher les artères du cœur, il faut administrer des produits quelques heures après la formation du caillot. Ma douleur a commencé avant-hier dans la nuit. C'est trop tard. Et c'est bien comme ça.

Tu ouvres la bouche mais je pose la main sur ton bras.

— Je vais rentrer chez moi.

— Quoi ?

— Je vais rentrer chez moi, et vous n'allez rien dire, rien faire. Je veux rentrer chez moi et mourir tranquillement. Je ne veux pas aller mourir à l'hôpital.

— Mais, votre femme...

— Je lui dirai ce qu'il en est. Je l'ai prévenue il y a longtemps. Elle est croyante, elle pourra prier. Ç'aurait été bien pire de la voir partir la première.

— Je ne comprends pas.

— Je sais, Docteur, et j'en suis désolé. Combien vous dois-je ?

*

Tu ne voulais pas que je te règle la consultation. J'ai dit que si tu m'obligeais à partir sans que je me sois acquitté, je n'aurais pas l'esprit tranquille. Tu es resté un long moment silencieux, et puis tes épaules se sont affaissées, tu as hoché la tête, et tu as rempli une feuille de sécurité sociale à mon nom. Je t'ai demandé le tracé de l'électrocardiogramme, je t'ai demandé d'écrire dessus ce que j'avais, et de me faire un papier disant que tu m'avais conseillé de me faire hospitaliser. Je ne veux pas qu'on puisse t'accuser de négligence. Mais je n'en parlerai pas à Thérèse. Je ne veux pas qu'elle vive dans l'angoisse en attendant que je meure. Je me sens soulagé. Presque heureux. Moins malheureux, en tout cas.

Toi, j'imagine que ça t'a fait un choc. Depuis sept ans, je viens te voir trois fois par an, auscultation, prise de tension, pesée, quelques mots sur la pluie et le beau temps, pour finir par l'ordonnance pour l'unique médicament que je prends... Un client sans histoire. Une fin sans histoire.

*

Au moment de sortir de ton bureau, alors que tu posais la main sur la poignée, je t'ai regardé droit dans les yeux et j'ai dit :

— Ma femme et moi, nous avions un fils...

— Je l'ignorais.

— Oui, bien sûr, nous n'en parlons jamais.

— Qu'est-ce que... Que lui est-il arrivé ?

— C'était un garçon... très sensible. Quand j'allais à la chasse, il ne voulait jamais m'accompagner, ça le faisait souffrir de me voir tuer un lapin ou une perdrix. Je me disais qu'il allait finir par s'aguerrir... Il était en terminale scientifique... Il réussissait très bien, mais ses professeurs disaient que c'était plutôt un littéraire. Il avait d'excellentes notes en philosophie... Un jour, il est rentré du lycée et, pour une fois, sa mère et moi nous n'étions pas là pour l'accueillir... Nous n'avons jamais compris ce qui s'était passé... Il a posé son cartable sur la table, il a pris mon fusil accroché au mur, il l'a chargé, il est monté dans sa chambre et...

Ta main s'est posée sur mon épaule. Je t'ai regardé, je t'ai souri.

— Je suis... content de vous avoir vu aujourd'hui, Docteur.

Et puis, je suis parti, sans me retourner. Sans dire ce que j'avais à te dire. J'avais envie que tu le saches, mais je n'ai pas pu. Mais ça n'a plus d'importance. Quand je serai mort, quelqu'un finira bien par t'apprendre que notre fils s'appelait Bruno.

100

LA CONSULTATION EMPÊCHÉE

Sixième épisode

Le monsieur qui sort a l'air fatigué. Je ramasse mon cabas, je me lève, j'entre. Tu me suis, tu désignes les deux fauteuils placés devant le bureau.

— Asseyez-vous...

Je pose mon cabas par terre. Je reste debout près d'un des deux fauteuils. Derrière moi, tu fais couler de l'eau, tu te savonnes les mains.

— Asseyez-vous, je vous en prie.

J'ôte mon écharpe, je m'assieds tout au bord du fauteuil. Tu t'essuies les mains, tu reviens vers moi, tu tires ton fauteuil à roulettes, tu t'assieds, tu me regardes tristement, tu dis :

— Que puis-je faire pour vous, Madame... ?

— Euh... Je sais pas bien.

— Nous ne nous sommes jamais vus, je crois ?

— Non, c'est la première fois que je viens, c'est ma cousine, Mme Boulanger, qui m'a parlé de vous, vous avez bien soigné son fils...

— C'est gentil à elle...

— Alors je me suis décidée à venir vous voir, remarquez bien j'ai eu du mal, je savais pas trop comment vous expliquer, vous savez j'aime pas trop aller chez le docteur, j'en ai jamais eu besoin même pour mes grossesses, enfin bien sûr pour les enfants j'ai jamais hésité parce que nous – je veux dire mes frères et sœurs –, vu qu'on était huit, le père et la mère ils appelaient pas souvent et j'ai une petite sœur qui est morte du rhumatisme articulaire aigu quand elle avait six ans parce qu'il n'y avait pas la sécurité sociale en ce temps-là et on ne dérangeait pas le docteur pour rien vu que c'était juste avant la guerre, c'était le Docteur Molina à l'époque, il était seul sur tout le canton et il faisait ses visites à vélo. Alors vous comprenez, le médecin, moi j'ose pas trop le faire venir pour rien mais là...

— Oui ?...

— Là, ça fait trop longtemps que ça dure, mon mari rouspète, alors j'ai décidé de venir vous trouver, notez bien j'ai eu du mal à vous voir parce que d'abord je connaissais pas les heures et tantôt je venais trop tôt, tantôt je venais trop tard ou bien il y avait beaucoup trop de monde avant moi, la dernière fois c'était samedi il y a trois semaines il y avait un monsieur qui n'avait pas l'air d'aller bien que vous avez gardé longtemps et comme il y en avait encore un autre à passer avant mon tour j'ai vu que je n'aurais pas le temps de vous voir avant d'aller chercher les enfants que je garde à l'école.

Je m'arrête. Tu as croisé les mains, tu t'es accoudé à ton bureau, tu m'écoutes.

— ... Alors voilà, je suis venue parce qu'il fallait bien que je me décide un jour, vous comprenez, ça peut plus durer...

— Oui ?

— Voilà, ça fait maintenant six mois que...

Le téléphone sonne.

— Excusez-moi.

Tu décroches en soupirant. Un hurlement te fait écarter l'appareil de ton oreille.

— Allô ? Allô ? Qui êtes-vous, Madame ?

Ça continue à hurler à l'autre bout du fil et, complètement éberlué, tu secoues la tête. Puis tu prends une grande inspiration et tu dis d'une voix grave :

— Allô, ici le Crédit Provincial, qui demandez-vous ?

Le hurlement cesse d'un seul coup. Tu enchaînes :

— Ici le Docteur Sachs, Madame, qu'est-ce qui vous arrive ? Calmez-vous, autrement je ne peux pas vous aider... Oui... En ce moment ?... Où est-il ? Il est sur son lit ou par terre ?... Oui ? Sur le côté ?... Oui, vous avez bien fait, il ne risque plus rien... Bien, où habitez-vous ?... Non, il ne risque rien, ce sera terminé avant que j'arrive... Oui, tout de suite mais dites-moi où !

Je te vois griffonner rapidement un chiffre et trois mots sur un morceau de papier.

— Bien. J'arrive.

Tu raccroches.

— Je suis désolé... Une urgence... Pouvez-vous attendre que je sois revenu ?

Je me lève déjà.

— Non, non, il faut que je rentre, mais faut pas vous tracasser, je rappellerai Mme Leblanc elle me donnera un rendez-vous. Je sais ce que c'est, une urgence ça n'attend pas. Moi, ça fait six mois que je dois venir, je peux bien attendre encore trois jours.

Je me relève, je ramasse mon écharpe et mon cabas et je me dirige vers la porte. Tu m'ouvres, tu me laisses passer devant toi, tu me salues en déboutonnant ta blouse et tu retournes dans le bureau. Je remets mon écharpe sur ma tête, je sors dans la cour, je prends ma bicyclette et je rentre chez moi. Au moment où je vais tourner au coin, tu me dépasses en voiture et je te vois entrer dans un des lotissements. C'est pas marrant d'avoir à partir comme ça en coup de vent. Ça avait l'air grave, il y a des gens qui n'ont pas de chance. Et je me dis que même si j'avais pris rendez-vous ça n'aurait rien changé, les urgences ça n'attend pas, quand faut y aller faut y aller, mais pour une fois que j'arrivais à voir le médecin, c'est bien ma veine !

101

DANS LA SALLE D'ATTENTE

J'entends d'abord la porte du cabinet puis la porte de communication s'ouvrir un peu brusquement. Une dame sort, « Au revoir, Docteur » en boutonnant son imperméable à la hâte, et quitte la salle d'attente. Le vieux monsieur ramasse sa casquette et son petit carnet sur la table basse et se lève parce que c'est son tour.

Tu apparais sur le seuil, tu as enfilé ton blouson sans remettre ton pull, le vieux monsieur s'avance mais tu lui fais un signe de la main.

— Excusez-moi, je viens d'être appelé pour une urgence, il faut que j'y aille tout de suite. Si vous voulez bien patienter, je serai de retour dans... une demi-heure. Sinon, je peux vous donner un rendez-vous pour ce soir ?

Le vieux monsieur se tourne vers moi, nous faisons non de la tête, nous allons attendre, il se rassied, je décroise et recroise les jambes.

Tu refermes la porte, tu la verrouilles et tu te hâtes vers la sortie. Ta voiture démarre sur les chapeaux de roues.

Je regarde ma montre. Je vois que le monsieur me regarde.

— Ça paraît moins long quand on lit, fait-il.

— Oui...

— Moi, ça me fatigue vite, de lire.

— Mais ça ne me gêne point d'attendre, vu que le

Docteur prend toujours le temps de m'examiner et de m'ausculter comme il faut.

Il se tait puis, comme il voit que je le regarde, il poursuit :

— C'est la première fois que vous venez ?

— Oui.

— C'est un bon docteur, le Docteur Sachs. Il est très doux avec les enfants... Et avec tout le monde, d'ailleurs. Maintenant, il a beaucoup de travail, mais il est toujours bon docteur, patient et pas fier... Moi, ça fait longtemps qu'il me soigne, et j'en suis bien satisfait... Bon, y plaît pas à tout le monde mais c'est toujours comme ça. Y en a même qui disent qu'il va s'en aller mais, comme j'entends dire ça depuis la première fois que je suis venu, j'y crois plus trop. C'est que du bavardage... J'en connais pas beaucoup qui s'excuseraient de partir comme ça, pour une urgence. J'en connais beaucoup qui diraient d'aller à l'hôpital et puis c'est tout. Je trouve pas ça normal, après tout ce qu'on a cotisé, les docteurs ils gagnent bien leur vie, ils pourraient au moins se déranger pour les urgences... D'ailleurs, c'est comme ça qu'il est devenu mon docteur. S'il ne s'était pas dérangé ce jour-là, je ne serais pas là, à vous faire la causette...

Il se tait, il se lève. « Excusez-moi, vous voulez bien surveiller mes petites affaires ? », je fais oui de la tête, c'est la deuxième fois qu'il me le demande depuis qu'il est arrivé. Il se lève et sort de la salle d'attente.

Je reprends ma lecture mais bientôt, à travers la cloison, j'entends le téléphone sonner longuement dans ton bureau. Tu as dû oublier de brancher ton répondeur.

102

SUR LE PAPIER

Dans un cahier datant d'il y a quinze ans, j'ai retrouvé ce tract :

NOUS SOMMES TOUS DES MÉDECINS NAZIS !

Il y a le fantasme :

« Être médecin, c'est connaître la physiologie, la pathologie, la sémiologie, la thérapeutique.

Être médecin, c'est faire le diagnostic des maladies grâce aux procédés d'investigation les plus modernes.

Être médecin, c'est proposer aux malades les méthodes de traitement les plus récentes, les plus efficaces, les plus sophistiquées.

Être médecin, c'est permettre à chaque malade d'accéder librement aux soins les plus appropriés à son état, dans le respect de sa personnalité, de ses convictions, de ses aspirations et de ses choix de vie.

Le médecin apporte à l'homme tout ce dont il a besoin pour échapper à la souffrance, à la déchéance, à la mort. »

Et puis, il y a la réalité :

Être médecin, c'est d'abord toucher le corps de l'autre pour mettre le doigt sur ce qui fait mal.

Être médecin, c'est choisir entre d'innombrables théories d'école, d'opinions personnelles, de préjugés sclérosés, de croyances irrationnelles.

Être médecin, c'est obtenir que dès le lendemain, un « ami » qui aurait pu attendre trois semaines passe devant une quinzaine de personnes qui attendent d'être soignées depuis trois mois.

Être médecin, c'est se féliciter du nombre de patients qu'on voit chaque jour.

Être médecin, c'est cacher à tout le monde – et d'abord à soi-même – qu'on ne comprend rien à ce que racontent les neuf dixièmes des gens, et qu'on se trompe sur ce que racontent les autres.

Les médecins se flattent d'être devenus des confidents. Ils déclarent soigner les âmes autant, si ce n'est plus, que les corps, et ils en sont fiers, ces salauds.

Être médecin, c'est prêcher le mensonge.

Les paroles des médecins sont des mots de mort, des promesses de souffrance, des formules de magie noire, des portes ouvertes sur la torture. Les médecins sont devenus le clergé de la seule religion universelle : l'Église de la Santé Heureuse et Méritée. Ils en fixent les dogmes, les obligations, l'écot incontournable. Ils en imposent les prières, les rituels barbares, ils créent au sein des fidèles des catégories bien distinctes, en fonction des faveurs qui leur sont accordées. Ils ont parmi eux des grands prêtres, des inquisiteurs, des moinillons et toute une basse-cour d'exécuteurs de basses œuvres par lesquels les ouailles sont fichées, examinées, mesurées, pesées, photographiées, répertoriées, en fonction de leurs caractéristiques les plus intimes et les plus mystérieuses. Rien ne leur échappera, depuis le gène codant la couleur des cheveux jusqu'à l'analyse du moindre squame de la plante du pied. Le fichage de l'humanité est en marche, et les médecins sont en première ligne. Ils ne diagnostiquent plus, ils condamnent. Ils ne soulagent plus, ils testent. Ils ne soignent plus, ils comptent.

Tout le monde pleure les morts. Les médecins, eux, les découpent.

Les médecins sont à la fois des putes et des maquereaux, des dealers et des flics. Les médecins opposés à l'avortement ont toujours fait avorter leurs femmes ou leurs filles quand ils le jugeaient « nécessaire ». Les médecins sont des bourreaux formés dans des camps qu'on nomme les hôpitaux.

Les hôpitaux sont faits pour parquer ces anormaux, ces déviants qu'on appelle les malades, et pour les ramener dans le droit chemin, c'est-à-dire au boulot. Qu'importe s'ils pleurent ou hurlent, s'ils ne dorment pas ou passent leurs journées à dégueuler. Ce qui compte ce n'est pas ce que les gens disent au travers de leur maladie; ce qui compte, c'est ce que les médecins pensent de l'état dans lequel ils doivent se trouver après le traitement. Les médecins saignent, ils tordent, ils découpent, ils violent, ils enculent, ils arrachent, ils désarticulent, ils asservissent, ils normalisent.

ET VOUS ET MOI, NOUS ALLONS FAIRE PARTIE DE CES GENS-LÀ !

Choisir d'être médecin, ce n'est pas choisir entre deux spécialités ou deux modes d'exercice, mais d'abord entre deux attitudes, entre deux positions. Celle de « Docteur », celle de soignant. Les médecins sont plus souvent docteurs que soignants. C'est plus confortable, c'est plus gratifiant, ça fait mieux dans les soirées et dans les dîners, ça fait mieux dans le tableau.

Le Docteur « sait », et son savoir prévaut sur tout le reste. Le soignant cherche avant tout à apaiser les souffrances. Le Docteur attend des patients et des symptômes qu'ils se conforment aux grilles d'analyse que la faculté lui a inculquées ; le soignant fait de son mieux (en questionnant ses maigres certitudes) pour comprendre un tant soit peu ce qui arrive aux gens. Le Docteur prescrit. Le soignant panse. Le Docteur cultive le verbe et le pouvoir. Le soignant dérouille.

Quant au malade, qu'il ait affaire à l'un ou à l'autre, il crèvera de toute façon. Mais à quelle sauce ?

B. S.,
8 février 1977

Quinze ans après, je n'ai pas changé d'avis.

Les médecins sont des scélérats :

Un jeune étudiant écoute discuter son père et son oncle, tous deux médecins. L'oncle est un spécialiste à la retraite, réputé, renommé, décoré... et ancien président du conseil de l'Ordre régional. L'étudiant l'interroge sur ce curieux organisme, né sous Vichy. Est-il véritablement garant de l'intégrité de la profession ? Bien entendu, clame l'aîné. Et il évite aussi des catastrophes ! Prends l'histoire suivante : un couple consulte un gynécologue très coté. Nous sommes dans les années cinquante, alors le mari reste dans la salle d'attente. La femme est ravissante, mais... comment dire ? Un peu simplette. Le médecin la trouve à son goût. Il la fait allonger sur la table, étend pudiquement un drap sur son visage, pendant qu'il procède « à une toute petite opération ». La femme est simplette, mais elle n'est pas qu'un con. Elle sait faire la différence entre un spéculum et une queue d'homme. Et puis, ce qui lui coule après sur les cuisses, ce n'est pas du liquide antiseptique. Elle ne dit mot sur le moment, mais elle en parle à son mari. Le mari (voyez-vous ça ?) croit sa femme, toute simplette qu'elle soit. Il porte plainte, au nom de sa femme, devant le conseil de l'Ordre.

— Et alors ? Et alors ? demande l'étudiant.

— Alors ? On a arrangé ça à l'amiable !

— Comment ça, « à l'amiable » ?!!

— Eh bien oui ! Si on le poursuivait, sa carrière était foutue ! Tu te rends compte ?

Et l'ancien ne comprend pas pourquoi son étudiant de neveu s'écrie :

— Mais il ne méritait rien d'autre !

Les médecins sont bouffis de suffisance et d'incompétence :

Une femme consulte en disant qu'elle a mal. Où ? Dans un endroit gênant. Où ça ? Là. Où ça, là ? Là, à l'anus. Pas exactement à l'anus, mais un peu plus haut. À l'intérieur. Son généraliste l'examine, mais ne comprend pas. Il est parfait, son cul, rien à dire, il ne devrait pas lui faire mal, qu'est-ce que c'est que cette histoire ? Il envoie la patiente à un spécialiste. Ledit spécialiste la reçoit en consultation publique, là où les mandarins montrent à leurs étudiants comment on examine un trou de balle de manière bien humiliante. D'abord, vous faites déshabiller à la chaîne, trois personnes dans trois cabines. Ensuite, vous les faites sortir l'une après l'autre, monter sur la table, s'agenouiller les fesses en l'air devant les six externes et les deux infirmières. Ensuite, vous introduisez d'abord le machin métallique, vite et fort, histoire de voir si c'est ça qui fait mal, enfin, vous y mettez le doigt, non sans l'avoir préalablement ganté de caoutchouc, pour pas vous le salir, et vous y allez jusqu'à la garde. Évidemment, mieux vaut avoir des doigts longs. « Et là, madame, vous avez mal ? Et là ? Et là ? Dites-moi. » Effectivement, elle a mal. Et pourtant, objectivement, médicalement, y a pas de raison pour qu'elle ait mal, cette dame, il est parfait son cul, rien à dire, qu'est-ce que c'est que cette histoire ? Rhabillez-vous ça fera cinq cents francs. Pour le traitement, voyez votre généraliste. « Mais entre nous, messieurs, c'est sûrement dans sa tête. »

Sortie de là, la patiente boulotte des trucs pour ne pas avoir mal. Ça dure un an ou deux. Finalement, la douleur disparaît. Ou alors, c'est qu'elles se sont habituées l'une à l'autre. Un jour, elle s'aperçoit qu'elle saigne. Elle reva voir son généraliste. Vous saignez d'où ? D'un endroit gênant. Lequel ? Celui-là. Encore l'anus ? Mais c'est une maladie ! Le généraliste ne comprend pas. Il l'envoie à un autre spécialiste. Celui-là la reçoit tout seul, il voit bien qu'elle a peur, elle lui explique que la dernière fois, ça ne s'est pas trop bien passé, alors il ne lui fourre pas le machin dans le cul jusqu'au fond, pour ne pas lui faire mal. Et comme il ne voit rien, il dit que ça doit être des hémorroïdes. Allez, un petit élastique par ici, un petit tonique veineux par là, emballé c'est pesé, vous n'y paraîtrez plus. Manque de pot, ça continue à saigner. La femme se dit que c'est dans sa tête, comme la fois d'avant. Un jour, quand même, elle trouve que ça commence à bien faire. Elle retourne voir le spécialiste, qui lui non plus ne trouve pas ça normal et la gronde en disant : « Ah, mais vous auriez dû revenir me voir plus tôt », sans penser qu'il aurait peut-être pu le lui proposer... Cette fois-ci il y va du machin le plus long, et vas-y que je te l'enfile, et pan ! À peine plus haut que ce qu'il avait vu la dernière fois, juste après un coude, il tombe sur un chou-fleur – plus grosse que ça, tumeur. Vu sa gueule c'est sûrement un cancer. Et là, ça commence à ne plus être drôle du tout. Parce que la patiente sort du circuit tranquille des spécialistes de boulevard, pour entrer dans celui des services hospitaliers. Un chirurgien lui dit : « Je vais vous enlever ça, pas de problème, ne vous inquiétez pas, après vous serez comme neuve. » Manque de pot, quand il ouvre, c'est moins bon qu'il ne pensait. Non seulement le chou-fleur s'est mis à pousser en dehors des plates-bandes, mais en plus il est en train de lui boulotter le foie. Trois, quatre, cinq métastases. Holà ! Mauvais. « Ça dépasse mes compétences de chirurgien de province, je vous envoie à un spécialiste de la capitale, vous verrez, il est hépatant. »

Le spécialiste hépatant est poli, courtois, paternel, rassurant. « Oui, c'est grave, mais ça n'est pas désespéré. Il y a toujours quelque chose à faire. D'abord, on va vous faire une chimiothérapie adaptée, pour "réduire" ces méchantes métastases. Seulement, pour obtenir les meilleures chances de succès (dit le bon Professeur bien en chair), tous les médicaments ne sont pas équivalents. En fait, pour tout vous dire, la plupart des médicaments sont inefficaces, et très, très agressifs. Nous ne vous les conseillons pas. Pour ma part, il se trouve que j'utilise un produit révolutionnaire, qui va certainement changer le pronostic de ce genre de maladie. Évidemment, il est encore expérimental chez l'homme, mais chez l'animal, il s'est montré très, très, très prometteur. Si vous acceptiez qu'on l'utilise sur vous, vous seriez bien sûr l'une des toutes premières à en profiter... Ensuite, si les métastases et vous, vous obéissez bien sagement aux ordonnances de la faculté, on pourra vous opérer, et on vous greffera un foie tout neuf. Les conditions ? Elles ne sont pas bien draconiennes, il suffit qu'on vous implante une petite pompe sous la peau, et on injectera le produit régulièrement, pour ne pas vous embêter… »

La patiente accepte. Comment faire autrement ? On lui promet toujours qu'elle va s'en tirer. « Vous êtes une battante, et nous aussi ! Nous allons nous battre ensemble, et vous verrez, avec l'aide de notre médicament dernier cri, nous vaincrons ces méchantes métastases ! Pensez à votre greffe de foie ! » Quelques mois plus tard, amaigrie, décharnée, squelettique, la patiente meurt d'une longue et douloureuse maladie. Les derniers jours, tout de même, les médecins jugent utile de lui coller un peu de leur fameux « cocktail lytique » dans la perf, histoire d'abréger les souffrances de l'entourage. Elle roupille tellement, enfin, qu'elle ne se rend pas compte qu'elle meurt.

Édifiante histoire, me direz-vous. Et où est le gag ? Il est dans ce petit paragraphe, qui figure dans tous les bons traités de médecine. Je cite :

« Étant donné le risque élevé de récidive, l'impossibilité d'éliminer la présence d'autres localisations secondaires du cancer initial et le peu de greffons disponibles, *la greffe de foie n'est jamais indiquée pour traiter les métastases hépatiques.* »

*

Les médecins mentent, non parce qu'ils ont peur de dire la vérité, mais parce-que-les-patients-préfèrent-ne-pas-la-connaître. On ne va tout de même pas les forcer !

Les médecins tourmentent, non pour faire souffrir, mais parce-qu'ils-veulent-tout-tenter-pour-sauver-leurs-patients. On ne va tout de même pas le leur reprocher !

Les médecins expérimentent, non parce qu'ils sont sadiques, mais parce-qu'il-faut-bien-faire-progresser-la-science. On ne va tout de même pas les en empêcher !

Un jour, en enquêtant sur les médecins, comme ça, comme sur n'importe qui, un imbécile a découvert une réalité pas très reluisante. Il a démontré que les médecins boivent, se droguent, dépriment, fument, baisent mal, flambent aux courses ou au casino, frappent leurs proches, délaissent leurs enfants et, quand ils n'en peuvent plus de leur vie de con qui sait mieux que les autres quelles horreurs la vie a en stock, ils se tuent. Et tout ça, statistiquement plus souvent que le pékin lambda de la « population générale ».

Comment mieux dire que les médecins sont de pauvres types, qui ne parviennent même pas à tirer un profit personnel, un épanouissement individuel de leur foutu boulot ? Comment mieux dire que les médecins crèvent malgré tout leur savoir ?

*

Mais avant d'en finir avec eux-mêmes, tous les médecins sont des bourreaux. Et si les généralistes ne sont souvent que de petits kapos, les hospitaliers, à quelques exceptions près, sont de vrais grands Mengele.

J'étais externe en pédiatrie. Un soir, on m'a imposé de veiller sur un prématuré. Je n'avais pas le choix. C'était obligatoire. On manquait de personnel et chaque externe devait « consacrer » un certain nombre de ses nuits au service de réanimation néonatale. J'ai dû rester une nuit entière dans une chambre où survivait, tant bien que mal, une crevette d'un mois et quatre jours, petit homard humain échaudé d'avoir été trop tôt arraché aux entrailles maternelles. On l'avait allongé sur le dos dans une boîte en plastique. Un tuyau fourré dans sa narine aspirait les sécrétions de ses poumons, un autre lui perforait la peau du ventre pour délivrer une solution nutritive directement dans son estomac. Une perfusion était fixée à un pied, l'autre sur le sommet de son crâne dénudé. Il devait peser un kilo et demi, peut-être deux. Sous la coque en plastique, ses halètements étaient à peine audibles, au milieu du bruit des machines et des pleurs des nourrissons hospitalisés dans la salle voisine.

Il s'appelait Sylvain. J'ai pensé : « C'est même pas beau, comme prénom. »

Il me faisait mal, ce petit être humain. Ses membres étaient liés par des bandes aux quatre coins de la boîte. De temps à autre, il portait son poing minuscule à sa bouche, il penchait la tête vers lui, sa langue suçait l'espace qui les séparait, puis au prix d'un effort surhumain, pendant quelques secondes, il parvenait à se téter les phalanges.

Ses yeux étaient grands ouverts. Les lumières de la salle étaient tamisées et les murs étaient peints (si je m'en souviens bien) en rouge sombre. Un spot éclairait le mur au-dessus de sa tête.

J'ai détaché sa main.

On m'avait interdit de le faire, soi-disant parce qu'il risquait d'arracher ses perfusions, mais il ne les a jamais effleurées. Il voulait seulement téter son poing.

Je le regardais pleurer, sucer, respirer, sucer, téter, soupirer, dormir, sucer.

Il était né le 9 septembre, et nous étions le 13 octobre.

J'étais installé sur une chaise en plastique, inconfortable, dans cette pièce qui ressemblait plus à un placard à balais qu'à une chambre de soins.

J'avais sommeil. Je piquais du nez, mais par moments il se mettait à pleurer en dormant, et je me redressais en sursaut, en me demandant s'il avait mal ou s'il rêvait, ou s'il pleurait parce que les bébés « pleurent sans autre raison que leur immaturité neurologique », comme disent les docteurs.

Régulièrement, je devais placer une seringue remplie d'eau sucrée sur une pompe électrique et la brancher sur la sonde d'alimentation.

Toutes les heures, je devais prendre son pouls au creux de l'aine et compter ses mouvements respiratoires.

Toutes les quatre heures, je devais prendre sa tension et sa température.

Ce prématuré, cet enfant, cet être humain, on m'avait demandé de le toucher le moins possible, sinon pour faire les gestes ordonnés, mais je mettais des gants, je passais les mains au travers des orifices de sa boîte, je le caressais du bout de mes doigts caoutchoutés. Je posais ma bouche sur le Plexiglas et je lui parlais, je lui racontais des histoires, je lui fredonnais des chansons.

Toutes les demi-heures, je devais aspirer les sécrétions de ses poumons. Il fallait mettre la machine d'aspiration en marche, brancher un cathéter propre, le plonger dans ses narines, et aspirer.

Il se mettait à bleuir et à suffoquer, chaque fois que je le faisais, mais on m'avait bien dit qu'il fallait aspirer, inexorablement, jusqu'à ce qu'il « ne vienne plus rien dans la bouteille ».

Toutes les quatre heures, il fallait que je lui fasse une piqûre intramusculaire d'antibiotiques dans la fesse. La première fois que je l'ai faite, il s'est mis à hurler puis il s'est arrêté de respirer, il s'est tordu de douleur pendant de longues minutes, et j'ai cru que je l'avais tué. Je l'ai regardé, paralysé, sans pouvoir rien faire, sans oser aller demander de l'aide, coupable de m'être débrouillé comme un manche et d'avoir entraîné sa perte.

Certes, on m'avait dit où et comment planter mon aiguille, et je l'avais fait comme prescrit. *Mais on ne m'avait pas dit que ça lui ferait aussi mal.*

Je ne lui ai pas fait les autres piqûres, j'ai vidé les ampoules dans le lavabo. Je ne l'ai pas aspiré toutes les demi-heures. Je le regardais, je posais mon oreille contre la couveuse, et je ne l'aspirais que lorsque sa respiration se mettait à gargouiller, et juste assez pour le débarrasser de ce qui le gênait.

Au petit matin, j'ai enlevé mes gants, je me suis savonné les mains pendant dix minutes, et je les ai glissées, nues, sur lui, pour le caresser. Ses doigts se sont refermés sur mon petit doigt, son poing l'a attiré vers sa bouche, et il l'a tété. Je suis resté debout contre la boîte, je le regardais, et je pleurais sans pouvoir m'arrêter.

Au matin, quand je suis parti, j'ai haï ceux qui nous avaient fourrés là, tous les deux, sans réfléchir à ce que ça voulait dire.

J'ai haï les infirmières de n'avoir jamais eu l'idée de passer – ne serait-ce qu'une seconde – la tête dans l'encadrement de la porte.

J'ai haï les médecins qui délèguent leur rôle de bourreau, et s'en vont dîner et fumer un cigare dans la quiétude de leur intérieur bourgeois.

J'ai haï l'interne qui, au petit déjeuner, m'a expliqué cyniquement que ce n'était qu'un nouveau-né prématuré, souffrant d'une malformation, comme tant d'autres. Qu'il n'y avait pas de sentiment à mettre là-dedans. Qu'on l'avait mis en couveuse pour le principe, mais qu'il n'était pas du tout sûr qu'il atteindrait le poids nécessaire pour être opéré de sa malformation, et que, même si c'était le cas, on y regarderait à deux fois, car son cerveau devait être aussi grillé que ça, conclut-il en mordant dans son toast.

Et surtout, j'ai haï les parents de ce petit bout d'homme car, s'il s'était agi de mon enfant, j'aurais passé mes journées et mes nuits près de lui.

Je ne sais pas ce qu'il est devenu. Je ne sais pas s'il est mort de n'avoir pas été soigné comme on me l'avait ordonné. Je ne sais pas s'il a été opéré. En quittant le service, je m'étais juré de revenir le voir tous les jours, mais je n'en ai pas eu la force. Quand j'ai enfin eu le courage de revenir, la chambre était vide, et je n'ai pas osé demander de ses nouvelles.

Pendant dix ans d'études, j'ai appris à palper, manipuler, inciser, suturer, bander, plâtrer, ôter des corps étrangers à la pince, mettre le doigt ou enfiler des tuyaux dans tous les orifices possibles, piquer, perfuser, percuter, secouer, faire un « bon diagnostic », donner des ordres aux infirmières, rédiger une observation dans les règles de l'art et faire quelques prescriptions, *mais pendant toutes ces années, jamais on ne m'a appris à soulager la douleur, ou à éviter qu'elle n'apparaisse. Jamais on ne m'a dit que je pouvais m'asseoir au chevet d'un mourant et lui tenir la main, et lui parler.*

La morphine existe depuis 1805, mais ici, dans ce pays millénaire, ce pays de Lumières, ce pays de Culture, il aura fallu attendre la fin du vingtième siècle pour que les médecins, ces parangons de vertu et d'humanité que la planète entière nous envie, comprennent que chez les enfants, le silence est le signe des pires souffrances, et se décident à leur donner de la morphine pour les soulager.

J'ai beau n'être qu'un petit kapo, je n'en suis pas moins l'un de ces bourreaux. J'ai été éduqué par des bourreaux et je fais le même métier qu'eux. Je n'aurai pas d'enfants. Je ne veux pas les voir mourir, je ne veux pas les voir souffrir, je ne veux pas les faire souffrir.

Je vous aime, Pauline, mais je ne serai pas le bourreau de vos enfants. De nos enfants.

103

PAULINE KASSER

En frissonnant, j'ai reposé les feuilles. Vous étiez recroquevillé dans le grand fauteuil défoncé. Sans un mot, je vous ai pris par la main, je vous ai entraîné dans la chambre, je me suis allongée près de vous, j'ai posé un doigt sur votre bouche et j'ai dit :

— Il n'y a pas si longtemps, les femmes criaient : « Un enfant, si je veux, quand je veux. » Eh bien, la liberté ne se partage pas. Si un homme ne veut pas d'enfant, personne n'a le droit de l'y obliger. Pas même « sa » femme. Et surtout pas « au nom de leur amour ». L'amour, ça n'est pas une relation de pouvoir. Je sais, beaucoup de femmes pensent le contraire. Elles veulent à tout prix être mères parce que ça leur donne un pouvoir terrible. Et elles méprisent les hommes parce qu'il leur est très facile de faire des enfants en les mettant hors jeu, tandis que l'inverse ne sera jamais vrai. Mais ces femmes-là ne peuvent ni aimer ni être aimées, puisqu'elles font passer la maternité avant leur compagnon. Quand on élève des enfants, on doit leur transmettre une image positive de l'autre sexe. Et pour ça, je ferai toujours plus confiance à un homme qui respecte les femmes qu'à n'importe quelle femme qui déteste les hommes.

... Vous souffrez de vivre, mon amour, mais vous vivez. Si vous aviez voulu mourir, vous seriez déjà allé percuter le pylône, près du pont... Et vous ne passez pas votre temps à souffrir. Je connais votre corps, je sais ce qui le fait jouir, je sais ce qui le fait vibrer. Vous crevez d'envie d'avoir des enfants, vous crevez d'envie d'être père. Il y a trop d'enfants dans ce que vous écrivez et dans ce que vous dites pour qu'il en soit autrement. Mais vous en voulez tant à tous les « mauvais parents », réels ou fantasmés, que vous redoutez de n'être qu'un mauvais parent de plus...

... Oui, j'ai envie d'être pleine de vous et de vous voir tenir un petit bout d'homme ou un petit bout de femme dans vos bras. Comme vous, j'ai peur de les voir souffrir, et j'ai peur de mourir avant qu'ils soient autonomes, parce que je sais que la vie, c'est risqué ! Mais depuis que je vous ai rencontré, je sais où est ma place, où est mon désir. Je ne veux pas d'enfants d'un autre que vous, mais je n'aurai pas d'enfants envers et contre vous

Je me suis assise sur le lit.

— ... Après mon avortement, quand vous êtes passé dans la chambre, vous avez parlé de contraception... la femme qui était couchée dans le lit voisin vous a demandé si un stérilet était efficace à cent pour cent... Vous avez répondu d'un air malin que la seule méthode totalement efficace, c'était l'abstinence. Comme vous n'avez pas plus que moi – arrêtez-moi si je me trompe – l'intention de pratiquer cette méthode-là, nous en assumerons ensemble les risques. Si j'ai une panne de stérilet, je me ferai avorter. Il ne s'agit pas d'un sacrifice, il s'agit d'un choix.

Vous vous êtes écrié :

— Sûrement pas ! Je ne veux pas que vous vous fassiez avorter !

— Pourquoi ?

— Je vous aime, je ne vous ferai pas avorter d'un enfant que nous aurions ensemble ! Ce serait abominable !

— Alors... si c'est une panne de stérilet, on le garde ?

— Euh... oui !

— Mais là, je ne comprends plus ! Cet enfant, ces enfants « accidentels » – il peut très bien y en avoir plusieurs ! – vous acceptez de les accueillir et de leur faire courir le risque de vivre, mais vous vous interdisez d'avoir des enfants *désirés* ?

104

LE CAPITAINE DES POMPIERS

Le téléphone a sonné une fois, deux fois, et une voix mal réveillée m'a répondu.

— Oui ? Qu'est-ce que...

J'ai entendu un grand bruit, un juron, des rires, et ta voix de nouveau...

— Oui... Pardon, j'ai laissé tomber le téléphone.

— Oui, bonsoir, Docteur, c'est le capitaine Gentile. Excusez-moi de vous déranger à cette heure-ci chez vous, je sais que vous êtes pas de garde, mais... Il y a eu un accident... Près du pont, encore... Une voiture qui a heurté le pylône...

— Merde !... Des mômes, encore ?

— Non... Il n'y a qu'une victime... Un homme... C'est... Je ne sais pas comment vous le dire... Il est très, très mal en point... Le SAMU s'est déplacé, ils ont réussi à le stabiliser à peu près mais, avant qu'ils ne l'emmènent à l'hôpital, on aurait voulu que vous veniez, si ça ne vous ennuie pas... C'est quelqu'un que vous connaissez...

— Qui ?

Quand je te l'ai dit, il y a eu un grand silence, et enfin, tu as dit :

— Je viens.

J'ai reposé le téléphone portable et fait signe à mon collègue, qui a poussé un soupir et secoué la tête. Je suis retourné vers le lieu de l'accident. La voiture s'était complètement enroulée autour du pylône, et le pylône avait plié. Je me suis demandé pour la trentième fois à quelle vitesse il roulait, au moins à cent vingt, c'était pas possible autrement. Apparemment, il rentrait chez lui. Comment avait-il fait pour rater ce virage ? Il a dû le prendre dix mille fois, il connaissait cette route comme sa poche, est-ce qu'il s'est endormi ?

À une heure pareille, c'est possible, mais que c'est con !

J'ai senti une sueur glacée me dégouliner sur le dos. Les types du SAMU avaient l'air blasé, ça ne les émouvait pas plus que ça, mais tous mes collègues étaient dans le même état que moi, et c'est pour ça que je t'avais appelé. Nous étions tous ses clients. Aucun d'entre nous n'avait le courage, à trois heures du matin, d'aller annoncer à sa famille que le Docteur Boulle venait d'avoir un accident.

COLLOQUES SINGULIERS, 6

LES ÉPREUVES

La première page porte un titre :

CABINET PORTRAIT
par XXXXX,

une notice biographique : « XXXXX est né en 1954. Il vit et travaille en province. *Cabinet-portrait* est le premier texte de fiction qu'il publie », et une note manuscrite :

Cher Bruno.
Voici enfin les épreuves de votre nouvelle. Merci de les relire, et de nous préciser sous quel nom vous désirez la publier. Claude et moi sommes très heureux d'accueillir ce texte dans nos pages. En attendant d'en lire d'autres !
Amicalement,

DANIÈLE.

Le texte commence sur la page suivante.

Là où ça sent la merde,
ça sent l'être.

ANTONIN ARTAUD

... C'est difficile de parler de ça

Ce n'est pas le genre de chose dont on parle entre amis, au café ou à la maison, vous comprenez. Ce n'est même pas le genre de chose dont on peut parler à sa femme. Encore que, bon je ne suis pas marié, je ne peux pas vraiment dire... Mais je ne me vois pas parlant de ça à ma femme. Ni ma femme me parlant de ça... Qu'est-ce que vous en pensez ?

... Pourtant, c'est vraiment un fait quotidien, vous voyez, c'est pas comme si on ne faisait ça qu'une ou deux fois par an, non, là, c'est vraiment tout le temps. Enfin je sais qu'il y a des gens qui ne font ça qu'une fois par semaine, des fois moins, et qui en sont très malheureux, surtout les femmes, parce que apparemment c'est elles, surtout, qui ont des problèmes en ce domaine, bref ! Ça fait partie de la vie. Pour tout le monde. Comme manger, boire ou dormir. Ou mourir. C'est une des rares choses que tout le monde a vraiment en commun, on n'y coupe pas, quoi, un moment ou un autre, il faut y aller. Tandis que le reste... la femme et les enfants, la maison et la voiture... On peut vivre sans, des tas de gens vivent sans, mais ça, on a beau ne jamais en parler on ne peut pas. Je crois que le plus dur pour moi, finalement, c'est de ne pouvoir en parler à personne... Mais ça ne vous dit pas pourquoi je viens...

... À vrai dire, je ne le sais pas moi-même, vous voyez, c'est plutôt que je me demande... Je me demande si tout est bien normal, je ne souffre de rien, mais ça me préoccupe, vous comprenez ? Je me demande si...

... Vous savez, j'ai beaucoup lu sur le sujet... comment les maladies se propageaient tant qu'on faisait ça n'importe où, et d'ailleurs dans certaines parties du monde, je sais que la toute première mesure sanitaire, celle qu'on prend avant tout le reste, c'est d'expliquer aux gens qu'il faut faire ça dans des endroits bien précis, écartés, loin des points d'eau, pour éviter la contamination... Je me souviens que, quand j'ai lu ça, je me suis dit : C'est drôle, parce que, enfin, c'est une fonction utile, indispensable pour l'individu, et en même temps, pour le groupe, c'est dangereux, j'ai trouvé ça contradictoire, l'idée que les microbes en question nous servent, à vous et à moi, à transformer le bœuf mode ou le beaujolais en... en carburant, par le fait, comme ils transforment les fougères en pétrole à trois cents kilomètres sous terre... et en même temps, si on fait ça n'importe où, c'est mortel... C'est marrant, non ? Et malgré ça, on en a quand même trouvé une utilisation intelligente puisque le vaccin contre la polio, celui qu'on buvait sur un sucre, vous savez, j'ai lu – vous m'arrêterez si je me trompe – que si on le prenait par la bouche, ce n'était pas pour éviter les piqûres, mais parce que ce n'est pas le même vaccin que celui qu'on injecte, c'est ça ? Le vaccin injectable, c'est un virus tué, le vaccin buvable, c'est un virus vivant mais affaibli, qui ne donne pas la polio, qui ne fait qu'immuniser contre, et quand on le donne à un môme, il colonise l'intestin et, forcément le môme le passe à son voisin, parce que les enfants, même quand c'est propre, enfin, je veux dire, même quand ça fait ça tout seul, justement c'est pas encore très propre, on joue, on court, on tape dans le ballon, on n'y pense pas, on n'y va vite fait que quand on sent qu'il faut y aller, on s'essuie avec du papier, on croit qu'on garde les mains propres, mais vous savez, j'ai lu – ça fait longtemps, déjà – que c'est tout à fait illusoire : en fait, le papier est poreux, ça le traverse, même si on ne s'en rend pas compte, même si on en met des tartines, moi c'est ce que je faisais quand j'avais dix, douze ans, j'avais déjà dû lire ça, à l'époque, et ça m'obsédait tellement que j'en mettais douze épaisseurs, j'en consommais un paquet en deux jours, ma mère m'engueulait parce qu'il fallait en remettre sans arrêt et elle se demandait pourquoi, et mon père m'engueulait régulièrement parce que dans l'immeuble, l'installation était ancienne, et ça se bouchait comme un rien. Ma mère prenait toujours du papier ordinaire, vous savez, celui qu'on trouvait dans les trains, en carrés pliés en deux, vaguement raide, vaguement huilé, j'ai longtemps cru qu'il était de mauvaise qualité, comparé au papier molletonné, alors qu'en fait, c'est ce papier-là le plus imperméable, enfin toujours est-il que j'en empilais huit ou dix feuilles, et dès que je les avais passées une fois, je les jetais et j'en reprenais dix autres, et ainsi de suite, à la fin ça en faisait un paquet, surtout si c'était pas propre dès le premier coup. Tiens, ça, d'ailleurs, c'est un problème que je n'ai jamais résolu : comment savoir si c'est propre du premier coup ? C'est rare qu'au premier passage on ne ramène rien. C'est plutôt une bonne surprise, mais c'est rare, en général, on ramène toujours quelque chose, donc il faut recommencer, pour enlever ce qui reste, et quand il en reste toujours un peu, je veux dire, quand on voit sur le papier qu'il y a toujours quelque chose, une trace, on est tenté de recommencer jusqu'à ce que ça soit *parfaitement* propre...

Alors ça peut durer un certain temps, et là, on comprend que la tuyauterie se bouche... J'ai fait un cauchemar, une fois... Tout débordait, je devais plonger mes mains dedans pour tout ressortir et le mettre dans des seaux, et quand les seaux étaient pleins, je ne savais pas quoi en faire, bien sûr, et j'avais le sentiment que j'étais en train de ressortir de la cuvette tout ce que j'y avais mis pendant des années, depuis qu'on habitait là, et bien sûr c'était ridicule, parce qu'il y avait quand même mon père et ma mère, mais quand j'y pense, j'ai toujours imaginé que mon père et ma mère n'y allaient jamais, ou du moins que, quand ils y allaient, mon père c'était seulement pour pisser, d'ailleurs on l'entendait faire, les cloisons étaient en carton-pâte, quant à ma mère, c'est bien simple, je crois ne l'avoir jamais vue entrer là-dedans sauf monter sur la lunette pour stocker les paquets de papier qu'elle rapportait du supermarché sur les étagères... Maintenant, quand j'y pense, je me dis que c'est ridicule, elle y allait forcément, mais ça devait être tôt le matin, quand je dormais encore, ou dans la journée quand j'étais à l'école... Vous voyez, quand on est enfant, on n'imagine pas que ses parents baisent, moi je l'ai toujours su, ça faisait tellement de bruit, le sommier à ressorts et les grognements de mon père – bon, ça m'a pas donné envie de faire comme lui, mais ça c'est une autre histoire... En revanche, j'ai jamais imaginé que ma mère pouvait entrer là-dedans, fermer la porte et... Encore aujourd'hui j'ai du mal à le dire parce que je n'arrive pas à l'imaginer relevant sa robe, alors que mon père je le vois très bien ouvrir sa braguette et pisser, il faisait ça n'importe où, quand on allait en vacances en voiture, on roulait longtemps, et parfois il s'arrêtait sur le bord de la route, il sortait, il se plantait au bord du talus, et je n'ai compris ce qu'il faisait que quand j'ai été assez grand pour qu'il me propose de descendre avec lui. Moi, évidemment, je ne voulais pas... je me disais que je n'arriverais jamais à pisser aussi loin que lui, alors je m'arrangeais toujours pour y aller avant de partir, ou juste en arrivant, jamais pendant le voyage, et puis dehors, il faut se presser moi j'aimais prendre mon temps, déjà, à dix ou douze ans, j'y passais des heures...

... Quand j'étais môme, c'était le seul endroit où je pouvais être tranquille pour lire... Je lisais beaucoup, de tout, surtout des romans, j'ai vite compris que c'était vraiment un lieu fermé, privilégié, comme une maison dans laquelle on entre et où, dune pièce à une autre, on plonge dans des atmosphères différentes, on rencontre des gens différents, des tueurs et des garces, des jolies filles candides et des médecins tourmentés – oui, je sais c'est ridicule ! –, des savants fous et des victimes... On y parlait de tout, du sexe à la torture, de manière voilée, bien sûr, en tout cas dans les livres auxquels j'avais accès, mais jamais de cet endroit-là, alors que c'est l'une des rares choses que tout le monde *doit* faire, tout le monde le sait, c'est comme dans les films : on colle un type au cachot, ou il tombe dans un piège à fauves, et il y reste pendant dés jours ; quand il en sort, il est mort de faim, barbu, chevelu, amaigri, mais on ne suggère jamais qu'il a bien dû se soulager, au moins les premiers jours, même s'il n'a plus rien eu à manger ou à boire par la suite... Moi, quand je voyais ça dans un film, je pensais immédiatement à l'odeur, je sentais l'odeur du trou d'où on le tirait, je devinais ce qu'il y avait sous le tas de paille au fond de la cellule, sous les branches et les feuilles au fond du puits sans fond... Vous savez... j'y pensais tout de suite. Et dans les romans, j'essayais toujours de me représenter le moment où les uns et les autres s'éclipsaient pour aller aux toilettes.

... Très tôt, j'avais compris comment faire pour que ma mère ne me demande rien, et au bout d'un moment, je le faisais sans m'en rendre compte – comme quand je remettais mes disques sur le vieux Teppaz, d'une main, sans quitter la page des yeux –, mettons que j'étais en train de lire un *Tarzan* ou un *Harry Dickson*, et j'entendais comme ça, au loin, ma mère se mettre à parler toute seule, un truc anodin genre : « Ah, crotte ! Y a plus de pain ! » ou : « Elles sont merdiques, ces tomates », et là, je savais immédiatement qu'elle allait venir me chercher pour m'envoyer en bas. Elle en profitait pour faire la liste de ce qui lui manquait, et c'est bien ça qui m'embêtait : si je n'avais eu à aller chercher qu'une baguette ou un kilo de tomates, ça m'aurait pris cinq minutes, mais elle déboulait dans ma chambre en criant : « Va me chercher une demi-baguette » et, mettons, « un pot de crème et deux poivrons et trois citrons et quatre petits-suisses et cinq œufs et six bananes ». Seulement, comme elle le disait très vite cinkeuésibanan' et comme bien sûr je ne m'arrêtais pas de lire, je n'entendais qu'une sorte de vague refrain et je n'arrivais pas toujours à bien tout me rappeler. Je n'osais jamais lui demander de répéter, parce qu'elle m'aurait envoyé une baffe : « J'en ai marre, tu ne m'écoutes jamais ! » et elle cognait si fort que j'en gardais la marque sur la joue toute la journée, et quand mon père voyait ça le soir en rentrant, il se mettait à gueuler, et elle à pleurer avant même qu'il ait levé la main sur elle, moi évidemment je ne voulais pas entendre ça. Alors, je descendais la mort dans l'âme, au lieu de prendre l'ascenseur je dévalais les escaliers – on habitait au huitième – et j'essayais de me rappeler ce qu'elle avait dit, et parfois j'y arrivais, mais parfois pas, et je revenais avec ma demi-baguette, six poivrons, cinq citrons, quatre pots de crème, trois bananes, deux œufs et je m'étais mis à pleurer devant l'épicière pour qu'elle ne me donne qu'un petit-suisse, si, si, c'est ça que ma mère m'avait dit, j'en étais sûr, je pouvais pas me tromper et je remontais en me disant que je m'étais sûrement gouré, et j'entrais tout tremblant et je posais tout sur la table, et je ressortais de la cuisine et j'entendais ma mère hurler : « Mais qu'est-ce que tu m'as fait ? Mais qu'est-ce que tu m'as fait ? » et là, non seulement je prenais une raclée, bon, ça j'avais l'habitude, mais le pire c'est qu'elle se précipitait dans ma chambre pour prendre mon livre et elle le déchirait en mille morceaux quand je l'avais acheté sur le marché ou elle le confisquait quand il venait de la bibliothèque et elle allait le rendre le samedi suivant en engueulant les bibliothécaires : « J'en ai marre de vos foutus bouquins, quand il lit il n'est plus là, il ne faut plus lui prêter de livres, si j'en vois encore chez moi je les foutrai au feu ! » Moi je savais bien que ça n'était pas vrai, elle avait bien trop peur que mon père lui colle une trempe s'il avait fallu les remplacer... Alors, dès que je l'entendais ouvrir le frigo, « Ah quelle chiotte, y a jamais rien dans cette foutue baraque ! » moi, automatiquement, sans réfléchir, sans lâcher le livre je me levais, je sortais dans le couloir, et j'entrais dans les cabinets au moment où elle sortait de la cuisine et pas question de m'en faire sortir si je ne voulais pas.

J'y restais parfois trois quarts d'heure, une heure, ça la rendait folle, mais quand elle venait frapper à la porte, je disais : « Je crois que je suis malade », ça lui coupait les pattes. Il faut vous dire que tout petit – je ne m'en souviens pas, bien sûr mais je l'ai entendu le raconter cent fois – j'ai eu un truc grave, une invagination intestinale aiguë. Oui, j'imagine que vous savez ce que c'est, mais moi il a fallu qu'un jour j'aille voir dans un livre de médecine. Ce qui m'a le plus impressionné, c'est de découvrir que c'est un truc tout bête : l'intestin rentre en lui-même comme une chaussette, se coince, se met à gonfler, ça fait un mal de chien, et si on ne fait rien, le môme peut faire une occlusion et en crever. Et l'examen qu'on fait à ce moment-là, le lavement baryté c'est ça ?, permet aussi de soigner l'enfant : on injecte un produit par l'anus, le radiologue regarde le liquide opaque remplir l'intestin, la zone en chaussette se déplie sous la pression du liquide et l'enfant cesse de souffrir. Ça n'arrive qu'aux enfants de moins de quatre, cinq ans, c'est ça ? et le plus souvent ça ne se reproduit pas. Mais ça, bon, ma mère ne le savait pas. Je suppose que le médecin a dû le lui dire, à l'époque, mais elle n'a jamais vraiment écouté ce que les médecins lui disaient, ma santé elle s'en foutait un peu, j'étais toujours en retard pour mes vaccins, mais ce truc-là, pendant des années, elle a cru que ça pourrait recommencer. La première fois, évidemment, j'avais deux, trois ans, je m'étais mis à pleurer et à me rouler par terre, j'étais devenu blanc pendant un quart d'heure, ça lui avait foutu la trouille, et puis ça s'était passé, et puis ça m'avait repris une demi-heure plus tard, et ça m'avait passé, et j'avais remis ça vingt minutes après, et au bout de quatre ou cinq fois, elle avait fini par me coller une trempe parce qu'elle pensait que je faisais la comédie, mais quand je m'étais mis à vomir et à faire du sang par le bas, elle avait couru à l'hôpital et le médecin avait fait le diagnostic tout de suite, ajoutant heureusement qu'elle était venue parce que autrement j'y serais resté et elle : « Moi, je croyais qu'il faisait la comédie ! Il se tortillait cinq minutes et puis il se remettait à jouer » et lui : « Justement, c'est ça, qui était typique... » Alors, elle avait eu tellement peur en pensant que j'aurais pu mourir de sa faute que la première fois, elle a frappé à la porte pour me faire sortir, et comme je répondais que ça n'allait pas, que j'avais mal, elle est allée faire ses courses toute seule, peut-être effrayée à l'idée que je me mette à me rouler par terre de douleur devant tout le monde dans l'épicerie... C'est comme ça que j'ai pu avoir la paix.

... Le plus drôle, quand j'y pense, c'est qu'en dehors de ça, je n'ai jamais eu aucun problème, j'ai bien dû attraper une grippe intestinale de temps en temps, mais ça a dû m'arriver trois fois royalement, quant à la constipation je ne sais pas ce que c'est, et c'est pour ça sans doute que j'ai commencé à me poser des questions, à m'intéresser à ça sur un plan, disons, vous allez rire, plus intellectuel, mais pourquoi pas, après tout? Je n'aurais pas voulu être médecin, il y a des choses qui me soulèvent le cœur, mais ça, non. Quand j'ai commencé à bosser, le truc qui débectait le plus mes collègues aides-soignantes, je le voyais bien, c'était le matin en arrivant de retrouver les grabataires baignant dans leurs draps, et quand elles m'ont entendu dire: « Vous voulez un coup de main? », elles m'ont laissé le faire, pour elle c'était l'aubaine, un collègue assez costaud pour remuer des paralysés de quatre-vingts ou cent kilos, et qui n'a pas peur de mettre les mains dans leur merde... Et puis, petit à petit, je me suis mis à tout faire tout seul, retenir le malade d'une main, le nettoyer de l'autre, le rincer, l'essuyer, changer son drap, le tout en un clin d'œil... Si j'avais des enfants, je suis sûr que... je suis sûr que leur mère serait contente que je m'occupe d'eux...

... Je n'ai jamais vraiment eu d'amie, enfin, d'amie femme... D'ailleurs, des amis en général, je n'en ai jamais vraiment eu non plus... Je ne vois pas avec qui j'aurais parlé de... de mon... de mes préoccupations... Et puis, je ne sais pas comment on pourrait vivre avec un type qui passe son temps enfermé...

... Ça fait déjà longtemps que ça dure... J'ai commencé à y penser, je devais avoir seize, dix-sept ans. Ça faisait déjà un moment que je passais du temps aux cabinets. J'y allais en me levant le matin, j'emportais un livre, ou un cours, ou même un devoir à faire. À cette époque-là, mon père était mort de sa cirrhose, ma mère n'y allait jamais, j'étais tranquille. J'avais installé une étagère mobile, avec une butée sur le mur opposé. Une fois assis, je l'abaissais devant moi, je pouvais lire et écrire. Ma mère ne me disait plus rien, elle n'aurait plus osé: quand mon père est tombé malade, j'avais quinze ans, je faisais déjà deux têtes de plus qu'elle... La dernière année j'ai porté mon père du lit au fauteuil et du fauteuil au lit, pratiquement tous les jours; il pesait trente-cinq kilos quand il est mort. Le médecin avait demandé de noter l'aspect des selles, de recueillir les urines, parce qu'il avait de la flotte dans le ventre et qu'il lui donnait des médicaments pour pisser, mais qui lui collaient aussi la diarrhée... Il avait un pistolet et un bassin près du lit, et c'est moi qui m'occupais de les vider. Ma mère ne voulait pas l'approcher. Moi, ça ne me dérangeait pas, mais lui ça le gênait. Je lui ai expliqué que puisqu'elle faisait à manger, c'était mieux, c'était plus sain que je m'occupe de lui.

... Bon, quand ma mère est morte de son cancer de l'utérus, j'ai gardé le logement, de toute manière c'était moi qui payais le loyer depuis que je bossais, alors tous mes petits aménagements sont restés, entre les toilettes et la cuisine il y avait un cagibi, j'ai abattu la cloison pour agrandir, pour y mettre mes livres, tous les articles que je découpe, pour avoir tout sous la main, évidemment quand je ne suis pas au boulot, j'y passe le plus clair de mon temps. J'ai la radio depuis longtemps, je me suis installé une petite télé une fois, mais je ne l'allumais jamais, j'avais l'impression qu'on me regardait... Je fais tout là-dedans, ma déclaration d'impôts... Il m'arrive souvent de m'endormir en lisant... et de me réveiller en entendant le bruit de l'eau dans les conduites des gens du dessus, ils sont comme tout le monde, ils ont leurs manies, et je sais toujours à peu près quelle heure il est quand j'entends tout ça s'écouler derrière moi, de l'autre côté de la cloison...

... Quand on y réfléchit, les boyaux ça n'est pas seulement une tuyauterie passive, ça n'est pas tout simplement l'équivalent des conduites qui vont se jeter dans les égouts... C'est beaucoup plus compliqué que ça, beaucoup plus sophistiqué, ça décompose les aliments en éléments nutritifs, ça laisse passer suffisamment d'eau pour que les selles soient liquides pendant les deux tiers du trajet, et puis ça la récupère à la fin, pour la recycler dans la circulation générale... Et le rectum, quand vous y pensez, quelle merveille de sensibilité ! Vous savez – c'est la première fois que je peux en parler à quelqu'un, alors j'en profite ! – quand vous regardez très attentivement les gens à table, vous voyez, de temps en temps, au cours du repas, ou un peu après, au café, ils se penchent de gauche à droite, ou de droite à gauche, ils soulèvent une fesse pour lâcher un gaz, en faisant semblant de parler à leur voisin, et leur visage crispé se détend juste après.. Eh bien, vous n'avez jamais pensé que le rectum doit être terriblement sensible, pour qu'on sache, sans l'ombre d'un doute, qu'on va lâcher un pet, et pas autre chose ? Alors, vous voyez, je me suis mis à lire, à réfléchir, à étudier le sujet et Dieu sait qu'il y a des choses à lire là-dessus, et je me suis posé des questions plus complexes les unes que les autres... Combien on élimine en une vie, en équivalents de son poids, ou en volume, vous voyez, et quand on pense que nous sommes cinq milliards à présent et que chaque individu produit entre cinq cents millilitres et deux litres d'urine par jour, et entre trois et vingt-cinq selles par semaine – ça dépend de l'âge, évidemment, mais aussi de l'état sanitaire et des habitudes alimentaires de la population – je me suis demandé si le nombre de litres d'urine et de kilos de merde produits dans chaque pays ne serait pas un indicateur du niveau de vie, et que si on pouvait le calculer...

... Mais je m'emballe, je parle, je parle... Vous, c'est bien, vous m'écoutez, vous comprenez, ce n'est pas le genre de choses dont on parle au boulot, et pourtant au boulot, on est tout le temps là-dedans... Et vous voyez, je ne peux pas me faire d'amis, je serais obligé de les inviter à venir chez moi de temps en temps, au moins pour prendre un pot. Mais imaginez qu'ils aient besoin d'aller aux toilettes, je ne pourrais pas leur dire non. Et ça les ferait rigoler, un mec qui passe son temps là-dedans, avec ses livres, ses cahiers, sa radio... J'entends déjà fuser les blagues vaseuses du genre : « Eh ben, toi au moins, tu t'emmerdes pas ! » et ça, vous voyez, je ne le supporterais pas.

PRONOSTIC
(jeudi 26 juin)

Et quand tout sera fini, je vivrai.

RAPHAËL MARCŒUR

105

MME LEBLANC

J'entre dans la salle d'attente. Elle est vide, mais la porte de communication est fermée et j'entends un murmure à travers la cloison. Il doit être en consultation.

J'ôte mon imperméable. Je le range dans l'armoire métallique et j'enfile ma blouse. La pendule-assiette indique dix heures quarante-cinq, je range les journaux sur la table basse.

Il y avait beaucoup de monde, je crois que je n'ai jamais vu un enterrement comme celui-là dans le canton. Quel malheur, vraiment, de mourir à cet âge, et dans quelles souffrances, presque trois mois de coma. Ça me fait vraiment de la peine. Moi, je ne le connaissais pas, le Docteur Boulle, je n'avais jamais été sa patiente, mais certains de nos amis, et plusieurs collègues de mon mari, qui habitent à Deuxmonts ou à Marquay, étaient ses clients ; ça les a vraiment choqués... Et je me mets à leur place, si tu mourais comme ça brutalement... Pour moi ça serait même pire... Enfin, ça ne pourrait pas être pire que pour Mme Kasser, quand je pense qu'elle attend des jumeaux ! Le mois dernier, quand tu m'as dit ça tu étais aux anges, tu marchais un mètre au-dessus du sol. Moi, j'étais inquiète. J'ai vu des émissions sur les grossesses multiples. Tous les parents racontent que c'est dur, et les médecins disent que la grossesse se complique souvent. Alors, je t'ai demandé si ça ne te souciait pas un peu, tout de même. Tu as réfléchi, et tu as dit : « Si, mais la vie, c'est risqué... »

Je remets les jouets en place dans le coin-enfants.

Aujourd'hui, vous êtes venus aux obsèques tous les deux, vous aviez l'air très tristes. Mais ce qui m'a brisé le cœur, c'est de voir la fille du Docteur Boulle. Perdre son papa comme ça, à dix-sept ans, ça doit être affreux... Il y avait tellement de monde... On avait le sentiment que tout le canton était venu. Il y avait tous vos confrères, bien sûr, et tout le conseil municipal de Deuxmonts mais aussi les maires des communes alentour, M. Burgelin, mais aussi M. Host et M. Noguez, les maires de Marquay et de Lavallée... Comme l'église de Deuxmonts n'est pas bien grande, il y a des gens qui n'ont pas pu entrer... Ça m'étonne un peu qu'il se soit fait inhumer à Deuxmonts. Il était originaire du Sud-Ouest, à ce qu'on disait. Je pensais qu'il serait enterré là-bas. Mais il paraît qu'il voulait rester ici... Forcément, les gens, ça les touche qu'il repose dans la commune... Ça faisait quand même près de quinze ans qu'il était là... Autour de sa fille, il y avait tout un groupe de jeunes, des camarades de lycée j'imagine, mais aussi des jeunes du bourg. Et aussi beau coup de familles avec leurs enfants... Ses patients sont même allés le voir à l'hôpital, quand il était en réanimation : comme il ne sortait pas du coma, tu as insisté auprès des médecins pour qu'on l'installe dans une chambre avec une vitre, sur un côté de la rotonde. Moi, je n'y suis pas allée, je ne le connaissais pas assez, mais le mois dernier, à deux reprises, j'ai accompagné ma sœur chez les prématurés ; son petit-fils est né à huit mois, et ils l'ont gardé quinze jours en couveuse. Les deux services sont voisins, le couloir est commun et la chambre du Docteur Boulle était au milieu. La dernière fois, quand nous sommes arrivées, il y avait là une dame et un petit garçon de huit ou neuf ans, qui le regardaient à travers la vitre. Quand je suis repartie, au bout d'une demi-heure, ils étaient encore là. Je parlais avec ma nièce, j'ai vu Mme Boulle et sa fille entrer à l'autre bout du couloir et se diriger vers la chambre. En les voyant, la dame a pris son petit garçon par la main et elle est passée devant nous en sortant. Elle pleurait beaucoup...

Je ramasse tous les petits livres éparpillés, et je les pose sur les étagères.

Je les ai revus aujourd'hui, elle et son petit garçon, ils attendaient au cimetière. Quand le cercueil est entré, ils sont restés un peu à l'écart... Le Docteur Boulle était très aimé, il avait beaucoup de patients Mais ces temps-ci plusieurs personnes disaient que juste avant son accident, il était énervé, irritable, il avait l'air fatigué, c'est sûrement pour ça qu'il s'est endormi au volant... Si seulement il avait mis sa ceinture... Pour les habitants de Deuxmonts, c'est une catastrophe, parce que sa remplaçante, ils ne l'apprécient pas du tout. Il paraît qu'elle prend tout le monde de haut, et qu'elle n'est pas très compréhensive. Tout à l'heure, au cimetière, Christiane – la femme d'un collègue de mon mari – m'a raconté qu'elle lui avait demandé un renouvellement de pilule, et que la doctoresse... j'oublie son nom... lui avait répondu que ça donnait le cancer et que d'ailleurs, deux enfants, ça n'était pas assez, qu'elle devrait en faire d'autres. Évidemment, Christiane n'a pas du tout apprécié, et je crois qu'elle va venir te consulter. D'ailleurs, depuis l'accident, je reçois beaucoup plus de demandes de visites ou de rendez-vous pour des habitants de Deuxmonts... Ils savent que c'est toi qu'on a appelé, la nuit où c'est arrivé... Alors, tant que le Docteur Boulle est resté dans le coma, ses patients passaient des fois rien que pour demander de ses nouvelles... Certains n'arrivaient pas à l'accepter... Ils croyaient vraiment qu'il finirait par s'en sortir, avec tous les progrès qu'on a faits... La semaine dernière, je t'ai demandé si on pouvait sortir d'un coma aussi long sans que ça laisse des traces. Tu as réfléchi, tu as soupiré et tu as dit : « Parfois... Parfois, le désir de vivre est si fort que certaines personnes s'en sortent. »

Je passe le chiffon à poussière sur les meubles.

Maintenant qu'il est mort, il est question que sa remplaçante prenne sa suite... Moi, j'y regarderais à deux fois. Le Docteur Boulle n'aurait sûrement pas voulu laisser sa clientèle à un médecin qui ne plaise pas à ses patients. Elle le remplaçait déjà depuis quelques mois. Tant que c'était un jour par-ci, une semaine par-là, ça pouvait encore passer, mais là... Parfois, on ne sait pas comment sont vraiment les gens tant qu'on ne les a pas fréquentés tous les jours. Alors, quand tu m'as parlé d'ouvrir le jeudi, de prendre un remplaçant, et une femme, éventuellement, j'ai eu peur qu'il ne s'agisse d'elle, mais tu m'as dit *Sûrement pas*, et comme je sais qu'elle avait vu M. Guilloux, un jour où tu étais absent, j'ai compris qu'elle n'avait pas dû faire exactement ce qu'il fallait... C'est pareil, ça aussi ça me brise le cœur. M. Guilloux, ça fait plusieurs mois qu'il a été opéré, qu'il ne va pas bien, et qu'il ne se lève plus, mais il est toujours en vie... Quel calvaire, pour lui et pour sa femme...

Je balaie la salle d'attente. À travers la cloison, j'entends le téléphone qui sonne puis la voix du Docteur Bouadjio. Ça fait presque trois mois qu'il vient te remplacer tous les jeudis, et pendant tes vacances. La première fois qu'il est venu visiter le cabinet, ça m'a surprise, il est plus grand que toi ! Mais il est très, très gentil. Il avait amené sa petite fille, une petite puce de trois ans, qui courait partout, qui riait, qui riait, et lui aussi. Il parle et rit si fort, parfois, qu'on l'entend de la rue. Évidemment, au début, les gens me demandaient qui c'était. Un docteur noir à Play, ça leur faisait drôle. Mais je leur ai expliqué que ça n'était pas un débutant, qu'il a presque ton âge, qu'il exerce déjà depuis longtemps à l'hôpital, dans le service de pédiatrie, mais un jour il en a eu assez d'être enfermé entre quatre murs, et il a voulu travailler à la campagne. Alors, en attendant de se trouver une clientèle, il fait des remplacements. Quand ça s'est su, qu'il était pédiatre, beaucoup de patients lui ont amené leurs enfants, et le jeudi soir, les rendez-vous sont tout le temps pris, parfois quinze jours à l'avance. Cela dit, il travaille aussi beaucoup dans la journée. Il faut dire qu'il est très agréable, très drôle, très rassurant avec les personnes âgées... Et puis tout le monde sent que toi et lui vous vous entendez bien, que vous parlez des patients, que vous faites équipe, en quelque sorte. Bon, il ne plaît pas à tout le monde, mais c'est toujours comme ça. Mme Renard a un peu peur de lui, paraît-il, mais M. Renard l'aime bien et quand il lui demande de passer, elle trouve toujours une excuse pour sortir faire ses courses, alors ils sont tranquilles pour discuter... Le Docteur Bouadjio m'a raconté qu'un matin, ils ont parlé pendant une heure de l'époque où M. Renard était toucheux, et que ça l'avait beaucoup intéressé, parce que chez lui, il y avait aussi des anciens qui avaient ce genre de don... Je suis sûre que lorsqu'il sera installé, il se fera très vite une clientèle. Mais j'espère qu'on va le garder quelque temps avec nous. On ne pouvait pas mieux tomber.

Je passe l'aspirateur. La porte de la salle d'attente s'ouvre, le facteur apparaît, m'aperçoit, me tend le courrier, ressort. Je pose le paquet sur mon bureau et je finis de passer l'aspirateur. Je range l'aspirateur dans le placard, je prends le courrier, je défais l'élastique, j'ôte les revues, les publicités, je mets de côté une lettre personnelle pour toi, une autre pour le Docteur Bouadjio, et les enveloppes venues du laboratoire... Et ça me fait penser au papier d'assurances que tu devais remettre au Docteur Boulle la veille de son accident, et que nous avons gardé depuis. À plusieurs reprises je t'ai rappelé que tu n'avais pas déposé l'enveloppe et je t'ai même proposé de le faire, j'avais un peu peur qu'on oublie, ou qu'on l'égare – ça arrive parfois avec des lettres de spécialistes, tu les mets par erreur dans le mauvais dossier, et trois semaines après, quand tu n'arrives pas à remettre la main dessus, je suis obligée de fouiller toutes les boîtes pour les retrouver – mais tu as répété que tu irais le porter toi-même, alors j'ai fini par le glisser dans le cahier de rendez-vous, parce que là, au moins, il ne peut pas se perdre, et on y pense en le voyant. Évidemment, ces jours-ci, depuis qu'on a appris le décès du Docteur Boulle, moi je n'y ai pas fait trop attention, mais là, tout de même, il va bien falloir aller le remettre à sa...

La porte s'ouvre, le Docteur Bouadjio sort, portant devant lui un couffin où jase un bébé, suivi par une jeune dame que je n'ai jamais vue.

— Bonjour, Madame Leblanc, dit-il en me voyant.

— Bonjour, Docteur ! Bonjour, Madame !

Elle lui ouvre la porte de la salle d'attente, il sort, elle le suit, par la fenêtre je la vois ouvrir la portière de la voiture, il installe le couffin sur le siège arrière.

Pendant ce temps, machinalement, j'entre dans le bureau, je cherche des yeux le cahier de rendez-vous, il est posé près du téléphone. Je l'ouvre, l'enveloppe n'est plus là. À ce moment-là, le Docteur Bouadjio revient et, comme il le fait toujours, avec son grand sourire et sa voix grave, me demande : « Comment allez-vous aujourd'hui ? » Il me prend la main, la serre chaleureusement en posant son autre main pardessus, et brusquement je te revois, tout à l'heure, au cimetière, un peu à l'écart, pendant que tout le monde défilait pour jeter une poignée de terre sur le cercueil du

Docteur Boulle, je te vois, debout près de la dame contre laquelle se serre un petit garçon de huit ans, tu lui prends la main de la même manière un long moment sans rien dire, puis tu sors l'enveloppe de ta poche, tu la lui donnes, elle lit le papier, elle hoche la tête, elle te regarde, et enfin elle s'éloigne, hagarde, serrant son petit garçon, le papier froissé à la main, comme cette femme dans je ne sais plus quel film, à la fin d'une histoire d'amour.

106

EDMOND BOUADJIO

— Bonjour, Madame Leblanc, alors, comment allez-vous aujourd'hui ?

— Très bien, Docteur, répond-elle, le regard vague.

— Vous êtes encore un peu sous le choc...

Ses yeux s'embuent. Je lui tends le cahier de rendez-vous.

— J'ai déjà fait une consultation et deux visites, et j'en ai une troisième... Et plusieurs rendez-vous ce soir !

— Il y a du travail, cette semaine...

*

Elle sort du cabinet médical. Je l'aime beaucoup, c'est une femme charmante et intelligente. Très sensible.

Je pose le hochet sur le pèse-bébé, je jette dans la corbeille la boîte et la notice du vaccin et je m'assieds.

Le petit carnet noir de Bruno est posé sur le plateau de bois, près du dossier cartonné qu'il m'a confié en partant.

À la page du jour, j'inscris les actes de ce matin. M. Guilloux, visite. Mme Radiguet, visite. La petite Aube Laurens, consultation.

Je feuillette en arrière, jusqu'à ma première journée ici.

M. Guilloux, déjà...

M. V... Un homme petit, pas vieux mais mal soigné. La bouche pleine de chicots. Marchand ambulant, si je me souviens bien. Il a fait une drôle de tête quand il m'a vu ; il a eu du mal à m'expliquer ce qu'il voulait. Il venait se faire examiner le sexe. Il avait peur qu'il soit trop court. « Qu'est-ce que... vous en pensez ? » J'ai hésité, puis j'ai répondu, sans rire : « Mon père disait : "La sagaie vaut toujours moins que le guerrier." »

Robert G... Douleur au coude gauche.

Albertine E... (*Elle boit, mais elle l'a toujours nié.*) Elle m'appelait pour voir sa mère, mais elle avait « une petite chose qui la gênait ». Elle a tergiversé pour ôter sa chemise, mais ça devait lui faire trop mal pour qu'elle attende. Un monstrueux zona surinfecté lui recouvrait le sein gauche.

Denise R... Elle venait me montrer un résultat d'examen fait à son mari... *(Et elle a passé une heure à te parler de son chef de bureau ? Oui, elle me fait ça aussi, de temps en temps...)*

Mahmoud, Mardouk, Yasmina et Tassadit B..., avec

leurs parents. Le père m'a dit en partant : « C'est bien que le Docteur ne soit plus seul. Ces derniers temps, il avait l'air fatigué. »

Savina de T... Ravissante jeune fille. Racée. Grande et mince, taille mannequin. Certificat de non-contagion. Elle partait encadrer des enfants en classe verte.

Jean-Paul M... Il amenait son oncle, le frère de son père, un monsieur trisomique, qui avait une bronchite. *(Ils vivent tous les trois dans la même grande maison. En réalité, le « père » est stérile, et Jean-Paul est le fils de son oncle. La mère est morte quand il avait dix ou douze ans. Un jour, à la suite d'un accident, il a fallu le transfuser, et c'est son oncle qui lui a donné du sang. Ils ont tous les deux un groupe très rare. C'est ce jour-là qu'il a compris... Il fait des études de génétique à la faculté de Tourmens. C'est toujours lui qui s'occupe de son oncle. De son père.)*

M. R... « Appelez-moi donc Marcel ! »

Mme Elisabeth N... Consultation de contrôle de sa prothèse aortique. (*Quand elle a été opérée, son mari n'a pas pu dormir pendant trois mois : toute la nuit, il entendait la valve cliqueter...*)

M. Michel L... Suivi de son traitement neuroleptique. (*Il a fait un délire hallucinatoire il y a quelques semaines : il voyait le trou de la couche d'ozone dans son salon et, dans son angoisse, il a boxé sa femme...)*

Mme D... Suicide aux barbituriques.

Mme Marie-Thérèse F... (*Son mari vient de mourir, ils se détestaient, mais elle est complètement perdue.*)

M. Jacques S... Conducteur de train. Crise d'épilepsie nocturne. (*Si ça lui arrive, surtout, ne l'hospitalise pas :*

il fait des crises exclusivement pendant son sommeil. Si la compagnie le découvre, il perd sa place...)

M. Jules H... Centenaire. Convalescent d'une appendicectomie ! *(Les chirurgiens avaient peur de le casser. Lui, il n'était pas prêt à mourir, et il le leur a dit :* « Allez-y, opérez-moi ! C'est pas à cent ans que je vais me laisser abattre ! ») Il m'a rappelé le vieux Toumani, qui avait les mêmes longs bras, les mêmes yeux...

Mme Germaine L... Elle était surprise de me voir ici à la place de Bruno. Elle m'a demandé très sèchement où elle avait pu attraper sa maladie vénérienne. « Je ne m'assieds jamais sur un siège de toilettes sans l'essuyer, et je n'ai jamais eu de rapports avec une autre personne que mon mari, alors je ne vois pas comment... » Brusquement, elle est devenue livide, elle s'est levée et elle est sortie.

*

Le téléphone sonne une fois, et Mme Leblanc décroche.

Je l'entends répondre « Cabinet médi... Ah, bonjour, Docteur ! Oui, il est là, je vous le passe », puis dire :

— Docteur ! C'est le Docteur Sachs.

Je décroche.

— Salut, Bruno.

— Salut, Edmond. Comment ça se passe ?

— Pas mal, pas mal du tout. Le boulot te manque ?

— Non, pas vraiment, mais... je voulais m'assurer que ça allait...

— Avec une perle comme Mme Leblanc, ça ne peut pas aller mal, dis-je en élevant la voix.

— Je crois qu'elle t'apprécie aussi... Tu... tu penses à ce que je t'ai proposé, l'autre jour ?

— J'y pense. Et j'ai commencé à lire ce que tu m'as donné. On en reparlera dimanche, quand je te ferai les transmissions !

Je l'entends rire.

— Okay... Euh... Personne n'est mort ?

— Pourquoi me demandes-tu ça ?

— Parce que... C'est un peu stupide... Je ne sais pas si c'est un effet de mon imagination, mais j'ai le sentiment que c'est toujours en mon absence que mes patients meurent, surtout le jeudi... Enfin, j'ai cru remarquer ça... Moi, quand je vais constater un décès, c'est toujours le patient de quelqu'un d'autre. Mais c'est stupide, bien sûr. Les gens ne choisissent pas leur jour pour mourir...

— Eh bien, M. Guilloux est mort ce matin... Très tranquillement, avec toute la morphine qu'il lui fallait...

— Ah. La semaine dernière, il bricolait encore, il faisait un bateau dans une bouteille...

— Depuis lundi, il ne se levait plus. Il restait recroquevillé dans son lit, l'oreille collée à sa radio. Sa femme lui faisait boire sa morphine à petites gorgées. Elle était étonnée qu'il ne souffre pas. Elle était persuadée qu'un cancéreux, ça doit souffrir... que rien ne les calme.

— Ah. Même elle...

*

Je sors du bureau. J'apprends à Mme Leblanc le décès de M. Guilloux ce matin vers six heures. Elle hoche la tête d'un air attristé. Je consulte le cahier de rendez-vous. Pour m'expliquer comment me rendre chez M. Lejeune, au lieu-dit « Calicot », Mme Leblanc me montre l'itinéraire sur la grande carte d'état-major épinglée au-dessus de son bureau.

Je regarde la pendule-assiette accrochée au mur. Onze heures quinze. J'ai le temps d'y aller et de revenir lire un peu.

107

LA CONSULTATION EMPÊCHÉE

Septième et dernier épisode

En passant à vélo devant le cabinet médical, je regarde ma montre, midi dix, il y a une voiture dans la cour, mais ça n'est pas la sienne. Il n'est pas là. Par la fenêtre de la salle d'attente, je vois Mme Leblanc sortir du bureau, elle a remis son imperméable et elle va sortir. Je continue mon chemin, et puis je me dis c'est trop bête, ça fait des semaines que j'aurais dû retourner le voir, il faut pourtant bien que je lui dise, la fois d'avant ça s'est vraiment terminé en queue de poisson, quand je pense que je n'ai même pas eu le temps... Et brusquement je me décide, je mets pied à terre pour laisser passer la voiture qui vient en face, je traverse la route devant le lotissement, et je retourne vers le cabinet en poussant mon vélo, y a pas, il faut que j'y aille, la dernière fois, ça m'a surprise qu'on soit interrompus comme ça, et puis le temps a passé et j'avais autre chose en tête, mais au bout d'un moment j'ai eu honte quand même, quand on commence quelque chose on va jusqu'au bout, je ne sais pas ce qu'il a pu penser de moi mais maintenant ça me gêne, et en même temps je n'ai pas osé repasser, mais maintenant je n'en dors plus. Il faut que j'y retourne, puisque Mme Leblanc est encore là Comme ça, ce sera fait.

J'entre dans la cour, je pose mon vélo contre le mur, je prends mon porte-monnaie dans le panier sur le porte-bagages et j'entre.

Je pousse la porte de la salle d'attente. Mme Leblanc n'y est pas. Les deux portes de communication sont ouvertes. J'entends farfouiller des papiers. Je fais trois pas et je reste là, au milieu de la pièce. Un grand monsieur noir sort du cabinet médical et me sourit de toutes ses dents blanches.

— Madame ?

— Euh... Le docteur Sachs n'est pas là ?

— Ah, non, il est absent pour la semaine, je le remplace. Puis-je vous être utile ?

— Euh... C'est-à-dire, j'aurais voulu lui dire.. Vous êtes docteur, vous aussi ?

Je m'en veux d'avoir demandé ça, je me sens bête. Bien sûr que c'est un docteur, puisqu'il le remplace. Il me sourit.

— Oui, bien sûr. Puis-je vous aider ?

Il m'invite à entrer mais j'ai à peine franchi la porte que je me retourne, et je dis :

— Voilà, c'est parce que l'autre jour, quand je suis venue voir le docteur Sachs, j'avais eu du mal, vous savez, j'arrivais pas à me décider parce que ça faisait six mois que ça durait et chaque fois que je voulais venir, soit je connaissais pas les heures, soit j'arrivais trop tôt, soit j'arrivais trop tard ou bien il y avait beaucoup trop de monde avant moi – comme le samedi où il y avait un monsieur qui n'avait pas l'air d'aller bien et que le docteur a gardé longtemps – enfin, bref, quand j'ai réussi à le voir ça s'est terminé un peu brutalement parce qu'il a eu une urgence, un jeune qui faisait des convulsions – c'est pas le docteur qui me l'a dit, mais c'était quelqu'un du lotissement, route de Lavinié, et vous savez ce que c'est, dans les petites communes on cause, alors forcément même si les convulsions ça tue pas – je le sais parce que mon frère en a fait quand il était petit et il n'y a jamais plus paru ensuite – il faut quand même y aller, alors on s'est quittés un peu précipités... Mais finalement, je suis bien contente de tomber sur vous, je croyais que Mme Leblanc était encore là, mais j'aurais pas trop su quoi lui dire, c'est un peu trop personnel, alors que vous c'est pas pareil, vous êtes docteur, je peux bien vous le dire à vous, et vous lui expliquerez, si ça vous fait rien ? Pourrez-vous lui dire que Mme Guérin est passée, que depuis que je l'ai vu, ça va beaucoup mieux, ça m'a fait beaucoup de bien, et je ne me suis pas rendu compte en partant – et le docteur était si pressé que je n'y ai pas pensé... Et puis, l'autre jour, brusquement, je me suis dit : C'est pas possible ! Je serais gênée de raconter ça à Mme Leblanc alors que vous, je sais que ça restera entre nous, vous lui expliquerez quand il reviendra, hein ? Surtout dites-lui que ça va nettement mieux depuis que je l'ai vu, j'ai vraiment bien fait de venir mais, du coup, j'ai honte, quand je pense au bien que ça m'a fait, dans l'affolement ça m'est sorti de l'esprit, pour une fois que je vois le médecin, c'est bien ma veine, j'ai complètement oublié de lui payer la consultation.

108

KADDISH

Yitgadal, véyitkadach, chémé raba.

Vie de cadavre, survie de cadavre, jamais de rab...

(Voilà, Ray, je l'écris, ta prière à la noix) Beâlma di véra *Tu mourras tu verras* khiroûteh *dégoûté* veyamlikh malkhoutéh *démuni débouté* béyasmah pourkhanéh *dégueulant tes années*, vikarèv méchihéh *cœur qui crève déchiré* (je l'écris, je la dirai, puisque tu me l'as demandé, je la crie, je la crache) Béhayékhone ouvyomékhone (pour toi et tous les autres) ouvahayé dékhol (qui ont cru à la vie) baagala *cette blague-là* ouvizmane (des connards, tout comme moi) kariv véyimrou *que la vie verrouille* amen.

Yéhé chéméh, *Je sais, t'en as ras le bol* mévarakh *des palabres*, léalarn oulâlmé *âme fanée*, âlmaya, *décimée*, yitbarakh, *épuisée*, véychtabakh, *écrasée*, véitpaar, *méprisée*, véyitromam, *naufragée*, véyitnassé, *harassée*, véyithaddar, *fracassée*, véytâllé (tu m'entends, Ray, tu m'entends ?) véyithallal, *cette salope* chémé *jamais* dékoudcha *ne décrochera de tes couilles*, bérikhou.

Léêla *Elle est là, nous entoure, elle nous gagne, elle nous ronge, elle nous pompe, elle nous casse, elle nous glace, elle nous* mine kol birkhata chi*ratera pas, n'oubliera pas, nous lâchera pas*, vénéhamata, daamirane, béâlma, *belle ou pas, devine tout, dévide tout, s'amène.*

Je sais, Yéhé chémaya *j'ai la gueule d'un rabbin quand je ne me rase pas, mais* véyitpaar, *je ne veux pas je ne veux pas, que tu meures, que tu partes, que tu tombes, que tu sombres, qu'elle t'enfonce, quand elle dit à ton ombre* vénéhama, *venez à moi, donnez-moi tout*, amen.

Ossê chalom bimromav, *Osez, pauvres pommes, vous révolter*, hou bérahamav, *vous déchaîner, y en a assez de pleurer à genoux, d'attendre qu'elle nous emporte* véyimrou amen.

Maudit sois-tu, Soigneur, roi de cet enfer.

Et Buddy sois-tu, *Ray, « pronostic de six mois, rémissions ça dure pas », ça en fait neuf et tu la bluffes, et tu la baises, et tu l'emmerdes, et tu t'en joues, et tu t'en fous, tu verras nos petits, ils sauteront, ils vivront, eux aussi, ils crieront : je t'emmerde, la mort, je t'emmerde, et je vis, aujourd'hui, et demain, et toujours,* véyimrou amen.

109

TOUJOURS M. GUENOT

Le téléphone sonne. Je décroche.

— Allô, Edmond ? C'est toi, Edmond ?

Surpris, je réponds mécaniquement.

— Oui, c'est moi ! Qui... ?

— Edmond ! Il faut que je te parle. Ça fait plusieurs jours que je ne me sens pas bien. La voisine m'a dit : « Mme Serling, vous devriez appeler le médecin de Nilliers », mais je ne veux pas, ça m'est bien égal de mourir, seulement je ne peux plus rester comme ça sans te parler, j'ai des choses à te dire, alors je voudrais que tu viennes me voir, tu veux bien ? Dis, tu veux bien, Edmond ?

— Madame, je... Allô ? Allô ?

Elle a raccroché.

Je raccroche à mon tour et je sors. Dans la salle d'attente inondée de soleil, la pendule-assiette indique quinze heures. Personne n'a envie de voir un médecin par un temps pareil.

Je me plante devant la carte d'état-major épinglée au mur derrière le bureau de Mme Leblanc. Nilliers. Le nom ne me dit rien. Ce n'est pas dans le canton, je doute même que ce soit dans le département.

Je retourne dans le bureau, et je compose le numéro de Mme Leblanc. Elle est aussi perplexe que moi.

— Nilliers ? Non, ça ne me dit rien. Ce n'est pas dans la région. Et quel nom avez-vous dit ?

— Serling.

— Non, vraiment je ne vois pas... C'était urgent, vous croyez ?

— Je ne sais pas... À l'entendre, oui... Bon, je ne vous ennuie pas plus longtemps, quelqu'un vient d'arriver.

*

Il est debout dans la salle d'attente, sa casquette à la main. Il ramasse son portefeuille, le carnet de prothrombine, la feuille de sécurité et l'ordonnance qu'il vient de déposer sur la table basse. Je lui tends la main.

— Bonjour, Monsieur... ?

— Guenot, René. Bonjour... euh, Docteur.

Je le fais entrer. Pendant que la porte de communication se rabat sous l'action du groom automatique je referme la porte du cabinet en la poussant fort.

— Que puis-je faire pour vous ?

— Ben c'est pour ma prothrombine, comme tous les mois... Le Docteur Sachs n'est pas là, d'après ce qu'on m'a dit ?

— Oui, je le remplace toute la semaine.

— Ça va-t-y, sa dame ?

— Euh... Je crois.

— Parce qu'ils attendent des jumeaux, c'est ça ? Forcément, dans les petits bourgs, tout se sait.... Mais des jumeaux, c'est pas rien...

— N'est-ce pas !

Je lui désigne un siège, je m'installe sur le fauteuil à roulettes et je sors son dossier.

Il sort de l'enveloppe le résultat de la dernière prise de sang, il le pose sur la table et sa casquette sur le fauteuil.

— Ça a baissé, depuis la dernière fois...

— Ah oui ? Voyons... Trente-trois pour cent... La dernière fois, vous aviez trente-sept, oui, c'est un peu plus bas.

Du coin de l'œil, je le vois enlever sa veste, son gilet, et défaire sa ceinture.

— Bon, ben va pt'être falloir que vous me consultiez. J'me déshabille ?

— S'il vous plaît.

Il ôte son pantalon, il le pose sur la chaise et il enlève son maillot.

— J'enlève aussi les chaussettes ?

— Je vous en prie.

— Je m'allonge ?

— Faites.

Il s'allonge. J'approche une chaise du lit bas.

Je l'examine des pieds à la tête, en commençant par lui prendre la tension, et en la reprenant à la fin.

— Vous l'avez déjà prise !

— Je sais... Mais il arrive qu'elle soit plus basse en fin de consultation... Surtout quand on n'a pas l'habitude du médecin...

— Euh... C'est vrai que, des comme vous... Enfin, je veux dire...

Je souris.

— Je comprends très bien...

— Mais si le Docteur Sachs nous confie à vous, c'est que vous devez être bon docteur, vous aussi...

— J'essaie... Mmmhh. Treize-huit.

— Ah, comme la dernière fois ! C'est bien !

Je repousse la chaise vers la fenêtre, je lui tends la main pour l'aider à se relever.

— Vous allez pouvoir vous rhabiller.

Je retourne vers le bureau, mais je sens qu'il reste debout derrière moi.

— Faudrait-il pas que je me pèse ?

— Euh... Oui, si vous voulez...

Il grimpe sur la bascule.

— J'ai perdu ?

— Non, ça n'a pas bougé depuis l'autre fois...

— Je me rhabille ?

— Je vous en prie...

Pendant que je remplis sa fiche, il remet sa chemise, ses chaussettes, son pantalon, ses chaussures, puis il reprend sa casquette et s'assoit.

Je rédige son ordonnance.

— Pour la prise de sang, vous oubliez pas de marquer « à domicile », sinon on n'est pas remboursé...

— Voilà...

Il sort de son portefeuille un billet plié en quatre, et fourre la monnaie dans sa poche.

Au moment où je pose la main sur la poignée de la porte, il me regarde droit dans les yeux.

— C'est un bon docteur, le Docteur Sachs... Vous allez prendre sa place ?

Je me mets à rire.

— Non ! Sûrement pas ! Je vais le remplacer le jeudi, et pendant ses vacances. Et... je serai peut-être amené à travailler avec lui un peu plus dans l'avenir...

— Ah ! C'est bien. C'est vrai qu'il a beaucoup de travail, maintenant. Quand ma femme l'a appelé, le jour où je suis tombé malade, il en avait moins, mais aujourd'hui encore il continue à prendre le temps de nous ausculter, comme vous... Moi, quand je sors de là, ça me gêne un peu alors qu'il y a du monde qui attend derrière... Alors, si vous venez travailler avec lui... c'est ça, hein ? Je me dis que ça sera bien pour lui, et aussi pour les clients. Je suis sûr que vous vous habituerez bien... Le père Renard m'a dit que vous aviez un oncle qui était rebouteux, c'est ça, hein ?

Je ris de nouveau, sacré M. Marcel !

— En quelque sorte...

— Alors, c'est de famille ! C'est comme le Docteur Sachs, son père était accoucheur, je crois... Enfin, ça me rassure que vous preniez pas sa place, parce que j'ai rien contre vous, au contraire, mais le Docteur Sachs, vous comprenez, heureusement que ma femme l'a appelé quand moi ça n'allait pas, parce qu'ils me l'ont dit à l'hôpital, s'il ne m'avait pas fait soigner, j'y serais resté, alors que là je m'en suis tiré à bon compte et Dame ! s'il continue... si vous continuez à bien me soigner, tous les deux, je peux durer encore un bon bout de temps. Ça me soulage de savoir que le Docteur Sachs ne sera plus tout seul parce que les gens causent, vous savez, au début ils disaient : « Il doit pas avoir beaucoup de clients, on n'attend jamais longtemps chez lui, quand on l'appelle il vient toujours dans la journée, il ne refuse jamais personne alors ça serait pas étonnant qu'un jour il s'en aille », et même maintenant, j'entends toujours dire la même chose, surtout depuis qu'il a sa dame, mais bien sûr tout ça c'est des racontars, hein ? Est-ce qu'il se serait donné la peine de s'installer par ici, si c'était pour partir du jour au lendemain ?

110

LA COMMUNICATION

Docteur Bruno Sachs
SOUFFRIR, SOIGNER, ÉCRIRE
Colloque Littérature et Médecine, Tourmens

À mon père

Lorsque j'étais enfant, ou juste adolescent, je ne m'endormais jamais le soir sans penser : *Un jour, il faudra mourir.*

Serré entre mes draps, je priais. À l'époque, je n'avais que ça pour combattre la terreur. Plus tard, j'ai consommé beaucoup de mouchoirs en papier.

Beaucoup plus tard, j'ai vu des hommes de trente-cinq ans cloués au lit par une tumeur au cerveau – ou par la chirurgie qui la leur avait enlevée –, des vieilles femmes éventrées, des petites filles à l'abdomen distendu par un lymphosarcome, que la mère ne parvenait pas à masquer par des vêtements deux tailles trop grands, des hommes et des femmes qui ne dormaient plus et geignaient : « Mon foie est foutu », foutu foie, ce juif de l'organisme, il a toujours tort, même quand il n'y est pour rien, mais lorsqu'il est gros et dur et infiltré et marronné, lorsque les doigts palpent les métastases sous la peau, on sent ses yeux fuir les yeux de l'autre, on entend sa voix devenir nasillarde, on se sent à la fois très con et très petit, petit à hurler.

Comme tout le monde, j'imagine, je me suis longtemps demandé de quelle manière je mourrais.

Je commençais, c'était plus facile, par faire la liste des maladies que je n'aurais pas. Évidemment, à l'âge où je pouvais me poser la question, je ne pouvais déjà plus succomber à un accident obstétrical, ou à une mort subite du nourrisson. Les cancers de l'utérus ou de l'ovaire me seraient épargnés. Et, rapidement ça s'est mis à glisser. Les cancers du sein, on en voit chez l'homme. Les accidents de la route, ça arrive à tout le monde. Il y a aussi les ruptures d'anévrisme, ces petites malformations des artères qui se dilatent avec le temps, et qui finissent par péter un jour sans crier gare, pendant qu'on pousse un meuble ou qu'on soulève un canapé. Comme vous l'imaginez, j'ai vite cessé mon énumération. Il y avait – tout de même – autre chose à vivre.

Et puis, un jour, j'ai vu des morts. Et ils m'ont fait comprendre que la mort défie notre imagination.

Des morts, comme vous et moi, j'en ai vu de toutes les couleurs.

Des insuffisants cardiaques bleus d'avoir étouffé.

Des hommes exsangues d'avoir perforé leur estomac.

Des femmes jaunes comme un coing de s'être fait avortuer par une crapule diplômée de la faculté.

Des hommes de soixante ans jetés sur leur lit, le visage rouge d'apoplexie.

Des cancéreux décharnés, des enfants cassés de partout, des grands handicapés recroquevillés, contorsions figées pour l'éternité.

J'ai vu des noyés qui s'étaient couchés, les bras croisés, dans un ruisseau; des pendus tirant tranquillement la langue à leur chienne de vie dans un cabanon abandonné, ou adossés paisiblement à un arbre dans un jardin. J'ai vu des veufs qui, après avoir rangé tous leurs papiers, fait leur vaisselle et leur ménage, donné à manger à leur chat et éteint toutes les lumières, s'étaient allongés dans le noir, dans le cellier, sur de vieux sacs à pommes de terre, pour ne pas mettre du sang partout, et s'étaient tiré une balle dans la tête.

Tous ces morts m'ont appris une chose paradoxale, une chose insupportable, et pourtant irréductible: c'est qu'il est moins douloureux de penser à sa mort que d'aimer. Car si nos corps vivent, c'est grâce au corps de l'autre, de l'être aimé.

Aimer c'est être impuissant contre le temps, et en avoir conscience.

Aimer, c'est savoir que l'amour n'aura qu'un temps, tout le temps de la vie peut-être, mais seulement ce temps-là.

Aimer, c'est savoir que si l'on ne meurt pas le premier, on verra l'autre mourir.

Qu'on verra la vie et l'amour mourir chez l'autre,

avant même que l'autre ne meure. Et qu'en voyant l'autre mourir, on mourra tout vif.

Que deviendra mon corps quand l'autre ne sera plus ? Que deviendra ma vie ? Que deviendra ton corps quand j'aurai disparu ?

Je ne sais pas, cela mes patients ne me l'ont pas appris.

Ils m'ont seulement montré qu'il y a toutes les raisons d'avoir peur de la vie, aucune d'avoir peur de la mort.

Les morts ne sont pas effrayés. Ils ne bougent pas, ils ne disent rien. Ils ont souvent la bouche ouverte, parce qu'ils sont fatigués de l'avoir fermée si longtemps. Leurs paupières sont molles, leur peau est jaune et leurs mains ne parlent plus. C'est froid, un mort. Froid et flasque. Pas froid comme la mort, mais froid. Sauf quand il est dans son lit, sous les draps, et qu'il vient de mourir.

Vous, le médecin, on vous appelle, et on vous dit, désolé :

Je l'ai trouvé le matin en allant le chercher pour un petit déjeuner qu'il ne vient jamais prendre si tard d'habitude, même un dimanche, c'est quelqu'un qui ne sait pas rester au lit, mais là...

Ou bien c'est l'affolement les hurlements les cris les pleurs les cheveux qu'on arrache, les cendres sur la tête les implorations à genoux, Pourquoi pourquoi pourquoi C'est pas vrai c'est pas vrai c'est pas vrai, Pas lui pas lui pas lui, Faites quelque chose docteur ce n'est pas possible, il ne peut pas m'avoir fait ça.

Alors, vous vous mettez bêtement à ausculter un abdomen gargouillant, à palper vaguement un thorax que plus aucun souffle ne soulève, à scruter des yeux aussi ternes que ceux d'un rouget dans une poêle. Pour faire comme si. Pour pouvoir dire qu'il n'y avait rien à faire, que l'on n'a rien pu faire. Pour qu'on ne puisse pas dire que l'on n'a rien fait.

Ou alors c'est un vieux ou une vieille, tombés d'un coup sur-le-champ brutalement dans la cour, sur la moquette ou au pied de l'escalier, et il faut la transporter jusqu'au lit, le tourner – ohmondieu qu'il est maigre je m'en rendais pas compte, ohmondieu qu'elle est lourde, on dirait pas comme ça – et vous tombez la veste vous remontez vos manches, *Je vais vous aider* – Merci Docteur, c'est vrai, il faut le, la préparer.

La dévêtir pour l'habiller (tout propre, toute belle) dans la robe ou le costume qu'il, elle avait choisi pour l'occasion au retour du cimetière quand on a acheté la concession tous les deux, sur la dalle y a nos noms mais pas la date bien sûr, c'est le marbrier qui nous a arrangé ça, qu'on n'ait pas à s'en occuper vous savez dans ces coups de temps-là, et puis aujourd'hui je suis là, mais quand je m'en irai, les enfants sont trop loin, ils feront pas les choses comme nous, alors on s'est dit il n'y aura plus de souci à se faire, Tenez, vous voulez bien m'aider à lui enlever sa chemise de nuit (souillée, ou sa chemise à carreaux qui se boutonne aux deux tiers et qu'il faut sortir par la tête – même quand ils ne sont pas encore raides, c'est difficile, les bras sont livides et glacés et lourds comme du marbre, mais aussi fuyants, brisés aux jointures), Quand je pense qu'il avait tout le temps mal à son épaule j'aurais jamais cru qu'on pourrait la lui lever comme ça pour le déshabiller, et puis le damart qu'elle portait toujours (et le collier, la chaîne, la croix, le saint-frusquin), On va la lui laisser, attendez je vais lui passer de l'eau de Cologne ça le rafraîchira (et vazyquejtefrotte et vazyquejtapote avant de lui passer la chemise blanche fraîchement repassée, le chemisier rose) qu'elle portait au mariage de la petite-fille, même qu'elle lui avait dit qu'elle voudrait la revoir belle comme ça, la pauvre, elle se doutait pas que ce serait la dernière (touche sur le col, aplati, tapoté lui aussi, et puis faut s'occuper du bas, tirer les draps jusque-là encore posés sur le bas-ventre, histoire de ne pas voir ne pas encore jeter un œil sur cette zone-là, aux poils gris clairsemés désargentés autour d'un sexe pâle fripé recroquevillé plus là, plus bon à rien depuis bien longtemps – à moins qu'il ou elle n'ait commencé à se vider déjà, borborygmes entendus pendant la toilette de l'étage supérieur et que les vagues odeurs jusque-là ignorées ne se transforment en vapeurs méphitiques à la levée du drap, fesses sexe baignant dans la merde), C'est pas grave on fera bouillir et y a l'eau de Javel, mais on va pas le laisser comme ça lui qui était si propre elle qu'était si soignée tenez (et vazyquejtefrotte et vazyquejt'essuie, et une fois que le mal est réparé, le drap roulé en boule dans, la baignoire, il revient elle rapporte des vieux chiffons torchons et deux ou trois garnitures qui datent de) la grand-tante qu'on a eue à la maison il y a sept ans elle perdait la tête et elle se laissait aller, alors on était obligé de lui en mettre et quand elle est partie à l'hôpital je sais pas pourquoi elle les a gardées au cas où, mais elle se doutait pas que ce serait pour (la garnir, lui glisser dans la culotte ou le slip enfilé à grand-peine car les jambes c'est plus lourd encore plus flasque, comme si tout le corps s'y agrippait encore et la jupe ça va encore mais), Le pantalon, qu'est-ce que c'est dur ! Lui qui voulait même pas que je l'aide à mettre ses chaussettes (pendant que vous lui glissez les pans de la chemise) faut serrer la ceinture trois crans pour que ça tienne. (Et une paire de chaussures, bien cirées bien brillantes.) Et sa cravate au cou c'était sa préférée (ou alors) Le camée que sa nièce lui a offert pour nos noces d – Oh, là, là, et sa montre ! J'ai failli l'oublier (et quand c'est terminé, on glisse un drap propre sous le corps à nouveau présentable, ça c'est pas compliqué, il suffit de rouler le drap, l'appliquer tout le long, tourner le mort vers soi il est pas contrariant, il se laisse faire, on tire le drap de l'autre côté et c'est tout), Y a plus qu'à lui donner un coup de peigne et ce sera parfait (sauf qu'il a encore la bouche, un œil ouverts mais vous arrangez ça avec un coton mouillé sur la paupière, un foulard pour lui maintenir la mâchoire le nœud sur le sommet du crâne comme un œuf de Pâques pendant quelques heures) le temps que les enfants arrivent, ça bougera plus, ils le verront tout beau (maintenant, ce sont les larmes qu'elle s'essuie d'un coin de mouchoir, le nez qu'il se frotte du bord de sa manche) belle comme le jour de la communion du petit, Ah, notre petit, comme on l'aimait ! Elle a jamais pu s'en remettre de le voir partir comme ça, pensez, Docteur : une leucémie... Mais excusez, j'abuse, si vous voulez venir vous laver les mains (et vazyquejtefrotte avec le bout de savon usé jusqu'à la corde, dans un bout de lavabo écaillé, et vazyquejt'essuie avec un bout de serviette-éponge sans être sûr pour autant que l'odeur s'en ira) et vous reboutonnez les manches de la chemise, vous retournez dans la chambre, vous ramassez vos affaires, stéthoscope bon à rien, tensiomètre fantoche, vous pourriez lui pomper le bras pendant cent ans, sa tension ne sera jamais plus basse qu'aujourd'hui..

Bien avant de devenir médecin, j'écrivais. Mais quand on est médecin, écrire, à quoi ça sert ?

J'aurais voulu, j'ai peut-être eu l'idée déjà – je l'ai aujourd'hui, en tout cas – de coucher sur le papier le nom de tous les patients que j'ai vus mourir. De tous les bébés que j'ai vus naître.

Et, tant qu'à faire, celui de tous les gens qui sont venus me voir, qui m'ont un jour fait venir. Mais lesquels ? Ceux que j'ai véritablement soignés ? Ceux qui m'ont appelé pour quelqu'un d'autre (car *on soigne toujours celui qui demande quelque chose*, même s'il dit que ce n'est pas pour lui) ? Ceux qui n'ont fait que m'aborder dans la rue avec une question anodine ? Ceux qui sont restés debout dans la salle d'attente et sont partis en me voyant ? Ceux qui m'ont demandé un simple certificat ? Ceux qui prennent rendez-vous et oublient de venir ? Ceux dont on ne comprend jamais pourquoi ils viennent ?

J'aurais peut-être pu ou dû le faire, mais je ne l'ai pas fait. On ne pense pas à faire ce genre de chose quand on se met à soigner. Aujourd'hui, on incite les médecins à tout engouffrer dans un ordinateur, à des fins épidémiologiques, statistiques, comptables. Mais personne ne semble vouloir graver dans sa mémoire le nom et le visage des gens, se rappeler la première rencontre, les premiers sentiments, les étonnements, les détails comiques, les histoires tragiques, les incompréhensions, les silences. J'ai vu passer des milliers de personnes, mais en cet instant même je ne pourrais spontanément en évoquer qu'une douzaine, vingt en me détendant, cinquante peut-être en me forçant un peu, mais guère plus...

Alors, je crois qu'écrire, pour un médecin comme pour n'importe qui, c'est prendre la mesure de ce qu'on ne se rappelle pas, de ce qu'on ne retient pas. Écrire, c'est tenter de boucher les trous du réel évanescent avec des bouts de ficelle, faire des nœuds dans des voiles transparents en sachant que ça se déchirera ailleurs. Écrire, ça se fait contre la mémoire et non pas avec.

Écrire, c'est mesurer la perte.

111

MME SERLING

L'annuaire électronique m'apprend qu'un M. Serling, Edmond vit à l'autre bout du département. Son numéro est presque identique à celui du cabinet médical, à ceci près que les deux derniers nombres sont inversés : 43 au lieu de 34.

Ça sonne. Une fois, deux fois. On décroche.

— Allô ?

La voix est celle d'un homme âgé.

— Allô, Monsieur Edmond Serling ?

— C'est lui-même.

— Pardonnez-moi de vous déranger... Docteur Bouadjio, je suis médecin à Play, de l'autre côté de Tourmens. J'ai reçu un appel d'une dame qui se trompait de numéro...

*

Quand j'ai fini de lui parler, il garde le silence un long moment.

— Je ne comprends pas... Je pense que c'est une mauvaise plaisanterie... Ma mère habitait près de Nilliers, à trois cents kilomètres d'ici. Mais elle n'a pas pu vous téléphoner. Elle est morte il y a vingt ans.

— Je suis désolé, je ne sais pas qui a pu...

— Pouvez-vous me redire ce que... cette dame vous a dit ?

Je le lui répète, je me le rappelle précisément, car la

voix de la vieille dame, sa lassitude et son inquiétude sont encore vives à ma mémoire.

*

De nouveau, il reste silencieux, puis :

— C'est étrange, voyez-vous... Je ne veux pas vous embêter avec ces vieilles histoires, mais... Ma mère est morte brutalement... Une crise cardiaque. Elle ne se sentait pas bien et sa voisine lui avait dit à plusieurs reprises d'appeler le médecin, puisqu'elle avait le téléphone... À l'époque, beaucoup de personnes âgées ne l'avaient pas... Je le lui avais fait installer mais elle ne l'utilisait jamais... Nous étions brouillés... Une histoire stupide...

Sa voix se serre.

— Quand on l'a retrouvée, elle était assise dans son fauteuil, le téléphone à la main... J'avais toujours cru qu'au moment de mourir, elle essayait d'appeler le médecin.

112

ÇA FINIT COMME ÇA

À remplir par le Médecin

COMMUNE :

Le Docteur en médecine soussigné, certifie que la mort de la personne désignée ci-contre, survenue le... à... heures, est **réelle** et **constante**.

NOM (Obstacle médico-légal à l'inhumation OUI/NON), PRÉNOMS (Don du corps OUI/NON), ÂGE (Obligation de mise immédiate en cercueil hermétique OUI/NON), SEXE (Obligation de mise immédiate en cercueil simple OUI/NON), DOMICILE.

Accord du médecin pour la pratique éventuelle des opérations suivantes :

Crémation OUI/NON, Soins de conservation du corps OUI/NON, Transport de corps avant mise en bière OUI/NON.

À remplir et à clore par le Médecin

COMMUNE, DATE DU DÉCÈS

Renseignements confidentiels et anonymes sur la cause du décès.

1 – Cause du décès :

a) Cause immédiate de la mort (Nature de l'évolution terminale, de la complication éventuelle de la maladie, ou nature de la *lésion* fatale en cas d'accident ou d'autre mort violente) (Mentionner ici, le cas échéant, le décès postopératoire), consécutive à :

b) Cause initiale (Nature de la maladie causale ou de l'accident, du suicide, ou de l'homicide).

II – Renseignement complémentaire : État morbide (ou physiologique, grossesse par exemple) ayant contribué à l'évolution fatale (mais non classable en I comme cause proprement dite du décès) (Mentionner ici, le cas échéant, l'état mental pathologique qui a pu être à l'origine du suicide).

Une autopsie a-t-elle été pratiquée ? OUI/NON.

Signature et cachet du médecin

Exemples

Décès par maladie : I. a) Broncho-pneumonie, b) Rougeole, II. Rachitisme.

Décès par accident : I. a) Fracture du crâne, b) Chute dans un escalier, II. Éthylisme chronique.

Décès par suicide : I. a) Plaie du cœur par balle, b) Suicide par arme à feu, II. État mélancolique.

Décès par homicide : I. a) Section de l'artère fémorale, b) Homicide par coup de couteau, II. Conflit familial.

113

DANS LA SALLE D'ATTENTE

Je referme la chemise cartonnée, je m'étire, je me lève, je me dis que la sonnette de la porte d'entrée n'a pas retenti depuis bien longtemps.

Je sors dans la salle d'attente et je laisse la porte de communication se refermer derrière moi. La fenêtre est ouverte, le soleil joue dans le cerisier.

Je m'assieds sous la pendule-assiette. Je croise les bras, j'allonge les jambes, je ferme les yeux.

À travers la cloison, je crois entendre le rire d'un enfant. La petite fille, sans doute. Le petit garçon était bien taciturne avant d'entrer, il s'est accroché à sa mère. Mais il se met à rire enfin, lui aussi, et je crois t'entendre rire, à ton tour.

Je repense à ta proposition. Je me vois vissant ma plaque à côté de la tienne, et je me remémore l'un des textes que je viens de lire, et dans lequel tu écris à peu près ceci :

« La médecine est une maladie qui frappe tous les médecins, de manière inégale. Certains en tirent des bénéfices durables. D'autres décident un jour de rendre leur blouse, parce que c'est la seule possibilité de guérir – au prix de quelques cicatrices.

Qu'on le veuille ou non, on est toujours médecin. Mais on n'est pas tenu de le faire payer aux autres, et on n'est pas, non plus, obligé d'en crever. »

ÉPILOGUE

J'entends la poignée tourner. La porte s'ouvre, tu sors. Tu laisses passer devant toi la femme enceinte et ses deux enfants. Au moment où je me lève, tu m'arrêtes d'un geste.

— Je vous demande une toute petite seconde, j'ai un coup de fil à passer.

Je ne peux pas m'empêcher de sourire. Je me rassois. La pendule-assiette indique midi cinq. J'attends. J'entends des bruits de voix de l'autre côté de la cloison, mais ils se noient dans la musique doucereuse que déverse un haut-parleur suspendu.

Quelques minutes plus tard, la porte s'ouvre de nouveau.

Tu jettes un coup d'œil direct à la pendule, un coup d'œil circulaire à la salle, comme pour vérifier qu'il n'y a plus que moi. Tu me regardes enfin, tu me salues.

— Entrez, je vous en prie.

Tu t'effaces pour me laisser passer. Tu tends la main vers les deux petits fauteuils placés devant le bureau.

J'entre en serrant le livre contre moi.

— Asseyez-vous.

Tu refermes la porte en poussant fort.

Tu t'installes dans un fauteuil pivotant. Tu lèves les yeux vers moi. Tu découvres que je suis encore debout.

— Asseyez-vous, je vous en prie.

Pendant que je m'exécute, tu demandes d'un ton détaché :

— Que puis-je faire pour vous ?

Je cherche mes mots. Je te regarde en souriant.

Les murs sont blancs, le plafond est parfaitement lisse, sans la moindre trace de moisissure. À ma gauche se trouve un lit bas. Tu es assis en face de moi, derrière un petit bureau à tiroirs sur lequel est posé un unique téléphone. Tu portes une blouse blanche à manches courtes.

Tu es plus vieux que je ne l'imaginais, quarante ans au moins. Ton visage est marqué de petites cicatrices. Tes cheveux grisonnent. Tu es un peu dégarni, mais tes cheveux sont propres et courts. Tu as dû te couper en te rasant ce matin, car ton cou porte quelques traces de sang séché. Tu as un nez aquilin, le dos voûté, de la brioche.

Tu souris à ton tour. Une de tes incisives du haut est ébréchée.

— Que puis-je faire pour vous ?

Tu me regardes, visiblement intrigué. Tu attends ma réponse, mais je ne dis rien. J'ai posé le livre sur mes genoux.

Tu croises tes mains, tu te penches vers moi.

— Je vous écoute... ?

— Je vous ai appelé hier soir, pour prendre rendez-vous... Mais je ne viens pas vous voir parce que je suis malade.

Tu fronces les sourcils, tu souris malgré toi.

— Je ne comprends pas...

— Je sais qu'il y a un autre nom sur la plaque, mais vous êtes Martin Winckler, n'est-ce pas ? C'est bien vous qui avez écrit *La Maladie de Sachs ?*

Je pose le livre sur le bureau.

— J'ai fini de le lire à l'instant, dans la salle d'attente.

POST-SCRIPTUM

Il existe plusieurs versions du Serment d'Hippocrate. Celle qui est reproduite au début de ce livre apparaît en page 3 d'une thèse de médecine imprimée à Alger en 1939. Elle est sensiblement différente du texte grec originel. Malgré ses omissions et ses maladresses, c'est à cette version-là que Bruno Sachs s'efforce de rester fidèle.

*

Certains passages de ce roman ont été lus en public au cours des colloques « Littérature et Médecine » (Cerisy-la-Salle, été 1994) et « Témoignage et Fiction » (Lyon, Villa Gillet, printemps 1995). La qualité d'écoute et les réactions des personnes présentes ont beaucoup compté.

*

Je tiens à témoigner ma gratitude aux habitants de « Play » et du « canton de Lavallée ». Ils ont écrit ce livre avec moi.

Je voudrais enfin dire toute mon affection pour

celles et ceux qui, de très près ou de très loin, m'ont accompagné et soutenu au cours des cinq années écoulées :

Alain A. ; Alain C. ; André G. ; Anne et Jean-Louis S. ; Anneke et Bernard T. ; Anne-Marie G. ; Ariane K. ; Armande N. ; Aube, Laurence, Philippe et Yves M. ; Betty et Dick H. ; Bill E. ; Brent S. ; Bud P. ; Burt L. ; Carine T. ; Cary G. ; Chris N. ; Christiane O. ; Christophe R. ; Chuck S. ; Claire L. ; Claude P.-R. et Daniel Z. ; Danièle, Juliette et Eric P. ; David K. ; David M. ; « Data » C. ; Dean S. ; Debbie W. ; Denise C. ; Dennis F. ; Dick W. ; Dominique et Alain F. ; Dominique N. ; Donald B. ; Ella F. ; Franz K. ; Fred A. ; Gary C. ; Gates MacF. ; Gene K. ; Gene T. ; « Gertrude » T. ; Harry M. ; Hélène et Pierre-Jean O. ; Jacky C. ; Jacques C. ; Janet et Isaac A. ; Jean-Claude B. ; Jean-Paul H. ; Jerry L. ; Jerry O. ; Jill H. ; Jim L. ; Jimmy S. ; Joëlle et Lélia M. ; Judith et Martin T. ; John S. ; Jonathan B. ; Jonathan F. ; Ken W. ; Kyle MacL. ; Lance G. ; Léo F. ; Le Var B. ; Lois et Clark K. ; Louis A. ; Mady et Raoul M. ; Marie-Laure C. ; Marike G. ; Marina S. ; Mark F. ; Martin L. ; Michael D. ; Michael M. ; Michel H. ; Michel M. & Joël D. ; Michèle et Alain G. ; Michèle et Jean-Pierre D. ; Neal Y. ; Noah W. ; « Noisette » H. ; Olivier S. & Pascal G. ; Patrick S. ; Paul O.-L. ; Philippe L. ; Philippe M. ; Randee D. ; Richard B. ; Richard P. ; Rod S. ; Sam W. ; Scott B. ; Sean C. ; Sharon L. ; Sherilyn F. ; Sophie et Félix B. ; Steven B. ; Steven H. ; Sylvie et Pierre A. ; Thierry F. ; Valérie-Angélique et Christophe D. ; Victor B. Vincent D. ; Whoopi G. ; Wil W. ; Yves L. ;

ma sœur Anne R., écrivain et enseignante à Aix-en-Provence ;

mon frère John C., médecin à Chicago ;

Pierre, Mélanie, Jean-Baptiste, Thomas, Paul, Olivier, Léo et Martin,

et MPJ, la bien nommée, ma bien-aimée.

Photocomposition C*MB* Graphic
44800 Saint-Herblain

Achevé d'imprimer par GGP Media GmbH, Pößneck
en juin 2013
pour le compte de France Loisirs,
Paris

N°d'éditeur : 73122
Dépôt légal : avril 2013
Imprimé en Allemagne